LEGEND OF A
SUPERSPY

谍影风云 3

寻青藤◎著

人民东方出版传媒
东方出版社

目录

人物档案   1

第一章   衣锦还乡   1

第二章   迁居重庆   23

第三章   玩忽职守   41

第四章   愿者上钩   58

第五章   成功潜入   75

第六章   收获巨大   91

第七章   回到南京   110

第八章   敌踪初露   131

第九章   引蛇出洞   150

第十章   如坐针毡   169

第十一章   关卡之争   188

第十二章   上沪变故   203

CONTENTS

第十三章	双面间谍	222
第十四章	联络青帮	243
第十五章	设计退路	255
第十六章	偶入敌巢	274
第十七章	四个叛徒	294
第十八章	刺杀计划	310
第十九章	清除目标	329
第二十章	身份交易	348
第二十一章	追查电波	364
第二十二章	一条大鱼	382
第二十三章	奔赴前线	400

主人公 宁志恒

浙江杭城人。年龄二十出头，身高约一米七五，身形挺拔，体格健壮，五官较为立体，剑眉朗目，颇为英俊。穿上军装、带上配枪后英姿勃发，气宇轩昂。

初为黄埔军校第十一期步兵三班学员，后历任军事情报调查处（"军统"前身）行动科第一行动组第三行动队副队长（少尉）、队长（中尉、上尉），第四行动组组长（少校），绰号"宁阎王"，秘密身份是代号为"影子"的红色特工。曾以藤原智仁的身份潜伏进上沪日本占领区。

✳ 宁志恒亲友

宁良才：宁志恒父亲，在家排行老三。杭城生意人。

桑素娥：宁志恒母亲。

郑氏：宁良才姨太太，宁志明、宁珍之母。

宁志鹏：宁志恒大哥。

宁志明：宁志恒三弟，郑氏所生。

宁珍：宁志恒小妹，郑氏所生。

宁良生：宁志恒大伯，学校校长。

宁良品：宁志恒二伯，政府官员。

宁云英：宁志恒小姑。

贺峰：宁志恒、卫良弼的老师，保定系成员，军事情报调查处副处长黄贤正在保定军校时的同窗好友。北伐勇将，人称"贺疯子"，上校军衔。后被调入黄埔军校教书。推荐宁志恒进入军事情报调查处。

苗勇义：宁志恒至交、同窗。黄埔军校毕业后进入五十二军。

夏元明：宁志恒同窗好友。黄埔军校毕业后进入五十二军。

安元青：宁志恒同窗好友，黄埔军校学生。在一次训练中误中流弹，伤退回家。

柯承运：宁志恒同窗好友。黄埔军校毕业后进入五十二军。

✳ 宁志恒外围帮手

刘大同：原是南京北华警察局巡警小队长，后跟随宁志恒为其收集情报，历任北华警察局侦缉警长、西城警察局局长。

刘永：刘大同发小、黄包车行老板。负责为宁志恒收集情报。

陈延庆：刘大同好友、部下，西城警察局警长。

官季安：刘大同手下，北华警察局警长。

熊鸿达：刘大同手下。

侯成：刘大同手下。

温兴生：刘大同手下，西城警察局警长。

左柔：左氏兄妹老二，江湖高手，善用柳叶刀，经宁志恒安排成为军事情报调查处电信科科员，因功破格晋升少尉军衔。爱慕宁志恒。

左刚：左氏兄妹老大，江湖高手，后跟随宁志恒加入军事情报调查处，因功破格晋升少尉军衔，担任行动科第四行动组第二行动队副队长。

左强：左氏兄妹老三，江湖高手，后跟随宁志恒加入军事情报调查处，因功破格晋升少尉军衔，担任行动科第四行动组第二行动队副队长。

✳ 中共地下党组织成员

夏德言：代号"农夫"，青石茶庄掌柜，"影子"的单线联系人，中共南京地下党组织的老成员。

方博逸：代号"青山"，金陵大学教授，中共南京地下党组织最高领导人，五名常委之一。

程兴业：普安中医诊所坐诊大夫，继承吴泉江的"苦泉"代号，重新领导和组织南京地下药品战线工作。中共南京地下党组织五名常委之一。

萧宏：代号"磐石"，中共南京地下党组织五名常委之一，负责情报工作。曾指挥军用电台采购行动。

***

✳ 军事情报调查处本部人员

处座：军事情报调查处最高长官，少将军衔，被称为一代"间谍之王"。阴狠狡诈、冷面铁血、喜怒无常，治军赏罚分明，是出色的谍报特务头子。

黄贤正：军事情报调查处副处长，保定系首脑人物。为人圆滑，处事老辣，城府极深。是宁志恒老师贺峰的军校同窗，也是宁志恒在军中的靠山。

沈勋：军事情报调查处副处长，少将军衔，东山系代表，背景深厚，被处座打压、架空，很少露面。

赵子良：军事情报调查处行动科科长，上校军衔，处座嫡系。

向彦：军事情报调查处行动科副科长。

卫良弼：宁志恒师兄，同为贺峰门生，黄埔七期毕业，黄贤正的嫡系干将，暗杀高手。军事情报调查处行动科第一行动组组长，初为少校军衔，因功晋升中校。

邵文光：初为卫良弼副手，资深特工，苦熬多年仍为上尉军衔。后因跟随宁志恒办案立功晋升少校。

孙家成：宁志恒心腹，擅长武术和近身搏斗。初为军事情报调查处行动科第一行动组第三行动队队员，后因功接连晋升少尉、中尉，升任第四行动组第二行动队队长。

王树成：军事情报调查处行动科第一行动组第三行动队副队长，后接连晋升中尉、上尉，任第四行动组第一行动队队长。牺牲于淞沪会战。

赵江：军事情报调查处行动科第一行动组第三行动队队员、第四行动组第一行动队副队长，宁志恒手下骨干。因功接连晋升少尉、中尉，后接替王树成担任第一行动队队长。

叶志武：军事情报调查处行动科第二行动组组长，赵子良心腹，军人出身。

聂天明：军事情报调查处行动科第四行动组第三行动队队长，黄埔七期毕业，上尉军衔。是黄贤正为宁志恒挑选的部下。

阮弘：军事情报调查处行动科第四行动组第一行动队副队长，是黄贤正为宁志恒安排的部下。后迅速晋升上尉军衔。

霍越泽：军事情报调查处行动科第四行动组第二行动队队长，黄埔七期毕业，上尉军衔，是黄贤正为宁志恒挑选的部下。后迅速晋升少校军衔。

沈翔：军事情报调查处行动科第四行动组第二行动队副队长，在霍越泽调离后负责第二行动队的工作。

谷正奇：军事情报调查处情报科科长，上校军衔，处座嫡系。

边泽：军事情报调查处情报科副科长，处座心腹，曾与"雪狼"数次交锋，皆失利。

于诚：军事情报调查处情报科组长，少校军衔，谷正奇心腹。因处处盯防宁志恒，曾被数次敲打。

卞德寿：军事情报调查处电信科组长，少校军衔，曾负责监听永安银行。

易华安：初为杭城军事情报站日文翻译，少尉军衔，宁志恒日语老师。后经宁志恒做工作晋升中尉军衔，担任军事情报调查处训练科日语教官。

✳ 军事情报调查处地方站人员

柳同方：杭城军事情报站站长，中校军衔。赵子良的老部下。

万远志：杭城军事情报站副站长，属于军事情报调查处情报科科长谷正奇的派系。

袁思博：杭城军事情报站情报处长，属于谷正奇的派系。

权玉龙：杭城军事情报站行动队长，柳同方亲信，属于军事情报调查处行动科科长赵子良的派系。

鲁经义：杭城军事情报站总务处长，柳同方亲信，属于赵子良的派系。

郑宏伯：上沪军事情报站站长，边泽生死之交。接替边泽担任情报站站长。

侯伟兆：上沪军事情报站情报处处长，郑宏伯心腹。

骆兴朝：上沪军事情报站情报官，侯伟兆最得力的手下，上尉军衔。曾被日本特工抓捕后叛变，后反正成为双面间谍。

齐经武：上沪军事情报站特工，少尉军衔。被日本人设伏抓捕后诈降，刺杀俞立失败后牺牲。

龚平：上沪军事情报站特工，被日本人设伏抓捕后残忍杀害。

燕凯定：上沪军事情报站特工，被日本人设伏抓捕后投降。

邢升荣：上沪军事情报站特工，被日本人设伏抓捕后投降。

✳ 国民党军官

林慕成：黄埔军校第七期毕业生，保定系大佬、第三军副军长林震之子。原是中央军第十一师师部参谋，后调任第四师师部机要秘书，少校军衔。被策反成为日本间谍，代号"飞燕"。循着林慕成这条线，宁志恒逐步挖出了暗影小组全部成员。

包胜：第十四师第三团新任团长，上校军衔，觊觎辖下的乔水湾关卡的油水。

✳ 上沪青帮成员

岳生：青帮首领，上沪要人。

顾轩：青帮苏北帮大头目之一，通字辈分，边泽故友。抗日派。

季宏义：顾轩弟子，后跟随宁志恒加入军事情报调查处行动科，因功破格晋升少尉军衔，担任第四行动组第一行动队副队长。

✳ 汉奸

莫成规：第十四师副师长，少将军衔，贪财好色，被黑水小组策反，出卖军事情报给日本间谍，后被卫良弼暗杀。

俞立：上沪军事情报站副站长，叛徒。喜欢追求当红女伶，被日本特工诱捕投敌，导致情报站损失严重，后被宁志恒铲除。

庞英才：上沪军事情报站总务处干事，俞立的老部下，疑似日本间谍。曾参与诱捕骆兴朝，同潜入情报站防区的特高课头目佐川太郎接头。

✳ 其他中国人

穆正谊：杭城名医，柳同方好友。曾为宁志恒暗杀河本仓士提供帮助。

杜谦：南京西城区警察局局长，掌管平安港和康元口两个关卡，其小舅子掌管乔水湾关卡。曾收受贿赂放行吴泉江的药品，因其了解地下党员底细被宁志恒派人暗杀。

谭锦辉： 初为误伤人命的死刑犯，因长相酷似宁志恒被从死牢里带出。作为宁志恒替身，在抓捕日本间谍案中立下大功，后被释放。

殷绍元： 乔水湾关卡新的把守者，第十四师第三团新团长包胜的表弟。在包胜的安排和授意下，意欲从西城警察局局长刘大同手中提高份例所得遭拒，后被宁志恒派人抓捕。

✳ 南京的日本间谍

柳田幸树： 化名付诚，代号"风车"，日本特高课特工，暗影小组组长，被捕后不招供，被上电刑致死。宁志恒在此间谍案中因抓捕付诚首立军功。

岛津弘： 化名谢自明，代号"黑雀"，特高课特工。在"风车"柳田幸树被捕后，被指派为新的暗影小组组长，其掩饰身份是鸿程小学国文教师。

哲也良平： 化名黄显胜、王云峰，代号"木偶"，暗影小组成员。少时被抓到日本做劳工并被培养成间谍，冒充中国人的身份，担任中央军第十一师第二团作战参谋，少校军衔。被捕后招供，牵引出林慕成。后被宁志恒私下处决。

孟乐生： 代号"蝰蛇"，黑水小组组长，南京同诚中学副校长，孔舒兰丈夫。

顾文石： 第十四师第三团作战参谋，少校军衔，梁实安昔日战友。负责策反和发展间谍，利诱、威胁、策反梁实安等重要人物。后被捕。

梁实安： 代号"铜钱"，雪山小组成员，中国人，军事委员会兵役部参谋，因生活所迫被策反，出卖机密度不高的情报。被捕后戴罪立功，在王树成求情下被宁志恒释放。

西原贵之： 化名黄忠信、李春风，代号"黑茶"，黑冰小组组长，特高课特工，被捕。黑冰小组共有六名成员。

房良骥： 黑冰小组成员，行政院内政处三科科长。

川上健太： 化名崔海，代号"雪狼"，特高课资深特工。在"风车"柳田幸树被捕后赴南京甄别小组成员重启暗影小组，被捕时拉响手雷自尽。

井原刚志： 化名严宜春，代号"黑狐"，直属于上沪特高课本部的高级间谍，受上沪特高课课长佐川太郎直接领导。冒充中国人的身份，在军事情报调查处潜伏十六年，担任情报科第二情报组情报官，少校军衔。杀害同事李文林后被发现，被抓捕时自杀。

耿博明：永安银行协理，留学日本时被策反。直属于上沪特高课本部，负责日本间谍在永安银行的资金运作，后被日本方面告知逃离监视，最终被捕。

高野谅太：化名邢立轩，特高课高级特工。潜伏南京四年，没有上线和下线，直接受特高课本部情报组长今井优志指挥，随时听候指令，负责示警被发现的间谍，被捕后招供。

川田美沙：化名康春雪，邢立轩妻子、助手，因电话示警耿博明最终被捕。

渡部大治：化名丁大海，直属于特高课情报组长今井优志的独立间谍。潜伏于南京多年，担任西城警察局侦缉警长，曾调查杜谦被杀一案。因见过宁志恒，后提供照片给日本抓捕小组。暴露身份后逃回上沪，负责审讯和保护俞立等汉奸，被孙家成带人刺杀。

✸ 特高课高层及其他间谍

佐川太郎：上沪日本特高课本部课长，日本谍报部门大头目，前任课长河本仓士手下最优秀的特工，军事情报调查处最大的对手。

河本仓士：上沪特高课前任课长，因南京情报专区接连出现重大失利被贬，调任日本驻杭城领事馆领事参赞，秘密主持杭城谍报工作。后被宁志恒潜入领事馆暗杀。

今井优志：佐川太郎属下、助手，上沪特高课谍报组长，负责南京方面组织联络。

村上慧太：河本仓士继任者，主持杭城地区谍报工作。不久，负责的整个情报网全盘覆没，被迫剖腹自杀。

山内一成：潜入南京的十人调查组成员之一，半路出家的特高课特工。假扮新民报报社记者，在军事情报调查处门口收集情报时被宁志恒抓捕。

池田康介：潜入南京的十人调查组成员之一。假扮新民报报社记者，在军事情报调查处门口收集情报时被宁志恒抓捕并在审讯中击杀。作为上沪特高课行动队队长，曾参与抓捕俞立。

竹下健司：潜入南京的十人调查组组长，特高课资深老牌间谍，情报组长今井优志的部下、好友。带队赴南京调查谍报组织失利原因，抓捕时被击杀。

松井一郎：受今井优志派遣潜入南京的抓捕小组组长，专门负责抓捕宁志恒。结果全部人马反被抓捕，他被当场击毙。

川口谅介：潜入南京的抓捕小组联络员，中国通，被击毙。

大沼拓也：潜入南京的抓捕小组成员，行动高手，被抓捕。

✳ 日军军官

上原纯平：上沪日本驻军司令部负责情报部门的主官，佐川太郎的上司，少将军衔。喜文墨，经好友黑木岳一介绍藤原智仁（宁志恒化名）为其誉抄书稿，极为欣赏宁志恒的文学才华。

石川武志：上沪日本驻军司令部大楼门口执勤军官，上尉军衔。出身于关西地区大阪府贵族家族旁支，喜欢文学。藤原智仁好友。

✳ 其他日本人

黑木岳一：日本著名学者，南屋书馆馆长，上原纯平好友。欣赏藤原智仁书法才能，聘其为图书管理员，并屡加提携。厌恶战争。

田渊和幸：日本移民户籍管理所办事员，曾为宁志恒办理藤原智仁身份，贪财，后被季宏义灭口。

吉村右太：宁志恒在上沪日本占领区潜伏时租住房屋的房东，老年男子，横滨人，有意让宁志恒做自己的女婿。

吉村久美子：吉村右太最小的女儿，温婉清秀的日本女子，日制学校教师，对宁志恒芳心暗许。

吉村正和：吉村右太的儿子，吉村久美子的哥哥，上沪日本占领区虹口警察署青年警察。

第一章
衣锦还乡

处座这时又从桌子上拿过一个信封，递给宁志恒说："这是我的亲笔手令。如果在执行任务的时候杭城站有人掣肘或者敢不予以配合，你可以便宜行事，当场处置，绝对不能姑息！"

言语之间，杀气凛然！显然，杭城军事情报站迟迟完不成任务，还处处推诿，让处座心中大为恼火。以处座的为人，这件事情绝不会就这样过去，早晚要寻个由头发作。

宁志恒端正地行了一个军礼，这才郑重其事地接过手令。手中有了这把尚方宝剑，在杭城行事就方便了很多。

宁志恒躬身告辞，退出处座办公室。看着他退出的背影，边泽开口说道："暗杀河本仓士，难度确实太大。即便是宁志恒这样精明过人、能力超群的优秀特工，恐怕也是难有作为。"

处座回身来到座椅前慢慢地坐下，仔细思量着，语气缓慢地说道："河本仓士对我们太了解了，对我们的威胁太大。这一次，看似他是被贬到杭城当外交官，其实是继续主持杭城的谍报工作，驻杭城的领事馆其实就是日本特高课的机关本部。这一次如果宁志恒能够成功自然好，如果确实做不到也不用强求。不过以我对宁志恒的了解，以他的能力，只要他真的想做，这件事情应该难不倒他！"

宁志恒回到自己的办公室，坐在座位上，手中拿着处座的亲笔手令，内心颇为纠结。

这一突发的情况，让他这一趟普通的回乡之旅变得凶吉难料。好在处座让他自己把握任务完成的时间，这样自己也可以准备得充分一些。

看了看腕上的手表，快到了下班的时间，他这才想起结案报告还没有交给赵子良，于是赶紧起身拿起公文袋，送到赵子良的办公室。

随后他再次回到办公室，转动密码打开保险箱，取出自己昨天绘制的画像，又拿起刘大同交给自己的皮包，走出军事情报调查处。

宁志恒先来到左氏兄妹的院子，有节奏地敲响了院门，左氏兄妹赶紧开门把他让了进去。

进了房间，宁志恒就开口吩咐道："我明天要回杭城处理家事，你们也跟着一起去。去买三张火车票远远地跟着我，到了杭城之后在我家附近找个房子安置下来，然后等我的指令行事！"

左刚问道："少爷，需要我们做什么准备吗？"

宁志恒点了点头，从皮包里取出几摞钞票放到桌子上，说道："这是四千美元，你们自己做些准备。这一趟主要是把我的家人送往重庆，然后再回南京和我会合，这个时间不会短。"

左刚点点头答应道："明白了，我们这就去准备！"

宁志恒回到家，开始收拾要带走的东西。他先是将卧床挪开，然后找来铁锹将埋藏的两大皮箱现金挖了出来。这次去杭城正好把这笔资金带过去，交给父亲带到重庆以做防身之用。

他又打开保险箱，将画像存放进去，把自己的两把勃朗宁手枪取了出来，这样保险箱里就又装满了钞票。上一次从顾文石那里缴获的金条和法币，让赵江去兑换回来一万英镑，加上今天刘大同送来的美元，现在他手里总共有六万英镑和十六万美元。宁志恒在保险箱里只留下一万美元备用，其余现金全部装进箱子里，一切都收拾妥当。

第二天一大早，南京火车站，宁志恒带着孙家成和赵江，还有二十名精干的行动队员，身穿样式统一的中山便装，静静地在火车站候车室等候。其中四名行动队员手里都提着重重的箱子，夹在队伍中间。

卫良弼带着邵文光、王树成带着霍越泽和聂天明等十多名军事情报调查处的军官前来送行，刘大同也将准备好的一些礼物交给宁志恒。

火车进站，众人纷纷话别，宁志恒一行人登上了去往杭城的火车。他们的座位相连，占据了车厢的一端。众人将宁志恒和四只皮箱护在中间。

很快火车启动，车厢里已经坐满了旅客。宁志恒他们坐在列车最后的一等车厢里，相比前面的二等、三等车厢要舒服得多。能在这里就座的自然也不是平头百姓，都是一些有一定身份、地位的人。

车厢里经过初期的骚动、混乱，慢慢安静了下来。这些旅客大都有些知识和文化，有些人拿出报纸和书籍，有些人低声交谈。

火车车速很慢，估计要到下午五点才能到杭城。宁志恒闭目养神，他身边都是荷枪实弹的手下，安全上自然没有问题。

大约过了两个小时，从车厢那头走来一个青年。他穿着笔挺的西服，梳着时髦的背头，看上去一副富家公子的打扮。他不紧不慢地来到车厢中间，微笑着和座位上一个穿着高档服装的中年妇女搭讪。显然这名青年口才甚好，又加上外表不俗，很得那位妇女的眼缘，不一会儿两人就相谈甚欢。很快，这名青年干脆在中年妇女身旁坐下，两人有说有笑的很是投缘。

不久，从车厢门口又走来一个中年男子，气喘吁吁地提着一只皮箱。他看见这位青年，顿时一喜，赶紧上前说着什么。看样子他是青年的随从，终于找到了自己的主人。青年一脸的嫌弃，最后无奈地向那位妇女告辞，两个人起身向宁志恒这边走过来。

路过宁志恒这几排座位的时候，两人的眼睛极为隐蔽地扫向宁志恒他们脚下的四只大箱子，然后快步走出了车厢。

等他们走了出去，孙家成转头向宁志恒说道："组长，这是两个走空门的家伙，要不要抓起来？"

孙家成少年时逃出天津，混迹江湖，后来才加入军队，所以江湖上的这些小伎俩自然瞒不过他的眼睛。他身上担着宁志恒的安全责任，一直小心谨慎，随时处于戒备状态。从那个青年一进车厢，孙家成就盯上了他的一举一动。

宁志恒睁开眼睛，看着窗外冷冷地说道："别着急，他们盯上这四只皮箱了，一会儿就会回来。真要不长眼，就废了他们。"

果然如宁志恒所料，没过一会儿，那名青年又回到这节车厢。他没有再看宁志恒他们一眼，而是直接走向中年妇女，手里还拿着一盒礼物。中年妇女没有想到青年又回来找自己，又惊又喜。

疑似青年随从的中年男子也紧跟着赶了过来，他快步经过皮箱的时候脚下一滑，喊了一声"哎哟"，整个人身体斜着就扑到了皮箱上面，手中顺势用力，轻轻推动了一下皮箱，不觉心中一喜。然后他就势起身，嘴里直说"对不起"，身形晃动之时，双手不经意地将每一只皮箱都按了一下，并推动一下。以他多年的经验和手感，这四只皮箱中最少有两只装着满满的钞票，另外两只也是沉甸甸的，看样子装的也是贵重物品。

这两个人是专门在火车上行窃的盗贼，其实他们刚才就盯上了这四只皮箱，只是宁志恒一行人明显都是不好惹的角色，才让他们打了退堂鼓。不过财帛动人心，最后他们还是没有忍住，私下商量一下，决定先探一探虚实，判断一下这四只皮箱里到底装着什么，值不值得他们冒这么大的风险。只要真的是值得下手的目标，哪怕跟着下车一路盯着，早晚也要拿到手。

可惜他们被钱财蒙住了眼睛，却碰到了要命的对手。就在那个随从起身要走的时候，孙家成突然抬腿，狠狠地踹在他的后腰上，强劲的力量将他撞在座位上，而后倒地不起。

看到孙家成突然出手，身边的行动队员不知道发生了什么事情，但他们反应极快，就在这个随从还没反应过来的时候，已经有四五把手枪紧紧顶在了他的脑袋上。

突如其来的变化让周围的旅客惊呆了，这是遇到劫匪了吗？一时间人们惊慌失措，一名女性旅客竟吓得高声尖叫起来。

孙家成只好站起身来高声喊道："请大家不要惊慌。我们是国家公务人员，不是非法之徒，刚才只是抓了一个窃贼而已，请大家安静，坐回原位。"

过了好一会儿，才把大家的情绪安抚好。在车厢的另一个角落，两个西服革履的中年人目睹刚才的一幕，尤其是那几名队员掏出枪支的时候，眼神一紧，其中一个单手按住身边的小皮箱，直到孙家成出言安抚大家时，才缓缓地收回手。

这时，那名随从赶紧开口辩解道："我不是什么窃贼，只是一名旅客，不小心摔了一跤而已。几位先生误会了，这可不是开玩笑的事。"

孙家成可没工夫跟他废话，上前又是一脚，重重地踹在他的小腹上，顿时让他身形一缩，差点儿一口气没有喘上来。

这时，那个富家青年几步走上来，有些迟疑地说道："几位，只是一场误会。这是我的随从，怎么会是窃贼，能不能让我把他领走？"

孙家成根本没有理睬他，一挥手，一旁的几位行动队员三下五除二就将富家青年的双手紧紧挟住，使他动弹不得。

"组长，怎么处置？废了他们？"孙家成转身向宁志恒请示道。

此言一出，顿时吓得富家青年和那个随从身子一颤。

这时，一直坐在窗边看戏的宁志恒微微一笑，说道："把他们带过来！"

行动队员们将两个人一齐推到宁志恒面前，然后在他们的腿弯处用力一踹，两个人立时跪在了宁志恒面前。

正在他们两个人心神不定的时候，宁志恒伸手将桌子上的一个火柴盒取到手中，手掌摊开，伸到他们眼前，淡淡地说道："既然是走空门的，那我就考一考你们的手艺。你们以最快的速度从我的手中取走这个火柴盒，如果手艺好，我就放了你们，如果手艺潮……"说到这里，他的声音变得硬冷刺骨，"就废了你们！"

听了这话，富家青年挣扎着大声说道："你们怎么不讲道理呢？我都说了我不是呀！"

身旁的行动队员一枪柄砸在他的额头上，鲜血立即涌出，顺着眼角流下来。

附近偷眼观看的旅客心惊肉跳，都老老实实地坐在座位上，不敢吭一声。

富家青年痛得大叫，双手被紧紧地锁死，无法动弹。宁志恒没有多说，目光紧紧盯着那个随从。随从知道这一次是栽在这些狠人身上了，自己的行藏肯定是露了。

这时，孙家成将枪口再次顶在他的脑袋上，用目光逼着他去取宁志恒手中的火柴盒。

两边的队员松开他的手，他知道自己没有任何选择的余地。面前的青年脸色平静，目光却冰寒刺骨。他知道对方没有一点说笑的意思，如果自己真的达不到对方的要求，今天绝对会被废了！

随从深吸了一口气，轻轻地活动了一下手腕，然后左手突然甩出，以所有人都看不清的速度从宁志恒的手掌中掠过。

就在他出手的瞬间，宁志恒闭上了眼睛，仔细感受着对方的动作。以宁志恒超人的感知力，竟然没有察觉到一丝风力，只是微微感觉到手中一轻，待他睁开眼睛时，火柴盒已然不见了。

宁志恒不禁点了点头。这个人就技术而言绝对称得上是高手。若不是自己预先防备，只怕还真的要被他算计了。

宁志恒的脸上露出一丝笑意，点头说道："手艺不错，你还是个有用的！"

那个随从紧张的眼神顿时一轻，知道这次是过关了，他识趣地将火柴盒又轻轻放回宁志恒的手中。

宁志恒又看向一旁的富家青年，对他说道："该你了，最好别让我失望！"

那个富家青年这时早就认清了现实，不敢再多说，他身边的两个队员松开他的手臂。他用袖子抹了一把脸颊上的血迹，也是深吸一口气，然后学着那名随从的动作，右手快速地从宁志恒的手掌上掠过。

宁志恒仍然闭上眼睛感受着对方的动作，他能清楚地感受到对方挥动衣袖时带起的风声。就在对方的手指接触到火柴盒的一刹那，他突然间反手抓住对方的手腕猛劲儿一掰。

"啊！"富家青年的手腕被宁志恒突然发力拧断，一下子跪卧在地，抱着手腕凄厉地惨叫。

宁志恒松开他的手腕，冷声说道："瞎眼的东西，竟然把主意打到我的身上来了！以后就别指着这手艺吃饭了。今天你运气好，我没时间搭理你，饶了你这条小命。"

他之所以放过那个随从，是因为这人手上的功夫确实了得，自己身边正好缺少这样一个人，而富家公子打扮的青年却明显差得多，废了他的手，也省得他再去干偷窃这行，彻底绝了他的念想！

看到宁志恒出手如此狠辣，那个随从吓得浑身一颤。他知道自己这个徒弟这辈子再也不能吃这碗饭了。

宁志恒将捏成一团的火柴盒扔到一旁，接着吩咐道："打开车门，把他扔下去，以后就看他的造化了！"

听到宁志恒的吩咐，孙家成一把提起富家青年的脖领拖出车厢，打开车门，一甩手像扔麻袋一样将他丢了出去。还好这时候的火车速度不快，不然这小子摔不死也得摔个残废！

这时车厢里面的所有人都被吓得噤若寒蝉。

宁志恒浑不在意地处理完这件事，开口问那个随从道："你叫什么名字？"

"庞修！"

"哪里人？"

"南京人。"

"刚才那个小子是你什么人？"

"我的徒弟，不过以后不是了。他的手废了，再也做不了这行了！"

宁志恒点了点头，淡淡地说道："以后跟着我吧，给你一个外勤的活，比当小偷强。"说完，他挥手示意，孙家成把庞修提到座位上坐好。宁志恒懒得再说话，转过头静静地靠在窗户上闭目养神。

庞修看着周围同样沉默不言的行动队员，心中生出无数疑问，可是也不敢多问，只能战战兢兢地坐在座位上不敢乱动。

下午五点钟，火车终于到达杭城火车站，宁志恒一行人带着庞修先行下车，直到他们离开，车厢里的人才敢起身活动。

宁志恒在众人的围护下走下站台。车站上人来人往，有着急下车的，也有前来接人的，场面颇为混乱。

这时就看见站台前有一片空地，正中间站着几名军官，两边有十几名全副武装的军士警戒。周围的人都自觉地回避，绕道而行。

佩戴着中校徽章的中年军官，远远地看见宁志恒一行人走来，赶紧上前几步迎了过去。他身后的几名军官紧跟其后。

"是宁组长吗？我是杭城站站长柳同方！"柳同方极为热情地向宁志恒伸出了大手。

"柳站长！"宁志恒也急忙伸出手，和他紧紧相握。

他真是没想到，科长赵子良的老部下、杭城军事情报站站长竟然亲自来接站！

柳同方又仔细端详宁志恒的面容，笑盈盈地说道："我一接到科长的电话，听说是志恒老弟亲临杭城，就专门等在这里。哈哈，科长电话里跟我说，志恒老弟年轻有为，现在当面一见，果然英姿飒爽、一表人才，真是闻名不如见面！"

面对堂堂杭城军事情报站的中校站长，宁志恒满面笑意地说道："志恒此次回乡处理些私事，本来不想惊动诸位同人，没有想到柳站长亲自来接，惶恐，惶恐啊！"

"应该的！"柳同方松开宁志恒的手，顺势做了个手势，指向身旁的几名军官介绍道，"杭城站副站长万远志。

"情报处长袁思博。

"行动队长权玉龙。

"总务处长鲁经义。"

宁志恒一一和他们见礼握手，发现这些都是少校级军官。杭城军事情报站主要军官竟然全部到齐，这个迎接级别可就有些高了。

宁志恒心中顿时有些疑惑，如果说仅仅是赵子良通知柳同方，托他为宁志恒在杭城的活动提供方便，那么他们绝不会这么兴师动众。如此郑重其事热情相迎，只怕其中另有隐情。

身处队伍最后面的庞修见到这个场面不禁惊诧不已，觉察到招揽自己的这位青年的地位非同一般，心中原本还有伺机逃跑的念头，此时转而想到：也许这真是自己的一个机会也说不定！

就在这个时候，两名身着靓丽衣裙的青年女子结伴在站台上仔细观望，突然看到人群中一道纤细的身影，赶紧一边高声呼喊，一边快步迎了上去。

"端静，怎么才下车，我们都等了好半天，以为你没有坐上车呢！真是担心死了！"施思涵和宁采薇看见同窗好友，忍不住开口埋怨道。

"别提了，我这一趟可是吓坏了。我们车厢里坐了好凶的一伙人，都是拿枪的恶人，看人不顺眼，就干脆把人直接扔下车了，吓得我不敢动弹。这不，等他们走了我才敢下车。唉，吓死我了！"崔端静拍了拍胸口，心有余悸地说道。

"还有这样凶恶的家伙？他们不会是当兵的吧？"宁采薇诧异地问道。

"不像，都是中山装。他们说自己是政府公务员，可哪个公务员出门带着枪？这世道真是越来越乱了，以后我可不敢再自己出门了。"崔端静说道。

三个伙伴一边说话一边向外走，正好看见不远处宁志恒和柳同方两队人在亲切交谈，身旁众多持枪军士护卫在周围。

"看，就是前面那一伙人，果然都是当兵的！"崔端静悄悄地对两个好友说道。她看见一伙军官正在迎接那伙"凶人"。

宁采薇和施思涵偷眼望去，正好看见宁志恒与几位军官亲切握手，谈笑风生。

宁采薇看到宁志恒的脸庞顿时一愣，这好像是自己的弟弟志恒？不，不对，这个人虽然很像，也很年轻，可是气质从容，举止雍容，在几位军官面前谈笑自若，看上去要比弟弟大上不少。而且很明显，那几位军官都面带殷勤的微笑，隐隐以他为首。三叔家的弟弟不过是个刚出校门的毕业生，半年前相见还是个木讷寡言的小伙子，怎么可能是他呢？可是真的很像啊！

"那个人长得很像我弟弟，这世上真的有长得这么像的人？"宁采薇低声对两个好友说道。

"你弟弟？别傻了！这个人就是他们的首领，很凶的！亲手把一个小伙子的手腕都掰断了，还让人把那个小伙子给扔下火车，死活都不知道了！"崔端静把嘴一撇，瞪着眼说道。

就在她们低声私语时，宁志恒等两方人马介绍寒暄已毕，一起向站外走去，顿时一队武装的军士在前方开道，硬生生将一些混乱的旅客推到一边，很快清理出一条通道。宁志恒在诸位军官的簇拥下走出了火车站。

火车站外早就等候着很多辆汽车。宁志恒等人一到，马上就有人迎了上来。

柳同方指着后面的几辆轿车，笑着开口说道："后面的五辆轿车是我特意为你选的，都是刚刚收缴来的新车。你和你的部下在杭城这段时间用来代步，也方便一些！"

宁志恒暗自点头。柳同方做事情真是周到，这份心思可是太难得了，自己以后在杭城确实需要一些代步工具。

"哈哈，还是柳站长想得周到，那我就却之不恭了！"宁志恒爽快地说道。

不过对方太过殷勤只怕是另有原因。自己的身份虽然是南京总部的行动组长，可是就级别而言也不过和柳同方相当。就算是有赵子良的面子，也不至于让柳同方如此相待。

"我在百味斋订好了大席，给志恒你接风洗尘，现在时间刚刚好，快请！"

柳同方伸出手来虚让着，请宁志恒上车。

宁志恒其实不想和柳同方过多接触。这一次回来虽说是公私兼顾，可他还是不想让太多的人知道。柳同方这样大张旗鼓地迎接，实在和他的初衷有些相背。

宁志恒有些为难地开口推辞道："太客气了。只是此次回乡实属私事，实不宜太过张扬。柳站长太过盛情了，志恒难以担当啊！"

柳同方却是执意相请，轻声说道："志恒老弟，都是我们军情站的内部人员，绝没有外人，人员都到齐了，还请不要推辞了！"说完继续作势相请。

看到他执意如此，宁志恒也知道自己这次来杭城肯定是瞒不过军事情报站的。所谓伸手不打笑脸人，他还没有那么不识趣，再说还有赵子良的人情在里面，所以他只好点头答应。宁志恒此时已经隐隐猜到了一些原因，不过也不说破，便上了柳同方的座驾。

孙家成和赵江带着四只皮箱和其他队员，坐进专门配备的五辆轿车里，一列车队随即开出火车站。

远处，那两个和宁志恒坐在同一节列车车厢的西装男子看到这一场景，稍微年轻些的男子低声说道："老萧，这些人是什么来路？看场面是个大人物。"

萧宏轻声说道："看样子应该是军事情报调查处的人，和我们关系不大，咱们走！"

两个人转身融入人流之中，快速离去。

而崔端静三个人此时也看到了那一幕，施思涵说道："看见了吧，我就知道这些不是一般人，这么多轿车接送，军人随身保护。"

宁采薇撇了撇嘴，打趣说道："呵呵，要真是我弟弟就好了，那我以后出去就威风了！快走吧，我借了三叔家轿车接你，司机应该等急了！"

说完，三个人有说有笑地离开了火车站。

宁志恒和柳同方坐上了专车，柳同方这时才慢慢收敛起笑容，脸色变得凝重。他低声说道："志恒老弟，你是科长的爱将，我是科长的老部下，说起来我们也不是外人。处座这一次很不高兴，在电话里重重训斥了我们，让我们尽全力配合你的行动，不得有任何懈怠。老实说，我们真是怕了，处座的作风我们是清楚的，真怕雷霆之怒当头，让我们难以承受啊！处座对我们的工作到底是个什么态度，还请老弟不要隐瞒，直言相告哇！"

柳同方言语中的那分恐惧难以掩饰。他们知道这一次迟迟没有完成处座交代的任务，已经让处座大为不满，自己提出的种种理由也被当成了推诿之词。如今宁志恒这位总部的行动组长前来，只怕手中握有尚方宝剑，但愿不要针对自己才好！

"柳站长，你多虑了！"宁志恒微微一笑，轻声说道。

"志恒，你我兄弟同属一门，还这么生分，就叫我老柳，这样叫着亲切！"柳同方赶紧说道。

他迫切地想和宁志恒拉近关系，这个时候他是真心感激自己的老上司赵子良，关键时刻给自己搭了这座桥。处座派出来的专员竟然和自己有这层关系，这机会自己岂能放过？

宁志恒知道柳同方这些人心中的想法，估计他们以为自己这一次回乡是以私事为借口，实际上是来处置他们的，怪不得一个个吓得胆战心惊。

这倒也怨不得他们。处座治理军事情报调查处，驭下手段极为严厉，但凡有疏漏，动辄以家规处置，他最恨手下人推诿隐瞒。柳同方等老人尤其知道处座的手段，这一次惹得处座发怒，他们吓得连觉都睡不好，这才对总部派来的宁志恒如此殷勤，生怕出了差池。

其实他们猜得也没错，此时，宁志恒的怀中就藏有处座的亲笔手令。但凡有人敢对宁志恒掣肘行动，阳奉阴违，以宁志恒的脾气、禀性，他当场就会翻脸无情，施以辣手处置。

宁志恒对于柳同方的示好也是欣然接受，毕竟这里是柳同方的地盘，他是这里的地头蛇，自己在杭城的行动离不开他的帮助，再有赵子良的关系，宁志恒当然也是愿意与之和平相处的。

"那好，同方兄，兄弟我就真人不说假话。你们这一段时间办事不力，还处处找借口推诿，确实让处座很是不满。现在这个任务交到了我的手上，还望杭城站上下全力配合，不然哪怕是赵科长的面子，也是顾不得了！"宁志恒缓缓地说道，语气中的冷意让柳同方心中更是不安。

宁志恒自然是要先敲打敲打柳同方，不然以后做事也不得力。

柳同方听到宁志恒的话，赶紧连连点头，说道："那是自然，那是自然。

其实真不是我们推诿，这个河本仓士自打来到杭城，就天天待在日本领事馆深居简出，我们根本接触不上，对他的了解甚少。处座的要求更是严苛，必须在日本领事馆和日本租界里动手。可是日本领事馆里戒备森严，有一个陆军小队，大概六十名训练有素的军士把守。至于日本租界，河本仓士根本就不去。还有要造成意外和疾病死亡的假象，这个难度简直太大了。一旦因为我们做事鲁莽，引起中日纠纷，这个责任岂是我这个小小的军情站站长所能够承担的？"

柳同方向宁志恒大倒苦水，历数各种困难。他确实是尽力了，可是每个方案都出于各种原因被推翻，最后不得已才上报处座，毕竟他承担不起挑起两国争端的重大责任。

宁志恒知道他那些小心思，但是一想到自己马上就要接过这些麻烦，心中也不免恼火，便开口说道："同方兄，你和我吐苦水没有用，处座要看到的是最后结果。总之这一次你我是拴在一根绳上的两只蚂蚱，务必精诚合作才能完成此次任务。"

就在他们身后的一辆轿车里，杭城军事情报站的副站长万远志和情报处长袁思博正低声交谈着。

"站长，你说总部这位宁组长下来，怎么一点风声都没有？直接把我们拉过来接人，搞得我们手忙脚乱。柳同方好像和这位宁组长还有些联系，不会给我们下暗手吧？"情报处长袁思博开口问道。

他和副站长万远志都是军事情报调查处情报科科长谷正奇的人，而站长柳同方，以及行动队长权玉龙和总务处长鲁经义则是赵子良手下的人，两组人都是各怀心思。不过在杭城军事情报站，柳同方的力量还是占优势的，毕竟主官的权威不容挑衅。

副站长万远志望着窗外的景物，心中也是有些不安，说道："我也没有接到总部那边的消息，看来这位宁组长是处座紧急调派下来的。说是什么回乡处理私事，拿这种话去哄三岁小孩子吧。以处座的作风，我敢肯定这位一定是带着尚方宝剑来的。总之我们要小心应对，不要惹祸上身。"

袁思博颇为赞同地点点头，忽又皱起眉头说道："对这位宁组长自然是不能怠慢了，我们可不要被柳同方当作替罪羊给送出去。不知道这位宁组长喜欢什么，我们也好投其所好，提前做做工作。今晚回去我就和总部那边联系一下，打听打听这位宁组长的情况。"

万远志却摆了摆手，轻声说道："这个宁组长我还是知道一二的！"看着袁思博投过来的目光，万远志接着说道，"一个月前我回总部述职，在和情报科的同事聊天时就谈起过这个宁组长。此人根脚极为深厚，有保定系的背景，又是黄副处长特招加入的黄埔毕业生，可偏偏最得处座的赏识，短短半年多的时间就连升三级，已经成为行动科的军事主官之一。赵子良对其更是极为倚重，每一次大的行动都交给此人主持。可说他在总部也是实权人物，做事更是心狠手辣，绰号宁阎王。据说他审讯犯人手段极狠，从他手中过的犯人几乎不是死了就是废了！"

他这一番话，几乎每说一句就让袁思博的眼睛瞪大了一圈，最后袁思博不禁惊恐地说道："不是吧，这个宁志恒这么难缠？南京总部大佬云集，他竟然也能如此跋扈？那我们这些人他岂能放在眼里！"

万远志淡淡地说道："我们这些远离中枢的角色，他哪会多在意？如今在南京总部，行动科的声势越来越大，压得我们情报科抬不起头来。宁志恒又是行动科的骨干，对我们只怕不会有好脸色的！"

"那怎么办？"袁思博不禁焦急地问道，"此人若是真负有使命而来，我们岂不是太被动了？"

万远志斜了他一眼，不悦地说道："心虚什么？虽说这个人难缠，可是他也有弱点！"

"什么弱点？"袁思博赶紧问道。

"爱钱呗！"万远志轻声训斥道，"这世上谁不爱钱？他宁组长也要穿衣吃饭，总不能去当和尚吧！我听说此人最喜欢英镑和美元。我们只要投其所好，相信这一关并不难过！"

"明白了！"袁思博这颗心总算是放下来了，他若有所思地点了点头。

车队来到杭城有名的饭店百味斋，众人下车进入。果然都是杭城军事情报站的军官，宁志恒这才放下心来。

此次回来原本想着低调一些，把家人送上船就放心了，没有想到柳同方等人生怕怠慢了自己，搞得有些张扬了，多少已经违背了自己的初衷。

晚宴上，宁志恒再次重申，此次回杭城只是为了一些私事，办完私事就会赶回南京总部，让大家不要多想，自己回杭城的消息严禁扩散。众人听了自然纷纷答应。

杭城的军事情报站里，只有站长柳同方接到处座的命令，知道宁志恒此次回乡还负有暗杀河本仓士的使命，而自己的任务就是全力配合他。

其他人虽然心中有所猜疑，但听宁志恒这么一说，自然是暗自庆幸，只要这位宁组长不是来找麻烦的就好。一场丰盛的接风宴在宾主皆欢的气氛中结束。

众位军官将宁志恒一行人目送上车，这才各自散去。行动队长权玉龙跟在柳同方的身后，轻声问道："站长，这位宁组长虽然年轻，手段却老练得很，可不像是一个好打发的人物。我们还需要做些什么吗？"

柳同方故作轻松地一笑，说道："此人和我们还有一些渊源，毕竟有科长的人情在里面，这一次应该能够过关，不过该做的事情不能少。"说到这里，他转头向总务处长鲁经义说道："咱们这些年攒下的家底，这时候该派上用场了。钱财身外物，该舍就舍，不然等别人把刀子架到我们脖子上，想舍人家都不一定要！"

总务处长鲁经义赶紧点头答应，说道："小库房里倒是有不少好东西一直没有出手，就是不知道这位宁组长喜欢什么。"

柳同方这些年在杭城这个繁华的沿海大都市当草头王，杭城军事情报站人事权和财权都掌握在他的手中。满杭城的商家巨富随他敲诈勒索，谁敢不敬着他？所以他捞的可谓是金山银海，自然财大气粗。

他摆了摆手，直截了当地说道："每样都送一些，看看宁组长喜欢什么就多送，早早地把这位阎王爷送回南京，这样大家都放心，不然睡觉都不敢闭眼！"

三个人商量已定，就匆匆回去准备。

宁志恒一行人开着五辆崭新的黑色轿车，一路驶向城南宁家大院。

这时已经是夜里八点多钟，车辆很快就来到宁家大院门口。

宁志恒下了车，来到大门外，看着熟悉的家门，心中不禁感慨万千。这里是他从小长大的地方，所谓近乡情怯，这里面住的是自己在这个世界上最牵挂的亲人，再过几天，就要举家迁移，再回来就不知道是什么时候，或者是再也回不来了！

他深深地吸了一口气，平定了一下自己杂乱的情绪，上前轻轻敲响了大门。

敲门声在安静的夜晚显得很是清脆。不一会儿大门打开了一条缝，里面伸出一个脑袋，正是宁家的老家人虾叔。

"你们找谁？"虾叔猛然看到门外车灯明亮，五辆轿车一字排开地停在门口，一群人密密麻麻地站在那里，顿时有些惊惧。

"虾叔，是我，志恒！"宁志恒只好再次高声说道。

"啊，二少爷！"虾叔这时才注意到眼前这个青年竟然是二少爷志恒，忙说，"我的天，快进来，快进来！"

他赶紧把大门打开，这时身后又出来了几名护院。他们也都是宁家的老人，自然认得自家的少爷，马上一阵子招呼，顿时整座大宅院变得欢腾起来，灯光纷纷亮起。

宁志恒挥手示意，一众手下提着皮箱和行李跟着他走进大院。

"虾叔，这些人都是我带来的部下，赶紧去把后院的那些客房收拾出来，这段时间他们都住在家里。"宁志恒开口吩咐道。

"好，好嘞，我马上带人去收拾。"听到宁志恒的吩咐，虾叔马上选了几个下人去收拾客房。

宁家大院在这一带都是数得着的大宅院，占地面积大，房间也多，住二十多名队员不算什么。

这时，父亲宁良才和母亲桑素娥听到下人禀报，匆匆忙忙赶了过来。宁志恒进入客厅时，夫妇二人也刚刚赶到。

"这么突然赶回来，怎么不提前说一声？"母亲桑素娥上前拉住宁志恒的手，忧心地问道，"不会有什么事情吧？"

宁志恒微微一笑，用手轻轻地按住母亲的手掌，安慰道："能有什么事，就是想母亲您了！您不用担心，呵呵，本来下午就回来了，只是又碰到几名同事，拉着去喝了些酒，这才回来晚了！"

"净瞎说，这杭城里哪有你的同事？"桑素娥可不是好骗的，马上追问道。

"好了，你又不懂，先让他休息一下，一会儿再慢慢说！"一旁的宁良才却相信儿子说的是真话。

自从他知道儿子在军事情报调查处供职，就刻意地去打听了一下这个部门。这一打听才着实吓了一跳，原来这个军事情报调查处竟然就是当今的锦衣卫，就连那些有权有势的人物也避之如虎。怪不得连陈局长那样的人物，听到自己的儿子是军事情报调查处的军官，也要谨慎以对。杭城就有军事情报站，好像这些人还真是儿子的同事。

宁志恒笑着说道："我这次回家带来了一些部下，就暂时住在家中。"说到这里，他转身指了指提着皮箱的孙家成和赵江，把他们介绍给父母，然后吩咐两个手下道，"这里不用你们了，去带着弟兄们早点休息。那个庞修给我盯好了，别让他在我家里手脚不干净！"

"是，组长！"孙家成和赵江放下皮箱，领命而去。

宁志恒和宁良才相视一眼，宁良才开口说道："还是到书房去说吧！"宁志恒点点头，将皮箱都提到了书房里。宁良才对桑素娥说道："我和志恒有事要谈，你先回去休息。"

桑素娥在家虽然强势，但知道丈夫和二儿子一定有大事情要谈，自己一个妇道人家是插不上手的，只好跟宁志恒交代道："我去收拾一下你的房间，有刚晒好的被褥，你睡着也舒服些。"

宁志恒笑着向母亲点了点头，便转身和宁良才进了书房，然后将房门锁死。

宁良才这时才有时间仔细端详儿子，距离他上次回家已经有半年多的时间了，此时宁志恒给宁良才的感觉已经大不一样！不知为什么，此次宁良才从儿子身上感受到了一种无形的压迫感，这是长时间执掌权柄的人不自觉地形成的一种气质、一种自信！

宁良才暗自诧异，他坐在座椅上开口问道："说说吧，怎么突然赶回来了，也不提前说一声！"

宁志恒也坐了下来，斟酌了一下语言，回答道："这次回来主要还是为了你们西迁重庆的事。"

宁良才听到宁志恒的话，不禁疑惑地说道："西迁重庆？不是说好了过段时间再走吗，怎么突然要走？我这段时间正在做你大伯和二伯的工作。他们不愿意和我们一起去重庆，有家有业的谁愿意去边陲之地？呵呵，有几次我都差点让他们给说服了！"

宁志恒觉得有些事情还是和父亲宁良才说清楚的好，毕竟父亲也是精明之人，不然也不会徒手创下这番家业。

想到这里，他耐心地解释道："现在情况有变，我这半年里抓了不少日本人，现在这些日本人开始调查我的资料，结果被我抓住了，但是这拖不了多久。到那时日本人要是报复你们，我远在南京，可是援手不及的。尤其是在杭城，日本人的力量不小，对付你们可是易如反掌。所以我知道消息后，马上赶了回来。我的时间不多，家里人必须在七天之内全部西迁重庆，一个也不要留下。"

听到宁志恒实言托出，宁良才的脸色大变，这个情况出乎他的预料。日本人在杭城占据租界、设立领事馆已经四十年了，早就具备了强大的实力，真要是对付他一个普通商人，简直不费吹灰之力。

他没有犹豫，一拍大腿说道："好，那就不拖拖拉拉的了，这几天的时间把愿意跟着我们走的人都带走，不愿意跟我们走的也不勉强。天下没有不散的宴席，我也顾不了太多！"

"不，全部带走！一个不留！"宁志恒的语气斩钉截铁，不容置疑。

"什么意思？"宁良才诧异地问道。

宁志恒再次明确地说道："只要是我们一房的全部带走，其他宁氏族人愿意走的也要带走，母亲桑家的两个亲舅舅及其家人也必须带走。总之能带走多少就带走多少！"

宁良才身子前倾，盯着宁志恒看了好一会儿，才有些不确定地说道："这样的话，说服工作怎么做？现在我连你大伯和二伯都说服不了。志恒，这样做徒惹人嫌。人各有命，何必强求！"

大伯宁良生是一所学校的校长，也算是他们这一支里最有文化的，所以在兄弟三人中一向颇有威信，性情也最执拗。宁良才和他提过几次西迁的事情，都被一口回绝，最后就干脆不提了。

二伯宁良品，好不容易才在市政府熬了个一官半职，自然舍不得离开。

至于小姑宁云英，嫁给姑夫姜俊茂后名下也有两间铺子，家境殷实，怕是也不愿离开杭城。

可以说宁氏兄妹这一房，都是衣食无忧的中产之家，怎么可能抛家舍业离开杭城祖地，去往边城？

就连宁良才自己，如果不是因为儿子宁志恒，他也根本不会想到举家西迁重庆。所以对宁志恒所说的把人全部带走，宁良才颇不以为然。

宁志恒当然心中有数，他挥了挥手，断然说道："这些由不得他们。我此次回来带了二十名武装部下，杭城军事情报站也有大批的人手，到最后如果不答应，就全部强行带走，真送上了船他们还能跳江不成！"

宁志恒此行早有打算，他知道家里这些亲人故土难离，自己再怎么解释也没有人会相信，干脆快刀斩乱麻，把他们强行送往重庆。

至于这些亲人理不理解、领不领情，这些都不在他的考虑之列。以他的性情也用不着考虑他们的感受，毕竟这总比留在这里等着日本人来屠杀要好得多。

"有这个必要吗？"宁良才听到宁志恒的语气不容商量，知道儿子根本不会听取自己的意见。

宁志恒起身来到书房中间，将地上的一只大皮箱放倒，解开皮扣，接着说道："这次去重庆，把这些钱带走。我想这足够让整个宁家熬过这场战争，不会让他们吃太多的苦头。"说完，他将皮箱盖打开，露出里面满满的英镑和美元。

宁良才一开始就知道，这四只皮箱一定是儿子带回来的重要物品，但是他绝对没有想到这么大的一只皮箱里竟然装的全是英镑和美元。他几乎在瞬间从座位上弹了起来，几步来到宁志恒面前，看着这一摞摞崭新的钞票，半晌没有说话。

现在市面上英镑和美元的汇率一路上涨，在短短一年间就快翻了两倍的价值，这样一大箱子英镑和美元对宁良才这样的殷实商家也是一笔无法估量的巨大财富。

他不知道儿子是从哪里获取的这笔财富，但他知道宁志恒说的没有错，单这一箱子财富就足以让所有的家人再无后顾之忧。但是很快，他的价值观再一次被推翻了，因为儿子打开了另外一只大皮箱，和之前一样，又是满满一箱子的英镑和美元。

宁良才觉得自己应该冷静一下，好好地整理一下自己的思路了。

等宁志恒把剩下的两只大箱子都打开，二十支崭新的勃朗宁手枪和黄澄澄的两千发子弹，展现在宁良才的面前。这让宁良才心中又是一阵猛跳，钞票看完了就上军火，这真是嫌他心跳得不够快呀！

“这些枪支都是最新的勃朗宁手枪，还有足够的弹药，把它们给护院们发下去。现在时局还算稳定，路上应该很安全，不过小心无大错，就是碰到小股劫匪也不用怕，这批军火足够打一场遭遇战了！”说到这里，他抬头看了看父亲，再次叮嘱道，“以后时局会越来越乱，沿途的治安也就越来越差，走得越晚越不安全。现在赶紧走，我也能够放心一些！”

宁良才看着眼前满屋子的钞票和军火，嘴唇动了动没说什么，只是点了点头，欣慰地对宁志恒说道：“那就明天把你大伯他们都叫过来，我再劝劝他们，如果还说不通，就按你说的办！你的两个舅舅还好说，他们本来就在我这里帮忙，到时就说重庆的生意需要他们去照应，把他们全家都带走。”

宁志恒点头说道：“那就这样办吧，我这就派人去买船票，七天后准时上船！”

父子二人又在书房里仔细商量具体的细节，直到深夜才各自休息。

第二天一大早，孙家成和赵江就带着所有的行动队员把整个宁家大院布控起来，安排各处的警戒，很快就接手了宁家的保安工作。这让宁家的护院们惊疑不定，最后干脆向宁良才汇报。宁良才点头说知道了，就再也没有多说。他知道宁志恒的部下都是精锐的军人，由他们来护卫宅院当然是万无一失。

宁志恒很早就起来，在院子里打了一趟拳脚，舒展筋骨，这已经是他的习惯。展开身形，龙扑虎卧，如行云流水一般，每一次击打都刚劲有力，浑身骨骼和经脉透着强劲的力道，动作轻如飞云，重如奔雷，让一旁的孙家成都不停地点头叫好！

这时，弟弟宁志明和妹妹宁珍也跑到院子里看二哥打拳练腿。宁志恒直到打出一身热汗，才收了拳势。

“二哥，你一回来就和父亲说个没完，我等了你一晚上都没有等到！”小妹宁珍说完，噘着小嘴很是不满。这个家除了母亲桑素娥以外，宁志恒就喜欢这个妹妹，对她很疼爱，也只有小妹宁珍可以这样和宁志恒亲密地谈话。

宁志恒笑着拍了拍她的小脑袋，微笑着说道：“你是要和我说话，还是想要我给你带回来的礼物？昨天太晚了，给你的礼物都在箱子里面，一会儿你自己去我屋子里拿吧！"

宁志恒给家人们都准备好了礼物，尤其是给小妹买了很多好看、时髦的衣服，还有市面上最流行的唱片，相信宁珍看了一定会高兴！

宁珍听到这里高兴地跳了起来，昨天晚上就惦记这些好东西，可她又不敢去宁志恒屋里拿，她知道二哥最讨厌别人不经同意就进入他的房间。

三弟宁志明半年多没见，个头又长高了一些，只是偏瘦，论眉眼却是很清秀。

他的性格和二哥宁志恒很像，都不爱说话，平时和宁志恒交流得很少，但他从心里很崇拜二哥。二哥行事果断，从不为他人左右，十八岁就不顾家人的反对，毅然决然地报考了陆军军官学校，尤其是练就的这身好功夫，真是让他羡慕不已。可是宁志明平时在二哥面前颇为拘谨，所以只能是在旁边以羡慕的眼神看着，却不知道说什么。

宁志恒笑着向他招了招手，问道："喜欢打拳吗？"

宁志明急忙上前两步，点了点头。

宁志恒伸手摸了摸他的脑袋，笑着说道："你这个子长得挺快，就是太瘦了，以后多吃点肉，我教你打拳！"

宁志明还是第一次看到二哥这么和颜悦色地对自己说话，高兴地连连点头。

宁志恒看着弟弟妹妹，第一次觉得自己以前确实和家人相处得太少了，可惜以后的日子里，他陪伴家人的时候也不会太多。

"二哥，你的那些部下腰上都揣着枪呢，我都看见了。你的枪在哪里，让我看一看呗！"宁珍还是童心未泯，今天看着那些行动队员不经意间露出腰间的配枪就好奇不已，于是缠着宁志恒想要看他的配枪。

宁志明在一旁也是偷偷地瞄了过来，他也很好奇，只是不发一言，眼睛里的那份期盼却更是明显。

宁志恒笑着点了点头，以后兵荒马乱，弟弟妹妹不能当温室里的花朵，应该教给他们一些防身的本事，自己也不能总在他们身边加以保护。

他回身向孙家成一伸手，孙家成马上把宁志恒的配枪送到面前。宁志恒一把拿过勃朗宁手枪，熟练地退出弹夹，检查了一下枪膛里没有子弹，然后递到宁珍面前。

宁珍眼睛一亮，赶紧双手接过来，只是和她想象的不一样，枪体重，她的手掌太小，抓了半天根本拿不住。

女孩子的好奇心来得快去得更快，没两下，她就再也没有半点兴趣了，便把枪递回到宁志恒面前，很是失望地说道："我还以为很威风呢，根本一点儿都不好玩儿！"

这时，宁志明再也忍不住了，上前对宁志恒说道："二哥，能让我摸一摸吗？"

宁志恒笑了笑，知道弟弟早就心痒难耐了。只要是男孩子，哪有不喜欢枪的？他把枪递到宁志明面前，笑着说道："你试一试，如果喜欢的话我送你一把，这个世道有一把枪也能防身！"

宁志明听到二哥的话，顿时心花怒放。他没有想到二哥竟然能够送他一把手枪。他赶紧接过勃朗宁手枪，虽然感觉有些沉，但是他喜欢得不行！宁志明拿着枪四处瞄准，一改往日腼腆少言的模样，嘴里不停地学着枪响的"啪啪"声，玩得不亦乐乎。

看着他高兴的样子，宁珍不禁撇了撇小嘴，不耐烦地说道："一把破枪有什么好玩的，我去看我的礼物去！"说完，转身又蹦又跳地跑了。

宁志恒看宁志明玩得高兴，便对他说道："虽然这把手枪里现在没有子弹，但是手枪的枪口一定不能够对着人，这是一个基本原则，绝不能忘！"

宁志明赶紧点头称是，他现在对二哥崇拜至极，言听计从。

这时，院门外走进来宁志恒的大哥宁志鹏一家人。宁志恒赶紧上前，一把抱住小侄子，疼爱地亲了几口，惹得小侄子咯咯直笑。作为宁家的长孙，这是全家人最疼爱的宝贝，每一天宁良才和桑素娥都要看上一眼心里才踏实。

这时宁良才和桑素娥也来到院子里，看着三个兄弟在一起开开心心说说笑笑，不禁心中大为宽慰。全家人相亲相近，和睦相处，日子才过得有滋有味。

直到母亲桑素娥招呼全家人吃早饭，大家才一起进入餐厅。

听到宁志恒回来的消息特地赶过来共进早餐的宁志鹏，看到宁志明手中的勃朗宁手枪不由得一愣，赶紧说道："老三，快把枪放下，这枪走火了可是要出人命的！"

宁志恒赶紧伸手把枪拿回来，开口解释道："里面没有子弹，我检查过了，大家别担心！"

宁良才脸色一板，对宁志明说道："以后不要玩你二哥的手枪，出了事情可不得了！"

一旁的二姨太郑氏也急忙训斥儿子："这么大还不懂事？你不会玩枪会闯祸的。"

宁志明虽然不爱说话，可是脾气却很倔强，他不乐意地说道："就知道管我！二哥有好多手枪，他说只要我喜欢，还要送我一把枪呢！"

此话一出，顿时让大家一愣，宁志恒竟然要送给弟弟一把手枪！宁良才看了宁志恒一眼，没有说话，显然他对宁志恒的做法虽然不认同，但也不轻易反对。

宁志恒却不以为然，认为男孩子总要长大，总要面对现实中的风霜雪雨，总要保护自己最爱的人，便淡淡地说道："这个世道兵荒马乱，男孩子喜欢玩枪不是坏事。等志明过十八岁生日的时候，我送他一把好枪，让他好好练一练，用来防身也是好的！"

一听宁志恒这么说，其他人马上不再多说话了。现在在这个家里，宁志恒的意见已经能起决定性的作用了。

第二章
迁居重庆

一家人有说有笑地吃完早饭，宁良才对桑素娥说道："今天中午，大哥和二哥他们几家人都要来家里吃饭，顺便商量一些事情，你做些准备。"

桑素娥点头答应，她知道家里要商量西迁重庆的大事，自然不敢马虎。

宁良才多年经商，家境自然是兄弟三人中最好的一个，置下了这么大的宅院。宁家上上下下几十口人，每一次的家庭聚会都是到宁良才家里来。

宁良才对宁志鹏摆了摆手示意，父子三人起身，一同进入书房叙谈。

家中的女人们知道这是主事的男人们要商量大事情，也不敢去打搅，赶紧去安排午宴。

宁氏父子进了书房，宁良才向宁志鹏解释了宁志恒此次回乡的原因。一听说要七天之内举家迁移，宁志鹏不禁有些为难，犹豫地说道："自从西迁的事情定下来，家里的铺子一直在留心出手，但是还没有具体实施。我原以为最少还有几个月的时间呢，现在这么急，很难找到买家的！"

宁志恒眉头一挑，不耐烦地说道："铺子以后再卖，七天之内家里人先走，留下一个可靠的人处理产业。我不能保证日本人不会对我的亲人下手，钱财乃身外物，说到底人才是根本！"

西迁重庆是宁家人半年前就已经决定好的，宁志鹏也一直在做离开的准备工作，只是现在突然提前走，让他有些措手不及，不过他很快就想通了，点头说道："那我试一试，能够出手多少就出手多少，可是铺子里跟了多少年的掌柜和伙计怎么办？"

宁良才转头看向宁志恒，宁志恒大手一挥，说道："只要愿意跟我们宁家走的就全部带走，家属也要一起带走。反正我们到重庆也要做生意过日子，这些人都是用熟了的，能跟着去自然最好！"

宁良才听到宁志恒答应下来，心中也是高兴。他商海沉浮大半生，手下自然有不少跟随多年的老伙计，这些人多年来都是跟着他吃饭的。他这一走，很多人的生活都没有了着落，所以他自然是想着一起带走的。

"那好吧，我先去拢一拢，看有多少伙计愿意跟我们走，好去订船票！"宁志鹏说道。他也是个做事利索的，一旦事情决定了，就马上着手办理，绝不拖延。

父子三人出了书房，宁志恒独自出了宁家大院，他要和左氏兄妹碰个面。这是他布置的暗手，真有他不方便出面的事情，就交给左氏兄妹来做。

出了院门，走出一段距离，宁志恒一眼就看见不远处的小吃摊上正吃早餐的左刚。

宁志恒走过去，在左刚身边坐下。

"少爷，我们在您家的东面五十米租了一个院子，就是门口有个小石狮子的那家。有事您就去那里吩咐我们。"左刚低声说道。

宁志恒点了点头，低声吩咐了几句就起身离开了。

到了中午，宁家这一支的所有成员陆陆续续地赶到了宁良才家中。

宁良生一家最先来到宁良才的家门口。宁良生是宁家的长兄，一身长衫，气质儒雅。他一眼就发现门口停着五辆轿车，每辆车前还站着一位身穿中山装的青年男子。宁良生不禁眉头一皱，说道："良才不是有一辆轿车吗，这怎么又买了这么多？还搞这么大的排场，一副暴发户的样子。真得要好好说一说他了！"

一旁的妻子犹豫地说道："是不是今天还有别的客人？保不齐是客人带来的。"

身后的大儿子宁志伟疑惑地说道："今天是家宴，怎么会请别的客人！

应该是三叔新买的轿车。听说三叔上个月把南部湾那块地出手，卖了个天价。再说了，如今三叔身后站着工务局的陈局长，他在杭城也是有头有脸的人物，摆一摆排场也没有什么！"

宁志伟比宁志鹏还大两岁，人情世故也很通透，他倒是一直佩服三叔宁良才，知道这个三叔其实才是这一支的主要人物。自己的父亲虽然是兄长，可是每到大事光是动嘴却没有实力，出力气还是要靠三叔。

一旁的小女儿宁采薇却有些愣神。昨天下午她去火车站接同窗好友，看见一个很像宁志恒的男子，只是那个男子气质不凡，前呼后拥的，有众多军官相从。她当时以为认错了人，可是眼前这五辆崭新的黑色轿车、旁边身穿中山装挺身立正的青年，让她隐隐觉得自己应该是认对了人，只是那个气场强大的大人物真的会是三叔家的弟弟吗？

宁良品一家人也跟在后面走了过来。宁良品只是市政府一个科室的小官员，家境一般，自然也买不起什么轿车，看到门口整齐排列的黑色轿车，不禁有些诧异。

宁良品的妻子看着门前的车队，还有宁家门口执行警戒的几名行动队员，忍不住捅了捅丈夫，说道："你们家老三的生意越做越大了，挣下这么大一份家业。就看这座大宅院，我们宁家这一大家子人，每次聚会还不都是要到人家老三家里？指望我们家那个小院子，一人一只脚就站满了！看看你这个当哥哥的，天天守着一个小办公室，也不知道什么时候能够出头！"

对于妻子的话，宁良品一向的应对之策就是权当没有听见。他知道三弟这半年来搞得风生水起，在商场上挣下不少财富，还靠上了杭城的大人物工务局局长陈广然，一跃成为杭城商人里面的头面人物。

而他一直就想找个好门路在仕途上再进一步，自己在那个没什么油水的小职位熬了这么些年，不就是因为没有靠山？现在三弟攀上了陈广然，如果他能够为自己说两句话，那什么问题都可以迎刃而解。只是自己一直自持身份，不好意思向弟弟开口，现在看来还是有些迂腐了，有机会一定要和老三好好说说。

儿子宁志文伸手亮出腕上的手表，对父亲说道："现在三叔的手面是越来越大了。你看，三叔前两天还送了我一块名表——瑞士进口的浪琴表，这一只表就顶得上你几个月的薪水。要我说，这年头还是经商好，指头缝里漏一点，都比我们辛苦劳作多得多！"

宁良品这时才注意到，儿子手腕上竟然戴着一块这么高档的男士手表，顿时眉头一皱，喝问道："你三叔什么时候给了你这么贵重的手表？怎么也不说一声，太招摇了！"

宁志文一脸不以为然，觉得父亲的眼界有些窄了，嘴里争辩道："怎么招摇了？这是三叔给我的生日礼物，对三叔来说不过是九牛一毛。三叔家光是南部湾的那一块地就赚了多少，你们又不是不知道，那简直是金山银海。这点儿小钱算什么？"

身后的大女儿宁雅云不耐烦地催促道："快进去吧，大伯在前面，别让人家等着！"

两家人见面自然是一番说笑，一起走进宁家大院。宁志文眼力很好，马上发现院子里多了不少陌生面孔，都是些身穿中山装、身形健壮的青年，这些人散布在各个角落。他不由得开口说道："三叔家里好像多了不少的护院，都是些生面孔！"

大家一看果真不错。宁良生冷哼一声，说道："挣了几个钱就不知道怎么花了！这么多的护院，得花多少人工。我们宁家书香门第，诗文传家，现在让老三搞得不伦不类，一会儿我们要和他好好说说。"

宁良品却没有搭茬，若照平时还喜欢摆个兄长的嘴脸，可如今他心中自有打算，想着还要央求弟弟找门路，自然不会去惹宁良才不快。再说宁良才也不是一个听话的主，主意比两个兄长正得多，他可不想搞个不欢而散。

这里面只有宁采薇知道是怎么回事，她一见院子里面那些行动队员，就知道自己的猜想是正确的。看来真是三叔家的二弟回来了，只是不知道一向木讷寡言的弟弟，怎么摇身一变就成了那样一个大人物？

这时，宁良才夫妇也带着宁志明和宁珍快步出来迎接众人。三家人相聚在一起，顿时院子里面喧闹起来。尤其是小字辈们在一起说说笑笑，吵吵闹闹的声音不小。宁良生素来爱清静，他挥了挥手示意，于是长辈们都进入客厅说话。

宁氏三兄弟在客厅里坐下。宁良生照例坐在首位，他脸色淡淡地开口问道："你们两口子的生日又没到，好好地怎么想着要办家宴？说说是怎么回事。"

知道自己这个大哥的禀性，就喜欢板着脸说话，宁良才早已习以为常，于是笑着说道："没有什么大事，是我家老二志恒回来了。我想着全家人很长时间没有相聚了，就想在一起坐一坐。"

宁良生一听是宁志恒回来了，轻轻点了点头，说道："你们家里还就是志恒这个孩子有些出息，去了军政府做事。上次回来还是半年前，我见了一面，一晃眼就是个大人了，还在外面做事历练出来了！"他对宁良才一向都不假言辞，自己是长兄，又大半辈子为人师长，自然而然地养成这种喜欢教训人的口吻，所以大家也都不在意。

宁良品在一旁也笑呵呵地说道："我们宁家这一支小字辈里，也就志恒报考军校挣了一份公职。但愿他平步青云，节节高升，以后没准就要靠他支撑这个大家了！"

宁良才和桑素娥听到这话，心里极为受用，心想还是二哥在政府里做事，为人处世老到，说话中听。

宁良品的妻子也很会说话，听到丈夫夸奖宁志恒，立刻接上话说道："就是就是。志恒这孩子从小看着就有出息，别看他不爱说话，可是心中自有主张。上次回来说是在军政府后勤部供职，这可是一般人都进不去的好地方，以后一定会飞黄腾达。再加上你们家老大志鹏稳重能干，把家里的生意打理得井井有条，你们两口子可是有福气了！"

此话一出，宁良才夫妇更是笑逐颜开，心情大好，自然也夸二伯家的一双儿女有出息，懂事理。一时间，客厅里气氛融洽，笑声不断。

这时就听见外面传来说笑声，紧接着一阵脚步声，原来是宁家最小的妹妹宁云英到了。宁云英和丈夫姜俊茂带着儿子姜伟杰，一家三口也赶过来赴家宴。

宁云英在家中老小，又是女孩子，历来都是最受宠爱的那一个，自然养成了风风火火的性格，最喜欢热闹。她一进门，院子里立刻热闹起来，欢声笑语不断。

很快宁志鹏也办完事情赶回来，全家人都到齐了。

宁良品这才问道："志恒怎么还不出来？这孩子还是那样爱清净，每次家里聚会都是躲到最后才出来。"

大家都知道老三家的志恒向来内向孤僻，这些年习惯了，也就没有在意。

宁志恒在自己房间里看了会儿书，看看时间差不多了，这才起身来到外面和家人们见面。

他一露面，大家都有些愣神。半年不见，这个志恒完全变了一个人，容貌还是那个熟悉的容貌，可是气质却迥然有异。

这一点，长辈们感受尤甚。毕竟他们都不是一般的平民百姓，在社会上都有一定的地位，观人众多，阅历丰富，都有着自己的眼力判断。

可是从自家这个孩子身上感受到的，却是一种沉静和庄重的气场、一种无形的压迫感，这让人有些不适应。

对此宁良品感受尤深。他多年在官场上滚打，虽然没有熬出头，但是接触的层面还是高一些的。

宁良品能清楚地感受到宁志恒带给他的那种压迫感，是长期握有权力、可以决定他人命运才能带来的那种自信。这在一般人是很难感受到的，也就是俗称的"官威"。他不禁暗自有些诧异，侄子不过刚刚毕业没多久哇，这段时间发生了什么事情？这真让他有些迷惑不解。

同辈的兄弟姐妹们倒是没有什么感觉，只觉得这个志恒可是比以前成熟稳重得多，但还是那样不苟言笑，好在大家都习惯了，也不以为意。只有宁采薇看到宁志恒的那一刻才真正确认了，昨天下午在火车站见到的那个青年男子，还真是自己的弟弟！

宁良生对这个侄子还是比较看重的，他笑着说道："志恒，这次回来也没有提前说一声。南京离杭城也不远，几个小时的火车就回来了，以后要多回来看一看！"

宁良品也随声附和道："志恒看着和以前大不一样了，还是在军政府里接触的大场面多，历练出来了，感觉像是老成了十岁还多。"

宁志恒微微一笑，客气地回答道："哪有什么历练，天天忙得脚不沾地。这次是忙里偷闲请了两天假回来看看，也是劳累的命！"

"好了好了，你们大家都少说两句，我这里都饿坏了，早晨没吃饭，就等着这一顿了，赶紧开席边吃边说！"一旁的宁云英不耐烦地喊道。她最烦听家人之间客套，赶紧插科打诨，出言打断他们的谈话。

桑素娥笑着说道："早就准备好了，那现在就上席，别把你这个宝贝小姑子给饿坏了！”

大家哄然大笑，于是上酒上菜，全家人入座，欢声笑语不断，一派大家庭的和睦气象。

宁志恒身处其间，还是和以前一样寡言少语，他微笑着默默感受家人们欢喜的情绪。作为宁氏家族中的一员，他自然想让自己的亲人们永远这样幸福快乐，永远不会受到任何的伤害。他将尽最大的努力去保护他们，但愿他们能够平安度过这次劫难。

午宴结束后，几位长辈离开餐厅，来到客厅休息说话。小字辈们也聚在一起，说话聊天。

宁志恒起身回到房间看书，他知道现在父亲一定是在给几位长辈做最后的规劝工作，自己只要静等结果就好了。能够和平解决这件事情最好，如果不能，就不要怪自己强行动手了。说到底他做事的准则是只重结果，过程和手段并不看重。

客厅里宁良才请大家坐下，桑素娥安排下人们奉上好茶。休息片刻后，宁良才开口说道：“这一次请大家过来，其实还是之前我跟你们提的那件事情。现在中日时局越发动荡，许多人都已经开始做第二手准备。我也在重庆买下了大片产业，想着全家人都去那里躲上一年半载，看一看局势的发展。如果局势恶化，我们宁家也可以躲过一劫；如果局势好转，再回来也不迟呀！”

此言一出，众人就都明白了，原来宁良才还是旧事重提，想着把全家人一起迁到重庆去。对这件事，大家都有各自的打算。

宁良生的意见最为明确，他脸色一板，首先出声反对道：“老三，你到底是怎么想的？现在的局势我看还好嘛，没有你说的那么严重！沪杭地区是国家的中心地带，国民政府自然会更加重视，绝不会轻易放弃的，这些事情国家领袖自然会操心。再说我们宁家世代生活在杭城，这里是我们的根，我们的事业和产业都在这里。我这都一把年纪了，你现在让我万里迢迢跑到重庆安身，这不可能！”

宁良才知道自己的这个大哥肯定是最顽固的一个，便再次解释道：“又不是去住一辈子，只是去住个一年半载，看一看事态的变化。现在好多上层人士都已经在后方安置产业。这绝不是我危言耸听，他们的消息比我们这些人要灵通很多。大哥你天天守在你那个小学校里，很多事情都不知道。我为什么把南部湾的那块地一拿到手就卖了，还不是因为杭城的地价在快速下跌，很多有钱有背景的人都已经开始出售地皮和产业了，可是你们还心存幻想。看着吧，用不了多久，杭城那些头面人物就会离开，剩下的人都坐以待毙。一旦灾难临头，悔之晚矣！"

"这倒是真的，这段时间以来，杭城的地皮价格确实下降，市面上的生意也不好做了。我的那两个铺子现在只是苦苦维持着，现在我正想着干脆把铺子出手，不然亏得就多了！"一直没有开口的姜俊茂也说道。

宁云英是不关心家里生意上的事情的，听到丈夫的话，她不禁诧异地问道："这些事我怎么不知道？"

姜俊茂苦笑着说道："这种事怎么和你说？说了你也不懂，还白白让你担心。不过三哥说的没错，杭城里的商业大佬们这个月就走了两个——华南公司的程老板、仓库大王李富元，据说都去了武汉和长沙等地，他们手里的产业都在出手。我这两天还正想着和三哥商议商议这件事情呢！"

听到姜俊茂的话，宁良才终于找到了一个同盟者，他赶紧身子前倾，指着姜俊茂对大家大声说道："听到了吧？这可不是我一个人在说。仓库大王李富元的背景是谁，不就是军政府程部长吗？这在杭城众所周知，他为什么要将所有的产业出手，这难道还不说明问题？你们动脑子想一想！"

听宁良才和姜俊茂这么一说，宁良品也有些拿不定主意了。他想了想，突然问宁良才："老三，你跟我和大哥说实话，重庆那边你安排得怎么样了？我们这一家子上上下下几十口人，到了重庆真能安身吗？不要到时候身处异地他乡，举目无亲，颠沛流离，去当流民和难民，那可就是叫天天不应，叫地地不灵了！"

宁良才见二哥有些意动，不禁心中高兴，自己的工作总算没有白做。他连声保证道："这一点请大家放心，这件工作我早就开始做了。去年年底我就派人去重庆收购了大量的地皮和产业，现在重庆的中心地带整整两条街区都是我的产业。当地的驻军长官是志恒的师长，在他的帮助下，这两条街区附近的所有黑帮袍哥被全部清剿干净，现在重新修建的住宅和店铺都已经竣工。可以说我们过去不仅不会受一点损失，而且会比在杭城生活得更好！"

"什么情况，三哥！你从去年年底就已经动手布置了？重庆的整整两条街区，还有当地的军队长官配合，你这手段可是越来越厉害了！"姜俊茂听到这话顿时惊诧不已，当下，他不再犹豫，赶紧说道，"三哥，我们一家都跟你去！我本来就不是杭城本地人，娶了云英才落脚杭城，去哪里都无所谓。再说我们一家人在一起，心里也踏实！"

看到姜俊茂一家人点头答应，宁良才感觉说服工作进展顺利，他又把目光投向二哥宁良品，问道："二哥，你考虑得怎么样？那边我什么都安排好了，我们一家人在一起，平平安安的多好。再说就住个一年半载，什么时候情况好转就回来，也不会有损失。"宁良才极力劝说道。

宁良品不禁有些犹豫，他这辈子没有什么成就，拿得出手的就是自己好歹算个政府官员。他为难地说道："我是公务员，好不容易熬成个主任，现在一走岂不是白白辛苦了半辈子？"

一旁的妻子听到这话，白了他一眼，数落道："就你那个破主任，一年到头没有什么油水可捞，辛苦一年还不及良才的一个车轱辘，有什么舍不得的？"说完，她又转向宁良才问道："良才，为什么不选近一些的地方，就像刚才说的武汉或者长沙也行啊，重庆是不是太远了些？"

宁良才双手一摊，无奈地说道："我也想找个近一些的地方安身，只是我们漂泊他乡，没有依靠很容易就被别人盯上。选择重庆，是因为它够远够安全，更重要的是与当地的驻军长官能拉上关系，我们到了那里不用害怕那些本地人起坏心。

"而且你们不用担心，和我一起置办产业的就是志恒的老师，那可是南京中央陆军军官学校的教官，在军中交游广阔，重庆驻军的沈长官就是他的袍泽。我们去了以后，安全上绝对不会有任何问题。"

"那好，既然一切都没问题，那我们也去躲上一年半载。"宁良品终于下定了决心，毕竟他们拿不准日后的局势发展，离开一段时间总比留在这里强。

宁良才高兴地一拍手，目光转向大哥宁良生，问道："大哥，你看大家都已经决定了。我们一家人不分开，你就别再固执己见了，权当是出门散散心，住上一段时间如何？"

宁良生却是大手一摆，断然说道："危言耸听！地价的上涨和下跌跟我们有什么关系？再说这里是我的根，我就是死，也要死在杭城。即使你们说得天花乱坠，我也绝不离开！"之后任凭宁良才和众人如何劝说，他一口咬定绝不离开。

看宁良生如此固执，宁良才无奈，最后只好放弃，心想只能交给自己的儿子来办了，到时候可就没那么客气了。他转头对宁良品和姜俊茂说道："你们赶紧把产业和铺子都出手，越快越好，暂时卖不出去也没有关系，可以留人处理，但是我们一家人必须先走。我已经给你们订好了船票，七天后就上船直抵重庆！"

"这么快！"两个人没有想到宁良才会这么急，"七天之后就走，我们根本来不及，还是等段时间再走吧。是不是太着急了？"

宁良才赶紧解释道："你们现在还不知道吧？外面的局势越来越乱，重庆距杭城路途遥远，路上越来越不安全。这次大家一起走，我手下还有不少的护院，志恒这次回来还带来一批防身的枪支和弹药，可以说在安全上绝对没问题。如果再拖下去，这么远的路途难保不会出现意外。"

经过宁良才再三劝说，最后两家人终于同意了他的安排。至此西迁重庆的事情总算谈妥，宁良才心情大好。

就在这个时候，门房虾叔匆匆走进来，向客厅里看了一眼，又转身退出。

"有什么事情？"宁良才看到虾叔脚步很急，应该是有事情，现在大事已经谈完，他便开口问道。

"老爷，外面来了两个军官，说是什么杭城军事情报站的长官，求见二少爷。我正要找二少爷禀告！"虾叔赶紧回答道。

"知道了。志恒你还不了解，一向不喜欢热闹，现在一定是在他的房间看书呢，你赶紧去禀告吧！"宁良才一听就知道这是宁志恒的同事上门了。这些军事情报调查处的军官都不是善茬，自己一家人可不能怠慢了。

吩咐完虾叔，他回头对大家说道："我去迎接一下客人，你们慢慢聊。"

"怎么会有军官找上门来，还是军事情报站的军官？"姜俊茂耳朵尖，听得很清楚。他可是听说过这个部门的，知道这是个极为厉害的特权部门。这样一个部门来找自己的侄子做什么，还用"求见"二字，这可是姿态摆得很低了。

"没有什么事，应该是志恒的同事。他们军队上的事情我也不懂，不过我还是去迎一迎，别失了礼数！"宁良才一辈子经商，和气生财、礼多不怪的道理自然是懂的。

他起身出了客厅，走过廊道，快到院门的时候，就看见儿子的一名手下已经将两位军装笔挺的少校军官迎了进来。原来门口负责警戒的行动队员看到军事情报站的军官来访，也马上回报了宁志恒，于是孙家成快步迎了出来，领着他们去见宁志恒。在他们身后还有几名军人，每人手里提着一只箱子。两位军官正好和宁良才碰了个照面。

孙家成赶紧介绍道："这位是我们组长的父亲宁先生。"又转头向宁良才介绍道："这两位是组长的同事。"

杭城站总务处长鲁经义听到孙家成的介绍，马上两步上前，背部稍微一躬，手掌微微向上，主动握住宁良才的手，态度殷勤地说道："哎呀，原来是宁组长的尊翁。鄙人杭城站总务处鲁经义，这位是我的同事权玉龙。我等俱在杭城，一直未能上门拜见宁先生，真是失礼了，还望宁先生不要怪罪呀！"

宁良才被鲁经义的举动搞得一愣，但他毕竟是见过场面的人物，马上堆起一脸笑容，热情地握着鲁经义的手说道："客气了，太客气了！鲁长官登门，蓬荜生辉呀！快快请进！"

说完侧身将鲁经义一行人让进客厅。客厅里的家人见到有客人进来，纷纷起身点头示意，并进入旁边的偏房等候。

宁良才请鲁经义坐下，身后的几位军人将五只皮箱放在客桌上，快步退了出去。

宾主落座，家里的下人奉上热茶，宁良才刚想开口寒暄几句，就见鲁经义和权玉龙突然站起挺身立正，目光直视自己的身后。他回身一看，是儿子宁志恒来了。自然是孙家成向他汇报后，这才赶了过来。

"卑职见过宁组长！"鲁经义和权玉龙赶紧齐声报告。

"是鲁处长和权队长！"宁志恒一看是昨天刚刚见过面的两位军官，伸手做了个落座的手势，"快快请坐！"说完，宁志恒也挨着父亲宁良才身旁坐下。

宁良才从两名军官对儿子毕恭毕敬的态度上看出来，儿子的地位在他们之上。还有那一声"卑职"，让他都有些糊涂了：志恒不是刚刚毕业的少尉军官吗？这到底是怎么回事？

宁志恒此次回来一直都着便装，也没有刻意告诉父亲自己已经提升为少校，所以宁良才并不知道其中的缘由。

别看同样是少校，但宁志恒的职位远在鲁经义和权玉龙之上，所以那一声"卑职"，并不为过。以他南京总部行动组长的职位，至少也和柳同方相当，甚至在某些方面还要高出一筹。因为他身处总部中枢，无论人脉还是资源都不是柳同方可以比的。

待鲁经义二人也恭敬地落座，宁志恒笑着问道："你们这是有什么事情要找我吗？我昨天可是再三说明了，此次回乡只是为了家中的一些私事，绝不插手杭城站的任何事务！"

鲁经义能被柳同方委任为总务处长，自然也是个八面玲珑的角色，连忙对宁志恒恭敬地说道："这是自然，这是自然！这一次组长您回乡，我们杭城站身为地主自然不敢怠慢。这是柳站长专门为您准备的一些程仪，特意命我们二人送到府上，万望组长勿辞，笑纳一二！"

宁志恒哈哈一笑，其实他一进客厅就看见了客桌上的五只箱子，已经知道他们的来意了。他用手点了点鲁经义二人，笑着说道："我和同方兄份属同门，他还这么客气！搞这些做什么，实在是太生分了！"

听到宁志恒语气亲近，鲁经义和权玉龙心中大定，看来这次的送礼行事让宁组长感到非常满意。对这位手中握有尚方宝剑的专员，杭城军事情报站上上下下都打着同一个主意，就是一切都让他满意，然后平安无事地把他送出杭城，这样大家也就阿弥陀佛，能够回家睡个安稳觉了！

鲁经义赶紧说道："这都是应该的，应该的！正是因为您和站长的关系亲近，站长才特意嘱咐我们要全力照顾您在杭城的一切需求。不客气地说，在这个城市，上至市府高官，下至商人走卒，没有我们军事情报调查处管不到的地方。您这次回乡，我们会全程陪同，协助您处理一切事宜，绝对让组长您满意！"

鲁经义的口气让身旁的宁良才和躲在偏厅里的一众家人大为吃惊。

"这个军官来头这么大？军事情报调查处是干什么的？"宁云英低声问丈夫。

家人里面只有姜俊茂了解一些情况，他压低声音回答道："那是国家最高等级的特权部门，权力大得很，就连全国的警察和宪兵都归他们管，就像是明朝时期的锦衣卫。不过上次志恒回来不是说他在后勤部门供职吗，怎么又跑到军事情报调查处了？听这口气官可当得不小哇！"

听到姜俊茂的话,众人都惊疑不定。宁良品长吁了一口气,小声说道:"怪不得,今天我一见志恒就感觉不对,和半年前完全不一样了。那种感觉压得我都不敢多说,现在看来我们宁家要出个大人物了。"

"可不,我今天一见志恒也感觉有些不对,本来还想打趣他两句,竟然张不开口,可见他是有官气了!"宁云英这才恍然说道。她原本就喜欢小字辈的孩子,未出嫁时经常逗耍他们,现在也喜欢和他们开开玩笑,可是今天见到宁志恒却不自觉地有些收敛,现在才觉出是哪里不对了。

"良才真是好运道,生意做得风生水起,儿子也有出息。老大懂事会做生意,老二更是不得了,现在年纪轻轻就做了高官,这可真是宁家祖宗保佑!"二伯母一脸的羡慕,低声说道。

此时客厅里宁志恒和鲁经义二人也是谈笑风生,鲁经义刻意奉承,权玉龙从旁迎合,不多时,几个人的关系就又近了几分。

宁良才坐在一旁一句话也插不上,他愣愣地看着身边的儿子,好像看陌生人一般。

看着宁志恒熟练地打着官腔,滴水不漏地组织语言,时而亲和时而敲打,按照他的思路调动着谈话人的情绪,完全就是一个官场高手的做派!这还是那个自小内向倔强、木讷寡言的儿子吗?宁良才忍不住在心中询问自己。这官场生生把儿子历练出来了!

鲁经义二人见目的达成,柳同方交给他们的任务已圆满完成,便起身告辞。宁志恒笑着点头,示意孙家成替自己送客,将他们送出门外。

宁良才看着他们离去,这才缓过神来,他欣慰地对宁志恒说道:"志恒啊,你到底是不一样了。想想也是,人总要是长大的,只是你让我太意外了!"突然他想起什么来,接着问道,"你现在到底是什么职位?"

宁志恒微微一笑,语气中带着一丝傲然,说道:"我这半年里多次立功,接连晋升,现在是南京军事情报调查处的少校行动组长!"

宁良才一听这才恍然,原来这次儿子是衣锦还乡啊!他不禁满心欢喜,心中充满了自豪!

这时孙家成从外面回来,对宁志恒说道:"组长,人已经送走了,他们想留一个人、一辆车在这里陪同,我推辞掉了。"

"做得好!"宁志恒点了点头,他转身来到客桌前,轻轻抚摸着五只箱子,笑着说道,"这个柳同方还真是懂事的,搞得我都不好为难他了。也罢,伸手不打笑脸人,这一次就饶了他!"说到这里,他轻轻打开一只箱子,里面赫然是满满一箱崭新的英镑,又打开一只箱子,里面全是花花绿绿的一摞摞美元。

宁志恒点了点头,并没有感到意外。他最喜欢英镑和美元,这不是什么秘密,柳同方应该是有所了解。

再打开一只箱子,里面是摆放得整整齐齐的金条,金灿灿的,煞是耀眼。

又打开了两只箱子,里面竟然是十件珍贵的古玩玉器,宁志恒不禁皱了皱眉。这些东西他虽然喜欢,但不实用,不过也是柳同方的一番苦心。

这五只箱子也是花了心思的,每一样都送了一些,可谓是大手笔了,也由此可见柳同方这些年在杭城捞了多少油水!

宁良才在一旁看着这满眼的钞票、金条、古玩玉器,半晌无语。他商海沉浮多年,苦苦打拼才挣下这份家业,可是这半生的辛苦所得还比不上儿子端坐屋中收取的"孝敬"来得容易,更别说昨天晚上那两大箱子的巨款。他上个月卖出南部湾那块地,已经算是他这辈子最大的手笔了。即便这一项,其实也是儿子救回了陈广然局长的独生女儿小婉,陈广然投桃报李的回赠。

想到这里,宁良才不觉有些意兴阑珊,摇头不语。

就在这个时候,偏厅的门打开,一直躲在屋里的家人们走了出来。他们走进客厅,一下就看到了眼前这一幕,顿时都停下脚步,屏住呼吸,惊呆了!看着这些一个人一辈子也难以获取的财富,就连宁良生这样的老古板,也被深深地震撼了!

客厅里,宁家人屏住呼吸,好久没有说话。

宁良品只觉得一颗心怦怦直跳,他在官场混迹半生,熬到一个没有什么油水的小官,何曾见过这么大的一笔财富。他轻轻吐了一口气,脚步有些不稳地来到客桌前,伸手抚摸着那金灿灿的金条和花花绿绿的美元,强压住心头的激动,颤声问道:"志恒,这么多程仪,这得是多少钱?"

一旁的姜俊茂也被惊得眼皮直跳,不过他还是见过场面的。他在心中估算了一下,不禁有些咋舌,说道:"光是现金最少也有一万英镑和四万美元,足够把我那两间铺子买十回了！还有这么多的金条和古董。哎呀呀，这年头还是当官的赚钱狠！"

说到这里，他咂咂嘴，摇了摇头，心中艳羡不已。宁家这一支里，最有实力的就是三舅哥宁良才，如今再有宁志恒，可以说有钱有势。自己又是志恒的姑父，可是能沾上不少的光啊！

还是大哥宁良生心性最稳，他很快从失神之中回过神来，喃喃自语道："一年清知府，十万雪花银。世风日下呀！"

虽说是满嘴的不屑，可是他的目光却盯着那两箱子古董再也没有挪开过。他倒是不喜欢钱财，却对古董珍玩情有独钟，也比较有眼力，一眼就看出这几件都是绝对的珍品。想想也是，柳同方精挑细选用来孝敬宁志恒的物件，又怎么敢用大路货！

宁志恒看着宁良生的眼睛，知道大伯有这个喜好。他上前将一只瓷瓶取在手中，微微一笑，对宁良生说道："大伯，您要是喜欢，就挑几件，只是西迁重庆的事情就不能再固执了。我们一家人在一起平平安安的多好，把你们一家人留在杭城，我们也不放心哪！"

听到宁志恒又提起西迁重庆的事情，宁良生的犟劲又上来了。他做大哥做习惯了，做校长也做习惯了，这辈子都是习惯指派别人，偏偏这一次要听弟弟的安排远离故土，心中这个疙瘩怎么也解不开，当下把头一扭，没有理宁志恒这个茬。要不是知道如今宁志恒身居高位，一顿训斥早就劈头盖脸地过去了。

面对这个老顽固大伯，宁志恒心中也是恼火，看来敬酒不吃吃罚酒，那就不要怪自己不给你留面子了，看到时候你还敢跳船不成。宁志恒没有再理睬大伯，而是转头对宁良品说道："二伯，西迁的事情不容耽误。我知道您喜欢在政府做事，等到了重庆我自会在政府部门给您谋一份好差事。杭城这里格局太小，也没有什么好留恋的！"

宁志恒的话顿时让宁良品的眼睛瞪得老大，原来自己处心积虑到处要找的门路就着落在自己的侄子身上，他立刻兴奋地连声说道："志恒，还是你最懂你二伯。你放心，一切都听你的。我回去马上收拾一下，绝对误不了事。"

一旁的二伯母更是咯咯地笑出声来，她一拍手说道："你二伯早就说过，以后我们宁家要靠志恒撑起来了，这话可是应验了。志恒，说起来你哥哥志文一直是文不成武不就的，以后还要你多看顾哇！"

宁志恒听到前半段还心中满意，可是这后半段就不爱听了，二伯家的哥哥宁志文虽说心地不坏，可是整日懒散，吃不得苦，以宁志恒的性情又岂能有耐性当别人的保姆，事事照顾周全。他只是微微一笑，然后又对姑父姜俊茂说道："姑父这边也好说，那两间铺子降价尽快出手，卖不出去也没有关系，在重庆整条街都是宁家的，随你挑两个好铺子，时间不等人哪！"

宁志恒如今说出来的话自然分量不一样，他答应过的事情肯定算数。姜俊茂连连点头，之前还舍不得自己的那点家业，现在看来根本不成问题。

宁志恒站在客厅中间，轻轻松松的几句话就让二伯和姑父对西迁之事再无半点顾虑。其实这也是宁志恒的性格使然，他习惯了掌控局面的感觉，总是不自觉地要把事情把握在自己的手中。办理案件的时候是如此，处理家事也是一样，他容不得别人违逆他的意思。就算是他的长辈们，只要不按照他的安排行事，他最后也不惜用强硬手段解决！

鲁经义送礼的风波至此算是平息下来。宁家几位长辈现在都知道宁志恒已经开始掌控家族的命运，也都不自觉地听从他的安排，开始做离开杭城的准备。

宁良才看着家人们都已离去，转身对宁志恒说道："你这一次回来，还是要去陈局长家里拜访一下。上次你派人送回来那两个人贩子，让陈局长非常领情，对我提了好几次，等你回杭城一定要当面向你致谢。这半年里我们可是受惠良多，这个交情可不能伤了！"

宁良才对陈广然很是感激，这半年里两家人走动得很勤，相处得也很融洽，所以特地要提醒宁志恒。

宁志恒笑着说道："您放心，我明天就去登门拜访，当面感谢他的照顾。这份交情不能断，陈局长也是有背景的，不会在这里待太久，我们两家以后还有的是时间联系、走动。"

第二天，宁志恒携带礼物登门拜访杭城工务局局长陈广然。宁志恒的到来让陈广然欣喜非常。

宁志恒是自己独生女儿的救命恩人，之后还专程把拐卖女儿的人贩子送到自己手上，当天晚上他就亲自带人将那两个人贩子沉了江。

他亲自迎接，将宁志恒请到书房，两个人促膝长谈，聊得非常投机。

其间宁志恒说出宁家西迁重庆的事情，陈广然没有感到半点意外，看得出来他心中也是有所准备，只是还没有对宁良才交代。他没有想到宁家审时度势，也提前做了工作，倒是走在自己前面了。

女儿小婉也跑出来和宁志恒相见。再见到小婉，小姑娘明显活泼多了，看来半年前的一场劫难并没有对她造成太大的伤害。

小婉亲热地拉着宁志恒的手半天没有松开。宁志恒又拿出刘大同一家托他送的礼物，让陈广然一家很是感动。

从陈广然家中出来，宁志恒没有回家，而是转过几条街区，来到城南一个胡同口。他示意身后的孙家成等人不要跟随，自己拎着一些礼品走进胡同。

他熟门熟路地来到一家住户门前，上前敲响了门。不一会儿，门开了，一个十六七岁的少年探出身子，见是宁志恒站在门口，顿时眼睛一亮，大声喊道："志恒哥，你怎么过来了？快进来！"

少年一边将宁志恒让进院子，一边向屋里大声喊道："爹，娘！是志恒哥来了，你们快出来！"

安置这家人正是宁志恒此次回杭城的另一件重要的事情。他要把自己同窗好友苗勇义的家人也一起带走，绝不能把他们扔在这个城市。

这个少年正是苗勇义的弟弟苗勇良。宁志恒上学时经常到苗勇义家里玩耍，所以和苗家人都很熟悉。

屋子里快步走出苗勇义的父母。苗勇义的父亲苗景山一看是宁志恒，马上笑着迎上来。"是志恒，你这孩子半年没有来了，怎么今天有空过来了？"苗景山笑着说道。上次还是宁志恒刚刚加入军事情报调查处之后回乡探亲特意登门，他们见过一面。

"这一次回来是家里有些事情要办。叔，勇义有信回来吗？"宁志恒开口问道。前一段时间他给苗勇义写过一封信，可是不知为什么，苗勇义一直没有给他回信。因为走的是军用通道，所以信件的传递相比民用通道还是有保障的，一般不会出现丢失的情况，这让宁志恒心中有些担忧。可是这段时间他确实太忙了，一直没有顾得上去查一下。没想到这次因为日本调查小组的事情，一下子把西迁重庆的时间提前。他也没有来得及再联系苗勇义，这次干脆直接就找上门，决定先把人接走再说，以后再联系苗勇义。

"就只有半年前的一封信，再没有收到信了。"苗景山也有些担心儿子在军队中的安全，这年头吃粮当兵，又有谁能够说得准。

宁志恒一听就心中有数了。他早有所准备，苗景山不过是个木匠，所处的阶层不高，根本不会理会什么中日局势的变化，只会守着自己的家园，劳苦工作挣钱生活而已。如果直接劝说苗家人离开杭城去重庆，他们肯定不会同意。

宁志恒这时从兜里掏出一封信来，笑着说道："军队驻地是经常换防的，有时候信件送不到也正常，不过他前段时间给我写了一封信，我给您念一念？"

苗景山夫妇当然要听了，他们一直惦记着儿子。宁志恒手里这封信当然是他伪造的，只是用来骗苗家人跟他去重庆的手段。

听宁志恒念完信，苗景山夫妇相视一眼，犹豫地问道："你说勇义托你把我们送到重庆和他会合？怎么去那么远的地方？"

"对呀。其实我这次回乡就是因为我们全家人也要搬到重庆居住，正好可以把你们一家人带上。这是勇义托我转交给你们的津贴，我都把船票给你们买好了，六天后就出发，到了重庆很快就可以见到勇义。你们这几天收拾一下，到时候我来接你们。"宁志恒一股脑地说完，又拿出一摞法币塞进苗景山怀里。

见苗勇义夫妇还有些犹豫不决，显然是一时不能接受这个消息，宁志恒又费了半天的口舌才做通他们的工作。

老实说，如果夫妇两个人再不答应西迁重庆，他可就只能把他们一家人和大伯一家人一样直接绑上船了！

第三章
玩忽职守

从苗家出来，宁志恒走出胡同坐上自己的专车，对孙家成说道："接下来该见一见那位柳站长了，有些事也该好好地谈谈了！"

宁志恒此次回乡，事情进展得都很顺利，三天之内就把自己的私事处理得差不多了，心头一块石头落了地，接下来就要集中精力完成处座交给自己的重要任务了。

这次处座交给他的任务的确非常艰巨，条件苛刻，限制极多，宁志恒起初就根本没有打算要真心完成，甚至只是想应付一下，交差了事。反正他的根脚和背景不是柳同方等人可以相比的，再说处座来之前也叮嘱过自己量力而行，不可擅自行险。

现在他就要向柳同方好好了解一下之前的具体情况，如果真是事不可为，自己绝不会硬来。

回到宁家，宁志恒来到书房，拿起电话给柳同方打了过去。

"同方兄，我是志恒。"宁志恒语气亲切地打着招呼。自从昨天柳同方将一份厚礼送到，能够把姿态放得这么低，对自己恭敬有加，宁志恒就对这位柳站长颇有赞许之意了。

听到是宁志恒的声音，正在办公室里发愁的柳同方顿时精神一振，赶紧回答道："哎呀，是志恒老弟！我说这几日正要去登门拜访，只是知道你回乡事务繁忙，恐怕打搅了你，才未成行。不知道有什么需要我做的吗？"

宁志恒说道："看来我们真是想到一起去了。是这样，我想当面跟你谈谈，但是我去军事情报站有些扎眼，你来我这里也有些不便。不知道你有什么比较安静的地方，我们见一面？"

宁志恒此次回乡探亲是瞒不了人的，这也正好为接下来的行动做最好的掩护。他真正的使命只有柳同方一个人知道，所以他只准备和柳同方一个人接触。杭城站人多嘴杂，还是不去为好，至于自己家里，更不是个谈事情的好地方。柳同方在杭城当草头王多年，找一处安全隐蔽的见面之所肯定是不成问题的。

听到宁志恒的话，柳同方马上就明白这是要谈针对河本仓士的暗杀行动，看来宁志恒是准备要动手了。这件案子一直是柳同方心中的一根刺，宁志恒主动找他，他自然求之不得！

"明白了。我在城南的背山街二十五号有个安置点，那里很安静，也没有别人知道，我现在就过去等你。"柳同方在电话里说道。

"我们一个小时后见！"宁志恒说完挂断了电话。

他示意孙家成和自己一起出门，赵江带着其他的队员都留在宁家守候。孙家成要出门去发动车辆，宁志恒摆了摆手，说道："路程不远，我回杭城还没有好好看一看，我们自己走过去吧。"

宁志恒一马当先走在前面，孙家成跟在后面。杭城是沿海的开埠城市，是浙江的省会，又是民国时期最繁华的大都市之一，街头上商铺林立，车来人往，热闹非凡。街道两旁琳琅满目的商品令人眼花缭乱，喧闹的叫卖声此起彼伏。这是宁志恒自幼生活的地方，记忆中的每一条大街小巷都这么清晰地展现在面前，让他越发感觉亲切！

宁志恒信步来到一个店铺前，开口道："给我包两份印糕，要荷花的！"

卖印糕的中年妇女马上答应一声，手脚麻利地包了两份递到宁志恒面前，看着宁志恒笑着说道："是宁家的二少爷，您可是好久没有吃我家的印糕了！"

宁志恒笑着点头说道："一直在外面上学，就想着回来吃你家的荷花糕，还是你家的手艺好！"

这是他小时候最爱吃的小吃。宁家在附近是有数的大户人家，他兜里从不缺钱，所以这里每一条街道上的小吃他都吃过，还是觉得这一家铺子里的最有味道。

付了钱，和老板娘客气了两句，宁志恒转身递给孙家成一块荷花糕，笑着说道："尝一尝，在杭城里这可是最地道的了！"

孙家成接过来尝了一口，点了点头，笑着说道："我以前也吃过这种糕，黏黏地粘牙，不过比这个甜，没有这个有滋味！"

两人边吃边走，边看边聊，尽览杭城的街头景致。一阵毛毛细雨飘过，街头的女子们避在过道走廊之下莺声细语，不少行人也不避雨，依旧行色匆匆。

宁志恒走在街头，伸出手掌感受这丝丝湿意，只觉得天地融为一体。他很久没有这么轻松愉悦的心情了，这一刻才是他最想要的感觉。人在故乡，观云听雨，分外惬意！

杭城空气湿润，小雨随时而过，不一会儿就停了，可身上的衣服才略有潮湿。宁志恒用双手将湿湿的头发拨得清爽，只觉精神为之一振。

两个人信步又走了一段，终于来到约好的地点。宁志恒刚要上前敲门，手一推，发现院门未锁。他知道这是柳同方先到了，回头向孙家成示意，便推门而进。

孙家成退后几步，看了看四周的环境，最后选中附近一个观察点，就留在院门附近的角落里警戒。

宁志恒回身将院门关好，几步来到房门前。房门从里面打开，正是柳同方迎了出来。

"呵呵，志恒，我已等候多时了！"柳同方笑着做了一个"请"的手势。

"有劳同方兄久候了！"宁志恒微笑着点头说道，迈步走进房间。

这处宅院不小，房间里的陈设也很雅致，看得出是精心设计布置的。

"这个房子不错，是你老兄的藏娇之所吧！"宁志恒笑着说道。他的眼力极准，这里的陈设布置很有些居家的感觉，一定经常有人居住。男人和女人居住的房间有很大的差别，这处房屋从风格上来说表现得很细腻，应该是一位女子设计、布置的。

柳同方一愣，他没有想到宁志恒的感觉这么敏锐，随后略有些尴尬地笑道："是我的一处外宅，这个地点没有任何人知道。快到中午了，我已经让她去安排午饭，我们两个小酌一杯，边吃边谈！"

柳同方选这个地方当然是有原因的。这里是他养外室的地方，他向来做事小心，这个地方没有别人知道，哪怕是他最亲近的手下。再有就是他极力想和宁志恒拉近关系。

赵子良特意跟他提起，这位宁志恒的背景、地位特殊，在军事情报调查处以及处座心目中都有很重的分量。在他身处杭城的这段时间里，务必跟他搞好关系，积极配合他的工作，这对柳同方以后大有裨益。

听到自己的老上司对宁志恒的评价如此之高，柳同方哪能不上心。再说现在宁志恒手握尚方宝剑，督视杭城站工作，他自然会想尽办法与之交好。所以他决定请宁志恒到自己的小家来，颇有家宴的意思，以让宁志恒感觉宾至如归。

宁志恒自然也是客随主便，两个人落座。

"志恒喜欢喝茶还是咖啡？"

"我只喜欢绿茶，龙井吧！"

很快，一位身形婀娜、容貌姣好的青年女子将一壶上好的龙井端了上来，为两个人倒好茶。

见宁志恒望向青年女子的目光平淡，眼神中没有丝毫的波澜，柳同方略有些失望，也就没有相互介绍。

"去做几个拿手好菜。"柳同方说道，示意女子退下。他转头对宁志恒笑着说道："志恒此次回乡一切都顺利吧？可惜我们是做特工的，不然以志恒你的地位，衣锦回乡荣耀故里，也是一桩快事！"

宁志恒摆了摆手，叹了口气说道："哪里还敢衣锦回乡？此次回到杭城就是处理家事。实话实说，我这一次是要把家里人都迁到后方去。杭城已是多事之地，我一家老小都在日本人的枪口之下，思之战兢，还有什么心情荣耀故里！"

柳同方听到宁志恒情绪不高，笑着宽慰道："迁走当然好，以后也无后顾之忧。志恒，我也不瞒你。杭城这里情况特殊，日本人四十年前就入驻这里，明目张胆地在对面活动。我这些年战战兢兢，如履薄冰，生怕在我手里出了差池，好在也算是平平安安地度过来了。只是局势越来越紧张，我也有心换个地方，担心出错没有好下场，可没有想到最后还是摊上这件事。早就听科长说，志恒是我们行动科首屈一指的行动高手，这一次还得要你帮我渡过这个难关哪！"

听到柳同方又抬出赵子良拉关系，宁志恒微微一笑，说道："那是科长过誉了。我初出茅庐，都是师长们看重，才有今日的局面。不过这件案子确实有些难度，如今你我同舟共济，所以我要向你详细了解一下你们之前的侦察情况！"

宁志恒的来意柳同方知道，他当即点头说道："那是自然，我一定知无不言。"

"那好，"宁志恒在座位上略一欠身，从容地问道，"处座下达命令已经一个月了，你们对目标也一定进行了监视，他的具体行踪有没有记录？"

柳同方点了点头，但很快又苦笑着说道："可是河本仓士天天藏在领事馆里，基本没有露过面，我们的人也无法进入，只能在领事馆的外围监视，可以说收获甚微。他这一个月里出去过三次，其中一次是因为外事活动，我们跟踪到了租界驻军的驻地就无法跟踪了。还有两次是在杭城城东的青江园一带看古玩，每一次时间不超过两个小时。可是你知道的，处座的命令是不能在领事馆和租界之外动手，我们一时真是无从下手哇！"

宁志恒知道，杭城城东的青江园是专门做古玩生意的商铺最密集的地方，久而久之，那里就成为杭城最负盛名的古玩集散地。

"这个河本仓士喜欢古董？"宁志恒听到这里心中一动，"之前你们对这一点可是没有提及过。"

柳同方有些尴尬地轻咳一声，说道："河本仓士之前是上沪日本特高课课长，是一名老牌特工，行踪隐蔽。对于他的情况我们一直没有采集到足够的信息，所以也不知道他有这个爱好。不过从这两次的监视情况来看，他非常喜欢中国的古董，而且眼光不错，出手很准，收购了五件古董，每件都是真品，而且还都是精品。"

"主要去的店铺有哪些？"宁志恒接着问道，"青江园那里的古玩商铺很多，他两个小时是转不过来的。"宁志恒以前也去过青江园，那里摊位众多，还有不少背包袱的也会在里面抓散客。

第三章 玩忽职守

柳同方回答道："河本仓士的行动很谨慎，根本不在外边露面，这两次都是直接在三家最大的古董店里看货。他手面很大，只要看上的古董就不惜出高价买走，很是爽快。"

宁志恒心中仔细地想了想，轻声说道："这可是一个值得试一试的突破口，我们可以利用一下！"然后又接着问道，"处座的命令是要造成意外死亡或者疾病死亡的假象，我们就要从河本仓士的身体入手。他今年已经五十四岁了，你们难道没有去调查一下他的身体健康状况吗？"

这个年代人的平均寿命都不长。即便日本人的平均寿命比中国人长，五十四岁的人已经算是老年人了，身体不会一点问题都没有。宁志恒觉得在这一点上可以做一做文章。

"我们也曾考虑过这个问题，只是在日本领事馆有他们自己的医生，我们接触不到，而且也怕打草惊蛇，所以也不敢深入地去调查。"柳同方解释道。说到底还是难度太大，中方的谍报组织一直都没有能够在日本人内部建立自己的信息渠道，想要获取敌人的信息难上加难。

宁志恒没有再纠结这个问题，他再次问道："他每次出来都带多少护卫？"

柳同方回答道："护卫的人员倒是不多，只有三个人。有两个是熟面孔，都是领事馆的武官；只有一个是新面孔，我们以前没有见过，估计是他从上沪带过来的心腹。"说到这里，他起身走进里屋，把一个公文包取了过来，递给宁志恒，"这是我们几年来对日本领事馆人员的调查记录，我特意带过来让你看一看。"

杭城军事情报站在杭城的重要任务之一就是监视日本人的动向，日本领事馆是重中之重，对于里面常年驻守的领事、参赞、武官、工作人员等，他们都有详细的记录。

宁志恒接过来，将里面的文件一一取出，发现都是日本领事馆人员的一些资料。他仔细地翻阅着，突然有所发现，拿起一个人的照片问道："这里面还有一位中国人的资料。"

柳同方对这些资料都很熟悉，他已经看过很多遍了，听到宁志恒的问话，赶紧说道："彭阿四，他是一名中国厨师，四十五岁，手艺不错。因为领事馆有时候会举行一些外事活动，招待中国人时就需要制作中国菜肴，所以他们聘请了一名中国厨师。但是去年彭阿四就不做了，如今在杭城的一家酒楼做主厨，所以现在日本领事馆里没有一个中国人。"

宁志恒眉头一皱，日本人果然防范得严密，一点可乘之机都没有留下。宁志恒又问道："既然暗杀的地点选择在领事馆里，那么你们对领事馆内部的地形和房间的布置都有所了解吗？"

柳同方双手一摊，无奈地说道："领事馆有两栋大楼，一栋是办公楼，一栋是他们主要人员的住宿楼，其他还有些平房是工作人员和驻守军士的宿舍。我们只是通过一些去过领事馆的人打听，知道一些他们举行宴会的办公楼的大概地形，可是其他的就不清楚了。"

"这个彭阿四也不知道吗？"宁志恒指着手中彭阿四的照片问道。

柳同方的工作也做得很仔细，这些情况他都调查过了，于是回答道："知道一些，但主要是办公楼的地形和房间分布情况。我们问过，他只是在平房居住，在厨房工作，日本人并不相信他，所以对于河本仓士居住的住宿楼的内部情况他并不知道。"

宁志恒将手中的资料放回桌上，语气中略有不满，摇头说道："同方兄，恕我直言，你们的工作方法落后，畏难情绪严重，资料搜集得很不全面，尤其是对河本仓士的个人情况的掌握基本停留在书面上。没有资料就要想方设法地去调查，一句"无从下手"就算了？

"还有这个领事馆的地形绝对是最重要的资料，尤其是河本仓士居住房间的位置，竟然也是空白。他深居简出，根本不与我们接触，如果要造成他意外或者疾病死亡，最好的下手地点就是他的房间，可到现在你们连他居住在哪个房间都确定不下来，这样的进展状况让我很不满意。老实说，以你们这样的工作态度，这要是在南京总部，科长会把这些资料摔在你脸上的！"

宁志恒的语气越来越严肃，杭城军事情报站的工作状况确实太不尽如人意。处座说得没错，他们一味地强调困难，工作效率低下，毫无主动性。这些人还都是军事情报调查处的老人，可是在地方上待久了难免有些懈怠，比起在南京总部的那些特工，工作效率差得太多。一个月的时间，都足够他宁志恒抓获两个间谍小组了！

听到宁志恒的训斥，柳同方顿时脸上有些泛红。他想开口争辩，可是想到宁志恒的身份又不敢多说。要知道他们今后的命运就在宁志恒的手心里攥着，人在屋檐下，不得不低头。

柳同方只好态度诚恳地说道："都是我处理不当，还请志恒你多担待。你放心，今后的工作全听你的安排，我一定全力配合。"

宁志恒知道自己的话有些重，但是他对杭城军事情报站的工作确实不满意，柳同方作为军事主官难辞其咎。以宁志恒严厉的工作作风，这要是自己的手下，这样的懒散作风，他早就把对方撤职查办了。

他努力平和了一下心态，尽量放缓语气说道："同方兄，也许我的话有些过重，但事实是，你们的畏难行为让处座极为恼火。不客气地说，你和你的杭城站都面临险境，要知道处座的眼睛里是不容沙子的。"

宁志恒的话顿时把柳同方吓得一激灵，看来之前自己的估计是对的，宁志恒是带着尚方宝剑来的，这件案子没有个满意的结果，处座是不会放过他的！惶恐之下，他急忙说道："志恒，你我份属同门，这一次你还是要拉我一把呀！"

宁志恒摆了摆手，说道："说到底还是要从案子上解决。现在我们的方向有两个：一是去调查河本仓士的身体健康状况，然后根据他的身体有的放矢，进行下一步的工作；二是搞清楚河本仓士的居住情况，这一点极为重要，因为最后我们肯定是要进入领事馆下手的。

"现在你要做这样几件事：第一，给我找一个医术高明的医生配合我的行动。我要主动接触这个河本仓士，想办法了解他的身体状况。

"第二，在青江园河本仓士常去的那几个店铺附近给我找一处监视点，地方要大一些。我要时刻守在那里，随时准备接触目标。

"第三，想办法找到当时修建日本领事馆的中国工人、建筑技术人员或者装修人员，通过他们了解领事馆内部的布局。

"我就是杭城人，对这一点还是了解的。日本领事馆之前是英国人修建的，当时用的是中国工人。后来美国人用来当领事馆，美国人走后才交给日本人。日本人入驻的时候曾经对里面的西式风格不满意，又重新进行过大范围的装修，其间用的也是中国工人。而且我想，这些年来里面的设施不可能没有损坏，因为主人的更替，也会进行一部分的改装，日本人不可能舍近求远从国内调派工人，用的肯定都是本地工匠。你想想看，这里面有多少人知道领事馆内部的地形和房间位置？以军事情报站的能力，找到一两个知情人不难吧？"

宁志恒的一番话如同一阵轰鸣的钟声，重重地回响在柳同方的脑海中。

宁志恒指引的调查方向是他从没有想过的。是呀，领事馆的修建和日常的维护、装修都离不开中国本地的工匠，而且知情人不会少。以杭城军事情报调查站的能力，找到一两个知情人根本不成问题。如果照这个思路去调查，领事馆内部的布局和房间位置很快就可以调查清楚。

自己这一个月来苦苦纠结的这个问题迟迟没有进展，怪不得让这位宁组长大为不满。看来自己在地方上待久了，在业务方面确实跟不上了，比起南京总部的那些同行真是落后太多。如果这件事情传回南京总部，只怕会让自己颜面扫地。

还有自己手下这些笨蛋，一个个捞钱是好手，可是真遇到问题了，就到处推诿，还怂恿自己拖延任务，向处座诉苦，而最后的结果，处座的怒火却要自己这个军事主官来承受。

想到这里，柳同方心中越发恼火，尤其是那个情报处长袁思博，主要负责调查工作，可是他一味地推诿，搞得自己也以为困难太多、风险太大，就真的傻傻地向处座汇报。现在想来，只怕是自己上了圈套了！这个袁思博是在打坏主意呀！他没有尽力调查，或者是根本就知道而故意不提醒他。对，一定是这样！柳同方越想越觉得这种可能性大。这个浑蛋！还是自己太忠厚了，没有防备小人的暗算！

"志恒，你说的真是太对了。我这脑子真是进水了，怎么就没想到这一点。我马上按你说的去办，绝不误事。"柳同方赶紧向宁志恒表态，这三件事对他来说都不难，毕竟他在杭城经营多年。

"我说的这些事情，你要找最信任的手下去做。杭城不比南京，日本人在这里经营多年，实力雄厚，情报网的触角不知道深入到了何种程度。你们杭城站肯定是他们的重要目标，上上下下几百口子人，可以钻的漏洞太多了。所以我的计划只能由你最信任的人去执行，明白吗？"宁志恒再次叮嘱道。他可不想在自己身边找一个猪队友帮忙。

"明白了。说起来这一次的调查行动都是情报处长袁思博负责的，这个小子在跟我耍心眼呢！我回去就收拾他。以前我是给他们留点情面，现在看来是养虎为患了！"柳同方恶狠狠地说道。他可不是善男信女，做事并不缺乏魄力。

"你一个军事主官，却被一个手下牵着鼻子走，你的脑子真是进水了。军事主官的地位不容挑衅，这在哪里都一样。"宁志恒冷冷地说道。

他对谷正奇一脉的人并无好感，自己回到杭城已经是第三天了，这些家伙竟然一点儿表示也没有，把他这个回乡的总部组长放在一边置之不理，真是太不懂事了。我要不要是一回事，可是你根本就不打算送，那就是另一回事了！等事情办完，正好搂草打兔子，找个借口拿这个袁思博开刀，反正处座的意思也是让自己对杭城军事情报站惩治一番。如若不然，这些人在这里当山大王，当得心都野了！

面对宁志恒的训斥，柳同方连连点头，终于心悦诚服。科长告诫他的话一点也没有错，这个宁志恒的确是行动科首屈一指的行动高手，年纪轻轻就身居高位自然有他的道理。

两个人终于把事情谈完，柳同方这才去招呼自家的外室把酒菜摆上桌。两个人浅酌了几杯，宁志恒就起身告辞。

出了门见孙家成还在外边警戒，便挥手招他过来。两个人一路回了宁家大宅。

没想到刚进门就听赵江汇报道："组长，之前杭城站的副站长和情报处长前来拜访，等了你好一会儿。您父亲陪着说了会儿话，他们放下礼物就走了。"

宁志恒一听就知道是怎么回事了。真是说曹操曹操到，刚才还说这些家伙不懂事，没有想到这就上门来了。

他快步进了客厅，父亲宁良才正等在那里。看见宁志恒回来，宁良才开口说道："刚才你两个同事等了你很久，最后放下一箱子钱走了。志恒，你们这些同事的手笔可都不小哇，最少也有两万美元，这样收钱不会出事吧？"

宁志恒见客桌上放着一只精致的小箱子，打开一看全是美元，大致数了数，应该是两万美元。如今他的眼界不一样了，这两万美元还真没有放在眼中。这些家伙在杭城这个宝地搜刮了这么多年的地皮，结果才拿出一点来打发他。宁志恒不禁嘴角勾起一丝冷笑，说道："这点钱能出什么事？这两个吝啬鬼，以为我是这么好打发的吗？"

听到宁志恒的话，宁良才不禁瞪大了眼睛。他以为今天收的虽然没有昨天那两位的手笔大，可也足以称得上是一笔巨款，结果儿子竟然还嫌少，这胃口也太大了！

"把这些钱都收好吧，到时候一起带到重庆去。"宁志恒说道。

宁良才知道宁志恒现在挣钱太容易，就点点头说道："今天已经把船票都订好了。志恒，我们先走，你什么时候能去和我们会合？"

宁志恒看了看父亲，低头想了想，才开口说道："父亲，你们先去重庆照顾好自己，至于我，可能还要看时局的情况再定，要半年左右才能和你们会合。"

宁良才点了点头，没有再说话。宁志恒也是半晌无语，他心中隐隐有些不安，预感自己撤离南京的时候不会很顺利，很可能会有不小的风险，甚至还会有生命危险。不过自己给父亲留下这么多钱财，就算自己真的出现意外，丢了性命，也足以让宁家人熬过这场战争了。

第二天一大早，宁志恒就接到了柳同方打来的电话。

"志恒，我已经找好了监视点，你要不要过来看一下？"柳同方说道，并把具体的地址告诉了宁志恒。

看来柳同方的动作很快，宁志恒说道："我要的那名大夫找到了吗？"

"也找到了，是杭城最好的大夫，医术非常不错，现在也在监视点等着，你见一面就知道了！"柳同方信心满满地说道。

"那好，我马上过来！"宁志恒回答道。

放下电话，宁志恒就带着孙家成和几名队员一路向青江园赶了过去。

他们按照柳同方说的地址找到一个院子，高墙大院，很符合宁志恒的要求。宁志恒等人推门而进，就看见柳同方和他手下的行动队长权玉龙正在院子里面等他们。

"同方兄，你们的动作很快呀！"宁志恒笑着招呼道。

柳同方赶紧将宁志恒让进房间。房间很宽敞，陈设考究，看得出这房子的主人家境不错。

行动队长权玉龙上前微微欠身，向宁志恒介绍道："组长，我们选的这处院子位置很好，它的对面就是青江园最大的古董店敬石斋。河本仓士上一次就是在敬石斋买了两件不错的古董，如果再来应该还会光顾。左前方八十米是江南轩，也是河本仓士上次光顾的大店面。这两家店信誉都很不错，一般逛青江园的顾客都会在这两家转一转。"

宁志恒满意地点了点头，说道："地点选得不错，我要找的大夫呢？"

"已经到了，"权玉龙回答道，"穆大夫，请到这里来！"

话音刚落，一位外表儒雅的中年男子从旁边的房间里走了出来。

"穆正谊，穆大夫！三代都在杭城行医，是杭城最好的中医大夫，对西医也颇有涉猎，可说是中西贯通，也是我多年的好友，绝对可靠！"柳同方赶紧上前介绍。

三代在杭城行医，这人的确很可靠。宁志恒上前伸手与这位穆大夫握了握手，笑着说道："那就拜托穆先生了！"

宁志恒虽然年轻，可是气质沉静，再加上屋子里的人都围绕在他身边，穆正谊一看就知道这才是真正的主事者，于是赶紧笑着说道："宁先生客气了。行医看病本来就是我的工作，有事请尽管吩咐！"

宁志恒也客气地说道："穆先生年长，可以直呼志恒，不必拘谨。想必同方兄已经和你都交代清楚了，接下来你要随时在这个大院里待命，直到目标出现为止。就辛苦穆先生了！"

穆正谊点头说道："柳站长都交代清楚了，我自当尽力，绝不会误事！"

宁志恒转头问权玉龙："这处院子有电话吗？"

"原来没有，不过昨天紧急拉了专线。"权玉龙赶紧回答道。

看来准备工作做得不错，宁志恒又对柳同方说道："接下来我们就只能守株待兔了。设在领事馆附近的监视点不可松懈，一旦发现目标出门必须及时汇报给我，我要给这个河本仓士唱一出好戏！"

就在宁志恒搭好戏台，准备给河本仓士唱一出好戏的时候，他并不知道，他的目标河本仓士也正在处心积虑地寻找他的踪迹。

日本领事馆内一间屋子里，河本仓士与今井优志两个人在榻榻米上相对而坐。

看着眼前这位老部下，河本仓士将今井优志面前的茶盏倒满茶水，微微笑道："今井君，今日怎么有空到杭城来看我？我已经是日落西山的老头子，派不上什么用场了。"

河本仓士是因为宁志恒在南京城大肆抓捕日本间谍组织，自己无力挽回失败的局面而被迫辞去上沪特高课课长职务的。而今井优志就是他手下专门负责南京方面情报工作的情报组长，当时也是负有很大责任的，可是河本仓士为了保护这位部下，把责任都揽到自己身上。最后的结果是他被贬到日本驻杭城的领事馆当了一名参赞，而今井优志则安然躲过一场风暴。

为此今井优志非常感激这位老上司，而且他知道河本仓士来到杭城仍然没有离开谍报部门，其真实的身份是杭城谍报部门的新任领导。此次他来杭城就是要向河本仓士布置新的任务。

"课长……"

今井优志刚一开口，就被河本仓士摆手制止了。

"今井君，我已经不是上沪特高课的课长了，现在在你面前的只是一个败军之将、一个老头子——河本仓士！"河本仓士缓缓地说道。

"明白了，河本先生！"今井优志只好微微躬下脊背，恭敬地说道。

"旧话就不叙了，直接说你这一次来是为了什么事情吧！"河本仓士微眯着眼睛，有些松弛的面容备显衰老，"趁着我还有些用处，看看能帮你做些什么。"

今井优志从河本仓士的语气中能够感觉到他心中的不甘。一个在谍报战线上屡建功勋的老特工又怎么会愿意守在这里等死呢？他知道河本仓士只是在等待一个机会，一个可以东山再起的机会。

"河本先生，我这次来给您带来一个任务。"今井优志说道。

"什么任务？说说看！"河本仓士不置可否地说道。

今井优志轻声说道："其实这个任务就是当时您布置给我的那个调查任务：找到中国谍报部门能够突然之间变得强大，屡屡将我们潜伏多年的谍报小组抓捕的原因。"

河本仓士略微惊讶地看了今井优志一眼，缓缓地说道："怎么，新任的佐川课长还没有查明这个原因吗？呵呵，我倒是一直很想知道原因，可惜不在其位不谋其政了。这个任务不是你负责的吗？还没有个结果？"

河本仓士这些话倒是真心的，两个月前他就是因为无力挽回南京谍报战线失败才引咎辞职的，他也曾经专门指派今井优志去执行这个任务，可是还没有等到最后的结果，就被贬到了杭城。

今井优志苦笑一声，语气无比沮丧，说道："真是辜负了河本先生您的期望。一个月前我派去调查的一个小组，十名精通中文的优秀特工，还有我多年的部下和好友竹下健司，全军覆没了，一个也没有逃出来。"

"什么？"河本仓士眼睛突然睁大，他没有想到损失会这么惨重，"就是说这项任务还是没有结果？"

"是的。不仅如此，我们在南京最重要的资金渠道永安银行也被中国特工挖了出来，为此您的情报员黑狐冒险传递出来了消息，终于及时切断了这条联系渠道。可是黑狐没有能够躲过军事情报调查处的内部调查，也被捕了！"

听到这个消息，河本仓士再也忍不住自己激动的情绪，霍地站了起来，用手指着今井优志，嘴角颤动，半天没有说出话来。最后他颓然坐下，嗓音低哑而无力地说："黑狐是我们最有价值的情报员，他在敌方潜伏了十六年。当初我一再交代佐川，让他务必谨慎使用，可是刚交给他一个月的时间，黑狐就被捕了。这个佐川，我看错了他！"

当初佐川太郎也是他手下最优秀的特工，他一直以为佐川太郎会是一个合格的继任者，可是如此的表现太让他失望了。

"不仅如此，就在这段时间，雪山小组也被军事情报调查处抓捕了，电台和密码本全部失落。还有我设置在南京的紧急应变小组，也失去了联系，应该也都被捕了。河本先生，现在南京谍报战线的局势比之前更加恶劣，我们在南京的情报组织被破坏殆尽，已经全面陷于瘫痪状态。我紧急指示残余力量全部进入蛰伏状态，直到我们找到真正的原因，否则再贸然动作就等于自杀！"

河本仓士听完这些，不由得倒吸一口凉气，想不到情况竟然已经恶化到这种地步。

南京是中国首都，一直以来是日本投入最大的情报专区。他们花费了大量的资源和时间，召集了最优秀的特工，将十个间谍小组打入民国政府的各个部门和机关，情报工作一直以来都是卓有成效的。可是就在短短的半年间，局势发生了难以置信的逆转，到现在已经到了崩溃的边缘。

"那你来杭城的目的是什么？"河本仓士问道。

"从杭城这里打开突破口！"今井优志单手拍在桌子上，将这次的来意一一向河本仓士解释清楚。

"佐川的这个办法还真不错，可行性很高。既然南京已经成为禁区，那就让我来试一试吧！"河本仓士点头说道。

"您有把握吗？"今井优志问道。

河本仓士沉吟道："只能试一试。我们在杭城经营了多年，对杭城军事情报站进行过重点的渗透工作，现在已经有些进展。可是线人的地位都不高，只能试一试，但愿能够有所收获。"

今井优志深深地一躬，说道："那就一切拜托了！"

宁志恒这个时候着手布置，他问穆正谊："穆先生，你是中医世家出身，对中医望闻问切四种诊断手段，应该造诣深厚。"

"造诣深厚不敢当，不过是略有心得！"穆正谊嘴里很客气，不过语气中的自信溢于言表。

听到他的话，宁志恒满意地点了点头，接着说道："我想知道，如果只是近距离的接触，你能不能对河本仓士的身体状况做一个简单的判断？"

之前柳同方已经将行动的大致方案通告给了穆正谊。因为两个人是多年的好友，加之自己对日本人也很痛恨，穆正谊马上就答应了柳同方。

穆正谊略微思虑了一下，说道："中医诊断中的望闻问切是要综合来考量的。如果不能用问和切这两种手段，只是望和闻，我也只能做出一个大致的判断，很不准确！"

"一个大致的判断？好吧。我尽量制造机会让你接触河本仓士，你尽力去做就是了！"宁志恒点头说道。

之后的几天，宁志恒又带人去对面的敬石斋和江南轩实地勘察了多次，仔细地做好行动前的准备。

转眼间，五天的时间过去了，今天是宁家人上船的日子。

一大早宁志恒就坐在客厅里，看着身旁的家人和用人们来来往往地收拾行李。母亲桑素娥居中指挥着，不断地提醒这个没拿、那个没带，总之恨不得把家全都搬过去。

宁家人对待下人们都很好，除了几个舍不得离开杭城家乡的，大部分跟随多年的下人都要跟着主家离去，再加上一些护院的，几乎是全部出动，整个大院基本没有留人了。

尽管准备了这么多天，可临到最后还是搞了个人仰马翻。宁志恒就这样看着眼前的宁家大院变得空旷起来。

这时候负责安排车辆的大哥宁志鹏走了进来，对宁志恒说道："志恒，外面都收拾妥当了，我们走吧！"

听到这话，宁志恒点了点头，站起身来带着一众手下出了大门。看着眼前拖家带口的一大群人，宁志恒心头茫然。这些人总算是带走了，他们因为自己的努力可以免受战火的摧残，在这个乱世求得一条活路，他们是幸运的。可是杭城其他的人呢？自己的能力又能庇护多少人呢？

等大家赶到码头的时候，其他一些宁家店铺的掌柜和伙计也带着家眷赶过来和众人会合。毕竟他们在宁家几十年，不愿再四处求生活了，也都愿意跟随宁家西迁。

宁良才派人把宁良品和宁云英一家人接过来，也早早地在码头等候。

孙家成开车将苗勇义一家人也接过来。码头上人头攒动，煞是热闹。

去往重庆的轮船停靠在码头边，大家都已经拿起行李，准备依次上船。就在这个时候，两辆黑色轿车快速驶入码头，停在宁志恒的身边。

车门全部打开，宁良生一家老少七口都被带到这里，而宁良生手上还戴着手铐。

宁良生盯着宁志恒，一双眼睛瞪得老大，愤怒地喊道："你们这是要干什么？怎么敢这么做！快把手铐打开！"

这时宁良才和宁良品也匆匆走过来，宁志恒看着大伯只是淡淡一笑，没有说话。

宁良才赶紧上前解释道："大哥，我这也是没有办法才出此下策。我们在杭城还留下了刘掌柜处理家产和店铺，您放心，你们一家人先上船，家产我会让刘掌柜处理好，不会有任何损失！"

宁良品也在一旁劝说道："大哥，你怎么这么固执，我们三兄弟全家人整整齐齐的不好吗？又不是永远不回来了。好好说你不听，非得搞成这样子！"

宁良生一听更是不愿意了，他恼火地盯着宁志恒，说道："志恒，你快让他们把我放开，你还有没有上下尊卑，你……"

宁志恒根本不理睬他，挥了挥手，两名队员架着宁良生就往船上送。

身后的一家人也被桑素娥带着人接上了船。儿子宁志伟和女儿宁采薇却是一脸的苦笑，他们其实也想和全家人去往重庆，无奈父亲固执己见，态度坚决，他们也只好遵从，没想到宁志恒做事手段强硬，二话不说就派人硬来，最后搞得倒像是抓犯人一样。

左氏兄妹三人也混迹在人流之中，路过宁志恒身边的时候，三个人和宁志恒通过眼神交流了一下，宁志恒微微点了点头。

左氏兄妹按照他的命令，也和宁家人一起前往重庆，暗中护送宁家人，之后就直接赶回南京等待宁志恒回去。

宁志恒这时又对父亲交代了几句，嘱咐他们把苗勇义一家人照顾好，再和母亲桑素娥挥泪道别。将他们都送上了船，宁志恒这才目送着轮船开出码头，直至远远地消失在视线之中。

至此，宁志恒完成了自己的一桩大事，把自己的亲人们都送出了杭城险地，心里的大石头终于放下了。

第四章
愿者上钩

没有了后顾之忧，宁志恒把精力全部放在对付河本仓士上。他在青江园一直耐心地等候着河本仓士出现。

皇天不负有心人，三天之后，宁志恒终于接到了领事馆监视点的通知。

他放下电话，对着一众手下说道："监视点发现河本仓士的专车出了领事馆，第二监视点发现车辆向我们这个方向行驶，应该不会错了，开始准备吧！"

河本仓士今天心情还算不错，想着今天再去青江园看一看。他对中国的历史文化极为着迷，尤其喜欢收藏中国的古董文物。在中国这些年，他每到一处就会收集一些。杭城作为历史古城，奇珍异宝甚多，上一次他就买到了两件明朝时期的珍贵文物，拿回去细细观赏爱不释手，今天打算再去转一转，看看有没有收获。

他身边一直都有护卫跟随。他知道中国人一向对日本人怀有敌意，所以每次出门，他和护卫都换成中国人的装束以保安全。再有个原因是，有些古董商见他们是日本人就会刻意抬高价格，或者干脆把最好的珍品收起来不做他们的生意，这才是让河本仓士最头痛的事情。

车辆在青江园路口处停下，河本仓士下车步行。他一身长衫，戴着金边眼镜，短绺胡须，一副典型的中国老式知识分子的打扮。一旁的三名护卫武官身形健壮，也是短衣打扮，一看就是保镖之类的人物。

"先生，为了安全起见，我们还是不要到处逛，散摊那里人多手杂，就去之前那几家看一看吧！"身旁的栗田太郎轻声说道。他是跟随河本仓士多年的心腹，一直负责河本仓士的安全工作。

"好吧，栗田君，就听你的安排。其实有很多真正的好宝贝都藏在那些不起眼的角落里，收藏古董最有趣的就是凭借过人的眼光搜寻别人发现不了的奇珍异宝，这种乐趣不足与外人道也。哈哈，可惜了！"河本仓士笑着说道。

虽然他很想去别处的地摊走走，但是他的自律性极强，知道这样做会给自己的三名手下带来很多不必要的负担，自身安全也得不到保障，所以点头答应了。

一行人先是来到两处较大的古董店看了看，可是没有什么收获。河本仓士略微有些失望，看了看手表，开口说道："还是不要耽误时间，就去上次的敬石斋，那里的货色最好。呵呵，就是那个掌柜的太精明了，不好压价钱！"

三名护卫皆是一笑，知道河本仓士其实并不缺钱，只是喜欢那种与人争利的感觉。

一行人很快来到青江园里最大的古董店敬石斋的门口，只见门口停着两辆黑色轿车，估计是客人停在这里的。栗田太郎看了两眼，也没有发现异常，便点头示意，众人进入敬石斋。

敬石斋里面的厅堂很宽敞，可是客人却只有几位，而且明显是一起来的：一位年轻人，身旁还有一位儒雅的中年人，两名随从站在身后。

他们围在厅堂中间一张宽大的桌案面前，不时发出争论的声音。

"石掌柜，你们敬石斋也是多年的老字号了，我可是冲着你们这块招牌来的。这么压价钱，可是有些店大欺客之嫌哪！"那位身形挺拔的年轻男子语气中带有不满，声音不觉有些提高。他说一口地道的杭城话，一听就是本地人。

而敬石斋的大掌柜石乔山很无奈地说道："吴少爷，您这可真是冤枉我们了。现在的行情普遍不好，我们做古董生意的都在苦苦支撑，也就我们敬石斋有些家底才熬下来了。您出去打听打听，这一年青江园关了多少家店面。我是看您这对唐代白瓷净瓶是邢窑精品才出四万法币，这绝对是最高价了！"

唐代邢窑的白瓷净瓶！还是一对！

刚刚走进厅堂的河本仓士听到这话，心中扑通一跳，眼中射出惊喜的光芒。

唐代早期最著名的瓷器产地就是邢窑。邢窑以烧制白瓷而闻名于世，历经隋唐而发展成熟，素有"内丘白瓷瓯，端溪紫石砚"之美誉。只是因为年代久远，历经时代变迁，战乱频发，邢窑在唐朝后期就被毁坏了。邢窑产出的时间短，精品少，存世的白瓷更是少见，在古董市场上难得听到它的消息。

万万没想到，今天竟然能够在这里遇见，而且还是一对白瓷净瓶，这个消息让河本仓士再也忍耐不住。他快步向前，几步就来到大桌案前。

桌案上赫然摆放着一对白瓷净瓶，造型精美，瓷肌净白如云。河本仓士身子再挪动向前，靠到近前仔细端详，身后的三名护卫武官也赶紧跟了上去。

"这位老先生，还请稍稍退后。瓷器易脆，容易损伤，出了意外说不清楚哇！这也是古董行里的规矩，请您稍后！老刘，赶紧过来招呼客人！"石乔山看见河本仓士四人靠得太近，赶紧伸手拦住，然后向后堂高声呼喊，把自己店里的二掌柜喊了出来。

今天可是有一桩大生意，眼前的这位年轻人一进门就要出手一对唐代邢窑的白瓷，当时他一听还以为是骗子上门了。唐代邢窑的白瓷，那绝对是稀世珍宝。他在古董行这么多年，也不过见过有数的几次，更别说是一对了。

可是当这位年轻人真的将一对白瓷净瓶摆上桌案，石乔山顿时傻了眼。他浸淫古董一辈子，敬石斋能够在青江园独占头魁，这份眼力自然是无人能比的，只一打眼就知道这对白瓷净瓶绝对是真品，而且绝对是极品，说是绝世珍宝一点也不夸张。

为了保险起见，他仔细检查良久，再次确认了这对白瓷净瓶的价值。只是这位年轻人也不是善茬，开口就要一万美元，顿时让他无语。这对白瓷净瓶当然值这个价格，可是现在古董行业不景气也是真的。如果以这个价格入手，自己可就没有多少利润了。他当然要讨价还价，结果双方的价格相差太远，根本就谈不拢。

石乔山心中焦急，但面不改色，耐心地与这位卖家进行价格拉锯战，可无奈对方不肯做任何的让步，真是块难啃的骨头哇！

两个人都有成交的诚意，却又在价格上不肯退让半步，一时间僵持不下。

这时，在一旁偷眼观察良久的河本仓士终于按捺不住。他轻咳一声，把众人的目光吸引过来，微微笑道："打扰诸位了，石掌柜我们是见过面的，都是老客，能不能让我也观赏一下。这位吴先生，不知道可不可以呢？"

他言语之中的意思很明显，自己也对这对白瓷净瓶有很大的兴趣，想要先看一看货色。

石乔山一听顿时脸色一变，这对白瓷净瓶他是志在必得的，可这突然出现的客人却要横插一手，当下很不高兴地说道："这位老先生，既然是老客，就应该知道古董行的规矩。我和吴少爷的生意谈出结果之前，您是不能从中插手的。还请您谅解。"

早就讲价讲得不耐烦的吴少爷这时却来了兴趣，他伸手对河本仓士做了个"请"的手势，笑着说道："既然是规矩，那么我和石掌柜之间的生意结束了。这位老先生贵姓，对我这对白瓷净瓶有意？"

河本仓士本来被石乔山一说，也有些迟疑。古董行业里面的规矩他当然知道，可他实在是太喜欢这对白瓷净瓶了，心中患得患失，生怕与这对宝贝失之交臂，这才出口询问。现在卖家主动退出之前的交易，这当然是最好不过了。他顿时眉开眼笑地说道："老朽姓何，对瓷器独有所好。那就先看一看，可好？"

吴少爷当下连连点头，说道："何老先生，请随意。我这也是急等着用钱，不然不会将家传的这对宝贝出手。"

一旁的石乔山看到两人竟然把自己甩在一边，在自家店里谈起了生意，不禁有些气结。又一想，做生意和气生财，再说这对宝贝他也是舍不得放弃，就看看情况再说吧，最后花落谁家还未可知呢。

河本仓士得到吴少爷的首肯，心中欢喜。他掏出洁白的手绢擦干了手上的汗渍，双手轻轻捧起一只白瓷净瓶仔细地鉴赏起来。

看到他的这一举动，吴少爷和石乔山不禁都点了点头。这位何老先生确实是位行家。鉴赏瓷器和玉器这类表面光滑而且易碎的物品，手中一定不能有汗渍，一是怕一时手滑将物品跌落打碎，二是怕人体的汗渍会腐蚀瓷器或玉器的表面。

河本仓士将手中的白瓷净瓶上上下下端详良久，然后轻轻放下，又拿起另外一只仔细观看，时间一点一点地过去。

就在大家都把注意力放在河本仓士身上的时候，吴少爷身边那位儒雅的中年人却以审视的目光从头到脚仔细观察着河本仓士，尤其是其面部特征，最后看似无意地往前挪了几步，好像也是关注这对白瓷净瓶的样子，悄悄靠近河本仓士，好半天才退回到吴少爷身后，和吴少爷的眼神交流中却微微有些失望，显然他并不敢确定自己的判断。

吴少爷心领神会，他不动声色地继续寻找机会。

就在大家都有些不耐烦的时候，河本仓士轻轻放下手中的白瓷净瓶。他摘下鼻梁上的金边眼镜，用洁白的手绢轻轻擦拭着，缓缓吐出一口气，感慨地开口说道："今天能够看到这样的珍品，真是得偿所愿。这是唐代邢窑的精品，通体白釉，不带一丝杂色，瓷器胎质细腻，釉层均匀，手感浑厚滋润，真是让老朽爱不释手哇！"

吴少爷见河本仓士非常满意，不禁心中欢喜，却面带愧色地说道："这对净瓶是我们吴家的家传宝贝，我父亲视若性命，如果不是家中资金周转不过来，断然不会出手。不是我不通融，只是这次家中的资金缺口太大，不能再让了，最少也要一万美元，不知道何先生意下如何？"

河本仓士也是有些为难，一万美元对他来说也是一笔不小的数额。虽然自己来中国这么多年搜刮了很多的财富，不过大多数都换成了古董和文物，手中的现金却是不多了。他微微思忖了一下，这对邢窑的白瓷净瓶确实是可遇不可求的稀世珍宝，如果错过了，只怕以后再难遇到了，于是他咬了咬牙点头说道："那就这个价钱吧，只是我身上没有带这么多的现金，请吴先生稍等一下，我这就派人回去取钱！"

"好，还是何老先生痛快！"吴少爷一拍大腿站了起来，"我就等着，放心，这对净瓶就放在桌子上不动，您可以再鉴赏一会儿，到时候一手交钱一手交货！"

河本仓士满意地笑了。这个吴少爷倒也是个明白人，在古董行业里就有专门做倒手伎俩的骗子，他们先是以真品示人，等交易谈成，就会在不经意间将真品用极为相似的赝品偷偷换掉，而买主在短时间里根本不会再仔细地去检查，因此最后上当受骗。

河本仓士精明过人，是这一行的老手，早就防备了这一手，所以他并没有离开，而是让手下的护卫回去拿钱，而自己就在这里守着，绝不会让这对净瓶离开自己的视线。可是现在这位吴少爷做事大方，直接就将这层窗户纸捅破，显然是以诚意示人，极为盼望达成这笔交易。

　　他们这里交易就要成功，一旁的石乔山急了。原本这对稀世珍宝就要收入囊中，没有想到被人横插一手截了胡，当下他赶紧站起身来，抢着说道："慢着，二位，你们在我这里谈成交易是不是有些不妥？毕竟我身为地主，而且吴少爷也是冲着我们敬石斋这块招牌来的。这样，我也出一万美元，吴少爷。这里毕竟是我们敬石斋，你在这里跟别人成交，传出去让我们很难堪哪！"

　　吴少爷一听，不禁有些为难，自己这样做确实有些不厚道，对敬石斋的声誉也有损害。他犹豫地看着河本仓士欲言又止，最后终于开口说道："何老先生，您看……要不这次先让一让石掌柜，下次若是出手宝贝，我一定先联系您？"

　　言下之意竟然要反悔！河本仓士心中一急，他知道在别人的店里抢货是有些不妥，可他现在根本顾不了这么多，赶紧再次出价道："做生意还是要你情我愿嘛，所谓价高者得之。这样，我再多出五百美元，吴先生可还满意？"

　　吴少爷一听点了点头，也对呀，价高者得嘛！

　　"一万一千美元！"石乔山再次加价喊道。

　　"一万一千五百美元！"河本仓士志在必得！

　　石乔山这时可是有些退缩了。他在古董行里混了一辈子，什么样的事情没有见过，今天的一幕让他有所警觉，寻思这不会是对面这一老一少给自己设套吧？再说这对白瓷净瓶现在的价值大概就是这个价位了，自己再加价拿到手也没有利润，东西虽然好，但是价格确实太高了。

　　"好吧，何老先生手面大，小店就不与你争了。"石乔山双手一摊，做出退让的姿态。

　　看到石乔山退出，河本仓士大松了一口气，他回头吩咐一名随从武官道："你马上回去取钱，赶紧达成这次的交易。"

　　武官点头称是，转身出门而去。河本仓士对吴少爷说道："那就请吴先生稍候了！"

　　吴少爷见交易达成，脸上笑逐颜开，连声说道："没关系，我们就在这里等着，您接着欣赏。"

　　河本仓士点头微笑，取过白瓷净瓶细细鉴赏。一旁的石乔山心存疑虑，他想看看这两位是不是在做戏给自己看，所以就回到自己的座位上，冷眼旁观。

这时候大家都安静下来，吴少爷有些无聊，便起身在厅堂里随意转转。身边的中年男子也站起来跟在后面，不多时两人来到一处角落。

"怎么样，有收获吗？"吴少爷以极低的声音问道。

儒雅的中年男子也低声回答道："没有很大的把握。此人面色带黄略有浮肿，脖子较粗，嘴唇略微发紫，显得比一般人要衰老一些，手掌也发青，口中还略有口气。我初步判断他的心脏不太好，但是没有进一步的接触，不能给出准确的诊断。"

这两个人自然就是宁志恒和穆正谊，他们演这出戏，就是为了近距离接触河本仓士，让穆正谊对其身体健康状况做出初步的判断。

宁志恒点了点头，低声说道："看来他的心脏应该有些问题。心脏病人最怕受到突然的刺激，一会儿我再制造机会，你见机行事！"

宁志恒和穆正谊又转了一会儿，这才回到座位坐下，耐心地等待着。

过了大概四十分钟，那位武官匆匆忙忙地赶了回来，将一只皮包放到河本仓士面前。河本仓士恋恋不舍地放下手中的白瓷净瓶，看都没看便将皮包直接递给了宁志恒。

宁志恒赶紧上前接过皮包，打开后将里面的钞票取出来仔细清点，然后笑着说道："何老先生，数目没有错误，现在这对白瓷净瓶就是您的了。"

说完，他两步走上前去，在河本仓士和身边众人的注视下，亲手捧起一只白瓷净瓶小心安放在旁边的包装盒内。

然后又拿起第二只瓷瓶，可就在这个时候，意外发生了！

当他的右手捧起白瓷净瓶的时候，不知为什么手中一滑，白瓷净瓶顺着手腕滑落下来。

在众人的惊呼声中，这只白瓷净瓶结结实实地摔在地上，顿时发出啪嗒一声脆响。

在场的人不约而同发出一声惊呼，谁都没有想到会发生这样的意外。就连远远观看的石乔山，也吓得一个激灵站起，几步冲过来。

尤其是离得最近的河本仓士眼看着白瓷净瓶从宁志恒手中滑落，一颗心提到了嗓子眼儿，没等他反应过来，白瓷净瓶已落地摔碎。河本仓士只感觉自己的心脏好像也跟着摔碎了一样！

他"哎呀"一声，只感觉胸口一闷，浑身的虚汗顿时激了出来，嘴里发出一声闷哼，身子发软，手捂着胸口斜靠在桌案上。

这一情景马上被身后的栗田太郎发现了，他赶紧上前一步扶住河本仓士，嘴里焦急地喊着："先生，先生您怎么样了？"

这一突发的情况，让所有人都措手不及，宁志恒和穆正谊也赶紧出声喊道："何老先生，你怎么样了？"

一时间，身边的人七手八脚地将河本仓士搀扶到座位上，其中就有一直站在宁志恒身后没有作声的一位随从。这名随从的手轻轻地从河本仓士的腰间掠过，就在大家都围在河本仓士身边的时候，他巧妙地退后两步，恰似被挤到了人群外围一样。

随从双手背在后面，袖口中一抖，一串钥匙落在手中，左手不知从哪里翻出一盒印模，手指灵巧地翻动，以极快的速度将每一把钥匙都在印模上按了一遍，然后又冲到前面，不露痕迹地挤到河本仓士身边，袖口中的钥匙滑落到食指上，掠过河本仓士的腰间，轻轻巧巧又安放回去。

这一切动作轻巧至极，在众人的慌乱之中顺利完成。河本仓士身边的三名护卫都被河本仓士的昏厥搞乱了手脚，根本没有注意到这一细微的变化。

而河本仓士紧闭着双眼，缓了半天，才终于慢慢睁开了眼睛。栗田太郎赶紧轻声问道："先生，你感觉怎么样？"

看到河本仓士缓缓睁开眼睛，一旁的宁志恒不禁暗叫一声可惜。他没想到试探的效果竟然如此之好，这个河本仓士的心脏果然有问题，就在白瓷净瓶摔碎的一刹那，他竟然捂着胸口自己昏倒了。

如果河本仓士就这样死了，倒也一了百了。虽然他不是死在领事馆和日本租界，但是众目睽睽之下自己昏倒，在死因上也交代得过去，最后日本人也不会说出什么来。

真要这样，这件任务也算是顺利完成了，可没想到，这个老家伙竟然没过一会儿就缓过来了。

宁志恒心想算这个老鬼子命大，看来只能自己亲手送他上路了。

河本仓士睁开眼睛之后看了看身边的众人，又看了看栗田太郎，不由得轻叹一声，缓缓地说道："太可惜了！太可惜了！"他在惋惜那只摔碎了的白瓷净瓶。

宁志恒不禁有些尴尬地说道："何老先生，都是我一时手滑，才出了这样的意外。不过您放心，这完全是我的责任，剩下的这一只净瓶如果您还要的话，那么价钱减半；如果您不打算要，那么我把钱全额退回。"

河本仓士在众人的搀扶下，缓缓地挺直身子坐了起来，一字一句地开口说道："这样的稀世珍宝，存世的又少了一只，剩下的这一只将更加珍贵，我必须留下！"

宁志恒也不废话，拿过那个皮包，将里面的钞票取出一半，放在河本仓士的桌案前，说道："何老先生，退回您六千美元，剩下这一只白瓷净瓶，作价五千五百美元，您可还满意？"

"不！"河本仓士再次摇了摇头，"剩下这只净瓶，加上地上的瓷器碎片我都要了，六千美元！吴先生，你看怎么样？"

听到这话，宁志恒一愣，然后点头答应了。他没有想到河本仓士竟然连瓷器的碎片都想收走，这个老家伙倒是真心喜欢这些宝贝。

宁志恒又取回了五百美元，然后神色沮丧地向河本仓士告辞道："何老先生，今天的事情非常遗憾，那我就先告辞了，还请您多保重身体，真的是非常抱歉！"

说完，他略微点头示意，带着身边的人走出了敬石斋。

看着他们离去的背影，一直没有出声的石乔山突然说道："何老先生，你赶紧看一看那些美元是不是真的。"言下之意，是怀疑宁志恒最后把那包美元掉了包，还给河本仓士的是假美元。

一旁的栗田太郎闻听此言，赶紧取过桌案上的钞票仔细检查，最后转头向注视着他的众人说道："没有问题，是真的美元！"

河本仓士又赶紧将包装好的那只白瓷净瓶取过来，仔细检查了一下，确认没有问题，这才神情一松。看来今天的确是一场意外，虽然中间突发状况，但最终自己还是得到了一件稀世珍宝。

宁志恒带人出了敬石斋，上车一路驶出青江园。坐在身边的穆正谊开口说道："河本仓士昏厥的时候，体温略有升高，身上流出大量的汗水，再加上之前的判断，可以肯定他的心脏有梗死的症状。"

宁志恒略有失望地说道："可惜并不严重啊，不到五分钟就缓过来了，要不然我们可就省事了！"

穆正谊也觉得有些可惜，接着说道："确实可惜。心肌梗死有一个渐进的过程，河本仓士现在只是有早期的症状，还没严重到足以致命的程度。"

宁志恒点头说道："今天这个发现很重要，这是一个突破口。穆先生，你要从这方面下功夫，想一想什么样的药物能让他服下之后出现心肌梗死的假象，只有这样我们才能够不漏痕迹地瞒天过海。"

穆正谊点头答应道："我再考虑一下，很快就能给你答复。"

他们一路驱车赶回宁家大院，如今目的已经达成，青江园的房子不能再去了，只好回到自己家里。

偌大一个宅院，只剩下宁志恒及手下二十多人。看着空荡荡的院子，宁志恒不觉有些伤感。

他来到书房中，转头对身后的庞修说道："我看你今天有些收获，拿出来给我看一看！"

今天宁志恒特意安排庞修在身旁守候，就是要他发挥自己的特长，在河本仓士的身上找到一些线索。尽管庞修的动作非常隐蔽，但是也无法瞒过宁志恒惊人的眼力。

庞修这段时间从行动队员们的口中得知了自己这位老大的真实身份，尤其是在孙家成扔给他一套中山便装和一支勃朗宁手枪后，他几乎在一瞬间就摆正了心态，明白从此以后自己就是吃皇粮的官家人了，自然要死心塌地地为宁志恒效命。可是他身无所长，只有一手偷窃的技艺可以傍身，听到宁志恒的命令，自然是拿出全身本领，伺机而动，轻轻松松就完成了任务。

庞修赶紧上前，挺身立正说道："报告组长，我偷到了一串钥匙，按了印模后，又给他送了回去。"

"钥匙？"宁志恒的兴趣一下子被提了起来，"赶紧把钥匙配出来！"

"是，我马上就去！"看到宁志恒感兴趣，庞修马上兴奋地高声回答。

庞修出去后，宁志恒拿起电话给柳同方打了过去。

"同方兄，领事馆里面的构造和房间位置调查得怎么样了？"宁志恒问道。

柳同方在电话那边兴奋地说道："一切都很顺利！我们找到几位当时的建筑工人，还有装修工人，已经基本搞清楚了领事馆里面的布置。现在我们正在根据这些情况绘制结构图，一会儿我去向你汇报！"

宁志恒一听柳同方的行动进展顺利，也很高兴。他笑着说道："那太好了。我现在就在家中等你过来，还有青江园的房子不能用了，你赶紧派人去处理干净，恢复原样。"

柳同方一听就知道今天的行动肯定有了收获，不然宁志恒不会把那处院子放弃，他马上连声答应。

宁志恒放下电话，坐在座椅上闭目养神，仔细回想今天和河本仓士接触的所有细节。

而与此同时，河本仓士也带着一只白瓷净瓶和一包瓷器碎片回到了日本领事馆。

两位武官将他送到房间门口后告退而去，河本仓士掏出钥匙将门打开，走进了房间。

河本仓士的专用房间是一个大套间，一进门是个宽敞的会客厅，再往前走是卧室，在会客厅的右侧有一个大房间，那里存放着他多年来收藏的古董以及保险柜。

栗田太郎是他的贴身护卫，跟在他的身后，有些担心地看着河本仓士说道："先生，这一次真的是很危险。这已经是第三次发作了，是不是提出申请，回国好好治疗？我们国内的治疗条件要比这里好很多，相信一定可以治好的。"

原来河本仓士的心脏确实不好，这两年来心脏问题接连发作。栗田太郎非常担心，极力劝说河本仓士回国治疗。

可是河本仓士却摇了摇头。他接手杭城的谍报工作不久，一切刚刚步入正轨，怎么可能放下一切回国治病呢？再说，现在今井优志又将那件最为重要的任务交给自己，对于这件任务自己也有很大的心结，必须搞个水落石出，这样关键的时候又怎么能离开？

河本仓士摆了摆手，微笑着否决了栗田太郎的提议，他说道："不用担心，只是片刻的昏厥，很快能够恢复过来，等过了这段时间我就申请回国治疗。"

栗田太郎却坚持劝说道："可是您现在发作的时间越来越长，以前不过一两分钟，可这次已经长达六分钟。这样下去，对您的身体有很大的伤害呀！"他的主要任务就是保护和照顾河本仓士，现在看河本仓士根本没有把疾病当回事，不由得心中焦急。

看着老部下为难的样子，河本仓士只好答应道："这样吧，等这次任务一完成，我立刻就申请回国治病。"说到这里，他看了看手中的白瓷净瓶，笑着说道，"这次没白跑一趟，收购到这样的宝贝。唉，真是可惜！如果另一只瓷瓶还完整的话，那该是多么幸运的事情啊！"说到这里，他将手中的那包瓷器碎片放在桌子上，接着说道，"我要亲手还原出这只净瓶，这才是我真正的乐趣所在呀！"

栗田太郎无奈地摇了摇头，他知道河本仓士又要欣赏自己的收藏了，这是他最喜欢做的事情，只好躬身告退。

河本仓士见栗田太郎从外面把门带上，这才来到房间右侧的一道门前，用钥匙打开锁，推门而入。

进入这道门，是一个宽敞的大房间，里面摆放的珍贵古玩琳琅满目。他小心翼翼地把手中的净瓶在桌子上摆放端正，极为满意地看了又看，端详了良久，这才恋恋不舍地转身离开。

他又走到房间最里面的一个保险柜前。这种保险柜是当前最先进的，必须同时使用钥匙和密码才能打开。如果连续出现三次错误，里面就自动锁死，再也无法打开了。

河本仓士认真地检查了一下圆形密码锁上面的数字，和自己平时拨转的数字吻合，说明没有人动过，这才转身离开。

宁家大院的客厅里，匆忙赶来的柳同方和权玉龙正在向宁志恒汇报工作进展情况。

权玉龙将一张大图纸在桌子上摊开，然后向宁志恒汇报："组长，我们按照您的指示找到几位知情人，根据他们的描述还原了领事馆的内部布置，尤其是河本仓士居住的大楼里面的房间布置。一位负责装修的老工人说，两个月前，他和一些工人奉命对这栋大楼二层的一个大套间进行过简单的装修，这个时间和河本仓士来到杭城的时间相吻合。"说到这里，他用手指着图纸上的一处房间。

宁志恒仔细地看了看，说道："这是一个大套间。一般来说一进门应该是会客的客厅，正对着的这间房面积较小，右侧的这个房间面积很大。根据面积来推算，一般人的卧室空间都不大，因为狭小的空间给人以安全感，这间面积较小的房间应该是他的卧室，而这间面积很大的房间应该是他存放重要物品的地方，比如他收藏的古董。"

听了宁志恒的分析，柳同方和权玉龙都点头称是。

宁志恒闭上眼睛，静静地思索了一下，这才睁眼说道："这里面有些细节还是没有标出来。你们回去再找这些负责装修的工人了解一下，他们每个房间用的是什么样的窗户，窗销是什么结构形状，房间使用什么材质的门，使用什么门锁，等等，总之越详细越好！"

柳同方听到宁志恒的吩咐，知道这个工作还是没有让宁志恒满意。整个调查过程他也是全程参与的，可是没有想到需要调查得这么细致。他再一次认识到了自己的不足，赶紧点头说道："志恒，真是不好意思，看来我们的工作还是做得不够细致，我检讨！"

说完，他转身对权玉龙说道："玉龙，赶紧去落实这件事情。宁组长做事的效率你是看到了，我们在杭城站待久了，手艺全废了，以后做任何事情都要仔细再仔细，借这个机会好好向宁组长多学习学习！"

权玉龙赶紧点头说道："卑职明白，还请组长和站长多多指教，卑职一定竭尽全力！"

权玉龙身为杭城军事情报站行动队长，以前的行动就是听命令抓人，不用太费脑子，所以对具体的情报工作了解得不深，在调查工作上确实有些疏忽。可是这一次因为柳同方再也不相信情报处长袁思博，而且宁志恒再三交代，必须使用最信任的手下执行此项任务，所以柳同方只好派自己的心腹权玉龙上场，可谓是赶鸭子上架，有些勉强了！

至于杭城站的情报处长袁思博，柳同方此时毫不手软，直接以玩忽职守的名义将他关了起来，就等着此案结束，把这个家伙当替罪羊上交给南京总部。

宁志恒也知道现在杭城军事情报站里面能用的也就剩这个权玉龙了，估计情报处里其他的人手，柳同方也不敢相信。没有得力的手下，看来他只能将就一下了，不过，对这个人还是要多叮嘱一下，免得他行动中出现纰漏坏了大事。于是他再次对权玉龙提醒道："权队长，我们这次的任务非同小可，我再强调一次，行动必须严格保密。日本人在杭城经营多年，我们不能保证杭城站上上下下都值得信任，所以你要亲力亲为，对身边的人也必须有必要的监视防范措施。在我们南京总部执行重大任务的时候，所有行动队员都是不能单独行动的，每个人身边必须有队员互相监视，就连我们这些行动组长也不能例外。以后这个规矩在杭城站也要立起来。"

柳同方和权玉龙相视一眼，目光中均露出惊讶之色。他们没有想到，南京总部竟然执行如此严苛的行动纪律，对照自己在杭城站的懒散和疏忽，不禁暗自汗颜。

看着权玉龙离去，柳同方这才转身对宁志恒感慨地说道："志恒，说实话，我在之前接到处座的电话时，被处座严厉地训斥，当时我心中是有委屈的，认为处座布置如此困难的任务，是太过于苛求我们这些下属了。可是现在我才知道，这些年对工作确实太疏忽了，手下的人员也都疏于管理，懒散不堪大用，说起来惭愧呀！"

对于柳同方的这番话，宁志恒听得出来还是有一定的真心的，毕竟杭城站山高皇帝远，处于没有监督的工作状态，自然难以自律。他摆了摆手说道："同方兄也不必自责，只要过了此次难关，加强整顿，把工作督促起来，亡羊补牢，为时不晚！"宁志恒这时又看着那张内部图纸，突然说道，"同方兄，你们对日本领事馆的内部防卫人员还有他们的行动规律有没有了解？"

柳同方听到宁志恒的问话，赶紧回答道："护卫的兵力有一个小队，六十名军士，他们轮流执勤看守。据我们观察，他们分成三个班，四个小时换一次班，看守得非常严密，潜入的难度很大。"柳同方这一个月来对日本领事馆的防卫情况做了很详尽的了解。

宁志恒拿起地图，看了看领事馆的地形，心中仔细盘算一下，说道："在院墙和两栋大楼之间有很宽的距离，只要安排合理，不需要多少人手就可以将领事馆内部监控起来。看来直接潜入进去难度很大，必须想个办法混进去。对了，平时进出领事馆的车辆都有哪些？"

柳同方想了想，回答道："很多，比如几位主要人物，来往于领事馆和日本租界之间的专车，还有回收垃圾的车辆、办理杂务的工作车辆，以及他们出去采购蔬菜粮食时所用的车辆。"

宁志恒听完又问道："最有规律的是哪一种？"

柳同方仔细想了想，回答道："应该是回收垃圾的垃圾车和采购蔬菜粮食的采购车。垃圾车每天八点出门，九点左右回去。采购车也很准时。整个领事馆的人员多达上百人，每天食材耗费量很大。采购车每天早上六点半就出门，六点五十左右到达附近的菜市场采购当天的食材，大概在九点半回到领事馆。"

宁志恒沉吟着说道："领事馆主要人物的专车不予考虑。这些人出入都有严格的保护措施，护卫人员很多，我们很难靠近，无法混入其中。

"垃圾车也不行，它早晨出发的时间太晚了。一旦我完成暗杀任务，早晨被人发现河本仓士已经死亡，一定会引起敌人的警觉，很可能会在领事馆内进行严格的搜查，那个时候我要是还滞留在领事馆内，很难全身而退。

"只有采购车符合我的要求。它出入规律，每天都可以进出一次，早上出发的时间也早，我完成暗杀任务后可以及时撤离。"

"志恒！"宁志恒正要往下说，却被柳同方打断，只见柳同方以诧异的目光看向他，再次犹豫地问道，"志恒，你是想亲自去执行这次暗杀任务？"

"对，这件事情事关重大，又是处座亲自交代的任务，我不放心别人去执行，必须亲手解决！"宁志恒肯定地回答道。

其实宁志恒也考虑过派别人去执行此项任务，但是河本仓士的身份太重要了，他之前在日本上沪特高课担任课长，是日本驻中国谍报部门最高序列的特工头目之一，接触的都是最高等级的绝密情报，可以说他脑海里的任何一幅画面都是极具价值的情报！这些对于宁志恒来说极具诱惑力的宝藏，绝不能够轻易放过，所以他下决心亲自去冒险。

柳同方万万没有想到，为了深入日本领事馆暗杀河本仓士，完成这项万分危险的任务，身居高位的宁志恒竟然要亲自赴险，这对于向来习惯在后方指挥的情报站站长来说，实在无法想象！

宁志恒突然想到一件事，问道："上次你给我看的领事馆内部人员名单里有一个中国人，曾经在里面做过中餐厨师？"

"彭阿四。"柳同方回答道，"他去年就不做了，现在领事馆里面都是日本人。"

宁志恒接着问道："能找到他吗？我要询问他一些具体的事情。"宁志恒觉得对于曾经在日本领事馆做过厨师的彭阿四，应该了解一些细节。

柳同方赶紧回答道："可以找到，我马上就去安排手下把他带过来。"

"好。找到之后把他带到我这里来，这段时间我会一直待在这里。"宁志恒吩咐道。这时，穆正谊从外面走了进来。宁志恒看到他问道："怎么样，有没有想到什么好方法？"

穆正谊点了点头，在沙发上坐下来，沉吟道："我考虑了很久，最后找到一种方法。"

宁志恒听了心中大喜，赶紧问道："什么办法？快说出来听听！"

穆正谊说道："使用氯化钾。氯化钾本身没有毒性，但是对人的心脏有强烈的刺激作用。尤其对河本仓士这样心脏本身就有梗死症状的病人来说，绝对致命！"

宁志恒一听，不觉有些迟疑。他本人对医学上的一些基本知识还是有一定了解的，他有些疑惑地问道："据我所知，氯化钾吃下去虽然可以引起心脏突变而致人死亡，但是需要的剂量有些大。如果日本人进行尸检，是可以察觉出其中的蹊跷的。"

穆正谊听到宁志恒的回答，不禁颇为诧异，他没有想到宁志恒一下子就说出了这一方法的弊端。可以想见，这位年轻的宁组长学识扎实，涉猎广泛，绝不是印象中那种只会搞破坏、暗杀的杀手，看来自己小觑了这些身处黑暗之中的特工。

他轻轻点了点头，接着说道："志恒所虑甚是，确实存在这个问题，那我们就考虑使用注射液。如果使用氯化钾注射液，那么所需要的剂量是口服剂量的二十分之一，大概只需要十毫升的一支针管就可以了。而且对河本仓士而言，他本身就有心肌梗死的早期症状，我可以肯定只需要五毫升的注射液就可以致死。氯化钾本身没有毒性，使用的剂量这么小，以后即使日本人进行尸体解剖也只能查出是心肌梗死的症状，不会查出别的原因。"

柳同方在一旁插口道："这可是个好方法。不过口服的话，我们还可以投毒。直接注射的难度可就大多了，需要在不惊动任何人的情况下制住河本仓士，对他强行进行注射，这可是很难办到的！"

宁志恒仔细考虑其中的利弊，觉得使用注射液的方法更为稳妥，毕竟这样做可以确保日本人察觉不到异常，这是最主要的。至于要在不惊动任何人的情况下制住河本仓士，他倒是觉得问题不大。

他今天近距离地接触过河本仓士，可以看出他的身体健康状况堪忧，肌

第四章　愿者上钩

73

肉松弛无力，或许年轻时接受过训练，有良好的格斗能力，但现在根本算不上是自己的对手。宁志恒相信以自己的格斗能力，在一瞬间就可以制住河本仓士，然后再强行注射氯化钾溶液，最终大功告成。

宁志恒一拍桌案，果断地做出决定："那就选注射液！"接着，他又问道，"注射后致死的时间有多长？"

穆正谊马上回答道："很快，也就是五至十秒钟，甚至会更快。以河本仓士的身体状况，我估计在五秒之内。另外，最好在他的脚踝处注射，那里皮肤褶皱较多，而且更加隐蔽，留下的微小针孔不会引起日本人的注意。"

穆正谊考虑得很周到，宁志恒连连点头，他用手指点了点穆正谊，笑着打趣道："还是你们这些医生厉害，杀人不见血，比我们手段可高明多了！"

穆正谊哈哈一笑，他没有半点介意，摆了摆手说道："套用一句话，医术是没有国界的，但医生是有国籍的。日本人侵入东三省占我国土，又占领上沪，直接威胁我中华心腹。其并吞中国之野心，可谓司马昭之心，路人皆知，已是我们中华民族的心腹大患。用我自己的学识和力量去杀敌，我并没有觉得不对，只恨我手不能提枪效命沙场亲手杀敌，实为大憾！"

穆正谊的话让宁志恒收起笑容。他没有想到穆正谊这样一个文质彬彬、和蔼儒雅的医生，竟然有这样清醒的认识和一颗报国的赤诚之心。

他站起身来，走到客厅门口，看着门外的景色半晌不语。稍后，他回头正色说道："穆先生，你说得太对了，可惜现在有你这样想法的人太少了。国府上下包括社会各阶层人士，大多都是得过且过，如今刀都架在脖子上了，还心存侥幸。我辈中人就是要在这样恶劣的局势下，为我们的民族求取一分生机。你们医生都可以为国杀敌，我们这些身披军装的军人又怎能贪生怕死、惜身畏敌？就算是行走于黑暗之中，也要为国家求得一线光明！"宁志恒说到此处，只觉得热血澎湃，身心畅快至极。

一旁的柳同方也不自觉地站了起来，不禁感慨地说道："穆先生和志恒的话，如黄吕钟声振聋发聩，实在令同方汗颜！"

三个人相视一笑，宁志恒说道："今日畅快淋漓。天色渐晚，我们可小酌几杯，如何？"

其余二人均点头称是，当下派人去置办些酒菜，与宁志恒推杯换盏，笑语欢谈！

第五章
成功潜入

而就在他们欢宴之时，远在日本领事馆河本仓士的会客厅里，来了一位神秘的客人。

一个其貌不扬的男子合膝跪坐在河本仓士的对面。身穿和服的河本仓士看着眼前这位部下，轻声问道："崎田君，这段时间让你去探听的消息，现在有回音了吧？"

崎田胜武赶紧躬身回答道："先生，已经有了一些消息，所以我第一时间就赶来向您汇报。"

"是吗？太好了！"河本仓士听到崎田胜武的话，心头一喜。崎田胜武是他手下暮色行动小组的组长，在他的小组中有个已经成功策反的杭城军事情报站的军官，所以河本仓士就把探听南京总部行动秘密的任务交给了他。时间已经过去了近十天，现在终于有了回音。

"快说说，到底是什么原因造成了我们在南京的重大失利。"河本仓士急切地问道。

"嗨依！"崎田胜武赶紧说道，"据我们的内线鳄鱼打探，这半年来军事情报调查处南京总部，针对我们的抓捕行动都是其中的外勤部门行动科发起的。而这半年来在行动科里崛起了一个很有实力的人物，此人名叫宁志恒，据说非常年轻，现在是行动科第四行动组组长，每次抓捕行动几乎都由他来主持。此人行动能力极强，而且手段强硬，心狠手辣，在军事情报调查处有个绰号叫'宁阎王'。我们初步判断，南京谍报战线的失利，应该和这个人有关，或者说，作为多起案件的执行者，这个宁志恒应该知道真正的原因。"

河本仓士眼睛一眯，仔细地思考了一下，接着问道："这个人的年龄、背景、家庭情况有吗？"

崎田胜武点头说道："据说他刚刚从中国陆军军官学校毕业，背景很深厚，至于家庭情况目前还正在调查中。这些都是鳄鱼在一次闲聊中从他的上司袁思博那里探听到的，他一时也不敢打听得太多。不过这两天不知为什么，袁思博突然被杭城军事情报站的站长柳同方给关押起来了，据说罪名是玩忽职守。因为他们分属两个派系，所以我们判断这是他们内部倾轧斗争的行为。"

河本仓士缓缓地说道："这个宁志恒刚刚从陆军军官学校毕业，就开始主持重大行动，这个人的背景当然很深厚，在军队中这样的事情并不罕见。我们军方不是也有一批所谓的少壮派吗？仗着身后的背景支持，占据高位，手握实权。

"看来这位宁志恒应该是我们重点调查的对象。不过一个刚刚毕业的军校生，他又有多大的能力能够做到这一点呢？就凭着他在军校中学习的那些步兵操典吗？要知道一个优秀的特工，他所要具备的魄力、胆识和阅历、经验都是要在实践中去获取的，我不相信一个刚出校门的小子能做到这一点。

"老实说，我曾经一度怀疑在我们的组织内部出现了叛徒，这个叛徒的级别应该还很高，不然根本无法解释潜伏多年的情报小组接连暴露的原因。要知道他们之间是没有横向联系的，中国特工无法做到从一个人查到另一个。如果我的猜测没有错，那么这个宁志恒作为具体的执行人，一定和这个内鬼有联络，或者本来就知道内鬼的身份。

"所以崎田君，这个消息非常重要。下大力气去调查这位宁志恒，我要知道他的所有情况，然后使用各种手段去接近他，或者干脆动手抓捕，总之要从他的口中获取到真正的原因。"

河本仓士的这番分析合情合理，丝丝入扣，让崎田胜武大为佩服，再次躬身说道："嗨依，我马上就着手调查。不过，先生，鳄鱼在南京总部没有关系，他只能通过上司或者同事打听。这个过程需要极为小心，还要有更多的耐心，所以请您多给我一点时间，我一定给您一个满意的答复。"

河本仓士微微点头，说道："崎田君，那就一切拜托了！"

第二天一大早，宁志恒和柳同方就在宁家大院里商讨行动的细节。

这时，庞修快步进入客厅，向宁志恒立正报告道："报告组长，我已经把钥匙都配出来了。"

宁志恒抬头看了看他，然后起身来到他的面前，一掌轻轻地拍在他的后背上，顿时让庞修的后背脊梁挺直起来，又将庞修举在额头的右手摆正，这才点头说道："跟着我吃官家饭，就要像个样子。"看着庞修努力保持挺身立正的姿势，宁志恒笑着说道，"行了，现在把钥匙给我。"

庞修听到宁志恒的话，这才身形一松，将手中新配的一串钥匙交给宁志恒。

宁志恒接过钥匙仔细检查了一下，点头说道："这里总共七把钥匙，你是溜门撬锁走空门的行家，能把每一把钥匙的用途跟我说说吗？"

庞修听到宁志恒的问话，赶紧打起十二分精神，点头说道："组长，我来给你介绍一下，这七把钥匙各有各的用途。"他手指着其中一把钥匙介绍道，"这种钥匙齿道长，厚度宽，是专门用来开外置大锁的。使用这种大锁的，一定是一扇结实的大门，应该是库房一类的房屋。

"这把钥匙齿道短，轨道浅，是专门用来开内置房门锁的。使用这种锁的，一般是办公室之类的单扇木质门。

"这把钥匙比较特殊，是椭圆形的直孔钥匙，齿道复杂。这种钥匙是专门用来开保险柜的。

"还有这把……"

庞修滔滔不绝地介绍着，他不愧是多年走空门的高手，在这方面确实是天赋异禀，对每种钥匙的形状和用途如数家珍，让宁志恒大为满意。通过对这几把钥匙功用的了解，再结合领事馆的内部布置图，就可以大致地判断出这些钥匙所对应的房间。

一直等到庞修说完，宁志恒才笑着说道："干得不错，看来我没有收错你。如果这次行动成功，我记你一大功！"

"谢谢组长！"庞修再次挺身敬军礼，这一次倒还算有模有样，然后退了出去。

庞修走后，一旁的柳同方笑着说道："志恒，你这手下可是什么人才都有，连这种走空门的都收哇！"

宁志恒将手中的钥匙朝上一抛，笑着说道："鸡鸣狗盗之徒也可以做大事，只看你怎么用。这个人的技术极好，就连我一不留神也会着了道。你看，这一次不就派上用场了？"

就在两个人说话的时候，行动队长权玉龙匆匆忙忙走了进来。

"站长，组长，这是我重新调查的结果，里面记录了那几个装修工人所能记住的一切，有门锁和房门的样式和材质、窗体的结构和窗销的形状等等一些资料。"权玉龙说着，把两张稿纸上交给宁志恒。

宁志恒接过稿纸，坐回到沙发上。他趴在客桌上，仔细察看昨天绘制的地图，两相对照后用铅笔在地图上不时地标注着，然后又拿起一旁的那串钥匙琢磨，心中一幅日本领事馆的内部结构图已经慢慢成形。

经过仔细对比，宁志恒对领事馆内部的布置终于了解清楚了。他抬头对等在一旁的权玉龙问道："你们调查的这几名工匠现在在哪里？"

权玉龙赶紧回答道："为了防止消息外泄，我们已经将他们都控制起来了，就在附近的一处安全屋里。"

宁志恒点了点头，看来这个权玉龙还是有些能力的。这些工匠必须控制起来，不然日本人在杭城的地下势力探听到有人在调查领事馆内部的布置，一定会提起警觉，到那时候自己可就真的要以身殉国了。宁志恒接着吩咐道："不仅要控制起来，还要马上把他们送出杭城，至于怎么安置你们自己定。"

"是！"权玉龙躬身答应道。

宁志恒突然想到什么，又说了一句："送远一点，妥善安置，绝不允许灭口！"

"是！"权玉龙吓了一跳。他刚才心里还真闪过这个念头，什么人能比死人更能保守秘密呢？可是宁志恒显然已经想到了这一点，特意点出不允许他们这么做。

宁志恒看到权玉龙闪烁的目光，知道这家伙刚才心里还真这么想过，幸亏自己多提了这么一句，不然这世上又多了几个冤死鬼。

"那个彭阿四还没有找到吗？"宁志恒又开口问道。这件事情昨天就已经吩咐过,可是一个晚上过去了,现在早就该把人带来了。

权玉龙赶紧再次回答道:"人已经找到了,只是昨天这个彭阿四并没有在酒楼上班,而是有事回乡下老家了。我们的人追了过去,现在已经把他抓住,正在往回走,应该很快就带过来了。"

说话间,就见孙家成进入客厅,向宁志恒汇报道:"组长,有几名便装押着一个人要求见您,说是权队长吩咐的。"

权玉龙赶紧向宁志恒说道:"组长,应该就是把彭阿四带回来了。"

"马上让他进来。"宁志恒挥手吩咐道。权玉龙一听赶紧跟了出去。

不多时权玉龙带着一个身形矮胖的中年男子走进来,宁志恒看过彭阿四的照片,一看正是彭阿四本人。

"彭阿四?"宁志恒淡淡地问道。

"是我,长官。"彭阿四这时吓得腿脚发软,颤声说道,"几位长官,上一次你们不是问过我了吗?这一次还要问什么,我可是知道得不多。"

"叫你来是要询问一些细节问题,你不要害怕,问完了没有人会伤害你。"宁志恒说道。

彭阿四听完放心了,点头哈腰地答应道:"谢谢长官,谢谢长官,我一定把我知道的都说出来,绝不隐瞒。"

宁志恒接着问道:"我想知道你们购买蔬菜粮食所用的采购车,一般都停在领事馆的什么位置?"说到这里,他用手指指客桌上的地图,吩咐道,"你给我标出位置。"

彭阿四赶紧上前,来到客桌旁边仔细地观察那份领事馆内部地图,看着这份详尽的地图,不禁暗自咋舌:这些人竟然将日本领事馆里面的所有地形与房间布置都标注得清清楚楚,甚至连自己以前的住所和工作地点都标得准确无误,下的功夫可是真不小。

"是这里,"彭阿四手指着一处位置对宁志恒说道,"就在厨房的东侧十米,有一块空地。"

宁志恒上前仔细看了看,然后接着问道:"这辆采购车出入领事馆都在什么时间?"他需要再次核对之前调查的信息,以确保无误。

"每天一大早六点半出去采购,回来的时间不一定,但大概是九点至九点半之间。"彭阿四确认道。

"采购车回来之后还会被再次使用吗？还是一直停在原地不动？"宁志恒问道。这才是他最关心的问题，他可不想好不容易混进去了，再稀里糊涂地被人送出来。

彭阿四回答道："一般不会移动。这是厨房的专用卡车，除非领事馆里办宴会，需要多次采购，否则的话会一直停在原地不动。"

"每一次出门采购都有几个人跟随？"

"只有两个人，一个是司机，一个是厨房的主管，都是日本人。如果举办宴会，就多加一个帮忙的。"

"你坐过这辆采购车吗？"

"坐过两次，都是有事搭车回家。到了菜市场我就下车，一步也不多送。日本人不好说话，对我这个中国人态度也不好。要不是因为那份薪水不少，我才不会在那里熬日子，去年我就辞工不做了。"

"还记得去菜市场的路线吗？给我标出来。"

"是！"彭阿四按照宁志恒的吩咐标出路线。

宁志恒又问了些别的细节问题，这才挥手让人把彭阿四带了出去。

"组长，这个彭阿四是不是和那几个工匠一起送出杭城？"权玉龙望着彭阿四的背影问道。

宁志恒皱了皱眉，开口吩咐道："这个彭阿四和那几个工匠不同，他在日本领事馆工作了三年。这段时间他的经历我们不能确定，这期间他有没有被日本人策反我们不能听他的一面之词。虽然目前来说他的表现都很正常，但是我不能赌，因为我输不起！"说到这里，他抬起头来，对权玉龙说道，"把他秘密关押起来，直到这次行动的余波彻底过去。"

"是！"权玉龙赶紧应声道。他没有想到宁志恒做事如此谨慎，不禁暗自佩服。

宁志恒又转头对身边的众人说道："现在我们要全力做好每一项准备工作，明天一大早我要亲自观察这辆采购车的一切行动！"宁志恒做事情极为谨慎，他将所有的问题都在脑海里过了一遍，小心推敲每一个细节。

这个时候穆正谊赶了过来，对宁志恒说道："一切都已经准备好，我们可以开始了。"

宁志恒点了点头，跟着穆正谊来到一处房间，里面的几名行动队员看到宁志恒进来，赶紧都站了起来。宁志恒伸手示意他们坐下，笑着说道："今天叫你们几个来，是来帮我做一下实验。"

原来宁志恒是要用这几名队员来练习静脉注射的技巧。毕竟这是个技术活，要想做到一次注射成功，而且针孔小、少流血，可不是一件容易的事情。所以穆正谊特意安排了几名行动队员给宁志恒做练习，以保证宁志恒在行动的时候不出差错。

于是穆正谊在一旁指导，开始手把手教给宁志恒静脉注射的技巧。不试不知道，并非想象的那么简单。虽然宁志恒向来对力道有精准的控制力，但真到了入针的那一刻，他也是错误频出，不一会儿就把几名队员脚踝处扎得鲜血点点。

但宁志恒拉着脸，吓得几名队员不敢大声呼叫，只能咬着牙苦苦坚持着。

最后宁志恒满头大汗，看着几名手下确实挨得辛苦，这才收针说道："好了，再换几个人过来！"

话音一落，几名队员起身飞速逃离，出去后又换进来几名新队员，重新开始练习。结果这一天的时间，宁志恒将手下的二十名队员，包括赵江和孙家成都没放过，挨个扎了好几遍，最后才算是摸准了窍门，能够准确地找到静脉，一针扎入。

宁志恒放下手中的针管，擦了擦额头上的汗水，心有余悸地说道："真是隔行如隔山，没有想到只是简简单单的一针，竟然搞得我手忙脚乱。"

身旁也搞得一身汗水的穆正谊笑着说道："你这已经算是非常不错了。你的手非常稳，控制力也很好，一般人很难在这么短的时间里做到这个程度！"

第二天一大早，宁志恒和孙家成就在权玉龙的带领下，早早地躲在远处，用望远镜观察着领事馆的大门。

果然到了六点三十分左右，领事馆的大门打开了，一辆带篷卡车开了出来。

宁志恒看了一下手腕上的手表，对权玉龙说道："跟着它，确定路线和时间。"

一行人在采购车后面一路跟随，果然路上的情况和之前侦察的相吻合。

卡车在菜市场停下，一个粗壮的男子下车后径自走进市场，用熟练的中文与菜贩们交流着。车上的司机没下车，坐在驾驶座上面点着一根香烟，耐心地等着主管回来。

宁志恒带着孙家成和几名队员快速靠近，装作随意的样子来到车子后面，孙家成和几个队员很自然地围挡成一圈，宁志恒一弯腰轻巧地钻到车底下。

他观察车底构造，马上选定了一处可供藏身的角落。他将双手和双脚轻轻地搭在底部钢架上试了试，感觉还比较牢靠，接着掏出一把尺子，将左右钢架的宽度和长度都量了一遍，这才侧身一滑，钻出车底，来到孙家成他们的身后，然后在众人的遮挡下快速离开。

整个过程不到一分钟，周围的菜贩不多，谁都没有发现这里的异常，那位采购车的司机也毫无察觉。

宁志恒一行人远远地观察着采购车，果然在九点十分左右，那个粗壮的主管结束了采购，车辆发动，沿着原路回到日本领事馆，进入大门的时间正好是九点三十分。

宁志恒看了看手表暗自点头，看来细节问题都落实了，明天就可以行动了！

宁志恒带着众人回到宁家大院，马上找来细钢筋和粗铁丝，然后按照自己丈量的尺寸仔细地加工，很快制作出来三个特制的挂钩。

他又取过庞修配好的那串钥匙，将每一把钥匙都仔细地用细柔的棉布缠好，这是为了防止在行动中钥匙互相撞击发出声响。这些钥匙是上次试探行动中最大的收获，现在他有了一个更大胆的想法：既然已经冒险潜入进去了，除了要对河本仓士进行暗杀之外，还想看看能否窃取到一些有价值的情报。

他又回身从书桌的抽屉里取出一部微型相机。这是最新型的德国产微型相机，只有半个手掌大小，轻巧灵便。这是他为了这一次的行动，专门让柳同方想办法搞到的。他仔细检查了胶卷和快门，没有问题。

宁志恒又拿出一个小巧的手电筒，打开开关试了试，照明正常。

一切都确保万无一失，他这才放下心来。

然后他将随身的衬衣脱下来，轻轻挑开衣领，将一个小药瓶打开，把瓶中的氰化钾粉末包在衣领里面，再一针一线小心地缝好。

考虑到万一失手，他做了最坏打算。真要是走到了那一步，他只能自我了结，以免遭受无尽的痛苦，绝不能够活着落入日本人手里！

一切准备就绪，就等着明天早上的行动了。

第二天早上，穆正谊将一只药包递给宁志恒，说道："氯化钾溶液已经配好，针头也安好了，你直接就可以注射。"

宁志恒打开药包，看见里面有一支针管配好了针头，并用厚棉紧紧包裹，以确保不会损坏。他点了点头，将药包贴身收好，又将准备好的相机和自制挂钩带上。待一切都没有问题，他回头对孙家成说道："一切按照计划行事，明天早上在半路上接应我。"

"是，组长！"孙家成点头说道。

宁志恒犹豫了一下，接着说道："我书房的抽屉里有三封信，如果我回不来，你就按照信封上的人名把信交给他们。"

这些是他留下的预备手段。如果真的回不来了，他自然会对亲人和师长有所交代，尤其是要把家人托付给老师和师兄。这样，就算他出了意外，也可以保证家人能够平安地度过战争的劫难，至于再往后的事情，就只能听天由命了。

听到宁志恒的交代，孙家成脸色变得很难看，他再次说道："组长，其实这件事你没有必要冒险，交给我做也是一样的。我保证一定完成任务，就算是失手，也绝不苟活，不会带来任何麻烦！"他不明白，这么危险的暗杀行动，为什么组长坚持自己动手。如果宁志恒出了意外，可想而知自己这些人的下场。

"不要再说了，我意已决，我的身手你应该信得过。我有信心，就算是失手，也可以全身而退。我说这些，不过是以防万一而已！"宁志恒摆了摆手，阻止孙家成继续劝说。他又看向柳同方，郑重地说道："同方兄，此次一去祸福难料，如果成功当然皆大欢喜，如果失手陷落，我绝不苟活，自然会当场自绝，到时候就由你们出面来收尾。你们一口咬死就说是窃贼行窃，绝不能给日本人以口实，然后马上向处座报告情况。"

柳同方眼圈一红，却是没有多说一句，只是点了点头。

宁志恒挥了挥手，一行人迅速出发了。

他们早早就到了菜市场，远远地等着采购车的到来。很快权玉龙赶过来，钻进车里对宁志恒汇报道："组长，那边监视点报告，采购车准时出发了。"

宁志恒点了点头，说道："大家都提起精神来，一切按照计划行事，一会儿可不要出岔子！"

"是！"众人齐声回答道。

时间一点一点地过去，二十分钟之后，那辆采购车准时进入了宁志恒的视线之中。

车辆还是在老位置停了下来，和往常一样，那名主管下车去和菜贩子们打交道，司机仍然坐在驾驶座上没有下来。

宁志恒带着乔装的队员们慢慢靠近采购车，和上次一样，他在众人的掩护下轻巧地钻到车底。

他来到之前选好的位置，手脚轻柔地先将三个自制挂钩固定在车底的钢架上，然后又慢慢将挂钩固定在手部、腰部，还有脚部，这样就大大节省了宁志恒将自己固定在车底所需要花费的体力，也可以防止车辆颠簸将宁志恒震落。

队员们待了片刻就快速散去，宁志恒静静地吊在车底，耐心地等候着。

像往日一样，完成了采购任务，采购车便一路回转，在九点半准时开进了领事馆的大门。

看着慢慢关闭的大门，远处监视的众人默默无言。他们的心都高高地悬起，只能默默祈祷宁志恒的行动一切顺利。

采购车进入领事馆，在大门处停下。值班的军官上前和那名主管打了声招呼，两个人互相开了几句玩笑。主管还给军官捎带回来几包香烟，看得出两个人非常熟悉。

但是日本人的细心和刻板是出了名的，尽管相互之间很熟悉，军官仍然坚持将驾驶室和卡车后厢检查了一遍，甚至连每一筐蔬菜都翻看了一遍，这才挥手放行。

采购车很快开到了厨房的右侧，马上有人吆喝着上前。厨房里出来不少人，一起动手将购买的蔬菜粮食卸下来。一群人七嘴八舌说着日语，宁志恒根本一句话也听不懂。直到车辆卸空，周围才安静了下来。

宁志恒收敛心神，身子一动不动地吊在车底，他知道自己需要坚持到天黑。尽管有三个吊钩的帮助，这十多个小时，即便以他超人的体质，也是一场严峻的考验。

　　他的耐性很好，就在车底下看着天色慢慢地暗了下来，其间不时有士兵穿着军靴、脚步整齐地从车旁走过，这是负责保卫的军士在巡逻。宁志恒掐算了一下时间，每两次巡逻中间都隔了十五分钟。

　　就这样挨到了晚上八点，宁志恒仔细运起灵敏的耳力，听到周围完全安静下来，知道自己该有所行动了。

　　他静静地等着一队军士巡逻过去，距下次巡逻还有十五分钟，这个时间足够他离开了。

　　他轻轻地将身体和挂钩分离，躺在车底下的地面上，慢慢地活动了一会儿，直到身体完全从麻木中缓过劲来。

　　宁志恒侧身从车下钻出来，没有片刻停留，身形快速闪过，蹿进最近的厨房后门。

　　临来之前，他早就设计好了潜入路线，首先是进入厨房。在彭阿四的叙述中，这个厨房的后门一般是不会上锁的。

　　顺利进入厨房后，他回身将房门关好，仔细掸掉身上的尘土，又将鞋底清理干净。他在车底下吃了不少尘土，身上灰尘太多，很容易在行动中被发现。

　　一切收拾妥当，他透过窗户抬眼看去，看到二楼河本仓士的房间黑着，看来他还没有回到自己的房间。这样也好，自己先行潜入房间，可以打他个措手不及，将他制住。

　　厨房和两个大楼之间都有过廊连通，宁志恒的眼睛可以在黑暗中视物，所以在黑暗中他反而觉得很方便。

　　他轻手轻脚地从过廊里穿过，右边就是一个旋转的楼梯。正当他准备踏上楼梯的时候，楼上传来脚步声。他赶紧闪身躲在楼梯的背侧，很快一位身着日本军服的武官从楼梯上走下来，快步向大门方向走去。

　　宁志恒屏住呼吸，耳朵仔细聆听远去的脚步声，直到脚步声渐渐消失，知道这个武官已经走远，这才从藏身之处走了出来。接着，他蹑手蹑脚地走上楼梯。这栋大楼的二层还有其他几个主要人员居住，宁志恒听到不时有说话声传来。

他悄悄探出头，看到楼道里灯光很亮，没发现有人。他不能老躲在楼梯口，这里是上下通道，很容易被人发现。宁志恒不再犹豫，脚步放轻，快速来到最东侧的一处房门前。这是一扇非常结实的硬板门，宁志恒脑海里马上现出庞修所说的话语。他极快地掏出那串钥匙，毫不迟疑地挑出一把插入锁孔，然后轻轻一转，捏住门把一推，房门果然松动了。没有半点停顿，宁志恒闪身而入，回身将房门关死。

他没有马上行动，而是仔细地观察脚下的地面和整个房间里的布置。以他的眼力，借着窗外照进来的月光，不一会儿就将屋里的布置全部记了下来。

接下来，他顺着客厅慢慢进入卧室里。卧室面积并不大，宁志恒小心翼翼地搜索着，期待着能有所发现，可是搜寻了良久也没有发现什么。

宁志恒在卧室里没有发现，这可不符合他以前的判断：人总是把自己最看重的物品放在身边的，不然怎么可能放心得下？

对了，这个屋子里还有一个套间，面积很大，那里一定放置着河本仓士最关心的物品，不是珍稀的古董就是自己所需要的绝密情报！

宁志恒又回到客厅，很快就找到了一个侧门。虽然门不大，但是宁志恒知道，这是一扇纯钢包贴的金属门，有三个轴承支撑，极为坚固，除非使用钥匙，否则外力根本打不开。这扇门当时让装修工人花费了不少力气才安装上去。

宁志恒掏出那串钥匙，根据庞修之前的介绍选定了一把插入锁孔里，果然又对了！他推开房门走进去，发现不出所料，满满一屋子都是河本仓士这么多年来收藏的珍贵古董。

宁志恒没有去细看这些宝贝，他今天的目标是河本仓士掌握的绝密情报。他小心翼翼地在房间检查了一遍，果然在最里面的一个角落发现了一个保险箱。

这个保险箱的样式宁志恒倒是有些了解，当初他去购买保险箱时见过，是等级最高的那种，必须同时使用钥匙和密码才能打开。而且圆形密码锁是六转锁定，也就是说要六位密码才能打开。

宁志恒手中的那串钥匙中就有一把是专门开保险箱的，只是这开保险箱的密码没有，看来要着落在河本仓士的身上了，但愿能够有所收获。

审讯河本仓士是不可能的，这里可是日本领事馆、敌人的心脏，一旦给河本仓士开口的机会，只需要一声呼救，自己就万劫不复了。唯一的办法就趁其不备制住他，然后注射氯化钾，在他临死的那一刻截取记忆。如果运气好能够截取到密码最好，如果不能那就只好迅速撤离，毕竟除掉河本仓士才是最重要的。

宁志恒慢慢地退出房间，将门关好，然后回到卧室钻入床下，静静地等着河本仓士回来。

时间过去了一个小时，晚上十点钟的时候，外面终于传来清晰的脚步声，由远而近。

宁志恒仔细聆听，是两个人的脚步声。脚步声在门口停了下来。

河本仓士和他的心腹栗田太郎走到门口，河本仓士转身说道："栗田，今天安排的事要尽快办理，时间不早了，你回去休息吧。"

"嗨依，我会马上处理好这件事情，那您也早些休息吧！"栗田太郎躬身一礼，后退两步，这才转身离去。

河本仓士看着栗田太郎离开，这才回过身，掏出钥匙将房门打开。他迈步走进来，返身将门关上。

河本仓士弯腰脱去皮鞋，换上木屐，来到卧室。他今天累了一天，实在是有些疲乏了，于是脱去衣服，换上睡衣，就上床躺下来了。

这几年间，河本仓士的身体状况确实不好。因为心脏不好，他身体很容易疲劳，躺在床上很快就进入了睡眠的状态。

宁志恒躲在卧床底下一动不动，尽可能地收敛气息，没有发出一丝声音。

时间慢慢过去，宁志恒耐心地等待着，一直等到上面鼾声响起才决定动手。他慢慢地从床下出来，起身站立在河本仓士的身前，然后从怀里掏出一条厚厚的手巾缠在手掌上。

河本仓士熟睡正酣，突然一双大手犹如一把巨大的铁钳将他的脖颈牢牢地勒住。

他顿时从睡梦中惊醒，可是为时已晚。他想努力发声求助，喉管却发不出半点声音，后脖颈的动脉被越勒越紧，大脑因为缺氧而变得一片空白，很快就失去了知觉。

宁志恒一直注意观察河本仓士的反应，突然感觉河本仓士的肌肉一松，知道他已经没有了抵抗意识。于是宁志恒赶紧放松手上的力道，如果再用力，真的把他勒死了，那可就麻烦了。

宁志恒轻轻松开手，试探了一下河本仓士的鼻息，发现他呼吸正常，又检查他的脖颈处，因为自己手上缠着厚手巾，再加上力道控制得很好，河本仓士脖颈上也没有出现淤青。

总算一切都还顺利，宁志恒没有再耽误，将河本仓士的身体放回原位。他抬头看了一眼窗帘是关闭的，这才拿出药包，将针管取出放在一边，然后掏出那只小巧的手电，在河本仓士的脚踝处仔细查看，很快找到了静脉。

宁志恒用手轻轻地感觉了一下，然后拿起针管，快速地将针头插入，注射完药液又轻巧地拔出，之后快步来到河本仓士的身前，用手按住他的额头。

果然静脉的流速很快，不到十秒钟的时间，河本仓士的脸上就露出痛苦的表情，身体稍微蜷缩了两下。在氯化钾的作用下，心脏骤停，他最终失去了意识。

与此同时，宁志恒的思维也进入河本仓士的意识空间，顿时一幅幅画面显现在宁志恒的眼前。

第一幅画面，教室里坐满了学生，年轻的河本仓士正站在讲台上侃侃而谈。

第二幅画面，河本仓士在院子里陪一男一女两个小孩子玩耍，旁边一位年轻的女子正一脸笑意地看着他们。

第三幅画面，已经明显苍老的河本仓士跪坐在一处房间里，一位身穿西装的三十多岁的中年人向河本仓士深深地鞠了一躬，河本仓士脸上露出满意的笑容。

第四幅画面，一只白瓷净瓶突然跌落在地，啪嗒一声摔成碎片，河本仓士手捂胸口瘫倒在地。

第五幅画面，河本仓士正仔细地旋转密码锁，一拧钥匙打开一只保险箱，将一个文件袋存放进去，然后又关上保险箱，将密码锁回旋到原位。

画面闪过，宁志恒赶紧将思维回归现实之中。他没有半点停顿，上前仔细检查河本仓士的脚踝。如果不仔细查看的话，那里根本看不出有细微的针孔。

然后他又给河本仓士盖好被子，认真检查一下，确认没有什么破绽。至此，处座交给他的这项任务已经算是完成了一半，剩下的工作就是要从领事馆安全地撤离，不能让日本人察觉出这是一场谋杀，不然任务不能算成功完成。

但是在撤离之前，他还是要再争取一下。能够潜伏进来不容易，他要试试看能不能拿回有价值的绝密情报。

他先把针管仔细收好，然后按照记忆，开始清除卧室中所有的痕迹。以他的细心和经验，清除工作做得非常彻底。

做完了一切，他开始认真回想脑海中的五幅画面。

第一幅画面自然是河本仓士年轻时给学生上课的情景，没想到河本仓士年轻时竟然做过教师，可是这幅画面并没有什么价值。

第二幅画面很明显是河本仓士一家人团聚其乐融融的美好时光，这对宁志恒来说也没用处。

第三幅画面意义不详，只有一个中年人向河本仓士鞠躬行礼，这个人是谁呢？能够让河本仓士在最后时刻还念念不忘的人一定很重要，这个中年人必须记下来。

第四幅画面就很简单了，就是在青江园敬石斋里，宁志恒故意失手打碎白瓷净瓶的情景。这个情景强烈刺激了河本仓士，所以他对此记忆深刻。

第五幅画面，里面所显现的内容是宁志恒最想得到的，正是河本仓士打开保险箱的情景。显然在他生命的最后一刻，这个保险箱里的绝密文件对他来说极为重要！

宁志恒静下心神，闭上眼睛仔细回想着河本仓士的动作。

"六，四，二，七，九……"该死，最后那一转显示的数字被他的手所遮挡，竟然看不见！

宁志恒又赶紧回想最后那一圈里没有被遮挡的数字，最后根据距离推断，这个数字应该在四至七之间。

要从这四个数字里选出一个，宁志恒不禁有些发愁。这种保险箱都有预设装置，如果输错三次密码，就会自动锁死，再也无法打开。

不过好在是四选三，这个概率还是很大的。宁志恒又重新打开了那道金属门，再次来到保险箱前，掏出一双细棉手套戴在手上，将那把保险箱专用钥匙插进钥匙孔，然后打开手电照明，开始旋转密码锁。

"六，四，二，七，九！"就剩下最后一位数的时候，宁志恒犹豫了一下，最后选择了"五"，然后一拧钥匙，可是保险箱没有动静，保险箱门没有打开。

再试一次，"六,四,二,七,九"，这一次最后一位数他选择了"四"，再一拧钥匙，保险箱依然没有动静。

四选三，连错两次，这运气也太背了！还有最后一次机会，如果这一次运气还是这么差，宁志恒只能选择放弃了。

"六,四,二,七,九"，宁志恒把牙一咬，选中了"七"，这一次再拧动钥匙，单手一拉，保险箱门顿时打开，最后一次终于成功了。宁志恒心中狂喜，总算运气没有背到家，最后一刻大功告成。

第六章
收获巨大

宁志恒强压住内心的喜悦，开始查看保险箱里的物品。

保险箱不大，里面没有钞票和金条之类的财物，只有五个文件袋和一个木匣子。宁志恒先是轻轻地取出这五个文件袋，然后逐一打开。

这五个文件袋里的材料都是用日文书写的。宁志恒此时不禁暗自后悔，自己不懂日文，现在真遇到问题了，他无法根据内容选择最主要的情报。

好在日文中夹杂着不少中文，他也能大致猜出来一些意思，现在也只能做到这一点了。

看上面中文的意思，这五份文件应该是某些人员的名单。联系到河本仓士是日本驻杭城情报组织头目的身份，这些名单会不会是他手下地下人员的名单呢？

这很有可能啊！想到这里，宁志恒的心中突然涌起一股莫名的兴奋。如果真的如他所想，那今天冒险潜入日本领事馆，可是来得太值了！如果他能够把这份情报带回去，可以说整个杭城的日本地下组织就完全暴露在军事情报调查处的视线中，只需要雷霆一击，日本人经营了多年的杭城情报网就会彻底终结。

这五份文件，每一份里有六七人的资料。他数了数，总共有三十三人。

每个人的首页都附有一张半身照片，之后有三到四页的详细信息。这样的话就算双页合并，最少也需要拍五十张左右的照片。

可是自己的微型相机只有二十张胶卷的容量，而且这种微型相机虽然体积小，便于携带，但是也牺牲了其他一些性能，那就是它拍摄的角度比一般相机要小很多，也就是说它不能够拍摄太多的内容，否则拍出来的效果会非常差，根本看不清。

看着这么多情报人员的名单，宁志恒不禁后悔不已，早知道能有这么大的收获，当时多准备一份胶卷该多好。

思虑再三，他想了一个办法，那就是把所有人带有照片的首页资料放在一起合并拍照，尽可能地将这些名单全都拍下来。

想到这里，他小心翼翼地将每一份文件都摊开，仔细记忆前后顺序，然后把每份名单和首页集中在一起。他用嘴叼着手电筒照明，开始逐一拍照，终于用了十八张胶卷把内容拍完。

保险箱里还有一个木匣，里面肯定还有不少资料，他必须留下两张胶卷备用。

之后他按照记忆恢复每一份文件，仔细核对完毕后原样放回，然后又将那个木匣打开。这下他傻了眼，里面全是厚厚的文件，要想拍摄根本不可能。

宁志恒翻开一份文件，仔细地查阅，可是根本看不懂，他不禁恨得咬牙切齿。这一次回去必须抓紧时间学习日文，现在严重的后果已经显现出来了，不能拍照也不能记忆。

当然他更不可能将这些文件带回去。如果日本人发现任何一份情报丢失，马上就会明白河本仓士的死是不折不扣的谋杀，那么宁志恒冒险潜入暗杀的行动就等于前功尽弃了，还会引起日本人警觉，迅速采取相应的措施，那么这些情报的价值就会大打折扣。

无奈，宁志恒只好将木匣最上方两份文件的首页拍下来，其他的只能放弃了。最起码他要知道，这个木匣子里到底是什么文件，等他回去之后翻译出来，心中也好有数。

看来今天的收获到此为止。看着这么多绝密情报无法带走，宁志恒心如刀绞。犹如一个穷光蛋来到全是金元宝的宝山，却因为口袋太小无法带走这么多财富，这对他的心理简直是一种摧残和折磨。

他强忍着心中的不舍，开始恢复文件的顺序，按照自己的记忆把每一份文件都放回了保险箱。将保险箱门关好，他又按照河本仓士记忆中的密码数字复原密码锁。记忆中河本仓士在复原的时候也是很小心的，说明这应该也是他的一个防范手段。如果有人接触或者转动过密码锁，很容易忽视这个细节，最后没有恢复原位，就会让河本仓士发觉。

然后宁志恒又清除痕迹，将所有接触过的地方都清理干净，最后才退出房间，将金属门关好，接着开始清除客厅里的痕迹。等所有工作都完成，竟然已经是凌晨一点钟了。

不知不觉竟然花了这么长时间，宁志恒只能在这房间里等候。人的深度睡眠时间一般都是在凌晨三点到四点之间，这个时候人的警觉性和应急反应最差，宁志恒要等到这个时间段离开这栋大楼才最保险。

这次的行动总的来说一切都很顺利，就差最后这一步了。只有不露痕迹地安全撤离，这次任务才算是真正成功。

他静静地等着时间的流逝，直到凌晨三点半，他才开始行动。他仔细聆听房间外的动静，确认一切安全后才开门走出了房间，回身关好房门。

宁志恒顺着原路下了楼梯，穿过走廊，进入厨房来到后门，静静地等候着。

果然没过一会儿，又是一队巡逻士兵走过。日本人的防范意识还是很强的，即使是深夜，巡逻检查也没有中断。

又过了片刻，宁志恒等巡逻士兵走远了，这才出了厨房后门，以极快的速度回到采购车旁，一弯腰钻了进去。还是和之前一样，他用三个挂钩将身子固定吊在车底，剩下的就是静静地等待了。

天色逐渐变亮，寂静的领事馆里开始有了嘈杂的人声，到了六点，厨房已经开始有人准备早餐了。

不多时，那名厨房主管和司机走了出来，将几个空筐子扔到了卡车后备厢里，然后发动车辆来到大门口。守门的士兵笑着和厨房主管打招呼，最后照例上车检查了一番才挥手放行。

大门缓缓打开，采购车启动，慢慢开出了领事馆的大门。

就在远处一处监视点中，柳同方和孙家成等人正双眼通红，焦急地等待着。自宁志恒进入领事馆开始，这一整天所有人都没合过眼，他们时刻观察着领事馆内部的动静，担心听到里面突然响起警报声和枪声。

就这样，大家提心吊胆地守在领事馆外面，终于等到了采购车再次出现。

"站长，采购车出门了！"权玉龙手拿着望远镜急声说道，

"我看见了！"柳同方沉声说道，"跟着它，随时准备接应宁组长！"

"是！"众人齐声回答道。

采购车按照往常的路线行驶着。宁志恒估算着时间，十分钟后开始将车底钢架上的挂钩逐一摘掉，轻轻地放在地面上。

三个挂钩一丢，宁志恒明显感觉支撑在车底下越发困难，即便以他过人的体力，在车辆的颠簸之下也越来越吃力。他努力坚持着，终于来到预定的地点。

这是宁志恒事先观察好的地点，因为这处路段相对高低不平，车速就会减慢，而且颠簸得有些厉害，在这个地点下车，不容易让车上的两个人发现，也方便脱身，而孙家成就在这个地点附近准备接应他。

这时车辆开始减速，接着又一次颠簸，宁志恒借着这个机会松开了双手，身体落在地面上。他尽量让自己的全身紧贴着地面，只听呼的一声，采购车从他的身上驶了过去。

因为车辆颠簸，车上的两个人没有丝毫察觉，车辆继续前行。宁志恒就地一个翻身，身形快速蹿进路旁浓密的灌木丛中。

"组长，我们在这里！"孙家成的声音从他的身后传了过来。

宁志恒抬头一看，孙家成和赵江带着几名队员隐藏在不远处。

"组长，您可回来了！"孙家成和赵江几步上前，拉着宁志恒的手，"我们这一晚上都没有合眼，生怕您出什么事情，现在，您可算是安全回来了。"

宁志恒拍了拍身上的尘土，笑着说道："总算是老天成全，一切顺利。你们赶紧顺着来路去把那三个挂钩收回来。"

"是！"孙家成赶紧领命而去，可是很快又转了回来，原来是柳同方带着人跟在采购车后面已经把三个挂钩都收了回来。

柳同方快步来到宁志明面前，上上下下仔细端详了一番，确定他真的无恙，这才松了口气说道："志恒，得手了吗？"

宁志恒微微一笑，点头说道："任务已经完成，我们马上撤离。回去我们慢慢说！"

而就在二十分钟前，河本仓士的心腹随从栗田太郎也正端着一盘精致的早餐，焦急地站在河本仓士房间的门口。

　　河本仓士习惯每天六点钟起床，洗漱过后，在六点半左右，栗田太郎就会将准备好的早餐送到他的房间。可是今天不知道为什么，栗田太郎敲了很长时间的门，里面竟然没有半点回音。

　　栗田太郎倒是没有朝别的方面想，他并不认为有人会潜入守卫森严的日本领事馆里面暗杀河本仓士，他最关心的反倒是河本仓士的身体。这两年河本仓士身体明显变得不好，特别容易疲劳，尤其是心肌梗死的症状越来越严重，为此栗田太郎多次向河本仓士建议回日本国内治疗，可是河本仓士都拒绝了。

　　就在前几天，河本仓士又一次心脏病发作晕厥过去，而且比以往两次晕厥的时间都长。

　　今天早上长时间的敲门都没有回应，栗田太郎隐隐有不好的预感，他的心里越来越不安。

　　不能再等了，他赶紧转身去找领事馆的总领事中岛诚司。中岛诚司听到栗田太郎的报告，片刻也不敢耽误。因为他很清楚，这个河本仓士公开的身份是领事馆的参赞，真正身份却是整个杭城地区日本情报组织的首脑，其地位非同小可，绝对不在自己之下。

　　河本仓士的人身安全绝不能够忽视，中岛诚司马上带着一众手下赶到河本仓士的房间外。

　　中岛诚司这时候又有些犹豫了，他再次问道："栗田君，你能确定河本先生真的在房间里面吗？"

　　栗田太郎微微躬身回答道："总领事阁下，我能够确定，昨天晚上我把河本先生送回房间才离开的。而且先生不管到哪里，都会安排我同行，他不会一声招呼都不打就独自离开的。"

　　中岛诚司想了想，点头说道："栗田君，你也知道，你们情报部门的规矩多，河本先生的房间本来是不应该擅自进入的，不过今天情况特殊，我们就顾不得了！"

　　说到这里，他转身对身边的几位武官说道："马上把管野医生叫来，你

第六章　收获巨大

们强行撞开房门。"

管野是常驻领事馆的日本医生，中岛诚司也知道河本仓士身体不太好，把医生喊过来是以防万一。

一名工作人员赶紧去请管野医生，剩下的几名武官一齐用力撞击房门。

这扇房门很坚固，几名武官花费了很大力气，才终于将房门撞开。

栗田太郎高喊了一声："大家先不要进入，我先进去看一看。"

栗田太郎是跟随河本仓士多年的老特工，虽然急切之间有些失措，但很快就镇定下来。他很清楚如果河本仓士真的出了意外，那么以河本仓士的特殊身份，特高课本部一定会仔细调查原因，作为事发的现场必须维持原状。

中岛诚司和几位武官一听赶紧收住脚步。他们只是外交人员，同样对情报部门颇为忌讳，不愿意纠缠其中。

栗田太郎看了看屋子里的情景，没发现有什么问题，但是他知道河本仓士一定是出了意外，不然门外这么大的动静，早就应该被惊醒了。

他几步进入卧室，就看见河本仓士静静地躺在床上。

"先生！先生！"栗田太郎急切地喊道，可是河本仓士没有半点反应。他轻轻地伸手放在河本仓士的鼻孔处，过了半晌，终于失望地收了回来。

"先生！"栗田太郎哀声呼喊，不由得痛苦地闭上了眼睛。但是他很快控制住情绪，快步回到房门口，对中岛诚司汇报道："总领事阁下，河本先生已经去世了。我想请管野医生查看一下死因，同时上报特高课本部，请本部派人来具体处理此事！"

听到河本仓士真的出了意外，中岛诚司不禁心中一苦，没有想到竟然会发生这样的事情。河本仓士的身份特殊，以后的麻烦事肯定少不了。他只能点了点头说道："当然可以。请栗田君尽早安排特高课本部的情报官来接手处理。毕竟我们不是同一部门，很多事情都不方便，我想你也明白这一点！"

栗田太郎知道中岛诚司这些人是不想惹事上身的，于是低头说道："嗨依，我很明白您的意思。我现在就上报本部，请您封锁住现场，任何人不得进入，同时封锁领事馆，进行必要的搜查，看有没有人潜入的痕迹。"

"好的，我马上下令！"中岛诚司点点头，转身对身后的武官大声命令道："马上封闭大门，组织人员对领事馆进行全面搜查！"

"嗨依！"身后的几名武官齐声答应道。

宁志恒带着一行人迅速赶回宁家大院，一进门他就对柳同方说道："同方兄，马上给我找来一个绝对可靠的日文翻译，越快越好！"

柳同方一听就知道宁志恒这次去还有别的收获。能够从河本仓士身边窃取回来的情报，肯定不是一般的情报！

柳同方内心很兴奋，急忙点头称是，说道："明白了，我马上就去找，很快就可以把人给你找来。"

"等一下，我再强调一下，必须绝对可靠！"宁志恒再次嘱咐道。自己带回来的那份名单如果和他猜想的一样，真的就是杭城日本谍报小组的成员名单，那么绝对是一件惊心动魄的大事情，任何接触名单的人必须做到绝对保密，不能出一点问题。

柳同方听到宁志恒再三交代，知道事情一定重大，便再次点头答应道："明白了，你放心！"说完，他转身快步离去。

宁志恒这时又对身边的人说道："我去书房，有很重要的事情，任何人不得打扰我。"

"是！"众人齐声回答道。

宁志恒进入书房，第一件事就是赶紧把河本仓士脑海中第三幅画面里面那个中年男子的画像画下来。能够让河本仓士这个级别的谍报头目临死前还惦记的人，一定是个很重要的人物，这个人的身份他会想办法查清楚。

宁志恒用了一个多小时才把画像描绘出来并仔细收好，然后他将门窗关闭，把书房当作暗室，开始冲洗微型相机里面的底片。

孙家成和赵江就在书房外面守候着，直到宁志恒结束手中的工作走出书房。

"组长，柳站长已经带着一位翻译等在客厅里面了。"孙家成上前汇报道。

宁志恒点了点头，柳同方的动作倒是真快。他快步来到客厅，就看见柳同方和一名青年男子坐在沙发上等候。

"志恒，你出来了！"柳同方看见宁志恒进来，赶紧站起身，抬手向身旁站立的青年男子示意，"这是易华安，是杭城站的日文翻译。"

宁志恒点点头，他再三强调需要绝对可靠，柳同方能够把这个人带来，那就应该没有问题，他将手中的一沓照片递了过去。

"马上把这些照片都翻译出来并加以整理，恢复成文件。这项工作就在我的书房里进行，这段时间你不能离开宁家大院，无论做什么事情都会有人陪同，没有问题吧？"宁志恒对易华安说道。

"是，卑职明白！"易华安赶紧接过照片，立正回答道。柳同方事先已经告诉过他，眼前这个比自己还要年轻的青年，是南京总部派下来的专员，自己必须无条件地服从他的安排。

宁志恒指了指赵江吩咐道："你带两个人去全程陪同，直到他将所有内容翻译出来为止。"

"是！"赵江立正领命，带着易华安进入书房。

"志恒，这一次是有重大的收获吧？方便透露一下吗？"柳同方笑着问道。他这一路上一直惦记着这件事，越想越觉得这是一次好机会，实在忍不住想问问。

宁志恒皱了皱眉头，开口说道："我是在河本仓士的房间里有些收获，不过文件上全是日文，我也不知道具体是什么内容。但是能够和河本仓士扯上关系的，都不会是小事情，等内容翻译出来再说。倒是这个易华安是什么来历，给我说一说。"

以宁志恒谨慎多疑的性格，对任何事情都持有怀疑的态度，何况这次的情报确实很重要，自己又不懂日文，如果这个易华安真有问题，在翻译的时候做点手脚，自己也看不出来，那可就麻烦了。

不过好在有原始底片在手里，也不怕有人在其中捣鬼。他对杭城军事情报站一直就不太信任，所以到现在都没有在杭城军事情报站露过面，除了柳同方和权玉龙，他不和任何人接触。

听到宁志恒的询问，柳同方开口回答道："志恒你放心，这个易华安是湖北襄阳人，身家来历清楚，四年前从总部调过来的，生平和履历都接受过严格的调查，而且这几年里一直表现很好，和外界接触也少，绝对不会有问题。"

既然是南京总部调过来的，那他的身份、来历应该调查得很清楚，军事情报调查处对人员的甄别和审查很严格。宁志恒这才点点头。

这时穆正谊也走了进来，他一直在宁家大院等候宁志恒的消息，这时候才听到消息，急忙赶过来和宁志恒见面。宁志恒挥手示意，三个人相对落座。

"志恒，一切都还顺利吧？"穆正谊一坐下，就赶紧开口问道。他也是一夜未眠，担心宁志恒在行动中出现意外。他对宁志恒极为欣赏，尤其是那天晚餐时和宁志恒的长谈，彻底改变了他对国民党特工一向的看法。

"对呀，还没有听你说说行动的情况呢，快跟我们讲一讲！"柳同方也是兴致勃勃地问道。

"好，我给你们讲一讲！"宁志恒笑着说道。

当下，他将整个过程叙述了一遍，让柳同方二人听得入了神。为了这一次行动，他们两个人也是做足了功课，付出了不少的努力。宁志恒的成功也有他们一份功劳，听到宁志恒的叙述，二人也不禁兴奋不已，与有荣焉！

三个人在这里谈笑庆祝，欢欣鼓舞。

而此时，在上沪日本特高课本部，却是另一番景象。

"栗田君，请将河本先生的遗体存放好，保护好现场，我会马上赶过去处理后事！"

缓缓地放下手中的电话，情报组长今井优志再也没有忍住悲痛的心绪，眼角流下一行泪水。

对于对自己有知遇之恩、庇护之情的河本仓士，今井优志一直心怀感激。他把今井优志从一个普通的情报员提拔到现在这个职位，临走时又将所有的责任揽在自己的身上，让自己的部下安然渡过难关，河本仓士绝对是今井优志特工生涯中难得一遇的好上司。

可是距离上次杭城见面才过去十多天就传来这个噩耗，让今井优志一时难以接受。不过现在最重要的，是要向特高课课长佐川太郎汇报这一重大消息。

作为上沪特高课前任课长、如今的杭城日本谍报组织的首脑，河本仓士的死亡绝对不是一件小事情，之后的工作都要马上进行。

对河本仓士的死因调查、他的继任者的挑选、情报工作的交接，等等，这一系列的问题迎面而来，都需要特高课课长佐川太郎亲自决定。

他擦拭了一下眼角的泪水，平定了一下悲伤的心情，快步向佐川太郎的办公室赶去。

轻轻敲响房门，得到佐川太郎的首肯之后，今井优志几步上前躬身施礼。

从今井优志的脸上，佐川太郎敏锐地感觉到了一丝哀伤，他不禁有了不好的预感。这段时间的坏消息一个接一个，难道今天又出现了什么情况？

"今井君，有什么事情吗？"佐川太郎有些迟疑地问道。

"课长，刚才杭城领事馆打来紧急电话，河本先生于昨天夜晚病逝于自己的房间。今天早上，他的随身侍从栗田太郎发现时，他已经去世多时。"今井优志用低沉的声音回答道。

"什么？"佐川太郎霍地从座位上站起来，紧走几步来到今井优志的身前，"怎么会发生这样的事情！病逝？能够确定吗？"

佐川太郎连声询问，他之前也是河本仓士的老部下，也是河本仓士最看重的情报员之一，对这个突然传来的消息震惊不已。

今井优志点头说道："经过领事馆医生的检查，河本先生是因为心脏病复发而去世的。当然，如果需要进一步调查，就要解剖尸体，这些必须由课长您来亲自下达指令。"

"心脏病复发？河本先生的病情已经恶化到这种程度了吗？"佐川太郎疑惑地问道。

他们都知道河本仓士这两年的身体状况一路下滑，也知道他有心脏疾病，还出现过短暂的昏厥，可是没有想到已经严重到这种程度，这一次竟然直接导致死亡。不过他们都是优秀的特工，职业习惯让他们怀疑一切，该有的调查一项也不能少。

"你马上带着本部的医生去杭城，对河本先生的遗体做解剖，一定要确认真实的死因，还有就是要保证他手中的绝密文件和情报完好无损。"佐川太郎做事极为严谨，绝不会因为河本仓士之前患有心脏病，就放弃对他死因的深入调查。河本仓士的身份过于特殊，他手中掌握的文件和情报都是保密等级极高的绝密情报，绝对不能够出现半点问题。

今井优志赶紧回答道："明白，我马上动身，一定做好调查和交接工作。如果一切没有问题，我会就地处理河本先生的后事，这需要耽误几天的时间。请您马上选定继任者，主持杭城的情报工作。"

"好的，我马上着手安排，那一切就拜托你了！"

"嗨依！"

时间过去了好几个小时，在宁家的书房里，日文翻译易华安正在书桌前紧张地工作着。

他将一张张照片在面前摊开，用手中的放大镜仔细地逐一查找，认真地分辨每一个字，将翻译出来的内容整理成一份详尽的资料。随着翻译出来的内容越来越多，易华安心中越发感到震惊！

这是一份日本间谍组织在杭城地区的潜伏人员名单，总共涉及五个情报小组、三十三名间谍成员。这些人被安插在杭城各阶层的紧要位置，里面有政府官员、富商巨贾，甚至还有帮派头目。最重要的是，本身就是专门对付日本间谍组织的杭城军事情报站里，竟然也被日本人渗透进来，足足有三名情报官已被日本人策反，这简直令人无法想象。

想一想自以为身处谍报前线的机密部门，可身边的同事竟然就是日本间谍，易华安不禁有些毛骨悚然。如果手中这份文件不是由自己亲自翻译的，他是绝对不敢相信这一事实的。

赵江带着两名行动队员就坐在离易华安不远的地方。他们不敢靠得过近，以免被怀疑偷窥文件、情报的内容，可是眼睛却紧紧地盯着易华安的一举一动。如果后者有任何损坏情报的举动，或者企图逃离，他们马上就会毫不犹豫地采取措施将他控制起来。

一开始，易华安如临大敌，对他们这样不信任的行为还是有所不满的，可是等到他将所有内容都翻译出来之后，他就完全把那一丝不满抛之脑后了。

事实证明，杭城军事情报站里的特工并不可靠。如果自己也是被策反的人员之一，那么很有可能会毁掉情报，或者编制假情报，甚至会寻机潜逃通风报信，从而导致如此重要的情报外泄，其后果是灾难性的。

时间一点点过去，直到下午三点钟，易华安才将所有的内容翻译完成并整理成详尽的材料。他放下手中的放大镜，双手轻轻揉动太阳穴和眼角，感觉头脑清醒了一些，这才将桌上的一沓材料，连同照片一起拿在手中。他站起身来，对赵江说道："赵队长，我的工作已经完成了，现在需要向宁组长当面汇报。"

赵江一听，立即笑着说道："那太好了。组长一直在客厅等你的消息，请跟我来。"说完他闪身让开，将易华安领到客厅。已经等候多时的宁志恒看到易华安手中的一沓材料，马上站了起来。

"工作已经完成了吗？"宁志恒沉声问道。他一步也没有离开客厅，就等着第一时间拿到结果，以确定他之前的猜测是不是对的。如果真的如他所料，那么这一次的收获绝对是空前的，有望彻底颠覆日本谍报机关在杭城的所有地下力量。

易华安听到宁志恒问话，赶紧上前将文件递到宁志恒的面前，报告道："组长，内容都已经翻译出来了。我核对了两次，不会有错误，请您审阅！"

宁志恒伸手接过材料，打开仔细地翻阅，随着阅读的深入，心中的喜悦之情跃上眉梢。情况跟他之前预想的一模一样，自己带回来的，果然就是杭城地区日本间谍组织的情报小组人员名单。

日本人在杭城地区的所有地下力量的命运，现在就在自己手上掌握着，只需一个念头，就可以决定其生死。想到这里，宁志恒心中生出一丝难言的快意。

但是另一个声音却告诉他，万万不可如此冲动。如果他真的不顾一切马上下令开始抓捕，后果可能是前功尽弃。

昨天晚上刚刚暗杀了河本仓士，今天杭城地区间谍组织就全部被摧毁，日本特高课就算是傻子也会明白是怎么回事！

必须等河本仓士这件案子的事态平息了之后，才可以着手对付这些日本间谍。反正敌人现在毫无察觉，让他们多逍遥几日也无妨。

再说这么大的行动，自己也不可以擅自做主，必须向处座请示。而且自己回到杭城已经半个月了，暗杀河本仓士的行动已经圆满结束，要向处座及时复命才行。宁志恒决定亲自回南京向处座当面汇报事情的进展，请示下一步的行动。

宁志恒继续翻阅到最后一页，看到上面写着"杭城湾近期水文调查报告""中国江浙地区军事力量分析报告"，抬头看向易华安，开口问道："这两行字是不是根据最后那两张照片翻译出来的内容？"

易华安一听宁志恒的问话，赶紧点头称是，回答道："报告组长，确实如此。最后那两张照片里只有两个文件的封面，翻译出来的内容就是这两行字！"

宁志恒点头不语。在那个木匣里有许多绝密文件，可惜自己只将最上面两份文件的封面带了回来，至今想来都心痛不已。

这两份绝密文件的名称已经清楚地表明，第一份文件的内容是关于杭城湾近期的水文情况。其实杭城湾的水文情况算不上绝密，杭城当地有关部门历年来都有记录。

不过如今中国政府部门做事效率不高，尤其是在搞调查这一方面历来都是应付了事。当然里面的原因是多方面的，比如说投入的人力不足，资源资金不到位，等等。总之中国人远不如日本人搞调查来得仔细认真，日本人的数据肯定更加准确。可即便是数据再准确的杭城湾水文报告，以它的等级也不至于被放到河本仓士的保险箱里，那么原因只有一个，日本人对杭城湾的水文情况特别关注。

宁志恒记得在抗战历史上，就在今年的年底，日本军队为了解决日益胶着的上沪战局，大举从杭城湾登陆，包抄上沪的中国军队，从而在当时战局中形成了战略优势，迫使中国军队从上沪后退。

看来日本军方早有准备，最起码之前就做好了各种预备方案。调查杭城湾的水文情况，就是其中之一。

从这个意义上来说，这份杭城湾的水文调查报告的确是非常重要的，自己必须借用这份情报向中国军方提出预警，希望能够引起他们足够的重视。

不过宁志恒心里清楚，即便他向上级军方提出了警告，军方也不会因为这么一张仅仅只有几个字的封面的情报，去改变几十万军队的防御部署，所以一切只不过是为求自己心安，徒劳而已！

还有一份绝密情报，是对江浙地区中国军队的分析调查。这倒是一份很有价值的军事情报，可惜自己并没有把具体内容带出来，所以也说明不了什么问题。

不过总的来说，这一次的收获巨大，最起码在谍报战线上，宁志恒所代表的中国特工已经取得了决定性的胜利。

宁志恒看了看易华安，淡淡地说道："易少尉，这份情报的重要性不用我再说明，军情处的保密条例你也很清楚。为了保密起见，从现在起，你不能和外界有任何的接触，直至我们完成对杭城地区日本谍报组织的清剿，明白了吗？"

易华安马上立正回答道："军情处的规矩卑职明白，一切听从组长安排。"其实从翻译完情报的那一刻起，易华安就已经有了心理准备。这么重要的情报，必须启用最高等级的保密措施。自己作为最直接的知情人，肯定会受到最严密的监控。况且作为军人，必须无条件地服从上级的命令，他没有任何反抗的余地。

宁志恒对易华安干脆的回答非常满意。这个易华安非常聪明，他很清楚自己当前的处境，所以没有丝毫的犹豫。想到这里，宁志恒突然觉得易华安倒是一个不错的人才，自己一直想学日语，易华安不就是最理想的老师吗！正好自己可以在学习的同时随时监视他，这岂不是一举两得的好事情？

于是，宁志恒伸手示意易华安坐下，语气变得和蔼，开口问道："易少尉，你对日文掌握的程度有多高？我是指在口语和书面语方面，你和真正的日本人有什么差别？"

易华安听到宁志恒的问话，以为宁志恒对他的翻译工作有所怀疑，赶紧开口解释道："请组长放心，我是民国十五年国民政府专门组织学习日语的培训班学员，从十四岁开始学习日文，教授我们的是一位真正的日本学者。我的学习成绩一直都是优秀，毕业后就直接加入军方担任翻译工作，从没有出现任何失误。"

宁志恒听到这里才真正放下心来。原来这个易华安是国民政府多年以前就着手培训的翻译人才，绝对是可靠的人选。他毕业后又直接加入军方，在履历上绝对没有一点瑕疵。

宁志恒摆了摆手，笑着说道："易少尉，你误会了。我绝不是怀疑你的业务能力，而是因为这段时间以来我一直迫切想要学习日文。

"你也知道，我们军事情报调查处最主要的对手就是日本间谍组织，可是我们对于他们的了解太少了，尤其是在语言上我们吃亏很大。很多日本间谍能够熟练地使用中文，潜入我方进行间谍活动。他们能够在日本人和中国人之间随意转换身份，这给我们抓捕的工作造成了很大困难。

"而相反，我们的特工对日本人缺乏相应的了解，在语言方面更是处于绝对的劣势，这也是我们的情报工作一直不能够深入敌方势力的重要原因之一。我一直想学习日语，弥补上这一短板，只是苦于一直没有遇到合适的老师，所以现在想请易少尉做我的日文老师，不知道你的意见如何？"

听到宁志恒的一番话，易华安这才明白过来，原来这位宁组长是要向自己学习日语，顿时心头一喜。他这几年一直待在办公室里苦熬岁月，如今还是一个少尉军衔，毕竟一个文职人员，很难有出头的机会，对此他一直耿耿于怀。现在这位南京总部的宁组长突然开口，要请自己做他的日文老师，招揽之意非常明显。

毕竟学习日文是一个长期的过程，而这位宁组长肯定不会在杭城这个地方待很久，也就是说，自己马上就会跟随这位宁组长回到南京总部。这对自己是一个绝好的机会。而且柳站长之前就提醒过他，这位宁组长在南京总部是一位实权人物，位高权重，背景深厚。自己靠上这棵大树，对今后的发展有极大的帮助。

想到这里，他没有半点犹豫，马上站起身来，清声回答道："组长厚爱，卑职求之不得，一定竭心尽力，不敢有丝毫懈怠！"

宁志恒哈哈一笑，伸手示意易华安坐下来，高兴地说道："华安，那这件事就这么说定了。我这两天就要回南京，你也跟我一起回去。至于柳站长那里，我会跟他打好招呼，你不用担心。还有，这一次你立下的功劳不小，我会在报告上为你美言几句，你这少尉军衔也该提一提了。"

易华安听到宁志恒这番话，激动得难以自禁。他马上又起身立正高声道："谢谢组长栽培，华安定当粉身相报！"

他万万没有想到，在这短短的几个小时里，他的人生际遇发生了如此大的变化，心中的激动溢于言表。

"哈哈，言重了，言重了！"宁志恒笑着说道，"不过是举手之劳，以后还要靠你自身的努力。"这时，他又问道，"华安，你的日文口语怎么样？如果我能达到你的这种程度，能不能让真正的日本人也无法察觉出来？"

宁志恒的担心不无道理。要知道一门语言的学习，书面上是一回事，但是真正落实到口语上却是很困难的。就像宁志恒自己，书面上的英语毫无问题，可真落实到口语上，在和真正的英国人或者美国人交谈时，发音和语言习惯都会有很多差异。

易华安微微一笑，笑容中带有一分难掩的自信，说道："我们的日文老师是一位真正的日本学者，他的口语是纯正的关西腔，而关西地区作为日本历代以来的主要中枢地区，历来都是贵族和上层人士的主要聚集地，所以一直以来，日本有身份的名门望族都以说关西腔为荣。而关西腔日语中仍然保留不少日本的古语以及口音，相对于关东腔和北海道等地的口语，学习起来难度也要大一些。我曾经被委派给一名日本官员做临时翻译，我的关西腔口语竟然比他还要纯正，他曾一度以为我是一名日本公民，根本分辨不出来我

第六章 收获巨大

是中国人！"

听了易华安的话，宁志恒不禁大喜过望。他自然知道日本语以关西腔最为纯正和高贵，关东等地区的许多日本人都会不自觉地学习关西腔。他没有想到易华安竟然是这样一位出众的语言人才，看来自己这次算是捡到宝了。于是宁志恒一拍大腿，兴奋地说道："太好了。那我的日语学习就拜托华安了，你一定要严格把关，务必使我达到你要求的这种程度。"

"卑职一定全力以赴！只是要在短时间里达到这种程度，需要付出非常艰辛的努力，组长你要有心理准备呀！"易华安小心地回答道。他自然会全心地教导，只是他对宁志恒没有太大的信心。从头学习一门语言，还要达到让人无法分辨其母语的程度，这个难度太大了！

宁志恒却是微微一笑。其实日语相对于其他语种来说，是最容易掌握的小语种之一。毕竟日语的诞生和演化都受到汉文化的影响，其文字中使用了大量的汉字，两种文字在许多地方都是相通的。曾经有一个故事说，清末名士梁启超在东渡日本的船上，用一周的时间就学会了日语。这个传说自然有些夸大其词，但是从另一个角度也证明，对中国人来说，相对于其他语种，日语学习起来相对容易些。

他自从被菩提子改善体质之后，身体的各个机能都得到了极大的提高。大脑的思考能力、推演能力，还有记忆能力，都远远超过常人。他有足够的自信，只要下一番苦功，在一段时间里是可以快速掌握日语的！

两个人正说着，柳同方和权玉龙匆忙走进来。他们知道易华安已经完成了翻译任务，迫切地想知道情报的内容。

柳同方一见面就问道："志恒，情报已经翻译出来了吗？如果有行动，我们情报站可以全力配合，绝不会让你失望。"

宁志恒却是脸色一变，严肃地说道："同方兄，我们到书房商谈。"然后又对赵江吩咐道："华安以后就是你们的同事了，你们要多亲近亲近。你这段时间主要负责华安的安全，寸步不离地保护他，不得出现半点纰漏。"

宁志恒虽然已经收易华安为手下，但是该有的戒心一点都不会少，甚至只会更多。以他的心性又怎么可能那么容易相信他人，安排赵江随身监视，也是应有之义。易华安和赵江自然都心领神会，点头领命，然后退去。

听到宁志恒的话，柳同方和权玉龙都是一愣：怎么易华安好像成了宁组长的手下了？如果真是这样，这个小子倒是好运道，机缘巧合攀上了一棵大树。

当下柳同方跟随宁志恒进入书房。宁志恒将房门关好，和柳同方相对而坐。

宁志恒将手中的材料递到柳同方面前，神情严肃地说道："同方兄，这次得到的情报非同小可，其重要程度远远超出我的预想。作为杭城军事情报站站长，你有知情的权利，之后的行动也都要交给你去完成，所以我现在可以正式通告给你，希望你有一个心理准备。"

突然听到宁志恒如此郑重其事的话语，柳同方心中顿时紧张起来。他没有说话，伸手接过这份材料，仔细翻阅起来。

和宁志恒预想的一样，越往下看，柳同方的脸色就越发显得震惊。他根本没有想到手中的这份材料竟然如此重要：日本在杭城地区潜伏的地下力量，竟然被宁志恒全部掌握了！可以说，日本人在杭城谍报战线上已经一败涂地，所有的漏洞都赤裸裸地暴露在军事情报调查处的枪口之下。现在只需要他一声令下，就可以完成他多年来一直想要达成的目标，那就是彻底清除日本人在杭城地区的情报力量，实现他以后足以夸耀一生的荣耀！

可是很快，他的心情就翻转过来，脸色也变得难看起来，因为后面的名单显示，竟然有三名杭城军事情报战的军官被日本人给策反了，这怎么可能？

这个时期的军事情报调查处和后来的军事情报调查统计局，也就是所谓的军统不同。在这个初期阶段，它对所有成员的调查和甄别都是极为严格的，能够加入军事情报调查处的军官都是政治可靠、能力出众的人才。

可是就在这样一个管理严格的国家谍报机关里，竟然有三名情报军官被日本人成功策反，这造成的恶劣影响简直是不可估量的。不客气地说，单单凭借这一点，宁志恒就可以直接把作为军事主官的柳同方以渎职罪就地抓捕，当场处置。这件事情如果传到军事情报调查处的高层，尤其是处座那里，等待柳同方的下场将会是什么，简直不言而喻。

柳同方心中生起刻骨的凉意，他越想越害怕，赶紧颤声解释道："志恒，这次你可要帮我！这三名情报官被策反的事情，我是完全不知情的。你也知道杭城的情况错综复杂，日本人渗透的工作难以防范，我在工作中难免有一

第六章　收获巨大

107

些疏漏,还望志恒为我多美言一二啊!"说到最后,语气中不免带有一丝哀求。别看他执掌一方多年,可是对处座的惧怕是刻骨铭心的。处座处置手下手段之严厉是众所周知的,但凡有失职渎职行为的军官,动辄施以家规处置,绝不会有半点手软。

半个月的相处,让宁志恒对柳同方的印象大为好转。柳同方不仅对自己刻意交好,又充分认识到了自身的错误,积极配合自己暗杀河本仓士的行动,尤其是那次在晚宴中倾心相谈,两人之间的关系大为亲近,因此宁志恒自然不会为难柳同方。

宁志恒当下轻轻地拍了拍柳同方的肩膀,示意他不用紧张,笑着说道:"同方兄,你我兄弟,有事自然会为你担待。这三个人的情况瞒是瞒不过去的,毕竟这份情报的底片我是要上交存档的,但是我可以在处座面前为你说情,并且着重说明你在此次行动中起到的重要作用。不是我夸口,在处座那里我还是能说得上话的。再加上这次的重大收获,处座不会太过为难你的。

"之后我们军事情报调查处定会对杭城地区的日本情报组织采取重大行动。作为杭城军事情报站的军事主官,到那个时候,你将所有日本间谍一网成擒,将功赎罪,否极泰来,另有一番际遇也说不定呢!"

宁志恒的话确实有道理,按照他的设想实施,柳同方这次最多是有惊无险,而且如果运气好,还有可能再获得一些好处。

柳同方听到宁志恒的话,顿时心神一松,不禁心有余悸地说道:"志恒,还好有你呀,不然我们可是难过此关了。你说,接下来我们该怎么做,马上对这份名单上的人员下手吗?我马上布置人手,今天晚上就可以全部抓获。"

宁志恒摆了摆手说道:"不行,绝对不可以。我们刚刚暗杀了河本仓士,又马上对日本间谍组织下手,岂不是摆明了告诉日本人,河本仓士的死是我们下的手?这和之前处座处置任务的初衷相违背。之后的行动我要赶回南京亲自向处座请示。"

柳同方一听,知道自己有些心急了,赶紧说道:"那我马上布置人手,把名单上的间谍人员监控起来,等你的消息再行动。"

"不行,"宁志恒断然挥手否决,"一切都不要动,一动不如一静。监控三十三名间谍成员,你需要动用多少人手,这动静小得了吗?这还不说,你手下本身就有三个内鬼,我敢说只要你有所动作,日本人马上就会察觉到。

按我说的做，一切如常，就连那三个内鬼也不要去惊动，所有事情都要等我从南京回来之后再做决定。"

"是，是，我思虑不周哇！"柳同方连连点头。

"这段时间，你和权玉龙唯一要做的就是把保密工作做好，对之前任何参与暗杀河本仓士行动的队员都要下达封口令。还有就是易华安，现在这份间谍名单的事情，就只有我们三个人知情，你我没有问题，但是这个易华安不能完全信任，我要把他带在身边亲自看管。"

柳同方点头称是，说道："一切都会按照你的吩咐去做，你打算什么时候回南京复命？"

"越快越好，你马上去买最快回南京的火车票，今天晚上我就带着所有人员赶回南京。"宁志恒说道。

"好的，我这就去办！"柳同方点头说道，然后转身快步离去。

宁志恒这边召集所有的手下，收拾行装，准备回南京。

当天晚上，宁志恒带领易华安和一众手下坐上了回南京的火车。

回到南京

到了第二天上午，宁志恒就赶回了南京城。

他带着一行人回到军事情报调查处，顿时在行动科引起了轰动，卫良弼第一个迎了出来。

"志恒，你总算回来了，这次回杭城一切都顺利吗？"卫良弼上前一把握住宁志恒的手，连声问道。

宁志恒笑着说道："一切顺利，家里人都已经送走了，心头这块石头总算是放下了。对了师兄，顾文石这件案子进展得如何了？"

在杭城时宁志恒心里一直惦记着这件事情。他当初估计，如果运气好，这次军事情报调查处最少能够挖出一到两个日本谍报小组，现在半个月过去了，也不知道真实的情况如何。

卫良弼点头说道："是有些收获，顾文石交代出来的被策反的间谍全部落网。根据他们的口供，我们行动科和情报科联手，又顺藤摸瓜抓捕了一个名叫山谷间谍小组的组长，将整个小组六名成员一网打尽，只是在抓捕的时候出了点纰漏，只起获了一部电台，电台密码本被提前销毁了。之后的行动不太顺利，不论我们投下多少诱饵，敌人再也不上钩了，所有的日本间谍好像突然停止了活动，都进入蛰伏状态。"

这和宁志恒之前猜测的结果大致相同。现在日本间谍组织在南京的势力基本已经被肃清，剩下不多的日本间谍也都被迫进入蛰伏状态。

"那这次情报科的谷正奇算是躲过一劫了？"宁志恒接着问道。

卫良弼点头说道："这次算他运气好。山谷间谍小组是他亲手挖出来的，处座也没有真心要收拾他，只是想敲打一下，就借着这个由头放了他一马，他总算是将功赎罪平安过关。"

宁志恒又和卫良弼交谈了几句，因为还要向处座复命，二人便分手离开，宁志恒拿着公文袋直接赶到处座的办公室求见。

刘秘书见到是宁志恒求见，微笑着说道："宁组长请稍候，处座现在正好有空，我马上向他禀告。"

宁志恒点头说好，很快刘秘书请他进去。一进办公室，他就看见处座正坐在座位上。

见宁志恒进来，处座哈哈一笑，站起身来走到宁志恒面前，说道："这两天正念叨你呢，果然就赶回来了。"

宁志恒赶紧立正敬礼，说道："报告处座，卑职特来向您复命。"

处座一听"复命"二字，顿时眼睛一亮，赶紧问道："这么说任务已经完成了？"

宁志恒点头回答道："报告处座，任务已经完成。前天晚上我潜入日本领事馆内，亲手送他上路的，确认他已经死亡。"

"你亲自下的手？"处座惊讶地说道，他没有想到宁志恒竟然会以身犯险潜入日本领事馆，顿时眼神中露出一丝杀意，"杭城站没有予以配合吗？柳同方是真不要命了，你带着我的手令，他也敢掣肘推诿？"

处座派宁志恒去执行暗杀河本仓士的任务，自然不是让他去亲自动手，而是要宁志恒动用他的头脑去制定详细周密的行动方案并全程指挥。

宁志恒听出处座语气中的杀意，知道他误会了，赶紧解释道："柳站长一直积极配合我的行动，前期准备工作大都是他完成的。只是在具体执行任务的时候，我不放心别人去做，坚持自己动手，柳站长才勉强同意的！"

处座脸色缓和下来，他点了点头转身走回自己的座位，示意宁志恒坐下，这才开口说道："志恒，你这次太冒失了。上次抓捕顾文石我就提醒过你，身为一个优秀的指挥官，你的任务不是冲在第一线，而是审时度势，根据情况作出最正确的判断和决定。"说到这里，他轻轻地叹了口气，接着说道，"你呀，还是太年轻，不知道什么是怕。做事有冲劲是好的，但是太拼命了也容易出事，明白了吗？"

话语之中，告诫与爱护之意溢于言表。他对宁志恒寄予厚望，让他执行此次暗杀任务也是有磨炼之意，可是真把人给磨没了，那可就违背初衷了。

宁志恒微微低头，身子微躬，态度诚恳地说道："多谢处座的爱护，志恒确实是有些鲁莽，以后一定谨慎行事。"

"上一次你也是这么说的，可最后呢？算了，总要吃点亏才知道长记性。"处座不禁有些没好气地说道，"把具体的实施情况给我汇报一下，越详细越好！"他也想知道宁志恒是怎么完成任务的。他担心河本仓士虽然死了，可是收尾不干净。如果让日本人察觉出来，那这项任务就不能算是完成了。

"是！"宁志恒恭声答应道，接下来把行动的具体实施情况一五一十地汇报给处座。

其间，情报科副科长边泽听到宁志恒回来的消息，也匆忙赶来求见，和处座两个人认真听取了宁志恒的工作汇报。

整个行动的过程称得上设计完美、详尽周密，每一步都计算精准、不差分毫，尤其是最后进入日本领事馆的行动更为精彩，让处座和边泽大为惊叹，拍案叫绝！

听到最后，处座忍不住一拍桌案，高声喝彩道："干得好！志恒，这一次的行动简直完美，日本人绝对想不到我们会深入敌巢，直接取了河本仓士的性命。还有这个使用氯化钾注射液的方法很好，是那位穆医生想出来的？"

宁志恒笑着说道："是的。这位穆医生医术高超，是柳同方站长的至交好友，这次行动中让我得力甚多。"

处座此时的心情畅快至极，连带着对柳同方的印象也好转了不少。他点头笑道："这个柳同方还算是知耻而后勇，原本我打算等这个事情过去就收拾了他，现在看来还是可堪大用的！"

宁志恒听到这里，暗自为柳同方捏了把汗，不知道一会儿处座知道杭城军事情报站一下子被策反了三名情报官的时候还会不会这么说。自己总要为柳同方帮衬帮衬，不然他可不好过这一关。

看到处座心情正好，宁志恒上前一步，趁热打铁地说道："处座，我这里还有一件大事。这次回来除了向您复命以外，更重要的就是专程向您汇报，并请示下一步的指令。"

处座和边泽一听宁志恒的话都是一愣。两个人相视一眼，处座开口问道："大事？杭城地区出了什么问题吗？"

宁志恒将手中的文件袋递到处座的桌案上，开口汇报道："我暗杀了河本仓士后，在他的房间里发现了一间密室，密室中存有不少保密等级极高的绝密文件。可惜我当时携带的微型相机胶卷不够，因此只带回其中一部分，这是我们在杭城翻译出来的情报内容。我看了这份文件，发现事关重大，不敢擅自行动，这才连夜赶回南京向您当面汇报，并请示下一步的行动。"

"什么？绝密情报！"处座和边泽顿时惊诧不已，没有想到宁志恒这一次还有如此重大的收获，"你这小子，倒是沉得住气，到现在才汇报！具体是什么内容？"

处座笑着拿起文件袋，绕开绳结，准备查看。

"报告处座，是日本谍报组织潜伏在杭城地区的情报人员名单，一共五个情报小组、三十三名成员！"

啪嗒一声，文件袋从处座手中滑出，掉在地上。

处座强作镇定，弯腰拾起地上的文件袋。

一旁的边泽却没有那么好的耐性，他急不可耐地冲宁志恒高声问道："志恒，你把话说清楚，再说一遍！"

宁志恒只好再次说道："这份情报是日本特高课谍报组织在杭城地区潜伏下来的五个情报小组的人员名单，总共三十三人。"

听到宁志恒再次开口确认，处座和边泽没有再言语。处座快速打开文件袋，取出里面的材料仔细地翻阅。

很快，处座脸上逐渐露出满意之色，眉头上挑，眼中精光闪烁。良久，处座终于将手中的文件放回桌案，口中长出了一口气。他望着宁志恒，不禁感慨地说道："志恒，不得不说，你是一员福将啊！这样绝密的情报你也能搞到手，这次安排你去杭城，真是走对这步棋了！"

处座万万都没有想到，这一次安排宁志恒去暗杀河本仓士，在条件如此苛刻、困难重重的情况下，宁志恒不仅想方设法顺利完成了任务，还顺手牵羊带回来至关重要的绝密情报。

这一份潜伏间谍小组人员名单，足以改变中日谍报战线的当前局势。

日本人当初为了转移国民政府对东北战局的注意力，为日本长期经营东北争取时间，而再次开辟上沪战场，以强悍的武力占据了上沪沿海地区。在这个新的战场上，以上沪为中心，日本人主要的军事谍报力量就集中在上沪和杭城，还有最主要的情报专区——国民政府首都南京。

自一九三二年以来，双方谍报特工进行了激烈、残酷的对决。中方特工在付出了惨痛的代价之后，仍然没有取得优势，在谍报战线上节节败退，最后基本处于挨打而无法还手的状态。

可是自从去年年底，情况出现了转机。之后的半年里，军事情报调查处接连发起重大行动，几乎将日本谍报组织在南京的地下力量全部肃清。

正当处座志得意满，准备乘胜追击，把目光看向上沪、杭城地区的时候，手下的干将就把杭城地区日本间谍组织的人员名单送到了他手中。

此时处座心中甚至有些不敢相信，日本在杭城地区的谍报力量就这样轻易掌握在了自己手中。只需要雷霆一击，日本谍报组织经营多年的杭城地区就会被全部肃清，日本人仅剩下上沪一处谍报据点而独木难支，中日谍报力量的对比将产生巨大的反转！

处座仔细思考了片刻，说道："先暂时不要动这些人，等河本仓士这件事情彻底平息过后，再一网打尽。"

宁志恒一听果然如他所想，处座考虑的也是怕日本人察觉出河本仓士的死因，所以暂缓对杭城潜伏间谍小组的抓捕。

边泽在一旁问道："这件事情还有谁知情？翻译文件的翻译人员现在在哪里？控制起来没有？"

宁志恒回答道："间谍成员名单一事在杭城的知情者，只有柳同方站长和翻译文件的易华安少尉。我已经把易华安带回南京，安排人员随身监控，消息绝不会泄露的。"

处座听完点了点头，对宁志恒的处置非常满意。可就在这个时候，处座又拿起手中的名单问宁志恒道："在名单的最后面，我发现有三名间谍掩饰身份是杭城站的情报官。志恒，你了解这个情况吗？"

该来的果然还是来了，好在宁志恒早有准备，他急忙解释道："的确是这样，在杭城站已经有三位情报官被日本人成功策反。不过好在这三个人职位较低，接触不到机密情报，尚没有造成严重的后果。

"我发现此事后严厉训斥了柳同方。他的态度很诚恳，愿意接受一切处罚，并肯请处座能够在此次清剿行动之时给他一次戴罪立功的机会。

"处座，我此次去杭城行动，柳同方认错态度诚恳，并积极配合，出力甚多，行动之前的整个准备工作都是由他完成的。而据我调查，这三名情报官都是情报处尉级军官，而情报处处长袁思博几天前已经被柳同方关押起来，原因就是之前袁思博身为具体执行暗杀河本仓士行动的负责人，却畏首畏尾，诸多推诿，造成任务迟迟不能完成。

"处座，能否给柳同方一个改过的机会？毕竟现在一动不如一静，杭城站的任何动静，都有可能引起日本间谍部门的注意。若是因此产生变故，影响了之后的收网行动，恐怕是得不偿失呀！"

宁志恒知道处座这个人作风狠硬，犯了错误只要肯认错倒还好说，可如果胆敢对他下达的命令推三阻四，百般推诿，甚至胆敢有所隐瞒，那他必然会严惩不贷，哪怕就是多年的老部下也绝不容情。所以宁志恒一开始就表明柳同方的认错态度诚恳，并愿意戴罪立功，以求得处座的原谅，同时将情报处处长袁思博抛了出来，以抵挡处座的怒火。

听到宁志恒的解释，处座沉思了半晌，也觉得宁志恒所说的有道理。这段时间杭城站最重要的工作就是稳定，绝不能够惊动日本人。看来这个柳同方暂时动不得，那就给他一次机会。

处座想到这里，沉吟道："看样子柳同方和你相处得不错，好吧，看在你的分上就给他一次机会，以观后效。不过那个袁思博阳奉阴违，玩忽职守，绝不能够轻饶，等这件案子过后马上根据家规处置，以儆效尤！"

听处座这么说，看来总算是帮柳同方渡过了这次难关，宁志恒暗自松了一口气。

处座接着又问道："最后那两份文件是怎么回事？"

宁志恒解释道："当时在密室里发现了很多绝密文件，可是我不懂日文，胶卷也不够了，只好将最上面两份文件的封面拍下来，至于具体内容就不得而知了。"

听到宁志恒的解释，处座不禁长叹一声道："唉，可惜呀！机会如此难得，下一次可就没这么好的运气啦！"他接着说道，"杭城湾的水文调查报告对我们来说价值不大，倒是这份江浙地区军事力量调查报告倒是很有价值的，可惜你没有把具体内容带回来。"

宁志恒这个时候赶紧上前一步，说道："处座，对这两份情报我倒是有一点猜想。"

"哦？什么猜想？你跟我说说看！"处座很感兴趣地问道。

宁志恒轻咳一声，接着说道："相比江浙地区军事力量调查报告，我倒是认为杭城湾的水文调查报告更值得我们注意。

"当然，其调查报告本身并不具备什么价值，据我所知，杭城政府每年也会对杭城湾的水文情况进行调查，只是没有日本人做得那么精细罢了。可是日本人为什么将这样普通的调查报告放置在河本仓士的密室里呢？尤其是将它和情报小组潜伏人员名单，还有江浙地区军事力量分布调查报告等重要情报放置在一起，这说明日本人非常重视杭城湾的一切情况。

"在这里我有一个猜想，会不会这是日本人在为他们下一步的作战方向做提前的调查准备呢？也就是说中日一旦开战，他们很可能从杭城湾登陆，配合上沪的正面作战，打我们一个措手不及。"

宁志恒的这番分析，确实让处座觉得有些道理，不过搞战略战术并不是处座的强项，他并不能确定宁志恒所说的可能性有多大。

处座点头说道："你说的也很有道理，但这毕竟只是我们的一种猜测。我会向军事委员会作战室提出这个猜想，但是我们情报部门一向只负责提供情报，决策权并不在我们手里，具体效果如何，就不是我们情报部门所能左右的了。"

听到这话，宁志恒知道也只能做到这个程度了，处座对这份情报并没有过于看重，就是把意见反馈到军事委员会作战室，想来也并不会引起重视。宁志恒想，看来和之前自己所猜想的一样，历史前进的轨迹不会有任何改变，自己这只小蝴蝶的力量过于渺小了，一切努力不过是徒劳而已。

办公室里，处座对之后的行动做出明确指示：要等河本仓士这件事的余波彻底过去，再由宁志恒前往杭城主持抓捕行动。至于要等多长时间，处座判断要二十到三十天。

事情商议已定，宁志恒退出处座办公室，直接去找卫良弼。

宁志恒一进门就坐到沙发上，伸了个懒腰，连声打着哈欠。

卫良弼一看宁志恒神情疲惫，开口问道："这一次去杭城时间有些长，是不是处座有任务给你？"

卫良弼知道宁志恒一回来就直接去见处座，这一去就是两个小时，现在才回来，一定是有重要的事情汇报。

宁志恒用手搓了搓脸颊，清醒了一下头脑。他这两天几乎没有合眼，只在火车上迷糊了一会儿，确实有些疲惫。听到卫良弼的问话，他当下点了点头说道："是有个任务，不过好在一切顺利。倒是师兄你，之前运作去重庆的事情怎么样了？已经二十多天了，该有个结果了。"

卫良弼起身给宁志恒端来一杯热茶，放在他的面前，说道："命令已经下来了，我的第一行动组三天后出发，负责清剿重庆地区的土匪和黑帮。我还怕你再不回来，临走都不能见上一面呢！"

"太好了！你这次去正好替我照顾一下我的家人。"宁志恒高兴地说道。这件事总算是办成了，这样师兄就可以提前安全撤离此地，自己远在重庆的家人也可以有人照顾，自己心中总算踏实了一些。

卫良弼也点头笑道："明天有时间我们去趟老师家，看看老师有什么要吩咐的。"

宁志恒赶紧答应道："好的，那就明天去。我也有段时间没有去看老师了。"

两个人又说了会儿话，宁志恒就起身离开了。

回到军事情报调查处，每一个上司那里都要去打招呼，他分别去赵子良和向彦的办公室坐了坐，还将从杭城带回来的小礼品送上。

至于黄副处长那里，自然要晚上登门拜访。柳同方孝敬给他的那些古董，正好借花献佛，都送给自己的这位大靠山。

回到自己的办公室，宁志恒见了王树成和一众手下军官，把工作交代了一下，这才回到家中休息。

与此同时，杭城日本领事馆内，今井优志站在河本仓士的房间里，仔细检查屋里的每一处痕迹。

这时，外面一位军医禀告道："今井组长，河本先生的遗体已经检查完毕。"

"有什么结果？"今井优志拿着一只木屐仔细观察，头也不回地问道。

军医微微躬身，恭敬地回答道："身体没有任何外伤，胃部的残留物也都化验过了，没有任何毒品的成分。从心脏瓣室的情况，还有肌肉有轻微痉挛的状况看，是突发心脏病死亡，时间是凌晨一点至两点之间。"

虽然之前早就预测到了这个结果，今井优志还是轻舒了一口气。河本仓士有心脏病这一旧疾，这是大家都知道的。现在军医给出的这个结果也说明是正常死亡，这是大家都愿意看到的结局。

如果是被人暗杀，那情况就严重了。对手的目的是直接针对河本仓士本人，还是他手中握有的绝密情报，这些都需要追查下去。

不过在保卫措施如此严密的日本领事馆，被人暗杀的可能性几乎为零。如果不是因为河本仓士的身份特殊，根本不需要花费这么多力气和周折调查。

今井优志在房间里没有找到任何可疑的线索，于是起身来到门口，对一直守在门外的栗田太郎问道："栗田君，从昨天发现河本先生去世到现在，都有谁进过这个房间？"

栗田太郎躬身回答道："只有我，还有几名搬运河本先生遗体去尸检的人员进入过。之后我一直带人守在这里，没有离开一步，绝对没有人再次进入房间里。"

今井优志点了点头。栗田太郎是跟随河本仓士多年的亲信，对河本仓士的忠诚毋庸置疑，在事发之后及时上报并第一时间控制住现场，处理的方式方法也很得当。

"河本先生存放重要文件和物品的地方在哪里？"今井优志接着询问道。

栗田太郎指了指客厅旁边那扇金属门，说道："河本先生最重要的物品都放在这个房间里，平时只有他自己才能进入。"

今井优志一听，几步来到金属门外，他用手推了推门问道："钥匙在哪里？"

栗田太郎上前将一串钥匙递给今井优志，说道："就是这串钥匙，一直都是河本先生自己持有，他去世后我在枕头下面找到的，一直没有离手。"

今井优志接过钥匙，试了几次，将金属门推开，小心翼翼地走进去。过了很长时间，他才走出来，开口问道："栗田君，这个房间你进去过吗？"

栗田太郎回答道："从来没有。平时只有河本先生一个人才能进入。在上沪的时候就是这样，今井组长，您是知道的。"

今井优志点了点头。他也是河本仓士最信任的老部下之一，自然知道这位上司的喜好和习惯。他知道河本仓士最喜欢收藏古董，将古董视若性命，安放这些物品的地方是不允许其他人进入的。

他招了招手，示意栗田太郎说道："那么，栗田君，请跟我一起进来看一看。"

栗田太郎没有明白今井优志的意思，但还是跟着他走进房间。进入之后，才发现这是一处空间非常大的收藏室，里面琳琅满目，摆满了珍贵的中国古董。

"这些古董都是历年来先生收藏的珍品。"栗田太郎看着古董说道。这里面的很多物品他都还有印象。

今井优志却没有多看一眼，他对古董不感兴趣，连走了几步，来到保险箱的位置，指着保险箱的密码锁问道："栗田君，你知道这个保险箱的密码吗？"

栗田太郎走过来，看着这个保险箱说道："这个保险箱是我购买的，密码和钥匙都只有河本先生自己知道，我无从知晓。"

今井优志脸色严肃地说道："这里面应该就是河本先生手中掌握的绝密情报，我们必须对其进行检查，以确保这些绝密情报没有丢失过。"

栗田太郎仔细查看了一下密码锁，开口说道："这个密码锁没有被别人打开过，因为河本先生曾经说过，他有一个预警方法，那就是每一次在恢复密码锁的时候，把数码恢复到一个特有的数字，这样可以及时发现密码锁是否被人转动过，这是个很好的预警习惯。现在密码锁的数码就是河本先生自己的生日，一定是先生自己关闭的密码箱。所以这里面的情报是安全的。"

听到这里，今井优志点了点头，看来这些情报是安全的，但还是需要审查的，他只好说道："新的杭城地区情报负责人马上就要到来，这些情报必须进行检查和交接，所以保险箱一定要打开。眼下没有办法了，只能采用暴力手段打开。"

主意已定，今井优志派人叫来几名武官，采用切割等暴力手段，花了一个多小时才将保险箱打开。今井优志独自一人在屋里逐一查看这些文件，然后和备忘录一起对照，最后终于确定，这些情报确实没有丢失，直到这个时候他才真正松了一口气。

调查到现在，事情已经非常清楚了。河本仓士是因为心脏病突发而去世的，手中掌握的绝密情报也没有丢失或者泄露。今井优志觉得自己可以向佐川课长复命了。只可惜，自己安排调查的另一件大事还没有结果，现在也不知道具体进展。想到这里，他找到栗田太郎接着问道："这段时间有没有情报人员向河本先生汇报过？"

栗田太郎回想了一下，说道："那就只有在大前天，暮色小组的组长崎田胜武来过，和河本先生交谈了一段时间。"

"马上安排他来见我，"今井优志说道，"我要知道河本先生最后接触的情报是什么。"

"嗨依，我马上去办！"栗田太郎点头答应，转身快步离去。

今井优志心思缜密，考虑问题极为细致，这次紧急来到杭城，查清楚河本仓士的死因是一大要事，还有一件大事，就是要看一看那件事情的调查进度。

直到晚上七点，接到通知的暮色小组组长崎田胜武，才化装赶到日本租界里的一处房屋前。

崎田胜武用约定好的信号敲开门，之后进入内屋见到今井优志。

两个人相对而坐，今井优志看着对面这位貌不惊人的男子，淡淡地问道："崎田君，这一次通知你来见面，是想询问一下，三天前你去河本先生那里见面时，汇报的是什么情况？"

崎田胜武看了看对面的今井优志，沉吟了半晌。他的消息是通过留言来传达的，上面只有时间、地点和人物，也就是说，他只是知道在什么时间、什么地点见什么人，其他的一概不知，所以也不知道今井优志召见的理由。他犹豫了片刻，缓缓地说道："我接到的通知，只是来这里与上沪的特使见面，但是没有我的上线河本先生的命令，我不能和任何人提及工作上的问题，所以很抱歉，恕我不能回答您的问题！"

今井优志虽然是上沪特高课本部的情报组长，但是崎田胜武并不认识他，况且谈话内容涉及他的上线河本仓士，他决定闭口不言。

"崎田君，"今井优志的语气明显带有哀伤，"我来通告你一个悲痛的消息。

我的老上司河本仓士先生已经于前天深夜突发心脏病，在自己的房间里去世。我就是专程从上沪赶过来调查死亡原因，并处理他的后事的。"

"什么？"崎田胜武听到今井优志的话大吃一惊，他完全没有想到会发生这种事。

自己的上线突然死亡，那么特使找自己是想谈什么呢？只是询问自己汇报情报的内容吗？这和上线河本仓士有什么联系吗？

崎田胜武心中极为不安，他最后一咬牙，只好说道："我和河本先生见面，是为了向他复命。他之前曾授命我前去调查中国军事情报处南京总部，查明他们最近半年来对我们的抓捕行动突然变得极为高效的原因。"

今井优志眼睛一亮，身形顿时挺起，急声问道："这么说你已经有了结果，并向河本先生进行了汇报？可是这么大的事情为什么河本先生没有向总部复命？"

的确，这件事情是近期杭城谍报组织最重要的任务。如果有了调查结果，河本仓士必须第一时间向总部汇报，不可能会隐藏不报的。

听出今井优志的疑虑，崎田胜武决定和盘托出，他轻声说道："其实调查只是进行了一半，并没有一个最终结果，所以河本先生命令我顺着线索追查下去。"

"是什么线索？请崎田君仔细说一说吧。"今井优志追问道。

崎田胜武点了点头，开口说道："暮色小组成员中，有一位是杭城军事情报站的策反人员。他从他的上司情报处长袁思博那里打听到，在这半年里南京军事情报调查处总部针对我们的行动，都是由一名年轻的军官来主持，这名军官名叫宁志恒。

"此人背景深厚，手段狠辣，是个非常棘手的人物，半年前刚刚毕业于中央陆军军官学校，也就是中国军方俗称的黄埔军校。

"河本先生认为宁志恒就是这一次调查的主要对象。此人作为多次行动的执行者，一定知道其中真实的原因，所以命令我针对这个人进行更详细的调查。"

"宁志恒？"今井优志慢慢地说道，"照你的说法，只是一个非常年轻的青年军官，他会是中国谍报部门突然变得如此犀利的原因？这可不符合逻辑。"

崎田胜武说道："河本先生也这么看，因为这无法解释得通。"接着他又用犹豫的目光看向今井优志。

"怎么？还有什么不能说的？"今井优志眼光锐利，马上看出崎田胜武欲言又止的神情，赶紧追问道。

崎田胜武听到今井优志的追问，终于开口说道："其实河本先生是怀疑，在我们上沪特高课本部里隐藏着一名中国高级间谍。"

"你说什么？"今井优志的声调突然变高，"河本先生具体是怎么说的？"

崎田胜武直接回答道："河本先生的原话是，一个优秀的特工，他所要具备的魄力胆识和阅历经验都是要在实践中去获取的。所以他认为这个宁志恒并不是威胁我们的真正原因，而是因为在我们的组织内部出现了内鬼，而且这个内鬼的级别还应该很高，不然根本无法解释潜伏多年的情报小组接连暴露的原因，毕竟他们之间是没有横向联系的。河本先生认为这个宁志恒作为具体的执行人，一定和这个内鬼有联络，或者根本就知道内鬼的身份，所以他命令我继续对宁志恒进行调查，或者找到机会直接抓捕此人，逼问出这个内鬼的身份，铲除隐藏在我们内部的这颗毒瘤。"

今井优志听完这番话，久久没有言语。其实在此之前他并非没有往这一方面考虑，作为一名优秀的特工是要怀疑任何可能存在的因素的。在他看来，造成日本谍报部门接连失利的原因只能有一种解释，那就是中国谍报部门找到了一种对付日本间谍行之有效的手段或者方法，其中最有可能的就是特高课本部出了问题。

可是这个想法在他脑海中一闪过，就给不自觉地否定了。因为长期以来，中国特工都没有从日本间谍部门窃取情报的能力。日本谍报部门成员都是日本人，可靠程度较高。而中国谍报部门因为起步晚，没有时间和能力打入日本人的核心谍报部门，所以日本谍报部门对自己的特工都比较信任。尤其在特高课本部，掌握高端机密的都是资历深厚、久经考验的老牌特工，按理说是不会有任何问题的。

所以当时上沪特高课本部的两任课长和今井优志虽然也考虑到这种可能性，但最后都否定了这种想法，并没有从内部寻找问题。现在听说河本仓士生前竟然重提这个猜想，今井优志不得不重视起来。

是呀，世事无绝对！也许真是自己疏漏了，长期以来的惯性思维影响了自己。看来这件事情必须向课长汇报，着手进行内部调查。至少也要排除这一可能性，不能疏忽大意。

想到这里，他沉声对崎田胜武说道："这种可能性是存在的。中国特工在业务能力上迅速上升，现在已经足以称得上是我们的劲敌，也许他们真的有能力在我们内部找到漏点。对了，这几天的调查又有收获吗？"

崎田胜武不禁苦笑道："时间太短，我获得的信息还是有些少了，不过我们的内线打听到一个消息，不知道和我们的调查有没有关系。"

"什么消息？"

"半个月前的一天下午，杭城军事情报站的全体高层一起去杭城火车站迎接一位大人物。只是因为随行护卫的都是杭城情报站的行动队人员，我的内线鳄鱼是情报处军官，二者之间因为派系不同，很少来往，再加上情报处长袁思博因为内部派系斗争失败被关押起来，所以鳄鱼一直没有查到这个大人物究竟是谁。"崎田胜武接着说道。

这个内线鳄鱼还是地位太低了，接触的机密太少，再加上宁志恒在杭城的行动严格保密，只与站长柳同方和行动队长权玉龙接触，这才没有被日本人察觉到。

"一位大人物？这个消息很重要。你们要继续跟进调查，没有渠道就要去想办法。在中国，只要有金钱开道，总是会有办法的，这笔资金我会特批给你们。"今井优志大手一挥，语气果决，他不在乎花多少钱，他要的只是结果，"至于这位宁志恒，我会上报给本部课长，调集所有力量调查此人，一定要掌握他的行踪，伺机抓捕。这次你做得好，崎田君！只要有目标就好，总比我们盲人摸象无从下手强得多，相信很快我们就可以找出事情的真相了！"

两个人的这次见面让今井优志如获至宝，他现在必须马上向课长佐川太郎汇报，把事情的缘由报告清楚。困扰特高课多时的难题很快就要有结果了。

今井优志和崎田胜武分手后，马上回到日本领事馆，调用最高等级的电信通道，向佐川太郎报告这一次的调查结果。

"今井君，深夜来电话一定是有重要的事情吧！"佐川太郎的声音响起，他猜想应该是调查有了结果。

"是的，课长！我先通报一下我的调查结果。本部的军医对河本先生的尸体进行了仔细的检查，已经确定死因是心脏病突发，应该是河本先生旧疾发作造成的自然死亡。我对他房间里面的痕迹也进行了搜查和检验，没有发现可疑的痕迹；对他所掌握的机密情报进行了核查，情报也没有失窃，一切都完好无损。现在可以确定,关于河本先生的死亡没有发现任何人为的因素。"

"很好，今井君，这是最好的结果了。"佐川太郎释然地说道。他的担心终于放下了，毕竟这样级别的情报头目的死亡所带来的影响和后果难以估计，现在这个结论可以说是最好的结果。

"还有一件事情要向您报告。"今井优志再次说道。

"什么事情？"佐川太郎说道。

"河本先生最后一次接触的情报员是暮色小组组长崎田胜武，他提供了一个重要的信息，关于南京谍报战场失利原因的调查已经有了初步的结果。"今井优志说道。

"什么？太好了！快说！"佐川太郎急声问道。这个问题已经困扰日本谍报部门很长时间了，以至于现在南京谍报小组彻底进入蛰伏状态，日本方面对于南京的一切侦察陷入停顿状态。为此，近期日本军方给特高课施加了极大的压力，命令他们尽快恢复对中国政府政治和军事动向的一切侦察活动，这让佐川太郎焦急万分。现在终于有了消息，他迫切地想知道具体内容。

今井优志听出佐川太郎的焦急，赶紧把崎田胜武汇报的情况给佐川太郎详细汇报了一遍。

听到今井优志的汇报，佐川太郎沉思良久，最后缓缓地说道："也就是说河本先生也怀疑，在我们的内部有一名级别很高的内鬼存在，是他给中国谍报部门传递了消息。而这位宁志恒，肯定是知情人之一，甚至可能就是内鬼的联系人。"

佐川太郎虽然不愿意接受这种可能，但这是对于为什么在南京互不联系的几个情报小组接连落网最说得通的解释。

"明白了，我马上组织人员全力调查宁志恒的所有情况，并派遣精英特工潜入南京伺机抓捕，逼问出真正的原因。"佐川太郎郑重地说道。相比之前在南京城里到处撒网不同，这次行动的目标很明确，成功率会大大提升，看来很快就可以解决这个大难题了。

"对了，我已经选定村上慧太作为杭城地区新的领导人，明天他就会赶过去赴任。你和他做好交接工作，然后马上回来主持抓捕宁志恒的行动。"佐川太郎说道。

"是村上君吗？"今井优志问道，语气中带有一丝犹豫。

"怎么，你认为不妥？"佐川太郎明显听出了今井优志的犹疑。

"不，课长的决定当然是英明的。"今井优志说道。村上慧太也是本部高层之一，两个人相熟，但他之前怀疑的知情高层中就有村上慧太。因为村上慧太对南京谍报潜伏小组比较了解，曾经接触过类似的情报，所以正是这一次今井优志准备重点调查甄别的人员。

最终今井优志还是决定提出自己的看法，毕竟这不是儿戏，情报工作容不得半点瑕疵。他用谨慎的措辞说道："课长，河本先生的怀疑并不是没有道理，我想先对内部进行一次甄别，清除内部可能出现的内鬼后，再指派杭城地区的继任者，是不是更稳妥一些？"

见对方竟然质疑自己的决定，佐川太郎有些不悦地说道："今井君，我们不能杯弓蛇影。杭城地区的领导工作不能有空白期，对内部的甄别难度太大，会耗费很多时日。而我们只要抓到宁志恒，就什么问题都解决了。就按我说的办，村上慧太一到任，马上交接，尽快回来！"

"嗨依，明白了，我一定遵命而行！"今井优志听出佐川太郎的不悦，马上立正回答道。

而此时远在南京的宁志恒，正一脸笑意地将箱子里的珍贵古董一件一件取出来，放在黄贤正面前的桌案上。

黄贤正一双老眼眨都不眨一下，看着面前这些宝物，直到宁志恒又一次将他的桌案摆得满满的。

"志恒，你的眼力真是太厉害了！这些都是珍品中的精品哪！"黄贤正仔细端详着每一件古董，忽然眼睛猛地一亮，惊叫道，"这是邢窑的白瓷。天哪，真的是邢窑的白瓷！"

他双手轻轻捧起一只白瓷翰林罐，凑到自己眼前，如痴如醉地欣赏起来。

宁志恒不禁觉得有些好笑。这些古董都是柳同方从多年搜集的古董里精挑细选出来的上品，自然都是好宝贝，尤其是那一对唐朝初期邢窑出产的白瓷净瓶，绝对称得上是国宝级的稀世珍宝。

当初宁志恒一眼就挑中了那对白瓷净瓶用来做诱饵，果然让河本仓士自动上钩。而黄贤正现在看到的这件白瓷翰林罐，是柳同方得知宁志恒用那对白瓷净瓶做了诱饵后，专门又挑选了一件同是邢窑精品的翰林罐送过来的。虽然在价值和品相上都不能和那对白瓷净瓶相比，不过也算是难得的珍宝了。

宁志恒在一旁静静地等候。也不知过去了多久，黄贤正才恋恋不舍地放下手中的白瓷翰林罐，目光中的喜悦根本掩饰不住。他赞叹道："志恒，你这一次回乡可是没有白回去哇，带回了这么多好物件。杭城不愧是千古名城，为我踟蹰停酒盏，与君约略说杭城，了不起呀，了不起！"

"这些都是杭城站站长柳同方送给我的礼物。我那小屋子摆一张床都嫌挤，哪有地方放这些物件？这不，全都带回来孝敬您了！"宁志恒笑着说道。

黄贤正哈哈大笑，点了点宁志恒，笑道："你呀，就是会说话，不过你这一点做得不错，不招摇！不像那些人有点儿钱就置房子、收女人，恨不得全天下人都知道。这些人耐不得寂寞，做不得大事！"

他这话倒是说得对，宁志恒一向对这些外物不太在意，住处有间安身之所就好了。再说现在置房子有什么用，过不了几个月就用不上了。

"处座说得是，其实我这也是为了这些珍宝能有一个好的归宿，不然它们流落在外边也是可惜了。"宁志恒笑着回答道。

黄贤正对宁志恒真是太满意了。宁志恒眼力精准，每次送来的都是难得一见的国宝级珍品，正对黄贤正的胃口。

他笑着示意宁志恒坐下，自己没有坐在主位上，而是和宁志恒一样坐在客椅上，以示二人的亲近。

这是要谈正事了。黄贤正有些发胖的身体靠在客椅上，轻轻地笑道："志恒，这一次去杭城只怕是公私兼顾吧？"

宁志恒一听，不由得一愣，不过对于黄贤正他从不隐瞒，因为这位才是自己真正的靠山，真正愿意为他出力撑腰的大树。至于处座，心中总隔着一层，最后还要小心他的算计。现在自己羽翼未丰，情况还好，日后可就说不准了。

"的确是这样，处座这次交给我一个任务，让我……"

"让你暗杀河本仓士！"没等宁志恒说完，黄贤正就接着他的话说道。

望着宁志恒惊诧的表情，黄贤正哈哈大笑，拍着宁志恒的肩膀说道："处座他们自以为做得隐秘，其实早就在我意料之中。他身边那个边泽，才是他最信任的心腹，只要盯紧了他，就不怕不知道处座的动向。"

宁志恒这才明白过来，眼前这位笑起来如同弥勒佛一样的黄副处长，其真实的手腕与城府却不像想象中那么简单。处座和边泽自以为隐蔽的行动，都被黄贤正看在眼里。

"您是从边副科长那里知道的？"宁志恒疑惑地问道。边泽可是处座的绝对心腹，是个老牌特工，之前一直处在情报一线，经验丰富，也不是一个易与之辈。

黄贤正笑着说道："这种事情猜一猜就知道。处座这个人有魄力，有冲劲，做事情绝不会故步自封。这段时间以来军情处接连出手，战绩显著，已经将南京的日本间谍组织清扫一空。

"他的眼光绝不会仅限于南京。日本人在上沪战场上的情报基地无非就是上沪、南京和杭城。南京已经被肃清，上沪是日本人的情报基地，实力雄厚，自然不敢轻易涉足，剩下的就是杭城了。

"那里也是日本人长期经营的地区，不过谍报力量相对薄弱，处座一定会对杭城虎视眈眈。前段时间他派边泽进入杭城，暗中调查杭城地区的情况，我就知道他的行动目标已经转到了杭城。"

宁志恒这时才恍然大悟，不禁开口说道："您在边泽身边安插了内鬼？"

"怎么能够叫作安插内鬼，这多难听！"黄贤正把嘴一撇，讪讪地说道，"这只是我的一项防备措施。要知道处座这个人太过于强势，我们保定系还是要有所提防。所谓害人之心不可有，防人之心不可无！边泽作为处座最信任的手下，他的行动往往就代表了处座的意愿。注意他的动向，就能够觉察到处座的想法。所以我才提前在他身边做了一些布置，只是一招闲棋，但是关键时刻能顶大用。"

宁志恒不禁心中大为佩服，黄贤正能够在军事情报调查处混得如此得意，自然有他的手段。只怕不只是在边泽身边，在其他人身边可能也有此类预防措施。在这个军事情报调查处里，还真没有什么能够瞒得住他的耳目。不过现在黄贤正连这么隐秘的事情都告诉了自己，说明他彻底把自己当作了心腹！

"边泽在杭城重点调查了河本仓士的情况，我就知道他肯定把目标放在河本仓士的身上。这次你去杭城探亲，他们是不是安排你去暗杀河本？"黄贤正再次问道。

"处座明鉴万里，还真是这么回事儿。"宁志恒不由得点头承认，看来什么事也难瞒得住这个老特工。

"行动顺利吗？"黄贤正问道。

"一切顺利，还颇有收获！"宁志恒笑道，于是他将在杭城的行动过程，事无巨细地告诉了黄贤正。如今黄贤正已经将他当作了真正的心腹，自己的事情自然也不用隐瞒。

听到宁志恒的叙述，黄贤正久久没有说话。他万万没有想到，宁志恒不仅亲自潜入日本领事馆暗杀了河本仓士，还带回来这重要的绝密情报，几乎将杭城的日本谍报力量一网打尽，如此大的手笔把他也给镇住了。

"志恒，你说的都是真的？"黄贤正有些怔怔地问道。

"当然是真的。名单现在就在处座手里，不过他要等河本仓士的事情彻底平息以后才能动手，估计要一个月左右，到时候还是由我去主持抓捕行动。"宁志恒确定地说道。

黄贤正看着眼前的年轻人，不由得再一次发出感叹："现在的年轻人真是不得了，在我眼皮子底下就做出了如此大事。不过，我倒是觉得杭城你不去也罢！"

宁志恒一听，就明白了黄贤正的意思，这是怕他风头太劲，招了旁人的忌，不由得笑着说道："您的意思我明白，木秀于林风必摧之，您是担心我会像师兄一样招了处座的忌讳，威胁他主官嫡系的力量。"

"你知道就好。"黄贤正本来还想指点一二，可是没有想到宁志恒早已心中有数，"你这半年来的表现，大家都看在眼里，只怕也会落入有心人的眼中。如果你再去主持这么大的一次行动，将整个杭城地区的日本间谍势力一扫而空，日本人早晚会找上你的。所谓明枪易躲，暗箭难防，做特工这一行，如果让自己成了众矢之的，那么危险也就临头了。"

"再说你现在晋升得太快了，短短半年已经升为少校，再想有所晋升就连军部也不会答应，等你再次立下大功，所谓功高不赏，对上下都难以交代，这岂不是让处座难做？

"我估计如果不是因为这份名单是你冒死从日本领事馆带回来的，他不好意思把这份功劳硬夺走，那么这次抓捕行动的主持工作一定轮不到你。所以志恒啊，这一次去杭城的抓捕行动能推就推了，这样对你有好处。处座也会领你的情，以后自会有所补偿。"

一番话顿时让宁志恒如梦初醒，看样子处座之所以把抓捕时间向后推移这么多，也不全是河本仓士的原因。

宁志恒猜想，等到行动开始前处座就会找个借口给自己安排某项重要任务，让自己脱不开身，最后不得不把主持工作交出去，这样大家都说得过去，宁志恒自己倒是乐见其成。

至于黄贤正所说的日本人会把注意力集中在自己身上，这一点也是很有可能的。自己虽然战术能力高强，又有预警能力护身，可是如果真被日本人盯上，自己只怕也是防不胜防，毕竟双拳难敌四手，恶虎还怕群狼，尤其是在暗中窥伺的群狼。做事情还是要低调哇！

他并不知道，此时他的名字已经进入日本间谍组织的视线之中，针对他的抓捕行动已经列入计划。

从黄贤正家里出来，宁志恒知道今天晚上的收获巨大，他不仅完全得到了黄贤正的信任，而且知道了该如何处理接下来的事情。

第二天中午，宁志恒带着从杭城买来的一些礼物，约好卫良弼一起赶往老师贺峰的家中。

看到宁志恒二人上门，贺峰很是高兴，和往常一样，做了一桌子好菜。吃完家宴后，三个人进入书房谈事情。

"怎么，良弼后天就要去往重庆赴任？这么快！"贺峰不禁诧异地问道。他没有想到这个弟子做事如此果决，放弃在南京总部的日子，主动去往边城重庆另开局面，这个魄力可真是不小。

卫良弼不禁苦笑道："若是不走，只怕处座还会针对我。如今我杀人杀得手都麻了。这些人在军中关系盘根错节，亲朋故旧甚多，再杀下去我只怕举世树敌，日后难得善终。"

"都是我的错，没有想到这个行当如此黑暗，把你们二人耽误了。"贺峰一声长叹，心中充满了悔意。当时还以为在军事情报调查处里，不用沙场拼杀也能搏个前程，现在看来，真是得不偿失。

"老师言重了，"宁志恒知道贺峰心思耿直，怕他心中有了疙瘩，便笑着

第七章　回到南京

129

说道，"我倒觉得这个行当真是不错，手中特权在握，最起码可以保护自己的家人无忧。再说大战将起，真要是亲赴沙场，只怕生还的希望不大。我们处境还是好的，而且发展得也不错，如今都是军事情报调查处的骨干、行动科的军事主官，老师您不必多虑！"

听到宁志恒的话，贺峰心里才好受些。事实的确也如宁志恒所说，自己这两名弟子年纪轻轻都已经闯出了一番局面，尤其是宁志恒，毕业短短半年就升职为少校军事主官。那可是见官就大一级的军事情报调查处的军事主官，权力大得惊人。现在贺峰身边很多故旧就戏称，说他教学生打仗的本事不知道，可是教学生做特工的本事却是一流，搞得他郁闷不已。

"那好吧，就先去避一避风头，以后这些脏活能躲就躲，不要做伤天害理的事情就行，但愿都能平平安安的。"贺峰再次说道。

宁志恒开口问道："老师，您和师母什么时候也能离开南京？要早做打算才好。"

贺峰摇头说道："我是脱不开身的，到时候听上面安排吧。至于家人们，到时候提前送往重庆，现在我觉得为时尚早，看情况再说吧！"

师徒三人各抒己见，商讨时局，对以后的应变都做到心中有数。事情都谈好了，两个人这才告辞离去。

第八章
敌踪初露

接下来的日子里，宁志恒推开一切事务，都交给王树成打理。在他去杭城的这段时间里，王树成兢兢业业，不敢稍有怠慢，把行动组的工作处理得井井有条，让宁志恒非常满意。这样他就可以脱开手，挤出大量的时间跟易华安学习日语。

为了能够提高学习效率，宁志恒和易华安形影不离，抓紧一切可以利用的时间刻苦学习日语。

不通日语，现在已经成为制约宁志恒特工行动的最大障碍。这次要不是因为不通日语，以他的超人记忆，那么多的绝密文件最少也能带回来好几份。如果是那样，还不知道能有多大的收获呢！

两天之后，卫良弼带领手下的行动组全体开拔，赶往重庆进行清剿工作。

宁志恒把师兄卫良弼送走之后，就再次投入日语学习中。易华安对宁志恒也是尽心竭力地教授，除了吃饭睡觉，就是在一起学习日语。

让易华安极为吃惊的是，宁志恒的记忆力惊人，简单的单词简直是过目不忘，这就节省了大量背诵记忆的时间，很快将常用的单词学完。再加上日语中有大量的汉字，书面上的意思已经难不倒宁志恒了，接下来开始进行简单的口语练习。

　　宁志恒的学习能力让易华安很是无语，两个人之后的相处，几乎都用日语交流。一开始，宁志恒还需要一个个地组合句子，不到二十天就已经可以伴以手势辅助，用日常用语进行纯日语的谈话了。

　　但是口语一直是宁志恒学习的最大障碍，因为日本人说话的语调和习惯与中国话有很大的不同，宁志恒为此下了极大的力气，还是说得很不流利，并且带有明显的中国话发音习惯，这让宁志恒很受打击。

　　可是更受打击的是易华安，他看着愁眉不展的宁志恒，苦笑着用日语说："组长，您用二十天的时间学到这种程度，已经是一个奇迹了。要知道当初我足足花了一年多才达到您现在这个水准，就已经让我的日文老师多次夸奖了。至于口语的练习，真的不是单纯的学习和记忆就可以解决的，它需要一个长时间的矫正和反应记忆，最好能有一个合适的语言环境，这样您的口语才会更快地提高。"

　　宁志恒全身心地投入学习中，这些天他连家都没回，晚上靠在办公室的沙发上背着单词和语法就睡着了。

　　因为他知道，留给他的时间不多了，还有二十天就要爆发一场惊世事变。这个事件在以后的很长时间里，都被定义为全面抗战的开始。

　　之后战事不断，中日之间开始了长期的战争。作为军事情报调查处的特工，可以想象自己再也难有如此平静的生活和时间去进行学习。好在他的基础学习已经完成，日后再加强练习，应该能够达到自己的要求。

　　宁志恒展颜一笑，用不熟练的日语一字一句地自我安慰道："看来是我太心急了，不过绝不能够松懈，必须达到之前的要求，不然在关键时刻就会让自己付出惨重的代价。"

　　两个人正说着话，电话铃声响起。宁志恒拿起电话，那边传来赵子良的声音。

　　"志恒，这一次的嘉奖晋升名单下来了，你到我这里来领名单和嘉奖令。"

　　"是，科长，我马上过去！"宁志恒赶紧回答道。

　　这次嘉奖是对抓捕雪山间谍小组和日本调查小组的叙功晋升，宁志恒去杭城前就把结案报告递上去了，不知为什么拖到现在才下来。

　　这一次的功劳巨大，宁志恒几乎把自己的所有手下都叙了功，尤其是自己的亲近部下。不出意外的话，这次又将是一次皆大欢喜的收获。

看见宁志恒进来，赵子良指着桌案前厚厚的一沓嘉奖令，感慨地说道："这要搁在以前，成建制地抓捕两个间谍小组、缴获电台和密码本，这么大的功劳、这么多的受奖人员，至少也要开一次庆功大会，大张旗鼓地举行授衔仪式，搞出一个大场面来才说得过去。可是现在处座的眼界不一样，大家也都不当回事了，干脆就发到科里自己办理。想想真是让人觉得无奈呀！"

宁志恒哈哈一笑，对赵子良说道："科长，以后这些事情多了，处里也懒得搞那些虚礼。不过我手下那些人可是有些失望了，他们还等着出一把风头呢！"说到这里，和赵子良相视一笑。

赵子良划出一多半的晋升文件和嘉奖令，对宁志恒说道："你们第四行动组功劳最大，受奖人员最多，拿回去自己处理吧。其中霍越泽因为表现突出，资历也够，由上尉特别晋升为少校。他的晋升令由我宣读并授衔，其他人的由你自行处理。"

霍越泽是宁志恒手下资历最老的行动队长，多年来卡在上尉军衔上，没有得到晋升。他是黄贤正挑选来的保定系成员，自从来到宁志恒手下，一向兢兢业业，俯首听命，很得宁志恒的信任。这一次借着大功，加上宁志恒为他说了不少的好话，这才一举跨入校级军官的行列。对霍越泽来说，这绝对是仕途上至为关键的一步。

因为宁志恒只是少校，不能给霍越泽授军衔，所以由科长赵子良来办理。赵子良接着说道："志恒，你的功劳大家都知道，可是短期内你很难再晋升。处座让我通知你，十点半你去他的办公室，处座亲自为你授勋！"

"什么，授勋？"宁志恒一听大喜过望。他知道自己这一次晋升无望，心中早有准备，可没有想到，处座还是为他申请了再次授勋，怪不得这一次的嘉奖令下来得有些晚了，应该是处座在做这一方面的工作耽搁了时间。

宁志恒带着文件回到自己办公室，然后把第四行动组的所有军官喊过来，就在办公室里举行了一个小型的庆功仪式。尉级军官的晋升并没有引起太多的瞩目，宁志恒宣布晋升令，然后亲自为他们授衔。

第一行动队的四名军官全部得以晋升。王树成中尉晋升至上尉军衔，孙家成少尉晋升至中尉军衔，赵江少尉晋升至中尉军衔，阮弘中尉晋升至上尉军衔。

其余两个行动队也共有四名军官得到晋升，三个行动队都获得通报嘉奖，这就为下一次晋升打下了良好的基础。

宁志恒拍着第三行动队队长聂天明的肩膀说道："天明，这一次越泽先行一步晋升少校，我希望下一次是你。好好表现，我会给你机会的。"

聂天明马上挺身立正，高声回答道："组长，您放心，我一定努力表现，不负组长厚望。"

聂天明和霍越泽一样都是苦熬了多年的上尉军官，这一次叙功，霍越泽成功跨过这关键的一步，让聂天明羡慕至极。不过好在这次自己也得到了通报嘉奖，只要之后再立几次功，加上宁志恒为他说话，晋升校级军官并不是很困难的事情。

王树成也是欣喜万分。他虽然不能和宁志恒相比，但是如此快速晋升，让他距离校级军官又近了一步，比同期毕业的同学不知快了多少。

孙家成和赵江是宁志恒的心腹，短短半年多的时间，从大头兵连升两级，成为中尉军官，自然是高兴得不知所以，对宁志恒越发感激。

这一次大家都或多或少得到了好处，于是宁志恒决定晚上大摆宴席为所有人庆功。

看着时间快到了，宁志恒赶紧下令解散，自己则快步赶往处座办公室。

刘秘书通报后，宁志恒进入办公室，办公室里依然是处座和边泽两个人在场。

看见宁志恒进来，处座和边泽微笑着起身，来到宁志恒面前。

"志恒，这一次叙功，你是首功，为此我专门向军部申请了嘉奖勋章，耽误了一段时间，终于是批下来了。"处座微微笑道。

宁志恒心怀感激，说实话，处座对自己一向不薄，不以门户之见，多次提拔自己。这一次为了弥补自己，竟然专门为自己再次申请勋章，可见其中诚意。

"志恒愚钝，难堪造就，是处座知遇才有今日，感激涕零！唯今后尽心竭力，不负处座栽培之恩！"宁志恒微微低头示礼，语气诚恳地说道。

"宁志恒少校，勘察匪谍，参赞戎机，荣誉四射，功高云表，特授予二等云麾勋章，望再建功绩，不负党国重望！"处座高声说道。

说完，边泽手托红盘来到宁志恒面前，处座从盘中取出一枚二等云麾勋章，亲手佩戴在宁志恒胸前。

简单的授勋仪式完毕，处座示意宁志恒坐下，他和边泽也各自回到座位坐下。

处座这段时间心情一直不错，他身子舒适地靠在座椅上，笑着对宁志恒说道："志恒，听说你这段时间在努力学习日语？"

宁志恒急忙点头回应道："是的，我这次在杭城最大的遗憾就是不通日文，不然绝不会只有这一点收获。花了许多的心血潜入进去，却只带回来一份名单，到现在想起来，我还是非常后悔。"

这是一次多么好的机会！错失了许多绝密情报，处座和边泽也极为痛惜。处座惋惜地说道："确实是非常可惜，不过有了这份名单，就已经非常值得了。至于加强日语学习，确实非常有必要。其实我们军情处也开始在组织情报人员学习日语，多了解一分对手，就多一分制胜的把握，这一点上，你又走在了前面。对了，这段时间，日本特高课本部又派遣了一名新的头目接替河本仓士的职位，名字叫作村上慧太。这个人也是一名老牌特工，经验丰富，很难打交道。"

边泽也在一旁说道："从目前来看，日本人对河本仓士的死因没有任何怀疑。他们在领事馆给河本仓士举行了简单的追悼仪式，然后就没有任何动静了。处座认为对杭城地区的清剿行动时机已经成熟，准备近期展开行动。所以志恒，你还要做好准备，随时前往杭城主持抓捕行动。"

处座笑着说道："是呀，不能再拖下去了，拖延时日，难免再生变故。志恒还是要再辛苦一趟，彻底解决掉杭城地区的日本间谍组织。"

宁志恒这时却露出犹豫之色，他双手搓了搓，语气为难地说道："处座，杭城地区是日本人谍报力量最集中的区域，不仅有日本租界、领事馆，还有不少的驻军，各种势力盘根错节，局势复杂。我少经历练，没有处理多方事宜的经验，操作起来掌握不住分寸，想来想去，还是觉得需要更有经验的前辈去主持这项重要的行动才更有把握。"

宁志恒此话一出，顿时让处座和边泽吃了一惊。他们之前在宁志恒回南京汇报的时候就已经商量好了，由宁志恒主持抓捕行动，毕竟这个名单是宁志恒冒死从日本领事馆带回来的。

军事情报调查处里不成文的规矩，就是不能采别人的桃子，所以就连处座也不好做得太明显。尤其对于宁志恒这样的干将，如果真伤了他的面子，就连处座脸上也不好看。

要知道，这一次的抓捕行动至关重要，但难度不大，毕竟有名单在手，按人头动手就是了，可是好处极大——可以一举摧毁日本间谍组织在杭城地区的所有地下力量。这样的成就足以让任何一名特工都无法拒绝，但是这样天大的好事情，却被宁志恒开口拒绝了。

处座城府深，马上就明白过来，这是宁志恒的韬光养晦之道，不禁心中暗喜。

对于宁志恒，处座的心中一直是很矛盾的。宁志恒才华横溢，在军事情报调查处里可以说无人比肩。凭借他的出色表现，军事情报调查处在这半年多里反败为胜，一路高奏凯歌，将南京城里的日本间谍清剿一空，如今又为清剿杭城地区的日本间谍组织做出了巨大的贡献。

这样的功绩，如果换在处座嫡系干将的身上，处座当然求之不得。可宁志恒偏偏是以黄贤正为代表的保定系骨干，所以他又担心宁志恒异军突起，在军事情报调查处里影响力日增，威胁到自己嫡系的地位。

比如说现在，就连情报科科长谷正奇这样的老人，对宁志恒就已经颇为忌惮，协同办案时都不得不退让一二，由此情况可见一斑，长此以往，只怕势大难制。

这一次计划中的杭城抓捕行动，如果再由宁志恒主持行动立下大功，就连处座都不知道如何奖赏了。照这个势头发展下去，用不了几年，就连处座也怕难以辖制得住他了。

如今看宁志恒主动放弃这件大功，处座自然是满意至极，暗自欣赏宁志恒懂得进退。这说明宁志恒对他还保持着足够的尊重和信任，这样大家都是如释重负。

处座笑意满满，再次开口说道："志恒啊，你的才华我们都是知道的，这样的问题又怎么能难住你呢？还是不要推辞了，我们相信你。"

宁志恒赶紧连连摆手，说道："处座明鉴，这绝不是志恒推辞。志恒刚刚才出校门，今年不过二十一岁，历练还是太少了，要向前辈们多多学习，还望处座体谅我的难处。"

"好。"处座大手一拍桌案，感慨地说道，"既然这样，那志恒你看由谁去执行此项任务才合适呢？"

大家表面文章做完了，就不用再多说。处座这句话的意思很明显，宁志恒既然放弃了这件大功，那么由谁来捞取这个天大的好处，就要听取一下宁志恒的意思了，看看他愿意将功劳让给谁，毕竟整件事情都是他搞出来的。

宁志恒当然没有客气。这件事情自己捞不到好处，自然也要让给自己亲近的人。他赶紧开口说道："我推荐我们行动科赵科长。毕竟抓捕行动是我们行动科的本职工作，而且杭城站站长柳同方是赵科长的老部下，由赵科长去主持，柳同方自然不敢怠慢，两者配合上是没有问题的。"

这个回答完全在处座的意料之中。宁志恒是赵子良的爱将，两个人相处得一直不错，宁志恒当然愿意将好处让给自己人。

"好吧！我们的意见不谋而合，那就让子良走一趟。"处座最后拍板道。

一旁的边泽不禁有些后悔，可他此时有重要任务，脱不开身，况且他作为情报科副科长，硬抢行动科的功劳不太好说出口，最终犹豫了片刻也没有开口。

事情谈妥，大家皆大欢喜，宁志恒心情轻松地出了处座的办公室。他伸手轻轻摘下胸口的二等云麾勋章放入上衣口袋，这是他获得的第二枚勋章了。

宁志恒回到自己的办公室，继续和易华安练习日语口语，这时孙家成敲门进来。

"报告，组长！"高声报告后，孙家成看了看一旁的易华安。易华安马上向宁志恒点了点头，退出办公室。

"怎么，有事情？"宁志恒问道。

"组长，刚才左刚给我打电话，说他从重庆赶回来了，想和您见一面，可是您这些天都没有回家，刚才打您的电话，也没有人接，所以通知我，让我和您说一声！"孙家成仔细汇报道。

孙家成是唯一知道左氏兄妹的人，当时宁志恒就告诉过左氏兄妹，如果有事情找不到宁志恒，就通过孙家成来通知。

宁志恒这段时间为了抓紧时间学习日语，朝夕都和易华安在一起，每天都在办公室里休息，已经有十多天没有回过自己的住处了。

宁志恒点了点头。他也正想知道家人们的近况，赶紧换了一身便装，转身出了办公室，去往左家。

按节奏敲开院门，左氏兄妹都出来迎接。宁志恒点头示意，几个人进了房间坐下来。

宁志恒开口问道："什么时候回来的？"

左刚回答道："前天上午赶回南京的。我们这两天晚上都去找您，可是一直没有人，向邻居打听，说您很长时间没有回家了。今天实在着急了，才给您打电话，也没有人接，好在有孙队长的电话。"

宁志恒曾经交代过，没有紧急的事情，不要往他的办公室打电话。左刚等了两天，生怕出了什么意外，这才用公共电话通知。

宁志恒笑着说道："倒是让你们担心了。没有什么事，就是这段时间工作太忙，没有时间回家，干脆就在处里休息。对了，我家人现在情况怎么样？"

"您的家人们都很好，路途上都很顺利。到了重庆之后，有一个叫文掌柜的带了些人接的船，很快就安置下来了。我们又在重庆观察了几天，没有发现什么问题，就赶了回来。"左刚回答道。

听到这里，宁志恒才彻底放下心来。他点头笑道："你们有心了，这一次鞍马劳顿辛苦了。我这段时间应该没有什么事情，你们自己出去转一转散散心，也不要都守在这个院子里。"

这段时间宁志恒的主要精力放在日语学习上面，工作上的事情都交给了王树成，所以告诉左刚他们不用太紧张。

左刚点头答应，可是很快又有些迟疑地说道："少爷，还有一件事，不知道有没有问题。我们这两天找不到您，就去您附近的几户邻居那里打听。其中有一户人家说是前些日子也有一个人打听您的去向，我们也没敢多问。"

宁志恒一听，心中突然一动。自己在南京城的关系不多，其中只有左氏兄妹是自己隐藏的手下，不方便直接去军事情报调查处找自己，而其他相识的人都知道自己的单位。比如像刘大同手下的外围人员，都是可以直接打电话找到自己的。

这些人能够找到自己的住处，就必然知道自己的单位。可是这段时间根本没有人来找自己，也就是说，他们是在暗地里打听自己的行踪。有谁会这么做呢？

宁志恒做事一向仔细，对任何一点蛛丝马迹都不会放过，更何况是有人在暗地打听自己的消息。毕竟事关自己的安危，会不会有人在针对自己？是谁在调查自己吗？会不会和上次在军事情报调查处的大门外一样，是日本人盯上自己了？

可是上一次他们的目标是所有军事情报调查处的内部军官，还没有直接找到自己头上，而这一次干脆就找到自己的住处了。这是不是说明这一次他们的目标更明确了？

宁志恒从中嗅到了一丝危机。如果他猜测不错，真的是日本人找上门来，那就说明自己已经被他们列入重点调查对象，情况比上一次要严重得多。看来自己身边的安保力量必须加强了。

宁志恒可不是那种喜欢逞英雄的愣头青。这是热兵器的时代，要想取一个人的性命，简直太容易了。一个枪法好的射手，只需要一支枪一颗子弹，就可以将一个习武多年、身手高强的好手送进鬼门关。真要有人想取自己的性命，只需要几名好的枪手就足够了。就算自己的身手再好，在猝不及防之下，也只能饮恨当场。

诸葛一生唯谨慎，小心驶得万年船！自己的住处已经不安全了，多做些防备工作没有坏处。

想到这里，他对左刚问道："具体是哪一户人家告诉你的？"

"就在您家向右数第四户人家，是一个中年妇女，个子不高，说话有些川音。"左柔回答道。当时是她去打听宁志恒消息的，毕竟一个女孩子容易消除对方的戒心。

宁志恒的脑海中回想起了这户人家。这家是四川人，一家四口，平时也没有打过交道，只是点头打声招呼。宁志恒点头说道："这段时间你们不要去我的住处了，我暂时也不会回去，等我调查清楚再做决定，如果有事情直接用公用电话通知我。"

"少爷，要我们出手去调查吗？"左刚看出这个情况让宁志恒这么重视，说明一定有问题，便抢着说道，"这些人已经找到了您的住处，一定不会走太远，我们可以在附近打听一下，看一看有没有陌生人出现。"

宁志恒仔细考虑了一下，觉得左氏兄妹还是不要出面。如果真是日本人找上门来了，那这种事情交给军事情报调查处是最合适的，左氏兄妹参与其中反而会暴露出来，但宁志恒不想让其他人知道左氏兄妹的存在，不然以后的行动会很不方便。

他摇了摇头说道："这些事情你们不方便出面，我会调用其他人来处理。你们不要妄动，等候我的通知就可以了。"

左氏兄妹点头答应。宁志恒没有多停留，快步出了左家。

一路赶回军事情报调查处自己的办公室，宁志恒马上叫来了孙家成。

"老孙，你马上便衣出门，想办法把我的住处向右数第四户人家——一对四川夫妇带到我这里来，我有事情问他们。你们动作要隐蔽，不要惊动任何人。"宁志恒吩咐道。

"是，我马上去办！"孙家成立正应道，领命而去。

在事情没有调查清楚之前，宁志恒不会再回到住处，也不会在住所附近露面。他不禁庆幸，幸亏这段时间自己一直没有回家，不然真的有人想暗算自己，即便自己有预警能力，急切之间只怕也是吉凶难料了。这件事情之后，这个住所也不能再用了。

两个小时之后，孙家成把一对中年夫妇带了回来，他们胆战心惊地走进办公室，直到看见是宁志恒，神情才放松下来。

"真的是宁先生啊，可是吓得我们不轻嘛，有啥子事情把我们带到这儿来嘛？"夫妇二人开口说道。孙家成把他们在回家的路上强行带了过来，吓得他们以为碰见了恶人，这时候见到真是自己的邻居，这才放下心来。

宁志恒笑着示意夫妇二人在沙发上坐下，然后倒了两杯茶水放在他们面前，语气和蔼地说道："杨先生，杨太太，真是对不起。我的工作太忙，实在是没有时间亲自上门打扰，只好让我的手下去请你们到这里来。"

宁志恒和这对邻居打交道的时间不长，只是隐约记得他们姓杨，连具体姓名都记不得了。

杨先生看到宁志恒态度和气，心中暗自镇定。宁志恒虽然跟他们做了半年多的邻居，可没有打过几次交道，他们对宁志恒的情况并不是很了解，只知道他是军官，可是现在看来，这位邻居可不是个简单的人物。

"宁先生喊我们来这里，有啥子事情嘛？"杨先生开口问道。

宁志恒没有多绕弯子，开门见山地问道："是这样的，我这段时间工作太忙，一直没有回家，可是听说有人在我的住处附近打听我的情况。杨太太好像知道一些，不知道能不能给我说一说？"

夫妇二人这才知道宁志恒的意思，杨太太一听马上说道："宁先生的消息好灵通啊，还真别说嘛，真的有人在打听你的消息哟。"

"好，那请你仔细说一说情况。"宁志恒赶紧问道。

"总共有两个人来打听你的消息。一个是八天前，一个男的；还有一个是两天前，一个女娃，这个女娃长得可秀气了。"杨太太略微回想了一下，开口说道。

宁志恒知道，两天前的那个女孩子，肯定是左柔无疑了。重要的是八天前，打听他行动的那个男子，才是他要寻找的目标。

"请仔细说一说八天前的那个男子的情况，还有他具体问了什么问题，请说得详细一点。"宁志恒接着问道。

杨太太一听有些为难了，事情过去好多天了，她一时也记不起那么多，只好尽量描述道："八天前的中午，我正好在院子里洗菜，一个穿得破破烂烂的汉子敲院门要口水喝，我看他可怜就取了碗水给他喝。喝水的时候聊了几句，他说他是来投奔远房亲戚的，只知道亲戚姓宁，是一名年轻的军官。我还以为他就是找你的，就告诉了你家的住址。后来他问我你平时回家吗，我说不知道，有时回来，有时不回来。他又问我你的长相，然后说相貌对不上，差得太多，一定是找错人了，挺失望的，喝完水就走了。"

宁志恒听完杨太太的话，仔细想了想，再次问道："他操的什么口音？"

"我只知道是北方口音，不太明显，和本地口音不同。"杨太太回答道，后来她好像又想起了什么，"口音与街口修鞋的老程差不多。"

"老程是山东人。"一旁的杨先生插口说道。

宁志恒不禁暗自点头。这个时期只要是精通中文的日本间谍，大多都是北方口音，一般都带有东北或者山东的一些口音。他所接触的日本间谍大抵如此，比如说之前的黄显胜，还有后来的谢自明、孟乐生等人。据情报科的人说，严宜春也是一口东北口音，宁志恒接触的河本仓士也带有少许东北口音。

这种情况是当时的环境造成的。多年前日本人的目标都是北方地区，所以日本势力首先渗透的都是北方省市，比如说东北和山东一带。他们从东北和山东掳去了大量的劳工，很多间谍的中国话就是那个时候向这些劳工学习的。

中文非常难学，需要花费大量的时间和精力，要想说得跟中国人一模一样，最少也需要数年的时间。所以这个时期日本间谍所学习的汉语，大多是这一带的口语，日本人所谓的中国通，也大都如此。

宁志恒想到这里，又接着问道："能具体描述一下他的身高、容貌和穿着吗？"

杨太太为难地说道："时间有些长了，当时也就几句话的工夫就走了，我实在有些记不清楚。"

宁志恒笑着说道："没有关系，杨太太，你能记住多少就说多少，不用太勉强的。"

杨太太听了宁志恒的话，极力回忆，开始一点点地描述那名男子的外貌特征。宁志恒则取出白纸和画笔，按照杨太太的描述仔细勾勒和描绘。

可惜杨太太对这位男子的印象的确不深，对目标的容貌记忆模糊，结果宁志恒花了很长时间，描绘出来的人物画像却并不理想。按照杨太太的话说，也就七八分像，倒是身高和穿着比较准确，目标大概就是一米七的普通身高。

绘画结束后，宁志恒放下纸笔，微笑着对杨氏夫妇说道："这件事情打扰二位多时，真是非常抱歉，只是还请二位守口如瓶，不要说与外人知晓，以免惹祸上身。"

杨氏夫妇二人自从被请到这里来，就知道这件事情并不简单，再听到宁志恒的特意交代，自然是满口答应，再三承诺不会对外乱说。宁志恒这才让孙家成把杨氏夫妇二人送回去。

宁志恒独自在办公室里仔细地思索。他拿起眼前的画像端详良久，老实说，这是他描绘画像以来最不合格的一张画像。

画像中的人物容貌并不突出，五官特征也不明显，当然也有可能其本人的容貌非常普通，再加上杨太太描述得很模糊。如果让手下拿着这样一张画像去寻找，成功率是不会很高的。

还有就是这名男子穿了一件破破烂烂的短衫，这也不足为凭，因为他肯定是乔装改扮之后才来打探消息的，在平常时候绝对不会是这一身打扮，所以从这点来看，画像也没有什么价值。

至于他的身高，正是普通男子的平均身高，这样的男子满大街都是，毫不出众。

这一次的绘画效果很差，宁志恒不禁懊恼地将画纸扔在桌子上。看来还是需要另想办法，找出这个男子来。

按照一般的逻辑，这些人既然已经找到了他的住处，肯定会在附近布置下监视点，以观察自己的行踪，可是这个范围就有些大了，自己该如何着手呢？

像上次一样画出可疑的区域，进行大范围的搜捕，这是一个办法，却并不适合。上次抓捕是确定附近有跟踪人员，所以封锁一条街区就可以一网成擒。可是这一次没有具体的目标，可疑的范围也比较大，贸然进行大范围的搜捕，万一没有把敌人圈进网中，岂不反而打草惊蛇？现在自己唯一的优势，就是对方还没有察觉到自己已有警觉，这样还可以趁其不备，找出他们的致命弱点，一击必中。

这时门外敲门声响起，宁志恒喊了一声"进来"，推门而入的正是第二行动队队长霍越泽。

霍越泽满脸欣喜。今天他终于晋升为校级军官，听到这个消息的时候，他好半天没有反应过来。蹉跎了多年，苦熬了许久，没想到来第四行动组不到三个月，就成功地跨入校级军官的行列，完成了他仕途上最关键的一步。

霍越泽心里深深地感激组长宁志恒。这个年轻的上司做事雷厉风行，眼光狠辣独到，在这几个月的时间里频频出击，屡创佳绩，又在报告中特意为自己美言，最终成全了自己。

霍越泽上前挺身立正，向宁志恒敬了一个标准的军礼，诚恳地说道："组长，今天越泽终于心想事成，得以晋升，能有今日，都是组长的栽培呀！"

"言重了！"宁志恒哈哈一笑，快走两步来到霍越泽的面前，亲切地拍了拍他的肩膀，"越泽，你苦熬了多年，按照资历也早就该得到晋升。我不过是在后面帮衬了一二，一切还是你自己努力的结果。"

宁志恒的客气话，霍越泽当然不会当真。如果光凭资历就可以得到晋升，那自己还会卡在上尉军衔那么多年吗？说到底还是自己跟对了人。

霍越泽感激的话说完，宁志恒伸手示意他在沙发上坐下，然后开口问道：

"越泽，你如今已经是少校军衔，再担任行动队长的职务就有些委屈了，我想黄副处长也会有所考虑的，毕竟军衔是一方面，更重要的是实权职务。我们保定系在军事情报调查处的力量还是不够，我想过段时间，黄副处长就会为你安排新的职务，你我共事的时间不会很长了。"

霍越泽赶紧开口说道："组长，我明白，但我还是想跟在您的手下多学习学习。"

宁志恒摆了摆手，微微一笑。霍越泽的话也只是一句客套话，不想当将军的士兵不是好士兵，谁又会甘心屈居人下，不想在仕途上有更好的发展？

宁志恒笑着说道："越泽，你我推心置腹地讲。作为你的上司，我太过于年轻了，这对你的发展并不好。如果我长时间得不到晋升，对你的影响会很大，所以我会向黄副处长提议，尽快为你调换适合你的新岗位。到那时你宏图大展，另有一番局面，可不要忘了今日。"

霍越泽听到此言，欣喜非常，组长这是在为自己铺路。他赶紧再次感激道："日后但能有所发展，越泽还是追随组长麾下，听凭驱使。"

两个人又在一起闲聊了几句，霍越泽这才说道："组长，我们第四行动组这一次可以说是收获颇丰，上上下下都得到了不少嘉奖，所以大家想着今天晚上庆祝一下。"

宁志恒点了点头说道："应该的，应该的！不过越泽，我的的确确有事在身，今天也正好是你的大日子，你就带着他们出去庆祝一下，我就不陪着了！"

如今宁志恒既然知道有人在针对他，又怎么敢随便出入公众场合。他可不想在酒酣饭饱之后，被远处一颗枪子要了性命，毕竟他不能把自己的性命完全寄托在预警能力上。以他谨慎多疑的性格，又怎么可能冒这种风险？

霍越泽听到宁志恒拒绝，不觉很是失望，不过宁志恒既然已经发话，他也只好答应，然后起身告退，出了宁志恒的办公室。

看着霍越泽的背影，宁志恒也很恼火。如今有人在暗中针对他，搞得他心神不宁，就连大家的庆功会也不敢参加。这种被人惦记的日子可不好过，必须尽快将背后窥视他的敌人挖出来，不然他寝食难安。

第二天一大早，赵子良就打来电话，让宁志恒马上过去。宁志恒知道一定是因为去杭城开展抓捕行动的事情。

果然，一进赵子良的办公室，就看见赵子良满脸兴奋地在屋子里走来走去。抬头一看宁志恒进来，他便笑着说道："好你个志恒，去杭城竟然是明修栈道，暗度陈仓，连我都瞒着！我还以为你真是回乡探亲去了呢。"

宁志恒微微一笑，赔着笑脸说道："都是处座的吩咐，我哪里敢跟旁人去说。好在任务完成得顺利，总算不负处座所望，接下来的工作就要劳烦科长您了。"

赵子良重重地拍了拍宁志恒的肩膀，感激地说道："处座说，是你在他面前推荐了我。志恒，这份情我领下了。想一想都不敢相信，我将要亲手清除日本在杭城地区所有的地下力量，这在我的特工生涯里将会写下重重的一笔！"

说到这里，他双手握成拳掌，猛然一击，兴奋之情溢于言表，显然他在宁志恒面前并没有过多地掩饰自己的情绪。两个人之间相处得非常和睦，都没有把对方当作外人，也没了许多的客套。

宁志恒接着说道："杭城站的柳同方是您的老部下，由您出面领导这次的工作也是顺理成章的。不知您什么时候出发？"

赵子良挥手说道："马上就要出发。我将带领叶志武的第二行动组前往杭城，主要是处座还是不太相信杭城站。这个柳同方昏聩无能，杭城站竟然被日本间谍渗透进来还一无所知，三名情报军官被策反，简直骇人听闻。如果不是你为他说话，这一次必然要家规处置，我去杭城也绝饶不了他。"

说到这里，赵子良不禁恨得咬牙切齿。柳同方也是他的班底之一，没想到在处座面前出了这么大的纰漏。如果不是宁志恒立下如此大功，只怕身为行动科科长的他也要像谷正奇一样，被处座施以重罚，想想都后怕。

宁志恒自然知道，赵子良去杭城，柳同方必然有惊无险，可以安然过关。说到底赵子良此人心中还是很念旧情的，最多也就训斥一顿了事。

宁志恒和赵子良又闲谈了几句，这才告辞出来。经过这一次的事情，两人之间的关系又拉近了一步，赵子良对宁志恒推心置腹，再无半点隔阂。

赵子良马上就要启程去杭城对付日本间谍，而宁志恒也要面对自己的难题。他回到自己的办公室，马上把手下的军官都喊了过来。

看着手下众多的军官，宁志恒开口吩咐道："你们现在去做一件重要的事情，分头带人在南京城各个警察局的看守所和监狱里搜索，甚至可以在警察局内部搜索，只要有和我的容貌、身形相近的青年男子，马上带回来由我筛选，越快越好，明白了吗？"

"明白了！"众军官齐声应道。他们不知道组长为什么会下达这个命令，但军令如山，他们只需要执行就好了。

宁志恒签署协查通知，并签好自己的名字，让众位手下带着手续以最快的速度去办理这件事。

昨天宁志恒想了一晚上，终于想出了一个办法，那就是引蛇出洞。

既然有人在针对他，到处寻找他的踪迹，那么他就露出头来，看看对方到底想要做什么。

是刺杀、抓捕，还是只是单纯地调查他的情况？如果是单纯的调查，那情况还好，可如果是打算抓捕或者刺杀他，那危险性可就大了。最难防的就是刺杀，只需要一名优秀的枪手用长枪在百米之外一扣扳机，自己的预警能力再强，也不能够确保自己安然无恙。

所以自己不能去冒这个险，需要有人代替他去做这个诱饵。可是这个诱饵不能随便找个人，因为他不知道对方对他的情况具体了解到了什么程度。

他曾经想过随便派一个队员冒充自己，可又觉得不妥。如果对方对他的容貌、体形有足够的了解，甚至就是曾经见过他的人，这么做反而会引起对方的警觉。

最后，他决定找一个和自己极为相似的替身去充当这个诱饵，完成这个非常危险的任务。可是在外面寻找替身动静过大，怕引起有心人的注意，如果能够在监狱里找一个替身那就最好了。如果最后实在找不到，再扩大范围在南京市里寻找，茫茫人海，在百万人口中找到一个和自己长相近似的人并不难。

宁志恒一声令下，行动人员全体出动，把南京的各大看守所和监狱都梳理了一遍。

第二天一大早，王树成敲门进来报告道："报告组长，我们分头行动，花了一整天挑选出来六名和您比较相似的人犯，现在都已经带过来了。"

宁志恒听到之后点了点头，说道："我马上去看一看。"

宁志恒和王树成出了办公室，来到大会议室中，就看见靠着墙根蹲着六名人犯，其中还有两个人戴着镣铐，显然是重犯。

孙家成和赵江等人站在旁边，看到宁志恒进来，赶紧上前汇报道："组长，就找到这六名人犯，其中两名是死刑犯。"

宁志恒点了点头。他来到六名人犯面前，轻声地喝了一句："全都站起来！"

六名人犯被稀里糊涂地带到这里，根本不知道怎么回事，但是他们看见身边这些荷枪实弹的军人，自感不妙，听到宁志恒的话，赶紧站起身来。

宁志恒仔细一打量，发现他们的身高和体形都与自己很相似，只是面容与自己略有差异。

宁志恒对于人面部的识别能力有其独到之处。他着重观察这些人犯头颅的形状、面容的五官特征、眉眼距离，等等，眼力要比一般人准得多。

这六个人都是筛选出来的，和宁志恒的面容都有一定的相似度。宁志恒来到他们面前，伸手将他们的脸掰过来看过去，一个一个地认真辨别。这六个人不知道眼前这个青年军官要做什么，任由他像挑西瓜一样摆弄头颅也不敢言语。最后宁志恒将六个人的面容都过了一遍，又转过身来走到了一名人犯面前。

这是那两名死刑犯中的一个，很年轻，苍白的脸上显出恐慌之色，身上的白衬衣已经被抽打得支离破碎，显出一道道血痕，不过好在脸上并没有伤痕。

宁志恒走到他的面前，冰冷如刀的目光在他脸上扫来扫去，吓得他嘴唇哆嗦，不敢发出一点声响。他不知道这位年轻的军官要把自己怎么样，心中惊恐不安。

宁志恒挥手说道："把其他人都送回监狱，这个人留下。"

几位军官连声领命，上前将其他五个人带了出去。

宁志恒再一次吩咐道："给他洗个热水澡，把他的头发按照我的发型理成短发，换一身我们的衣服，去医务室给他把伤口处理一下，然后带到我的办公室来。"

"是！"孙家成答应道。

一个小时之后，孙家成把收拾得干干净净的青年人犯带到了宁志恒的办公室。青年留着男子最简洁的短发，面容清秀，上身是崭新的白衬衣，外套着一身合体的中山便装，整个人像是脱胎换骨，焕然一新。

宁志恒看着眼前这个青年，满意地点了点头。这次的运气真不错，竟然找到了这么相似的替身。这个青年无论在体形还是容貌上都和自己有九分的相像，可以说，除了宁志恒那一分沉稳阴狠的气质，两个人几乎没有什么区别。

"你叫什么名字？今年多大岁数？"宁志恒开口问道。

"报告长官，我叫谭锦辉，今年二十二岁。"谭锦辉恭恭敬敬地回答道。

这个谭锦辉竟然比自己还大一岁，可是面相看上去却有些稚气，气质上显得有些羸弱。

"是因为什么被判处死刑？"宁志恒接着问道，"别想着胡说八道，胆敢骗我的人不是死了就是废了。"

"不敢，我不敢，长官！"谭锦辉吓得连声说道。他当然不敢隐瞒，眼前这些人神通广大得可以将他从死牢里面提出来，自然可以轻易地查到他的资料。

谭锦辉哆哆嗦嗦地把自己的事情和盘托出。原来谭锦辉是江西九江人，其父亲是当地的一名富绅，家境殷实，谭锦辉是家中长子。一年前，谭锦辉凭借着家中的一些关系，被介绍到南京市政厅政务处谋了一份差事。能够在国都南京城里找到这样一份政府公职，在九江的亲朋面前，足以让谭家人自豪了。

可是就在二十天前，突然发生了意外。谭锦辉在一次酒后与人的争执中，失手用破碎的酒瓶捅死了一位同事，很快就身陷囹圄。偏偏这位同事是南京本地人，家中也算有些势力，再说案情清楚，也不容谭锦辉抵赖，很快他就被判处死刑，关入了死牢之中。

宁志恒听完谭锦辉的叙述，点头说道："还算你老实，没有说谎。"说完，将手中的档案材料扔在桌案上。王树成之前已经将谭锦辉等六个人的案情资料调了过来，以便供宁志恒参考。

"谭锦辉，你知道这里是什么地方吗？"宁志恒冷声问道。

"我不知道，长官。"谭锦辉急忙回答道。

"你没有发现我们两个长得很像吗？"宁志恒再次说道。

"发现了，只是不敢说。"谭锦辉低声说道。他也是一个精明人，早在见宁志恒第一面的时候就吓了一跳，这位年轻的军官竟然和自己长得一模一样，只是显得更加英武威严，森冷的目光让人不敢直视。

宁志恒没有多废话，直接说道："谭锦辉，我来告诉你，这里是国家最高情报机关军事情报调查处。我把你找来，就是需要你去顶替我完成一项任务。如果任务完成得好，你就可以重获新生，我会放你离开南京，回到你的家乡重新开始生活。如果任务完成得不好，那么我就把你扔回死牢，等候枪决。你能明白我说的话吗？"

听完宁志恒的话，谭锦辉终于明白了，原来这位年轻的长官到处寻找与自己相似的人犯，是要找个替身去完成任务。看来自己很幸运，被这位长官选中了。

"长官，我愿意，您让我做什么我都愿意，只要能给我一条生路。"谭锦辉连声说道，这是他活下来的唯一机会，他必须紧紧抓在手中。

"很好。你以后都要严格按照我的指令行动，不能有丝毫的差错，不然是什么后果你自己清楚。"宁志恒语气严厉地说道。

"是，是，一定听从长官您的指令！"谭锦辉不停地点头。

宁志恒把孙家成叫进来，仔细吩咐道："老孙，我给你一天的时间，你负责训练这个谭锦辉，让他的举止、神态、动作尽量模仿我，能做到什么程度就做到什么程度。明天我们就把这个诱饵撒出去，等待鱼儿上钩。"

"是，组长。"孙家成立正回答道。

第九章
引蛇出洞

就在宁志恒处心积虑为自己的对手设置诱饵的时候，他的对手们也在绞尽脑汁、费尽心力地寻找他的踪迹。

就在距宁志恒住所两个街区远的一处破烂院子里，六名粗布短衫打扮的青壮汉子，正围坐在桌前，轻声讨论着。

"川口君，还没有找到目标的踪迹吗？从今井组长交给我们任务到现在，已经过去近二十天了。本部现在都在焦急地等待着我们行动的结果，我们实在有些拖不起了。"松井一郎眉头紧锁，神情忧郁地说道。

坐在他旁边的川口谅介也是一脸的无奈。他中国话说得非常好，也是一名中国通，是负责调查情况的特工。他摇了摇头，双手一摊，开口说道："松井君，我已经尽力了。经过我们多方打探，已经找到了目标宁志恒的住所，可是这些天他根本没有回家，也没有发现他的任何踪迹。我判断他一定是在执行什么任务，我们没有办法，只能耐心地等待。"

这时候，另一位成员大沼拓也开口说道："难道我们就这样一天天地等下去吗？川口君，能不能请我们的联络情报员再试一试？他在这里熟悉情况，总会比我们多一些办法。"

川口谅介回答道："情报员已经尽力去做了，可是军事情报调查处的内部情况，他是无能为力的，而且他再三警告我们，不要再去军事情报调查处的大门附近守候。据他的调查，上一次调查小组就是因为太过于靠近军事情报调查处，最终引起怀疑。当时对方把整条街道都封锁了，我们两名队员当场被捕，直接导致调查小组全军覆没，教训惨痛啊！"

松井一郎叹了口气，说道："现在南京城内风声鹤唳，我们的组织成员行动越发困难，残余的情报小组都进入蛰伏状态，我们得到的帮助非常有限，这种情况实在太被动了。"

川口谅介也点了点头，接着说道："我们之前对行动过于乐观了。据我们情报员的调查，宁志恒此人深居简出，自律性非常强。他从不出入舞厅影院等公共场所，不找女人，不看电影，不跳舞，不交际，就是吃饭也只固定在一家叫红韵茶楼的酒店。可是我们在红韵茶楼守候了十多天，也没有见到他出现，总不能冲进军事情报调查处去抓人吧？"

"对了，到现在情报员都没有收集到一张宁志恒的照片吗？"松井一郎接着问道，这一直是困扰他们最大的问题。到现在为止，抓捕小组手中竟然没有目标宁志恒的照片。他们所得到的线索仅是一个模糊的描述，终究没有一张照片来得直观准确。

川口谅介又摇了摇头，开口回答道："目标的情况确实很难掌握。宁志恒这个人非常小心，从不拍照，更不与人合影。我曾经向他的邻居打听过他的容貌，只知道这个人身高在一米七三到一米七五之间，体格健壮，大概和松井君相仿。至于五官相貌，他邻居的描述和情报员的相似，五官较为立体，剑眉朗目，长相颇为英俊。不过这也不要紧，我们的情报员曾经见过宁志恒，行动的时候由他来辨认，而且现在他已经开始想办法在中央陆军军官学校里搜寻宁志恒在校学习期间的照片，相信不久就有回音了。"

作为抓捕小组组长的松井一郎开口说道："明白了，我们现在只能等待了。另外，在宁志恒住处附近安置的监视点不能有丝毫疏忽，一定要时刻注意宁志恒的动向，一旦发现他回家，马上报告。"

川口谅介也说道："我接着去红韵茶楼蹲守，一发现宁志恒出现，就会通知你。不过千万不能鲁莽行事，一定要有所计划。能够在军事情报调查处成为实权人物，多次主持重大行动，这个人一定非常非常狡猾，千万不能一时大意被他给反咬一口。要知道，这里可是南京，四面皆敌，只要闹出一丝动静，惊动了中国特工，等待我们的将是灭顶之灾！"

第二天一大早，孙家成就把谭锦辉带到了宁志恒的办公室。

"组长，我训练他一整天，效果很一般，很多地方他还是学不像。"孙家成有些不满地说道。这个谭锦辉倒是很听话，举止方面还好说，可是无论他怎么练习都无法模仿宁志恒那深沉阴狠的气质，以及那如刀似锋的狠厉目光。

宁志恒摆了摆手说道："先这样吧。我们没有时间慢慢练习，今天就要把人撒出去。"

说到这里，他通知所有手下军官到会议室开会，着手布置。

等大家到齐之后，被眼前的一幕惊呆了：在会议室的主座上，竟然端坐着两位一模一样的宁组长，他们看了半天没有说出话来。

军官们当然知道其中一个肯定是假的，而且还是他们亲自从大牢里找出来的冒牌货，只是没有想到那个狼狈颓废的死刑犯竟然摇身一变，能够和组长相似到这种程度。

这个时候，其中一位"宁组长"开口说道："大家坐下，我们现在开始布置任务。"

此话一出，所有军官马上听出来，说话的肯定是那个"冒牌货"。因为宁志恒平时说话带有一些杭城口音，其中又夹杂着一些南京口音，再加上他平时的语气很淡定，所以有其独特的特点。手下的军官听习惯了，只一句话就分辨出来了真假组长，不由得都露出了笑意，有两名军官还嘿嘿地笑出了声。

宁志恒不禁有些头痛，手下的军官轻易就分辨出来了真假，这说明自己的这个替身表现得很不理想。不过口音这种事情，短时间里是改变不了的，也不能够强求。他侧头对谭锦辉说道："你看见了，你的口音有严重的问题，所以行动中尽量避免开口，以免露出破绽。"

谭锦辉连连点头，他知道自己距离这位宁组长的要求还差得很远，可是一天的时间，他只能做到这个程度了。

宁志恒也没有再过于强求。谭锦辉能够做到这种程度，他已经很满意了，用来对付那些日本人足够了。这时他开口说道："现在由我来介绍具体的情况。"

宁志恒话音一落，所有军官立刻严肃起来，他们听出这才是真正的宁组长发声了。

宁志恒接着说道："就在十一天前，有不明人物在我的住所附近打听我的情况，询问我的家庭住址和体形相貌。我初步判断这是日本人针对我的一次行动。"

宁志恒的话一出口，所有军官顿时哗然：日本人竟然已经找到了宁组长的家门口，这是要做什么？这明显是要对宁组长不利。

宁志恒在这半年多时间里多次组织打击日本间谍的行动，可以说他是军事情报调查处里对日本间谍威胁最大的人物。看来这是树大招风，宁志恒被日本间谍组织盯上了。大家都明白过来了。

"组长，这些日本人太嚣张了，竟然敢找上门来，绝不能让他们轻松逃脱了！"王树成开口说道。

"是呀，组长，我们应该怎么做？"赵江也在一旁说道。

宁志恒伸手做了一个下压的手势，顿时会议室里安静下来。

"这里是南京，是中华民国的首都，是我们的主场。现在南京的日本间谍已经苟延残喘，难成大事，只要我们发挥主场优势，这些敌人逃不出我们的手心！"宁志恒给大家打气，"这些日本间谍深藏在茫茫人海之中，我们很难在短时间里找到他们，但是不要紧，办法总比困难多，所以我制订了一个计划，叫作引蛇出洞！

"这段时间以来，我一直在军事情报调查处里没有回家，可想而知，现在日本人找不到我，心中一定很焦急。所以我找到了一个替身，放出去，我们就跟在后面看一看对手的真面目，同时也要查明对方的真实意图。如果是刺杀，就马上抓捕。"宁志恒指了指身边的谭锦辉说道。

大家都是精干的军中人才，心中早就有所猜测，现在果然如自己所想，都纷纷点头。

宁志恒这时挥了挥手，孙家成上前把谭锦辉带出了会议室，剩下的内容就用不着他知晓了。

宁志恒继续说道："现在我说一下具体的计划。今天这个替身从九点开始，先去我平时吃饭的红韵茶楼吃早饭，十点钟赶到简真书馆去看书，十二点赶回红韵茶楼吃饭，然后回家中休息，下午三点去城南的九华戏院听戏，六点钟再回到红韵茶楼吃饭，然后回家休息。

"至于我们的人各自分工,在红韵茶楼、简真书馆、九华戏院,还有我的住所附近,这几个点提前设下埋伏,看一看对方的动作,一旦他们动手,马上抓捕。

"需要提醒一下,我的住所及红韵茶楼,这两个点一定有人设了监视点,因为这是我平时逗留时间最长的地点。对手们对我的调查已经过去十多天了,这种最基础的信息他们应该掌握了。所以这两个点的埋伏一定要设置得隐秘,把距离放远一点,不要惊了对方。

"不过这两个点距离军事情报调查处较近,治安情况良好,对手如果想要刺杀我的话,可能会有所顾忌,所以我又选择了简真书馆和九华戏院。这两个地点相对较远,治安情况一般。尤其是九华戏院,三教九流,人员比较复杂,地形也比较适合刺杀,并且适合刺杀后迅速撤离,不过对于我们来说也不是问题,因为这是我们的主场,我们人手充足,多布置埋伏点。只要他们敢动手刺杀,就一定逃不出去。

"现在大家马上乔装出发,按照时间顺序去布置,半个小时之后替身开始出发。我平时出门大多都是单身一人,所以替身的身边不能有人靠得太近。王树成,你们第一行动队负责替身在路上的安全,人员分成批次安排好,不要让人看出老面孔,惊了对手。"

"是!"众位军官齐声应命。

宁志恒的计划说完,大家都明白了具体步骤,正准备布置人手,霍越泽脸上却露出一丝犹豫之色。宁志恒观察力过人,一眼就看见了霍越泽好像有话要说,便开口问道:"越泽,有什么问题吗?"

霍越泽听到宁志恒当面问他,就干脆直说道:"组长,我有一个提议,不知当讲不当讲。"

宁志恒摆了摆手,爽快地说道:"你说吧,开会的意图就是群策群力,拾遗补阙,有事情就直说。"

"那好,一点浅见。"霍越泽小心地说道,他知道宁志恒一向设计准确,不知道自己的想法对不对,"组长,你安排替身出现的时间,除了在住所睡觉休息,其他都是在白天。可是白天刺杀的话,难度和危险性很高,日本人可能不会上当。可不可以在晚上也安排一个地点,比如电影院、舞厅之类的,这种地方人多眼杂,光线又暗,是刺杀的好地点,而且天黑也方便得手后撤离,日本人一定会考虑这样的地点。这样引蛇出洞的效果会不会更好一点？"

在座的军官们一听，都觉得霍越泽的话有道理，毕竟对于搞刺杀来说，黑夜比白天要方便许多，容易得手，也比较好撤退。

宁志恒点了点头，同意霍越泽的观点，他开口解释道："越泽说得很有道理，黑夜确实更适合搞行动。可是有一点，我并不知道对手对我的情况掌握多少，就怕他们知道我平时的习惯。你们可能不知道，我平时下了班从不出门，晚上不是在军情处的办公室，就是在住所休息，更没有去过任何舞厅和电影院，也就是根本没有夜生活的习惯。如果我突然在夜晚活动，日本间谍可不全是笨蛋，万一引起他们的怀疑，我们这么多的工作就白做了，前功尽弃殊为可惜。"

宁志恒此话一出，手下军官都明白过来，心想以组长的算无遗计，怎么会考虑不到这个问题。他们平时都没有和宁志恒过多地私下接触，对他平时的习惯并不是很了解，没有想到组长这么年轻，在生活上却很自律，几乎如苦行僧一般度日。这对于年纪轻轻就在仕途上春风得意的宁志恒来说，实在太不可思议了，可见宁志恒此人具备足够强的自制力！

霍越泽更是惭愧地说道："都是我自作聪明，本该料到组长一定考虑周全，是我多言了！"

宁志恒哈哈一笑，走到他的面前，拍了拍他的肩膀说道："以后有疑问就直接问，当面问，我也有考虑不周的时候。越泽，我的面容可能已经被对方掌握，不能贸然露面，所以整个行动不能现场指挥了。这一次的整个行动就交给你来现场指挥，统筹安排，临机决断，我可就在这里等你们的好消息了！"

宁志恒这么做也是有道理的。他原想由王树成来指挥此次行动，可是霍越泽毕竟在行动经验上要比王树成丰富一些，再加上他现在是少校，所以干脆这一次就交给霍越泽来现场指挥。反正他不久就会调离第四行动组，也不会威胁到王树成以后的代理工作。

听到宁志恒把这次行动交给自己指挥，霍越泽心中一喜，马上高声说道："放心吧，组长，我一定不会让一个日本间谍漏网，全都抓回来！"

宁志恒却是把手一挥，再次说道："不要太多顾忌，现在刑讯科的大牢里关的日本间谍多了，不差这一两个。记住，兄弟们的安全第一，如果敌人负隅顽抗，就地击毙，不论死活。"

"是!"霍越泽立正回答道。

看到所有人员都派了出去,宁志恒开始一步一步向谭锦辉交代具体细节。

"神情放自然些,后背挺直,尽量不要说话,看好手表记住时间,严格按照规定好的路线行动,我的人会在你身边保护。你给我记住,只要行动成功,把隐藏的间谍引出来,你的性命就捡回来了,所以不要出纰漏!"

"是,我一定不会让组长失望!"谭锦辉不停地点头答应,嘴里不自觉地学着宁志恒手下队员的口气喊他组长。

时间过去半个小时之后,谭锦辉准时走出了军事情报调查处的大门,脚步不停地来到红韵茶楼。

当他走进红韵茶楼之后,马上有个伙计走上来热情地招呼。

"宁长官,您这可是有好些日子没有来了,还是老样子,我给您送到包间里,请您稍候!"伙计连声说道。

谭锦辉微微点头,没有多说一句话,而是按照宁志恒之前的交代,快步上了二层的包间里。

这时,大厅最里面一个不起眼的座位上,一位青年男子听到伙计高声称呼"宁长官"时,眼睛顿时一亮。他眼睛扫过谭锦辉的面容,估量了一下对方的身高和体形,心中暗自狂喜:等了这么多天,终于等到了目标出现!这人正是一直等候在这里的川口谅介。

不一会儿,伙计把宁志恒平时爱吃的早餐送到包间里。谭锦辉很快吃完,就坐在包间里,看着手腕上的手表,静静地等待着。

对这一次的行动,宁志恒给他解释得很清楚,自己在行动过程中可能会平安无事,但是也可能会被人打个黑枪一命归西,一切都要看自己的运气。但这是他唯一的机会,他没得选!

看着时间已到,谭锦辉准时走出包间。他不敢四处张望,只是快步出了红韵茶楼。

川口谅介没有马上跟出来,而是稍等了一会儿,这才出了红韵茶楼,和谭锦辉拉开足够的距离。他知道宁志恒是个谍报高手,自然要小心翼翼,一切都显得很自然。

而在谭锦辉身后约二十米远的赵江和一名队员,也在仔细地观察着周围的路人，尤其是从红韵茶楼出来的人。目光轻轻扫过川口谅介，但因为距离很远，赵江也无法确定这个人有没有问题。

不过这不重要，只要盯紧了谭锦辉，对手早晚会现出身形，到那时才是自己出手的时候，现在要做的就是不要惊了对手。

就在出了红韵茶楼一段距离之后，又有一条身形悄无声息地跟了过来。川口谅介知道，这是自己的同伴看到自己出现也马上跟了过来。

两个人相视一眼，川口谅介轻轻向同伙示意谭锦辉的背影，然后不经意地点了点头。同伙眼中顿时露出欣喜之色，他没有认出谭锦辉，但是在川口谅介的暗示下，明白目标已经出现了。

敌我双方的特工们都怕露出自己的行迹，所以都刻意地远离谭锦辉，这样就形成了一个怪现象：他们不停在远处交换跟踪监视的人员，等谭锦辉来到简真书馆的时候，身后的双方特工已经换了好几拨。双方的职业素质都不差，谁也没有发现对方的存在。

谭锦辉信步走进简真书馆。简真书馆在附近都是闻名的大书馆，店面很大，一楼是售卖书籍的地方，二楼是顾客看书的地方。

这个时间书馆里已经有了不少的顾客，孙家成带着几名队员乔装打扮的"顾客"就混迹其中守候着。

一直跟在谭锦辉后面的赵江等人，看着他进入书馆内，知道里面肯定有人提前埋伏了，就不再跟进去，而是四下散开，在周围的三个路口处停下来。

此时，在谭锦辉的身后也有三名日本特工远远地跟过来，其中就有抓捕小组的组长松井一郎。他示意两个助手停下来，自己则进入了简真书馆，不时将眼睛的余光扫过谭锦辉的身影，不多时就转身出了书馆。

松井一郎来到川口谅介的身边，低声说道："这个地方不适合动手，继续跟踪，看一看他还要去哪里。"

当下三名特工远远散开，不再有任何动作。不得不说，这几名抓捕小组成员都是精挑细选出来的训练有素的特工，在跟踪方面都是行家里手，就连行动组的特工们都没有觉察出来。

等到中午，谭锦辉接着回到红韵茶楼吃午饭，回自己家休息，下午去九华戏院听戏，直到天黑时分进入宁志恒的住所休息。

按照宁志恒设计的路线，谭锦辉完成了这一天的行程，平安无事。一直到他的身影进入宁志恒的住所，这一场中日双方特工的跟踪较量才告一段落。

在距离宁志恒住所不远的一处二楼房间里，一名日本特工正在用望远镜观察着，片刻之后，他回身对几名同伴说道："已经进去一个小时了，周围也没有半点动静。按照情报上说的，他晚上都会待在家里，我们是不是可以在这里下手？"

一旁的大沼拓也开口说道："组长，其实我倒是觉得下午在九华戏院的时候是一个机会，那里的环境很适合动手的，可是为什么不行动呢？"

抓捕小组总共有八名成员，此时这间房屋里就有四名，其中一位就是组长松井一郎。松井一郎轻轻揉着太阳穴，对今天目标的表现有些怀疑，他疑惑地说道："只是有一些怀疑。今天在跟踪目标时，我感觉在目标的身边似乎有人在暗中跟随。"

他的话让川口谅介也有相同的感觉，于是开口说道："我也发现有点问题。在九华戏院看戏的时候，宁志恒好像有些心不在焉，全程也没有听见他跟旁人说过一句话，表现得很平静。有几次戏到好处时，周围的很多人都在喝彩，可是他一直没有出声。这会不会是一个陷阱？"

"川口君多虑了，这不能说明问题吧，这应该和每个人的性格有关系，我平时看表演的时候也从不出声。"一旁的大沼拓也却不同意这一点，开口反驳道，"再说宁志恒作为军事情报部门的实权人物，出门的时候身边带几个随从暗中保护，也并不是没有可能，我们是不是太过紧张了？"

川口谅介听到这话也有些犹豫，他想了半天，开口说道："情报员提供的情况不是说宁志恒平时深居简出，很少去别的地方吗？可是他今天上午去书馆看书，下午去戏院听戏，这是为什么？"

松井一郎开口说道："是有些问题，不过情报调查结果也不绝对，人总要有些业余消遣的爱好。宁志恒虽然是优秀的特工，但毕竟才是个二十出头的年轻人，不可能什么喜好都没有。而且我特意在靠近他五米左右的地方观察了一下，发现他并没有察觉，应该是没有戒心。在那个距离我要是突然动手拔枪，即使他身边有人保护也来不及反应，绝对会被我击杀。"

"组长的意思是说，宁志恒和他可能存在的随从并没有保持高度的戒备？"

大沼拓也接口道。

"是的，他身边应该有人跟随，只是戒备的程度不够。如果我要是真心刺杀他，他们是反应不过来的。我想他们不会拿宁志恒的性命当儿戏，所以我觉得，这只是一般的防备措施，而不是针对我们的陷阱。除非他们不在乎宁志恒的性命，拿他当诱饵。再说我们的行动是绝对保密的，只有佐川课长和今井组长知道这一次的行动，中国特工不可能未卜先知，提前设下埋伏。"松井一郎仔细地分析道，说到这里，他突然想起了什么，转头对川口谅介问道，"川口君，你能确定是宁志恒本人吗？毕竟我们中间没有人见过宁志恒本人。"

川口谅介急忙开口说道："应该不会错，外形描述都对得上。红韵茶楼是宁志恒固定的用餐地方，今天他一日三餐都是在那里吃的，那个伙计也一直称呼他为宁长官。在中国，一般的平民对军官都称呼为长官，不会错的！"说到这里，他又从怀里取出一张照片，递到松井一郎面前，说道，"这是情报员费了很大力气才搞到的宁志恒在陆军军官学校学习时的一张照片，刚刚才送过来。"

松井一郎听到这里，大为欣喜，赶紧接过照片仔细验看。手中是一张合影照，照片上有五个身穿军装的青年并排而立，笑盈盈地看向前方。

川口谅介指着前列右边的那个青年说道："这就是宁志恒！"

松井一郎认真分辨了半天，终于确认道："看来今天的目标确实是宁志恒。这样我们就能确认了，也就是说是陷阱的可能性很小，我们可以继续抓捕行动了。"

就在抓捕小组研究怎么对宁志恒下手的时候，远处巷口处停留的一辆黑色轿车里，孙家成也在和霍越泽分析今天的行动。

"越泽，你说对方到底有几个人？今天在红韵茶楼和九华戏院的跟踪行动中最少出现了两张熟面孔。"孙家成眼睛留意着窗外的动静，张嘴向一旁的霍越泽问道。日本间谍的跟踪技术不错，可是因为他们人手不足，到底还是露出了一些行迹。

"老孙，这说明组长的判断是对的，这招引蛇出洞已经把蛇引了出来，不过我感觉他们不是以刺杀为目的。"霍越泽笑着说道。

孙家成的年纪比霍越泽大些，再加上他是宁志恒的心腹，霍越泽一向对

第九章　引蛇出洞

他都很尊重，不敢以军衔论事。

"为什么？你说说看。"孙家成接着问道。其实他也感觉出来，这伙人对宁志恒另有所图。

霍越泽微微一笑，再次分析道："今天在九华戏院的时候，我刻意把人放得远了一些，给这伙人制造了不少机会。如果他们真的想刺杀组长，很容易就可以得手，而且那里的环境也很容易脱身。按理说他们不应该放弃这样的好机会，可是最后偏偏没有一点动静。之后的红韵茶楼我干脆就没有放人进去，可是他们还是没有动手，你说他们的目的是什么呢？"

孙家成看着霍越泽，从他说话的语气中猜出了他的想法，说道："也许他们只是简单的跟踪调查，但还有一种可能，他们是想抓活的。今天的活动路线都是行人较多的地方，他们不好下手，所以没有动手。"

"说得对！"霍越泽一拍大腿，自信地说道，"这些人如果想要活捉组长，只能选择一个安静无人的环境，那就只有一个地方。"

"在组长的家里！"两个人异口同声地说道。

孙家成接着说道："只有在住所里突然动手，打组长一个措手不及，才有可能将组长活捉，还不容易惊动旁人，然后趁着深夜撤离。"

"对，估计今天或者明天晚上他们就会动手。"霍越泽冷冷一笑，手掌一攥成拳，"螳螂捕蝉，黄雀在后。等他们把那个替身捉走，我们只要悄悄跟着他们，就可以找到他们的老巢，进而一网打尽，一个不留。到那个时候，组长一定会非常满意！"

孙家成点头认同，不过又有些迟疑地说道："这里距离我们军事情报调查处不远，如果他们有所顾忌，不在这里动手怎么办？"

"那就耗着呗，反正我们有的是时间。不过只要动作利落，不闹出大动静，一般也不会有人多事，我还是赌他们会动手。"霍越泽认定自己的判断，语气肯定地说道。

孙家成呵呵笑道："那可就要设计好了，他们的落脚点估计不会太远，我马上去安排跟踪人员，在附近的路口都设下'钉子'，看看这些人到底能藏到哪里去！"

时间一分一秒地过去，接近凌晨一点，抓捕小组的六名成员已经准备妥当。他们每个人都身穿黑色衣服，脚穿软底鞋静静地坐着，就等着组长松井一郎的命令。

这时松井一郎开口吩咐道："行动一旦开始，这一处监视点就没有存在的必要。这次出门就不再回来了，大家都要仔细检查，不要留下任何蛛丝马迹。"

其他队员听到他的话，马上按照他的指令将屋子里的痕迹清除干净。

只有川口谅介犹豫不决，说道："松井君，今天动手是不是太仓促了一些？我们最好再观察两天，找一个更好的伏击地点。这里距离中国人的特工总部太近了，一旦枪响，马上就会引来中国特工，我们很难撤离的。"

大沼拓也在一旁很是不满地说道："川口君，你也太小心了。这里的每个人都是今井组长挑选出来的战术好手，六个人对付一个人还能出意外，难道他宁志恒长了三头六臂？"

听到大沼拓也的话，川口谅介也不再多说了。大沼拓也是个非常出色的行动高手，执行过很多高难度的任务，都完成得很出色，他对自己有足够的信心。再说，这六个人每一个都是身手矫健的好手，确实不应该出什么意外。

组长松井一郎一脸的无奈之色，开口说道："川口君，给我们的时间不多。这次任务拖了二十多天，今井组长早已经催促过，通过情报员向我们提出了警告。你是专线联系情报员的，情况了解得应该比我更清楚。我们在南京的情报小组已经停止工作四十天了，佐川课长和今井组长的压力很大，我不想再拖下去。"

说到这里，他对着所有成员郑重地说道："凌晨两点动手，大家务必小心，成败在此一举！"

"嗨依！"其他五个人躬身答应道。

凌晨两点，松井看了看手表，一声令下："开始行动！"

六个抓捕成员打开房门，迅速融入黑夜之中。

而这个时候，原本精神高度紧张的谭锦辉，在神经持续紧绷了一天之后，硬是熬到了深更半夜，这才扛不住席卷而来的睡意，终于进入了梦乡。

可就在他刚刚沉睡之后不久，一个身影慢慢靠近，一只大手突然捂住了他的嘴巴，同时，他的脖颈动脉处被重重一击，人就陷入昏迷之中。

"确认一下目标。"松井一郎低声命令道。

负责动手的大沼拓也打开手电筒，仔细检查了一下谭锦辉的面容，确认道："的确是宁志恒，不会有错的。"说到这里，他又嘿嘿地一声冷笑，说道，"早知道是这样的货色，我一个人对付就够了。"

他也觉得这次的行动非常顺利，之前诸多的考虑是小心过甚了，现在目标已经到手，接下来的行动就简单了。

"不要逗留，马上撤离。"松井一郎低声命令道。经验告诉他，必须尽快离开现场，否则容易出现意外。

几个人用布团紧紧塞住谭锦辉的嘴巴，然后麻利地用一条绳索将他手脚捆住塞进一个麻袋中。大沼拓也的体力最好，他将麻袋扛在肩上，轻轻地打开房门走了出去。松井一郎小心地将门关好，然后一行人快步离去。

整个行动非常顺利，大家心情都很喜悦。在南京城潜伏了这么多天，终于成功抓获目标，接下来就是对他严刑逼供了，但愿能够拷问出他们需要的信息。

就在他们趁着夜色快速赶路的时候，完全没有注意到，身后的一个角落里慢慢显露出一个身影，他望着六个人离去的背影，脸上露出得意之色。在这附近的所有路口都设下了"钉子"，无论他们走到哪里，都逃不出早已埋伏多时的军事情报调查处特工们的眼睛。

抓捕小组走得很快，拐过两个街区，来到了自己的落脚点——那处破败的院子里。院子里还有两名小组成员一直等候在那里，看到大家都回来了，还扛着一个大麻袋，就知道行动已经成功，赶紧开门让进同伴，然后将院门紧紧锁死。

就在院门关上时，远处的黑暗中显出两道身影。两个人互相打了一下手势，一个身影快速离去报信，另一个则留下来继续监视院子里面的动静。

很快，霍越泽带着大批的行动队员赶来。行动队员们轻车熟路，将这处院子团团包围住。

"越泽，一切皆如你所料，这一次可是要大功告成了。又抓捕了这么多的日本间谍，我们行动组又可以露露脸了。"孙家成看着这黑沉沉的院子，不禁笑着低声说道。

霍越泽刚刚晋升为少校，现在又有一份功劳即将到手，自然心中兴奋不已。他对孙家成笑了笑，叫来自己的副手沈翔说道："你准备开始强攻，长枪队准备掩护。组长交代，尽量活捉，如果负隅顽抗，就不用客气了。"

"是！"沈翔立正回答，带着手下的行动队员摸了过去。

二十名枪法好的队员手持长枪，占据有利地形，按照事先训练的，各就各位将枪口对准各处门窗，随时准备进行射击。

一切准备就绪，霍越泽单手一挥，几支小队就互相搭成手架，以极快的速度翻进院内。

这时，屋子里面的日本间谍觉察出了异常，负责警戒的一名成员耳根一动，轻声说道："不好，院子里有动静！"

此言一出，所有人都是一惊。松井一郎一个转身来到窗口，向外观瞧，借着月光就看见数条矫健的身影正动作利落地翻过院墙。

"浑蛋！"松井一郎顿时心中一沉，口中骂道。中国特工找上门来了，自己一行人还是陷在了南京城这个危险之地。他低声怒喝道："中国人来了，往后面走！"

一屋子人都是一愣。就在这个时候，房门被一脚踹开，进入院内的队员们也发现了异常，干脆直接发起强攻。

顿时，敌我双方一阵对射，密集的枪声中连续发出数声闷哼，显然是有人中枪。混乱之时，从房门和窗户处传来清脆的枪击声，瞬间门框上木屑飞溅，窗户上的玻璃纷纷破碎。

松井一郎一听子弹的破空之声，暗叫一声不好。长枪的准确率更高，穿透力更强，对被困在屋子里的抓捕小组成员来说，简直就是噩梦。

"浑蛋，他们用长枪，快隐蔽！"

可是为时已晚，呼啸而来的密集的弹雨射来，屋里的几名成员纷纷中弹，倒地不起，不知死活。可是射进来的子弹并没有停止，子弹不住地倾泻进这个狭小的空间里，把屋子里的物品击打得砰砰作响，还有不少打在已经倒地不起的身体上，再次激起一团团血花，一时间场面惨烈至极。

过了好一会儿，长枪队才停止射击，门外对峙的行动队员再次发起攻击，冲进了屋子里。

很快，零星的枪声再次响起，不久又平息下来。在后方指挥的霍越泽知道战斗已经结束，等了几分钟后才迈步上前，带着几名军官走进院子里。这个时候，屋里的行动队员们正将伤者和尸体向外抬。

沈翔从屋子里面出来，额头上还流着血，看见霍越泽进来，马上报告道："队长，总共八名间谍，五死三伤，我们的队员也伤了三个。"

霍越泽看着沈翔的额头，关切地问道："怎么挂花了？"

沈翔脸色苍白，不以为然地说道："没事，就是划了一道槽，皮外伤！"

"那个谭锦辉呢？"孙家成四下扫视了两眼，开口问道。

沈翔指着蹲在墙角、手捂着鲜血淋漓的左臂、下半身还套着麻袋的谭锦辉说道："这个小子被扔在墙角，运气不错，胳膊上挨了一枪，没有伤到骨头，没什么大碍！"

已经被这场激烈的战斗吓得浑身发抖的谭锦辉，这时才慢慢地缓过劲来。

他看着走近的孙家成，嘴唇动了动，最后竟然咧嘴一笑，声音沙哑地说道："孙队长，我这也是算完成任务了吧？组长可是答应过留我这条命的！"

说话间，早就被吓得惨白的脸上露出一丝希冀之色，眼睛紧紧地看向孙家成。

孙家成上前将他身下的麻袋扯下来，笑着说道："放心吧，你小子熬过了这一关，这条命算是捡回来了！"

谭锦辉听到孙家成的这句话，紧绷着的神经顿时松了下来，如释重负地露出一丝笑意。

霍越泽督促手下人清理现场，搜索一切有价值的线索和痕迹，处理伤者和尸体。

手下的行动队员们个个训练有素，在诸位军官的带领下，很快收尾工作就结束了。

这时，沈翔拿着一张带有血迹的相片来到霍越泽面前，说道："队长，这是从一具尸体上搜到的。"

霍越泽取过相片仔细一看，马上就认出了相片最右侧的少年正是自己的组长宁志恒，只是照片上的少年面容更显得稚嫩，显然是宁志恒以前的照片。

霍越泽赶紧将照片收好，开口吩咐道："这具尸体一定是日本间谍的首脑，标记清楚，等审讯之后再进行确认。"然后回身看了看其他几位军官，高声宣布道："任务完成，马上收队向组长汇报！"

一声令下，全体队员迅速赶回军事情报调查处。

看了看手表，这个时候已经是凌晨四点，霍越泽怕打扰宁志恒休息，没有马上向他汇报，于是安排对带回来的三名活口进行审讯。

一直忙到上午九点，审讯工作才结束。霍越泽这才带着审讯记录来到组长宁志恒的办公室，向他复命。

宁志恒一大早就得到了王树成和孙家成的汇报，知道昨天夜里案子就已经结束。行动队员击伤击毙数名日本间谍，主持工作的霍越泽正在进行审讯工作，所以就在办公室里静等最后的审讯结果。

经过这么长时间的磨合和工作历练，宁志恒手下的第四行动组上上下下都很得力，如今也称得上是人才众多，很多事情用不着他这个主官出手。

看见是霍越泽敲门进来，宁志恒笑着说道："诱饵刚放出去就有结果了，看来这些人是真着急了，迫不及待地要对我下手！"

霍越泽笑着说道："都是组长您神机妙算，这些人的情况和您料想的一样。"说完，他上前将手中的审讯记录递到宁志恒面前，接着说道，"我们抓了三个活口，经过五个小时的连夜审讯，已经取得了全部口供。"说到这里，又放低了声音，略显尴尬地说道，"有一个活口伤势有些重，没有挺过去，审讯期间死亡了。现在还有两个活口，我已经安排医治，暂时没有生命危险。"

宁志恒看着霍越泽哈哈一笑，他很清楚能够在这么短的时间里拿到口供，霍越泽一定是下了重手，所以才有人犯当场死亡。不过这种只重结果不择手段的行事风格，却正合他的胃口，宁志恒不以为然地笑着说道："这种死硬分子死就死了。越泽，你的手段越来越出色了，这件案子完成得漂亮，看来以后你独当一面必然是游刃有余！"说到这里，他没有看审讯记录，而是起身示意霍越泽一起来到沙发前坐下，接着问道，"具体和我说一说吧，看看我的对手想怎么对付我！"

霍越泽笑着说道："这一次的确是日本人针对您的一次行动。行动人员一共八名，都是日本上沪特高课挑选出来的行动好手，他们的任务就是潜入南京对您实施抓捕行动。"

"抓捕？"宁志恒听到这里，不禁奇怪地问道，"不是刺杀？这些日本人想要干什么？"

霍越泽身子向前，放低声音回答道："据人犯交代，日本特高课本部的上层认为，您一定知道在这半年多的时间里我们军事情报调查处屡屡破获日本间谍小组的真正原因。他们甚至猜测是他们的内部出现了问题，而你作为多次行动的主持人，肯定是知道具体原因的，所以他们想抓捕之后，从您的口中得到这个秘密。"

其实对于这件事情，霍越泽心中也是有些疑惑的，甚至他也觉得日本人的怀疑颇有道理，尽管宁志恒心思缜密，侦破手段高明，可是如此妖孽的表现，会不会真的也有其他方面的帮助呢？这个秘密是不是真的存在，他也不想去追究，就算是有，也不是他这个级别的军官所能够知道的。

看到霍越泽小心翼翼的样子，宁志恒心中一阵好笑，看来自己的表现的确太过于出色了，以至于让自己的手下和对手都产生了误解。

想到这里，宁志恒不禁哈哈大笑起来，他指着霍越泽打趣道："日本人的脑子真够灵活的，这都能想得出来，不过这个秘密他们永远无法知道了！哈哈！"说完，忍不住又是一阵大笑，一时间让霍越泽有些摸不着头脑。宁志恒过了好半天才收起笑意，接着问道："还有别的情况吗？"

霍越泽接着说道："这个抓捕小组是二十天前潜入到南京的，几乎就是在您从杭城回到南京的同一时间。组长叫松井一郎，负责联络的是川口谅介，可惜两个人都被当场击毙。您看看这个！"说完，他将一张照片递到宁志恒面前，"这是从松井一郎的身上搜到的。"

宁志恒接过照片，目光顿时一凝：照片上最右侧的那名少年，赫然就是自己。

宁志恒的脑后顿时泛起一丝凉意，这些日本人的调查手段真是周密，竟然连他上军官学校期间和同学们的合影照片都搞到手了，要知道他自己手中都没有这张照片。

宁志恒自从加入军事情报调查处后，就有意识地杜绝任何拍照留影的可能，甚至在前段时间军中档案保密级别升级的时候，特意销毁了自己之前收藏的仅有的几张照片，其中就有这一张。可以说现在除了自己档案和军官证上的证件照，他手中没有任何照片留影，可还是百密一疏，竟然让日本人找到了自己的这张照片。

他的眼中闪过一丝寒意，顿时冷声问道："这张照片是他们从上沪带过来的，还是这次在南京本地搞到手的？"

"是这一次在南京获得的。据人犯交代，他们刚来到南京的时候，手中并没有您的照片，是潜伏的情报员在行动那天才搞到手，并确认了谭锦辉是'真的'目标，这才下决心动的手。没有这张照片，他们还不敢这么快就下手。"霍越泽回答道。

宁志恒听到这个回答，心中一松，看来这张照片还没有传回到日本特高课本部，但愿这个潜伏的情报员手中没有复印的照片，不然这件事情早晚都是一个隐患。不过按照正常思路，既然知道要抓捕目标，审讯完之后自然不会留活口，花费手脚复洗并保留照片，就是多此一举。

至于能不能抓住这个情报员，宁志恒没有把握。他不清楚这个情报员和川口谅介的联系方式，双方之间是否知道对方的身份和情况。如果情报员知道抓捕小组的藏身之地，那么昨天晚上他们搞出这么大的动静，很难不惊动了这个情报员，一旦惊动了，对方就会马上撤离，自己也只能是尽力而为。

想到这里，他不禁暗自庆幸，还好自己反应及时，一个月前就将家人送往重庆，不然只怕这个时候日本人已经找上门去了。看来任何小心谨慎都是有必要的，心中存不得半点犹豫和侥幸！

他追问道："有没有这个潜伏情报员的情况？"

霍越泽摇了摇头，说道："这个人与川口谅介单独联系，就连组长松井一郎也不知道他的身份，可是两个人都已经被击毙，所以……"

宁志恒眉头一皱，看来追查这件事情还要费些周折。不过依他的观点，只要是存在的就有痕迹，有痕迹就有线索，有线索就能找到真相。这个世界上没有真正破不了的案子，就看自己用不用心！

而且这件事情的情况并不难查，他的记忆里，这张照片是自己两年前和同学的一次合影，只是后来具体都有谁持有这张照片，还需要下功夫追查一下，还是能找出来照片的来源。

宁志恒将这张照片仔细收好，接着问道："在抓捕现场还有别的收获吗？"

霍越泽回答道："没有了。我们抓捕的时候，日本间谍负隅顽抗，战斗很激烈，现场大多被破坏了，也没有找到有价值的线索，不过好在八名间谍无一漏网。"

宁志恒笑着拍了拍霍越泽的肩头，亲切地说道："越泽，这次行动非常成功，将日本间谍一网打尽，再一次证明了你的能力。我会在结案报告上为你说话，这样会对你以后工作岗位的安排有所帮助。好了，辛苦了一天一夜，你赶紧回去休息吧。"

霍越泽听到宁志恒的承诺，心中大喜，赶紧连声道谢，这才转身离开宁志恒的办公室。

第十章
如坐针毡

宁志恒送走霍越泽，马上拿起审讯记录快步去找副科长向彦。破获了这么大的一个案子，又抓捕了八名日本间谍，这可绝对是一件大案子，自己必须马上上报。

科长赵子良去杭城已经三天了，按理说，抓捕行动应该结束了，可是到现在也没有消息传来，不知道发生了什么情况，他现在只能向副科长向彦汇报。

向彦看到是宁志恒进来，不由得哈哈一笑，开口问道："我听说你的行动组昨天全体出动，就知道你一定会来我这里汇报。说说看，昨天一天都有什么收获？"

科长赵子良去了杭城，行动科的工作就交给了副科长向彦。这两天宁志恒的第四行动组频繁外出，明显是有行动，这一切自然瞒不住向彦。他知道宁志恒的能力，知道近期之内必有收获，就一直等着宁志恒的汇报呢！

"科长，您真是神机妙算。"宁志恒原原本本地把霍越泽奉承自己的话转送给了向副科长，"这两天我策划了一项行动，现在已经结案。我的第四行动组昨天晚上全体出动，围捕了一个日本间谍小组，一共八名日谍小组成员无一漏网。只是由于对方在围捕中负隅顽抗，我们一共击毙六人，活捉两人。

这是连夜审讯的口供。"说完，他将手中的审讯记录恭敬地递到向彦的面前。

"一个日谍小组，八名成员无一漏网，这是被你给连锅端了？"向彦几乎不能相信自己的耳朵。他虽然早就料到宁志恒此次会有收获，但是绝对没有想到竟然又是如此大手笔的行动。

向彦伸手接过审讯记录，口中不无调侃地说道："志恒，现在南京的日本谍报小组都已经进入蛰伏状态，我们这段时间使尽了手段，也没有能够找到他们的踪迹，可是你回来之后，天天待在办公室里念你那叽里呱啦的日语，怎么就突然行动抓出来这么多日谍，难不成日本间谍就认你吗？"

听到向彦的话，宁志恒也是一时无语，心想这个向副科长还真是有一张乌鸦嘴，这次的日本间谍团伙还真是专门找他来的。想想这以后的麻烦事还多着呢，宁志恒也是有些发愁。他只好赔着笑脸说道："科长，情况确实如您料想的一样，日本间谍小组这一次的目标的确是我，只是被我提前察觉后布设了一个陷阱，最终找到了他们的巢穴并一网打尽。"

"真是找你的？"向彦觉得今天自己的脑子有些不够用了，他赶紧拿起审讯记录，仔细地翻阅起来。等他把整个事情都搞清楚了，不禁沉下脸来。

因为日本人选择的方向非常准确，身为军事情报调查处的几位高层领导之一，向彦当然知道宁志恒在对付日本间谍方面起到的作用。可现在日本人这是真的找到宁志恒的身上了，这一次还专门组织了抓捕小组对付宁志恒，好在宁志恒棋高一着，反制成功。虽然这一次的问题是解决了，可日本人不会善罢甘休的，如果再来下一次呢？不可能每一次都会这么幸运的。

向彦也不多说，他站起身来，手拿着审讯记录，对宁志恒说道："走吧，这件事情必须马上向处座汇报，还是由你叙述案情。抓捕八名日本间谍当然不是小事，可你的事情也不是小事，都要向处座汇报。"

宁志恒当然早就有所准备。这么大的案子，肯定是要向处座当面禀告的，不过找到向彦汇报，这是一个必需的过程。就算是他极得处座赏识，也不能够直接把顶头上司甩开直接向处座汇报，这在组织程序上是绝对不允许的。

两个人很快就赶到了处座的办公室。刘秘书禀告后，请他们进入。

处座和边泽正在办公室里面，两个人一脸笑意地看向向彦和宁志恒。

宁志恒反应快，他看到处座和边泽的脸色，心中一动，开口问道："处座，是不是科长那里有好消息了？"

"志恒,你的眼力真是不错呀,一进门就瞧出来了!"处座眉开眼笑地说道。他兴奋地轻击了一掌,从座位上站起来,高声说道:"子良不负众望,处置得当,于昨日下午同时动手,一举将杭城地区的日本间谍全部抓获。至此,日本人在杭城地区经营了四十年的情报网被我们彻底摧毁,又去了我的一处大患。以后就剩下上沪这个日本间谍的大本营,我可以腾出手来,专门对付他们了。"

宁志恒和向彦一听也是大喜过望,虽然早就知道是这个结果,但是一直没有得到具体的消息,宁志恒的心中还是不太踏实,现在听到了这个结果,心中顿时大定。毕竟这是自己费尽心力,冒着生命危险才取得的情报,现在大功告成,顿觉成就感爆棚。

"科长毕竟经验丰富,一击制敌,真是可喜可贺!"宁志恒赶紧说道。

"哈哈,这也是志恒你的功劳哇!"处座拍了拍宁志恒的肩膀。

宁志恒看到处座这么高兴,眼珠一转,想起易华安来了。易华安这段时间一直跟着宁志恒,尽心竭力地向宁志恒教授日语,宁志恒对他很是满意。他有心提拔一下易华安,可是自己的手下全是外勤行动人员,易华安找不到适合的职位。自己又答应过给他提一级军衔的,现在正好趁着处座高兴,把这件事敲定一下。

于是他开口说道:"处座,这一次的杭城行动大获成功,其中翻译文件的易华安少尉可是出力不少,而且为了保密,我直接把他带回到了总部,到现在也没有一个合适的职位安置他,您看是不是……"

话音未落,处座就知道宁志恒的意思了,他知道这段时间宁志恒一直在向易华安学习日语,看样子这是要提拔一下亲信。一个尉级军官的提升对于处座来说当然只是小事一桩,何况是宁志恒亲自开口。在这次行动上他本来就亏欠宁志恒很多,处座心里是清楚的。

他摆手笑道:"易华安确实有功,这样吧,马上为他申请提升至中尉,职位嘛……"处座说到这里想了想,接着说道,"正好这段时间我们军情处准备给情报员们加强日语培训,就安排他到训练科担任日语教官,你看怎么样?"

宁志恒赶紧说道:"那就太好了!正好学有所用,放在我身边太浪费这个人才了。"

易华安这段时间已经为宁志恒打好了不错的日语基础,剩下来的口语练

第十章 如坐针毡

171

习是一个长期的过程，要花的就是水磨功夫了，易华安用不着整天跟着他。所以宁志恒觉得还是给他找一个具体的职位才好。

这个时候处座才想起来，二人求见是来汇报工作的。他看着向彦，开口问道："你们有什么事情汇报吗？"

向彦赶紧上前回答道："处座，昨天晚上，我们行动科又组织了一次抓捕行动。志恒的第四行动组全体出动，围捕了一支日本间谍小组，总共八名成员，六死二伤，无一漏网。经过连夜的审讯，人犯都已经开口。这是审讯记录，请处座过目。"

什么情况？处座一时没有反应过来，现在军事情报调查处抓日本间谍已经成为常态，每隔一段时间就会有日本间谍落网，可是一次性抓捕八个还是太让人震惊了。处座接过审讯记录，对宁志恒说道："既然又是志恒的行动，那就还是由你来说一说吧。"

"是！"宁志恒没有推辞，将案情始末详细地叙述了一遍，只把之前左氏兄妹发现有人打探自己的消息，改成是自己听到邻居的提醒，才开始设局。

宁志恒很快叙述完了案情，再次说道："处座，从口供中我们得知，现在日本人在南京的谍报工作已经陷入停顿状态，但是为这个小组传递消息的情报员却很活跃，我估计是单独的棋子，打算继续追查下去，但愿能有所收获。"

处座一边听着宁志恒的叙述，一边将手中的审讯记录翻看完毕。他看了看宁志恒，不由得说道："老实说，志恒，这件案子办得很漂亮，八名日本间谍一网打尽，以你的指挥能力我并不意外，我也确实很高兴，可是现在却是有些为你担心。上一次日本人派出了调查小组，目的就是要通过调查找到你，这一次派出抓捕小组，目的就已经是抓捕你了。他们的目标越来越准确，你的处境也就越来越危险。以后你出入一定要多带些人手，原来的住处不能用了，平时也不要轻易露面，总之一切要小心谨慎。"

宁志恒赶紧点头答应道："志恒明白，我会多加注意的。不过这是日本人第二次派人潜入南京，再一次全军覆没，我想他们短期内不会再有什么行动了。志恒投身革命，生死也容不得太多顾虑。"

处座以非常欣赏的目光看着宁志恒。他知道这个年轻人能够冒死进入领事馆刺杀敌酋，这一份胆气就非常人能及，心中当然并不畏惧死亡。

"志恒到底是年轻，这份锐气值得夸奖。"处座笑着用手指着宁志恒对其他二人说道，"不过，不怕不等于不防，日本人不会善罢甘休的。好在你自己是战术高手，手下也有的是精锐。如果还需要人手，你可以随时向我提出。"

"多谢处座关心！"宁志恒立正回答道。

几个人又说了几句，事情汇报完毕，向彦和宁志恒退出了处座的办公室。

与此同时，远在杭城的军事情报站，赵子良却是脸色阴沉地盯着眼前的柳同方，狠厉的目光让柳同方站立不安。

"你这个蠢货，大事都坏在你的手里！身为主官，连自己的属下都管不好，你看看这份审讯记录。"赵子良将一份审讯记录摔在柳同方身上，吓得柳同方赶紧接了过来，"这个内鬼竟然在杭城站打听出了宁志恒的身份，还知道他是南京总部行动科的主要执行人，已经上报给了日本特高课本部。你知道这会给宁志恒带来多大的危险吗？！"

赵子良此时的心情确实郁闷。这一次杭城地区的抓捕行动完成得非常顺利，他暗中撒网，苦心布置，突然展开雷霆行动，将名单中的间谍悉数生擒，这本来是一件极为得意的事情。可是接下来的审讯，让他的心情迅速变坏，尤其是首先抓捕的三名内鬼，他们的审讯口供表明，他们已经从杭城站这里探听到了宁志恒的情况，而且这个上报时间已经过去近一个月了。以日本人的做事效率，现在一定会对宁志恒动手的。他必须赶紧提醒南京总部，做好应变措施。

柳同方看着手中的审讯记录，又看着赵子良气急败坏的样子，不禁有些疑惑地问道："科长，难道他们说的是真的？日本特高课里真的有我们的人，而宁组长真的知道这个秘密？"

"你别管这么多，赶紧接通专线，我要向处座直接汇报这一情况，宁志恒的安全工作必须加强！"赵子良没有理睬柳同方的话，他也不需要回答。要不是这个柳同方是自己人，他早就和副站长万远志、情报处长袁思博一样给关在禁闭室里了。

这个时代的长途电话非常少见，而且由于各种技术限制，长途电话的通话质量非常差，耗费还很高，但是专门铺设的专线的通话质量就好得多。在军事情报调查站里，往往都有一条直通总部的专线电话。

电话接通，话筒里传出处座的声音："子良，审讯情况怎么样？"

"我正要向您汇报，审讯工作正在进行中，不过那三个内鬼已经开口了。有一个情况，这几个内鬼竟然在杭城站内部打听到了宁志恒的情况，而且在一个月前就已经上报给了特高课本部。估计他们会对志恒进行调查，甚至会对他不利，所以一定要注意宁志恒的出入安全，以防不测！"赵子良汇报道。

"原来是这样，消息果然是从杭城站那里泄露的。不过，子良你放心，我也通告你一个消息，日本人二十天前就已经派人潜入南京，对宁志恒展开抓捕行动。可是宁志恒技高一筹，于今天凌晨突然行动，将这个间谍小组一网打尽，使八名间谍六死二伤，全部落网。现在你不用担心，尽快把杭城的工作完成，人犯全部带回南京总部，尤其是那几个内鬼和渎职人员，必须严惩不贷。"

听到处座的话，赵子良也是吃惊不小，看来日本人的动作很快，确实对宁志恒采取了行动，可没有想到，宁志恒更是手段高明，反而将这些日谍给一网打尽。他不禁暗自点头，看来宁志恒早就有所防备，倒是可以放心了。

"处座，我有一个想法。审讯记录里提到，日本人怀疑他们内部有我们的人，想找到这个内鬼，我们是不是可以顺水推舟，在这方面做一些文章？"赵子良提出了这个思路。

电话那头的处座沉吟了良久，终于开口说道："子良，这个思路不错，不过你要掌握火候，日本人不是傻子，过犹不及，容易适得其反。你可以试一试，反正也没有什么损失。"

"明白了，我会注意的！"赵子良答应着，放下了电话。

而此时在杭城日本租界内的一处两层别墅内，刚刚接替河本仓士成为杭城地区日本谍报力量领导人的村上慧太却如坐针毡。

自从接任以来，村上慧太并没有把自己的指挥地点放在日本领事馆内。他认为日本领事馆太惹眼，而是选择在日本租界内的一处别墅。这里虽然不如日本领事馆那样戒备森严，但是胜在低调隐蔽，不引人注意。

自己的前任河本仓士，接手工作不到三个月就病死在床榻之上，很多工作都没有来得及交接。

情报工作不像其他工作，有很多只有情报首脑才知道的秘密，比如说前任特高课课长河本仓士的手中，就掌握着像黑狐严宜春这样的高级间谍，就连负责情报工作的情报组长今井优志都不知道其隐秘的身份。河本仓士在离任时交给了接任者佐川太郎，如果他不说，佐川太郎根本不会知道有黑狐的存在。所以如果不能正常交接，就会有很多秘密随着前任的离去而成为永久的谜。

村上慧太的情况就是这样，他知道在杭城地区肯定存在由河本仓士独自掌握的保密等级极高的情报员，这些人并没有在保险箱的名单里面。他曾经向特高课本部多次申请建立新的联系，以便重新掌握这些秘谍。

可是课长佐川太郎却驳回了他的请求，在南京失利的原因没有查明之前，他不会真正相信任何人，现在只是暂时让村上慧太主持杭城地区的日常谍报工作，而身为老牌特工的村上慧太也敏锐地感觉到上司暗藏的那一分不信任，不由得极为恼火。

这时候他的手下吉本诚知进来向他报告道："先生，从昨天下午开始，租界之外的情报联系都断了，我派出去的联络人员都没有发现他们，好像这五个小组都突然消失了一样，情况不对呀！"

村上慧太眉头紧锁，昨天下午他就接到消息，在杭城地区突然出现了多起抓捕行动，怀疑是针对日本间谍的。

杭城是一个比较特殊的情报专区，日本人在这里有身份各异的潜伏谍报人员。在日本租界里，村上慧太还掌握着不少日本特工，他们平时也会潜出日本租界活动，所以村上慧太并不是完全依靠那些潜伏人员，对杭城地区的动态还是有所掌握的。

在接到报告后，他马上对潜伏的情报小组进行了确认，可让他惊恐的是，直到现在竟然没有一个谍报小组进行回应。这种情况极为严重，在他的谍报生涯里还从未有过。突然之间五个谍报小组都失踪了，自己仿佛成了一个瞎子和聋子。

"马上把手中的人都放出去打听清楚，我再通过其他的渠道查询。"村上慧太吩咐道。

"嗨依！"吉本诚知点头答应，快步退了出去。

村上慧太几步来到电话前，犹豫了一下，最后还是拿起了电话。

"高岛君，我需要你的帮助！"村上慧太沉声说道。

电话是打给日本驻杭城租界军队的高岛康平大佐。

日本人在杭城经营四十年，绝不会仅仅只有五个情报小组那么简单。作为长期驻守杭城的军事长官，高岛康平在杭城有一定关系，手下也有一些暗藏的力量，可以通过某些渠道打听到一些消息。尽管不属一个系统，但现在村上慧太也顾不上许多了，他必须发动所有力量去调查事情的原因，不然无法向上沪特高课本部解释。

宁志恒回到自己的办公室，换了一身便装，出了军事情报调查处。

现在日本抓捕小组已经全部落网，宁志恒在南京城里暂时是安全的，所以他还是习惯独自一人出门，这样做事要方便许多。

宁志恒现在的住处已经不安全，而屋子里还藏有保险箱，里面有非常重要的物品，所以他必须更换住所。

其实在军事情报调查处里有配给军官的单人宿舍，以宁志恒的级别随便开口，绝对没有问题。但是他并不想住在那里，因为需要独自行动时会有诸多不便。

宁志恒先是在附近打听了一下，很快就又寻到了一处住所。这是个独门的院子，地方不小，院子里面也很干净，只是房东要的租金不少。宁志恒看位置也很合适，比自己之前的住所离军事情报调查处更近，上下班都很方便，也就爽快地答应了。

房东是个利索人，把屋子里面收拾得很干净，家具也都齐全。宁志恒回到原先的住所把房子退掉，把保险箱搬到新的住处，又将所有的锁一一换掉，把这件事情全部搞定，这才赶到左氏兄妹家中，把新的地址告诉给了他们。

左刚听到宁志恒突然换了住所，便开口问道："少爷，是不是前两天打听您消息的那些人要对您不利，我看我们兄妹以后就跟着您随身保护，这样会安全很多。"

宁志恒想了想，摆手说道："不用，事情还没有严重到那个地步。前两天那个打探我消息的人也都抓住了，是日本人，总共八名日本间谍！"

"日本间谍？少爷，我们知道您做的都是国家大事，不过对付日本人，我们也不含糊。"一旁的左强听到宁志恒的话，马上开口出声。

他们之所以愿意跟着宁志恒，主要原因自然是宁志恒位高权重，在这个乱世里能够作为他们兄妹三人的靠山；还有一部分原因就是在他们眼中，宁志恒代表的是国家权力机构，走的是正道，不像戴大光那样混迹黑道。所以在他们心目中，还是觉得跟着宁志恒顺心、踏实。

宁志恒笑着点头。左氏兄妹以前也不是甘心混迹黑道，现在跟了宁志恒，已经收敛归正，为宁志恒做了许多事情，成为他的得力助手。

宁志恒对左氏兄妹交代了几句，这才转身离开，回到军事情报调查处。

他拿起电话通知孙家成，让他把谭锦辉带过来。孙家成很快就把谭锦辉带到了宁志恒的办公室。

看着肩膀上吊着绷带的谭锦辉，宁志恒问道："伤势怎么样？"

谭锦辉赶紧上前一步，躬身回答道："军医说没有伤到骨头，只要休养一段时间就没有问题了。"

宁志恒点了点头，语气和缓地说道："谭锦辉，这一次你的表现不错，成功地把日本人引了出来。我说的话算数，从今天起，你的案子就销掉了，你现在已经自由了。"

听到宁志恒的话，一直忐忑不安的谭锦辉，心中一块大石终于放下了。他的眼中泛起一阵泪花，强忍着没有流下来。他恭恭敬敬地弯下腰，给宁志恒行了一个礼，哽咽着说道："多谢组长，锦辉将来一定结草衔环，以报组长活命之恩！"

宁志恒站起身来，慢慢走到谭锦辉的面前，再次问道："谭锦辉，你出了这么大的案子，市政厅的差事也丢了，我想让你加入军事情报调查处，就在我手下做事，你看怎么样？"

宁志恒这一次运气爆棚，竟然找到这么好的一个替身，以后肯定有用得着的地方。

谭锦辉听到宁志恒的话却是半天没有说话，他最担心的事情还是发生了。谭锦辉不是傻瓜，相反，他非常聪明。

留在军事情报调查处能做什么呢？自己身无长技，只有这张和宁组长长得几乎一模一样的脸，不用说自然是接着给宁组长当替身了。

可是这里面的危险他心知肚明。昨天晚上他躲在角落里，看着眼前子弹横飞，地上的尸体溅起一朵朵血花，屋子里所有的物品都被打得崩离四散，自己身上还中了一枪。如果不是命大，自己现在哪还能站在这里说话？

谭锦辉打心里不愿意，可是如果不答应，只怕这位宁组长翻脸无情，再把自己送回死牢，那又怎么办？

谭锦辉脸色惨白，嘴唇哆嗦着没有回答，但是这副表情已经回答了一切。

他的反应早在宁志恒的预料之中，谁会愿意给别人当替死鬼呢？宁志恒的眼中透出一股杀意，冰冷的目光直盯着谭锦辉的眼睛，一股凌厉慑人的气势压得谭锦辉浑身哆嗦起来。

"你不愿意？别忘了，你的小命在我一念之间，生死还能由得你说话？笑话！"宁志恒的声音寒冷刺骨，毕竟这么合适的替身可是再难找到了，他可没有那么多的耐心，便出声威胁道。

看着吓得缩成一团的谭锦辉，宁志恒没有再多说。他回身坐到座位上，正要挥手让孙家成把谭锦辉带走。可是就在这个时候，谭锦辉扑通一声跪在宁志恒的面前，哀求道："组长，我不能死呀！我母亲只有我这一个儿子，我若是死了，只怕她的余生也难熬下去了。这一次判了死罪，能够死里逃生，我就只有一个念头，回到家里好好陪在老人家身边。如果留在您这里，只怕哪一天就丢了性命。这次求您放过我，我真不能死呀！"

谭锦辉的哀求之声悲哀而嘶哑，慢慢地宁志恒凌厉的眼神变得温和起来。谭锦辉的这番话让宁志恒心头一震，由人推己，他也不由得想起自己的亲人。

宁志恒沉思了片刻。他虽然处事狠辣，杀伐果断，终究不是真的铁石心肠，最后慢慢地开口说道："好吧，看在你还是个孝子的分上，我就放了你！"

谭锦辉身形一颤，赶紧连声说道："谢谢组长，谢谢组长！"

"谭锦辉，如果有朝一日你遇到了过不去的难处，可以来找我，不过那个时候，你的命可就是我的了。"宁志恒淡淡地说道。

听到宁志恒的话，谭锦辉一愣，但马上点头答应道："一定，一定！如果真有那一天，全凭组长处置。"心中暗自打定主意，以后山高路远，说什么也不会求到宁组长的头上，自己最好躲得远远的，再也不相见。

宁志恒此时的如意算盘落空，心中着实不快，他挥手示意孙家成把人带下去。看着谭锦辉离去，宁志恒不禁有些自嘲，看来自己的心肠还是不够狠辣，修炼得还是不够哇！

处理完这些事情，宁志恒从怀里掏出那张合影照片，看着照片上几个熟悉的身影，不禁有些恍然。几位同窗好友分别仅仅不到一年，宁志恒却感觉过去了很久一样。他轻轻地抚摸着照片，将上面一丝干了的血迹擦拭干净，静静地仔细端详。

照片上面是他最好的几位同窗，苗勇义、夏元明、柯承运，最后那个叫安元青。

只是安元青在一次训练中被流弹误伤，后来退学，被家里人接了回去。

安元青家里的背景很深，家人本来就不愿他当兵，只是拗不过他才勉强同意他上了陆军军官学校，借着这个机会干脆给他退了学。

宁志恒知道他家在湖北武汉，退学之后就再也没有相见，其他三个好友毕业后都进入国军新建的主力五十二军，赴晋南前线，国共两党停战后就驻扎在晋南。

这几位同窗好友此时距离南京都非常遥远，那么手中这张照片日本间谍又是从哪里得到的呢？

宁志恒不觉有些疑惑，手中的照片是唯一的线索，他必须找到这张照片的来源，才能找到那个与日本抓捕小组暗中联系的情报员，不然根本无从下手。

突然，他的眼睛看向照片右上角的一行小字：

学致照相馆留念

当宁志恒看到"学致照相馆"这个名字的时候，一下子想了起来，当时这张照片是他们几个好友在陆军军官学校的大门口拍摄的。

这个学致照相馆就在学校门口不远处，学校里教官和学生的很多照片都是请他们来拍摄的。问题会不会出在这里？

宁志恒记得当时拍完照片不久，安元青就在实弹训练时中了流弹，然后一直在医院养伤，但伤势不重，很快就被家人接走。当时是柯承运去取的照片，取照片时安元青好像已经退学。会不会当时柯承运只领了四张照片，而多余的一张照片就留在了学致照相馆？

学致照相馆几乎是陆军军官学校专用的照相馆，做的大部分都是军校的生意，应该会存留不少军校生的照片。日本间谍会不会利用这一点而去学致照相馆寻找宁志恒的照片，结果运气好就找到了这张旧照片？宁志恒越想越觉得有道理，他必须去实地看一看！

他开车出了军事情报调查处，直接赶往陆军军官学校。

来到大门处附近的学致照相馆，宁志恒在远处停下车，放慢脚步走了进去。这个照相馆的生意一直都不错，此时里面还有几位身穿士兵服装的陆军学员在排队照相。宁志恒走上前，冲着那个消瘦的中年男人喊道："方老板！"

听到宁志恒的喊声，方老板回过身来，眼前这个年轻人像是学员，可那一股沉静如山的气质却像是军校的高阶教官，再加上他没有穿军装，而是穿着一身合体的中山便装，他竟然一时无法分辨这个人的身份。

方老板看着宁志恒点头一笑，说道："要拍照哇？稍等一下，马上就好。"

宁志恒在一旁耐心等待。方老板给那几个学员拍完了证件照，这才转身对宁志恒问道："先生想拍什么照，是外景照还是室内照？"

宁志恒笑着摆了摆手，说道："方老板，我并不拍照，只是有些事情想问一问。我之前曾经在你这里拍过一张照片，可是后来照片丢失了，我想知道你这里还会不会存有旧照。"

听到宁志恒的话，方老板呵呵笑道："我这里有很多旧照片，大多是给军校里面的学生拍的，不过数量比较多，你要自己去找。"说完，他带着宁志恒来到隔壁的房间，指着角落里一张桌子上摞着的几个木匣子说道，"这些都是没有领走的旧照片，还有不少是多洗出来的。每一次我都会多洗一两张，万一不够也免得再冲洗。也有不少人像你一样来找旧照片，我也不知道有没有你的照片。"

宁志恒一听这话，果然像他想的一样，这位方老板手中存有不少旧照片。他上前将几个木匣子打开，里面存着许多照片。

他低头仔细地翻找，要确保不会再有自己的照片流失，到最后确实没有再找到自己的照片，这才暗自松了一口气。

宁志恒转身出了房间，来到方老板面前，拿出自己兜里的那张合影，笑着说道："方老板，找到了，就是这一张。"

方老板笑着点点头，接过照片一看，不禁微微一愣，然后很快脸上就恢复了自然的表情，说道："给五十铜圆就行了！"

宁志恒把他这一细微的表情变化看在眼中，知道方老板对这张照片肯定有印象，看来自己的判断没错，便开口问道："方老板，是不是有人和我一样，也来找这张照片？"

方老板一听这话，不禁点了点头，开口说道："昨天上午也有人来找这张照片。幸好我这里存了两张，不然你可就找不到了。"

果然就是在这里，日本人真是狡猾，竟然能够从这里找到漏洞，最后还是让他们得了手。

宁志恒从兜里掏出几张大额钞票，轻轻地放在柜台上。

"这是？可用不了这么多！"方老板看到这些钞票，顿时愣住了。他没有明白宁志恒的意思，自然也不敢轻易去拿钱。

宁志恒微微一笑，说道："方老板，这是一点心意。我就是想知道昨天上午来找这张照片的人是谁，你认识吗？"

方老板一听只是为了找人，心头一松，赶紧说道："这个人我不认识。无功不受禄，这钱您还是收好。"说完他将钞票推回到宁志恒面前，可是宁志恒又推了回来。

"方老板，只是想请你帮忙描述一下他的相貌、身高，还有说话的口音。我想这可能是我找寻已久的故交，还请方老板帮个忙，这样……"宁志恒又取出两张大额钞票放在柜台上面，"方老板费心了！"

"这……您太客气了，好，好！我给您好好说一说！"方老板这时已经是眉开眼笑，他伸手拿起柜台上面的钞票，然后做了个"请"的手势，将宁志恒让到里屋坐下，又按照宁志恒的吩咐取来了白纸和画笔。

于是宁志恒一边听着方老板的描述，一边在白纸上勾画着，不时插嘴问几句。就这样用了一个多小时，一幅完整的画像展现在他们面前。

方老板看着眼前的画像，不住地点头，说道："简直一模一样。您这手艺跟我拍的照片相比也不差呀！不过我这个要真人才行，您这手艺凭空而画，真是绝了！"

宁志恒只是淡定地点了点头，拿起画像仔细地端详。其实他在绘画快要结束的时候，就感觉画像中的人有些面熟，等他仔细修改后，就越发觉得熟悉了。

这个人自己肯定是见过的。以宁志恒的记忆力，只要是他见过的人，肯定是有印象的。只是这个画中男子应该不是经常见面的人，不然宁志恒只要一眼就可以认出来。

这个人到底是谁呢？自己是在什么地方见过此人？宁志恒轻轻地揉着太阳穴，皱着眉头认真回忆着。

突然他眼睛一亮，终于想起来，画中之人是西城警察局的一名警长，只是具体叫什么自己有些记不清了。

两个月前，自己命令左氏兄妹暗杀了西城警察局局长杜谦，自己佯装去杜谦家中查看现场的时候，当时就是这个警长出面听候指令的。

后来因为他是前警察局长杜谦的亲信，刘大同接任警察局局长后对手下进行大换血，将自己的亲信安插到各个关键位置，唯独就留下了这个人。而且当时宁志恒为了给刘大同壮大声势，还专门带领手下军官全体出席了刘大同的接风宴，震慑得所有心怀不轨之徒不敢多事，当时这个警长就跑前跑后地忙个不停。

想来也是，这个人肯定是见过自己，不然他怎么能在这么多旧照片里，准确地找到自己的合影照片？

没有想到哇，这个日本间谍就藏在身边，自己竟然一点也没有看出来！

宁志恒没有半点耽搁，他拿起画像，向方老板告辞后出了学致照相馆，快步来到旁边一家商铺里，拿起公用电话拨打出去。

时间拉回到今天上午，西城警察局的侦缉警长丁大海，正坐在办公室喝茶看报。

手下几名治安警察进来，报告道："警长，昨天晚上城北那边可热闹了。听那里的同事说，后半夜枪声大作，早上被派去看现场的时候，真是一片狼藉，到处都是血迹，屋子里的东西都打烂了，简直就是一场大火拼，也不知道死了多少人。"

自己这些手下就是专门负责收集街面市井的一些消息并随时向自己报告的，所以作为侦缉警长，丁大海的消息极为灵通，一有点风吹草动都瞒不过他的耳目。

这时听到手下的报告，丁大海顿时心头一惊。丁大海的真实身份是日本间谍，潜伏南京多年，而且保密级别很高，是直属于日本特高课情报组长今井优志的独立间谍，其性质与高野谅太和川田美沙一样，都是今井优志设置在南京的后手。

这一次今井优志安排抓捕小组潜入南京，但他们对南京的情况根本不熟悉，人地生疏，必须有一个熟悉情况的情报员接应。

可是这个时期，南京的间谍小组都已经进入蛰伏状态，不敢再进行谍报活动，无奈，今井优志这才决定动用这一枚重要的棋子。

自打从川口谅介口中知道这次行动的目标是军事情报调查处的行动组长宁志恒，丁大海就开始积极为抓捕小组收集宁志恒的资料，为抓捕小组的调查工作帮了大忙。

丁大海本人亲眼见过宁志恒，经过多方寻找，昨天竟然在陆军军官学校附近一家照相馆里找到宁志恒的一张旧时合影照片，及时给抓捕小组的联络员川口谅介送了过去。

川口谅介并不知道丁大海的掩饰身份，而丁大海也不知道抓捕小组的具体位置，两个人只是在固定地点、固定时间接头。据他估计，抓捕小组应该会在近期对宁志恒动手，他正等着与川口谅介的下一次接头。

丁大海虽然不知道抓捕小组的具体位置，但是每次接头的地点都在城北，而川口谅介应该不会走很远的路来和丁大海接头，所以丁大海判断抓捕小组的落脚点也应该在城北。

而现在他听到城北发生了如此大的事件，心中不由得咯噔一下：会不会是抓捕小组出了问题？他必须马上查出真相，以决定下一步的行动。

于是他强按捺住心中的焦急，接着问道："南京城天子脚下，还敢有人动枪火并，真是不怕死！那边分局的伙计查出什么来了吗？"

手下一名治安警察轻轻一笑，上前低声说道："根本就不用查。听说军事情报调查处今天一早就发了通告给那边的分局，说这是他们的一次抓捕行动，是针对日本间谍的。"

日本间谍！丁大海心中再无半点侥幸，现在在南京城里有行动任务的日本间谍，也就是那八名抓捕小组成员了。

他决定亲自去一趟事发现场，看能不能找到一些线索。

他打发走这几名手下，让他们接着去打探消息，自己却赶回家中换了一身普通的粗布衣裳，向事发地点赶去。

来到那处破败的院落时，他离得很远就看见院门上贴着大大的封条，许多不明真相的市民围在那里指指点点，议论纷纷。

"这是老程家的院子，看看都成什么样子了！听说里面到处都是血，死了人的院子还有谁去租？老程这一次可是血本无归了。"

"我就说过，不要把房子随便租给外地人。天知道这些人是做什么的，结果让警察找上门来了！"

"你怎么知道是警察，我看像是军队。昨天晚上我听到枪声像放鞭炮一样，偷偷朝外看了一眼，就看见院子外面密密麻麻围的都是人，他们还往院子外面抬了好几具尸体，吓得我连大气都不敢出。"

"早上警察局的人来过了，一句话都没说，贴上封条就走了，指不定是什么事呢！"

听到身边的议论，丁大海的心彻底凉了。要是像这些人说的那样，真有那么多的人马围住这个院子，就凭抓捕小组那几支枪，肯定是一个人也跑不出来，里面就有跟他接触过的川口谅介。

在抓捕小组中只有联络员川口谅介跟他接触过，知道他的容貌。他不知道川口谅介是不是还活着，即使还活着，也不知道他能不能熬得过严刑拷打，会不会把自己供出去。

丁大海心中暗自盘算着，现在的情况极其恶劣，这一次抓捕宁志恒的行动彻底失败，连带着整个小组全军覆没，而自己也面临着暴露的可能，是不是该准备撤离呢？可是花了这么多年的时间才潜伏到现在，会不会太可惜了？自己到底应该怎么做呢？

丁大海的心中不住地权衡着，这时，他看见一个男子出现在自己侧前方六七米远的地方。

这个人同样一副普通市民的打扮，和大家一样，也是一脸好奇地在看热闹，听着大家的议论，不时还随声附和一句。

可是他一双眼睛却是不露痕迹地扫向人群之中，像是在寻找着什么。

丁大海的记忆力很好，他忽然想起这个人是谁了。这是军事情报调查处的一名军官，当初在给警察局长刘大同的接风宴上露过面。

暗中一直留心观察的丁大海，对这些中国谍报部门的军官自然是特别留意，所以对他们的容貌都有一定的记忆。

原来，霍越泽收队后怕还有间谍漏网，就暗地派自己的两个副手带着一些队员乔装改扮隐藏在周围，看一看有没有日本间谍回来打听情况，如果运气好，说不定还能再有收获。

不得不说，霍越泽也是一名优秀的特工，在细节上考虑周详，滴水不漏。可是偏偏遇到了一个之前和他们打过交道的日本特工，布置的暗哨很快就被认了出来。

被丁大海一眼认出来的，正是第二行动队副队长鲁修，可是他却没有发觉身后的丁大海。

丁大海认出了鲁修，顿时冒出一身冷汗。自己还是太大意了，竟然敢亲身犯险来查看现场，没想到军事情报调查处的特工并没有放弃这处现场，而是悄悄布下了陷阱，等待他自投罗网。

必须赶紧撤离！丁大海的身形略微转了一个方向，侧背对着鲁修，然后借着旁边市民的身体遮挡，逐渐拉开距离，最后转过身神态自然地离开了现场。

这时，离他不远处的一个男子却看着他的背影皱起了眉头，想了一下对身侧的两名青年男子低声命令道："去跟着这个人，不要惊动他，找到他的落脚点就好，等以后我们再对他进行甄别。"

这是霍越泽的另一名副手、第二行动队副队长毕正诚，他也正带着手下仔细观察四周的人群，结果眼光就扫到了正在离去的丁大海身上。

这时鲁修发现了两名队员的动作，慢慢靠了过来，来到毕正诚身边低声问道："有情况吗？"

毕正诚犹豫地说道："发现了一个，不知道有没有问题，只是有些怀疑。"说到这里，看着鲁修接着说道，"这个人一直在你身后，虽然穿着粗布衣服，可是衣服上非常干净，没有一点污渍，不像是经常穿的样子，还有他的头发上压着一圈不明显的痕迹，压的位置很低，应该是平时戴军帽或者警帽留下的痕迹。他看了半天热闹，却连一句好奇的话都不问，转身就走，我总觉得他有些奇怪，所以让两个人先跟下去，找到他的落脚点再说。"

鲁修点了点头没有再说话，两个人再次分开，在角落里继续观察，分辨行为可疑的人。

丁大海离开人群之后逐渐加快了步伐，看来这一趟来得有些冒失，可是不亲眼看一看，心中总是不放心。现在他必须想一个应对之策，并及时把消息禀告今井优志组长。

丁大海的脚步很快，不一会儿就转过一个街角，然后一个急转，闪进一家店铺。这倒不是他察觉出有人在跟踪自己，而只是做了一个标准的反跟踪动作，用意就是判断身后有没有人在盯梢。

可是很快他的脸色就沉下来，刚刚躲进店铺里，就看见两名青年男子很快拐过街角。

突然失去了目标，让两名男子感觉有些意外，他们互相看了一眼就分为两路，各自追了下去。

到底还是被盯上了！丁大海心中懊悔不已，自己现在甩开尾巴，虽然暂时安全了，可是也让对手知道自己是有问题的。

本来只有抓捕小组的联络员川口谅介知道自己的相貌，现在凡是跟踪他的人都会有所怀疑，真是太失策了！

可是不甩掉跟踪的特工，就会让他们发现自己的掩饰身份，这更是他不想看到的。只要这些特工之后进行甄别，自己很快就会暴露在军事情报调查处的视线之内。

不能再犹豫了！丁大海快步转过一条巷道，没有回警察局，而是直接赶回自己家。

进门之后，他简单将屋子里所有可能引起怀疑的物品全部销毁，然后又换了一身衣服，取出一把手枪藏在腰间，提着一只箱子匆匆出门，然后叫了一辆黄包车，快速向火车站赶去。

他知道自己不能再冒险留下来了，现在军事情报调查处在南京搜捕日本间谍的行动越来越有效率。南京城内风声鹤唳，日本间谍小组成员都隐藏起来，以图躲过这场前所未有的危机。

这本来就让丁大海心中惊恐不已，现在又接连出现了这两件事。

第一件事，是日本抓捕小组的全军覆没，里面就有和他接触过的川口谅介。万一川口谅介将自己的存在交代给了军事情报调查处，接下来，一定会有一场针对自己的抓捕行动。

第二件事，就是今天发现他并跟踪过来的特工，虽然已经被暂时甩掉，但是也让自己进一步暴露了。他们可是能认出自己面容的，这对一个潜伏特工来说，简直太危险了。

　　丁大海赶到火车站，快步走到售票处买了去上沪的车票，可是发车时间却是一个小时之后。他心中暗自焦急，只盼着时间赶快过去，自己能够躲过这一次危机，安全回到特高课本部。

　　自己潜伏了这么多年，最后竟然要仓皇逃离，他心中充满了不甘，也不知道今井优志组长听到抓捕小组全军覆没之后，会不会迁怒于自己，前途着实一片渺茫。丁大海胡思乱想，惶惶不安！

第十一章
关卡之争

而就在这个时候，宁志恒还在听取方老板的描述，仔细地勾勒描绘着丁大海的身形、容貌。行动队的副队长鲁修和毕正诚正听取手下人的汇报。

"两个饭桶，平时的跟踪训练都白练了！两个人跟一个人还能跟丢了？"毕正诚看着眼前的两名行动队员颇为恼火，严厉地训斥道。

自从宁志恒主持工作以来，着重加强了对手下特工的素质训练，还专门请了邵文光和训练科的教官来教授手下军官和队员们各种特工技能，效果确实很好。

"好了，不用怪他们，普通人根本无法脱离他们的跟踪，这个人一定有问题。"鲁修在一旁开口说道，判断的确有漏网的日本间谍，"要马上向组长汇报。正诚，你见过这个人的正面相貌，回去请组长画张像，然后进行搜捕。"

宁志恒手下的军官都知道他有一手出众的画技，尤其擅长听别人的描述画出目标的真容。只要目击者描述得足够细致，他画出来的画像和真人几乎没有什么区别。

于是他们立即赶回军事情报调查处，向宁志恒汇报情况。

这个时候，在西城警察局局长刘大同的办公室里，刘大同刚刚从外面回来，甩开警帽和外套，一屁股坐在座位上。

这段时间他忙得脚不沾地，西城警察局管辖的地域很广，事情也就烦琐得多，再加上手中有两个交通要道的关卡需要看顾，刘大同感觉这个西城警察局局长的位子确实是不好坐。

他正想着，办公桌上的电话铃响起。他随手拿起电话，马上就一个挺身站立起来。

"组长，您有什么吩咐？"刘大同躬身问道。

"大同，你手下有一个警长，就是杜谦留下来的侦缉警长，他的名字叫什么？"宁志恒开口问道。

"您说的是丁大海？杜局长留下来的老人我都换掉了，只有这个丁大海，我看他还老实本分，也熟悉本地情况，就把他留下来了。"刘大同赶紧回答道，心中不禁暗自奇怪，宁组长怎么会问起他手下这个小警长。

"马上派些身手好的警员把他控制起来。这个人是日本间谍，行动时要小心，我这边也马上派人过去，动作要快！"宁志恒急声命令道。

宁志恒的一句话，顿时让刘大同浑身一个激灵，万万想不到丁大海竟然是日本间谍！虽说他帮着组长抓了不少日本间谍，可是自己身边竟然就藏着一个，这是让刘大同万万没有想到的。

"是，我马上安排，一定抓活的！"

宁志恒放下电话，又给军事情报调查处打了过去。

"树成，马上带人去西城警察局，抓捕侦缉警长丁大海。如果刘大同已经抓捕成功，就把人犯带回去；如果没有，就协助他抓捕，我现在就马上赶过去。"宁志恒命令道。

"是，组长！我马上过去！"王树成赶紧领命，带领手下马上出发。

这边，刘大同也把手下的两位警长陈延庆和温兴生都叫到自己的办公室。

刘大同看着两个心腹，开口命令道："组长命令，马上对丁大海进行抓捕。这小子竟然是日本间谍，老子可是看走眼了。你们马上调集手下身手好的弟兄，立刻行动！他手上有武器，一定不能给他反抗的机会。"

陈延庆和温兴生一听虽然也是震惊不已，但马上领命而去。可是没多久，就赶回来向刘大同报告道："局长，丁大海的办公室里没人，有人说他出去很长时间了。"

"马上去丁大海家抓捕，如果不在就埋伏在他家里，等他回来动手。我在警察局等着，我们分头行动，绝不能让他逃了！"刘大同当机立断，马上布置任务。

"是！"陈延庆和温兴生领命之后，快步离去。

丁大海家到警察局有一段距离，可是等陈延庆和温兴生带着一众手下赶到时，发现院门紧锁。

陈延庆想了想说道："兴生，我们兵分两路。你带人在四周布控，我带人翻进去，在屋子里头埋伏，等丁大海回来，进了院门儿，我再动手。如果他能逃出去，你们就在外面进行围堵，这样双重保险，让他插翅难逃。"

温兴生点了点头，马上分头布置，陈延庆则带人翻过院墙，进入丁大海的家中。

陈延庆一进屋就闻到一股焦煳味，暗叫一声不好，他赶紧四处搜索，只见屋子里东西凌乱，卧床上还有一个铁盆，里面有不少黑乎乎的残留物。

这是已经跑了！陈延庆不禁懊恼地一跺脚，带着人又翻出院墙，高声喊道："快报告局长，丁大海跑了！"

宁志恒开着车赶到西城警察局时，就看见刘大同等人正守在大门口等着他。

"人抓到了吗？"宁志恒焦急地问道。

"组长，丁大海跑了，离开警察局时候不短了。陈延庆他们刚刚传来消息，他的家中已经空了，物品凌乱，还有焚烧的痕迹。"刘大同小心翼翼地回答道。

宁志恒听到这个结果不禁有些失望。这个丁大海竟然如此警觉，抓捕小组凌晨落网，他竟然没有半点犹豫，马上就撤离，真是个难对付的家伙。

这时，王树成也带着行动队赶来了。宁志恒没有犹豫，马上命令道："丁大海肯定是要逃回上沪。大同，你的人都认识丁大海，马上配合我们去火车站，还有各处船运码头搜索，动作要快，但愿还能来得及！"

宁志恒一声令下，众人兵分几路，马上行动。可是火车站在城东，西城警察局在城西，等宁志恒带领一众手下穿过整个南京城区赶到火车站时，一列开往上沪的火车刚刚驶出站。

看着逐渐远去的列车影子，宁志恒心中生出一种预感，这一次的目标已经逃走了。他不禁暗咬钢牙，心中恼火不已！

这还是第一次有日本间谍从他的手中逃脱，活着离开了南京城。

杭城日本租界的一处别墅内，村上慧太慢慢放下手中的电话，失魂落魄的他手中一空，电话掉在桌上。他恍惚了一下，这才稳定了心神，再次将电话放好。

刚才是杭城的驻军长官高岛康平大佐打来的电话，电话里明确地告诉他，昨天下午杭城军事情报站突然同时行动，抓捕了多名目标，目标的身份已经查明，并第一时间告诉了村上慧太。

听着耳边传来的一个个名字，村上慧太的心一路沉向深渊，因为这些名字他再熟悉不过了，这些人正是他手中的五个情报小组的成员。

完了，彻底完了！村上慧太的眼前一片模糊，太阳穴一股一股地凸起，大脑一片混沌，整个人缓缓地瘫坐在座位上。

情况已经不能用"严重"来形容了。自己上任还不到一个月，工作都没有捋清楚，就出现了如此灭顶之灾，手下的情报网全盘覆灭。

对村上慧太而言，作为杭城地区日本谍报组织的首脑、最直接的负责人，这场灾难足以将他打入十八层地狱，几乎已经宣告了他生命的终结！

上一任特高课课长河本仓士，就是因为南京情报专区接连出现重大损失而被迫递交了辞呈，被贬到杭城。而现在的情况有过之而无不及，整个杭城地区的情报网全盘覆没，这可远比南京失利的情况更为严重。作为情报首脑的村上慧太，除了被投入军事监狱接受审查，就只有剖腹自尽这一条路了！

可是村上慧太又怎么能够甘心这样不明不白地结束自己的生命？他宁可接受军部的审查，也不会真的剖腹自杀！

现在情况已经搞清楚，必须将真实的情况以最快的速度上报给特高课本部，以便佐川课长做出定夺。逃避是过不了这一关的，他无奈至极地拿起电话。

佐川太郎这段时间心情还不错，尽管南京的失利让军部对特高课的工作十分不满，但是特高课的工作也并不是一无所获，尤其是在对付上沪的中国特工这方面，取得了重大的进展。

而在南京，也已经确定好了目标，挑选出来的抓捕小组成员已经潜入南京，相信短期内也会有所收获。等真正的原因查出来，南京的情报工作就会重新启动，之前的损失虽然惨重，但还在承受的范围之内。

至于杭城方面，中国特工的力量并不强大。这么多年以来，杭城军事情报站的工作并没有给日本间谍造成多大的威胁，反而被渗透进去好几个人，所以佐川太郎并不担心。

可是在接到村上慧太的电话后，佐川太郎简直难以相信自己的耳朵。这个村上慧太在胡说八道些什么？他的脑子是清醒的吗？

佐川太郎的脸色越发难看，他几乎是不发一言地听完村上慧太的汇报，良久之后，恶狠狠地说道："村上，你确定你所汇报的情况都属实吗？你知道这个消息如果是真的，你和我将会面临什么样的局面？"说到这里，佐川太郎几乎是在咆哮，"你这个蠢货，不到一个月，才不到一个月，你竟然把整个情报网都给断送了！现在给我说什么对不起，有什么用？有什么用！"

电话那头的村上慧太自然能够想象得出来，此时佐川太郎的面容有多么狰狞。

"佐川阁下，我愿意承担一切责任，但是我们必须找出真正的原因，不然这一次的事情难保不会再次发生。"村上慧太小心翼翼地说道。他必须把责任推出去，不然那可真是万劫不复了。

"真正的原因？"佐川太郎不禁咬牙切齿地说着，心中暗骂，真正的原因一定在你身上！

事实明摆着，互相之间没有任何联系的情报小组，竟然被中国特工同一时间一起抓获，问题一定出在根源上。掌握情报网全部名单的只有村上慧太，不然无论如何也解释不通怎么会出现这种情况！这个家伙还在这里贼喊捉贼！哎呀，不好！一直以来，前任课长河本仓士和自己都怀疑在特高课本部暗藏着一名级别很高的中国间谍，尤其是接触过南京情报网的高级情报员，都在怀疑之列。

被怀疑的名单里就有村上慧太。当时今井优志曾表示过对村上慧太的怀疑，只是自己一意孤行，太过于相信自己的判断，这才暂时让他接手了杭城地区的情报工作，从而掌握了整个情报网。结果刚刚不到一个月，整个情报网就给中国特工全部摧毁，这个村上慧太身上的疑点实在太多了！

怪不得这段时间以来，他不停地向自己申请掌握那几名保密等级极高的间谍。幸好自己多了一层顾忌，没有答应他。必须暂时稳住他，不能逼迫过急，最后把一切责任都推到他身上，不然，自己的特工生涯也就到头了。

想到这里，佐川太郎强忍住胸中的怒火，慢慢地放缓了语气，说道："村上君，事情既然已经发生了，严重性你是清楚的。我马上派今井组长前去调查事情的原因，你要做好配合工作，最好找出一个能解释得通的理由，不然我们都很难向军部和内务省交代。你明白了吗？"

　　佐川太郎的话说得有些委婉，但是其中的意思很清楚，那就是大家可以商量一下，至于这个理由，只要能把事情遮掩过去就可以。这也是变相地承诺替村上慧太遮掩。

　　村上慧太听到这番话顿时心中一喜，原本已经绝望的心中一下子就升起了一丝希望。其实以村上慧太的心智，又怎么会轻易相信佐川太郎的承诺呢？只是眼下自己没有选择罢了，于是回答道："多谢课长，我一定配合今井组长，完成这一次的调查工作。"

　　佐川太郎放下电话，胸中的怒火再也难以掩饰。

　　"啊！"他狂暴地发出一声怒吼，一把将办公桌上的所有物品扫落在地。

　　在外面的侍从秘书听到响声，以为是佐川课长出了什么意外，他拔出短枪握在手中，猛地推门冲了进来。

　　"课长？"看到佐川太郎并没有事，他这才放下手中的枪，轻声问道。

　　佐川太郎嘴里喘着粗气，胸口急促地起伏着，他开口吩咐道："马上请今井组长到我这里来。"接着指着满地的狼藉，说道，"叫人进来把东西收拾一下。"

　　"嗨依！"秘书赶紧点头答应，他很清楚这是出了大事，不然一向沉稳如山的佐川课长不会有这么失态的表现。

　　很快，一路小跑赶过来的今井优志推开办公室的门走了进来。

　　"课长，发生了什么事？"今井优志小心翼翼地问道。

　　看着今井优志，佐川太郎脸上露出一丝苦笑，缓缓地说道："今井君，就在刚才村上慧太打来电话，汇报了一件大事。"

　　"什么事情？"今井优志的心一下子提了起来，从佐川太郎的脸色就可以看出，这绝对不是一件好事情。这段时间以来，好像就没有什么好事情。

　　佐川太郎一字一顿地说道："就在昨天下午，我们潜伏在杭城地区的五个情报小组，三十三名成员，全部被中国特工一举抓获，情报网遭到了毁灭性的打击。"

"什么？这绝不可能！"今井优志听到这个消息，震惊不已，忍不住开口说道，"我们经营了多年的情报网，每一个成员的身份都绝对可靠，怎么可能一起被抓获？"

"有内奸！"两个人几乎同时叫道。

佐川太郎面露凶光，咬牙切齿地说道："这么大面积的暴露，只可能是在根源上出了问题！掌握所有成员情况的只有村上慧太。你之前的猜想是对的，他一定有问题！我刚才在电话里暂时稳住了他，现在你马上带领一部分行动人员，前去杭城，第一时间控制住他！"

"嗨依，我明白了！"今井优志低头敬礼，马上领命，又问，"不过课长，村上也是资历最老的特工，对他的审查需要上手段吗？需要一个什么结果？"

今井优志自然明白，杭城地区的情报网被彻底摧毁，事情的严重程度和后果难以估计，就算是佐川太郎和自己也难逃干系！

佐川太郎之所以一开口就把村上慧太定为内奸，除了他本身的确有重大的嫌疑，还有一个原因，就是整个事件需要由一个人来承担责任，不然军部和内务省一定会对特高课本部进行一次大清洗，佐川太郎和自己都在劫难逃。

"今井君，村上必须死。"佐川太郎觉得事情必须交代清楚，不然出了任何偏差，自己都难逃牵连，"他如果不死，我们两个人都要剖腹自杀，以死谢罪！况且，我们之前的判断都和他的情况相吻合。南京的失利，村上是知情者；杭城的惨败，他更是唯一的嫌疑人。否则这一切都解释不通！"

佐川太郎的意思再清楚不过了，今井优志点头说道："明白了，只是这一次的事情造成的后果太严重了，单单是把村上慧太这个内奸交出去，只怕也很难向军部交代。课长和我都要受到严重的牵连，我们要做好心理准备呀！"

佐川太郎沉重地点了点头。作为特高课课长，他难辞其咎，这次一定会受到严厉的处罚。

"课长，是不是可以考虑提前收网，在上沪的谍报战场上对中国特工还以颜色，重创上沪军事情报站的力量？凭借这一次的功绩，也可以冲淡此次杭城惨败的影响，也许我们还有挽回的余地。"

"提前收网？"佐川太郎脱口而出，不禁有些犹豫地说道，"这太可惜了，我们仓促动手，这么长时间的准备就白做了！"

今井优志赶紧上前一步，劝说道："课长，我们还是先把这一次的难关渡过去再说。中国有一句谚语，留得青山在，不怕没柴烧！只要我们还留在这个职位上，特工生涯就还没有完结，这样的机会以后还是可以找到的！"

佐川太郎考虑良久，终于点了点头。

"好的，你马上去杭城解决村上慧太这件事情，我在这里亲自布置行动，对中国人还以颜色，尽量扩大战果，但愿能够渡过此次难关！"佐川太郎开口说道。

两个人商量已毕，各自分工明确，开始分头行动。

而在南京城中，宁志恒还在紧锣密鼓地搜索丁大海的踪迹，下令在全城范围内通缉。丁大海的照片被送往各个警察局，街头巷尾都贴着他的画像，不过这也是尽人事，听天命，碰运气而已。

忙碌了一天的宁志恒，直到傍晚才赶回自己的办公室，拖着疲乏的身体，靠在沙发上休息了一会儿。

这时，敲门声响起，宁志恒喊了一声进来。霍越泽推门而入，向宁志恒汇报道："组长，今天上午，我的手下在抓捕现场发现有漏网之鱼，容貌和你通缉的人犯一模一样，就是这个丁大海。"

宁志恒点了点头，摆手示意霍越泽坐在对面，嘴角一撇露出一丝苦笑，说道："越泽，你的心思越来越缜密了，抓捕之后还安排了后手监视，这一点做得很好，手下的人也得力，我很欣慰！在我的手下，你的能力算是最出色的，以后你的成就一定不止于此。倒是我，这还是头一次有日本间谍从我手中逃脱，还是大意了。我加入军事情报调查处以来顺风顺水，每一次的行动都有斩获，总以为凭借自己的手段对付日本人不成问题，现在看来是得意忘形了。"

听到宁志恒的话，霍越泽嘿嘿笑道："组长，这话也就是您敢说。在您加入军事情报调查处之前，我们军情处一年也抓不到几个日本间谍，别说是密码本，就是能够缴获一部电台，那都是了不得的大事。你一次失手就在这里感慨万千，是不是太打击我们了？"

宁志恒一听也不觉哑然失笑，他摆了摆手，说道："现在情况不同了，日本人在谍报方面已经显出颓势，对付他们我们有了足够的心理优势。"

宁志恒看天色已晚，和霍越泽又闲聊几句，便回家休息去了。

第二天早上，宁志恒正常上班，在办公室里和易华安继续练习日语口语。易华安已经接到任职通知，成为训练科的日语教官，但是现在这项工作还没有正式开展，所以他主要的任务还是陪宁志恒练习日语。

口语学习一直是宁志恒的一道难关，不过他的进步也很明显。易华安认真地帮他矫正每一个错误的发音和习惯，直到合乎宁志恒严格的要求。

宁志恒对易华安的要求是，每一个发音都不能够有半点误差，不怕慢就怕错。宁志恒知道，以后这几年，他的主要对手就是那些训练有素的日本间谍。这些人都不是易与之辈，也许只是一个微小的发音错误，就会让自己陷入难以挽回的绝境。

细节决定成败，这句话一直都是宁志恒信奉的格言！

就在这个时候，办公桌上的电话铃声响起，宁志恒拿起电话。

"组长，我是大头，有事情要向您汇报！"电话那头传来刘大同的声音。

"好吧，还是老地方见！"宁志恒放下电话。他转头对易华安歉意地一笑，说道："华安，不好意思，又要中断学习了。等我忙完事情再通知你！"

易华安笑着点头，这段时间他在军事情报调查处里耳濡目染，自然知道自己这位靠山在军情处的分量。以一个少校行动组长的身份，却在军情处具有举足轻重的地位，一天到晚事情都不断，中断学习是经常的事情，对此易华安都已经习惯了。

宁志恒送走易华安，直接来到红韵茶楼的包厢里。伙计上了茶水、点心退了出去，宁志恒喝着茶水，静静等候刘大同到来。

很快刘大同就到了。

"组长！"

"坐吧，今天有什么事情找我？"

刘大同坐在对面，脸色有些为难地说道："其实还是上次您去杭城之前的那件事，现在有些棘手了。"

"去杭城之前？"宁志恒愣了一下，恍惚想起了什么，但还是有些疑惑地问道。

刘大同赶紧说道："就是乔水湾关卡的单宜民，上一次想要拜您的码头。"

宁志恒马上皱起眉头说道："怎么，他还不死心？我是不会插手军队中那些破事的，沾上手以后麻烦得很。"

宁志恒之前已经拒绝过这件事了，可是刘大同还提这件事做什么？

刘大同把嘴一咧，为难地说道："我当时就推了这件事，可是现在麻烦来了，单宜民被调走了，换了一个叫殷绍元的家伙把守乔水湾关卡。十天前我去给他送份例的时候，他竟然开口说要两成，一下子就翻了一倍。我当时就回绝了，把钱扔下就走，可是没想到三天前这个家伙干脆就开始劫我的货，扣了五辆车，今天又扣下十辆车，还放言说，三天后再扣十辆车，直到我同意为止！"

"什么？还有这种事？"宁志恒听到这里，心头顿时升起一股怒火。这么长时间以来，都是他去敲打别人，可如今竟然有人敢在虎口里夺食，从他的钱包里抢钱。要知道整个康元口关卡的通关好处他独占了六成，其他的三成都按照杜谦当西城警察局局长时的旧例分给了各个要害部门的负责人，还有一成是分给把守乔水湾关卡的单宜民。

这是早就分配好的份例，就连宁志恒插手后，也没有凭借手中的特权去剥夺他人的份例，只是拿走了韩副局长的那一份。

现在单宜民调走了，那一成份例给新来的那个叫殷绍元的家伙就是了，可是这小子竟然狮子大开口，直接翻了一倍。这是要掀翻桌子，重新开席呀！

"昨天怎么不说？"宁志恒强压住心中的怒火，冷声问道。

刘大同小声地说道："昨天您交给我的事办砸了，看您正在气头上，我都没敢开口。可今天一大早又被扣了十辆车，那些货主可都是交了好处的，货物被扣都找到我的门上，我看自己实在解决不了，这才向您报告。"

宁志恒微微眯起眼睛，手指不停地敲击着桌面，心中的杀意再次升起。宁志恒再次开口问道："这个殷绍元是什么来头，你没有向他提我的名字吗？"

刘大同赶紧说道："我当然说了，这个份例是您定下来的，一直以来都是这个规矩。可是这个家伙说了，您宁组长的那份他不敢要，可是其他人的面子他可不给，这两成的份例他是要定了！"

"啪！"宁志恒一拍桌案，狠声骂道："这是要找死！"

"这个殷绍元我也打听清楚了，他走的是国军第十四师新任副师长朱康的路子。原来单宜民的靠山是十四师三团团长，这个团长又是副师长莫成规的人。原本都平安无事，可是天降横祸，原来的十四师副师长莫成规不知怎么回事，在三个月前喝多了酒死了，新的副师长朱康上位，没用多久就把三团团长给调走了。这下子单宜民没有了靠山，自然拿不住乔水湾这个油水丰厚的聚宝盆。他花了不少钱去投靠也没有人搭理他，后来就干脆想投在您的门下，也没有如愿，果然没用一个月，就换了这个殷绍元！"

宁志恒听完了这话，不禁一愣，原来这件事情源头竟然在自己身上！

当初他抽丝剥茧一路追查，最后终于挖出了黑水情报小组的组长孟乐生，在他的保险箱里找到了一份绝密文件。这份文件就是第十四师少将副师长莫成规被日本间谍策反的证据，结果很快自己的师兄卫良弼亲自出手，在酒宴上巧妙地投放安眠药，暗杀了莫成规，造成他醉酒而亡的假象。

没有想到莫成规的死亡，直接导致了一系列的变化，使朱康接替了莫成规的位置。军队中的洗牌是正常现象，主官的更替肯定会带来手下各级军官更替，最后导致单宜民丢了乔水湾关卡这个肥缺，换上了殷绍元。

"这个殷绍元的资料查到了吗？"宁志恒沉声问道。

刘大同早就等着宁志恒这句话了，他不敢动军队上的人，可宁组长是专门对付军中这些宵小的。他早就把殷绍元的情况都摸清楚了，等着宁志恒出手摆平这件事。

他赶紧从包里取出一份文件，恭恭敬敬递到宁志恒面前。宁志恒伸手接过来打开看了看，不由得冷笑一声。

原来这个殷绍元是新调来的三团团长包胜的表弟。宁志恒一看就明白了，只怕朱康都不知道这件事，一个堂堂的少将如果连孰轻孰重都分不清楚，也绝爬不到现在这个位置。想来是他手下这个包团长看中了乔水湾这个油水丰厚的位子，干脆就直接换掉了单宜民，而且还想多吃一份。

宁志恒开口吩咐道："你回去把这个三团团长包胜家里面的情况调查清楚，比如他的家庭住址，家人至亲是做什么的，有没有把柄在外面。至于包胜本人我来查，他肯定是殷绍元的靠山。估计殷绍元敢这么做，应该是包胜授意的，不然一个小小上尉就敢掀桌子？"

"明白了！"刘大同马上点头答应，这些都不是难事，他的手下有的是打听消息的好手。

宁志恒和刘大同商量已毕，两个人分手，各自安排下一步的措施。

而这个时候，远在杭城日本租界里的村上慧太双手背后，被两名健壮有力的特工紧紧地挟住。他脸色苍白，看着对面的今井优志想要说些什么，却又不知道怎么开口。

　　今井优志本来不打算和他说话的，后来想还是再和村上慧太好好谈一谈。

　　他挥手示意两名特工放开村上慧太，命令道："你们出去等着！"

　　等所有人退出去，今井优衣这才开口说道："村上君，事情到了现在，你还有什么可解释的吗？"

　　村上慧太面上露出惨淡之色，犹豫了半天，终于说道："我也不知道这一次的惨败究竟是什么原因，可是今井君，如果我身为杭城地区的谍报首脑却把自己手中的情报网全部出卖，把自己置于死地，岂不是愚蠢至极？这里面一定有人在搞鬼！"

　　今井优志沉默了片刻，点头说道："其实我和佐川课长也感到疑惑，这种事情确实很难解释。可这只是一种猜测分析，我们看的是真正的事实，如何才能解释这三十三名情报员在同一时间全部被捕的事实。很明显，中国谍报部门得到了杭城地区所有地下人员名单，而事实上只有你才掌握这份名单，你怎么解释？"

　　"今井君，你也知道这份名单！"村上慧太脑子一热，高声喊了出来。

　　"浑蛋！"听到村上慧太的这一声喊叫，今井优志的眼睛顿时一凝，迸发出凶狠的目光，再也掩饰不住其中的杀意。

　　村上慧太说的没有错，这份名单今井优志的确见过。当初河本仓士突然死在自己的卧床上，今井优志紧急赶到杭城处理后事，曾经打开河本仓士的保险箱，仔细检查过里面的绝密文件，其中就有这份名单，后来他确认无误，才交接给了村上慧太。所以说，如果真的追究这次杭城地区情报网覆灭的原因，今井优志也是嫌疑人之一。

　　这一次事情的后果极为严重，今井优志避之唯恐不及，又怎么敢和这些事情沾上关系？没想到村上慧太狗急跳墙，竟然还想把自己攀咬进去。

　　这个浑蛋！课长和自己心中确实还有一丝不确定，认为还有一丝可能是村上慧太疏忽大意，导致名单泄露，可就算他不是内奸，也必须把他定成内奸，否则上上下下都交代不过去。

　　现在看来，课长交代得对，必须快刀斩乱麻，绝不能够把村上这个家伙带回上沪本部，否则后果不堪设想！

今井优志强按住心头的怒火，声音变得平淡，问道："村上君，你我多年的同事，最后有什么要交代的吗？我可以尽力完成你的心愿！"

村上慧太刚刚喊出那句话，心中顿时就懊悔不已：自己竟然乱了方寸，当着今井优志的面捅破了这层窗户纸。看着今井优志充满杀意的目光，他知道自己这次绝对无法幸免一死了，不禁万念俱灰。

"看来别无选择了，对吗？"村上慧太低声沙哑地说道。他知道，佐川太郎和今井优志绝不会放过自己，最后终究还是要走到这一步。

"那就让我切腹自尽吧，我想走得有些尊严！"

今井优志心头一松，毕竟要是自己动手，最后还得收拾一番，现在村上慧太肯自己动手，那就最好不过了。他放缓语气，温和地说道："村上君，这才是最好的解决方法！"

说完，今井优志抬起双手互击了一掌，门外的一名特工手里端着一个托盘，上面放着一柄短刀，摆放到村上慧太面前。

村上慧太露出一丝苦笑，看来这是早就准备好的，就算是自己不切腹自尽，他们也会替自己造成自尽的假象的。

今井优志微微一点头，然后起身走出房间，剩下那名特工留在房间里，紧紧地盯着村上慧太。

过了多时，那名特工走出来，向今井优志点了点头。今井优志这才长长地舒了一口气。

军事情报调查处的办公室里，王树成敲门而入，走上前报告道："组长，那个殷绍元已经抓回来了。我们在他回家的路上伏击了他，现在关在刑讯科，您看怎么处理？"

宁志恒点了点头，淡淡地说道："就交给你了，还记得怎么对付那个王扒皮的吗？我只要口供，让他把从小到大的事情都交代一遍，只要是有一丝违规违法的行为都记下来，最后再给他多加几条，反正他也不可能活着出去了。"

这个时候，敲门声再次响起，宁志恒喊了一声"进来"，推门而进的是情报科的于诚。

一见面于诚就哈哈笑道："志恒，有段时间没有见你了，我听说前天晚上你又抓了一个间谍小组回来。啧啧，我们这些人眼珠子都瞪出来了，也没有找到一个影子，怎么你一出手就手到擒来呢？"

说到这里，他连连摇头，一副垂头丧气的样子。宁志恒看着他夸张的表演，不禁莞尔一笑，示意王树成去办事。王树成点点头，向于诚打了个招呼，转身退了出去。

"老于，辛苦你了，一点小事情还要让你这个大组长跑一趟！"宁志恒笑着说道。

于诚将手中的两份材料放到宁志恒桌上，再次说道："反正也是顺带脚的事儿，正好过来和你聊会儿天。这份是顾文石的审讯记录，这份是第十四师三团团长包胜的一些调查资料。还有，我们情报科之前在十四师调查的贪腐案件有不少，我捡了几件和包胜有关联的案子，都在里面了！"

看到于诚送来的这些资料，宁志恒大为满意，笑着说道："那就太好了，这里面全是贪腐吗？"

于诚点头说道："全都是。其中有几个落网的军官供述里都提到了这个包胜，不过后来他都走了路子，就给放过去了。这种事情太多，我们也管不过来。怎么，志恒，你盯上他了？会不会是间谍？"

贪腐还可以糊弄过去，但要是间谍那可就绝对不能放过，这可是底线。

宁志恒笑了笑没有说话，不过他的心里还真这么想的，不然他为什么要顾文石的审讯记录。要知道顾文石就是第十四师三团的作战参谋，宁志恒只要稍微做些手脚，就可以把顾文石和包胜联系在一起，最后干脆就把这个包胜也抓起来，直接扣上日本间谍的帽子，然后严刑拷打。以军事情报调查处的手段，什么样的口供得不到？到那时做成铁案，就连他身后的那位朱副师长也不敢跟日本间谍扯上关系。

不过这都是宁志恒的后手，毕竟他也不想把这件事情搞大，因为就算是这一次他占了上风，把这个包胜拿下，也会和他身后的这位朱康师长结怨。宁志恒虽然不怕他，但是军中的水太深，万一这个朱康的背景真的强硬，就没有必要结成仇家。所以宁志恒觉得最好把事态就结束在殷绍元这个环节。

他现在就等着那位包团长的反应了，如果他只是当个缩头乌龟，识得时务，懂得进退，自己就放他一马；如果敢跳出来搞事情，那就什么也不顾忌了，只能算他倒霉。

宁志恒和于诚聊了一会儿，于诚这才告辞离去。

宁志恒将手中的资料看了一遍，心中有数了。

仅仅过去不到两个小时，王树成就推门走了进来。

"组长，殷绍元的口供已经拿到了，所有的事情都问了一遍。这小子确实有不少事情，除了手脚不干净之外，还交代出了一件命案，我已经派人去落实了，很快就可以定案。他还交代，这一次的事情都是他的表哥包胜指使的，不然他也没有这么大的胆子。"

说完，王树成将厚厚的审讯记录递到宁志恒的桌子上。宁志恒点了点头，这些审讯记录其实都不重要，不过是走个过场。

第十二章
上沪变故

而这个时候，在城西的康元口关卡，两伙人正手持武器对峙。

刘大同一脸不屑地看着眼前的一名军官，冷声说道："怎么，什么时候你们城外的驻军都这么嚣张了，竟然擅自离开自己的驻地，明火执仗地带兵冲击关卡？我要是上报到上面，你觉得你这顶军帽担当得起？"

这名军官脸色一黑，破口骂道："姓刘的，别在这里给我装糊涂。殷连长已经失踪三个小时了，有人看见他被人抓走了，不是你还有谁？你他妈的是吃了熊心豹子胆了，敢公然抓捕现役军官，我看你这顶帽子才担当不住！"

刘大同哈哈一笑，对着军官说道："人肯定不是我抓的，可我知道是谁抓的。不过你说话不好使，让你们包团长来说话，不然再晚了，你就只能去收尸了！"

这名军官一听大怒，狠声说道："我们包团长可没有时间见你，你赶紧告诉我，到底是谁抓走了殷绍元？"

刘大同把脸一沉，破口骂道："他也别自抬身价，想见我刘某人也没有那么容易，反正又不是我的表弟被人抓了，我是不着急的！"

这个军官虽然着急，但是他还真不敢硬来。军队不听军令擅自离开驻地，还带武器和士兵冲击关卡，这种事情可大可小，万一真的有人追究，可不是一件小事，自己怕是真担不起。

正在他犹豫不定的时候，身后传来一阵刹车声，包胜带着人赶了过来。

刘大同看到对方人越来越多，不禁也有些打怵，不过嘴上一点都不服软，冷哼一声："有胆子你们就开枪，真当这军队都是你家开的！"

包胜几步上前来到刘大同面前，沉着脸问道："刘局长，我倒是真小看了你，做事不含糊哇！大丈夫敢作敢当，今天的事情，难道你不给我一个交代？"

今天王树成抓人的时候根本没有避人，宁志恒就是要让人知道殷绍元被抓的消息，看一看他身后人的反应。

很快包胜接到禀告，说是自己的表弟殷绍元被人抓走。他脑子一转，就知道是因为什么事情了，正是因为这段时间他盯上了乔水湾关卡的好处，这才指使自己的表弟搞了些事情。原本想着试一试那位刘局长的底线，逼着他吐出来一些，想着多捞一些，可没有想到，对方真不是善茬，直接就动手抓人，而且抓的是现役军官。他真是疯了吗？

包胜这才带着手下人冲过来要人。虽然他也听说了，这个刘大同身后有人撑腰，据说是军事情报调查处的一位少校组长，不过包胜自恃在军方也有背景，乔水湾又是在军方管辖范围之内，搞些手脚对方也奈何不了他。可惜他算错了，他得罪的不是一般的军情局军官，而是军情处真正的实权人物。对方根本没有半点犹豫，当天就动手抓了人。

刘大同哈哈一笑，见到包胜这样的人物却是底气十足，不落半点下风。

这时康元口关卡还有不少的商家聚在远处。这些人有的是自己的货物被军队扣押前来找刘大同商量的，也有的是正在押货物过关卡的，看着这紧张的一幕，都不禁咋舌。

刘大同这时也是一步不退，上前一步，站在包胜的近前，不紧不慢地说道："我刘大同何德何能敢抓现役军官？明人不说暗话，包团长，你手下的殷连长不讲规矩，这让我们宁组长很不高兴，现在他就关在军事情报调查处的大牢里。你要是有本事就去军事情报调查处捞人，别跟我在这儿耽误时间。你要是去晚了，只怕就剩下一把骨头了，到时可别说我没有告诉你！"

一听到这话，包胜心中一惊，看来刘大同背后的人出手了，竟然连招呼都不打、连价钱都不讲就直接抓。这是根本没有留余地的做法，看来这件事情不好解决了。想到这里，他看着眼前的刘大同，恶狠狠地说道："刘局长，殷绍元和你之间的事情我不管，既然你身后那位宁组长抓了殷绍元，我就把你抓回去。他不放人，你也就别回来了！"

可是刘大同脸上不露半点惧色，不屑地说道："那正好，我这辈子还没有去军营做过客呢！只要您包团长敢抓，我刘某人奉陪到底！不过我可把话说清楚，军事情报调查处有权抓违法的现役军官，你一个驻军的上校团长可没有权力抓我这个警察局长。这可是南京城，驻军十几万，你不怕收不了场就动手！"

刘大同的一番话让包胜恨得咬牙切齿。刘大同说的一点没错，他和刘大同不属于同一个部门，要是在自己的驻地抓捕，还能找个借口，可是在南京城里，他还真没有这个胆子。这个刘大同有恃无恐，根本就吓不住！

一时间，双方陷入了僵持状态。

包胜此时骑虎难下，他看确实吓不住刘大同，不由得有些气馁，最后气势一弱，开口说道："刘局长，不如这样，你给宁组长带个话，我想见他一面，大家谈一谈！"

刘大同这时也是强自硬撑着，让这么多条枪指着，心中多少还是有些打鼓的。看到包胜的态度有些放软，心中一下子有了底，他开口说道："包团长要是早这样说，事情也不会到这个地步。你那位殷连长要是懂事，不直接扣车撕破脸皮，也不至于搞成这样。好吧，这个话我一定带到，但我可不保证宁组长会给这个面子，你等会儿！"

说完，刘大同转身回到办公室，拿起电话给宁志恒打了过去。

"组长，现在包胜带着人闯到我的康元口关卡，双方僵持不下，最后他提出想和你谈谈！"刘大同赶紧汇报道。

"告诉他，今天晚上七点来德运酒楼，我倒要见一见这位包团长是个什么人物！"宁志恒冷声说道。

"是！"刘大同答应道。

包胜当然没有胆量去军事情报调查处要人，去了只怕自己也回不来了。他接到刘大同的确切回应，只好带着人悻悻地撤退了。

宁志恒放下电话，脸色一沉。这个包胜还真的跳出来了，还敢带人闯关卡，这是心有不甘哪！看来不给他点颜色瞧瞧，他都不知道自己的斤两！

晚上七点，包胜准时来到德运酒楼，他只带了两名随身的警卫。这时，刘大同迎了出来，笑着说道："包团长，我们组长在二楼包厢等着您，请跟我来。"

包胜也没有多说，随着刘大同来到二楼的包厢门口，门口的孙家成带着几名行动队员将两名警卫拦下，只放了包胜进入包厢。

包胜推门而入，就看见主座上坐着一位身穿中山装的青年，不禁暗自诧异，这个看上去极为年轻的人难道就是刘大同身后的那位宁组长？

"包团长，请坐吧！"宁志恒淡淡地说道。

"可是宁组长当面？"包胜不确定地问道。

"正是宁某，怎么包团长连我是谁都没有搞清楚，就敢插手康元口的分成，是不是太自信了？"宁志恒不觉轻蔑地看了包胜一眼。这个家伙真是个草包，估计连自己的情况都没打听清楚，就敢随便出手立对头。这种人倒是不难对付。

包胜嘴角一抽，强自忍耐着说道："宁组长，其实我绝对没有与你为难的意思，当初只是觉得这两个关卡在你我手中，何必分钱给那些不相干的人。你的那份我绝对不敢染指，可是其他的那几个人就没有必要了吧？只是刘局长一口回绝，这才让殷绍元扣了些货，这都是场误会。这样，能不能把殷绍元先放回来，我们之间好好谈一谈！"

其实包胜也不是傻瓜，之前的举动不过是试探对方的底线，可是对方的做法太强硬，直接动手抓人，搞得他有些吃不准。现在他试探出来对方根本就没有一点让步的意思，可是表弟殷绍元却给搭进去了，不免有些失策。

他知道对方虽然军衔比自己小两级，可手中的权力却比自己大得多，硬拼不是好办法，看来只能惨淡收场，所以这次来就做好了退让的准备。

宁志恒冷声说道："做事情是要讲规矩的，这一次的事情我可以当作没有发生，那一成的份例还是不变，包团长以后还是要好自为之。至于你的那位殷连长……"说到这里，宁志恒身子一正，眼睛狠狠地盯着包胜，一字一顿地说道，"你什么时候听说过，进了军事情报调查处的人，还能够活着出来！"

"你说什么？"包胜一拍桌子站起来，面容狰狞，大声说道，"宁组长，我包某人可是给足了你面子。一成的份例不变，我也认了，可是我表弟你必须放回来，不然大家撕破脸都不好看！"

"你算个什么东西，还敢让我放人？"宁志恒也是后槽牙一咬，冷冷地蹦出几个字，"还跟我撕破脸？信不信我把你一起抓起来扔进大牢，跟你那个表弟做伴去！"

"来呀，我堂堂的国军主力师上校团长，抓了我，看你怎么收场！"包胜也不示弱，干脆把今天刘大同对付他的话原样还给了宁志恒，不过角色调换了一下，显然也是色厉内荏。

"你是不是真的以为我不敢动你？"宁志恒指着包胜的鼻子说道。他从旁边的文件袋里抽出一份材料，扔在包胜面前。

"两年前你担任副团长期间，伙同后勤的几名军官贪墨，倒卖军需物资，非法获利大笔赃款。

"还有，你强行勒索驻军当地的士绅，抢夺别人的宅院养外室。

"一年前，贪墨军饷被军法处发现，你重金贿赂才躲过一劫。事情过后，揭发你的那名军官就得急病身亡。

"这些事情没有冤枉你吧？你真以为别人都是瞎子？只是有人保了你，我们才懒得追究。你信不信，我现在就提审这些人证一查到底，够不够把你送上刑场？"

看着手中的材料，听到宁志恒这番话，包胜不禁吓得心脏乱跳。他脚一软，一屁股坐回座位上，犹自狡辩道："这些都是旧账，况且我部军法处都已经查证过，我是清白的，你们这是诬陷！"

包胜这时的气势已经大跌，军事情报调查处真要追究到底，这绝对是一件大麻烦。就算自己背后有靠山，只怕也要脱一层皮。

"那还有这个呢！"宁志恒顺手又扔过一份材料。

包胜拿过材料仔细一看，顿时吓得魂飞魄散，竟然是之前三团的作战参谋顾文石的审讯记录。他已经接到通告，知道这个人是货真价实的日本间谍，可是在口供里竟然说自己是他策反的下线。

"你这是诬陷！诬陷！"包胜吓得手都拿不住材料了。他知道，如果现在自己被人强抓进军事情报调查处，就再无希望出来了。正如宁志恒所说，只要抓进军事情报调查处，严刑拷打之下，肯定是供认不讳，案子就坐实了，人犯再无翻身之日！

"包胜，你现在还要我放了你的表弟吗？我看你都自身难保，还敢跟我讨价还价，真是不自量力的东西！"宁志恒上前紧盯着包胜的眼睛，冷声说道。

包胜在宁志恒的逼视下，目光不断地躲闪着，最后只好低声说道："宁组长，我们之间都是误会。这样好了，只要您大人不记小人过，那一成的份例也全当是我的孝敬。"

看到包胜彻底服软，宁志恒轻蔑地一笑，冷冷地说道："我不缺那点钱。规矩就是规矩，一成的份例你自己拿着，扣下的车辆马上放行，以后不要再生枝节。这一次我饶了你，再有下一次，我直接动手，绝不宽待！"

"是，是，宁组长大人大量，我一定按规矩来！"包胜听到宁志恒肯放过自己，顿时心神一松，这时才发觉，自己浑身上下浸透了汗水。

"滚！"

包胜失魂落魄地退出包厢。他的两名警卫惊讶地发现，平日里威风八面、飞扬跋扈的团长，竟然连站都站不稳了，他们赶忙上前搀扶住包胜。

"快走，快离开这里！"包胜脸色苍白，赶紧低声吩咐道。

两个警卫也不敢多言，扶着包胜一路快步离去。看着他们仓皇离去的背影，刘大同轻蔑地一笑，这样的结局早在他的意料之中！

刘大同转身进入了包厢，对宁志恒说道："组长，这个包团长看样子是吓坏了！"

宁志恒点头笑道："一个见财忘命的草包，这次吓一吓他，以后要是再有反复，直接就收拾了他。"

刘大同听到之后，开口问道："组长，那一成的份例咱们还给他吗？"

"给他，我们也免生枝节！"宁志恒点了点头。他心中也是有顾忌的，包胜后面的朱康毕竟是个少将师长，其身后的势力肯定也不简单。拔出萝卜带出泥，真要是牵扯太广，把其身后的势力招惹出来，对自己也是一件麻烦事，所以当然是见好就收了。

"大同，时局多变，这些日子尽量少生是非。还有，我不是让你别买房产吗？怎么我听说你又买了两处？"宁志恒冷声问道。

听到宁志恒的问话，刘大同心头一颤，看来自己的举动也一直都在组长的视线之内，不由得赔着笑脸道："现在这法币一天比一天贬职，我置一点产业，总比看着它贬值强！"

"那就换成美元和英镑，我早就告诫过你，你把我的话当作耳旁风了吧！"宁志恒冷冷地斜了刘大同一眼，吓得刘大同胆战心惊。

"给你提个醒，这个警察局局长的位置你待不了多久，最多两个月，我会想办法给你调换一个职位，离开南京，去重庆任职。那里一切都是初开局面，你要有所准备。"宁志恒说道。他觉得刘大同这些外围人员总算跟随他一段时间，现在也该给他们安排后路了，再说以后也要用他们，还不如早点送往重庆安置。

"重庆？"刘大同都蒙了，这是怎么回事？突然之间要让自己去重庆任职，这里可是国都南京，尤其是自己还有这个油水丰厚的职位，一时之间他竟然不知道说什么。

"怎么，不愿意？"宁志恒眼睛一眯，直直地盯了过来，吓得刘大同再也不敢言语。

"先不要着急，这个时间最少也要两个月。这期间你把手上的房产和法币都处理了，等警察总局的调令一到，就马上动身。"宁志恒接着吩咐道。

"是，我马上处理，调令一到就动身。"刘大同赶紧点头答应。他知道宁志恒的话绝对不能违背，对宁志恒的安排不敢有半点怠慢。

宁志恒语气和缓地说道："你也别舍不得，我很快也要调离南京去往重庆，我的老师和兄长都要调走。我若是走了，你这个职位怎么可能保得住？今天是包胜，明天是李胜、王胜，只怕你会被吞得连骨头都剩不下，还不如做好打算。"

宁志恒的这番话让刘大同心头一震，原来宁组长也要调往重庆，怪不得！

刘大同不停地点头答应："组长，我知道怎么做，一切都听您的安排。"说到这儿，他突然间又问道，"组长，我这手底下的兄弟怎么办？他们也都是跟您做过事的，我一走，他们可就没有依靠了。"

"你还是私下问一问，愿意跟你走的就带走，不愿意走的就是缘分到了，各安天命。不过陈延庆和温兴安他们几个人必须带走，没有商量的余地。你把话给他们讲清楚，进了我的门，就没有出去的道理！"

"是，我会跟他们讲清楚，让他们做好准备！"刘大同点头说道。

"对了，那个陈延庆和那个什么什么雪？"宁志恒突然想起什么，随口问道。

"郭如雪！"刘大同说道。

"对，郭如雪。他们两个现在怎么样了？"宁志恒问道。陈延庆一直暗恋郭如雪，并没有因为她当过戴大光的外室而介意，再说现在戴大光早就被处决。陈延庆和刘大同之后还特意找过他，求他释放郭如雪，这件事情算起来时间可不短了。

"他们近日就要成婚了，我媳妇正在帮着张罗呢，到时候还要请您参加婚礼，热闹热闹！"刘大同笑着说道。

宁志恒打趣地说道："算起来陈延庆还要感谢我呢。不是我收拾了戴大光，他岂能抱得美人归！"

说完两个人哈哈一笑，宁志恒又交代了几句，这才起身离开。至此，这场风波终于过去，也给刘大同敲响了警钟，在南京城没有宁志恒的支持，他绝对是寸步难行的。

第二天早上，宁志恒赶到单位上班，谁知道刚刚进了办公室，就接到处座办公室刘秘书的电话。

"宁组长，处座让你马上过来！"

"是，我马上就到！"宁志恒赶紧回答道。一大早处座就召见他，不知道是有什么事情。

这段时间的工作一直都很顺利，是不是赵子良赶回来了？距离抓捕行动已经过去四天了，审讯工作应该已经完成，是时候回来了。

宁志恒心中猜测着，加快脚步一路赶到中心大楼处座的办公室。

宁志恒进入办公室，却只看见处座和谷正奇、边泽在，并没有赵子良的身影，几个人脸色极为凝重。

宁志恒的心中咯噔一下，知道一定是出了什么不好的事情，而且还是一件大事，不然以处座的沉稳，不会如此面露难色！

"处座，您有事情吩咐？"宁志恒微微躬首，开口问道。

"志恒，我想问一问你，你的上沪话说得好吗？"处座问道，并示意宁志恒坐下来回话。

宁志恒转身坐在一旁，只在这片刻之间心念电转。不好，这是要让自己去上沪！

宁志恒的脑子反应极快，处座和两位科长的表情都说明一定是出了大问题，现在又问自己的上沪话说得怎么样，那一定是上沪方面出了问题。

上沪是中国经济最发达的城市，也是经济、政治、文化的交流中心，在近代中国有着举足轻重的地位。

更重要的是，此时的上沪被日本人占据着沿海地区，现如今是对抗日本军队的前沿阵地。为此，军事情报调查处在上沪设立了一个大站，站长的级别也与几位科长相当，都是上校级军官，前一任上沪情报站站长就是边泽。

如此重要的情报专区，会出什么样的大事情呢？处座询问自己的上沪话说得怎么样，明显是要安排自己去上沪解决这个大问题。

宁志恒不禁有些迟疑，还有十六天，卢沟桥事变就要爆发，之后会引发一连串的连锁反应。日本人在上沪开始不断地挑衅，事态越来越严重，终于在一个月之后爆发震惊中外的淞沪战争。至此，中国将进入全面抗战时期。

这个时候去上沪，绝对是危险至极。如果这次任务不能及时完成，拖延时日，甚至在上沪滞留不走，就很容易被卷入这场惨烈至极的会战之中。

在这次绞肉机式的战役上，中国军队付出了惨重的代价仍然以失败告终，自己只怕稍有差池，也会殒命于此。

绝不能卷入其中，必须找一个好的理由。想到这里，宁志恒微微露出诧异之色，轻声回答道："处座，我从来没有去过上沪，对上沪话不是很熟悉。"

处座轻咳一声，身形端正，郑重其事地说道："志恒，就在昨天晚上，我们在上沪的军事情报站遭受重大损失，中了日本人的埋伏，据估计最少有十名特工当场牺牲，被捕的人员应该也不在少数。最重要的是，这一次事件的原因，是上沪站的副站长俞立叛变投敌。他布下圈套，将手下特工诱进了陷阱。"

处座的这番话让宁志恒顿时心头一震，竟然是这么严重的一件大事。如果说之前多名特工的损失，还在军事情报调查处的承受范围之内，毕竟上沪军事情报站人员众多，这样的损失虽然惨重，但还不至于伤筋动骨；可是堂堂上沪军事情报站副站长竟然也投敌叛变，这个问题就太严重了。一个副站长对整个军事情报站的情况肯定了如指掌。不客气地说，从此上沪军事情报站在日本人面前再没有任何秘密可言。

"日本人的势力还没有进入国统区域，为什么会出现这么严重的事件？"宁志恒实在忍不住了，开口问道。

此时的上沪被中日两方共同管制，日本人强占了上沪部分地区，双方各自都有自己的管辖范围。这种情况自从上一次上沪事变以来，已经维持了好几年。这一次的情况如此严重，难道伏击地点是日本方面的管辖地区？

一旁的边泽恨声说道："都是这个俞立，他谎称自己得到了绝密情报，却陷入日本人的包围，故意以自己为诱饵，诱使我方特工前去营救。我们组织了五十名营救人员，潜入到日本占领地区进行武装营救，结果折损大半。"说到这里，边泽忍不住一掌狠狠地拍在案桌上，发出一声重响，再次恨声骂道，"叛徒！这个叛徒！"

宁志恒这才把情况的始末搞清楚了，这是一场谍报战场上的惨败！

要知道这半年多来，在谍报战场上中方一直占据绝对的优势，先后清剿了南京、杭城两个情报专区的日本谍报力量，抓捕了大量的潜伏特工和行动特工——当然这两批行动特工的落网都是宁志恒的手笔，摧毁了日本谍报组织花费几十年的心血才建立起来的情报网。

为此处座等情报高层可谓是信心十足，准备乘胜追击，扩大胜利的战果，将战火引向上沪情报专区。正值大家信心满满、斗志高昂的时候，一大盆凉水浇得人浑身寒冷彻骨！

难怪几位高层的脸色会如此难看。宁志恒不禁有些为难，这种事情应该如何处理，难道让他去接替那位副站长的职位？

他不想猜下去了，干脆直接开口问道："不知处座您叫我过来，有什么吩咐？"

处座点了点头，慢慢地站起身走到宁志恒面前，沉声说道："这个俞立对我们威胁太大了。他是我们军事情报调查处初建时期的老特工，对整个军事情报处都很了解，尤其是对上沪站的情况了如指掌。他几乎认识所有情报处和行动队人员，所有上沪站的外勤特工根本无法进入日本占领区。现在我们在日本占领区的情报工作已经全面停顿。这种情况必须解决，而且这种背叛党国和信仰的叛徒必须处决，不然党纪国法何在！"

宁志恒终于明白过来，这又是一个高难度的锄奸行动。上一次自己在杭城暗杀河本仓士的行动中表现太过于出色，以至于处座对自己的行动能力大为赞赏。而所谓的锄奸行动都是行动科的工作，所以这一次的锄奸行动理所当然地落到了自己身上。

边泽在一旁说道："据我们所知，日本人这一次突然行动，是为了报复我们在杭城的抓捕行动。幸好他们提前收网，不然让这个俞立继续潜伏下去，将会造成更大的危害，后果绝对不堪设想。"

事情的确如此，作为上沪站的副站长，俞立的潜伏价值简直不可估量，甚至可以源源不断地为日本人提供绝密情报，悄无声息地放干上沪军事情报站的特工们的每一滴鲜血。

更为严重的是，如果他们所图更大，让这个俞立回到南京军事情报调查处总部任职，那样的灾难更将是毁灭性的。想到这里，屋子里的所有人都不寒而栗。

这时处座又说道："俞立对日本人的价值太大了，所以对他采取了极为严密的保护措施，再加上他对上沪站的特工太熟悉，我们想进入日本占领区都困难，更别说靠近他了，所以这一次要由总部的行动科人员去执行此项锄奸任务。你是我们军事情报调查处最出色的行动人员，此次任务非你莫属，还望你再接再厉，为党国除此恶害！"

事情说到这个份儿上，已经容不得宁志恒拒绝了。他心中虽然懊恼不已，表面却是一脸的正色慷慨，身形向前一步跨出，挺身立正高声回答道："请处座放心，为党国锄奸，为民族除害，志恒责无旁贷，定当尽心竭力，誓死完成此项任务！"

处座极为满意地点了点头，手掌轻轻拍了拍宁志恒的肩头，笑着说道："安排你去执行此项任务，是要借用你精明的头脑、准确的判断能力，策划整个锄奸行动，可不是让你去亲自动手。行动科里的人员你随意挑选，你不可再像上次一样亲身犯险。记住，你是一位优秀的指挥官，不是一个刺客、杀手！"

处座再三强调，就是怕宁志恒再像上一次那样自己动手，这一次的危险不比杭城小，甚至更加凶险。以后中日之间的谍报战争还需要借助宁志恒的力量，他可不想让这样一位顶尖的反间谍人才损失在一次刺杀行动中，那样就太可惜了！

宁志恒马上点头答应道："志恒明白，此次上沪行动一定小心谨慎，绝不亲身犯险，请处座放心！"

这倒是宁志恒的心里话，上一次他之所以敢冒极大的风险潜入日本领事馆刺杀河本仓士，是因为河本仓士的身份特殊。他是日本情报组织在中国地区地位最高的几名特工人员之一，他脑海里所掌握的绝密情报价值不可估量。事实证明宁志恒的判断是准确的，最后的收获是巨大的，直接导致了杭城地区日本情报网的毁灭。

可是这一次的目标只是一个叛徒，他脑海里的情报无非就是中方情报部门的一些情况。以如今宁志恒的地位，不客气地说，这些情报也不是什么秘密，宁志恒是没有什么兴趣的。

所以这一次他绝不会自己动手，正如处座所说，自己手下的行动好手多得是，用不着自己这个策划者动手。这样一来，此次上沪的锄奸行动对自己来说并不是很危险，而且只要策划得当，相信用不了多长时间就可以完成任务。等任务完成之后，及时撤离上沪，躲过那场惨烈的淞沪大战，安全上还是可以保证的。毕竟自己只是一名情报人员，用不着亲身冒死冲锋陷阵。

"不知道此次锄奸行动有什么要求吗？"宁志恒再次问道。锄奸行动分单纯的锄奸、威慑性的锄奸、栽赃嫁祸转移目标的锄奸等，都是有一定的目的性的。

处座摆手说道："没有具体要求。这次任务的难度本身就很大，只要你保证在自身安全的情况下解决目标就可以！"

"是，我马上挑选行动人员，赶赴上沪！"宁志恒赶紧领命道。

"还有，这次去上沪，边科长和你一起去！"处座再次说道。

边科长也去？宁志恒看向一旁的边泽，锄奸而已，还用得着一个上校科长出动？尤其是边泽的身份特殊，他是处座最信任的心腹，除非有大事要办，否则从不离身。

边泽也站起身来点头说道："这次如此重大的惨败，上沪站难辞其咎。我们军事情报处赏罚分明、纪律严明，如此重大的过失，岂能轻易放过？所以处座安排我去明罚敕法，整肃军纪，我们要一起搭个伴了！"

宁志恒这才想起来，边泽作为上沪军事情报站前任站长，在上沪的根基深厚，肯定还有不少旧部留在上沪站，掌控上沪军事情报站的大局自然事半功倍，由他去做这件事是最适合的了。

宁志恒赶紧向边泽点头，说道："志恒正愁人地生疏，没有熟悉情况的人带领，现在有边科长，那就再好不过了。不知我们什么时候动身？"

边泽轻轻地点了点头，开口说道："你有一天的时间做准备，我手头也有一件重要的事情要收尾，我们明天晚上出发。你可以多挑选一些行动队员，这一次都要靠你了！至于俞立的材料我会让上沪站准备，一到上沪你就可以看到了，先不要心急！"

处座开口说道："你们分工明确，边泽负责整肃上沪站，对一切消极怠慢、违纪违法的人员进行惩处，志恒负责铲除俞立。"说到这里，他停了一下，对宁志恒说道："这一次被捕的上沪站人员，如果有信仰不坚定、叛变投敌的也一起除掉，不要留后患。"

"是，志恒明白！"

宁志恒点头答应后退出，并没有回到自己的办公室。他转身快行，来到黄贤正的办公室。

作为保定系的骨干，有情况当然要向黄贤正请教，并寻求一定帮助。毕竟这一次的锄奸任务时间上有些紧张，宁志恒担心如果不能及时抽身，搞不好就再也回不来了，到时候就需要黄副处长出面拉他一把了。

黄贤正一见宁志恒就笑问道："这次又有什么事情？这几天你可是露了一把脸，又挖出了一个日本间谍小组，干得漂亮！"

宁志恒不禁苦笑道："您可不知道，事情做得太好也是麻烦。就在刚才，处座又交给我一个任务，命令我去上沪锄奸。上沪站的站长俞立竟然叛变投敌，情报和行动人员遭受重大损失。"

"你说什么？"黄贤正一惊。宁志恒的这个消息他并不知情，虽然他在边泽和谷正奇身边都埋下了耳目，可是这个消息是处座刚刚传达给他们的，以至于此时还没有传到黄贤正的耳朵里。

"情报确实吗？"黄贤正再次问道。人员的损失还是其次，但俞立是上校级副站长，他的投敌足以让军事情报调查处的很多秘密暴露在日本人面前，身为军事处副处长的黄贤正自然知道其中的利害。

"当然确实，就是昨天晚上的事情。边副科长和我一起去，他说手上有重要的事情要收尾，明天晚上就出发。"宁志恒确定地回答道。

"叛徒！败类！人人得而诛之！"黄贤正不禁破口骂道。他虽说有些爱钱爱物，但在民族大义上绝不妥协，对日本人自然也是深恶痛绝。

宁志恒接着说道："处座命令我主持策划这一次的锄奸任务。我对任务倒是不畏惧，只是担心如果在上沪逗留时间太长，再想回来就有些困难了。所以，您到时候还是要想办法把我调回来。"

宁志恒的这番话让黄贤正很以为然。上沪是中日对峙的前线，自然不是久留之地，宁志恒又是他手下最得力的骨干，当然不能冒此风险长期逗留。

他马上点头答应，看着宁志恒道："这一次去上沪，还是要量力而行。如果任务实在难以完成，你马上通知我，我会和处座交涉。毕竟你是我们保定系的骨干，他不会逼迫过甚的。你切不可像杭城那样不计后果，贸然行事！"

宁志恒此次来就是想要黄贤正这句话，万一任务中出现异常情况，就只能求助于他了，于是笑着说道："那可就太好了，一有情况我就会给您回信。"说到这里他想起来一件事，又说道，"处座，我手下的霍越泽这一次晋升少校军衔，我想着是不是给他安排一个位置。在我的行动组里只怕耽误了他，毕竟我短时间内很难晋升，这样他也不好发展。"

黄贤正一听就知道宁志恒的心思，笑着说道："你是不放心这个霍越泽吧？这件事我早就有打算，会给他找一个好的职位。都是保定系的人才，这一次你出大力气帮他晋升校级军官，他会记得你的情的，以后也能做个帮手。"

宁志恒这一次去上沪，行动组的工作自然还是要交给自己的亲信王树成，可是霍越泽无论能力和军衔都在王树成之上，这样一来，再留着霍越泽就是一件麻烦事了，所以还不如及早把他调出去。黄贤正自然心知肚明，表示马上会给他安排，让宁志恒无后顾之忧。

两个人商量已毕，宁志恒的心中踏实了很多。

宁志恒一回到办公室，马上把王树成和孙家成叫来，把情况给他们做个通告。

"老孙去挑选十名身手好、枪法好的行动队员，跟我去上沪执行任务；树成留下来主持行动组工作，看好家，我会尽快赶回来。"宁志恒吩咐道。

"是！"两个人领命而去。

宁志恒这一次带的人不多，因为去日本占领区刺杀俞立，人多也无用，还是要策划精准。只要方法得当，人少反而是优势。

事情吩咐完，宁志恒就出了军事情报调查处，自己步行赶到左氏兄妹家中，有节奏地敲响院门，左氏兄妹把他迎进房间中。

"你们收拾一下，准备去一趟上沪！"宁志恒开口说道。

"少爷，是什么事情，要做什么准备工作吗？"左刚问道。

"上沪军事情报调查站出了一个叛徒，投靠了日本人，给上沪站带来很大的损失。我接到命令，要去除掉这个叛徒。我会带一部分人手去，但是为以防万一，你们在暗中盯着点，也许有用得着你们的地方。"宁志恒说道。

"太好了，我们可以去大上沪了！"左强在一旁高兴地说道。他早就在这个院子里待烦了，知道要去上沪兴奋不已。

就连左柔也面露喜色。宁志恒知道，他们这是有些耐不住性子了。

宁志恒再次说道："你们今天就坐火车去上沪，到了之后直接进入法租界。我记得那里的霞飞区有一个贝兰广场，你们在附近找个地方住下，每天中午十二点在贝兰广场中心等我。"

上沪局势混乱，中日双方对峙，这里还有英美的公共租界，法租界混杂其中。其中最繁华的就是法租界，上沪工商界的精华都在这里，中国最大帮派青帮的大本营也在这里。日本人在法租界没有什么谍报力量，而且他们的注意力主要在中方，对各国租界的关注也会相对少一些。所以宁志恒选择这里作为自己的活动地点，做起事来会很方便。

左氏三兄妹纷纷点头答应，记在心里。

宁志恒又嘱咐了几句，这才起身出了左家，赶回自己家中。对于这个新家，宁志恒还是有些不习惯。他打开院门，回身把门锁好，回到房间里打开了保险箱。

他从保险箱里取出一幅画像，画像上的男子正是从日本特工池田康介脑海中截取到的画面里被捆绑在电椅上的中国男子。

山内一成交代，池田康介之前是上沪特高课的行动队队长，他们抓捕到的这个男子该不会就是俞立吧？想一想很有可能，看情况俞立被捕叛变的时间已经很长了，这段时间里他到底做了些什么？会不会上沪军事情报站的其他成员也有被发展进而叛变的嫌疑？

宁志恒觉得自己要多留一个心眼，对上沪军事情报站要尽量少接触，最好是自己独立完成锄奸任务，这样反而安全一些。

宁志恒将画中男子的面容牢牢地记在脑子里。

第二天晚上，宁志恒带着孙家成及十名精干的行动队员，边泽带着五名情报科军官，一起踏上了去往上沪的列车。

他们这一次坐的自然还是最好的一等车厢，南京是始发车站。晚上的列车内没有什么人，这节车厢里除了军情处的人员，几乎没有什么别的乘客。

边泽和宁志恒坐在一起，其他情报科和行动科人员在周围散开，将他们二人围在中间。

"志恒，你知道吗？这一次的锄奸行动是我向处座提议由你来执行的。"边泽看着宁志恒，轻声说道。

宁志恒诧异地看着边泽，不是处座点将吗？不过他还是淡然一笑，回答道："多谢科长的看重，志恒年轻，历事经验尚少，一切都要科长提点。"

之后的这些日子都要在边泽的手下做事了，宁志恒自然要拉近两人之间的关系，于是将"科长"前面的"边"字去掉了，以示二人亲近之意。

边泽微微一笑，说道："这话如果是别人我还有几分相信，可是从你嘴里说出来，总觉得有些怪异。你的能力现在连我们这些老人都没有半点质疑。你是一员福将，做事总能尽遂人愿，这也是我一定要选你跟我一起前往上沪的原因。"

"科长言重了，志恒不过是凭着一点小聪明，再加上运气不错而已，难当科长的夸奖。"宁志恒微笑着答道。

边泽笑了笑，接着说道："上沪是日本谍报部门的大本营，势力很大，我们在与他们的较量中始终处于劣势，不过现在的局势要好很多。其实这一次如果不是你挖出了日本人在杭城的情报网，日本人不会这么草率地暴露俞立的存在，可以说这是不幸之中的万幸！这一次我让你去上沪的另一层意思，就是运用你的头脑，帮助我对上沪站进行有效的清查和甄别，不然再出一个俞立，那可就麻烦了。"

宁志恒这才知道边泽的全部用意，看来高层们对自己的能力还真是放心，这是搂草打兔子，什么工作都要做呀！可是他没有推辞的余地，只好点头答应道："但有驱使，敢不从命！我自当全力以赴配合科长的工作。不过我有一点自己的设想，想和科长商量一下。"

"什么想法？"边泽问道。

"俞立具体是什么时候投敌的，我们并不清楚。他身为上沪站的副站长，位高权重，手下自然有其亲信，这些人是最需要甄别的。另外，还会不会有其他隐藏人员呢？我们不得而知。为以防万一，我的行动人员最好不要和上沪站接触，这样行事会安全一些。"

边泽听到宁志恒的话，仔细想了一下，觉得这个提议很有道理。毕竟自己也不能够保证，俞立在上沪军事情报站到底还有没有留下后手。再说，宁志恒的主要任务是锄奸，这一点是当务之急，于是他点头同意。

列车第二天上午到达上沪，宁志恒命令孙家成带领手下队员赶往法租界贝兰广场附近安置落脚点，自己则陪同边泽前往上沪军事情报站。

他此时的身份是边泽身边的情报人员，前去领取目标俞立的资料，还有就是如果画像中的男子不是俞立，那么他要在上沪军事情报站的特工里面找出这个男子，在第一时间确认日本人的内线。

孙家成和行动队员先行下车离去。边泽等人在列车上稍微待了一会儿，等车站上的人少了一些，这才慢慢地走下车来。

看到边泽一行人下了火车，早就在站台上等候的几个身穿中山便装的人赶忙迎了上来。其中为首的中年男子赶紧伸手和边泽相握，低声说道："向南兄，一路辛苦了！路上可还顺利？"

边泽点了点头，没有多说。一行人出了车站，都上了等在外面的车辆，一路向上沪军事情报站驶去。

边泽和上沪军事情报站站长郑宏伯坐在一辆车里。

边泽这时才开口说道："宏伯，你这一次可是太大意了！"

边泽担任上沪军事情报站站长的时候，郑宏伯就是他的副手，两个人是生死之交、多年的战友。边泽离任时，特意向处座推荐了郑宏伯接替自己的职位。

郑宏伯脸色一苦，回答道："惭愧，没想到相识多年的战友竟然会投敌，我真是一点预兆都没有发现。当时俞立说情况紧急，我根本没有多想，为了及时援救，马上组织了营救人员，没想到竟然是个圈套！"

"现在出了这么大的纰漏，处座极为震怒。他的脾气你是知道的，如果不是我为你求情，这一次你是难以过关的。"边泽轻声说道。这一次为了郑宏伯，他破例开口向处座求了情。处座碍于他的颜面，才对郑宏伯从轻处罚。

"多谢向南兄解了危急！可是现在上沪站在苏州河以北日本占领区的据

点都已经被破坏，俞立不除，我们很难开展工作，而且……"说到这里，他又有些无奈地开口，"现在估计最少有四位行动人员被捕，我不能够保证他们能够坚持不开口，他们这些人也是危险因素！"

边泽点了点头。他们做谍报工作多年，自然知道除非当场自绝，否则只有极少的勇士能够熬过那些严酷刑罚。这四个人里面有人开口投敌只怕是在所难免。

"这一点你不用担心，总部已经调派了最精干的行动人员来处理这件事情。"边泽摆了摆手，开口说道。

"是赵子良的手下？他们没有和向南兄一起来吗？"郑宏伯诧异地问道。锄奸任务自然是行动科的工作。

"他们已经提前进入上沪，具体由我来联系。你们负责提供俞立和被捕人员的材料和情报，由他们来动手。"边泽说道。他没有透露宁志恒的信息，尽管知道郑宏伯肯定不会有问题，但是该保密的情况他绝不会说。

"已经进入上沪了？总部的动作真快呀！提供俞立等人的材料没有问题，只是他们近期的情况我们根本打探不到。现在我们上沪站的人员都不敢进入日本占领区，谁知道俞立这个浑蛋会不会在暗处盯梢，他对我们实在是太熟悉了！"郑宏伯为难地说道。俞立的叛变直接导致上沪站进入日本占领区的危险成倍地增加，就更不用说去刺探情报了。

"这个办法你去想，不然你让行动队人地生疏，连目标都找不到，怎么动手？"边泽听到郑宏伯的话极为不满，要不是因为两个人多年的情谊，难听的话早就出口了。

看到边泽脸色难看，郑宏伯不敢再多说什么。他知道边泽平时不爱多言，可是一旦动怒，那可是非常可怕的。他赶紧说道："好的，我马上想办法，尽快查明俞立和被捕人员的情况，为行动人员做好准备工作。"犹豫了一下，他又说道，"只是这次的行动要在日本占领区进行，现在日本人对他肯定是重点保护，刺杀的难度太大了，就是成功了也很难全身而退呀！"

边泽没有马上回答，看了看窗外，半天才说道："这一次是锄奸行动，由总部最好的行动人员指挥，至今还没有能够难得住他的案子，不会有问题的。"

听到边泽说得这么有把握，郑宏伯眼睛一亮。他知道边泽这个人向来自视甚高，能够让他说出这样的话，这次总部派来的一定是个极为重要的人物，只是自己一时也想不起来有谁会得到边泽这样的推崇。

车辆很快赶到上沪军事情报站。这里是准军事化的单位，门口有不少荷枪实弹的军士巡逻站岗。

进了大院，几乎所有的上沪站高层都在恭敬地等候，看到郑宏伯和边泽下车，一齐围了上来，其中有不少是边泽的旧部。

按照职位的顺序，他们上来一一向边泽握手示意。边泽情面上推却不过，只好应酬了一会儿，这才进入办公大楼之中。

宁志恒等六人也跟随其后，进入一个大型会议室内。这时，边泽终于没有耐心了，他皱着眉头吩咐道："好了，几位主官和各个部门的负责人留下，其他的人都散了吧，我们马上开会！"

第十三章
双面间谍

上沪军事情报站召开会议的时候，就在特高课本部的一间办公室内，情报组长今井优志正看着眼前的丁大海。

"渡部君，一别多年，没有想到是在这种情况下见面。"今井优志慢慢地开口说道。他处理完村上慧太的事情刚从杭城回来，就被佐川太郎告知，自己安排在南京的潜伏人员渡部大治竟然自己返回了特高课本部。

渡部大治带回了极其糟糕的消息：进入南京的抓捕小组竟然又一次全军覆没，八名精心挑选的行动好手被军事情报调查处一网打尽，无一漏网。

因为渡部大治是多年前今井优志安排的独立棋子，所以必须由今井优志亲自排查甄别，以确保其身份无误。这是必要的程序。

听到今井优志的话，渡部大治深深地躬身，面带惭愧地说道："对不起，今井组长，我的工作没有做好。抓捕小组成员被捕，他们的联络员见过我，在抓捕现场我又被中国特工看出了破绽，导致被跟踪。我没有办法，只能撤离，辜负了您的期望。"

今井优志看着渡部大治半天没有说话，他深深地叹了一口气。现在南京城真成了龙潭虎穴，几乎是送进去多少特工就损失多少，就连这一枚潜伏多年的棋子也暴露了。

今井优志终于开口问道："渡部君，你是负责接应抓捕小组行动的，知不知道他们失手的原因呢？"

渡部大治犹豫了片刻，开口说道："具体的原因我并不知道。抓捕小组之前一直没有找到目标的行踪，直到四天前我将目标的照片送到联络员手里的时候，他说已经找到目标，并准备马上行动。可是我第二天上午就接到消息，军事情报调查处在当天凌晨突袭了他们的落脚点。情报显示，现场的状况极为激烈，他们被敌人重重包围，完全没有突围的可能性，而我一时心急，终于还是露出了行迹，被人盯上了。好在我及时发现，甩掉了尾巴，以最快的速度撤离南京。"

听到渡部大治的叙述，今井优志不禁开口问道："你拿到了目标的照片？"

"是的，是一张两年前的合影照，比真人要稚嫩、年轻很多，气质上迥然不同。与目标真人接触时，他有一种慑人的气势，给人很强的压迫感！"渡部大治仔细地回忆道，"可是当时时间比较紧张，而且我认为行动之后这张照片就没有用处了，所以并没有翻拍。"

"也就是说，这张照片又落入军事情报调查处特工的手里了？"今井优志失望地说道，"现在中国特工知道我们的意图，一定会小心防范，再抓捕这个目标更是难上加难了。"今井优志懊恼地一拍桌子，缓声说道，"好吧，渡部君，这一次的失利大家都不想看到，但毕竟这么长时间以来，南京的局势一直很糟糕，追究你的责任是不公平的。"

渡部大治一听今井优志这么说，心中的担忧终于放下了，他连声说道："多谢组长，多谢组长，真是太感谢了！"

今井优志摆了摆手，接着说道："这两天我们对上沪军事情报站进行了一次大的行动，战果显著，抓捕了四名中国特工。行动队里正缺乏精通中文的人员，你就去行动队担任队长，组织审讯他们的工作。"

"嗨依！"渡部大治点头领命。

这时，上沪军事情报站的会议室里，坐在主座上的边泽正一脸严肃地训斥着军情站的人员。

"如今在南京和杭城地区，局势大好，日本人的情报网都已经被我们拔出，可在上沪，在对抗日本人的一线，你们却松懈怠慢，疏于防范，以至于造成今日之局面。处座指示，所有担任部门负责人的军官都通报申饬，两年内军衔不得晋升；如再出现类似事件，马上以渎职罪军法论处！"边泽冷声说道。

听到边泽的话，大家都暗自松了口气。以军事情报调查处的惯例，以处座的作风，这一次绝对算是从宽处置了。好歹没有当场关押，甚至没有撤掉任何人的职位，这比之前预想的要好得多。

这时站长郑宏伯赶紧出声表态道："多谢处座和科长宽容！我们军情站上下定当感念于心，不敢再有一丝懈怠！"

其他人也纷纷表态，表示一定牢记教训，不负处座和科长的期望。

显然，一场风波已然过去，毕竟牵连太广，也不好收拾。

这时，边泽再次问道："让你们整理的俞立和被捕人员的资料都准备好了吗？"

情报处长侯伟兆赶紧起身离座，几步上前，将手中的一个文件袋递到边泽面前，恭敬地说道："科长，材料都准备好了。俞立、燕凯定、邢升荣、龚平、齐经武，这五个人所有的资料都在这里！"

边泽拿过文件袋看了一眼，没有打开，而是随手往后一伸，递到了身后站立的六名随从面前。

这个随意的举动本来没有问题，可是他却没有注意到，身后的随从人员只有宁志恒站在最前面。

原来，跟随边泽的五位随从军官都是情报科人员，他们最高的军衔也不过是少校，偏偏又都知道宁志恒在军事情报调查处的地位，知道他不仅深受处座赏识，就连几位高层对他也是另眼相待。而且按照惯例，随从人员的排序都是依照职位和军衔顺序而定，所以当宁志恒和他们跟在边泽身后的时候，自然而然地就没有人敢走在宁志恒前面，习惯成自然，宁志恒自己也没有注意这个现象。

开会时，他们几个站在边泽身后时，这五位军官竟然不自觉地站位靠后一点，无形中将宁志恒的站位凸显出来，结果等边泽向后伸手递文件袋的时候，宁志恒这才发现自己的站位最靠近，无奈之下，只好把文件袋接过来。

这个举动本来很平常，不过是上司把材料交给下属保管，却让军情站站长郑宏伯眼睛一眯！

他是边泽的老战友，相互之间了解甚深。边泽身后的六位随从虽然穿着便衣，可他还是认出其中一名随从就是跟在边泽身边多年的亲信，军衔是少校。可两年不见，这名少校现在却老老实实地排在一名青年之后。郑宏伯再仔细看了看宁志恒的面容，更是吃了一惊！这个青年乍一看很是老成，但其实最多二十出头，不过他不仅举止雍容，气质沉稳，而且地位上也压了身后那五位随从一头，其中就包括那位少校。这到底是什么人？

郑宏伯不愧为精于世故、善于观察的老牌特工，对方不起眼的一个举止，就让他敏感地察觉到，边泽身后的这位青年身份绝对不简单。

而此时宁志恒心中也是暗自后悔，他的本意只是来军事情报站领取材料，同时辨认出那个日本人的内鬼，自己的身份并不想让军事情报站其他人知道，以方便自己以后的行动。

可是没有想到，身边的这五个军官竟然不自觉地把自己显露出来。虽然只是一个小小的疏忽，但在有心人眼中就会是个破绽。

会议照常进行，直到会议结束，大家这才起身。郑宏伯轻声对边泽说道："科长，旅途劳顿，我们准备了接风宴会，还请科长赏光。"

两个人虽然交情深厚，但是在人前他一向都称呼边泽为科长，只有两人独处时才称呼边泽为向南兄，以示二人亲近之意。

边泽眉头一皱，他为人寡言古板，对这些官场虚礼很是厌烦，于是摆了摆手，轻声回答道："我身体确实乏了，接风宴还是算了吧！"

郑宏伯知道边泽的脾气、禀性，于是上前低声说道："向南兄，这次事情大家都被吓得惊恐难安，都是你的旧部，还是要稍加安抚。你不出席此次宴会，难免他们会多想。"

边泽听了郑宏伯的话，心中也是无奈，长官巡视下属接风这是惯例，尤其是老长官，那更是刻意为之。如果边泽执意不去，确实会让这些老部下心中不安，想到这里，边泽勉强点了点头。

郑宏伯见边泽答应了，心中大喜，赶紧给总务科长刘彭生递了个眼色。刘彭生马上来到边泽面前低声说道："还是您以前常去的凤喜酒楼，包间都已经订好了，现在就可以过去了。"

边泽一点头，率先出了会议室。其他众人看到长官出了门，这才敢跟随其后。

宁志恒等六人跟在边泽身后，上了两辆轿车紧跟在边泽的车后面。

上了车，宁志恒迫不及待地打开文件袋，取出里面的五份材料，第一步就是查看这五个人的照片。

可是出乎他的意料，包括俞立在内的这五个人，都不是画像中的那名男子。宁志恒看着手中的材料思索着，看来以前的猜想应验了，在上沪军事情报站里还真的有另一个内奸存在。

这次的上沪军事情报站高层会议，参会人员里面没有画像中的那名男子，看来这名男子的地位还要低一些。

宁志恒准备再接触一些地位低的人员，如果还找不着目标，就只能求助边泽调查上沪站的档案资料，一定要挖出这个内奸来。

想到这里，他又仔细查看了一下俞立的材料，其中的出身和履历都很清楚。俞立是军事情报调查处的第一批成员，当初力行社的老底子、骨干成员之一，不然也不会爬上高位。

这样的人也会投敌？难道他和黄显胜、严宜春一样，根本就是多年前潜进中国的日本间谍？可是中国这么大，人口四万万，能够有一个日谍混入军事情报调查处就已经是运气了，怎么会那么巧，又混进来一个高层？这不科学！

只能有一个解释，这个俞立曾经被捕过，之后熬不过那些严刑拷打，最终投敌！

就在宁志恒翻看材料的时候，车辆来到凤喜酒楼门前停下，大家都簇拥着边泽进了酒楼。

郑宏伯找了一个机会，偷偷地将自己的心腹、情报处长侯伟兆叫到身边。

"站长，您有什么吩咐？"侯伟兆低声请示道。

郑宏伯低声说道："伟兆，一会儿酒席间多和科长身后的那位最年轻的青年接触一下，态度要殷勤些，要打好关系，看看对方有什么喜好。我们这一次只怕没有那么容易过关，处座恐怕并不相信我们！"

侯伟兆被站长的话吓了一跳，轻声问道："处座难道还要追究此事责任？不是已经申饬警告了吗？"

郑宏伯摇了摇头，轻叹一口气："我估计处座是怀疑我们上沪军情站里还有日本人的奸细，对我们都防着一手。"说到这里，郑宏伯四下看了看，见周围无人，再次说道，"这次总部派来的锄奸行动人员，早就已经进入上沪，根本没有和我们照面。我看那个青年绝不是简单的人物，他年纪轻轻，却稳稳压了李信这个少校一头。他的军衔应该最低是个少校，现在在南京总部，这么年轻的少校会是谁？"

李信正是那位跟随边泽多年的亲信，两年前也在上沪站，大家都知道他的军衔是少校。

郑宏伯虽然身在上沪，可是对南京总部的消息并不闭塞，相反他会经常地通过渠道了解南京总部的动向，这也是一个官场老手的基本素质。尤其是这大半年来南京局势发生了这么大的变化，他自然要多加留意，而且以他的级别了解这些内幕更为容易，更加直接。

"会是谁？"侯伟兆接着问道。站长的话让他这个搞情报的特工马上警觉起来。

"十有八九就是行动科崛起的那位行动组长宁志恒。据说这个人刚刚走出校门，极为年轻，却是数一数二的战术好手。这一次估计是派他来执行锄奸任务的，可科长还是瞒了我们，看来总部对我们很不满意，生怕再出一个俞立！"郑宏伯仔细地分析道。

"明白了，我一定会和他打好关系，尽量让他满意！"侯伟兆听到郑宏伯的话也是心头一紧。这些总部下来的人物都得罪不起，尤其在这个特殊时期，更是犯不得半点错误。

酒宴开始后，边泽在席间温言安抚这些旧部。他身后的六位军官自然也有专人相陪，中校情报处长侯伟兆还特意前来作陪。

酒过三巡，菜过五味，侯伟兆向宁志恒请酒相邀，态度非常和蔼。在他刻意奉承之下，众人相谈甚欢。

等他起身离开后，宁志恒就知道，那个举动到底还是露了行踪了。以一个中校情报处长的身份，前来和自己曲意结交，做得也太过明显了！

既然瞒不过，干脆就直接接触，也省得大家猜来猜去，反正自己找到那个内奸之后就不再露面，料想也不会有大的妨碍。

接风宴结束后，宁志恒直接上前，低声把情况跟边泽说了一下。边泽也是一愣，冷笑着说道："这些人的小聪明倒是不少，可惜都用到自己人身上了。

那好吧，我们挑明了说，免得他们疑神疑鬼，草木皆兵！"

回到上沪站，边泽把郑宏伯叫到自己的办公室。这是他之前在上沪工作时就一直使用的办公室。听说他要来上沪，郑宏伯赶紧安排人把房间腾了出来，仔细布置，作为边泽在上沪期间的办公场所。

边泽向郑宏伯直截了当地安排了内部甄别行动。这一举动反而让郑宏伯心头一松，这说明边泽是相信自己的。同时边泽又当面介绍了宁志恒。郑宏伯一听，果然如自己的判断，这个年轻人正是行动科的宁志恒。

宁志恒与郑宏伯握手，笑着说道："郑站长果然眼力过人，一点小疏忽都躲不过您的眼睛，佩服，佩服！"

"哪里，是志恒你气质出众，到哪里都让人一见难忘啊！"郑宏伯亲切地直呼其名，笑着说道。

宁志恒听着这话，怎么都觉得这是在讽刺自己。如果是一个平常人，你夸奖他气质出众、一见难忘，这肯定是好话无疑。可是你对一个特工说他的气质出众，让人一见面就给认了出来，这不就是说自己的本事不到家吗？

宁志恒接着向郑宏伯提出，自己需要查看一下所有上沪站人员的资料，甚至包括这次行动中牺牲人员的材料。郑宏伯自然满口答应，马上叫来了情报处长侯伟兆。

郑宏伯对侯伟兆命令道："伟兆，这就是此次执行锄奸任务的宁志恒组长。你要做好配合工作，宁组长提出的任何要求，你都要全力完成，不得有任何怠慢！"

侯伟兆连声答应："站长放心，我一定配合好宁组长的工作！"说到这里，他赶紧又对宁志恒笑着说道："宁组长有什么需要，尽可以提出来。档案也没有问题，我马上带你去查看。"

宁志恒也笑着说道："一切就有劳侯处长了。我想先了解一下这次营救行动的具体细节，然后想调出牺牲人员的档案查看一下，最后再查看全部军情站人员的档案，你看可以吗？"

"当然没问题，我这就安排。"侯伟兆点头答应，然后向宁志恒做了一个"请"的手势。两个人一起出门，来到旁边的一处办公室内。侯伟兆笑着说道："这是为迎接边科长的到来特意安排的几间最好的办公室，这间是为你安排的，和科长的办公室安排在一起，你看还满意吗？"

宁志恒四下看了看办公室里的布局，光线非常好，屋子宽敞明亮，办公桌椅用品也全是崭新的高档货。他暗自点头，上沪站这一次准备工作做得非常充分，看样子下了不少功夫。

他满意地点了点头，说道："我很满意，侯处长有心了。"

其实这个办公室他也根本用不上。找到隐藏的内奸之后他就会离开，去法租界安排刺杀的任务，这里没有大事是不会回来了。但是这一切不能跟侯伟兆明说。

侯伟兆又接着说道："宁组长，至于你想了解的这一次营救行动的具体细节，我马上安排脱险的人员来见你，你稍等片刻。"

宁志恒也不想再耽误时间，开口说道："那就有劳了，请尽快安排！"

侯伟兆点头离去，宁志恒这才坐在办公靠椅上，将那五个人的材料取出来，认真地翻阅起来。

他着重查看了一下俞立的资料，仔细思索着。这一次的困难程度有些大了，锄奸目标不仅仅是俞立，不出意外的话，最少也要增加两个目标。

不是他持悲观态度，四个人里面有两个能够为国尽忠，就算不错了。没有必死的信念当场战死，接下来不是被折磨致死，就是叛变投敌。

他抓捕了那么多的日本间谍，就算是那些自幼被军国主义思想洗脑的日本间谍落在他的手里，真正能够做到死不开口的也就两个人。

当然，具体要多刺杀几个目标，还需要上沪站的情报人员来提供信息。自己的人只能负责动手，毕竟人地生疏，也没办法打听消息。

很快，侯伟兆带着一名青年男子来到宁志恒的办公室，他笑着介绍说："这是我手下最得力的情报官骆兴朝。这次营救行动中，如果不是他提前发现了异常情况，阻止营救人员深入，只怕所有人员都回不来了。最后还是他把剩下的人都带了回来，殊为不易呀！"

骆兴朝在一旁赶紧说道："都是卑职应尽之责。只可惜还是发现得晚了，那么多兄弟一个个就倒在我面前，现在想起来都痛心。"

说到这里，他们眼圈不禁有些泛红。侯伟兆叹了一口气，拍了拍他的肩膀，说道："兴朝，将士难免阵前亡，我们还是要想开些。"说完，他又向骆兴朝介绍道，"这位是南京总部的宁组长，他要问你一些有关这次行动的具体问题，你要详尽如实地回答。"

"是!"骆兴朝点头称是，然后向宁志恒敬了个军礼，"卑职一定如实汇报!"

自打骆兴朝一进办公室，宁志恒的眼眉就是一挑。真是得来全不费工夫，这位惺惺作态的情报官正是自己这一次来军情站的真正目标——那名画像中的男子!

看着对方出色的表演，宁志恒心中不禁暗自好笑：真是演技出众的好演员，如果不是自己已经确定他就是内奸，换作谁都很难相信眼前这个人竟然是日本人的内线。

"骆上尉，你请坐。请不要紧张，我只是对这次营救行动做一下详细的了解。"宁志恒微笑着说道。

侯伟兆自然知道这个时候自己应该回避，他向宁志恒点了点头说道："宁组长，我去给你拿牺牲人员的档案。"

宁志恒点头答应道："那就辛苦侯处长了。"

侯伟兆点头离开了办公室，其实宁志恒已经不需要再看什么档案。他之所以要调看牺牲人员的档案，就是考虑在营救行动中，这个内线会不会死于混战之中。

现在目标既然已经找到，之后查阅档案就是一件遮人耳目的事情了，到时走走过场，再找个借口提出对骆兴朝的怀疑，剩下的事情就交给边泽解决了。想来边泽和郑宏伯这样的老特工，经验丰富至极，在目标明确的情况下，对付骆兴朝岂不是手到擒来?

宁志恒接下来的询问很是详细，具体到了每一个时间段进行的每一个步骤，总之，提出的问题详尽得让骆兴朝感觉到紧张，心想：这个宁组长绝对是一个心细如发的谨慎之人，还好自己早就做好了应对之策，将整个过程叙述得滴水不漏。

持续了半个多小时，询问才算结束。

"骆上尉，非常感谢你的配合，有情况我还会再次找你询问的!"宁志恒起身来到骆兴朝面前，伸出手与他握了握，然后将他送出了门。

这时，早在门外等候的侯伟兆迎了上来，手中捧着一摞材料。

宁志恒将他请进办公室，侯伟兆微笑着说道："宁组长，询问的情况怎么样？"

宁志恒点了点头说道："骆兴朝上尉的头脑很清楚，叙述得也很有条理，记忆力也很好，我询问的每一件事情他都能够非常准确地描述出来，倒像是早就准备好了似的。"

宁志恒的话让侯伟兆一愣，这话里有话呀！他不禁开口问道："骆兴朝是我的手下，平时做事就很有头脑，也很仔细。"

宁志恒颇有深意地看了看侯伟兆。侯伟兆这样替骆兴朝说话，显然平时很看重这个手下。

不过，宁志恒没有打算跟他多说，他对上沪军情站的人并不能完全相信，他只需要向边泽解释就可以了。

"侯处长，请马上再带几名幸存人员来，我还要再继续询问！"宁志恒说道。

既然这个骆兴朝是内奸，对于他的话宁志恒自然不会相信。之所以这么详细询问他，就是要在询问的过程中找出他的破绽，为自己将来证明他是内奸做好前期的准备。

侯伟兆听到宁志恒的话后点头答应，他的任务就是完全满足宁志恒的要求。

很快，侯伟兆又分别领来了两位营救行动的幸存者，两人都是行动队人员。宁志恒同样极为详尽地询问了整个行动过程，并做了仔细的记录。

最后，询问结束，宁志恒将手中的询问记录整理了一下，又将侯伟兆送来的材料大致翻了翻，确实没有找到有用的线索，干脆就合上材料不再翻阅了。

一切都要从骆兴朝身上打开缺口！想到这里，宁志恒拿起手中的材料出了门，来到隔壁边泽的办公室。

轻轻敲响了房门，屋子里传来边泽的声音："进来！"

宁志恒推门而入，只见屋子里边泽和郑宏伯正在说话。

看到是宁志恒进来，边泽赶紧说道："志恒，我正在和郑站长商量，这一次的内部甄别工作量很大，短时间内难以完成，所以我们决定，首先配合你完成锄奸任务，这是第一要务。如果你有什么需要，尽量提出来，上沪站全力支持配合。"

郑宏伯也笑着说道："志恒，科长刚才可是一直在夸你，在南京和杭城的出色表现简直卓越绝伦，我可要好好看一看你这次的精彩表现。"

宁志恒微微欠身，笑着说道："科长太过奖了，志恒愧不敢当。这一次的刺杀行动我需要很多的信息和帮助，一切都要仰仗郑站长您了。"

说完这话，几个人相视一笑。

边泽看到宁志恒手中捧着一摞材料，开口问道："志恒，你找我有什么事情吗？"

宁志恒当即将手中的材料放在桌案上，说道："我刚才查阅了一些资料，又询问了整个营救行动的详细情况，只是心中有一点疑惑，特意前来向科长请教。"

听到宁志恒的话，边泽心中一动。他对宁志恒可是知之甚深，知道这个年轻人推理能力超强，素来极有主见，对自己很有自信，他判断事情根本就不存在"请教"二字。现在看来，肯定是发现了什么问题要向自己汇报。边泽马上端正了身子，郑重地问道："你是发现了什么问题吧？和我好好说一说！"

郑宏伯也听出宁志恒话中有话，难道这个年轻人刚来就发现了上沪站有问题？这速度也太惊人了吧！

宁志恒拿出手中的一份材料说道："这份是副站长俞立的材料，里面的档案记录得倒是很详尽，可以看出俞立是我们军事情报调查处的老人，力行社时期就是骨干成员，做事能力强，行动能力也很出众，仕途上也很顺利，可是这样的人物怎么会突然间叛变投敌呢？他不缺权，不缺钱，日本人能给他什么呢？他应该是在迫不得已的情况下投敌叛变的，也就是说他应该被捕过。所以我想问一问郑站长，在你的印象里，俞立有没有失踪或者失去联系的情况？"

听到宁志恒这番话，边泽和郑宏伯顿时打起了精神。尤其是郑宏伯，他被宁志恒的话吓了一跳。他仔细地回想了一下，最后不确定地说道："就在一个月前，俞立确实有几天没有露面。之后我问他的时候，他只是说跟踪调查一个日本间谍的嫌疑人，后来又说证据不足就放弃了。"

宁志恒疑惑地问道："调查一个嫌疑人，需要身为副站长的俞立亲自去跟踪吗？"

郑宏伯说道："俞立这个人工作能力很强，精力充沛。他平时不愿意坐办公室，所以我就把外勤工作交给了他。很多时候他总是愿意亲自去一线，手下的行动队员对他也很信服。"

宁志恒点了点头，接着问道："俞立平时都有什么喜好？他今年已经四十二岁了，可资料上显示他是单身，他一直没有成家吗？"

听到宁志恒的问话，一旁的边泽开口回答道："俞立这个人别的优点不少，唯独有一个缺点，那就是好色，身边不停地换女人，一直安定不下来，所以也一直没有成婚。"

"他喜欢找女人？"宁志恒不禁有些疑惑地问道，"喜欢什么类型的女人？青楼妓女，红伶戏子，还是良家妇女？"好色对这个时代的男人来说并不是什么缺点，但是对于一个特工来说，却很容易成为敌手针对他的弱点。

郑宏伯显然没有想到宁志恒会问得这么细，最后开口说道："俞立的喜好有些特殊。他从来不去青楼妓院，也不喜欢良家妇女，独独偏爱唱戏的女戏子。不论哪个戏院的漂亮戏子，他都会去捧角，这些年一直是这样，纯属个人喜好，也不影响工作，我也就从来不干涉。"

"那他会不会经常去日本占领区听戏？"宁志恒问道。这个问题很关键，他需要知道俞立被捕的真正原因。在中方占领区，日本人是很难活捉到这位军情站副站长的，很有可能就是在日本占领区进行诱捕的。那现在就需要知道，俞立是自愿进入日本占领区，还是被别人诱骗进入的。

郑宏伯想了想说道："在虹口和淞沪路一带有好几家大戏院，之前俞立曾经去过几次，后来让我知道后训斥了他一次，以后就再也没有去过。他大部分时间还是在我方占领区和法租界活动，公共租界也去得有些少。"

虹口和淞沪路一带虽然也是公共租界北部的一部分，但现在已经成为日本移民的聚居区，实际的掌控权在日本人手里。

宁志恒想了想，觉得自己已经有些思路了，只是还不能够确定。他又开口问道："这一次的营救行动是俞立亲自通知郑站长你的？"

"是的，是通过一个据点通知我的。信息上说他已经获取到日本人的一份绝密情报，可是本人却被日本间谍困在虹口区的一条街道里出不来。日本人正准备彻底搜查，所以他紧急求援，告诉我们地点，我才马上组织四十名营救人员连夜潜入日本占领区进行武装营救，可没有想到……"说到这里，郑

第十三章　双面间谍

宏伯一拍大腿，有些懊悔不已，最后营救小组成员只有一半活着回来了。

"我听取了行动的具体过程，在这里我有一些疑点。"宁志恒准备把话题转到骆兴朝身上，"既然这是一个早就设定好的陷阱，以日本间谍组织的能力，再加上日本驻军的力量，区区四十名行动人员，却能够活着回来一半，不得不说，这一点很让我疑惑。"

宁志恒的怀疑确实有道理。说实在的，如果换作自己指挥，兵力充足，又占有主场地形，只要布置得当，这四十名行动人员一个也逃不掉。

郑宏伯开口解释道："这次营救行动中，多亏了情报处的骆兴朝。这个人平时就很机警，行动能力也强，他及时发现了日本人的埋伏，然后向行动队长崔光启报告。当时后方已经被堵住了，骆兴朝建议，向苏州河方向突围。冲到了苏州河之后，他们用河边渔民停放的木船强渡了苏州河，进入南岸的公共租界，这个过程中损失了一半的人手。"

宁志恒这时却是淡淡一笑，说道："在敌众我寡的情况下，敌方又是存心埋伏，就算我方行动人员没有进入包围圈，苏州河岸也是有日军驻扎的，日本间谍就没有通知军方警戒吗？就算是没有通知，听到枪声也应该有所反应吧？可是事实上行动人员轻易地就抢到了木船，尽管双方交火很激烈，可在宽达六十米的河面上，所有人员无一损失地进入公共租界，这一点正常吗？"

宁志恒的这番话顿时让屋子里的人安静下来。良久之后，边泽开口问道："志恒，你是怀疑日本人故意放了水？"

"不是怀疑，而是肯定！"宁志恒斩钉截铁地说道，然后他站起身，在办公室里来来回回地走了几步，再次说道，"我总共询问了三名幸存者，大体上的情况都一致。中弹的行动人员都是留在后面断后的人员，而带头突围的骆兴朝一直在队伍前面，身边也没有人中弹。

"而且这个骆兴朝在之前的叙述中，每一个细节都记忆得很清楚，可是对于上船之后的事就说记不清楚了。可是在其他两个幸存者的叙述中，都说在渡过苏州河河面的时候，尽管枪声大作，但是所有人都很幸运，并没有人在这期间中弹，也就是说敌人所有的子弹都打在了空处，这是为什么？

"这是因为江面上漆黑一片，距离较远，敌人不敢胡乱开枪，生怕打死了其中自己的内应。反正设计中也是要放人逃出去的，所以才放了空枪，或者都故意打在了水面上。"

说到这里，大家都明白过来，宁志恒的意思再清楚不过了：这个在营救行动中提前发现日本人的埋伏，又提议并带领行动人员向苏州河方向突围，最后成功将众人带回到安全地带，从而立下大功的骆兴朝，竟然是日本人的奸细！

可是宁志恒提出的疑问确实难以解释，多项怀疑的目标都指向了骆兴朝。

边泽一拍桌案，沉声说道："马上对这个骆兴朝进行监视，我们要确认他的身份！"

宁志恒却是手抚着额头，再次分析道："这个骆兴朝的问题很大，对他不能只是监视，还要主动地去调查，我们没有时间跟他对耗。如果我猜得不错的话，他的情况应该跟俞立相仿，是被日本人诱捕了。查一下他几个月来，有没有失踪或者失去联系，或者长时间离开军情站的情况。"

郑宏伯听到这番话，马上起身来到办公桌前，二话不说拨打了电话。

"伟兆，你马上到科长的办公室来一趟，我有话问你。"郑宏伯急声命令道。

"郑站长，尽管这话有些不太礼貌，可是我还想再问一句，"宁志恒犹豫了一下，再次问道，"侯伟兆可靠吗？"

以他的多疑性格，对任何人都是持怀疑态度的，更何况侯伟兆是骆兴朝的上司，言语之间对骆兴朝非常信任。

不过判断这个人是否可靠并不难，因为他知道骆兴朝肯定是内奸，只要这个侯伟兆为他遮掩隐瞒，那么侯伟兆就有问题。如果他能够主动挖出骆兴朝，那么他就是可靠的。

郑宏伯一怔，马上说道："绝对可靠，我用人头担保。"

侯伟兆是郑宏伯的绝对心腹，也是跟随他多年的老兄弟。郑宏伯绝不相信，他还能出了问题。

很快侯伟兆就赶到了办公室，看到屋子里的众人，赶紧问道："站长，你有事情问我？"

郑宏伯深吸一口气，对侯伟兆沉声问道："骆兴朝是你的部下，我问你，他这几个月来，有没有长时间离开军情站，或者长时间失去联系的情况？"

侯伟兆一听就知道，站长这是怀疑骆兴朝出了问题。他皱着眉头仔细想了想，最终说道："骆兴朝每隔一段时间都会回老家看望父母。就在两个多月前，骆兴朝回过一次老家，只是这次待的时间有些长，大概有半个月。"

"他老家在哪里？"宁志恒追问道。

"无锡！"侯伟兆回答道。

宁志恒断然说道："无锡离上沪并不远，开车三个小时的路程，当天就可以去个来回。马上派人去他老家调查，看看他有没有真的回去过。如果有，在老家待了多长时间？看一看这中间有没有空白期。

"还有，如果抓捕后一定会有严刑拷打，他需要一段时间复原，身上也一定会有伤痕。想办法查看一下他身上有没有近期的伤痕，比如说组织一次军情站所有人员的体检，看看他们有没有近期的伤痕。只要他们不能够解释清楚伤痕的来源，那么就有可能是日本人的奸细。"

"对，这真是一个好主意，正好对上沪站的所有人员进行一次初步的筛查！"郑宏伯高声说道。

边泽点头说道："这确实是一个好办法，这个工作马上进行。先查骆兴朝，如果真有近期的伤痕，他又不能够解释伤痕的来源，那就不用客气，直接上手段！"

宁志恒却是转头看向侯伟兆，接着说道："这件任务就交给侯处长吧，我们就在这里等着消息。"

郑宏伯一听就知道宁志恒还是对侯伟兆不放心，这是要试一试他。尽管郑宏伯心中对侯伟兆是绝对相信的，但还是点头说道："伟兆，马上对骆兴朝进行身体验证，我们现在就要看到结果。"

侯伟兆也是搞情报的老手，察言观色是看家的本事，话语之间就已经听出，这是对他的一次试探，心中不禁有些惊恐。就因为刚才为骆兴朝多说了一句话，竟然让这位宁组长怀疑自己是骆兴朝的同伙，这也太冤枉了！必须洗清自己，不然不明不白成了日本奸细，岂不是死得太不值了！

他马上立正站好，高声说道："是，站长，我马上对骆兴朝进行查验。"

"等一下！"宁志恒突然出声说道。

侯伟兆正要离开，顿时停下脚步，转头看向宁志恒。

宁志恒仔细想了想，再次说道："侯处长，你挑选最信任的手下，秘密控制住骆兴朝，绝不能让旁人看见。"

宁志恒突然想到一个问题，上沪军情站里真的只有这一个奸细吗？如果还有暗藏的奸细怎么办？日本人在上沪的力量可是最强大的，这里不仅是军事基地，也是对华谍报大本营，按理说对中国特工组织的渗透应该更深，自己不能不防！

对这个骆兴朝，自己还有一些想法。如果有可能，培养一个双面间谍正好是一个机会！所以他的暴露绝不能让别人知道，只需要秘密进行查验。

宁志恒的话一出口，郑宏伯在一旁也说道："按宁组长的要求去做，注意保密！"

"是！"侯伟兆马上领命而去。

望着侯伟兆的背影，一直坐着的边泽看了看郑宏伯，微微一摆头。郑宏伯知道这是让自己安排后手，监视侯伟兆。尽管他有些不愿意，但还是拿起电话着手布置。

一切安排妥当，大家就守在办公室里等候侯伟兆的消息，气氛一时间有些沉闷。

宁志恒想缓和一下气氛，便开口说道："郑站长，我的行动队这一次来到上沪，人地生疏。我们要尽快确定俞立的行踪和住所，还要确认被捕人员的情况，希望郑站长能够给我提供准确的信息。"

郑宏伯之前已经接到边泽的命令，再说配合宁志恒的锄奸行动，他责无旁贷，必须不打折扣地执行。听到宁志恒的话，他马上答应道："这是应该的，只是需要时间。我们在日本占领区的力量刚刚遭受到沉重的打击，一时之间还不能有效地获取情报，我需要再想想办法。"

他又何尝不想马上清除俞立这个叛徒，可奈何俞立只要在一天，军情站的特工进入日本占领区所需要冒的风险就会成倍增加，这岂不是给日本人送人头？

宁志恒却眉头一皱。他的时间可不多，在他的设想中，此次任务的执行时间绝对不能超过一个月，最多不能超过四十天，否则大战一起，自己就难以撤离了。可是听郑宏伯的意思，却是要徐徐图之。这绝对不行！

他不由得再次说道："我们军情站的力量确实遭受到重大的损失，但还可以借助其他人的力量来完成调查任务。"

宁志恒的话让边泽和郑宏伯都眼睛一亮。边泽本来也有些发愁，虽然他强硬地命令郑宏伯去探听消息，做刺杀前的准备工作，但就上沪站现在的情况，也确实难以做到。

听到宁志恒的话，边泽赶紧问道："志恒，你快说一说，还有什么人能够帮我们完成此次任务？"

"青帮！"宁志恒郑重地说道。

"青帮？"边泽和郑宏伯相视一眼，都有些诧异，然后又看向宁志恒，心想宁志恒是不是知道些什么。

"就是青帮！"宁志恒再次确定地说道，他手指着窗外，"青帮的力量遍布全上沪，在上沪势力庞大，一呼百应。门徒遍布上沪各行各业，多达几十万之多。他们操控着全上沪金融、工业、报业、黑白两道的各种灰色和黑色的行业，就连在日本占领区也有很大的能量。其潜在势力之大，远胜于我们。我们如果能够得到他们的帮助，打探一些消息应该不成问题。现在青帮的大本营就盘踞在法租界，日本人对他们鞭长莫及，所以他们并不怕日本人。我们都是中国人，对付日本人应该是同心合力的。"

宁志恒所说的青帮，就是在中国近代史上流行范围最广、影响最深远的民间帮会组织。这个时期正是它发展的鼎盛时期，其首领岳生在上沪是举足轻重的人物。除了他之外，青帮的其他头目也大大小小有一百多人，各自都有自己的势力范围。

青帮？边泽和郑宏伯仔细思考着。他们越想越有道理，在上沪这个大都市里，青帮确实是最为庞大的势力。有了他们的帮助，很多问题都可以迎刃而解。

边泽一拍桌子，断然说道："现在是非常时期，只能拉下脸去找上门了。今天晚上，我就带你去见一个人，他应该能帮到我们。"

边泽是上沪军事情报站的前任站长，在上沪工作了很长时间。在此期间，还真和青帮结下了一些渊源，结交了一些朋友，其中就有一个青帮大头目。

这个青帮头目名叫顾轩，是苏北帮的大头目之一，手下门徒也有七八千个。他原来的地盘就在苏州河北岸，只是后来日本人在北岸的势力越来越大，他难以立足，只好退回了法租界。可是他在虹口和淞沪路一带，还保留着不少的力量，正好可以为边泽所用。

本来边泽不想让帮派势力卷进这场中日谍战的较量中来，可是现在确实没有办法，只能借助这股势力了。

边泽为人不喜张扬，有很多事情并不为人所知，但郑宏伯是了解情况的。

看到边泽决定上门求助老朋友，当下也安下心来。他知道以边泽的面子，顾轩是不会推辞的，这件事情应该不成问题。

就在这个时候，侯伟兆敲门走了进来，他向郑宏伯立正汇报道："报告站长，我们刚才把骆兴朝控制起来检查他的身体，发现有很多近期的伤痕，这肯定是严刑拷打的痕迹，时间最少也有两个月了，可是骆兴朝根本无法解释这些伤痕的来源，现在需要我们上手段吗？"

听到侯伟兆的汇报，边泽和郑宏伯一下子站起来，看来宁志恒的判断是非常准确的。他们不约而同地又把目光投向一旁的宁志恒，心中不觉都有些震惊。

对于这个结果，宁志恒自然是在意料之中，可是对于其他人来说就有些震惊了。

尤其是郑宏伯，之前他一眼就看穿了宁志恒的身份，自己的内心还是颇为得意的，甚至忍不住明捧暗贬地点了宁志恒一句，从心底里对宁志恒还是很不认同的。

可是没有想到，自己以为难度极高、工作量巨大的内部甄别工作还没有开始，这位年轻的行动组长在短短的两个小时里翻阅了几份材料，询问了两三个人员，就通过一点蛛丝马迹展开了精彩的推理和判断，从而迅速锁定了嫌疑人，并且通过身体的查验，马上就验证了自己的判断，从而挖出了上沪情报站里又一个内奸，在某种程度上甚至挽救了上沪站。

要知道如果再出现类似的失败，上沪站再出现一个俞立，产生的后果是不堪设想的。不要说躲不过日本人的毒手，就连处座也绝对不会再次放过他们这些高层的，等待他们的只能是严厉的军法制裁。

宁志恒这时也站了起来，他看向边泽，轻声建议道："我以为还是暂时不要动刑，这个骆兴朝留下来也许对我们还有用，一旦动刑，很容易会被有心人看出来。还是和他谈一谈，让他反正，再次为我们所用。"

宁志恒的这个建议，顿时让郑宏伯眼睛一亮。自己在日本人的内部一直没有情报来源，但是通过日本人对骆兴朝的指令，也许可以接触并推理出一些情报，还可以传递一些自己需要日本人知道的假情报，岂不是一举两得？想到这里，他连忙出声道："科长，志恒的这个想法非常好。骆兴朝本来就是我们的人，他只不过是被日本人严刑拷打才投敌的。只要我们晓之以利，给他一个活命机会，让他没了顾虑，应该是不成问题的。"

边泽听到宁志恒和郑宏伯都这么说，当下也是点了点头，说道："那就给他一个戴罪立功的机会，如果胆敢负隅狡辩，就不用客气了！"

商量已定，当下三个人跟随侯伟兆一起来到一间隐蔽的大房子。里面的陈设和南京总部的那个审讯室很相像，阴暗潮湿，还透着一股血腥的味道。这是侯伟兆处理重犯才使用的一间审讯室，一般人都不会靠近。

骆兴朝被紧紧地捆绑在粗大的木架上，只穿着内裤，目光中充满了绝望。两名侯伟兆的心腹正将火炭盆端到他面前，随手将一柄烙铁扔进了盆里。

看着这一幕，骆兴朝的目光中闪出一丝恐惧，那种痛苦的感觉他不想再经历一次了，可是招认了就可以幸免吗？

当然不可能，军事情报调查处军法无情，家规森严，叛变投敌绝对是死路一条，承认了就等于是自绝生路。骆兴朝的心里不免生出一丝侥幸，也许死不承认还有一丝生机。

这时，他听到纷纷沓沓的脚步声传来，抬起头就看到一行人走了进来，心头一紧，不知道自己的命运将何去何从。

郑宏伯挥了挥手，侯伟兆的两名心腹马上退出了审讯室。

屋里只留下了边泽和郑宏伯，还有宁志恒和侯伟兆四个人。郑宏伯咳嗽了一声，示意侯伟兆可以开始了。

其他三个人都坐下旁观，只有侯伟兆来到骆兴朝的面前，他面带一丝惋惜之色，开口说道："兴朝，你是我一手带出来的，真没有想到会有今天这样的结局。我不想多说，看在你我多年的情分上，我特意向站长求了情，只要你肯反正，回到民族的大义上来，重新为我们的国家效力，我们可以让你戴罪立功。只要你立下大功，之前的事情我们可以既往不咎，你仍然是我们的同志。"

听到侯伟兆的话，骆兴朝狐疑地看了看侯伟兆，又看了看他身后的三个人，嘴唇动了动，最后还是不出一声。

侯伟兆脸色一变，声音中透出一丝寒意，他再次说道："兴朝，我们军事情报调查处的家规你是知道的，投敌叛变是什么后果？你不为自己着想，也要为你的家人着想！"

骆兴朝听到侯伟兆提到自己的家人，脸色顿时一变。他知道军事情报调查处对于叛徒可是绝不容情的，甚至连家人也不会放过。

这时候郑宏伯也起身来到骆兴朝面前。他是军情站的站长，平时积威甚重，骆兴朝对他一向都是敬畏有加。

郑宏伯上前郑重其事地说道："骆兴朝，我知道你还有一丝侥幸之心，可是你也是做特工的，你说说看，你这一身的伤痕是怎么来的？大家都是行家，你可不要说是什么摔伤之类的话！"说到这里，郑宏伯用手点了点骆兴朝身上众多的伤痕，再次说道，"这可明显都是受刑之后的痕迹。两个月前你说回老家探亲，我刚才已经派人去了无锡，到你的老家调查你回家的情况，很快就会有回音，这一点你抵赖不了。你身上的疑点这么明显，假若你我易位处事，换作你，你会相信这一切都是巧合吗？

"不要心存侥幸了，骆兴朝。我是军情站站长，全面负责上沪谍报工作。我身后是南京总部的边科长，我们的老站长，军事情报调查处举足轻重的人物。我们两个人给你保证，只要你洗心革面，重新回到我们的队伍之中，戴罪立功，我们可以对你之前的投敌行为不予追究，一切重新开始。我想你应该相信我们两个人的承诺。

"可是如果你仍然冥顽不灵，负隅顽抗，不但背叛了民族和国家，成为民族的罪人，最后丢了性命，死后还要背上骂名，就连你的家人我们也不会轻易放过的！孰轻孰重，你好好考虑吧！"

此言一出，骆兴朝的心理防线彻底崩溃了。如果不是被逼无奈，他又怎么会背叛民族和国家？郑宏伯说的确实是实情，自己这身上的伤痕，根本无法解释。

郑宏伯甚至还派人回自己的无锡老家进行调查，可是自己根本就没有能够回到老家，半路就被日本特工抓捕了，当时受刑不过，又在特高课养个半个月的伤。这些事实只要一回老家调查就清清楚楚了，现在的确是无法抵赖了。

骆兴朝的心里斗争了片刻，他终于点了点头，无奈地说道："站长，我愧对党国的栽培，确实在回家的路上被日本人抓捕了，写下了自白书，还被拍了照片。日本人给了我一笔钱，很多的钱。我实在是没有办法，这才……"

听到骆兴朝这番话，几个人的心情都是一松，看来这个双面间谍算是安插下去了。

郑宏伯哈哈一笑，说道："知错就改，善莫大焉。不过骆兴朝，我们军事情报调查处的家规你是知道的，之前的事情虽然不追究，但毕竟是投敌行为，所以你还要戴罪立功，这样我们才能相信你的反正是真心的，不然以后还是要清算的。"

"我一定戴罪立功，绝对不敢心怀二意。如果不是迫不得已，我又怎么愿意为日本人做事？"骆兴朝赶紧说道。

这一次郑宏伯能够放他一条生路，死里逃生，真是不幸之中的万幸，骆兴朝又怎么敢再生二心？再说这样一来，他一直被日本人要挟的担心也彻底放下了，心中反而感觉到了一阵轻松。

郑宏伯点了点头，这才转身对侯伟兆说道："既然又是同志了，那就换个地方谈话吧。给他收拾一下，然后带到我的办公室来。"

"是，站长！"侯伟兆急忙答应道。

很快，一身笔挺军装、收拾一新的骆兴朝，又站在郑宏伯面前，向几位大佬详细交代了情况。

第十四章
联络青帮

原来就在两个半月前，骆兴朝在回家探亲的路上被埋伏的日本特工袭击，抓回到了特高课本部。

经过严刑拷打，甚至最后被按上了电椅，骆兴朝终于没能熬过这一关，亲笔写下了投降书，并被拍了照片留作证据。

大棒之后又给了他一颗甜枣，日本人给了他足足五千美元，这才把他放了回来。在胁迫和利诱之下，骆兴朝成了日本人安插在军情站的一枚钉子。

宁志恒听完骆兴朝的叙述，这才开口问道："你和日本人之间的联络方式是什么，有没有联络人？"

骆兴朝老老实实地回答道："他们专门为我设置了一个联络站。就在军情站旁边那条街上，新开了一家杂货铺，老板是个中年男子，有情况我就去买一包烟，把情报交给他们。杂货铺里专门安装了一部公用电话，如果有紧急的情况来不及通知，就直接打电话给杂货铺，用之前设定好的暗语交流。"

宁志恒点了点头，接着问道："你是两个月之前被日本人抓捕的，可是副站长俞立一个多月之前出现过一次失联的情况。他失联的时间在你之后。你给我说实话，是不是你出卖了俞立，导致他被捕并叛变投敌？"

骆兴朝听到宁志恒的质问，吓得身子一颤，最后开口说道："是我在俞副站长去虹口的梦缘大戏院的时候通知了日本人。"说到这里,他又赶紧争辩道,"日本人的这个诱捕计划已经策划了很久。那个梦缘大戏院的女戏子就是专门为了钓俞副站长上钩而精心挑选出来的,已经在上沪各大戏院出演三个月了。这个行动可不是我制定的,我只是其中一个小环节,就算我没有报信,俞副站长也早晚会上当,区别不过是时间问题!"

骆兴朝的这番辩解,一下子让大家都知道了俞立投敌的真实原因:日本人果然是利用了俞立喜欢追捧女戏子这一致命弱点。

"你详细说一说这件事情的具体始末。"边泽沉声说道。

"是。卑职也是在后来参与了其中,所以知道一些事情。"骆兴朝回答道,"据我所知,这是一个专门针对俞副站长的诱捕计划。日本人探知俞副站长独独喜欢追求当红女伶,就专门找来一名叫闻琦玉的女伶。这个闻琦玉长相俊美,唱念俱佳,正是俞副站长最喜欢的类型。"

"什么类型?说清楚些!"一旁的宁志恒突然开口问道。

骆兴朝知道这位宁组长是一个心细如发的人,从不放过任何细节,他赶紧解释道:"日本人做事很严谨。他们通过观察,发现俞副站长追求的女伶大多都是身形健美、容貌偏显英武的北方女子,并不喜欢娇柔妩媚的南方女子,所以特意从北平花大价钱找来了闻琦玉,作为诱饵。"

"日本人做事真是严谨得可怕。以我和俞立多年的交情都不知道这个情况,可是他们竟然能够观察分析得这么仔细!"郑宏伯惊叹不已。

"你继续说!"边泽吩咐道。

"是。日本人先是安排闻琦玉在上沪各大戏院挂牌上戏,尤其是在我方占领区和法租界内的大戏院唱戏,果然很快就引起了俞副站长的注意。俞副站长对闻琦玉不停地追求,几乎场场必到,然后去后台送花追求。日本人看火候已到,就安排闻琦玉去虹口区的梦缘大戏院挂牌。俞副站长开始还警觉,一直没有去日本占领区,可是后来就忍不住了,乔装改扮潜进去两次。只是他布置得巧妙,日本人没有发现他,于是指令我观察俞副站长的行踪。一个多月前,我发现他又化装出门,于是给杂货铺传递了消息。日本人周密布置,将俞副站长抓捕了。过了几天俞副站长再次出现,我就知道他也被策反了,我的任务就换成了监视他的表现。"

听完俞立被策反的整个过程,屋子里的几个人沉默了片刻。日本谍报部

244

门的能力可见一斑，他们在中方占领区有很强的活动能力，能够对中方特工进行严密的调查，这一点让众人更为担忧。

最后还是宁志恒打破了沉默，他再次开口问道："在军情站有谁知道你的老家是无锡，又有谁知道你回家探亲的事情？"

骆兴朝一愣，犹豫了半天才说："我在上沪站的时间很长了，一般两个月左右就回家看一次父母，身边的同事都知道我的情况，这个人员范围比较广了！"

宁志恒再次问道："日本人对军情站特工的情况为什么了解得这么清楚？如果说俞立喜好女伶这个习惯容易调查，那你的情况就不好调查了。知道你的家乡，还知道你定期回乡探亲的情况，我估计，在军情站内部应该还有人为日本人提供消息，然后日本人根据这些情况，分别制订诱捕计划，这才成功地策反了你和俞立。这项工作已经进行了三个月之久，甚至是更长的时间。"

宁志恒转头对边泽说道："我建议内部的甄别工作还是要加大力度，挖出日本人渗透到我们身边的爪牙。"

听到宁志恒的分析，屋里的其他几人顿时陷入一片死寂，尤其是郑宏伯脸色阴沉得仿佛都能滴出水来。

可想而知，日本人实施的这个周密的策反计划投入巨大，时间跨度很长。这中间到底有多少军情站的特工中招，那就不得而知了！

如果情况严重，作为上沪情报站的军事主官，郑宏伯只怕这一次罪责难逃。就算是边泽再次开口求情，处座也绝对不会饶了他。

边泽终于开口说道："志恒说的情况确实存在，这也正是处座让我亲自到上沪站督察的原因。说实话，处座对于上沪站的人员并不相信，他怀疑俞立在上沪站一定还有安排的后手。可是从现在掌握的情况来看，事态更为严重！宏伯！"

"科长，我检讨，我马上向处座检讨，申请处分！"郑宏伯赶紧说道。处座对自己一定非常不满。真是太大意了，日本人竟然已经把手伸得这么长了，自己却毫无察觉。这一次的失利并非偶然，如果不把内奸清除干净，这种重大的失利日后仍然还会发生。

宁志恒看到郑宏伯焦急的神色，只好出言安慰道："郑站长也不必太过紧张。其实这件事情如果没有察觉，自然是一件严重的事件，可是我们现在已经察觉到了，只要布置得当，还是可以补救的。我相信，只要下的功夫深，挖出隐藏的奸细并不是件难事！"

郑宏伯听到宁志恒的话，猛然转过头看向宁志恒，他这才想起来，身边这个年轻人正是抓捕日本间谍的大行家。他赶紧强笑着对宁志恒说道："志恒，这一次还是要你多加援手哇！"

宁志恒一愣，心中暗自腹诽，我是来执行锄奸任务的，哪有那么多时间陪你搞甄别！不过他微微一笑，随口说道："郑站长客气了，志恒一定尽力，一定尽力！"

宁志恒决定不在这个问题上纠缠，赶紧把话题扯开，他又转身对骆兴朝问道："这一次的营救行动你事先知情吗？"

骆兴朝赶紧回答道："之前已经通知我了，让我做好准备。如果我没有参与这一次的营救行动，所有的行动人员就全部拿下；如果我参与了营救行动，就让我带领行动队向苏州河方向突围，日本人做好安排，设计放出一部分幸存的人员，让我有突出的表现，再立下一功，以便以后在军情站有更好的发展。"

宁志恒暗自赞叹，真是设计精巧，布置周密，整个过程一环扣着一环。设计执行此次行动的一定是个谍报高手，真是一个劲敌！他不知道这个人正是日本特高课的首脑佐川太郎，整个行动布置都是他亲自指挥的。

"骆兴朝，这一次的情况汇报就到这里，你要镇定。我估计正如日本人安排你监视俞立一样，很有可能也有人正在监视你。所以你不要露出破绽，正常地和你的联络人接头，领取任务，有情况就向侯处长汇报，或者可以直接向我汇报。"郑宏伯对骆兴朝命令道。

"是，卑职一定小心谨慎，争取早日立功赎罪！"骆兴朝赶紧立正敬礼，然后恭恭敬敬地退出了办公室。

看着骆兴朝离去，宁志恒这才开口说道："马上安排人员对那个杂货铺进行监视，如果有异常情况，比如发现那个联络员突然撤离或者失联，要马上汇报。这种情况说明骆兴朝的反正已经泄密，我们必须抓捕所有可能泄密的人员，包括侯处长的那两名心腹手下。还有就是之前我提议的对军情站全体人员进行体检的计划马上暂停实施，否则会让骆兴朝也暴露出来，还是要从别的方面入手！"宁志恒马上察觉到一些漏洞，他接着说道，"还是要挑选一些可靠的人员组成秘密甄别小组。这些人最好是没有家事牵挂、没有外勤任务的人员，对军情站全体人员的行踪进行追查。或者可以采用分批投送假情报等方法进行甄别。甄别手段很多，相信郑站长和侯处长经验丰富，多次试探下，一定会有收获。"

郑宏伯一听赶紧说道："志恒的这些安排我们马上执行。"

这时，边泽却开口说道："志恒的首要任务是锄奸，这也是处座安排他这个行动高手来上沪的原因。现在上沪站内部情况不明，锄奸的行动队暂时不要和上沪站进行接触，只和我进行单线联系。宏伯，你们也要注意封锁锄奸行动队的消息。"

"是，我们一定注意保密！"郑宏伯和侯伟兆听到边泽不愿意让宁志恒参与甄别工作，不免有些失望，但还是知道轻重缓急的，毕竟宁志恒有自己的主要任务。

边泽见天色已晚，对宁志恒说道："今天晚上我带你去看一个老朋友，以后你的工作要借助此人了！"

"是！"宁志恒赶紧回答道。

晚上七点钟，上沪法租界一处房间里，青帮大头目顾轩坐在一张靠椅上，微闭着双眼，惬意地听着身旁唱片机里播放的戏曲，不时跟着节拍唱上一段。

顾轩虽然已经年过五旬，可是精神矍铄，是上沪有数的通字辈分的青帮大佬，手下门徒众多，势力庞大。

今天他突然接到一个故交的电话，这才安排好了地点，在这里早早地等候。

这时走进一个身穿青色短褂的青壮男子。他来到顾轩面前，轻声说道："师父，你等的客人到了！"

顾轩听到这话，顿时眼睛一睁，正了正身子坐起来，开口吩咐道："快，我们出去迎一下！"

他抬手停下唱片，这才率先出门，穿过走廊，来到院门口。

一身长衫打扮的边泽和宁志恒正等在门口，看到顾轩快步走出来，两个人笑着迎上去。

"向南，什么时候回到上沪的？"顾轩握着边泽的手笑着问道。

"哈哈，今天刚刚下的火车，这就前来叨扰了！"边泽笑着回答道。

"快，快请进！我已经给你准备好了接风宴，都是你最喜欢吃的菜！"顾轩笑着做了个"请"的手势，于是两个人谈笑着进了房间，宁志恒也紧随其后。

边泽和顾轩是多年故交，当初边泽还救过顾轩一命。两个人的情谊匪浅，此次见面自然都非常高兴。

到了屋子里，分宾主落座。顾轩看到宁志恒，笑着问道："这位小兄弟是？"他之前以为宁志恒是边泽的随从，可是一进屋就发现宁志恒竟然站在边泽的身侧而不是身后，马上就明白了这是边泽的同伴。

边泽笑着介绍道："顾兄，这是我的同事宁志恒。别看他年纪轻轻，却极为能干。这一次我也是因为他才来向你求助的！"

宁志恒这时微微行礼，轻声说道："顾老板，请多关照了！"

"好说，好说！"顾轩笑着回答。

这时有用人把精致的菜肴端上来，很快摆满了一桌。三个人边吃边聊，大多都是边泽和顾轩在谈旧时的故事，宁志恒随声附和。

酒过三巡，菜过五味，相互之间的旧话已经说完，顾轩这时才开口问道："向南，你说有事情要我帮忙，有什么事情就直说吧，你我之间就不用客套了。"

边泽点点头，就将此次的来意直接说了出来。

"原来前几天晚上北岸枪声大作，是你们军情站的人中了埋伏？"顾轩开口问道。在苏州河以北，他有不少耳目。那天晚上的枪战，他自然也是知道的，只是没有想到竟然是军事情报调查处的人吃了大亏。

"对，这一次我们的人损失惨重，不仅牺牲了很多兄弟，还有四名人员被捕，其原因就是军情站的副站长俞立叛变投靠了日本人。我这次来就是想请顾兄为我们打探这五个人的消息和下落，协助我们进行锄奸行动。"边泽没有任何隐瞒，全部和盘托出。他知道以顾轩的能力，这些事情都瞒不住他。

"向南，日本人现在势力太强，已经完全控制了北岸。我在北岸的实力已经大不如从前了，虽然还留有不少的门徒，但是这些人大多都是拖家带口，牵挂甚多，所以才留在了北岸。我有言在先，为你打听消息可以，但是具体动手还要你们自己来！"

宁志恒听到这话，不禁心中大喜，他赶紧笑着说道："顾老板请放心，我们只需要得到目标具体的行踪和落脚点，其他的都由我们自己来，绝不会牵连到你的门徒，也不会牵累他们的家属。"

看着宁志恒年轻的面容，顾轩点头说道："对付日本人，我自然责无旁贷，何况又是向南亲自向我开口。"

说到这里，他轻轻抬双手互击了一掌，马上就有一个青壮男子走了进来。

顾轩笑着介绍道："这是我的弟子季宏义，打探消息的事就交给他了。之后你们直接联系，有什么需要，不用客气，宁兄弟可以直接跟他提！"

宁志恒对季宏义拱手施礼，当下就起身与季宏义出了房间，来到旁边的房间，两个人相对而坐。

宁志恒也没有多客套，直接把一份档案材料交到季宏义面前。

"季兄，这就是我们军情站需要寻找的五位成员。其中这个俞立肯定是叛徒，也是我们的主要目标。其他四位成员四天前被俘，我们也要打听他们的情况。如果是投敌了，我们也要清除掉！"宁志恒简单地介绍道。

季宏义将材料打开之后仔细查看了一遍，笑着说道："没有问题，我会马上发动北岸的弟兄寻找他们的行踪和落脚点，其实如果不是因为家室的连累，我也想和你们一起对付日本人。"

宁志恒看得出来，季宏义说的是心里话，于是微微一笑，说道："只要季兄你有这份心，以后有的是机会。"停了一下，他又接着问道，"还有一件事，我们最后的行动都要在日本人管辖的范围内执行，我想熟悉一下那里的地形，这就需要进入虹口区，并在那里安置下来，不知道季兄有什么好办法？"

听到宁志恒的话，季宏义不觉有些迟疑，他不确定地问道："宁兄弟……"

"就叫我志恒吧，季兄长我甚多。"宁志恒挥手说道。

"好，志恒，如果说只是进入虹口区很简单。那里虽说是日本侨民的主要居住区，但也有不少中国人在那里做工生活，只是地位要比日本人低，经常受到日本人的欺负。可是想要安置下来不容易，那里现在是日本人主要的管辖区域，户籍管理很严格，想要在那里住下来有些困难。"季宏义解释道。

"你们苏北帮在那里经营多年，只是找一个安身之所，应该会有办法的！"宁志恒微笑着说道。他知道只要是在上沪，以青帮的势力，总会有办法的，只不过是看你愿意付出多少代价而已。

"志恒真是精明，"季宏义笑着说道，他仔细想了想，"办法是有的，这就要看你需要怎么安置了。不过还有一点我要提醒你，日本人对中国人严加防范，你的活动会很不方便，走在大街上，经常会有日本警察和军人对中国人进行检查和询问，安置下来的难度有些大。"

宁志恒一听，想了半天，开口说道："我会一些日语，那就找一个日本人的身份，然后找一处不起眼的房子住下来，将周围的地形都观察一下，以方便制订刺杀计划。"

宁志恒的日语水平提高得很快，书写和听力都完全没有问题，只是他的关西腔口语还是不过关。不过这也没有关系，只要他少说话，只是简单的口语还是不会露出破绽的，到时候只要装作口吃或者干脆就装成哑巴，应该可以蒙混过关的。

"志恒你会日语？那就好办了！我们苏北帮在北岸有一些门路，只要拿钱贿赂日本人，就可以搞到真正的日本移民户籍，这一点是不怕查的。只是这个价钱很高，一般我们是不用的。"季宏义笑着说道。

"搞到真正的日本户籍？"宁志恒诧异地问道。苏北帮竟然还有这样的门路？

"错，是真正的日本移民户籍！这里面可大不一样。日本侨民到达上沪后，会凭借之前在日本的户籍档案去户籍管理所登记，并领取新的户籍证明，这中间是可以做些手脚的！"

这几年来，日本人大量移民上沪，仅在虹口淞沪一带就增加了上万移民，户籍管理比较混乱，为此日本人专门开设了日本侨民户籍管理所。

"这中间有什么手脚可做？"宁志恒疑惑地问道。

"只要是人在管理，那就有空子可钻。我们曾经做了几件倒页的案子，就是花钱搞到真正的移民户籍，然后设计安排，从那些日本移民手里得了不少的好处。"季宏义笑着说道。

宁志恒听到这里才有些明白，所谓的倒页子，说白了就是倒假钞。可这种假钞不是那种换假钞票，而是用纸直接换你的钱，因为这个时代印假钞的成本也是很高的。

青帮里面三教九流，里面有专门做赌骗这些偏门的高手，为了作案成功，会做很多的准备工作，让对方失去戒心，疏于防范。季宏义的手下就有这样的人。他们获取到日本移民的户籍证明，伪装成日本人，专门骗刚刚来到上沪的日本侨民，屡屡得手。

只是后来日本人的势力越来越大，苏北帮不敢再对日本人下手，这些人才偃旗息鼓，退回了法租界。不过这条门路留了下来，季宏义手里就掌握着一条关系，可以找门路获取日本移民户籍。

"那就太好了！"宁志恒一拍大腿，"就按着这个法子办，所有的花费都不是问题，只要办成就好！"

"呵呵，还是志恒爽气！"季宏义双手搓了搓，有些不好意思，"其实要是原先根本用不着志恒你出钱，只是现在日本人管理得越来越严，那个浑蛋的要价现在高得离谱，我也是没有法子！"

宁志恒没有多说，直接从兜里拿出一摞英镑，放到季宏义面前，笑着说道："我身上从不带法币，就麻烦季兄帮我把这件事情办成，剩下的就都换成日元，我方便行事！"

看着这摞英镑，季宏义哈哈一笑，说道："这年头只要有钱，管他什么日本人英国人，最后都要听我们的！"

说完，两个人相视一笑！

接风宴之后，边泽就和宁志恒商量了一些细节。边泽回到军情站继续主持甄别任务，宁志恒则前往约定的地点和孙家成等行动队员会合。

自从下了火车，宁志恒就一心扑在军情站的事情上，直到现在才有心情和闲暇观看这座都市的夜景。

上沪不愧为东亚最繁华的大都市，没有之一！法租界又是整座城市里的精华所在。夜色渐深，城市却依旧繁华喧嚣，处处都是霓虹灯光，点亮了都市的奢华，也掩盖了月亮的清辉。

街道上依然有不少行人来往穿梭，几乎每一个过往的女子都是一身贴身的旗袍和高跟鞋搭配，很少看到穿粗布短衣的女子，想来生活艰苦的人家也没有享受夜生活的能力。

路边的店铺还在营业，不时有顾客进出。这里的繁华景象远远超过了南京和杭城。

宁志恒静下心来放慢脚步，在街道上穿过，直接来到了霞飞区的贝兰广场。

这是一座占地不大的西式广场，在广场的中央竖立着一座奔马的雕塑。

孙家成这时就在雕塑旁等候，看到宁志恒的身影，赶紧迎了过来。

"人员都安排了吗？"

"安排好了，就在附近！"

孙家成在贝兰广场附近花高价租了一个大院子，把队员们都安置在这里。

见宁志恒和孙家成走过来，布置的暗哨马上通知同伴，很快十名队员在院子里列队等候。

宁志恒没有多说，只是挥手让他们解散休息，然后和孙家成回到自己的房间。

宁志恒对孙家成吩咐道："这里是大上沪，约束好兄弟们，这些日子不要出去乱走动。我已经联系好了，自然有人去打探目标的消息，然后就布置计划，准备动手。"

孙家成点头说道："组长，您放心。都不是没见过世面的毛头小子，军法森严，没有人敢胡来的。"

宁志恒点了点头，接着说道："我会提前进入日本占领区，观察好地形，你等候我的通知。这里通话方便吗？"

孙家成回答道："通话很方便，房东那里就有一部电话，他答应给我们使用，都算在房租里。"

宁志恒说道："这一次我也安排了左氏兄妹提前来到上沪，他们的落脚点应该也在附近。如果我来不及联系，就由你负责联系他们。"

孙家成点头说道："好的，组长，这次行动还要他们参与吗？"

"看情况再定吧！我打算过段时间就安排他们进军情处，也算是给他们一个前程。"宁志恒轻声说道。

孙家成知道左氏兄妹一直是宁志恒的私下人手，为宁志恒处理了不少隐秘的事情，算是心腹手下了。这一次打算给他们一个身份，看来以后是要重用了。

两个人又交谈了一会儿，宁志恒给孙家成交代了一些细节，便各自休息了。

第二天中午，在贝兰广场的中心，宁志恒带着孙家成和左氏兄妹见了面。

"少爷，我们昨天没有等到你，还以为出了什么问题。"左刚开口说道。

"昨天事情太多，以后这些天我会进入日本占领区进行侦察，也很少有机会联系你们，有事情就让老孙通知你们。你们住在哪里？带我们过去！"宁志恒说道。

几个人来到不远处的一处小公寓里，左强不满地说道："这大上沪哪儿都好，就是房租太贵，就这么两间小屋子，一个月竟然要四十元。"

左柔笑着说道："这可是大上沪的法租界，寸土寸金，反正我们也不缺这点钱！"

宁志恒点头说道："地点还是不错的，在这里不会太显眼，主要还是要通信方便。"

"楼下就有公共电话，我们已经把电话号码记下来了！"左刚说道。

"少爷，我们这一次要待多长时间？"左强开口问道。

宁志恒斜了他一眼，冷声说道："你们把性子给我收一收，不要被这大上沪迷花了眼睛，做事要紧，出了差错就是性命攸关。"

"是！"几个人赶紧回答道。

季宏义动作很快，当天晚上就把宁志恒约到一处咖啡厅的包间里，他把一个文件袋递给宁志恒。

"这是一套完整的上沪日本移民户籍证明，还有兑换的日元。"季宏义说道。

"太好了，季兄手脚麻利，这么快就办好了！"宁志恒竖起大拇指赞叹道。

"哈哈，只要有钱，什么事不好办？日本人尤其贪婪，那个小胖子拿到钱，二话不说就全办好了。你放心，就连存档的日本本土档案都绝对经得起查验。这是具体内容，你最好仔细记下来，以防万一。"

宁志恒打开档案仔细看了一遍，不禁赞叹道："季兄心思缜密，完全可以做我们这一行了，这么小的细节你们都做得跟真的一样。"

季宏义笑着说道："偏门里面的高手常年做这个，什么样的漏洞都考虑到了，你只管放心。不过你的日语一定要过关，大概每隔一个月就会有一次户籍检查，到时候可千万不要露出马脚。被日本人抓进去，我们可捞不出来。"

"上一次的检查是什么时候？"宁志恒问道。

"刚刚过去没几天。你只要应付好了就没有问题，现在日方占领区的侨民日渐增多，他们也不会查得太细。"季宏义回答道。

宁志恒点点头。他这一次的任务时间不会超过一个月，应该不会有什么问题。再说自己伪装成一个口吃的结巴，还是没有问题的。

"那几个目标的行踪查得怎么样了？"宁志恒接着问道。

"我昨天上午刚把事情布置下去，哪能有这么快？志恒，这件事情你要有耐心，毕竟不是打探普通人的消息，和日本谍报部门打交道，我们要格外小心。"季宏义苦笑道。

宁志恒知道自己心急了。距离行动失败刚刚过去五天的时间，风声正紧，现在俞立一定知道军事情报调查处的人在四处查找他的消息，准备清除他，他肯定藏得严严实实。而那四个被捕的目标，具体情况还不明朗，也许还待在监狱里，也许是刚刚放出来。

宁志恒只好说道："看来是我太心急了。明天我就进入日本占领区，安置好以后去哪里找你？"

季宏义回答道："这段时间我的任务就是配合你，所以都会在北岸打听消息。你可以去淞沪大道第三家的惠民粮店找我，如果我不在，就找那个掌柜的。那个人叫容兴昌，是我们苏北帮的老人，他可以随时找到我。你把时间地点告诉他，我就会去找你。"

第十五章
设计退路

宁志恒和季宏义商量好具体的细节，然后分别离开。两个人以后的见面都会是在日本占领区了，不会像现在这么安全，一切都要小心谨慎。

宁志恒没有回到自己行动队的院子，他今天还有一件事情没办，于是快步来到左氏兄妹的住所。

看到宁志恒到来，左氏兄妹赶紧将他迎进房中。

"少爷，是有事情要我们做吗？"左刚开口问道。

"不是，我找左柔！"宁志恒直接说道。

一旁的左柔有些纳闷，宁志恒向来都是安排左氏兄弟做事，从来没有找过自己。

"少爷，找我有什么事情？"左柔赶紧问道。

宁志恒看着左柔，想了一下，开口说道："我知道你对化装术很有研究，那么平时一定对人物的观察有独到的见解。这一次我要先侦察地形，需要冒充一个日本人，进入日本占领区潜伏下来，可是我对于伪装并没有进行过专门的训练，这也是我的一个弱点。我找你就是想要你给我一些建议，以你的眼力，看一看平时我和普通人有什么地方不一样。"说到这里，他又停顿了一下，解释道，"或者说是我个人在哪些地方很突出，需要特意遮掩。"

其实宁志恒本人并没有经过特工训练，也就是在跟踪日本老牌特工雪狼的时候邵文光曾经指导过他跟踪术，并且指出过他的一些破绽，所以他在伪装方面还是有一些基础的。但是他做事一向追求细致完美，知道左柔的化装术出神入化，就连军事情报调查处里那些教授化装术的教官也远远不及她。

在之前调查地下党员程兴业的过程中，左柔就曾经给自己化过一次装。当时他的容貌大变样，而自己对照镜子时竟然没有看出任何破绽。

所以这一次宁志恒要伪装成一个日本人，就想向左柔学习一些伪装技巧，以免露出破绽。

左柔一听宁志恒问到自己的绝技，不由得脸上露出一丝得意的笑容。一直以来她在兄妹三个人中存在感较低，宁志恒也从来不安排她出任何任务，就是吩咐工作也从不和她交流，这让左柔不免有些失落。可现在明显是自己表现的时候了，她不禁有些兴奋，笑着说道："少爷要问别的方面我不敢说，可是这化装改扮，我还没有见过比我更好的行家。这些年我可是装扮过不少的角色，好几次帮我们兄妹化险为夷。"

一旁的左强也开口证明道："我姐这手再巧不过了，装虎像虎，装龙像龙，您这可是找对人了！"

宁志恒看着他们一唱一和，不禁有些好笑，说道："那我今天就领教领教，你先说一说我的面部特征，有什么地方需要遮掩的吗？"

左柔仔细看着宁志恒的五官面容，用拇指对比了一下，又分别从侧面观察了半天，最后才开口说道："少爷，你的面部特征有些棱角分明，就是说比起一般人有些偏瘦。这样的容貌看上去是比常人英俊耐看，可缺点是会给人比较清晰的印象。尤其是您这双眼睛，尽量不要皱眉眯眼，不然会给人很强的压迫感。"

一旁的左刚也开口说道："确实是这样，少爷。您的眼神过于凌厉，我们从来不敢直视您的眼睛。还有就是您的身形挺得太直，一般人不会挺这么直，只有经过长时间训练的军人才会这样。"

这一点，宁志恒倒是赞同的。他毕竟经过了两年艰苦的军事化训练，比现在军队中绝大多数军人训练的时间都要长。这个时代的军人，能够经受两年时间的正规训练也是很少见的。

邵文光当初也曾指出过，他的身形过于刻意地挺直，这让宁志恒一直记在心里。现在左刚也指了出来，他赶紧点头说道："这一点总结得很好，我会注意的，只是这眼神怎么控制才好呢？"

左柔将手指点在宁志恒左边的嘴角上，说道："您有没有发现，自己有一个习惯性动作？"

对于左柔突然出手触摸到自己的脸颊，宁志恒本能地肌肉一紧，他的反应速度远超常人，再加上一向很少与人亲近，通常都是心怀戒备的，所以对肢体上的接触非常敏感。左柔的举动让他心头一惊，但很快又放松下来。

"什么习惯性动作？"宁志恒奇怪地问道。他并没有觉得自己会有什么习惯性动作，但也有可能是自己完全忽视了。

左柔指着他的左嘴角说道："您平时有个习惯，就是很喜欢咬左边的牙齿，所以左半边的脸部肌肉比右半边要紧张一些，这就造成你左面的眼角容易微微眯着。可是您眯眼的动作让人看上去目光阴冷，盯得人很不舒服。"

宁志恒一听左柔这番话，顿时有些恍然。他仔细感觉了一下，果然发现自己确实习惯性地将左边的牙齿上下咬合在一起，而右边的牙齿一般都空着。他赶紧说道："给我拿一面镜子来。"

左柔回身把自己的梳妆镜拿来，端在手中，正对着宁志恒的面容。

宁志恒仔细感觉了一下，果然发现自己的左眼角微微眯着的时候，面部表情很冷峻，有一种审视他人的压迫感。

这个时候他才明白过来，自小时候起，他给人的感觉就是孤僻冷静，身边的朋友不多，甚至家人里也只有母亲和自己亲近，兄弟姐妹甚至对他有畏惧感，以至于他也觉得别人对自己防范，自然就不愿意相信别人。久而久之，他的性格更加内向多疑。

原来自己的脸部特征和目光让别人隐隐约约地感到被他审视，有受压迫的感觉。看来今天真是没白来一趟，竟然有这么大的收获。这个习惯性的动作一定要注意，在伪装的时候千万不能露出破绽。

宁志恒试着调整了一下两边的牙齿，刻意睁大自己的眼睛，果然脸部表情和目光都柔和了许多。

"可以试着在右边咬着一点小东西，或者吃饭的时候多用右边的牙齿咀嚼，这样能有效改善面部表情。"左柔轻声说道。她果然是化装改扮的行家，观察表情仔细入微，一下子就找到了宁志恒的一个弱点。

宁志恒不禁大为佩服。一直以来他对左柔都是不太在意的，毕竟左柔的身手不如左氏兄弟，而且左柔是左氏兄弟的软肋，他也就从来不愿意让左柔轻易涉险。现在他才明白，原来左柔的真正长处不在搏杀，而是在辅助方面。

"和人接触的时候双肩自然放松，手掌不要向下，要尽量向上，这样可以释放善意，让人减少戒备之心……"左柔又开始提醒宁志恒一些小技巧，看来这里面的学问真是不少。

当初她冒充郭如雪的时候，就完全是一副小家碧玉的模样，没有露出丝毫的破绽。如果不是运气不好，陈延庆就认识郭如雪，那么还真没有人能察觉出她的伪装。

"还有您平时说话的时候喜欢用淡淡的语气，这种语气会给别人一种居高临下的感觉，如果想装扮身份尊贵的人自然是正好，可如果装扮成普通人，最好是语速快一点，这样感觉就自然多了……"

宁志恒认真地听着，把她说的每一句话都记在心里。很快左柔就教授完成，笑着说道："其实窍门儿就那么几个，只要您掌握好了，伪装上就不会有什么大问题。少爷您的记忆力好，自控能力强，很快就能上手，以后只要多加练习就可以了！再有就是要揣摩角色，你需要知道装扮的是什么身份，他与人处事会采用什么样的态度，您是搞情报特务的，这一点应该比我们清楚。"

过了良久，宁志恒将手中的梳妆镜放下，看着左柔不禁感慨地道道："真是听君一席话，胜读十年书，以前是我小瞧你了！"

宁志恒的话让左柔心花怒放。她性格爽朗也并不掩饰，嘴角上扬咯咯笑出声来，说道："这算什么，我的真本事还没有拿出来呢！哪天我给您看一看我的化装术，你想变成什么样的人，我就能给你变成什么样子！"

听到这话，宁志恒哈哈大笑起来。

宁志恒高兴地离开左氏兄妹的住所，回到行动队大院，一个晚上都在兴奋地验证左柔教给他的几个窍门，感觉收获非常大。

第二天一大早，他收拾妥当，换上一身西装，手提着公文包，然后把孙家成叫了过来。

"看看我身上有没有问题。"宁志恒开口说道。

"什么问题？"孙家成有些纳闷地问道。他仔细观察了一下，突然发现自己非常熟悉的这位长官变得有些陌生了。

"这，这，有些不对呀！您的年龄好像年轻了很多，整个人变得……"

孙家成不知怎么形容，半天才犹豫地说道："好像也随和了许多。怎么说呢，就好像我当初训练谭锦辉时的那种感觉，您现在的气质有些偏向他的感觉。"

孙家成发现宁志恒今天给人的感觉大不一样，只是很难描述出来，就想起了宁志恒的替身谭锦辉。

宁志恒哈哈大笑起来，然后又将声音放缓，淡淡地说道："你现在再看一看！"

孙家成马上感觉出了不对：只见凌厉如刀的目光射来，宁志恒身上的那股狠劲又回来了。这就对了，这才是真正的组长！

宁志恒对自己的表现非常满意，他转身出了门，一路前往苏州桥口，很快就看见季宏义等在那里。两个人相互看了一眼，目光各自散开。

宁志恒调整好自己的状态，慢慢地向桥头上日本军队设置的关卡走去。

苏州河是隔绝公共租界和日本占领区的重要分割线，日本人在每一座桥头上都设立了关卡，不仅有荷枪实弹的日本军士把守，还有日本警察在左右巡视。他们对来往的中国人都要检查，但是对日本人却只是简单地询问一下，或者根本不问就直接放行。

宁志恒看到这个情况不禁为自己的选择暗自庆幸。他没有半点犹豫，表情很自然地直接走了过去。

一个日本警察看见宁志恒直接向前，目光扫视过来。宁志恒的眼光没有半点畏惧，脚步没有停留，直接从关卡走了进去。

关卡上有四名日本军士在把守，看着一身西装的宁志恒，其中一个军士开口问道："中国人？"

宁志恒没有回答，只是将一张居民证件递到军士长的面前，这是那一整套移民户籍证明中的一张。

军士低头看了一眼，示意宁志恒通过。宁志恒收起证件直接进入苏州河北岸，正式踏入日本占领区。

和法租界比起来，北岸的景物要老式陈旧一些，但是街道上人来人往，大部分都是日本人，也有不少中国人的身影。车水马龙，人声喧闹，倒也热闹繁华。宁志恒投身其间，顺着繁华的淞沪大道向前行走，身边不时传来不同的声音，日语和汉语掺杂在一起。

虹口是日本人的主要聚居区，开有许多日本商铺，如日式的鱼店、小菜店、点心店、衣料店等。区境内形成一片日本化街区，虹口的繁华地段因而有"小东京"之称。

宁志恒没有多停留，一直走到一家粮店门口。这是一家中国式风格的店铺，门口的招牌上用中文写着"惠民粮店"四个字。

他扫了一眼店内的情景，只见一个头发有些花白的男子正在里面坐着，两三个顾客正在不时地交谈。这时候身侧的一道身影一晃进入了粮店，正是一直跟在宁志恒身后的季宏义。

看着季宏义进来，那个头发花白的男子赶紧站起身来，和季宏义说了两句，然后就把目光扫向了店外的宁志恒。大家的目光停留了片刻，宁志恒这才转身离去。

那个头发花白的男子一定就是粮店的老板容兴昌，是苏北帮的老人。这个惠民粮店，以后就是宁志恒和季宏义的联络点了。

宁志恒决定先找一个落脚的地点。整个聚居区很大，人口众多，找一个落脚点还是不难的。

宁志恒拐了一个弯，沿着街道向虹口方向走去。他转了一圈儿，很快就选定了一处偏僻的小院子，院门口有着出租的牌子。

他在牌子前面站了一会儿，左右看了看，这个时候终于有人发现了他。

"你是要租房子吗？"有人用日语问道，嗓音稍显苍老。

宁志恒转身看见旁边的一处二层楼房里探出一个头来，是一位年纪很大的男子。

宁志恒赶紧微微一躬身，是标准的日式礼节，话语简短地回答道："嗨依，请多关照！"

宁志恒曾经专门向易华安请教过日本的礼仪，在与日本人交流方面并没有什么困难。

不一会儿房门打开，一个身穿日本服饰的老年男子走了出来。他看了看宁志恒，轻声问道："听你的口音是大阪人？"

"京都人！"宁志恒简短地回答道。

老年男子点了点头，关西地区比较出名的就是大阪和京都，口音略有差异。

"这间院子很清静，里面也很干净，要不要进去看一看？"老年男子问道。显然他是这个小院子的房东，很想把院子租出去，便开口向宁志恒推销。

宁志恒其实对这个院子也很满意，独门独院而且还比较偏僻，正适合他暂时栖身。宁志恒点头说道："辛苦了！"

老年男子咧嘴一笑，眉头上的皱纹挤成了一堆。他掏出一串钥匙将院门打开，率先走了进去，宁志恒跟在他的身后。

这个院子虽然不大，但的确很干净，老年男子又将房门打开，回身说道："房间不大，但是什么都有，一个人住是足够了。"

宁志恒走进屋里，果然不错，卧室、厨房、卫生间样样具备，而且打扫得非常干净。宁志恒不由得点了点头，开口说道："很好，我租下了！"

那个老年男子一听，顿时露出笑脸，开口说道："一个月四十日元。"

这个价格可不便宜了，宁志恒有些惊讶地看着老年男子，马上让他有些不好意思了。

他也知道这个价格有些贵了，只是想试一试宁志恒的反应。他以为宁志恒是刚从日本本土移民过来的，一时还不清楚行情，想着多要一些房租，可是看到宁志恒的表情就知道他是清楚行情的。

老年男子尴尬地笑了笑，再次说道："最少三十五元。"

宁志恒并不是嫌房租贵，只是他不愿意出高价租房子，这样会显得与众不同。他看到老年男子自愿降价，想了想才开口说道："好！"

听到宁志恒同意了，老年男子一下子高兴起来。他哈哈一笑，开口说道："我是这处房子的房东吉村右太，横滨人，以后就是邻居了，有事情就和我说。你是刚从国内来的？"

宁志恒点了点头，简短地说道："藤原智仁，京都人，请多关照！

"太好了，藤原君，不过我还是要看你的证明的。这里的警察很麻烦，经常要来检查，我们还是要注意一下的！"吉村右太不好意思地说道。

宁志恒没有多言，打开公文包，将自己的移民户籍证明递了过去。

吉村右太看了一遍，笑着又递了回来，点了点头说道："那就这样吧。我

Legend of a superspy

看你也没带什么行李，我去拿床被褥铺盖，其他如果有缺的你就跟我说。"

他知道很多移民都是这样空着手来到中国的，所以也并不感到奇怪，而是为宁志恒考虑得很周到。

宁志恒当即点了点头，说道："那就辛苦了！"

他的话语尽量简短，生怕吉村右太听出破绽，好在应付得还算顺利。

宁志恒先付了两个月的租金，很快吉村右太取了被褥铺盖送过来，还把钥匙给了宁志恒，说道："你要是不放心，可以再去前面的街角自己买上好的铜芯锁。"

宁志恒笑着点了点头。吉村右太看宁志恒不善言语，也没有感到意外，日本人有很多都是木讷寡言的性子，这一点不足为奇。交代清楚了，吉村右太便回去了。

宁志恒将屋子简单地收拾了一下，这就算是安置下来了，剩下来的工作就是尽早地观察好地形，以方便制订刺杀计划。想到这里，他起身出了门，转身把院门锁好，准备四处查看一番。

这个时候吉村右太正在门口扫地，看见宁志恒出去，以为他要出去吃饭，就赶紧说道："藤原君，如果不愿意自己开伙做饭，就到我家里来搭伙吃，不收饭钱！"

宁志恒一愣，没有想到这个吉村右太竟然这么热情，不过他原本是不太愿意与人接触，言谈之间怕露出破绽，于是他笑着推辞道："非常感谢，但是我想多出去看看，顺便找个工作！"

"藤原君这么年轻就知道自立，真是不错！"吉村右太笑着赞叹道，他停下手中的扫帚，"现在工作不好找，有什么需要请不要客气。"

"多谢了！"宁志恒轻轻点了点头，转身离去。

吉村右太看着宁志恒的背影，越看越是满意，嘴角露出一丝笑意。

"你这个老吝啬鬼，怎么突然要白请租客吃饭了，打的什么鬼主意？"一个老妇人从屋子里面走出来，手里端着一盆衣服准备晾晒，她看着自己的丈夫奇怪地问道。

"你一个老婆子知道什么，这个小伙子人很不错，我想着和他好好处一处，也许可以给我们的久美子找个好男人！"吉村右太嘿嘿笑着说道。

听到丈夫这么说，老妇人一下子就有了兴致。自己最小的女儿久美子留在身边，也一直在找合适的女婿人选。她赶紧说道："这个小伙子倒是长得不错，就是不知道具体什么情况，看着岁数倒是相当。"

吉村右太得意地笑了笑，开口说道："我活了大半辈子，看人的眼光是不会错的。他身体健壮高大，脸色红润，一看就没饿过肚子；看房子的时候很注意卫生环境，说明他以前的住房条件也不会差；交房租拿钱的时候，那公文包里鼓鼓的，又有一口纯正的京都口音，还是姓藤原的……我跟你说，这个人的家世差不了。再说这个小伙子长得好看，久美子一定会喜欢的。"

宁志恒选用的这个日本姓氏很凑巧是关西老牌贵族的姓氏。这个藤原家族开枝散叶，人口众多，在京都地区势力很大，也是名声在外，在日本社会很有影响力。

听到吉村右太这么说，老妇人一下子提起精神，说道："这倒是个好机会，可以好好试一试。这可不是在国内，也许我们家久美子真的就有这个好运气呢！"

就在吉村夫妇悄悄地打着算盘的时候，宁志恒来到虹口最繁华的街区，找到了那家梦缘大戏院。

这家大戏院看起来很气派，里面听戏的人不少，门口有不少商贩叫卖着，很是热闹。戏院门口放着水牌，他靠近看了看，却没有发现闻琦玉的名字。

因为大戏院主要是中国人进去看戏，懂得欣赏中国戏曲的日本人并不多，所以宁志恒没有贸然进去打听，这种消息还是让季宏义他们来探听更合适。

于是他转身离开，开始顺着苏州河沿岸走去。一路上还有个警察前来查看他的身份，他掏出证明，用简短但是纯正的日语遮掩了过去。

从苏州河撤离，这是他预想好的撤退路线。一旦刺杀结束，为了不给日本人以口实，人员绝不能向中方占领区撤退。如果被日本人发现，并以此为借口挑起事端，会给中方带来很大的麻烦。再说那里的防备力量太强大，自己很难通过，所以他选择向公共租界撤离。这个方向日本人的防备力量相对薄弱很多，只有一小部分驻军守卫桥梁。苏州河上的很多桥梁已经限制通行，但是可以通过的还有五个。

宁志恒将这五座桥梁的情况都仔细观察了一遍，不禁暗自摇了摇头。每一处桥梁关卡至少有几十名驻军把守。这些军人都是长枪在手，还有部分轻机枪，一旦发现中方队员行迹，发生交火，仅凭手持短枪的行动队员想突击出去，就算枪法再好，也都是白白送死。

宁志恒只好打消了从桥上撤离的念头。不过，苏州河的河面并不是很宽，平均也就在七十米，这个宽度用木船很快就可以渡过去，可是用木船的动静太大，很容易惊动日本人的巡逻船。

宁志恒想了想，决定还是悄悄地潜游过去。这样悄无声息，在黑暗中很难发现，安全性很高。不过这就需要行动队员们有不错的水性。自己事先并不知道手下这十名行动队员到底有多少人会游泳，必须马上统计一下，行动人员的多少也直接影响着刺杀计划的制订。

接下来就需要寻找一个隐蔽的入水点。宁志恒找了半天，终于找到一个很适合的地点。他发现在一处河流的转弯处的河面最窄，大概不到六十米，而且河边有一栋二层楼的建筑，可以很好地遮掩住这个地点。在这个地点下水非常隐蔽，而且和左右的桥梁都有很远的距离，宁志恒暗自记下了地点的位置。

他又来到这栋二层楼建筑的门前，一看门牌上用日文写着"南屋书馆"。原来这里是一处书馆，看招牌应该是日本人开的，而且来往进出的都是日本人，里面有不少人在阅览图书。这是一处整体为西式风格的精致建筑，看得出来建成的时间不长，但是建筑面积不小。

宁志恒想了想，自己这一次的任务时间不会短，如果一直没有一份职业很容易引起有心人的注意，最好还是找一份工作作为掩护。这个南屋书馆正好处于撤离路线的最佳位置，应该可以考虑一下。

想到这里，他迈步进了书馆。宁志恒看了看四下的环境，书馆的面积很大，东半边是一层一层的书架，西半边是很多布置整齐、供顾客阅读的座椅。整个书馆非常安静，很多顾客静静地阅览，不时有顾客将挑选好的书籍拿到柜台上，然后付款离开。

宁志恒进入书架中做出挑选书籍的样子，静静地观察四周，发现在书馆的一处角落里有个洗手间。

宁志恒很自然地走了过去，进入洗手间。洗手间不大但很干净，窗户外面一股清风吹进来。宁志恒走到窗户前，一眼望去，不远处正是苏州河面。从这个窗口出去，只需要快走一小段距离就可以入河。

宁志恒满意地点了点头，这个位置不错，只要撤离时从这个窗口出去，隐蔽性和安全性是很高的。

宁志恒正在观察，突然外面传来一阵嘈杂的声音。他不由得一怔，赶紧迈步出了洗手间，就看见柜台旁边聚拢着一群人，都在静静地围观，而柜台处的两个青年男子正在高声地争吵。

"我再说一遍，你不是日本人，不能够购买这里的任何书籍。"一个青年厉声说道，很明显是书馆的管理人员。

站在他对面的青年怒目而视，也用极为流利的日语说道："我有移民证明，我的日本名字叫竹下慎也，我为什么不能在这里买书？"

对面的青年冷冷地说道："因为你是台湾人，我们这里是不允许中国人进入的。我劝你放聪明些，不然我就叫警察来解决了。你知道后果会很严重的，如果你不想被关进去的话，现在就离开。"

这话一出口，所有的人都安静下来，周围看热闹的人都以一种鄙视的目光看向那位青年。

那个青年看到眼前的场景，尽管胸中燃起滔天的怒火，可是他知道如果真的报警，警察一定不会站在他这一边的。尽管这个时候台湾还在日本人的统治之下，可是日本人一直把他们当作中国人对待，从心底里就没有认同他们。周围的日本人眼里都射出敌视的目光，这位青年只好将手中的书籍放在柜台上，愤恨地转身离去。

这个时候从二层楼上传来了一个声音："深谷，发生了什么事情？"

一个身穿和服的中年男子从楼梯上走下来。他容貌清瘦儒雅，平头短须，一副知识学者的模样。

"黑木先生，没有什么大事情，只是一个台湾人混了进来，让我给赶走了。"书馆的工作人员深谷敬太赶紧躬身解释道。

"好吧，做好自己的工作，诸位也请不要大声喧哗，这里是书馆！"黑木岳一沉声说道。

显然黑木岳一的地位和威望很高，他的话一出口，所有的人都躬身行礼，各自做手头的事情去了。

宁志恒混在人群中，也学着众人的模样，向黑木岳一躬身施礼，然后作势在书架上寻找书籍。

黑木岳一见众人都安静下来，这才缓步又回到二楼的办公室。

宁志恒仔细看了看那位工作人员，他记得那位黑木先生称呼那人为深谷，心中暗自记了下来。又过了一会儿，宁志恒将手中的书放回书架，然后转身离开了南屋书馆。

出了书馆，宁志恒逐一将附近的地形都熟悉了一遍，这个时候已经是下午五点多钟，宁志恒这才走进了淞沪大街的惠民粮店。

粮店老板容兴昌看到是宁志恒进来，便点了点头，示意宁志恒跟着自己进入后堂的一处房间坐下来。

"你等一会儿，小老大马上就回来。"容兴昌开口说道。他已经得到季宏义的交代，知道宁志恒是来找季宏义的。

宁志恒点了点头，没有说话。容兴昌出去通知季宏义，不一会儿，季宏义匆匆忙忙从外面走进来。

他一屁股坐了下来，自己倒了一壶凉茶，仰头一口喝干，这才开口问宁志恒："怎么样，安置下来了吗？"

"已经安置下来了。"宁志恒说着，将地址告诉了季宏义，"那个房东是日本人，人很精明，没有紧急的事情不要去那里找我！"

季宏义点了点头，说道："知道了。正好跟你说一声，今天事情有了些进展，刚才我去核实了一下情况。"

宁志恒一听这话，眼睛一亮，赶紧追问道："什么进展？快说说情况！"

季宏义从兜里掏出一张照片，对宁志恒说道："就是这个人。今天我们的人发现，他和日本便衣特务在望月楼出现。等我接到消息后，特意去核对了一下，确实无误，他们在望月楼开了一个包间。我正准备去告诉你，你倒先找过来了。"

宁志恒将那张照片接过来一看，原来正是自己交给季宏义的材料里面的照片，这个人正是四名被俘人员中的一个，名叫齐经武。

这是终于开始露面了！宁志恒接着问道："望月楼在什么位置？"

季宏义说道："就在白渡桥的桥头附近。我看了他们的包间位置，正好对着白渡桥头，在那里只需要用一台望远镜，就可以将每一个过往行人的面容看得清清楚楚。他们这是在找人！"

白渡桥正是现在苏州河上还开通的五座桥梁中的一座。宁志恒勘察地形的时候，记得在白渡桥头的斜对面有一座两层的酒楼，应该就是望月楼。

宁志恒一拍桌子，冷声骂道："叛徒，这一定是投敌了！他是在关卡附近辨认我们军情处的人员。有他在，我们的人如果进入日本占领区就是自投罗网！这个浑蛋！"

正如所有人预料的那样，叛徒的出现是不可避免的了。这也正是上沪军事情报站最头痛的原因，这些叛徒对上沪军事情报站的人员太熟悉了。

宁志恒再次说道："失败的营救行动已经过去六天，敌人审讯拷打的工作肯定已经结束了。没有叛变的应该已经遇害，而贪生畏死的叛徒现在应该都在各处入口关卡附近监视，辨认我们的特工人员。"说到这里，宁志恒仔细思索了一下，再次说道，"你要着重在每一个日本占领区的进出关卡附近搜寻，看一看到底有几个人露面。我们先确定到底有多少人投敌，然后才能制订行动计划。"

季宏义点了点头，说道："放心，我会安排帮众的。所有的关卡加起来不过就七个，很快就能过一遍。"这时他又皱着眉头，看了宁志恒一眼，再次说道，"不过志恒，我提醒你，这么多的清除目标，行动的难度太大了。你只要清除了一个，全日本占领区肯定跟捅了马蜂窝一样到处搜查，其他的目标也肯定隐藏不出，我们再想找到他们可就难上加难了！"

宁志恒眉头紧皱，无奈地说道："这一点我也想到了，所以必须把所有清除目标的行踪和落脚点搞清楚，然后制订万全的计划，同时动手一击必中。我们只有一次机会，这个难度确实太大了！"

尽管之前早有心理准备，但是面对如此难度的刺杀行动，宁志恒还是有些发愁。宁志恒接着说道："算了，先不要考虑这些，办法总比困难多。另外，你还要去查一件事情。"

"什么事？"

"我要查找一个名叫闻琦玉的女伶，她是日本人特意从北平请回来当作诱捕俞立的诱饵的。我在想，她会不会和俞立还有联系？一定要找到她的下落，顺着这条线或许能找到俞立的藏身之所。日本占领区有三家大戏院，尤其是那家梦缘大戏院，是闻琦玉挂牌的地方。我现在的身份是日本人，不方便自己去查，就交给你们了。"宁志恒说道。

　　季宏义点头答应道："这个事情好查，我很快就能给你答复。别说是在日本占领区，就是全上沪的大戏院，我们青帮要想找一个女戏子，那还不简单！"

　　宁志恒叮嘱道："动作不要太大，容易惊了日本人。这个女伶可是日本人请来的，别出了差错！"

　　季宏义点点头，说道："好的，这种事情我们做的多了，不会出问题的！"

　　宁志恒知道他们这些江湖帮派做事情有自己的门路和方式，便不再多问。

　　"我在这里逗留的时间不会短，我想找份工作来做掩护。我看中了河边那处南屋书馆，其中有一位名字叫作深谷的工作人员，你想办法让他上不了班，我再去应聘。"宁志恒说道。

　　季宏义一听，不禁有些为难地说道："志恒，我们有言在先，我们只是打探消息，可不能直接对日本人下手。现在日本人的势力越来越大，我们也是投鼠忌器。"

　　"只是让他休息一段时间，又不是要他的命。"宁志恒解释道。这些事情自己也能做，但是为了安全起见，还是交给苏北帮这些地头蛇最可靠。

　　季宏义听到宁志恒的话，松了口气，点头说道："如果只给他找一点麻烦，还是没有问题的。我这就安排人动手。"

　　"那就等你的好消息了。明天这个时候，我来这里找你，我们通一次消息。"宁志恒说道。

　　两个人商量完事情，宁志恒起身离开。他半路上遇到一家成衣店，便购买了一身日本和服，还有木屐等一些日本人日常用的物品。他认为细节方面一定要注意，这样万一有人进入自己的房间，也不会觉得突兀，察觉出不对来。于是又去文具店里购买了笔墨纸砚等文房四宝。

　　回到家中已经是六点多钟，他打开院门，正准备推门进去，吉村右太却出现在门口。

　　"藤原君，还没有吃过饭吧？我们家里正好做好了饭菜，一起过来坐一坐，喝上两杯，请一定不要客气！"吉村右太走到近前，笑着说道。

　　宁志恒面对吉村右太热情相邀，不觉有些为难。他不愿意和吉村右太过多接触，可毕竟现在是邻居了，免不了在一起打交道，如果一味地躲避，也确实有些不合常理。想到这里，宁志恒微微一躬身，开口说道："那就打扰了，我放下东西就过来！"

吉村右太看宁志恒答应下来，不由得脸上笑开了花，他连连点头。

宁志恒回到房间，把手中的物品放下来，这才转身出门，来到旁边吉村右太的家中。

在吉村右太的引导下，宁志恒来到一处房间里。屋里的榻榻米上还有三个人坐着，正在等候着宁志恒的到来，看到宁志恒进来，都赶紧直起身子，微微躬身行礼。

宁志恒赶紧躬身回礼，也脱了鞋子盘膝而坐。日本人的礼节很烦琐，还好宁志恒之前都和易华安学习过，应付起来并没有什么问题。

吉村右太笑着给宁志恒介绍起来，原来这都是他的家人。老妇人是他的妻子，那个青年男子是他的儿子吉村正和，那个清秀的女子是他们的小女儿吉村久美子。

让宁志恒感到意外的是，吉村正和是一名警察，是虹口警察署的一名警员，而久美子是一名日制学校的老师。

"藤原君年纪轻轻就独自一人从国内来到上沪，家里的人一定不放心吧？"吉村正和问道。他知道父母的想法，和宁志恒一见面，发现对方确实一表人才，心中也对宁志恒很是满意。不过家里的情况也是要多问一问的。

宁志恒听到吉村正和话语中有打探的意思，脸上毫无紧张之意，简短明了地回答道："国内的亲人都不在了，就想出来看一看！"

宁志恒存档的日本国内档案里，就是父母双双病亡，有一个姐姐远嫁，自己独身一人。

"真是对不起，失礼了！"吉村正和赶紧充满歉意地说道。

吉村右太在一旁给宁志恒倒上清酒，大家一起举杯，欢迎宁志恒的到来，之后就是边吃边聊。

吉村家准备的饭菜很是丰盛，宁志恒看得出来这不是一次便饭，而是精心准备的菜肴。他不禁有些疑惑，自己不过是租房子居住，吉村一家人是不是太热情了，不会是对每一个租客都这么款待吧？

酒席之间，那个吉村久美子一直没怎么说话，看得出来面对宁志恒很是腼腆，总是微笑不语，显得很温婉。

不过宁志恒的心思一直放在应对吉村父子的谈话上了，他一方面要注意

第十五章　设计退路

说话尽量地简短，并矫正自己的口音，一方面又要尽可能地注意自己的话语中不要露出破绽。一旦碰到自己并不了解情况的话题，他就装作木讷寡言、不善交际的样子应付过去。还别说，这餐晚饭让宁志恒的口语进步了不少，看来语言环境对于提高口语水平还是非常重要的。

一顿晚饭吃了不短的时间，最后宁志恒起身，向吉村一家人告辞。回到自己的院子里，他暗自舒了一口气，这顿晚饭吃得很不轻松，大脑在不停地运转，不过好在宁志恒应对的不是专业的情报人员，难度降低了很多，还算是应对得体，终于过关了。

看着宁志恒回到自己的院子里，吉村右太看着自己的儿子问道："怎么样，我的眼光不会有错吧？这个小伙子很不错，刚才也说了，真是京都藤原家族的旁支，只不过家境没落了些，但配给我们家久美子还是不错的！"

吉村正和点了点头，笑着说道："这个藤原不太爱说话，还是比较老实本分的，这种人很踏实。"说到这里，他回头看了一眼自己的妹妹，哈哈一笑道，"主要是人长得高大英俊，久美子一定很喜欢的。"

一直没有说话的久美子脸色通红，她没有搭理父兄，而是默默地帮母亲收拾桌碗，但从脸上的表情看得出来，她对宁志恒也非常中意。

晚上九点钟左右，喝了几杯的深谷敬太带着微醺的醉意，从酒馆里走了出来。

这个时代日本国内因为人口暴增，很多平民没有了土地和工作。为了转移日益激化的社会矛盾，日本政府就把目标转向了中国，试图通过侵占中国的领土和资源来缓解国内的压力，并呼吁国民走出国门，移民到中国的东北地区和上沪地区，在东北就因此形成了臭名昭著的"日本开拓垦殖团"。上沪地区的移民相对较少，但也远远超过各国在中国的移民人口总数。

深谷敬太就是其中之一。他在国内不过是个无产无业的贫民，生活无着才冒险出国来到上沪。这里的生活马上让他得到了一种满足感：工作机会很多，可以不愁吃穿，晚上还有闲暇和金钱喝上几杯小酒，甚至还可以时不时地欺辱一下中国人来体验一下优越感。这种生活比起在国内可是幸福多了。

他脚步有些不稳地走在街头。日本占领区内的管制非常严格，尽管已是夜晚，可街头上还有巡街的警察走过。这时，一个巡警看见走路跌跌撞撞的深谷敬太，不觉眉头一皱，又是一个酒鬼！

他向深谷敬太盯了几眼，顿时让深谷敬太吓了一跳。别看他对中国人凶狠，可是对日本警察却畏之如虎，毕竟普通平民对警察还是很敬畏的。于是他一转身就拐进一条巷子里面，又快走了几步，回头看了看没有警察跟过来，这才不自觉地松了口气，接着抬脚向前走去。

巷子里的光线很暗，这时候走过来两个相互搀扶的男子，他们身穿日本和服，满身的酒气，踉踉跄跄地向深谷敬太走过来。别看深谷敬太自己有些醉意，却没忘记主动避让这些比自己还醉的醉汉，但不知为什么，还是没有躲过对方的碰撞。

对方一肩膀撞在深谷敬太的身上，只听对方骂了一句"八嘎！"，两个醉汉突然揪住深谷敬太的衣领子，一只重拳狠狠地打在他的脸上，顿时将深谷敬太打得身子一晃，倒在地上。

深谷敬太自己身体本来就不健壮，再加上喝了一些酒反应很迟钝，所以根本就没有还手之力。

两个醉汉并不干休，对着深谷敬太一阵拳打脚踢。开始深谷敬太还有些哀号之声，但很快就被一记重拳打在肋骨上，疼得他整个身体蜷缩起来，半天没有缓过劲来。

两个醉汉这时相视一眼，其中一人使了个眼色，这才转身离去，很快就消失在夜色之中。

深谷敬太只觉得肋下剧痛难忍，很长时间才缓过劲来，他恼火地高声呼救，好半天才把巡街的警察喊过来，这才被人搀扶着带走了，而那两个打人的醉汉早已经不知去向。

半个小时之后，在惠民粮店的后堂，季宏义看着手下两名帮众，开口问道："那个日本人的伤势怎么样？可不要出手太重，出了人命。"

壮汉肯定地点了点头，说道："小老大，您就放心吧。按照您的吩咐，我出手有分寸，左面那条肋骨肯定打折了，但是绝不致命，最少也要养上几个月。"

"干得很好！"季宏义点头说好，说完将几张钞票放在桌子上。

其中一个壮汉上前，将钞票拿在手里，笑着说道："小老大，以后这种事情就交给我们。这些日本人白天老是欺负我们中国人，这回终于是揍得解气了。"

季宏义笑着说道："哪有这么多好事！你们明天就离开北岸，回法租界躲上一段时间，近期内不要在北岸出现了。"

两个壮汉点头称是，转身快步离去。

第二天早上，宁志恒洗漱完毕，准备出门吃点早饭，刚走到院子里，就听见有人在喊他。

"藤原君，还没有吃早饭吧？到我这里吃一点。"这是吉村正和的声音。

宁志恒抬头一看，吉村正和正在家门口招呼他。昨天晚上，他们两个人喝了不少的酒，相互之间熟悉了不少。

宁志恒笑着说道："那可就打扰了，我还真是空着肚子呢。"

说完，两个人哈哈一笑。宁志恒迈步走进吉村家，屋子里已经准备好了早饭，在厨房忙活的老妇人和久美子也走了出来。

老妇人笑着开口说道："藤原君，你一个人也不好开伙做饭，以后就在我们家吃吧，久美子的厨艺可是很不错的！"

"是呀，你一会儿不是还要去找工作吗？我们一起走！我知道哪里有不错的工作，一会儿给你介绍介绍！"吉村正和也在一旁随声附和着。

对于吉村一家人的热情，宁志恒也不好当面拒绝，只是说道："我还是先去找一找工作，看看工作情况再定。我听说有些工作还管伙食的，如果没有，我就只好麻烦您和久美子了。不过伙食费还是要交的，等交房租的时候我会一起付的。"

吉村右太也没有推辞，搭伙吃饭本来就是要付饭费的，他笑着说道："藤原君，你想找什么样的工作？一会儿让正和带着你去转一转，他在外面认识很多的人，可以帮帮你。"

吉村正和也开口说道："是呀，现在国内来的移民越来越多，江湾一带都有军队驻扎。淞沪和虹口地区还是太小了，工作不太好找，我一会儿帮你去问问，应该不成问题！"

宁志恒却是早有打算，于是微笑着说道："我从小喜欢读书，对文学方面很喜欢，想找一份文职类的工作。昨天我看到一家南屋书馆，那里图书很多，也很安静，我想去试一试，不知道可不可以。"

这时一直没有说话的久美子，轻轻地说道："藤原君原来喜欢文学，那就去试一试。听说那个南屋书馆的馆长黑木先生很有名气，是国内著名的学者，就连我们学校的校长也经常提到他。"

宁志恒一听，暗自记了下来。看来昨天南屋书馆里，那个气质不凡的中年人还有些来头，今天去应聘的时候还是要小心一些。

"是吗，那我就去试一试，也许运气好就成功了！"宁志恒笑着说道。

吉村正和撇了撇嘴说道："那好吧。如果不成功，我再给你想办法。"

大家很快吃完了早饭，吉村正和兄妹就和宁志恒一起出了门，他们将久美子送到学校，然后才分手。

宁志恒并不着急去南屋书馆，也不知道昨天晚上季宏义的行动顺不顺利，他需要等一会儿才能知道结果。

看看时间已是上午十点，宁志恒这才快步来到南屋书馆，果然就看见有人正在门口张贴一则招人启事。

第十六章
偶入敌巢

宁志恒心头一喜，看来季宏义的动作很快，那个深谷已经上不了班了。他两步上前，仔细看着招人启事。

他直接用纯正的京都话对正在张贴启事的工作人员问道："是招聘图书管理员吗？我想试一试。"

那名工作人员听到宁志恒的话，回头一看，只见这个青年长相清秀，头发整齐，身上收拾得也很干净，可以说外形上很是受看。他笑着说道："你这倒是很及时，当然可以试一试。我带你进去，让馆长看一看。如果黑木馆长同意了，以后我们就是同事。"

宁志恒赶紧微微一躬，说道："那就多谢了！"

那名工作人员摆了摆手，带着宁志恒走进南屋书馆，一直把他领到二楼黑木馆长的办公室门口。

"馆长，有一个青年看见了我们的招人启事，想来试一试。"

"这么快？看来现在的工作确实难找，让他进来吧！"

工作人员将宁志恒带了进去，宁志恒看到昨天见过的那个中年人坐在桌子后面，正用审视的目光看着他。

黑木岳一看着眼前的青年眼睛一亮：很不错的一个小伙子，气质清爽，一表人才。

"你叫什么名字？哪里人？"黑木岳一沉声问道。

宁志恒微微点头，朗声回答道："藤原智仁，京都人。"然后又加上了一句，"我刚刚从国内来到上沪！"

"京都的藤原家？"黑木岳一有些惊讶，他仔细看了看宁志恒，不确定地问道。

"是的，这是我的户籍证明！"宁志恒上前将手中的档案材料递给黑木岳一。

黑木岳一接过来仔细看了一遍，终于确定下来。户籍的说明都对得上，只是父母去世，这应该是京都藤原家的一支旁支。黑木岳一的语气和缓了很多，他微笑着说道："藤原君，你能到我这里来应聘，我很高兴，只是不知道你的学识能不能胜任这份工作，毕竟这份工作还是很烦琐的！"

宁志恒露出一丝苦笑，诚恳地说道："馆长，我从国内带来的积蓄不多，很需要这份工作。我很喜欢读书，也很喜欢书法，希望您可以考虑一下。"宁志恒的话很清楚地表明了自己现在的生活窘态，毕竟人还是要吃饭穿衣的。

黑木岳一同情地点了点头，现在很多日本小家贵族的生活境况并不比普通平民好多少，看来这个藤原智仁过得也不尽如人意。听到宁志恒喜欢读书和书法，黑木岳一提起了兴趣，他也是个书法爱好者，不由得站起身来，笑着说道："那太好了，我们正需要书法好的人员。藤原君，请到这里来！"说完，他将宁志恒请到旁边的一处书房内，指着一张大书桌说道，"能不能写一篇字，我还是要看一看你的笔风！"

宁志恒没有客气，微微施礼一躬，说道："那我就献丑了！"

宁志恒书法造诣颇深，尤其擅长楷书，因为楷体字最为浑厚端正，一个没有楷书基础的书写者很难称得上是大家。而日本书法传自中国，尤其在上层社会流传甚广，而且受江户时期书法的影响，书法家都比较推崇楷体，只是后来加入了一些拼凑的偏旁部首才显得有些不伦不类，但是日本真正的书法大家都还是以写汉书为美。

宁志恒之前向易华安学习日文书写的时候，专门用楷体书写过。他迈步来到桌案前，将纸张铺好，用镇纸压实，取过旁边笔架上的毛笔，蘸好了黑墨，略微思索了一下，想了想还是用中文抄写了一段千字文。写了一半后，又将一段江户时期的古诗词用日文书写出来。其实日文中间也有大量的汉字，区别不是很大。

因为书写得比较多，字体不大，将整张宣纸都写满了，这样的书写如果书面处置合理，排列整齐划一，再加上出色的书法造诣，会给人以极为惊艳的视觉效果。

宁志恒写完之后，提起笔锋，看了看眼前的作品，心中非常满意。这可是他精心准备了一个晚上的结果，想来应该会让这位黑木馆长满意。

事实上也的确达到了这样的效果。黑木岳一仔细地观察这幅作品，不由得连连点头称赞："笔势浑厚，手心两忘，挥毫落纸如云烟！真是一幅佳作！"说到这里，他转身看了看宁志恒，不由得再次感叹道，"藤原君家学渊源可见一斑！"

他认为这位藤原家的旁支子弟自小一定是接受了极为正规的教育，文化素养很高，才有这样的精彩表现。

宁志恒谦逊地点头说道："自小的一点爱好，让馆长您见笑了。"

黑木岳一可不敢小看了眼前这位青年，更何况他也非常喜欢宁志恒的书法作品。对于宁志恒，黑木岳一是非常满意的。

他哈哈大笑道："没有想到，今天的一纸招聘，能够让藤原君光临。那就这样说好了，不知道藤原君什么时候可以上班呢？"

宁志恒面露喜色，赶紧点头说道："我随时都可以上班，今天就可以！"

宁志恒的喜悦之情溢于言表，让黑木岳一不禁有些感慨，看来这位青年已经吃了不少的苦头，生活上一定很拮据。他喊来刚才那位工作人员，说道："福井，藤原君以后就在书馆工作了。你把深谷的工作内容给他说一下，一定要尽心地帮助，明白了吗？"

福井是个很机灵的人，他一听馆长的称呼就知道，宁志恒并不是简单的求职成功。要知道日本人称呼别人为君，一般是长辈对年轻人或者是同辈之间才这样称呼，虽然只是礼貌上的用语，但这个称呼毕竟含有敬语的意思，也就是说已经把对方放在一个比较敬重的位置。比如黑木岳一从来不会称呼深谷敬太和福井雄真为君，都是直接称呼姓，叫深谷或者福井。看得出来，宁志恒在黑木岳一馆长的心中还是有一定地位的。

"嗨依！"福井赶紧点头答应。

说完，他将宁志恒领出黑木岳一的办公室，来到一楼的工作区域。他笑着对宁志恒说道："藤原君，我叫福井雄真，看来没有说错，我们真的成同事了，哈哈！刚才还有好几个人看到启事后想要应聘，可是我说已经找好人了，把他们都撵走了。"

听到他的卖好，宁志恒微微躬身，感谢道："福井君，真是太感谢了，以后请多多关照！"

就这样，宁志恒没有任何阻碍就顺利求职成功，成了南屋书馆的一名图书管理员。

南屋书馆总共不过六位员工，中午休息的时候是不管饭的，工作人员可以回家吃饭休息，下午再来上班。

宁志恒中午回到自己的住所。吉村右太看见宁志恒回来，赶紧问道："藤原君，出去了一上午，工作找得怎么样了？那个南屋书馆的工作不好找吧？不过没有成功也没关系，还可以慢慢来嘛！"

听到他不停地絮叨，宁志恒只好笑着回答道："吉村先生，今天很顺利，我已经在南屋书馆工作了。我回来休息一下，下午再去上班，以后我的午饭就在您这里搭伙可以吗？"

宁志恒自己确实不方便开伙，他也从来没有做过饭，之前不愿意和吉村一家人接触，是因为担心在接触中露出破绽。可是现在他发现吉村一家人并没有对他产生怀疑，而且在和他们的接触中，自己的日语水平提高得很快。再说和他们处好关系，也是对自己身份的一种掩护，所以才决定和吉村家走得近一些。

"那太好了，藤原君以后就和我们是一家人了！来，快请进来，一会儿正和还有久美子就回来了，我们中午喝上一杯，庆祝你顺利地找到这么好的工作！"吉村右太听到宁志恒的话不禁大喜，上前拉着宁志恒的手，把他拽进了自己家中。

没过一会儿，身穿警服的吉村正和，还有妹妹久美子也下班回来了。他们听说宁志恒竟然应聘成功，都非常高兴。

久美子笑盈盈地说道："藤原君真是太优秀了。听说南屋书馆的工作可是很不错的，薪水高，工作环境也好，还可以经常看各种书籍，真是太好了！"

说完，她的双眼中充满了羡慕，看着宁志恒的眼神愈加温柔，让一旁的吉村正和不禁有些肉麻，赶紧喊道："那还等什么？今天我们要庆祝一下！藤原君，我们今天好好喝上一杯！"

宁志恒中午只是浅斟了一杯，毕竟下午还要上班。吉村正和是警员，也是不敢多喝的。不过两个人还是兴致很高，聊了半天才各自休息。

宁志恒下午正常去上班，他临走前给吉村太太交代，说以后晚上会在外面吃饭，就不用准备他的晚饭了。

很多日本男人晚上都喜欢在外面的酒馆喝上一杯再回家，吉村太太也没有在意，点头答应。

其实宁志恒每天晚上是要和季宏义见面，沟通彼此的情况，并商量下一步的行动。

书馆的工作简单，而且宁志恒头脑聪明，很快就上手了。这个工作确实很不错，工作环境好，也没有什么重体力劳动，正好还可以多阅读日文书籍，加强日文的学习，多了解日本文化，以方便更好地适应现在的这个身份。

很快到了下班时间。宁志恒将手头的事情都处理好，收拾物品准备离开，可是看到福井雄真还在整理书籍。

宁志恒不禁奇怪地问道："福井君，你怎么不准备下班？"

福井雄真只好咧咧嘴，无奈地说道："我也想下班回家，可是书馆晚上需要值班。我们不仅要防盗，还要防火。因为这里都是木头和书籍，一旦失火后果就太严重了。我们要轮流值夜班，晚上就留在书馆里休息，今天轮到我了，过几天才轮到你。"

宁志恒这才知道晚上自己也是可以留在这里的，这让他心头一喜，这才和几位同事告别，离开了南屋书馆。

很快他来到惠民粮店，仔细观察了一下四周，又做了一个反跟踪的动作，确定身后没有人跟踪，这才抬脚迈进了惠民粮店。

老板容兴昌看见宁志恒进来，只是点了点头，没有说话。宁志恒就径直走进了后堂那处房间里，这时季宏义还没有回来，宁志恒只好耐心等着。

一直等到天色渐晚，季宏义才赶了回来，进了惠民粮店，向容兴昌看去。

见容兴昌向后堂示意，季宏义就知道宁志恒已经等在里面了。他快步进了后堂，见宁志恒便开口问道："南屋书馆那里怎么样了？"

宁志恒点头答道："很顺利，你的动作很快，我现在已经在南屋书馆上班了。"说到这里，他又对季宏义问道，"怎么样，今天找到其他人的行踪了吗？"

季宏义沉声说道："按照你说的位置，除了一个人，其他的都找到了！"

季宏义的话让宁志恒一震！缺员的那个一定是牺牲了。他追问道："缺了谁？"

"缺了那个叫龚平的，其他人我们都在各个关卡附近找到了！"季宏义回答道。

宁志恒半天没有说话，思虑了一下，再次问道："俞立也出现了？"

"是的，就在苏州桥头对面的一处民房里。他身边有四个日本便衣，保护得很严密，估计在暗处也藏着不少人手，我们的人根本不能接近。"季宏义开口说道。

这也在意料之中，日本间谍一定会对这几个叛徒采取严密的保护措施，强攻是不可取的，自己即使带再多的行动队员也不可能比日本人多。

"说一说他们各自的行踪路线吧。"宁志恒说道。

"好，我来具体说一下！"季宏义上前说道。

他把手下的跟踪记录汇总了一下，开始逐一介绍每个人的行踪路线。

原来，俞立、燕凯定、邢升荣、齐经武四个人都被安排在日本占领区设置的关卡附近，白天在关卡附近观察，下午五点关卡禁止行人通过时就会离开，并在苏州桥头会合，然后一起回到离上沪日本特高课本部不远处的一处安全屋里休息。

宁志恒问道："这么说他们平时都是分开的，只有晚上才回到那处安全屋里，如果想同时除掉这四个人，只能强攻安全屋。他们的看守人员有多少？"

季宏义回答道："出行的每个人都由四个人看守着，再加上那处安全屋里留守的人员，最少也有二十名日本特工。志恒，那处安全屋是个大院子，防备严密得几乎就是一座堡垒，而且距离日本特高课本部很近，周围还有日本军队巡逻，根本不可能强攻，我不想你们去送死！"

宁志恒听到季宏义的话也很沮丧。按照他的说法，自己的行动队进去，就算是刺杀四个目标成功，估计最后一个队员也出不来！可宁志恒绝不会让自己的手下白白送死，这不是他的风格。必须设计好方案，找出对方最大的漏洞，一击必中！

可是如果在外面分别刺杀四个目标，这个难度恐怕更大。

自己手下不过才十名队员，怎么可能在对方重兵埋伏的情况下刺杀成功，再全身而退呢？更别说在关卡附近对方还有把守的军队，自己要想成功，是绝对不可能的！

日本人仗着人多、占据主场的优势，让宁志恒无从下手。

难道就这样放弃了？

不！宁志恒又绝不甘心就这样灰溜溜地离开，不试一试怎么知道自己不行？还是那句话，办法总比困难多，只是自己暂时没有想到而已！

宁志恒决定换一个思路，他再次问道："那个闻琦玉，你打听到她的下落了吗？她和俞立还有没有联系？"

宁志恒想着也许可以通过闻琦玉接触到俞立，自己如果不能杀掉所有目标，就干脆选择俞立作为首要目标，哪怕只干掉这一个也算是有点收获，勉强可以向处座交差了。

季宏义咧了咧嘴，苦笑着说道："已经查到了，这个闻琦玉半个月前就回到北平了，根本不会和俞立联系！"

宁志恒一听不禁头大了，想想也是，日本人花大价钱找来闻琦玉当诱饵，可已经抓捕了俞立，那还留着这个诱饵做什么呢？自然是放走了！

这条线索又断了，宁志恒双手揉揉自己的太阳穴，闭上眼睛仔细地想了半天，仍然没有想出什么好办法。

"算了，志恒，你也不要着急，办法可以慢慢想，不过绝不能硬拼！"季宏义看着宁志恒冥思苦想的样子，不由得劝说道。

宁志恒一时之间也没有头绪，他摆了摆手，站起身来，对季宏义说道："这件事情我再想一想。对了，我想和我的手下通电话，不知道日本占领区的电话安全吗？"

季宏义想了想，摇头说道："这里是日本人的聚居区，有钱的人多，商铺也多，所以装电话的人也很多。如果只是在本辖区内部通电话，估计日本人的电信部门是监控不过来的，但是你要和中方占领区，还有对岸的公共租界和法租界通电话，那就不能保证安全了，毕竟日本人电信部门的技术更先进一些。"

季宏义也是老江湖了，他们青帮做案子时考虑得很周密，不会留下半点蛛丝马迹，精细之处并不比军事情报调查处差。

宁志恒一听，只能放弃这一想法，他开口说道："那就只能有劳你了，你回南岸找到我的手下孙家成，替我问一问行动队员中有多少会潜水，然后把结果尽快告诉我，我好根据人数来制订计划。"

之前宁志恒已经把自己在法租界的住所告诉过季宏义，所以季宏义知道怎样能找到孙家成。

听到宁志恒的话，季宏义点头说道："我明天一早就回南岸，晚上还是在这里见面，给你口信！"

宁志恒再次叮嘱道："戏院的那条线还是不能断了。俞立这个人最致命的弱点就是女色，这个毛病他改不了。只是现在正在风头上，他不敢造次，但估计用不了多长时间，他还会故态复萌。你的人最好在三个大戏院里留下耳目，只要发现俞立出现在戏院就通知我，不行就干脆除了他，总好过一无所获！"

这项任务的难度已经出乎宁志恒之前的预想。如果在一个月之内，他还是找不到敌人的漏洞，不能一次将所有的目标清除。那就只能对俞立一个人下手，然后迅速撤离，绝不能陷在这座即将变成血肉磨盘的城市之中！

在上沪特高课本部的课长办公室里，课长佐川太郎正一脸疲惫地坐在靠椅上看着手中的文件。

一旁的今井优志担忧地看着他，轻声问道："课长，这一次的见面结果如何？上原将军是什么意思？"

佐川太郎轻叹一口气，无心再看文件，手一松，将文件丢在办公桌上，脑海中浮现出今天拜见军部主管情报的上原纯平将军时的情景。过了半晌，他才开口说道："到目前为止情况还好。这次的杭城事件是我们谍报部门几十年来最严重的一次失败，影响太大。军部的意思肯定是要追究的，还好上原将军愿意为我们说话，只是结果如何，还未可知。幸亏你提醒了我，对中国特工提前动手，如果没有这一次的行动，我们现在就只能是和村上慧太一样的结局了！"

今井优志一听，心中暗自松了口气。只要不马上对他们执行处罚就好，拖一拖风头过去，情况就会好转一些，到时候即使被贬也好过切腹自尽。

今井优志汇报道："抓到的几名中国特工，除了一名反抗激烈，袭击卫兵被当场击毙，其他的三个人都已经开了口。现在我安排他们和俞立一起，在几处关卡守候，在暗处辨认军事情报站的特工。"

佐川太郎点头说道："也只有这样了，不过中国谍报部门不是傻子，不会在这个风头上冒险行动的。你要做好他们的保护工作，以防止中国谍报部门对他们进行清除。"

今井优志点头答应道："请课长放心，我安排了足够的人手保护他们。无论对方派多少人来，都是自投罗网。现在这几个人就被安置在附近的那处大院子里，警备森严，绝不会出任何问题！"

听到今井优志的话，佐川太郎放下心来。那一处大院子他是知道的，里面面积不小，设施齐全，是特高课专门用来安置重要人物的安全屋。今井优志这样的安排已经很严谨了。

佐川太郎再次叮嘱道："别人还好说，这个俞立一定要保护好，同时要善待，处理好关系，让他明白我们才是他真正的朋友。他是我们策反的最高级别的中国特工，以后我想把他树为一面旗帜，以打击中国特工越来越嚣张的气焰。"

"嗨依，我一定特别注意他的安全。"今井优志赶紧回答道。

"军事情报站里面的潜伏人员现在情况怎么样？"佐川太郎问道。这项计划开始是今井优志设计主持的，成果非常显著，在这一次关键时刻，甚至救下了他们的性命，佐川太郎对此项计划尤其重视。"这一次的行动让中国人吃了大亏，中方一定会把注意力都放到上沪来，我估计南京总部一定会派人来督促他们的工作，注意让我们的内线收集这方面的情报。"

今井优志回答道："目前都还正常。我会让他们注意收集这方面的情报，不过我建议短时间内不要有大的动作，军事情报站现在一定会加大内部甄别的力度，他们的处境也很危险。"

佐川太郎点点头说道："这些问题你来安排吧。我们要确保这段时间千万不要出差错，不然，今井君，我们的前途堪忧！"

"嗨依！"今井优志躬身答应道。

宁志恒回到自己的住所，就在他准备打开院门的时候，旁边吉村家的房门打开，一个身影走了出来。

"藤原君，刚刚回来吗？今天辛苦了！"一个轻柔的声音传来。

宁志恒听到声音一愣，赶紧回过身去，见是吉村久美子站在门口。

他笑着问道："原来是久美子呀，我刚刚喝了一杯，所以回来有些晚了。"

"空腹喝酒容易醉，我准备了夜宵，请过来品尝一下。"久美子笑着说道。

宁志恒心中有事，所以也忘了吃晚饭了，到现在还真的有些饿了。他听到久美子一说，腹中更显得饥饿，于是笑着说道："那就打扰了，光顾着喝酒确实没有吃饭，正好尝一尝久美子的手艺。"

宁志恒转身迈进吉村家的院子，发现久美子早就准备好了精致的夜宵等着他的归来。宁志恒一进餐厅，就看见几样精致的糕点已经摆在餐桌上，他笑着说道："久美子真是心灵手巧，做出来的点心让人看着都这么有食欲。"

说完，宁志恒盘膝坐下，也没有客气，拿起筷子就开始吃起来。

久美子微笑着坐在对面，看着宁志恒狼吞虎咽地吃着自己亲手制作的点心，心中不由得万分喜悦。

"藤原君，你慢点吃。这是热茶，你喝一口，别噎着！"久美子轻声细语地提醒着宁志恒。

久美子的手艺确实不错，再加上宁志恒真有些饿了，不一会儿就风卷残云般将桌子上的糕点一扫而空。

喝着热茶，宁志恒不禁满意地赞叹道："久美子的手艺真是太好了，一不小心我竟然全部吃光了，真是太失礼了！"

久美子手捂着小嘴，呵呵地笑起来，看着宁志恒说道："都是我不好，做得少了，明天我再多准备一些。"

宁志恒却摆了摆手，他可不想有一个人总是盯着他的行踪，这对他的行动非常不利，也很容易让自己露出破绽。于是他开口推辞道："我刚刚找到工作，想和同事们处好关系，晚上一般会和同事们喝上一杯，回来得都很晚，还是不麻烦久美子了，不然就太不好意思了！"

宁志恒的话让久美子有些失望，不过她很快就笑着说道："没有关系，不过藤原君你不能总是这样空腹喝酒，吃饱饭才是最重要的！"

久美子的话让宁志恒一愣，他像是想到了什么，可是一时间又记不起来，不由得怔怔地没有说话。

久美子看着宁志恒发愣，以为自己说错了什么，赶紧问道："藤原君，我没有说错什么吧？"

这句话顿时让宁志恒回过神来。"啊，没有什么，久美子说得很对。我吃饱了，谢谢久美子的款待，我回去休息了！"说完，他站起身来，微微点头示意。

"嗨依，请早一点休息！"久美子也躬身行礼，看着宁志恒走出房门。

很快，吉村夫妇就从旁边的房间里伸出头来。吉村右太看着桌子上空空的盘子说道："我说，这个小伙子的饭量不错呀，我还以为能给我剩下一点呢！"

吉村太太笑着说道："能吃身体才好，怪不得长得那么高大。久美子，他很喜欢你做的点心，这是好事情啊！"

一家人说笑着的时候，宁志恒回到自己的住所。他简单地收拾了一下就躺下了，可心里总觉得有些事情放不下，翻来覆去地睡不着。

今天晚上他所有的心思，都放在考虑如何对付那四个叛徒身上了，可是他想来想去也找不到好的办法。这四个人全程都有重兵护卫，自己根本找不到突破点，到底该怎么做呢？

今天久美子的话，让宁志恒好像突然抓到了什么，但究竟是什么呢？

对了，宁志恒突然想起来了，是那一句话："吃饱饭才是最重要的！"

自己应该在这个方向做些文章！四个叛徒到了下午五点就会在苏州桥头会合，然后回到安全屋里，那么他们晚饭是在哪里吃的呢？

这四个叛徒里，只有白渡桥口的那个监视点是在酒楼，其他三个都是在民房或者咖啡店里，这些地点没有吃晚饭的条件，而且离开的时间也稍微早了点，不是吃晚饭的时间。

他们是在四个人会合后一起赶回那处大院子，那么最后晚饭一定是在大院子里解决的。

自己是没有能力进攻这处安全屋的，可是只要想办法不让他们在安全屋里吃饭，他们一定会另找地方，这个地点会在哪里呢？反正也比在安全屋里更方便动手，或者搞些手脚，直接下毒也不是不可能的事情。对，就这样，试一试！

只要有突破点，就有可能圆满完成任务，顺利地将四个目标全部清除。宁志恒想到这里，心中升起一丝希望！

第二天，宁志恒照常在吉村家吃早饭，吉村正和对宁志恒说道："藤原君，你这段时间晚上回来的时候要小心些，现在很多人喝点酒就爱撒酒疯，打架斗殴。前天晚上，就有一个小子在酒馆喝了点酒，结果在回家的路上被另外两个酒鬼给打成重伤。现在的家伙，喝点酒就敢胡来，你可要注意一些。"

宁志恒心中一动，装作好奇地问道："这种事情多吗？这里的治安不是还好吗？"

吉村正和将一个饭团塞进嘴里，不以为然地说道："我们这里有驻军，大方面的治安当然是可以保证的，不过，一般的打架斗殴，尤其是醉汉酒后闹事是经常的事，总之不要回来得太晚就可以。"

一旁的久美子也紧张地说道："是呀，藤原君，晚上就不要去酒馆喝酒了，在外面逗留太久，很不安全的！"

可是她的话一出口，吉村右太和吉村正和都是一皱眉。吉村正和不高兴地说道："久美子，藤原君自有分寸，你不要多说。"

这个时代的日本女子地位很低，吉村正和可以对宁志恒说的话，久美子是不可以说的。

不过宁志恒还是微微笑着说道："多谢久美子的关心，我会尽量早点回来的！"

宁志恒很早就来到南屋书馆，正准备开始工作，就看到昨天晚上在书馆休息的福井雄真走过来，便笑着开口问道："福井君，昨天晚上休息得怎么样？"

福井雄真打了个哈欠，揉了揉眼圈，摇了摇头说道："前半夜根本睡不着，心里老是惦记事情，怎么也不如自己家里舒服。不过值完这个班，就可以睡几天好觉了！"

说完，福井雄真呵呵一笑，打起精神，又去工作了。宁志恒也开始打扫卫生，整理书籍，做自己手头上的事情。

工作到上午十点钟的时候，宁志恒正翻看着一本江户时期的日本诗词，就听到二楼传来黑木岳一的声音。

"藤原君，请上来一趟！"黑木岳一高声呼唤道。

"嗨依，我马上来！"宁志恒赶紧应声回答道。

他放下手中的书籍，快步走上二楼，来到黑木岳一的办公室。

"黑木先生，您有什么吩咐？"宁志恒躬身问道。

黑木岳一看着宁志恒，笑着说道："藤原君，一会儿和我去驻军司令部一趟。军部的上原纯平将军是我的好朋友，他一直想要的一些书籍，我好不容易给他找到了，但我一个人拿不了，你陪我去一趟吧！"说到这里，黑木岳一又笑着说道，"上原将军也是一位书法爱好者，你们正好可以切磋一下。"

黑木岳一本人在日本是比较著名的学者，在日本高层中有不少朋友。日本因为文化教育普及程度高，所以就连军队上层的文化水准也都很高，这位上原纯平将军就是黑木岳一的好友之一。

黑木岳一对宁志恒很看重，固然是因为宁志恒的贵族身份，更重要的是他那一手出色的书法让黑木岳一非常欣赏。这一次正好需要找一位书法出众的人，他就没有多考虑，直接选择了宁志恒。

听到黑木岳一要带自己去日本驻军司令部，宁志恒不禁心中一动。他脸上微微一笑，马上答应道："当然愿意效劳！"

黑木岳一微微颔首，指着旁边桌子上厚厚的十几本书，说道："交给你了，我们马上就走！"

宁志恒赶紧上前，取过一条包装绳，熟练地将这十几本书捆绑好，系了一个活环，提在手里果然很重，怪不得黑木岳一要找个帮手一起去。

两个人一起出了南屋书馆，坐上黑木岳一的轿车，一路赶往驻军司令部。

不多时，车子来到驻军司令部大门外，黑木岳一和宁志恒下了车。黑木岳一对大门前的护卫说了一句，那位军士拿起电话，询问之后，马上向黑木岳一躬身说道："黑木先生，上原将军请您进去！"

说完，他用眼睛扫了一眼黑木岳一身后的宁志恒，没有多说。

黑木岳一也懒得和这样一个普通军士解释，便率先走进司令部的大门。宁志恒手提着书，神态自若地走在黑木岳一身后。

司令部大楼是一座非常高大的堡垒式建筑，通体都是用钢筋水泥浇筑而成，犹如一座固若金汤的要塞。周围都是密密麻麻的军事掩体，许多训练有素的军士来回巡逻，大楼门口还有两个手臂上戴着红袖套的尉级军官执勤。

他们显然是认识黑木岳一的，看着黑木岳一走过来，其中一位上尉笑着打着招呼："黑木先生！"

黑木岳一也笑着点了点头，招呼道："辛苦了，石川君！"

两个人相互打过招呼，石川武志看着黑木岳一身后的宁志恒，不禁问道："这位是？"

黑木岳一微微一笑，回手示意宁志恒，介绍道："藤原智仁，京都藤原家的子弟，刚刚从国内来到上沪，是个很有才华的年轻人，以后可以多亲近亲近！"说到这里，他又转身对宁志恒介绍道："这位是石川武志，石川家的子弟，和你一样，也是家学渊源，尤其喜欢诗词。"

石川家？这是关西地区大阪府的贵族家族，不过在社会地位上要比藤原家族低一些，但这也要看嫡庶之分。如果是石川家主家的子弟，当然要比宁志恒这个冒牌儿的藤原家族之旁支子弟地位高；如果都是旁支子弟，那就要数藤原家的高一些。

一听到是藤原家的子弟，石川武志不禁眼睛一亮，顿时对宁志恒高看一眼，因为他自己也只是石川家的旁支。他赶紧微笑着招呼道："藤原君，以后请多多关照！"

宁志恒也赶紧躬身，以极为标准的关西口音说道："我刚来到上沪，也请石川君多多指教！"

黑木岳一笑着说道："你们以后有的是机会聊天。上原将军还在等我，石川君，我们先走一步！"

"好的，黑木先生。藤原君，有空请你喝一杯！"石川武志赶紧顿首示意，同时做了一个"请"的手势。

黑木岳一带着宁志恒走上了楼梯，这时从转盘的大楼梯又走下来几名军官，他们看着上来的两个人纷纷点头示意。黑木岳一和宁志恒也是顿首回礼，然后交错而过。

这时黑木岳一才回身对宁志恒说道："不知为什么，这段时间上沪驻军增加了许多，这里的很多军官都是生面孔。"

宁志恒心中一动，知道这是日本方面已经着手做准备了。他没有接话，只是开口问道："这位石川武志是主家的子弟吗？"

听到宁志恒的问话，黑木岳一笑着说道："你不用太过在意，他和你一样，都是旁支子弟。这样最好，大家不用太拘束。石川也是很喜欢文学的，只是后来还是进了军队，毕竟现在国内军人的地位越来越高，真正做学问的人已经不多了。"

宁志恒也以非常赞同的口吻说道："是呀，我从小就喜欢读书写字，对军事不感兴趣，身边的同龄人都不愿意和我相处，其实我觉得自己一个人读书更能让我放松愉悦！"

听到这句话，黑木岳一看着宁志恒意味深长地说道："藤原君，我们这些人是被时代抛弃的人，以后就是这些军人的天下了。你还年轻，希望你不要投身军伍，能够保持住本心才好！"

"嗨依，明白了，多谢黑木先生的教导！"宁志恒赶紧回答道。

黑木岳一听到宁志恒的回答，只是勉强一笑。他知道现在日本年轻一代几乎都以加入军队为荣，像宁志恒这种贵族子弟，在军中更是有许多人脉和特权，很难说宁志恒以后不会走上这条道路。

上原纯平的办公室是在三层东侧，整个东侧的办公室都是军部情报部门，而上原纯平就是主管情报部门的少将。

他的秘书看见是黑木岳一到来，赶紧将两个人请了进去。而上原纯平早已在自己的办公室里沏好了茶水，坐着等候黑木岳一的到来。

"上原君，这司令部层层关卡，我要见你一面可真不容易！"黑木岳一见面，就没好气地说道。

上原纯平哈哈一笑，抬手示意黑木岳一坐下，可是黑木岳一却回首介绍宁志恒道："这位是我的小朋友，京都藤原家的子弟。你不是要找书法造诣精湛的人吗？我这就给你带过来了！"

宁志恒一听，这才明白过来，原来黑木岳一并不是单纯地让自己陪伴，而是这位上原纯平想要找一位书法好的人选，而自己就被选中了。

"原来是藤原家的子弟，"上原纯平惊讶地看着宁志恒，"那可真是太好了。我这几天还真是有些着急，没有想到你真帮我找到了。"

宁志恒这时也恭敬地一鞠躬，开口说道："将军阁下，我叫藤原智仁，请多多关照！"

"请坐吧，藤原君，我们先喝茶，然后就让我欣赏一下你的笔风！"上原纯平伸手示意宁志恒也坐下来。

宁志恒将手中的书放在桌案上，黑木岳一笑着说道："这些都是你书单上的书，我花了不少力气找到的。"

上原纯平惊讶地说道："你都找到了？真是太好了，我守在这个办公室里，平时也没有什么可消遣的，就指望这些书熬日子了！"

他赶紧站起身来，来到桌案旁边，解开捆绳，一本一本地翻看起来，不时地点头赞叹，喜悦之情溢于言表！

黑木岳一笑着对宁志恒说道："上原君最喜欢夏目漱石先生的作品集，尤其喜欢楷体印刷版，我可是花了很多力气才收集到这些。"

原来这个上原纯平竟然还是个文学迷友，是夏目漱石的忠实崇拜者。

这时一脸喜悦的上原纯平回到茶座旁边，笑呵呵地说道："非常感谢，黑木君，我以茶代酒敬你一杯！"说完，他端正地坐下来，熟练地浇了一杯茶敬到黑木岳一面前。

黑木岳一和上原纯平边喝茶边聊天，宁志恒在下首作陪。时间过得很快，黑木岳一看着时间不早了，开口说道："好了，茶就不品了，我们还是看一看藤原君的笔风，我想一定能让你满意。"

上原纯平点点头，站起身来做了一个"请"的手势，黑木岳一和宁志恒就随着他来到了书桌前。

宁志恒将笔墨纸砚置好。他从刚才就知道这位上原纯平将军最喜欢传统书法，于是投其所好地说道："我平时最喜欢楷体，也最擅长楷体，那就献丑了！"

于是他凝神静气，运劲于腕，提笔作势，将山崎宗鉴的一首俳句写在纸上。这是他从这几天里阅读的各种日本文学书籍中挑选出来的一首好诗。

宁志恒一下笔，可谓是劲道点意，神到笔随，疏密得宜，全章贯气！看得上原纯平和黑木岳一不禁连连点头，一直到宁志恒运笔写完，两个人才出声赞叹。

上原纯平看着眼前的作品，不禁轻声朗读出来："'良月若安柄，绝似佳

第十六章　偶人敬鼠

289

团扇，老朽轻抚地，蛙鸣似个长，圆圆春阳出，悠悠白日长！'真是好诗好字，太出色了！"

黑木岳一也非常满意宁志恒的表现，笑着说道："怎么样，上原君，我没有介绍错人吧！藤原君的书法造诣绝对会让你满意的。"

"哈哈，我非常满意！"上原纯平笑着说道，他重重地拍了拍宁志恒的肩膀，"藤原君，我这里有一些事情需要你的帮助，还请不要推辞！"

宁志恒这时候哪里还能推辞，他笑着说道："上原将军如果有需要，我自当竭尽全力！"

"那好。"上原纯平转身去了书房，不一会儿拿出一摞厚厚的书稿，来到宁志恒面前。

他有些不好意思地说道："我年轻的时候非常喜爱文学，那个时候看到出色的文章，总是羡慕至极，想着我能不能也写出如此精彩的文章，后来终于忍不住，自己写了一部小说，这就是我之前的书稿。可是岁月蹉跎，等我投身军伍，事情越来越多，再也没有精力把这些书稿整理出来，所以我希望找一个擅长楷体书法的高手，帮我把书稿整理出来，誊抄一遍，以后就放在身边，不时地拿出来欣赏自己的作品，这也是一种享受！"

宁志恒这时终于明白过来，原来这位老文青自己动笔写下了一部作品，但只是原始文稿，若是要形成成熟的作品，需要下非常大的力气去完善，需要投入大量的精力和时间，可是上原纯平公务繁忙，再加上想要用最喜欢的楷体完成书稿，所以他就需要一个擅长文学和楷体书法的人，来替自己整理作品。

之前他还拜托黑木岳一替他完成这部书稿，可是黑木岳一哪有心思做这些事情，于是就想着找一个擅长书法的高手来做这件事。当时宁志恒应聘的时候，一显露出一手漂亮的书法功底，马上就被黑木岳一看中了，这一次他就是带宁志恒前来让上原纯平认可的。

宁志恒接过这部厚厚的书稿，躬身点头说道："我一定会尽全力完成这部书稿，希望不负上原将军的重托！"

"藤原君，给你添麻烦了，一切就拜托你了！"上原纯平郑重其事地给宁志恒鞠了一躬。事情谈妥了，三个人这才相视一笑！

就在这个时候，敲门声响起，上原纯平开口说道："进来吧！"

秘书推门而入，开口禀告道："将军阁下，特高课佐川课长前来拜见，不知道您有没有时间？"

听到又是佐川太郎前来拜见，上原纯平不禁眉头一皱。这段时间，佐川太郎频频拜见，就是因为之前杭城地区出现重大失利，想请自己为他们在军部和内务省会议上说几句好话，自己也是不胜其烦。如果不是看佐川太郎确实是一个人才，早就将他撤职查办了！

今天他难得和自己的文友聊得高兴，可不想再和佐川太郎纠缠不清。他看了看黑木岳一和宁志恒，正想让秘书把佐川太郎打发走，可是黑木岳一看上原纯平工作确实繁忙，再说时间不早了，于是主动开口向上原纯平告辞。

宁志恒这时听到竟然是上沪特高课本部的课长佐川太郎拜见，心中不禁暗自诧异。他之前并不知道上原纯平竟然就是情报管理部门的首脑，还是特高课间谍头子佐川太郎的上司，幸好自己一直小心谨慎，在这个老特务头子面前，没有露出一丝破绽，不然后果堪忧哇！想到这里，他心中不禁有些后怕！

他正好还可以见识一下这位老对手佐川太郎。要知道在军事情报调查处的情报侦察中，对这位新任特高课课长了解得极少：年龄不详，履历不详，容貌不详。因为佐川太郎是一个非常谨慎的特工，平时也从不留影照相，所以军事情报调查处的调查档案里，甚至连一张可以存档的照片都没有。处座对这位新对手，也是迫切地想要多了解一些。

佐川太郎绝对算得上是一位神秘至极的对手。宁志恒暗自高兴，正好今天可以一睹此人的真面目，也许以后在谍报战场上还有交锋的时候！

看到黑木岳一执意要走，上原纯平也不好再挽留，只好起身相送。

上原纯平把两个人一直送出门口，这时佐川太郎和今井优志正在门外的走廊里等着上原将军召见，正好看见顶头上司上原将军将两位客人送出了门外。

两人不禁暗自诧异，他们所知道的上原将军是一位不苟言笑、极为严厉的上司，平时难得露出笑脸，可是这个时候，竟然笑容可掬地将两位客人一直送出了门外，真不知道这两位客人是什么来历！

他们不由得将目光转移到黑木岳一和宁志恒的身上，而与此同时，宁志恒又何尝不是想要看清楚佐川太郎的真面目。于是几个人目光相对，将彼此的容貌都记在了心上。佐川太郎和今井优志赶紧躬身顿首，向上原将军的贵客们微施一礼，黑木岳一和宁志恒也礼貌地点了点头，这才迈步离去。

一时之间，中日双方顶尖的特工无意之间完成了第一次面对面的接触，不知道在以后诡异难测的黑暗之中的交锋中，还有没有这样奇异的事情发生！

黑木岳一和宁志恒来到司令部的门口，和石川武志再次打了声招呼，便出了驻军司令部，坐上轿车一路赶回南屋书馆。

在轿车上，黑木岳一沉声对宁志恒说道："藤原君，对于你来说，上原纯平将军是一位可以深交的朋友，也是一位可以依仗的长辈。这一次是你最好的机会，你一定要好好把握住。这个时代，想要真正地偏安一隅书屋是不可能的。我们只能在这个时代浪潮里为自己找寻一叶之舟，不至于倾覆罢了！"

"嗨依，我明白您的意思！"宁志恒郑重地点头回答道。

回到书馆后，黑木岳一就对宁志恒和几位工作人员交代，今后宁志恒，也就是藤原智仁，不再参与日常的工作，他的唯一任务就是整理完成手中的原始书稿，工作的时间由他自己掌握。黑木岳一为此还专门给他布置了一间办公室。

这样的安排让宁志恒极为满意，他既有了掩饰身份的工作，还有了充裕的自由时间，可以随时调整自己的行动进程。

至于上原纯平这份原始书稿，宁志恒当然也要尽心竭力地去完成。这可是他接触日本谍报高层千载难逢的好机会，他必须牢牢地把握住。

等他进入自己专属的办公室后，第一件事就是要把今天见到的那位特高课课长的容貌画下来。宁志恒将办公室的门反锁，自己在书桌上仔细勾画今天在上原纯平办公室门口见到的那两个人物。

身体位置靠前的一定就是特高课课长佐川太郎，在他身后的一定是他的助手，应该也是个特务头子，这两个人的容貌都应该牢牢地记住。

花了很长的时间，宁志恒终于将两个人的画像完成了，再经过仔细的修正，佐川太郎和今井优志的形象就跟真人一般无二地展现在面前。

宁志恒小心翼翼地把画像贴身收藏好，这才发现外面天色已暗，应该快下班了。他赶紧收拾了一下物品，然后将上原纯平的书稿带上，准备晚上回家加紧整理，然后推开办公室的门走了出去。

正好这个时候大家都准备下班，几位工作人员看到宁志恒出来，赶紧躬身行礼，亲热地招呼着。他们已经知道这位青年得到了书馆馆长黑木先生的青睐，同时也从黑木先生的口中知道了宁志恒的贵族身份，对宁志恒自然是恭敬有加。

宁志恒也礼貌地还礼，然后快步离开南屋书馆，前往惠民粮店和季宏义接头。

第十七章
四个叛徒

宁志恒来到惠民粮店时，季宏义已经等候多时。看到宁志恒进了后堂，季宏义开口说道："我已经找到了你的手下孙家成，他让我转告你，加上他，总共有八名队员会潜水，并随时等候你的命令。"

宁志恒点了点头。也就是说有三名手下不能参与行动，人手上有些紧张，必须设计好。接下来就该想出什么方法接近目标了。

他想了想，看着季宏义问道："这四个叛徒落脚的那处安全屋，我们是肯定进不去了，不过我有个想法，你看行不行？"

"什么想法？"听到宁志恒有了思路，季宏义赶紧挺直身子，开口问道。

宁志恒直接说道："昨天你说过，这四个叛徒在离开关卡后会在苏州桥头会合，然后回安全屋，那么他们的晚饭一定是在安全屋里吃的。能不能想个办法让他们的厨房做不了饭，迫使他们去外面吃饭。"

季宏义眼睛一亮，一巴掌拍在桌子上，说道："这是个好办法！只要不是在那个乌龟壳子里动手，机会还是有的。"

宁志恒接着说道："我的初步想法，就是在这处院子的自来水管线上做手脚，让他们短时间内无法在这个院子里洗漱和做饭。这样，他们一定会寻找一处地点解决吃饭问题，我们便利用这个时机找到漏洞，一举解决这四个叛徒。"

季宏义听到宁志恒的话，点头说道："可以试一试，总比这样守在这里束手无策强。这个院子是老宅，用水管线并不难查。我们在供水公司里有自己人，我马上安排人去调查，明天晚上给你回信！"

"明天再给我带一部照相机来！"宁志恒接着说道。

"没问题，我明天一起带给你。"季宏义干脆地答应道。

两个人商量完毕，宁志恒这才离开惠民粮店。

第二天，宁志恒一直在办公室里整理书稿。实话说，上原纯平的这份书稿确实水平一般，整体构思平淡无奇，叙述上着重点也不明显，但情节上倒是有些出色之处。

宁志恒的文学水平不错，笔头很硬，可以说他的写作能力比这位上原纯平将军超出了太多，所以他整理这份书稿并没有任何勉强之处，甚至在叙事遣词方面给原文增色许多，让整个作品上升了一个档次。他整理书稿的速度很快，估计十天就可以完成，最后誊抄一遍就可以交差。

下午下班后，宁志恒又赶到惠民粮店和季宏义见面，问了事情的进展情况。

季宏义开口说道："事情已经查清楚了，我们的人已经找到了控制那一处大院的自来水管线，我让他等我的消息。"季宏义口中的"他"一定就是在供水公司工作的帮众。

宁志恒想了想说道："这个人可靠吗？他有没有办法既毁坏管线又不让人看出破绽？"

季宏义点头说道："你放心吧，这个人是我们的老帮众，不会有问题的！另外我问过他了，破坏供水系统要看情况而定。如果只是想要停一天的水，就在阀门上做些手脚。更换阀门，供水公司的维修人员只要一天，甚至几个小时的时间就可以。如果想要长时间停水，可以人为地损坏管线的本体，在损坏的地方用硫酸进行腐蚀造成管线泄露，然后再做些掩饰，从外边看就像是长期生锈腐蚀的痕迹，很难看得出破绽。而供水公司更换整条管线，需要四到五天时间。"

宁志恒听到这里，笑着说道："那自然是时间越长越好，这样我们有足够的时间观察他们的行踪。等一切准备就绪，我们就开始动手。"

季宏义点点头，说道："我这就安排他准备开始。这个腐蚀的过程最少需要一天，还要隐秘行事，所以你也不要着急。"

宁志恒点头说道："我知道，我要的照相机呢？"

季宏义赶紧取出一部照相机，宁志恒将照相机收好。

而与此同时，在特高课布置的安全屋，也就是那处大院里，日本便衣们也将保护的四个军情站的叛徒护送回来。

为首的正是行动队长渡部大治。他逃回上沪后，因为在中国多年，熟悉中国人的心态，又精通中文，所以受今井优志安排，专门负责审讯并保护四名叛徒。

"俞桑，今天辛苦诸位了。我特别让厨房准备了你们喜欢吃的中国菜，大家请慢用！"渡部大治将四个人引进餐厅，饭桌上已经摆满菜肴和几瓶白酒，渡部大治接着说道，"晚上，军医会过来为几位换药，些许小伤很快就会痊愈的。"

这里除了俞立，其他三个人身上都有或轻或重的受刑后的伤口，这几天每天都要日本军医来给他们换药。

今井优志特别叮嘱，要对这几个中国特工加以善待，尤其是这个俞立，课长佐川太郎还想着以后对他加以重用。

俞立微微点头说道："多谢渡部队长了。"

渡部大治做了个"请"的手势，并转身离开。他手下的日本便衣吃不惯中国菜，并不会和四个叛徒一起用餐，一般都是各吃各的。

这时，房间里只剩下俞立他们，四个人看着日本人离开，原本紧张的情绪一下子放松下来。

燕凯定慢走了两步，想要坐在椅子上，可是他受刑较重，腿上的伤势这几天还没有完全好，不小心一个踉跄，身旁的齐经武眼疾手快地把他扶住。

可是燕凯定却一把甩开齐经武的手，再往前迈了一步，坐在座位上，脸色阴沉，一句话也不说。

看着这个情景，俞立脸色一暗。他知道这三个人虽然都是经不住日本人的严刑拷打，最终在死亡的威胁下投降叛变，可是背叛国家和民族，违背自小就坚持的信仰，这个转变过程岂是那么容易？自己不也是挣扎了许久，才在死亡面前低了头，最终做了汉奸？

他也不想多说，坐在座椅上，倒上一杯酒，端起酒杯一饮而尽，然后拿起筷子就吃起来。

燕凯定看着俞立，眼中射出仇恨的目光。俞立没有抬头，却慢悠悠地说道："你也不要怨我，日本人的酷刑你也不是没有经历过，你自己不也没有熬过来吗？难道非得像龚平一样被日本人的乱枪打得像个马蜂窝一样？好死不如赖活，没有自裁的勇气，就不要怨天怨地！这都几天了，你还没有死心吗？日本人就在外面，你尽可以去和他们拼命！"

俞立的话像刀子一样戳在其他人的心里，三个人就像充气气球泄了气，顿时都是一阵无语。他们都没有熬过最后一关，真要是有勇气结束自己的生命，也不会落到现在这个下场。

"军情处的锄奸队估计已经到了，就在暗中盯着我们呢！算了，挨一天算一天吧！"邢升荣也找了个座位坐下，他面容沮丧，却是无可奈何，"就是不知道，我远在南昌的家人会不会受到牵连，只怕军情处是不会放过他们的。唉，我也顾不了许多了，走一步算一步吧！"说完，他将杯中酒仰头一口喝干，不再言语。

其他的两个人没有再说话，坐在座位上沉默了片刻，这才拿起筷子吃起来。

而这时，就在他们旁边的一个房间里，一直在监听他们说话和行动的渡部大治这才放下手中的监听耳机，冷笑着对身旁的助手说道："这几个中国人没有半分骨气，现在已经乖乖地低头了，收拾他们，就是要让他们认清现在的形势，死心塌地地为我们服务！"

他的助手石山智之也笑道："人都是有惰性的，时间久了，他们就会慢慢习惯和认同现在的身份，何况他们也知道是回不了头的。现在就是把他们放出去，很快他们就会被中国特工打黑枪，一样也是没命！"他又接着问道，"渡部君在中国潜伏了这么多年，对他们的心态真是非常了解，不愧是中国通啊！"

渡部大治微微一愣，虽然石山智之话语中有奉承的意思，但是他不想谈及自己的潜伏经历，也不想炫耀这段历史。在他的心里，这并不是段愉快的回忆。

渡部大治淡淡地一笑，说道："以后给他们独处的机会，监控他们的谈话，及时掌握他们的真实想法，这对我们以后使用他们有帮助。今井组长很重视这几个中国人，以后还是要派上用场的！"

石山智之点头领命，说道："嗨依，渡部君，我会随时随地监控他们的。"

四个人沉默不言，只管埋头吃饭喝酒，尤其是燕凯定，他心中的忧郁难以排解，只能一杯接一杯地喝酒。

一旁的邢升荣终于忍不住劝说道："凯定，借酒浇愁愁更愁。你喝得太多了，明天日本人看到你这个样子，说不定还以为你故意为之，只怕又要给你苦头吃。你这条腿再伤就真要残废了，少喝一点吧！"

齐经武却说道："算了，你让他喝吧，喝多了就睡，免得给大家掉脸子！"

听到这话，燕凯定酒意上头，再也忍耐不住，手中的酒杯一下子就向齐经武扔了过去，嘴里骂道："都是你，如果不是你最先屈服开口，他们拿你的口供诈龚平，他也许就不会死，你这个浑蛋！"

"哎呀！"这突如其来的一砸，齐经武根本没有防备，鼻梁被酒杯打了个正着，顿时鼻血就流了下来。

齐经武一下子站起来，指着燕凯定骂道："不开口就是死，多扛一会儿管什么用？龚平不死，还不是要和我们一样当叛徒？他现在求仁得仁，还要谢我呢！"

"你他妈的是孤家寡人一个，无家无口，可是我一家老小都在等死呢，都是你！"燕凯定一声咆哮，扑了过去。两个人死死地纠缠在一起厮打起来，顿时屋子里一片混乱。

还在吃饭的俞立却没有理睬这两个人，他慢条斯理地夹了两口菜，将一口小酒倒进嘴里。

邢升荣看着躺在地上厮打成一团的燕凯定和齐经武，又看了看镇定自若的俞立，一时左右为难，也不知道该怎么做，最后对俞立说道："俞副站长，你还是说一句话吧！"

"说什么？不怕死就闹，早晚就老实了！"俞立也懒得管这些事。他知道燕凯定是怕自己连累家人，怕军事情报调查处对他的家人下手，所以才一直摇摆不定，心有不甘。可还是那句话，没有必死的决心，最后还不是要屈服？反正自己也是孤家寡人，没有牵挂和拖累，别人的死活他也懒得操心。

这个时候一直在隔壁监控的日本便衣听到了动静。石山智之正准备起身去制止，可是一旁的渡部大治却摆了摆手制止了他。

　　"不要管他们，这一次拦下来，下一次还要打，让他们发泄一下就好了！"渡部大治淡淡地说道。

　　听到他的话，身边的便衣们都坐了下来，继续监听屋子里面的动静。

　　可是地面上滚打的两个人还是一直纠缠着。燕凯定虽然身上的伤势较重，可是齐经武身形矮小，平时格斗能力是最差的，一时间也奈何不了对方。

　　俞立等了片刻，终于忍不住，他起身一脚踢开椅子，上前一脚踢中燕凯定的小腹。燕凯定顿时身体一缩，手上的劲道也松了，整个人都蜷缩在一起，发出痛苦的闷哼声。

　　俞立是老牌特工，也是一名出色的行动好手。他自幼习武，身体健壮远超常人，有一身的好武艺，搏击能力很强，对自己的身手很有自信，不然也不会在军情站负责行动的外勤工作。当初要不是中了日本人的埋伏，普通的袭击根本就拿不住他，即便那样他当时也重创了两名日本便衣，差点要了他们的性命。

　　现在，他只轻轻一击，就让燕凯定动弹不得了。

　　挣脱束缚的齐经武爬了起来，看到燕凯定不能动弹，他用手抹了一把脸上的鲜血，气恼不已，转身从桌子前面抓过一个酒瓶，一下子就敲在桌面上。噼里啪啦，酒瓶破碎。齐经武拿着半个酒瓶，又重新冲向燕凯定，这时邢升荣赶紧上去阻拦，却没有抓住他。

　　俞立不禁一皱眉，虽然这几天他也被燕凯定的冷言冷语刺激得不轻，想着让齐经武给他一点教训，可不是真想要燕凯定的性命，于是他上前作势伸手拦住齐经武，嘴里训斥道："别犯浑，出了事日本人会找麻烦的！"

　　齐经武身材矮小，体力较差，在行动队里也一直是个不起眼的角色，被俞立出手拦在身侧，这就作势收手，身体慢了下来。俞立感觉胳膊一松，知道齐经武不敢再出手，紧绷着的神经也放松了下来。

　　俞立正准备转头对躺在地上动弹不得的燕凯定训斥两句，可就在他转头的瞬间，一道劲风如闪电般地袭向他的脖颈！

　　俞立这个时候精神已经放松，根本没想到有人会袭击他，不过他的身手确实极为出色，就在千钧一发之际，他本能地头颈一侧，锋利的玻璃断口从他的脖颈处闪过，带起一道血色。

"啊！"俞立只觉得脖子一凉，一道鲜血就激洒出去，然后剧痛传来。他反应极快，忍住剧痛，双手横扫，将身后袭击他的齐经武抓住，胯部一顶，一使力气就将齐经武摔了出去。齐经武的战斗力和他相比确实差得太远了，就算手持利器，又出其不意地袭击俞立，可还是被他当场摔倒在地。

俞立只觉得脖颈处还在大量出血，顿时心中大恐，生怕伤到了动脉性命难保。他赶紧喊道："渡部队长，快来救我！"

这突如其来的一幕出乎所有人的意料。倒地的燕凯定和一旁的邢升荣也被吓呆了，不过他们没有出手援助俞立的意思。

他们心中又何尝不是恨透了俞立！如果不是他布下陷阱，诱捕同胞，自己又何至于背叛祖国和民族，成为可耻的叛徒？可是他们也不敢帮助齐经武，毕竟还是怕日本人报复，取了他们的性命。人一旦惧死，就没有了半分勇气。

隔壁房间监视餐厅动静的日本间谍开始还有些看戏的意思，可是突然之间发生的变故让他们根本反应不过来，直到俞立发声求救才明白过来，这是真出意外了。

渡部大治吓得一激灵。俞立是今井组长再三强调要重点保护的对象，绝不能在他手里出半点儿意外，否则今井组长岂能轻饶了他？

他抬腿一脚踢开房门冲了出去，日本便衣们也都紧随其后。

此时餐厅里面的情景又有变化，已经摔倒在地的齐经武，手中死死地握住半个酒瓶，身子翻滚就势蹿起，合身又向俞立扑了过来。

俞立双手紧紧捂住脖颈，鲜血不停地流出。他心中惊恐万分，这时看到齐经武又疯了一般地向他扑来，顿时火冒三丈，左脚弹力重重踢出，一声闷响踢在齐经武的肋骨上。

俞立的力道大得惊人，直接就将齐经武的肋骨踢断了两根，可是剧烈的疼痛并没有止住齐经武的攻击。他咬紧牙关，浑然不觉地扑在俞立身上，手中的半个酒瓶用力捅向俞立的心脏要害，想毕全功直接取了这个叛徒的性命。

俞立吓得双手向下格挡，紧急之中将齐经武的手臂挡得向下，锋利的玻璃口捅破衣服和一截皮带扎进了俞立的小腹。

俞立吓得肝胆俱裂。齐经武完全不顾及自身，舍弃一切地要取他的性命，短短几秒钟内就重创他两处要害。

俞立身手确实不凡，这个时候还是果断反击，身形蹿起，右腿膝盖用力顶出，重重地顶在齐经武的下巴上。这一击的力量太大了，齐经武只觉得一柄重锤打在头上，身形一歪，就倒在了地上。

俞立这个时候也用尽了全身的力气，身形一软，瘫倒在地，脖子和小腹处鲜血不停地流出，剧烈的疼痛让他的身体不停地抽搐，血肉模糊的形象惨烈至极。

房门被猛地撞开，渡部大治以最快的速度冲了进来，映入眼前的一幕让他魂飞魄散：俞立躺在地上，浑身上下都是鲜血，如同一个血人！

身后的便衣们也手持短枪冲了进来，看到眼前的一幕也吓呆了。

这时，躺在地上的齐经武拼尽全力挣扎着，想再起来扑向俞立，将这个叛徒彻底结果了。

这是他这些天来一直试图刺杀的叛徒。自从他在审讯室里看到这位俞副站长出现在自己眼前的那一刻，他就知道自己接下来应该怎么做了！

俞立是上沪军事情报站的副站长，掌握着许多绝密情报。他知道并了解军情站的每一个成员，他的投敌给战友们带来的危险是可想而知的，自己必须想办法除掉这个叛徒。

于是齐经武很快就招了供，成为四个被俘人员中第一个开口的人，之后他一直表现得非常配合，让日本人和俞立对他都很放心。

这几天里他一直在寻找刺杀俞立的机会，可是他对俞立也了解甚深，知道俞立的身手极好，是少见的搏斗高手，自己根本不是他的对手，而且身边时刻都有日本人看守，自己根本没有机会动手。

今天他觉得是个好机会，终于下定决心动手，他巧妙地挑起燕凯定的怒火，两个人发生冲突，引俞立插手其中，终于趁其不备将其重创。

可齐经武还是不放心，几次的必杀招都被俞立挡了过去，没有刺到实处。他此时知道自己已经重创了俞立，但不能确定他是否死亡，于是想着拼尽全力也要再进行一次刺杀！

齐经武早将生死置之度外，打从开始决定要刺杀俞立的时候就已经没有抱着生还的念头了，现在脑子里唯一的念头就是挣扎起来再刺叛徒一下。

可是无论他怎么挣扎，身体却再也站不起来。俞立的这一击实在太重了，如果不是他拼命地保持头脑的清醒，现在早就昏过去了。

看着从门外闯进来的日本便衣，齐经武轻轻地叹了一口气，到底还是差了一步，没有机会了！

他知道自己绝不能再落入敌手了！

他慢慢地将手中的半截酒瓶放在脖颈动脉处，锋利的端口顶在肌肤上，用尽全身的力气向左一划，鲜血迸溅，顿时洒满了全身。

眼前发生的一切，让一直傻站着的邢升荣再也坚持不住，扑通一声跪倒在地，斜靠在餐桌旁，嘴里喃喃地不知说着什么！

蜷缩着的燕凯定却是疯了一般扑过来。他紧紧抱起齐经武的身子，右手死命地按住他的伤口，可是根本无法止住喷洒的鲜血。

齐经武看着燕凯定的脸庞，微微挤出一丝笑容，似喜似悲，之后眼神中逐渐失去神采，嘴唇张了张，沙哑模糊地吐出几个字：

"我不是叛徒！"

说完，齐经武缓缓地闭上双眼，手一松，半截酒瓶滑落在地，他当场气绝身亡。

求仁得仁，他无愧于自己的信仰和忠诚！

燕凯定看着这一切，眼泪不停地涌出，却不敢哭出声来，只是紧紧地抱着齐经武的尸体不放。

而渡部大治的眼中却只有俞立，他几步来到俞立面前，低下身子对俞立急声问道："俞桑，到底发生了什么事情？"

俞立手指着齐经武的方向，挣扎了半天，可是喉咙疼痛难忍，说不出话来。渡部大治赶紧回身喊道："快去喊军医过来，快！"

听到他的喊声，身后的几名特工急忙回身跑了出去。这个大院是专门安置重要人物的安全屋，设备非常齐全，还配有一个军医，以便随时照顾、医治这几个受伤的中国特工。

一旁的石山智之上前，一把拽起跪倒在地的邢升荣，高声喝问道："八嘎，到底发生了什么！快说，到底发生了什么！"

"他们打了起来，我不知道为什么！"邢升荣不停地辩解着，却绝不愿意指认齐经武刺杀俞立。

很快，几个特工带着军医赶到。军医看着满地的鲜血心头一惊，指着俞立和齐经武，犹犹豫豫地开口问道："渡部君，我应该先救哪个？"

渡部大治马上指着俞立喊道："这个人，必须救活！我说的是必须，你明白吗！"

渡部大治可以想象，俞立如果真的死亡，自己的厄运也就到来了。之前任务失败仓皇逃离南京，今井组长原谅了他，这已经很宽容了。可是如果这一次俞立这样一个重要人物死在自己的保护之下，今井组长是绝对不会放过自己的！

听到渡部大治的话，军医不敢怠慢，上前蹲下身子，赶紧给俞立检查并包扎，渡部大治紧张地守在旁边。

而一边石山智之听到邢升荣含混不清的回答，又来到紧抱着齐经武尸体的燕凯定身前，看到他的那副样子也懒得再问，抬腿一脚将他踢倒，回首命令道："把这三个人都抓起来，仔细审问，要好好给他们吃点苦头！"

身后的便衣们冲上前，将邢升荣和燕凯定铐了起来，可是再看齐经武的时候，赶紧报告道："队长，这个齐经武已经死亡，颈动脉都割断了！"

渡部大治听到这话，赶紧来到齐经武面前，伸手一探鼻息，脸色大变。到底还是死了一个！

他沉着脸没有说话，在一旁看着军医救治俞立。过了多时，军医才抬头看着渡部大治说道："渡部君，这位俞先生脖颈的伤口很深，还伤到了气管，万幸动脉没有损伤。但是他腹部的伤势很严重，虽然已经暂时止住了血，可是伤口不规则，很容易崩开，还有一些残留物留在里面，我们必须马上把他送往博立医院进行手术，不然他的伤势会加重，我不能保证他的生命安全！"

渡部大治一听这话，心中大喜，这就是说已经保住了性命，现在需要进一步的治疗。他赶紧命令道："赶紧打电话给博立医院，说明情况，让他们马上派救护车来，送往医院进行手术。"

博立医院是日本人在上沪设立的最好的医院，设备齐全，医生的水平也最高，但是通常只收治日本人。

电话拨打出去，这边石山智之也很快从燕凯定和邢升荣的嘴里知道了当时的情况。

"八嘎，这个齐经武竟然是诈降，真是太狡猾了！"渡部大治懊恼地说道。他在中国生活了多年，自诩是中国通，可还是没有看出齐经武的真实企图，真是太失败了！

这件事情太严重，必须马上向今井组长报告。渡部大治回身来到隔壁的房间，拿起电话给今井优志拨打过去。

这处安全屋就在特高课本部附近，接到渡部大治的电话，今井优志很快就赶了过来。

"啪！啪！啪！"三记清亮的耳光声，今井优志怒不可遏地看着渡部大治。

"你这个笨蛋、蠢材！这么多人手都看不住四个中国人！现在一死一伤，幸亏俞立还活着，不然课长会亲手要了你的脑袋！"今井优志破口大骂。自己为了小心提防军事情报调查处的锄奸行动，安排了最严密的保护措施，可万万没有想到，竟然在保护对象内部发生了刺杀，致使最重要的人物俞立重伤，这是一个绝大的坏消息。

渡部大治尽管脸上被扇得通红，火辣辣地生痛，但是绝不敢有半点怨言。他低头施礼，哀声说道："对不起，组长，都是我的疏忽，请您再给我一次机会。"

今井优志恨得咬牙切齿，他没有再搭理渡部大治，而是来到躺在地上的俞立面前，开口说道："俞桑，你的伤势我问过了，还好没有生命危险，只要做进一步的治疗就可以安然无恙，请放心！"

俞立的气管受损，脖子又被包扎得结结实实，已经无法发声回应，只能微微地点头表示知道了。

很快救护车赶了过来，医务人员将俞立抬上了担架。今井优志对渡部大治严厉地命令道："剩下的这两个人要仔细看守，绝不能再出现问题，不然你就切腹自尽吧！"

"嗨依！"渡部大治听到今井优志竟然没有当场处理他，不禁感激涕零地答应道。

其实这四个人都是今井优志亲手审理的，他自己也没有看出来齐经武是诈降。在保护对象之间突然发生这种事情，确实让人难以防范。他不想再多生事端，决定暂时先放过渡部大治，以后再做处理。

今井优志又转头对石山智之吩咐道："你专门负责俞立的安全，带着人手去医院监护，不能出半点意外！"

"嗨依！"石山智之躬身领命。

救护车快速驶去，石山智之带着人紧随其后。

可就在远处的一处两层住房里，一双眼睛正透过玻璃窗紧紧地盯着这处大院，将这里的一切都看在眼里。一个青年男子走出房门，快速来到不远处的一辆轿车旁。

车窗摇下来，青年对着车里的人低声说道："情况有些不对。你们跟着那辆救护车，看一看他们去哪家医院，我先去向小老大报告！"

这个时候，宁志恒已经回到家中。他拿出暗藏的两张画像，用照相机将佐川太郎和今井优志的画像拍下来，然后将胶卷仔细藏好。点燃打火机，将这两张画像烧成灰烬。画像还是太显眼了，变成胶卷会更加隐蔽和便于携带。

第二天早上，宁志恒照常在吉村家吃过早饭，和吉村正和兄妹一起出门上班。

快要来到南屋书馆的时候，就看见不远处一道人影闪过，他仔细一看，正是季宏义向他点了一下头，然后转身离开。

季宏义一定有急事找自己，不然他会等到晚上在惠民粮店接头。

宁志恒没有去书馆，因为现在工作时间由他自己把握，晚一会儿上班没有人会追究的。他远远地跟在季宏义后面，绕过一处巷道，来到一个左右无人的地方，两个人才停了下来。

"发生了什么事情？"宁志恒低声问道。

季宏义警惕地看了看周围，轻声回答道："昨天晚上日本人的那处院子发生了一些情况。"

"什么情况？"

"在七点钟左右，一辆轿车赶到了大院，不久又有一辆救护车赶到了，抬走了一个伤员，后面还有两辆轿车跟随。我们的人没敢靠近，只是远远地跟到了博立医院。"

"博立医院？"宁志恒犹豫地问道。

"是日本人开设的最好的医院，只收治有身份有地位的日本人，所以我们的人进不去，无法知道具体的原因。"季宏义详细解释道。

"那处安全屋接下来有没有别的动静？"宁志恒接着问道。

"救护车走后，那辆轿车也走了。一个小时之后，一辆车从大院里开了出来，我们的人跟着一直跟到了焚化场，他们卸下一具尸体就走了。焚化场里的工人都是中国人，也有我们的帮众，我派人进去拍了一张照片。"说到这里，季宏义掏出一张照片，交到宁志恒的手里。

宁志恒拿到眼前仔细一看，顿时一愣，不确定地说道："好像是齐经武，脖子上怎么有这么深的伤口？"

"是他！"季宏义肯定地说道，齐经武是他发现的第一个目标，所以他记忆深刻，"我们发现他的颈动脉被人用大力割断，伤口划痕很重，不像是刀子，倒像是玻璃片之类的东西，就是不知道是他杀还是自杀。"

宁志恒想了想，再次问道："有没有发现别的人出入，或者他们押送别的人犯去特高课？"

季宏义摇头说道："昨天发生这么大的事情，我让他们彻夜盯着，但一直没有发现别的人出入，更别说是人犯了！"

宁志恒手抚着额头考虑一下，仔细地分析，半晌之后说道："三种可能。一种是日本人将这两个人杀害了，不过为什么还要救其中一人呢？这道理说不通！

"另一种可能是两人都不是日本人杀害的，而是有人刺杀他们。可是知道他们是叛徒并进行锄奸的只有我们军情处，别人怎么会去冒死刺杀他们？再说大院里戒备森严，二十多个特工虎视眈眈，刺杀者肯定逃不出来，可是最后也没有押出人犯。所以这一条也说不通。

"那就只有一种解释，就是两个人相互厮杀，最后的结果一死一伤。齐经武死了，那另一个伤者是谁呢？

"今天仔细观察一下，剩下的三个人里面到底有谁没露面。如果剩下的三个人中，俞立、燕凯定、邢升荣他们都出现了，那就说明另一个伤者是日本特工，齐经武有反正的行为！如果三个人里面有一个人没有露面，那说明伤者就是这个缺席的人，这四个人里面有人和齐经武起了内讧！"

季宏义听到宁志恒的分析，点头说道："那我今天就看一看，到底有没有人不露面。"说完，他转身就要离去，忽又想起了什么，回头再次问道，"那今天还要破坏供水管线吗？"

宁志恒摇了摇头说道："先不要动手。今天晚上我们照常碰头，看看情况再说！"

季宏义点头答应，转身快步离去。

一直看着季宏义的背影消失，宁志恒才转身离开，向南屋书馆走去。季宏义的消息让他很是疑惑，这个齐经武的突然死亡，说明了什么呢？

最起码现在的刺杀目标少了一个，难度就低了一分，这对宁志恒来说是个好消息，接下来就要看季宏义今天的跟踪结果了。

宁志恒回到南屋书馆自己的办公室，开始整理书稿，他这两天的进度很快，已经将书稿的四分之一整理了出来，其中加入很多新颖的写作技巧和修辞手法，让文章的整体水平提高了一个层次，相信一定会让上原纯平满意的。

正在他专心工作时，敲门声响起，进来的是馆长黑木岳一。

"先生，您有事情要我做吗？"宁志恒赶紧站起身来，开口问道。

黑木岳一笑着说道："没有什么事情，只是想过来看看你的工作进度怎么样了。一切还顺利吧？"

他知道宁志恒的书法水平一流，可是对他的文学写作水平并不了解，不知道整理上原纯平的书稿有没有困难，自己过来可以给他一些指导。

宁志恒心思剔透，从黑木岳一的话语里听出了意思，他马上拿起手中整理过的书稿送到黑木岳一面前，诚恳地说道："我是头一次做这种工作，心里底气不足，正要去向您请教，请您指点一下吧。"

黑木岳一很满意宁志恒谦虚的态度，他点了点头，接过文稿，示意宁志恒坐下来，自己也在座椅上坐下慢慢地翻看起来。

可是很快他就发出一声惊叹。他抬眼看了看宁志恒，又低下头仔细地阅读。不多时，他又抬起头，不确定地说道："藤原君，你把上原将军的原始书稿给我看一下。"

宁志恒转过身，从书桌上拿起上原纯平的原始手稿递到黑木岳一面前。

黑木岳一拿过原始书稿，对照着整理书稿查看，很快他就发现二者之间的巨大差别。

可以说宁志恒的文笔远远超过了上原纯平的水准。经过宁志恒润色的书稿在原有的基础上得到了很大提升，文字上也远远高出了一个档次。故事还是那个故事，情节也没有什么变化，可是整部作品变得生动有趣，让人拿在手里不忍释卷！

良久之后，黑木岳一才对宁志恒感叹道："藤原君，我绝对没有想到，你的文学素养如此之高，处理文字的水平我也有所不及，真不知道你是如何在这个年纪做到这一步的。我只能说，我完全不能给你提出任何意见，你做得非常出色！"

以黑木岳一倨傲寡言的性格，就连面对上原纯平这样的高官也不过是淡然相处，现在能够不加掩饰地直接给出这样的评价，可想而知他对宁志恒的赞誉之高。

"您真是太过奖了！"宁志恒低头顿首，向黑木岳一微施一礼，谦逊地说道，"就是不知道上原将军会不会满意，也不知道他对这份文稿有什么要求，我这心里也是有些拿不准哪！"

黑木岳一将手中的文稿放在书桌上，笑着说道："我可以担保，他睡觉都会笑醒的！"不过他马上又说道，"藤原君，你的文学水平如此出色，完全可以自己创作出极为优秀的作品，有没有想过这方面的事情？"

藤原智仁的表现确实出色，其本身有极为优秀的文学素养，而且出身贵族旁支，身份正合适。黑木岳一觉得自己必须亲手挖掘出这个文学良才。

听到黑木岳一的话，宁志恒心中一动。如果以现在的身份写出几篇好文章发表，对藤原智仁这个掩饰身份是有很大好处的，当然前提是这一次的刺杀行动不会暴露身份。看来还是要好好地设计一下，最好的结果是既完成了任务又可以不暴露身份，以后这个身份还可以接着使用。

想到这里，宁志恒点头说道："我其实一直也有这样的想法，可是总觉得在构思方面没有什么灵感。我想主要还是因为阅历不够，接触的事物太少，以后我会注意这方面的问题，希望可以写出一些有价值的作品。"

黑木岳一听到这话连连点头。这个藤原智仁对自己的目标有很清楚的了解，不好高骛远，脚踏实地地努力着，以后必然有一番成就。

他站起身来，拍了拍宁志恒的肩膀，满意地点了点头，说道："我建议你去拜访一下上原将军，将整理好的一部分书稿让他看一看。毕竟这是他的作品，你修改得有些太好了，不知道他会不会认同，正好也可以多走动走动。"

"嗨依，我明白了！"宁志恒赶紧点头答应道。

黑木岳一的意思很清楚，这是让宁志恒和上原纯平的关系更紧密一些，再说他讲得也很有道理，如果宁志恒改动得太多，让上原纯平对这部作品生出陌生的感觉，那就违背他整理文稿的初衷了，所以还是要确认一下上原纯平的意见。

宁志恒想了想说道："都是我一时欠考虑，没有顾及上原将军的感受。我马上去拜访上原将军，征求他的意见！"

黑木岳一点头答应，说道："上原将军工作繁忙，你先给他打个电话确认下安排，然后再去。你跟我来！"

说完，他带着宁志恒来到自己的办公室，把上原纯平的电话号码告诉了宁志恒，很明显是诚心让宁志恒直接和上原纯平接触，加强二者之间的联系。

宁志恒自然明白他的心意，用感激的目光看向黑木岳一，躬身说道："让您费心了！"然后拿起电话给上原纯平的办公室拨打过去，很快电话那头响起了上原纯平的声音。

宁志恒赶紧开口说道："上原将军，我是藤原智仁。是这样的，我对您的书稿进行了一部分的整理，想让您鉴审一下。如果可以的话，我再接着进行下一步的整理工作，不知道您有没有时间？"

上原纯平一听是这件事情，连声答应，并请宁志恒现在就过去。

宁志恒心中大定。上一次他进入驻军司令部，初次和日军情报高官搭上了线，又接触到了日本方面的特务头子佐川太郎，可谓收获不小。这一次他会有什么收获呢？

第十八章
刺杀计划

宁志恒放下电话，对黑木岳一说道："先生，上原将军让我现在就过去！"

黑木岳一笑着点头说道："很好，一会儿就用我的专车送你去司令部，和上原将军多谈一谈。"

"嗨依！"

宁志恒带上两份书稿，坐着轿车来到日本驻军司令部。他对大门口守卫的军士开口说道："我是来找上原纯平将军的！"

军士看着宁志恒说道："还请稍等，我这就确认一下。"

打电话很快得到确认，军士这才对宁志恒点头说道："请进吧！"

宁志恒迈步走进大门，在大厅口遇到两名戴着红袖箍的尉级军官正在执勤。可是这一次石川武志没有当勤，两个军官看到宁志恒伸手一拦，开口问道："你是做什么的？"

宁志恒只好再次解释道："我和上原纯平将军约好了见面，你可以先确认一下。"

司令部内戒备森严，设了层层关卡，外面的人根本不可能蒙混进来。执勤军官很快确认无误，这才让宁志恒进去。

宁志恒快步上楼，来到上原纯平的办公室，敲门后秘书将他请进办公室。

上原纯平早就等着他的到来，笑着说道："藤原君，真是辛苦你了！"

宁志恒赶紧躬身一礼，恭敬地回答道："哪里哪里，将军太客气了，这是我的荣幸！"说完，将手中的两份书稿递到上原纯平的桌子上。

上原纯平伸手示意宁志恒坐下。秘书给宁志恒端上茶水，然后躬身退了出去。

上原纯平笑着说道："这几天辛苦藤原君了，我没有想到整理文稿的工作会进展得这么快，那我就先看一看。"

说完，他拿起文稿仔细阅读起来。正如宁志恒所料，上原纯平看了一会儿，脸上露出惊讶的神色，直到把整理书稿全部看完，这才抬眼看向宁志恒。

"藤原君，我很惊讶，你的文学素养完全出乎我的预料。我不知道该如何评价，但确实是太完美了，我都不敢相信这是我的作品。"

宁志恒笑着回答道："我只是在原有的基础上稍微修改了一下。如果您觉得这样修改合适的话，我再着手进行下一步的工作。"

上原纯平哈哈大笑。这部作品是自己的心血之作，现在经过宁志恒的修改，品质上完全提升了一个档次，更让他爱不释手。

"藤原君，整理得非常好，我想你以后都可以保持这个水准！"上原纯平笑着说道。

"嗨依，一定不会让您失望的！"宁志恒点头回答道。

一时间两个人都对今日见面的结果非常满意。宁志恒借机开口说道："将军阁下，我听黑木先生说过，您的书法很有造诣，不知道能不能送给我一幅字！"

宁志恒的这句话顿时让上原纯平笑了起来。他虽然知道自己的书法比起宁志恒的要差一些，但也一向很有自信，宁志恒的请求正触到了他的痒处。

"藤原君的书法技艺超群，正好请你指点一二。"上原纯平笑着答应道，随后起身来到书桌前，拿起毛笔，蘸好墨汁，略微沉思了片刻，这才在白纸上写下了一行字："尝遍人间甘辛味，言外冷暖我自知。"落款处写着："昭和十二年于上沪，馈送小友藤原智仁。上原纯平。"然后他取出自己的印章，重重地按了下去。

这是上原纯平最为崇拜的日本文学家夏目漱石的名句，也是上原纯平这些年来的一些感悟。他极为喜欢这句话，所以特意写下来，送与宁志恒。

宁志恒来到书案前，看着眼前这幅字，也不禁连连点头，开口说道："遒劲有力，笔锋如芒！将军阁下连字里行间都带有军人气质，真是一幅佳作，藤原愧领了！"

听到宁志恒的这句评价，上原纯平不禁哈哈大笑。他知道宁志恒是真正的行家，能够得到宁志恒的认同，他非常满意。

宁志恒将这幅字卷好，仔细收起来，又将书桌上的两份书稿拿在手里，这才告辞道："将军阁下公务繁忙，藤原就不打扰了，先行告退！"

上原纯平的事务确实非常多，他也没有过于挽留，只是开口说道："藤原君，我知道你只是一时坎坷不遇，尤其现在时局动荡，如果你有什么难处，可以直接打电话给我！"

这已经是他愿意为宁志恒提供帮助的承诺了。宁志恒脸上露出欣喜之色，赶紧再次深鞠一躬，然后才退出办公室。

宁志恒来到一楼大厅口，两名执勤军官看着宁志恒出来，知道他是上原将军的客人，都没有阻拦。

宁志恒正要离开，这时一个声音传来。

"藤原君！"

宁志恒赶紧回头一看，原来是石川武志正从楼道一侧走了过来。

"石川君，几天不见了！"宁志恒开口回应着。

"是呀，今天又来找上原将军吗？"石川看着宁志恒手中的书稿和字画问道。他知道宁志恒不仅是京都藤原家的子弟，还是情报部上原纯平将军的客人，所以他一直想与之结交，今天竟然又看见了宁志恒，这才开口呼唤。

"是呀，有些事情和上原将军谈，将军还送了我这幅字！"宁志恒笑着回答道，然后不无炫耀地将手中的那张字画挥了挥。他的举动很符合他的年纪，浑然是一个得到了长辈厚爱、略显稚嫩的文学青年。

石川武志一听，心中很是羡慕。在军队中搞情报的都是特权部门，其军事主官上原纯平手中权力更是大得惊人。如果能够搭上这条线，对石川武志来说当然是极为有利的。

"藤原君，能够得到上原将军的字真是太不容易了，值得庆祝，不如我们中午出去喝一杯！"石川武志借这个机会开口邀请。男人之间要想拉近关系，最好的方法就是小酌几杯，用不了多久，就可以引为知己，畅谈所言！

宁志恒微微一笑，说道："那可太好了。我刚刚来到上沪，正愁没有朋友陪伴，我一定奉陪！"

石川武志看了看手表，说道："我现在还有些工作，中午十二点的时候我在清水酒屋恭候！"

"好的，那就一会儿见！"宁志恒点头答应道，轻施一礼，转身离开了驻军司令部。

一旁执勤的两名军官听到两个人的对话，其中一个上前开口问道："石川君，这位年轻小伙子是谁，还能够得到上原将军的青睐？"

石川武志笑着说道："是京都藤原家的子弟，很得上原将军的看重，上次是和黑木岳一先生一起来拜访上原将军的！"

听到石川武志的话，两个军官都点了点头。看来这又是一名贵族子弟，在这里虽然地位不显，可在国内的身份是高于他们的。

宁志恒一路回到南屋书馆，来到黑木岳一的办公室，把和上原纯平见面的经过都说了一遍，这也是带有请教长辈的意思。

将上原纯平的这幅字展开，仔细端详了片刻，黑木岳一笑着说道："你做得很好，尤其是这幅字求得好。上原最得意的就是他的书法确实不错，好好装裱一下收藏好！"他对宁志恒的表现很满意，最后叮嘱道，"好好做吧，有问题可以随时来问我！"

"嗨依，我明白了！"

宁志恒回到自己的办公室，将书稿放下，看了看时间，也无心再整理文稿，干脆再次起身出门，来到淞沪大街上一家中国人开设的书画铺，请人将上原纯平的这幅字装裱，言明两天之后过来取。

和店主交代清楚，他这才迈步离开。看着时间也快要到了中午，他便来到虹口区最繁华的街道，找到了石川武志提到的那个清水酒屋。

这是虹口区比较出名的一家酒馆，很多日本人下班以后都会到这里来喝上一杯，不过大多是在晚上来，中午来的倒是不多。宁志恒在酒台附近找到一个好位置坐下，等候石川武志到来。此时酒馆里的人大多是西装或和服打扮，还有两名身着军装的军官在这儿说着话。

第十八章　刺杀计划

313

没多久，石川武志赶了过来，一进门看见宁志恒在等他，快走几步来到宁志恒的面前，笑着说道："藤原君，让你久等了。"

宁志恒摆了摆手，微微一笑："哪里，我也是刚到一会儿。"

随即叫上酒菜，两个人就开始推杯换盏，相互闲聊。石川武志的年龄要比宁志恒大上几岁，不过两个人的身份相当，再加上双方都是刻意相交，没聊几句，就已经非常熟络。

一餐午饭，两个人相处得很是融洽。因为下午都要上班，两个人告辞分手，相约下一次再来！

宁志恒直接回到南屋书馆，下午继续整理书稿，晚上下班后还和往常一样来到惠民粮店和季宏义见面。

"怎么样？今天这剩下的三个人都露面了吗？"宁志恒坐在季宏义的对面开口问道。

"只有两个人露面，燕凯定和邢升荣，独独缺了俞立！"季宏义回答道。

宁志恒听到季宏义的回答，顿时心中一喜，他边思考边把自己的猜测说了出来："俞立？看来昨天晚上被送进博立医院的应该就是他！

"按照我们之前的判断，应该是俞立和齐经武之间发生了冲突，结果一死一伤。俞立是我们已经确认的叛徒，他造成军事情报站十多名特工当场阵亡，四名特工被俘，他的叛变已经确凿无疑。齐经武为什么会跟他动手，会不会齐经武是诈降，有反正行为？

"还有这个俞立，也不知道他的伤势怎么样。最好就是伤重不治，这样我们也省了这番手脚，不用再冒险刺杀他了。"

季宏义点头说道："但愿能够如你所愿，这样我们就省事多了。不过博立医院那里，我们的确没有关系，我的人打探不出什么消息。"

季宏义虽然手下众多，消息灵通，可那也只是在他能够接触到的范围以内。而博立医院采用全日本式管理模式，只收治日本人，里面的医生和护士，甚至连打扫卫生的都是日本人，他的手下伸不进手去。

宁志恒也知道这个情况，他沉思了一下，开口说道："这件事情就由我亲自去调查，毕竟我现在有日本人的身份。再说医院毕竟是公共场所，戒备肯定不像特务机关那么严密，应该不难查。"

季宏义又问道："那么，原先制订的破坏水源的计划还执行吗？"

宁志恒想了想，点头说道："马上开始吧。时间不等人，剩下的三个人一个都不能留。切断水源这几天，盯紧他们的行踪，一旦确定下来，你就负责把我的行动队员和武器都带进来，这一点没有问题吧？"

季宏义想了想，说道："现在公共租界和日本占领区之间的贸易往来还是有的，我可以想办法让他们混进来，这一点倒是不难办到。

"可他们回南岸就很难了，到了下午五点钟之后，所有的关卡都会关闭，而且你们的刺杀行动马上会引起日本人的搜捕，占领区里面所有中国人的住所都会被搜查，他们根本不可能隐藏下来。"

宁志恒知道他所说的一切都是事实，只好解释道："所以我只挑选了会水的行动队员，完成刺杀行动之后，他们会隐藏在我现在供职的南屋书馆。那里是日本人开设的书馆，应该相对安全。

"在行动的当天我会找借口留下来值夜班，如果能够有时间直接渡过苏州河，那自然最好；如果时间不允许，我会掩护他们躲过搜查，然后在后半夜游水渡过苏州河。南屋书馆后面就是一个绝好的下水点，相对隐蔽，河面不宽，距离河桥很远，潜游过去也就几分钟的时间，找个机会还是不难的。"

季宏义这时才明白宁志恒的全盘打算，不由得拍案叫好，说道："原来你之前早就已经设计好了，怪不得非要应聘这个南屋书馆。那好，我这就去安排人动手，马上破坏自来水管线，估计明天中午就会断掉他们的水源！"

两个人又仔细商量了一些细节，便开始分头行动了。

第二天上午上班时，宁志恒特意穿上一件白色的衬衣，将厚厚的一沓白纸放在书桌上，又找来一把锋利的裁纸刀，用酒精仔细消毒，然后对准左手的小臂快速一划。顿时一道鲜血喷出，在白色衬衫的映衬下显得更为鲜红。

宁志恒手上的力道非常精准，位置也选得巧妙。虽然伤口划得很长，可都是浅浅的皮外伤，看着伤口开锋很惊心，其实并不严重。然后，他故意惨叫一声，顿时引得外面的一些员工冲了进来，马上发现宁志恒的左手鲜血淋漓。

"藤原君，你这是怎么了？"福井雄真急忙问道。

宁志恒脸色有些泛白，开口解释道："我正准备裁一些纸张，一不小心用力过猛，把左小臂划伤了。"

马上有人去拿来棉纱给宁志恒暂时包扎好。这时黑木岳一也闻声赶了过来。看见宁志恒手臂上鲜血淋漓的样子，赶紧吩咐道："马上用我的轿车把藤原君送到医院去，快！"

很快宁志恒就坐上了轿车，司机问道："藤原君，最近的医院是康宁医院，我们去那里吗？"

宁志恒一皱眉说道："那里都是中国人，送我去博立医院！"

"可是你还在流血！"

"没事，我忍得住，马上送我去博立医院！"

"嗨依！"

司机知道宁志恒是黑木岳一极为看重的人，自然不敢怠慢。轿车一路飞驰，很快就来到了博立医院。

下了车，宁志恒对司机说道："黑木先生也许还要用车，你不用等我了，回去吧。"

司机听到宁志恒的话，犹豫了一下，问道："藤原君，你确定没问题吧？"

得到宁志恒肯定的答复之后，司机这才开车离去。

宁志恒迈步进入了医院大厅，立刻就有两名护士迎了上来。

"先生您是……"

"我是日本侨民！"宁志恒知道她们的意思，马上开口回答道。

一听到宁志恒流利的关西口音，两名护士都是神情一松。其中一名护士赶紧说道："先生，你的伤口还在出血，请快跟我来！"

宁志恒很快被领到外科诊室，一名中年医生上前仔细询问了伤情，开始为宁志恒检查。

"姓名？年龄？"一旁的助理医生问道。

"藤原智仁，二十一岁！"宁志恒回答道。

"一口的京都口音，您是京都藤原家的子弟？"中年医生疑惑地问道。

宁志恒的脸上显出一丝尴尬，很有些为难的样子，最后点头说道："只是旁支，刚刚移民来到上沪。"

屋里的众人都是眼睛一亮。这是一位贵族子弟，只是看他的样子，显然生活得并不是很如意。

"藤原君，你的伤口并不深，不需要缝针，只需要做简单的消毒处理和包扎。我给你开些药，你最好每天来这里换一次药，伤口很快就会愈合的。"中年医生和颜悦色地说道。

一旁给宁志恒上药的护士看着宁志恒清秀的面容，手上的力道也不由得轻柔了许多，以至于在医生诧异的眼神中，花了很长的时间才结束了包扎。

宁志恒轻轻点头，感激地说道："给大家添麻烦了，非常感谢！"

宁志恒慢慢地走出就诊室，做出一副虚弱的样子，在外面楼道里的长凳上坐了下来。

他必须想办法了解到俞立的情况。因为俞立受的也是外伤，不论是枪伤还是刀伤都要送到外科诊所救治，所以他才想到用这个办法合理地进入博立医院打听俞立的消息。

很快那位给他换药的女护士发现了他，赶紧小跑几步来到他的面前，问道："藤原君，为什么还没有回去？是身体还不舒服吗？"

宁志恒露出一丝尴尬的笑容，有些为难地说道："我平时很少见血，一看到流了这么多的血，有些头晕，想在这儿休息一会儿。"说完宁志恒右手抚着额头，轻轻揉着太阳穴，一副正在强撑身体的样子。

"藤原君，你这是有轻微晕血的症状，不过不要紧，到候诊室休息一下！"护士赶紧伸手将他搀扶起来，向候诊室走了过去。

"真是太感谢你了，可以知道你的名字吗？"宁志恒感激地说道。

"当然可以！"女护士羞涩地微微一笑，"我叫安部绘美，还请藤原君多多关照！"

安部绘美将宁志恒搀扶到候诊室内坐下，然后给他倒了一杯热水，看着他一点一点地喝下去。

"藤原君，好一些了吗？"安部绘美开口问道。

"谢谢你，绘美，我感觉好多了！"宁志恒面带感激地说道。

在宁志恒刻意的接触下，两个人很快熟悉起来，不一会儿安部绘美和宁志恒就已经无话不说了。她完全没有意识到，宁志恒正在把话题逐渐引向他感兴趣的地方。

"绘美，做护士是不是非常辛苦？天天都要照顾各种各样的病人。尤其是你们外科，很多患者都是头破血流的。我一见到鲜血就感觉头晕不适，你一个女孩子，难道不会害怕？"宁志恒开口问道。

安部绘美点了点头，说道："开始的时候，我见了鲜血也是有些害怕，可是后来慢慢见得多了，也就逐渐习惯了！"

宁志恒再次问道："如果遇见浑身都是血的病人，你也不会害怕吗？尤其是深夜里，想一想在病房里……"

听到宁志恒恐怖的描述，安部绘美不由得吓得一个激灵，她压低声音说道："你可别吓我了！你知道吗，前天晚上七点多，就有一个浑身是血的病人给送到我们科室，正好我和另一个人值班。那人浑身血淋淋地躺在楼道中间的样子，真是瘆人！好在病人需要马上手术，后来我们科室的医生和护士们都赶了过来。"

宁志恒心中一动，前天晚上七点多？根据季宏义的叙述，前天晚上七点钟救护车离开，赶往博立医院，时间正好对得上！

"这么严重的伤势，这个人能救下来吗？"宁志恒一脸好奇地问道。

安部绘美点了点头，肯定地说道："还好这个人命大，都没有伤到要害，花了两个小时，才从手术室里推出来。人倒是活下来了，不过伤很重，要治疗很长时间。"

这个浑蛋竟然活下来了，真是太让人失望了！原本想着俞立不治而亡，这样大家都省事儿，自己也不用犯险刺杀。没想到这个家伙命真硬！俞立是主要刺杀目标，哪怕放过其他两个人，俞立也是必须死的！

宁志恒刚想接着打听，就看见一个女护士从候诊室的外面探进头来，说："绘美，你怎么在这里？有病人来了，我们有些忙不过来。"说完又看了看宁志恒，笑着打趣道，"藤原君明天还要来换药的，到时候你们再聊！"

听到同伴的调笑，安部绘美脸色绯红，没有说话，只是向宁志恒躬身告辞，这才起身拉着同伴一路小跑着离开了。

宁志恒不禁有些失望，他还没打探到具体的情况，最起码要知道俞立住在哪间病房里。

他起身出了候诊室，缓步向科室深处走去，很快走过一个拐角，看见旁边一个楼道口，上面写着"治疗部"，这应该就是住院治疗的地方了。

就在这个时候，两个身形健壮、穿西服的汉子从里面走了出来。宁志恒反应很快，身形不停，直接从过道上向前走去，离开了这个楼道口。

两个汉子看了宁志恒的背影一眼，没有发现异常，也没有多说，接着快步离开。

宁志恒又过了一段过道，这才拐过一个岔口，转身又走回治疗室。

那两个健壮的汉子，没有身穿白色工作服，肯定不是医院的工作人员，那他们在治疗部干什么呢？

宁志恒再次经过治疗部的楼道口，离着很远用眼角的余光扫过，看见又有两个身穿西装的青年正站在楼道尽头的一个病房的门口。

宁志恒暗自记下了那个病房的位置，继续向前走，离开了治疗部。

宁志恒中午回到自己的住所，在吉村右太的家中吃了午饭。吉村一家人都很关心宁志恒手臂上的伤。

尤其久美子很是紧张，直到宁志恒再三解释只是皮外伤，很快就可以痊愈，这才没有多说，不过脸上还是很不放心的神情。

这个样子让一旁的吉村正和颇为无奈。作为哥哥，看着妹妹对别的男子关心备至，是一件非常恼火的事情。

其实宁志恒又何尝没有看出来吉村一家人的心思，尤其是久美子，估计已经芳心暗许了，可是宁志恒却不为之所动，这也是他一直注意和久美子保持距离的原因。再说久美子是个日本女子，他根本不可能接受。等他过几天完成任务，就会马上撤离，他自然不会再见到吉村一家人了，以后只怕今生难以相见。

下午他照常去南屋书馆上班，黑木岳一也对宁志恒的伤势非常关心，直到确认伤口没有问题才放心，让他不要太辛苦，书稿的整理可以慢一点。

宁志恒连声答应，可还是抓紧时间完成书稿，根本不受任何影响。

当天晚上九点钟，宁志恒才等到了季宏义，马上问道："今天的情况怎么样？那处安全屋的自来水水源已经停了吗？"

季宏义点点头，说道："事情办得很顺利，昨天晚上动的手，今天中午他们的用水管线已经腐蚀透了，现在那处院子里已没有生活用水。供水公司的修理人员已经赶过去，估计五天左右才能修好，我们要抓紧时间行动。"

宁志恒接着问道："日本人对水源管线的损坏没有调查吗？"

季宏义回答道："去了几名日本特工看了看，我们的人就在现场维修，他们什么也没看出来就离开了。"

"很好！"宁志恒这才彻底把心放下来。他很担心日本特工发现供水管线是人为破坏的，这样的话就打草惊蛇了。他们一定会联想到手中已经策反的两名中国特工，一定会联想到有人在对他们有所企图。

"那两个叛徒的行踪有什么变化吗？"宁志恒开口问道。

"今天燕凯定和邢升荣还是和昨天一样，在两处关卡那里守候辨别人员。五点钟左右，各处关卡都封闭了，这些特工带着两个人在苏州桥头会合。因为中午就停了水源，所以他们没有回安全屋，而是去了一家叫作木风园的日式酒馆吃饭。"

"木风园？位置在哪里？对这个酒馆有没有具体的了解？"宁志恒问道。

"位置就在淞沪大街最北边。这是一家日本人经营的酒馆，顾客中日本人和中国人都有，日本人稍多一些。他们总共有十个特工贴身保护。"季宏义解释道。

宁志恒想了想，再次问道："十个人？没有发现暗中的埋伏人员吗？"

季宏义微微一笑，说道："这个酒店已经距离特高课很近了，他们一定认为这里很安全。至于暗中布置的人手，他们在酒馆门口就分头离开了，只剩下随身保护的十名日本特工。他们原来就住在安全屋，也需要解决吃饭问题，所以都在木风园吃了饭。到了七点左右，他们就离开酒馆，把两个叛徒带回到安全屋。"

宁志恒点头说道："也就是说，今天他们来木风园吃饭，但是明天会不会再来，我们不得而知，还需要多确认两天。如果没有变化，就说明他们会一直选择木风园，那样我们就有了目标。而且这个时候他们的防备力量是最弱的，只要找准了机会，就可以布置人员刺杀了！"

季宏义说道："但愿情况顺利，他们形成固定的习惯和地点，让我们可以着手布置。"想了想，季宏义提议道，"可不可以考虑在食物中下毒？这样危险性小一些。"

宁志恒摇了摇头，说道："下毒的难度也很大，如何才能悄无声息地投放进目标的食物中？再说这么多人吃饭，我们无法保证所有的人同时进食、同时死亡而不会发出任何警报。要知道，这是在日本人的心脏位置，一旦让他们发出警报，我的人就都出不来了。还是我们亲自动手，人为地控制才保险！"

季宏义点点头，同意宁志恒的分析。

宁志恒和季宏义交换完情报，两个人各自离去。之后的两天里，宁志恒每天都以换药的借口去博立医院，想尽办法打探消息。

而季宏义把燕凯定和邢升荣的情况打探清楚，然后和宁志恒进行汇总，两个人把行动计划逐渐完善起来。

晚上七点半左右，惠民粮店后堂，宁志恒看着眼前的图纸问道："这就是木风园酒馆的平面图？"

"对！"季宏义点头说道。他这几天慢慢地通过各种手段把情况都摸清楚了，甚至按照宁志恒的要求，绘出了整个木风园酒馆的平面图。

"这三天来，燕凯定和邢升荣的行踪都比较固定，他们仍旧每天下午五点离开监视点，五点三十分左右来到苏州桥头会合，五点五十分到达木风园酒馆，在这个酒馆专门订两个包间，一个包间是八名日本特工在里面用餐，另一个是燕凯定和邢升荣，还有两名特工在里面监视他们用餐。因为安全屋的供水没有恢复，他们现在延长了在酒馆逗留的时间，到七点半钟左右才离开木风园酒馆，然后直接回到安全屋。"说完，他抬起手来，看着手表说道，"也就是现在，他们应该离开木风园酒馆了。"

宁志恒点点头，俯下身子仔细看着平面图，再次问道："供水的管线还能拖多久？"

"最多两天，日本人那边也催得很急，要求加快进度，我的人已经不能再拖了！"季宏义开口解释道。

时间紧迫，必须在这两天内动手，不然机会稍纵即逝，错过了就再难以接触到目标了。

宁志恒不停地走来走去，慢慢思考着每一步的细节，大脑飞快地运转着，良久才开口说道："木风园酒馆店面不大，只有三个包间，大厅里还有六张台子。你现在马上打电话给木风园酒馆，把明天晚饭时间的另一个包间订好，再找一些人，明天晚上早一些赶到木风园酒馆占座。"

宁志恒这是要在行动前清场，尽量使木风园酒馆里的闲杂人少一些，这样动起手来没有太多的顾虑。

季宏义为难地看了看宁志恒，欲言又止，宁志恒见状便开口问道："怎么，有问题吗？"

"志恒，调用这么多人手是不成问题，可问题是，我师父不想让我们的人介入太深！"季宏义吞吞吐吐地说道，脸色颇有些为难，"我们打探消息，做个耳目还可以，直接出面就不好了，毕竟以后还要在这里生活的。"

宁志恒眉头一皱，心头有些恼火。自己的人手确实不够，上沪军事情报站的人员他不敢调用，现在燕凯定和邢升荣就守在关卡处，是不能冒险让上沪站的人员来送死的。还有一个原因就是，上沪站里还有内鬼，而且具体有多少内鬼到现在还没有搞清楚，万一调来的人里面有问题，岂不是自寻死路？

现在在日本占领区内只能使用青帮的人手。他们是熟悉情况的地头蛇，没有他们的帮助自己几乎寸步难行，可是他们到现在还不愿意直接对日本人动手！

宁志恒耐着性子劝说道："你放心，我绝对不会让你们的人动手。只要你们的人占住位置，这个木风园酒馆里面所有的日本人我都会清除掉，包括见过你们的酒馆服务人员。"

木风园酒馆并不大，员工包括一个厨师、一个掌柜兼跑堂，还有一个跑堂，总共三个人。宁志恒可没打算放这几个日本人一条生路。如果到最后日本谍报人员进行调查，从他们的口中一定能问出很多疑点。例如具体的作案时间，作案人数和案犯长相，还有之前清场的人员，等等。日本谍报部门效率很高，估计用不了多久，很快就可以从这些蛛丝马迹中找出漏洞，到那个时候悔之晚矣。宁志恒是绝对不会让这种事情发生的！

说完这番话，宁志恒看到季宏义还有些犹豫，便上前一步再次劝说道："宏义兄，不要再犹豫了。我实话实说，你们苏北帮在日本占领区也住不长了。中日之间早晚一战，这个时间估计不会太远，到那个时候，日本占领区就是主要的交战区。苏州河以北地区都会成为一片焦土，你们还是要回到租界里面去求生活，用不着怕日本人找你们麻烦。"说到这里，他把身子稍微前倾，压低声音说道，"宏义兄，你真的甘心做一辈子帮会？青帮的头目多了去了，你师父不过是其中一个，他的带传弟子八个，你好像还不是接堂的那一个吧？混到最后你还不是一个帮会分子？"

"大丈夫在世，说到底还是要有一个前程。我在这里拍胸脯地说，只要宏义兄这次帮了我，你想要什么身份都可以。如果想走仕途，政府所有部门你随便挑。随便给你个一官半职，没有问题。

"如果你想走行伍，我们军事情报调查处是什么部门你也清楚，那可是直接受领袖指挥的特权部门，而且马上就要再进行一次扩招。我可以给你安排一个少尉军衔，让你正式成为国家军官，为国效力。我保证在短时间内将你的军衔再次提升。你是知道我的手下孙家成的，他半年前还是一个大头兵，现在已经是上尉。

"再说你我患难与共，意气相投，我宁志恒是不会亏待兄弟的。宏义兄，这个时候你不搏一搏，以后可就没有什么机会了！"

宁志恒也算是巧吐莲花，施展出不烂之舌，说得季宏义心中大动。

毕竟"国家军官"这四个字对他的诱惑力太大了。如果不是因为生活无着，他又怎么会加入青帮，到头来还不是一个街仔！现在一个好机会摆在他面前，只要他点点头，日后转换门庭，摇身一变成为国家军官，自然能光宗耀祖，人前风光！

思虑良久，季宏义一拍桌案，断然说道："好，那就这么说定了！志恒，以后可就要你赏饭吃了！"

宁志恒闻言哈哈大笑，一巴掌拍在季宏义的肩头。其实能够吸收季宏义这样在青帮里有实力的人物，对他来说又何尝不是一件好事？再说季宏义的确是一个人才，心思缜密，脑筋够用，说不定将来还是自己的一个好帮手。

季宏义既然已经下定决心全力帮助宁志恒，干脆就不再保留，他开口说道："志恒，这些年来，我也有一些自己的人手，人数不多，也就十六个兄弟。这些人敢打敢拼，都是见过血的！不过他们在北岸都有家人，你看……"

宁志恒笑了起来，他大手一挥，说道："只要敢杀日本人，那也就是我的兄弟！这样，刺杀行动成功，每个人都有三千元的重奖，也权当是他们的安家费，风声过后都让他们把家人迁入法租界安置。还是那句话，此地已非久留之地，早一点做打算反而是件好事！"

"好，那就说好了，具体怎么安排你定！"季宏义朗声说道。

现在季宏义既然答应全力支持，这人手的问题就解决了。宁志恒说道："明天你们的人守在大厅里，等他们吃完饭一出包间，就和我的行动队一起动手，用匕首，不要用枪，不然惊动了日本人谁也跑不掉。"

"好，我马上安排！"季宏义答应道。

宁志恒接着吩咐道："事情安排完，你明天早上就回租界，中午的时候把孙家成和行动队带过来，告诉孙家成把左氏兄妹也带过来。"

"左氏兄妹？"季宏义狐疑地问道。

"对，也是我的手下，你一说孙家成就知道。告诉他，让左柔携带好化装用品，有用得着她的地方！"宁志恒再次说道。

季宏义点头答应着，转身快步离开。

第二天中午，在惠民粮店后堂里，宁志恒看着眼前的左氏兄妹，点头问道："过关卡还顺利？"

"放心吧，少爷。他们让我们伪装成苦力，二姐伪装成大小姐过来的，没有露出破绽。"左强先开口说道。

宁志恒满意地点点头。青帮在上沪的实力强大，带这么多人通过关卡，竟然不露半点痕迹。

"好，今天把你们兄妹调过来，是为了完成一件重要任务，就是去刺杀我们这一次行动的主要目标——军事情报站副站长俞立。"

左氏兄妹相视一眼，左刚点头说道："少爷，杀人这种事情又不是第一次做，你就直说吧！"

他们兄妹闯荡江湖多年，手上的人命都不少，自然对这种事情没有什么抵触，不过都是宁志恒一句话的事情。

宁志恒向左氏兄妹详细地介绍了情况，然后说道："根据我的调查，现在俞立就住在博立医院外科治疗部的十六号病房，身边一直有四个日本特工严密保护。他们分成白班和夜班，晚上七点和早晨七点各交接班一次。

"同时，博立医院是日本人设立的最好的医院，本身就有很强的保卫力量。在医院外面，白天和夜晚都有一支巡逻队在巡查，人数有八个，内部也有一定数量的保卫人员值班。这些人都持有枪支，受过射击训练，有一定的战斗力。另外，博立医院身处日本人聚居区中心地带，一旦有警报，日本军队的增援就会赶过来，我们是脱不了身的！

"所以，我们还是要智取，除非万不得已不能硬来。就算是要硬来，也只能把战斗控制在病房里，迅速将四名日本特工击杀，不能惊动医院里其他的警卫人员。"

说到这里，宁志恒将目光转向左柔，开口说道："这一次的行动就交给左柔来执行，没有问题吧？"

左柔微微一笑，轻声说道："少爷你放心，我下手了结的人命也不少了，从没出过差错，就交给我吧！"

左氏兄妹每一个都不是平庸之辈。别看左柔是个娇滴滴的女子，可做起事情来干脆利落，比左氏兄弟一点也不差。尤其是她善于伪装，往往如同潜伏的毒蛇一样，不动则已，一动惊人，突然之间出手，让对手猝不及防就受到致命的打击。

"很好！"宁志恒满意地笑了笑，他知道左柔是经过场面的，下手狠辣不在自己之下，心理素质方面绝对没有问题。

他将一张亲手绘制的博立医院地图展开，说道："现在我说一下具体行动安排。医院有前后两个大门，可是都有值班的守卫，因为博立医院是不准中国人进入的，所以如果他们盘问得过细，你就有暴露的可能，而且会暴露行藏，我们不能从这里进入。

"除了这两个大门，东西还各有一个用来应急的小门。这两个门平时都是关闭的，只有从里面才能打开，我们就选择从东侧小门这里进入。

"今天上午，我去医院换药时，已经将这个小门的铁锁破坏并原样恢复，从外面看不出来异常，而且平时几乎没有人去管它。到时我们只要用一个小细钩就可以从外面把门锁挑开。"

说到这里，宁志恒将一个特制的薄片细钩放在三人面前，然后又用手指着地图的一点说道："这个侧门的位置相对隐蔽，小门的左前方二十米就有一片住宅区，那里有一条巷道可以直通街口。"

"巡逻队会从这里经过吗？"左刚开口问道。

"会！"宁志恒点了点头，他之前观察得很仔细了，"不过间隔的时间较长，大概半个小时经过一次，而且时间固定。只要我们掐准了时间，这并不难躲过去。"宁志恒接着又说，"季宏义会安排一辆轿车给你们。今天晚上我留在南屋书馆值夜班，等到所有人都下班后，你们来书馆接我！"

宁志恒的话刚一出口，左刚有些犹豫地说道："少爷，这件事情交给我们三个就好了。你就在书馆里等我们的消息，负责接应就行，还是不要亲身犯险了。"

他自然知道宁志恒的身手出类拔萃，比他们三个人强多了，可是宁志恒地位重要，这么危险的事情，如果他作为指挥者亲自出手，万一出现问题，这个责任谁也担待不起。

宁志恒摆了摆手，断然说道："这件事情我必须参加。这张图纸毕竟不如亲身经历的那样直观，里面的地形我很清楚，有我带着，不会在细节上出差错。而且我懂日语，如果出现了意外情况，小心应对是可以蒙混过关的。再有，如果智取不行，我们就强攻，直接击杀四名守卫。我的身手你们是知道的，只要我们动作够快，是可以保证在不惊动任何人的情况下解决这四名特工的。"

"至于左柔，你是这一次行动的关键。你和我化装进入病房对目标直接进行刺杀。"宁志恒接着说道。

他从怀里掏出两张画像展开，一幅是一个中年男子的画像，另一幅画的是一个年轻的女子。他指着画像解释道："这是外科诊室的一位医生，名叫小川彰仁，他的身高和我有些相像，只是容貌差别有些大，这就需要你的努力了。

"这个女子是外科诊室的护士，叫江川庆子，今天是她负责值夜班，这一点我今天去博立医院已经确定了。而且她的脸形和你颇为相似，只是身高要比你矮一些。"

宁志恒的准备工作做得很仔细，他这几天早就把博立医院外科诊室的这些人都观察了一遍，从中挑选出一些身高、体形和自己相似的人选。

只是护士的人选比较麻烦，左柔是比较典型的北方女子，身材高挑，再加上多年的习武锻炼，比之日本女子自然要高。外科的所有护士，个子都比左柔矮。今天值班的两名护士里，只有这个江川庆子身高和左柔接近一些，另一个身材更矮，差距悬殊，左柔根本无法冒充，所以宁志恒只能选择江川庆子。

左柔首先接过小川彰仁的画像，用手指仔细地比量了一下，点头说道："脸形确实和您有些差异，不过如果要是仔细化装，我可以做到七到八成相似。"

宁志恒想了想，开口说道："七到八成？这应该可以了，毕竟这些日本特工对值班的医生和护士也不是很熟悉。这两个人容貌普通，也不会给人留下很深刻的印象。"可是他接着问道，"在护士的身高问题上，你还能有什么办法掩饰吗？"

左柔又拿起画像看了看，想了想，开口问道："这个江川庆子是不是比我胖一些？"

"对，是比你要胖一些！"宁志恒点头说道。

"那我们就准备一件宽大些的护士服，下摆长一些，我可以将身子微微下蹲，走路的步伐小一些。我以前也做过类似的伪装，只要注意一些，是可以暂时瞒过去的！"左柔说道。

宁志恒对左柔的伪装办法和能力非常满意，他马上说道："那好，还有一下午的时间，我让季宏义马上按照要求，给我们准备医生和护士的服装。"他又取过一支注射针管，对左柔说道，"你有没有给人打过针？"

左柔摇了摇头，她还真没有伪装过护士。

"这是一支剧毒氰化钾溶剂，如果是静脉注射只需要几秒钟就可以致人死亡；如果肌肉注射，时间会相对长一点，也不超过二十秒。你只需要给他的臀部注射进去，他很快就会死亡。打针并不难，你今天做一下练习，只要心狠手稳，这一点不难做到。如果没有日本特工监视，我就自己动手，可是如果有人监视，就必须由你动手了。毕竟由医生动手打针，很容易让人察觉出异常。"

左柔点头，然后转头看向身边的左氏兄弟。显然，她的练习对象就只能是两兄弟了，这让他们顿时生出一丝不好的预感。

"还有很重要的一点，就是杀死俞立之后，我们还要观察一下具体的情况。如果没有被日本特工当场觉察出问题，并且没有特工留在病房里近距离地守护俞立，那自然是再好不过，我们就按原路退出医院，顺利脱身。

"如果被他们当场发现，或者他们对俞立一直是近距离地守护，那么就算我们得手离开了，他们也很快就会发现俞立死亡而发出警报，给我们的撤离带来麻烦。所以只要发生这两种情况中的任何一种，我们两个就马上动手，近距离地击杀他们，但不能使用枪支，所以你必须携带好利器，这也是我一定要和你一起进去的原因。必要的时候以最短的时间完成对四名日本特工的击杀，绝不能让他们发出警报，给我们的撤离争取时间！当然这是最坏的打算，能不惊动他们最好，毕竟真的动起手来，什么情况都会发生，后果难以预料，你一切都看我的眼色行事！"

左柔点头说道："我的薄刃刀一直是随身携带，从不离身！"

宁志恒看了看她盘起的长发，知道她隐藏短刀的地方很隐蔽。

左柔微微一笑，撸起长袖，露出固定在小手臂上的柳叶薄刃刀。宁志恒不禁有些失笑，她倒是狡诈多变，身上各处都可以隐藏武器。

"那我们兄弟做什么？"左强在一旁问道。整个行动没有他们的任务，却只能看着宁志恒和左柔动手，心中不免有些不甘。

宁志恒说道："你们进入医院太显眼了，很容易暴露，就在外面接应我们。等我们撤离，然后回到南屋书馆，那里会有人等候，把轿车开走。你们从南屋书馆后面下水，渡过苏州河，季宏义在对岸已经安排了人员接应！"

第十九章
清 除 目 标

宁志恒已经设计好了每一步的行动，原来他是不打算亲身犯险的，只是具体情况让实施刺杀行动的难度变得很大。所以为以防万一，他必须亲自参与进去。

这时宁志恒又拿出一个纸包，递到左柔面前说道："这是氰化钾的粉末。此物有剧毒，你把它缝在自己的衣领中。最后关头，如果我们实在脱不了身，就咬破衣领，只需要几秒钟，就可以杀身成仁了！"

看着左氏兄妹有些诧异的眼神，宁志恒伸手将自己的衣领显露出来，衣领处明显地鼓出一块。他淡淡地说道："相信我，落入日本人的手里，绝对生不如死，尤其是女子，还不如及时了结自己的生命。如果你们胆敢投敌，成为国家和民族的敌人，军情处也是绝对不会放过你们的，早晚也是一死，就像我们今天要杀的俞立一样。"

说到最后，宁志恒语气越发狠厉，眼中射出一线杀意，看得左氏兄弟不由得一惊。

听到宁志恒的这番话，左氏兄弟顿时有些动容。尽管早就有在行动任务中牺牲的思想准备，可他们还是被宁志恒这一分狠绝震惊了。

倒是左柔并没有当回事，她轻轻地拿过纸包，又看了看宁志恒的衣领，

第十九章 清除目标

329

淡淡一笑，说道："有少爷你陪着，我去哪里都一样！"

此话一出，宁志恒的眉头不自觉地微微一挑，心头不由得一颤，看着左柔的目光不自觉地一闪，避让了过去！

宁志恒停了片刻，这才说道："你们去做准备工作吧，记得早一点去南屋书馆等我。"

左刚和左强相视一眼，才和左柔一起转身离开。

这个时候季宏义和孙家成走了进来。

"组长，具体的情况，宏义都和我介绍了。我们已经安排好了具体细节，准备工作都已经完成，想向您汇报一下。"孙家成开口请示道。

"好，你具体说一下！"宁志恒也是不放心，于是点头说道。

过了一会儿，宁志恒听完孙家成的部署和安排后，点点头说道："很好，老孙，你考虑得很周详，我没有任何意见，一切都由你临机处置。

"我要说的就一点，下手一定要狠，绝对不能留后患。如果动手的时候酒馆里头还有其他不相干的人逗留，那也一定要清除掉，不能有半分的手软，不然后患无穷。宏义兄手底下那十几个兄弟还有他们的家小，都有可能成为陪葬品。

"时间要掌控好，对方一出包间进入大厅，你们就马上动手，撤离的动作要迅速。宏义兄的手下行动前要做好乔装的工作，之前一定要注意找好不在场的借口。完成行动后，马上回到自己的住所，以躲避日本人的追查。

"而你们要回到南屋书馆等我回来。但愿行动一切顺利，能够以最快的速度渡过苏州河，及时撤离，我们这一次的任务才算是大功告成，到时候我会分别为你们请功！"

说到这里，他特意转头向季宏义说道："宏义兄，一切都拜托你了。任务完成之后，我会亲自向上峰请示，为你安排加入军事情报调查处的一切事宜，绝不会食言。"

季宏义点点头，眼神中露出一丝希冀，他郑重地说道："放心吧，组长！我季宏义一定不负组长的重托，不完成任务决不回来见你！"说话称呼之间，他已经不再称呼志恒了，而是恭恭敬敬地称呼为组长，显然这时候他已经开始以属下自居了。

宁志恒满意地点了点头，然后把一些准备事宜交代给季宏义，季宏义赶紧转身去办理。

现在木风园酒馆那里的任务，就全交给了孙家成和季宏义来完成了。他们行动计划周密，手中又有七名身手矫健的行动队员，再加上季宏义和他的手下，对付那些日本特工应该不会出问题。自己只需要专心对付博立医院的俞立，但愿一切都如他设计的一样顺利。

宁志恒回到南屋书馆，整个下午都在整理书稿。他的心理素质极强，遇到大事从不慌张，可以很好地控制自己的情绪。

时间一点一点过去，临到下班时间，宁志恒才走出办公室。

他先是来到黑木岳一的办公室看了看，办公室的门紧锁着。这两天黑木岳一有事外出，没有来书馆上班，正好方便宁志恒行事。

他接着来到阅览区，看着几位同事笑着说道："大家都辛苦了，今天该轮到我值夜班了，你们早一点回去休息吧！"

听到宁志恒的话，几位同事赶紧开口说道："怎么可以要藤原君辛苦呢？还是由我们来值夜班吧！"

宁志恒笑着说道："就按之前说好的值班吧。其实我单身一个人在哪里休息都一样，在书馆还可以专心整理书稿。请大家不要推辞，今天早一点下班吧！"

看到宁志恒这么说，大家也就顺水推舟地答应了。

福井雄真开口说道："我们这就准备下班，那就辛苦藤原君了！"

看着众人陆续走出南屋书馆，宁志恒看了看手表。今天特意提前下班，时间还算早，也就五点半左右。

他来到书馆大门口向外面张望，就看见不远处停着一辆轿车。这时驾驶座的车窗摇下来，露出左刚的面容。

宁志恒点了点头，转身回到书馆，迅速将各处检查了一遍，关好门窗，这才出门，将书馆大门锁死。看看四下无人，快步来到轿车旁，钻了进去。

轿车后座上坐着身形稍胖的一位女子，正是江川庆子的容貌。宁志恒知道左柔已经完成了乔装，他仔细看了看，不由得赞叹道："真是太像了，你是怎么做到的？"

左柔展颜一笑，指着自己的脸说道："功夫下得深，自然是有效果的，我

第十九章 清除目标

331

光是化这个装就花了一个多小时。少爷，你的化装时间不多，我们要快一点动手！"

宁志恒点头说道："那现在就开始吧！"

左柔开始为宁志恒铺垫底色，仔细地化装。

时间很快到了六点钟。这个时候，六辆轿车缓缓地驶近木风园酒馆，在路边停了下来。

其中三辆轿车的车门打开，以渡部大治为首的十名日本特工，还有燕凯定和邢升荣，纷纷下了车。

渡部大治紧走几步，来到另外三辆车的前面。车窗摇了下来，一个男子伸出头来对渡部大治笑道："渡部君，今天就到这里了，明天我们再见！"

渡部大治赶紧说道："赤木君，今天辛苦啦，不介意的话，进来和我们喝一杯！"

这个赤木是专门配合渡部大治的一名行动队长，他专门埋伏在暗处，一旦两个策反的中国特工发现有可疑的人物，他们就会迅速出击进行抓捕。

可惜几天以来任何情况也没有出现，到现在为止没有任何收获。不过这是一项长期的工作，最起码现在上沪的中国特工已经不敢轻易潜入日本占领区进行间谍活动。

这位赤木队长摇了摇头，摆手说道："我们还要回去报告进展情况，就不奉陪了。渡部君也请不要贪杯，我们明天再见！"说完，向渡部大治微微点头，将车窗关上。三辆轿车快速地驶去。

渡部大治碰了一个软钉子，心中甚是不快。他多年来一直在中国潜伏，在日本谍报机关里几乎没有什么人脉。原想着和这些老人结交一下，可发现这些老资历的特工并不好接触，根本不买他的账。

他撇了撇嘴，转身向身后的队员们挥了挥手，一行人迈步进了木风园酒馆。

木风园酒馆的面积不大，生意也很一般，不过渡部大治认为这里距离特高课本部较近，周围又有巡逻队经过，安全上一定没有问题，所以才一直选择在这里吃晚饭。

他们和往常一样进入大厅，没有想到今日酒馆的生意还不错，大厅里的六张桌子旁都或多或少地坐上了客人。从客人的服饰和装扮来看，大部分都是日本人，渡部大治也就没有过多地注意，毕竟这个地点非常安全。他带着众人进入订下的包间，和之前一样，有两个特工带着燕凯定和邢升荣去了旁边的包间。

很快酒馆的掌柜笑着迎上来，看着渡部大治赔笑道："渡部君，今天辛苦了，我已经准备好了，这就给你们上菜！"

渡部大治笑着说道："栗原，你今天的生意不错呀！"

栗原笑呵呵地点头说道："这几天的生意还真是不错，都是托您的关照！"

两个人谈笑了两句，栗原就张罗着赶紧上菜了。

而这个时候，在外面大厅角落里，一身和服打扮的孙家成将头微微低下，尽量不让人看见他的脸。他万万没有想到，这些日本特工里，为首的那一个竟然就是南京城里照片四处传发、全城通缉抓捕的日本间谍丁大海！

孙家成对丁大海是有印象的，他们曾经在两次酒席上见过面，而且南京城都在散发丁大海的照片，所以渡部大治一走进木风园酒馆，正在和季宏义商量的孙家成马上就认出他来。孙家成急忙躲在角落里，将头低下来，直到渡部大治进入包间，这才将头微微抬起。幸好他把队员都安排在另一个包间，不然也不知道这个丁大海认不认识这些队员。

身边同样是和服打扮的季宏义看出他的异样，赶紧低声问道："怎么，出问题了？"

孙家成点了点头，以极低的声音回答道："为首的那个特工我认识，是从南京城里逃脱的潜伏间谍，没有想到在这里出现了。他很有可能认识我。"

季宏义向包间方向看了看，冷冷地说道："那正好，今天反正也是一个不留，就一起除了这个后患！"

孙家成点了点头，断然说道："他可是认识组长的，绝对不能让他跑了！"

这时大厅里其他几桌人都向他们两人看来，两个人示意没有问题，众人这才又若无其事地转过头去。

过不多时，陆续有客人进入酒馆，一看酒馆里没有空余的座位，只好纷纷退了出去。

时间慢慢地过去，孙家成看看手腕上的手表，这时候已经是六点三十分。

　　而在这个时候，左柔还在仔细地给宁志恒化装，这个过程非常烦琐，很需要时间和耐心。好在左柔对小川彰仁的容貌进行了仔细的揣摩，心中有数，手中的动作非常快。她甚至取出一种胶状物体，将宁志恒较为消瘦、立体的脸颊慢慢垫起，宁志恒那脸庞马上变得丰满起来。

　　终于左柔停下手来，笑着说道："已经完成了，少爷，你看看满不满意。"

　　她取出一面手镜，正对着宁志恒的脸庞。宁志恒仔细一瞧，顿时心头一惊。

　　尽管他早有思想准备，可还是被左柔巧夺天工的手法震惊到了。镜子里的中年男子，几乎跟那个外科大夫小川彰仁一模一样！眉头和眼角的皱纹自然天成，脸上的胶状物和皮肤紧紧黏合在一起，连接之处竟然不露丝毫的痕迹。过了片刻宁志恒才感慨地说道："你说是七八成相似，只怕是太谦虚了，我看最少有九成！"

　　左柔轻声笑道："时间太短了，细节上还是有些瑕疵，不过只是应对不熟悉他的人，这个效果应该足够了。"

　　能达到这种效果，宁志恒已经非常满意了。现在他真觉得左柔以这种逆天技能，之后绝对是他谍战生涯里最得力的帮手。

　　他看了看手表，对左刚说道："时间差不多了，我们马上去博立医院。"

　　左刚赶紧发动车辆，轿车慢慢地向博立医院驶去，很快就来到预定的位置，找了一个隐蔽的地点把车停下来。

　　左刚停下车，回头看着左柔，眼中露出一丝忧色，他转头又看向宁志恒，郑重地说道："少爷，你们一定要小心，我们就在这里等你！"

　　一旁的左强嘴唇动了动，最终没有开口，只是担心地看着姐姐。

　　宁志恒拍了拍他们两个人的肩膀，轻声吩咐道："你们放心吧，我们计划周详，不会出什么意外。现在是晚上七点，顺利的话，半个小时之后就会出来。不过什么事都有万一，如果等到八点钟我们还没有出来，或者日本人发出警报，你们就要第一时间撤离，以最快的速度赶到江边，马上弃车渡过苏州河！"

　　听到宁志恒的话，兄弟二人都是脸色一暗，默默地点了点头。

　　宁志恒看着他们再次说道："我知道你们的打算，可是一旦出了差错，你们就是冲进来也是送死。留着有用之身，多杀点日本人，替我们报仇就是了，千万不要做傻事！"

左柔也开口说道："你们放心吧！这种事情我又不是没有做过，我会小心的！"

宁志恒没有再啰唆，他推开车门，和左柔快步向巷道走去，很快就来到了巷道口。他们躲在暗处，抬眼望去，二十米之外就是博立医院的东侧门。

宁志恒看了看手腕上的手表，说道："还有两分钟，巡逻队就要经过这里，等巡逻队过后我们就进去。"

左柔没有说话，只是点了点头。她手中拿着一个小包裹，里面装的是准备好的医生服和护士服，还有那一支氰化钾针剂。

正如宁志恒之前观察的一样，两分钟之后，一支八个人的巡逻队伍走过了东侧门。他们队伍整齐，手持枪械，四处观察了一下，随即脚步不停地向前走去。

看着他们逐渐远去，宁志恒和左柔从暗处显出身形，几个纵跃，以极快的速度来到东侧小门。

宁志恒把手中的薄片细钩小心地从门缝中伸了进去，手指灵巧地弹动，然后将门把一推，把门轻轻打开。

两个人快步进入，然后回身将门按原样关好。左柔将手中的包裹打开，取出医生和护士的服装。两个人快速将服装穿上，相互看了看，确认没有露出破绽，这才快步向治疗室走去。

这个时候医院只有一些病人和值班的人员，还有就是留守的保安人员。

宁志恒和左柔神情自若地走在医院的走廊里，偶尔有医护人员和保安人员走过，也没有过多地注意他们。

没过几分钟，他们就来到治疗室的楼道口，宁志恒用眼神示意左柔停下来，他自己迈步进入。

这个时候走廊里根本没人，只有走廊尽头的十六号病房门口坐着三个日本特工。宁志恒的出现马上引起了他们的注意，他们看向宁志恒，但没有发现什么异样，很快就将目光收了回去。

宁志恒没有理睬他们，若无其事地来到值班室外，扫视了一下，很快就发现只有一名值班护士，而没有发现要找的那位女护士江川庆子。

他眉头一皱，转身继续向病房的另一侧找过去，过了一个拐角，很快就听到有脚步声越来越近，于是躲在拐角处静静地等着。

很快一位女护士从另一条楼道走了过来，宁志恒一眼就认出是江川庆子，他眼疾手快，一掌直接砍在江川庆子的后颈部。

江川庆子顿时被这一掌打昏了，身体一软倒了下去。宁志恒迅速伸手将她的身体扶住，然后抱着她的身子紧走了两步，来到旁边的一处杂物室里，推门而入。

这是清洁人员专门存放杂物的房间。宁志恒从兜里掏出早就准备好的一团细麻绳，手脚麻利地将江川庆子全身捆绑在一处旧床架上，然后用布团堵住她的嘴巴。这样就能确保在明天早上清洁人员来上班之前，她不会出来碍手碍脚。

宁志恒走出来，将杂物间的门关严，这才快步来到楼道口，向等候在那里的左柔点了点头，然后两个人转身向值班室走去。这剩下的一名护士也必须控制住，不然她很快就会发现江川庆子长时间不回来的情况。

宁志恒来到值班室门口，轻轻推开门，两个人走了进去。那名女护士闻声抬头一看，竟然是小川彰仁医生，她有些诧异，不禁出声问道："小川医生，您怎么会来这里？"

宁志恒没有答话，他虽然化装成小川彰仁，但是他的口音根本瞒不住这个护士。他笑着点头示意，看似不经意地走到护士的身边，突然极为诧异地看向护士的身后。

护士赶紧随着宁志恒的目光看向身后，然后身子一软，倒了下去！

身后的左柔赶紧把她的身体扶住，两个人如法炮制，把这名护士也牢牢地捆绑起来，嘴里堵上布团，塞进值班休息室的一张床铺底下。

现在碍事的两名护士都给控制住了，左柔顺手拿起一个托盘，放上几个药品盒，然后将那支氰化钾针管也放在了上面。

宁志恒和左柔相视一眼，微微点头示意。两个人推开门走出去，慢慢地走向十六号病房。

守候在门口的三名日本特工，看着宁志恒向他们走来，马上站起身来。他们以审视的目光盯着宁志恒和左柔，但很快便放松了警惕。

这几天里他们接触过不少医护人员，对小川彰仁和江川庆子还是有印象的，只是不知道具体的姓名。

待走到近前，其中一个特工微微点头，刚准备开口询问，宁志恒就沉声说道："今天病人的体征有些异常，我特意过来看一下。"

一名特工看了看一旁的左柔，毕竟正常的医治是不能阻拦的，他点头说道："那好，请进！"说完，他转身推开病房门，做了个"请"的手势。

宁志恒和左柔进入病房，左柔看似自然地将房门随手关上。屋子里一张病床上正一动不动地躺着俞立，窗户旁边还站着一个特工。特工看到宁志恒和左柔进来，马上把目光射了过来。

宁志恒心中一紧，情况果然如他预想的那样，有日本特工随时近距离地守护着俞立。日本人对他的保护非常严密，时刻都不让他离开他们的视线。

宁志恒表情自然，迈步直接来到俞立面前，仔细分辨，马上确认病人就是此次的目标无误。他伸手摸了摸俞立的额头，昏昏沉沉的俞立并没有什么反应。宁志恒接着又对俞立的脖颈和小腹都做了简单的检查。

看着宁志恒认真的样子，一旁的日本特工就没有再过多地注意。这个时候宁志恒故意转头对左柔，用日语说道："病人的体温在上升，马上打一支消炎针，控制体温！"

左柔微微点头，上前放下托盘，将那支装有氰化钾的针管拿在手中，准备给俞立注射。

这时，那名日本特工有些疑惑地开口问道："医生，这是给病人打的什么针？"

宁志恒眉头一皱，回答道："病人的体温正在上升，这是控制体温的消炎针。"说到这里顿了顿，语气中带有不悦地接着说道，"当然如果你们有异议，也可以不打，不过出现问题就不是我们的责任了！"

"请不要误会！"那名日本特工赶紧说道。他只是出于谨慎，才开口询问，当然不敢延误治疗，否则出了问题他根本担当不起。

宁志恒这才示意左柔，左柔马上给俞立注射，宁志恒则把注意力转到日本特工身上。他慢慢地来到病床的另一侧，和日本特工的距离更近一些。

看到日本人如此谨慎，他知道最后还是要动手了，不然日本人很快就会发现俞立死亡，发出警报，自己甚至不能够及时撤离医院，就会被困在这栋大楼里。

氰化钾是剧毒，药物反应极快，很快俞立开始呼吸困难，血压逐渐升高，身体出现轻微的抽搐。

日本特工的警觉性很高，马上发现了异常，不过他倒是没有怀疑宁志恒和左柔，毕竟这里是日本人的心脏之地，安全是可以保证的，而且这两名医生和护士他都见过面。他只是怀疑俞立的病情有反复，于是几步上前准备仔细地查看。

就在他快要靠近病床走到宁志恒的身侧，探下身子准备仔细检查俞立的情况时，宁志恒突然伸出双手以极快的速度勒住了他脖颈，用力一拧，这名特工没有发出任何声响，脑袋软软地耷拉下来。

左柔看见宁志恒动手，也一把捂住了俞立的嘴巴，不让他发出任何声音，另一只手紧紧按住他的身体，不让他微微颤动的身体发出一点声响。

短短的几秒钟之后，俞立呼吸衰竭，全身肌肉开始松弛，呼吸和心跳都已停止。这个背叛民族和国家、给自己的袍泽带来巨大牺牲和威胁的叛徒，终于气绝而亡。

宁志恒轻舒一口气，这一次的主要目标终于清除掉了。任务已经完成了大半，过程中没有发出半点声音，外面的三名特工茫然不知屋里发生的一切。现在要考虑的就是把门外的三个日本特工也一并清除掉。

他慢慢地松开日本特工的脖颈，将他轻轻地放在一旁的凳子上，靠着墙摆放好姿势，不让他倒在地上，然后示意左柔。左柔点头来到房门的后面，手腕一抖，薄刃刀紧紧握在手中。

这时宁志恒来到房门前打开门，探出身子对门口的特工说道："病人的情况有些异常，需要把人抬出去送往急救室，请你们帮我一下！"

宁志恒的话顿时让三个特工大吃一惊。俞立是他们重点保护的对象，无论何种原因，出了问题他们都是要负责任的。

三个特工赶紧进入病房，可是最前面的特工看见屋子里的情况，尤其是斜靠在墙体上的同伴时，马上把手摸向腰间，接着就要喊叫出声。可是身后的宁志恒已经提前一步动手，单掌重重地砍在这名特工的脖颈动脉处，随后一个肘击捣在第二名特工的小腹上。以宁志恒刚猛至极的力道，只需一击就可以让对手完全丧失抵抗能力。更何况宁志恒生怕出现意外，此次是全力出手。在强大的打击之下，第一名特工的脖颈骨几乎被斩断，顿时昏厥欲死。第二名特工的小腹遭受迅猛一击，身子顿时弯下，痛苦地蜷缩在一起，接着被一脚重重踢在下巴上，发出一声脆响，顿时失去了意识。

就在宁志恒动手的同时，藏在门后的左柔马上闪出，从身后用左手捂住最后那名日本特工的嘴巴，右手的薄刃刀从右下方急速插进，避开肋骨直接插入他的心脏，同时手腕一拧。日本特工根本没有来得及反应，就遭受致命一击，发出低微的呜呜声，身体挣扎了两下，便软软地瘫倒下去。

两人以迅雷不及掩耳之势突然发起袭击，将三名日本特工全部击倒，过程非常顺利，没有惊动任何人。

宁志恒俯下身子仔细检查三个人的呼吸，只有第一个特工还有轻微的呼吸，其他两个特工都已经死亡。他没有犹豫，再次一掌击打在那名特工的喉骨上。随着一声轻微的脆响，特工顿时毙命。

宁志恒转身向左柔示意，两个人开始处理现场。他们将尸体都摆放在病床下面，同时将地面上滴落的血迹擦拭干净，然后仔细对视了一下，宁志恒指了指左柔右手腕上的部位。

左柔抬起右手一看，原来动手的时候，雪白的护士服沾上了一些血迹。她赶紧将袖子折叠起来，然后将那只托盘拿起端在手中，这样就完全将血迹遮挡起来。

宁志恒因为行动的时候没有见血，所以身上没有任何异常。

两个人走出病房，反手将病房门紧紧地关好，这才快步离开。

走廊里的人越发少了，偶尔有经过的医护人员和保卫人员，都没有注意他们。

他们的行动很快，不多时就回到了东侧的小门。看看左右无人，他们迅速脱下了白色外套，装进包裹里。

左柔正要开门出去，却被宁志恒一把拦住，他指了指手表，示意左柔等待一会儿。

过了片刻，就听见一阵整齐的脚步声，这是巡逻队再次经过这里。

又过了一会儿，宁志恒侧耳听去，外面确实没有了一点动静，这才打开侧门，探出头左右看了一眼，然后转头向左柔示意。两个人出门后把侧门关好，迅速按来路返回，穿过了巷道，来到左氏兄弟等候的地方，打开车门就钻了进去。没有等左氏兄弟相问，宁志恒马上吩咐道："快走，回南屋书馆！"

左刚赶紧发动车辆，快速向书馆驶去，左强则回身看着宁志恒和左柔。

他们兄弟二人在外面提心吊胆地守了半个小时，心里如同敲鼓一样极度忐忑不安。现在看到两个人安全回来，这颗心才彻底放了下来。左强眼睛里充满喜悦，急声问道："怎么样，俞立除掉了吗？"

宁志恒笑了笑，点头说道："一切顺利，不过最后还是动了手，连带着把四个日本特工也除掉了。"然后转头对左柔吩咐道："现在能把妆去掉吗？"

左柔摇头说道："如果要清洗干净的话，必须用清水和一些药水。"

宁志恒点点头，决定回书馆再清洗干净。他看了看时间说道："正好是七点半，现在木风园那边也应该动手了！"

宁志恒的猜测没有错，就在他安全撤离的时候，在木风园酒馆里的行动也到了关键时刻。

包间里的渡部大治抬手看了看表，时间已经到了晚上七点半。

这段时间安全屋里的自来水水源出了问题，不只是饮用水，就连卫生用水也都停了下来，这让安全屋里的日本特工们叫苦不迭，所以他们愿意在酒馆里多逗留一会儿，不然回去只怕连热水都喝不上。

渡部大治面对手下的抱怨也是无奈，好在水源问题明天就可以解决，到时就不用在外面停留。尽管这里也是相对安全的地带，但还是在安全屋里更稳妥。

现在看着时间已经到了，他这才开口吩咐道："好了，今天就到这里吧，我们应该离开了！"

听到他的话，其他的特工也都站起身。渡部大治带头，一行人陆续往包间外面走去，隔壁的两个特工和燕凯定、邢升荣闻声也出了包间。

他们来到大厅里，酒馆老板栗原赶紧笑呵呵地走过来，躬身说道："渡部君，今天招待不周了，这就走吗？"

渡部大治点了点头，沉声说道："栗原，我们明天估计不会过来了，明天我会派人过来结账。"

栗原赔着笑脸，连连答应。

渡部大治注意到，此时大厅里的客人仍然不少，再加上他们十二个人，小小的大厅里竟然挤满了人。渡部大治皱起眉头，总觉得有些不对，不禁再次开口说道："今天你这里的生意真的不错呀！"话音刚落，就感觉身旁一道劲风骤然袭来，只听噗的一声轻响，利刃已经没入了他的体内。

　　同时有无数道身影一起扑向大厅中央的日本特工。整个大厅的灯光霎时间一暗，这里突然就变了模样。

　　所有的攻击者都合身扑在日本特工们的身上，手中的短刀不停地刺向他们的要害部位。

　　面对这突如其来的攻击，日本特工们根本没有一点防备。最外面的几个特工，包括渡部大治，都是连中数刀，发出一声声惨叫。里面的几名特工勉强躲过了第一波攻击，他们赶紧准备掏枪并高声大喊。

　　可是针对这种情况，孙家成和季宏义下午就已经带领手下做了多次演练，他们每个人都有各自的分工。

　　所有人在不停刺杀的时候，身子都在用力向中间挤压，行动一开始就立刻把所有的日本特工挤成一团，之后变得越发拥挤。里面的特工不乏身手矫健的高手，可惜在猝不及防之下，根本没有腾挪的余地，就立刻被挤在一起，腰间的手枪一时难以拔出。

　　可是这个时候，伏击者们又进行了第二次攻击。他们把外面几个已经被众多短刀捅成马蜂窝一样的日本特工拉倒在地，又有众多的攻击者扑了上去，这一次里面剩下的几个特工再也不能幸免了。他们根本没有躲避的余地，像粽子一样被紧紧地围在中间，赤手空拳地抵挡四面八方疾刺过来、数也数不清的短刀攻击，几乎就在瞬间又被无数条身影扑倒。

　　其他的攻击者并没有停手，他们分别扑向已经丧失抵抗能力的目标，手中挥舞着短刀补了一刀又一刀。几声惨叫响起，很快都没有了声息，已经倒地的身体不断抽搐挣扎，伤口喷洒着鲜血，整个大厅瞬间犹如一座血火地狱。

　　孙家成是第一个发起攻击的人，这个时候他的眼睛盯住了一直被日本特工们围在最中间的燕凯定和邢升荣。

　　这两个人身上都没有武器，日本人也不会让他们持有武器。所以尽管他们是最后中刀的人员，却没有半点反抗的能力。这个时候邢升荣早就被数把短刀捅倒在地，只有燕凯定伤势稍微轻些，半个身子支撑着没有倒下。

　　孙家成一个箭步来到燕凯定面前，一把抓起他的脖领子，右手的短刀顺势就将再捅一刀，彻底结果他的性命。

　　"别，别！我有话说，俞立……"燕凯定早已经瘫软在地，身上的几处伤口在噗噗地冒血。他的眼中充满了恐惧，嘴里发出低哑的哀求声。

孙家成手中的短刀都已经刺出，可是耳中听到"俞立"这两个字，蓦然一停，锋利的刀尖紧紧地顶在燕凯定的胸口上。

"俞立怎么了？"孙家成一直就在担心组长亲自去刺杀俞立的事情，生怕宁志恒出了意外，所以一听到有俞立的情况，心中一紧，赶紧厉声问道。

燕凯定只觉得浑身的力气在急剧地流失，他挣扎着说道："俞立……俞立在博立医院，你们不要放过他！别放过他……"

孙家成一听，冷冷地说道："他也活不过今天，正好送你们一起上路！"说完他手上就要用力。

燕凯定蓦地使出仅存的一点气力，双手抓住了那把短刀，手指被锋利的刀刃割破也不顾及，眼睛睁得老大，急促地说道："我们是死有余辜，可齐……齐经武是诈降。他刺杀了俞立，自……自绝了！"说到这里，他所有的气力耗尽，身体猝然向后倒去，仰面朝天，眼中的瞳孔放大，嘴巴一张一合，喃喃地发出一句，"他不是叛徒！"

孙家成半跪在地，听到这最后一句，不由得眼神一凝。他之前从季宏义的口中也知道在几天前的夜里，齐经武和俞立两个人一死一伤，大家也有过一些判断，其中就有齐经武有反正行为这一种猜想，没想到今天在燕凯定的口中得以证实！

这时，季宏义看所有的目标都已经倒地不起，这才开口吩咐道："马上清点数目，看看有没有漏网的，没死透的赶紧补刀，动作要快！"

大家赶紧检查所有目标的情况。几个队员从厨房里拖出两具尸体，正是厨师和跑堂的伙计。至于掌柜栗原，当时正和日本特工们在一起，刺杀一开始就毙命了。

孙家成看着燕凯定咽了气，便起身来到第一时间就被他刺杀的渡部大治的身边，看着他已经气绝身亡，这才放心下来。这个人是亲眼见过组长的日本间谍，对组长有着致命的威胁，没想到今天会死在自己手里。

很快，所有的目标，总共十五具尸体都已经确认完毕，孙家成开口说道："行动完成！动手之前，我已经在酒馆的外面挂上了暂停营业的牌子，从里面把门销死了。大家赶紧换下衣服和鞋子，从酒馆后门分批离开。"

之前大家都已经做好了充足的准备，所有人都将自己的血衣和鞋子换下来，陆续从后门分批离开。

季宏义专门给孙家成他们准备了两辆轿车。八个人上了车，一路向南屋书馆飞驰而去。

至此，针对叛徒的清除行动终于大功告成！

宁志恒等人赶回到南屋书馆附近下了车。季宏义早就安排手下在这里等着，开上车迅速离去。

宁志恒和左氏兄妹借着夜色快步前行，很快就来到了南屋书馆门口。宁志恒打开书馆的大门，让左强守在这里，自己则带着左刚和左柔快步进了书馆，让左柔着手清除化装的痕迹。

二十分钟之后，门口的左强发出信号，孙家成带着行动队员们走了进来。

"组长！"孙家成看见宁志恒安全无恙，一颗心终于放下。

宁志恒笑着问道："行动顺利吗？"

孙家成笑呵呵地点点头，说道："一切都很顺利。所有目标全部清除，宏义的人也都安全撤离，我们的人也都在这里了。"说完，他又急切地说道，"有一个情况，燕凯定临死前说，齐经武是诈降，是他刺杀了俞立，最后自绝了！"

宁志恒一听不觉心头一沉。果然如他所料，那天晚上，齐经武和俞立是相互厮杀，造成一死一伤。他脸色深沉，过了片刻说道："这个情况一定要向处座汇报。齐经武忍辱负重，冒死除奸，我们应该给他一个公道。"

众人都是沉默不语，宁志恒接着说道："现在俞立授首，齐经武少尉在天之灵想来也应该瞑目了。卖国叛徒应当有此下场，以为后来者戒。"

众人皆点头不语，孙家成这才开口问道："组长，我们现在就过河吗？"

听到他的话，宁志恒点了点头。他看了看众人说道："现在夜色已晚，你们马上渡过苏州河。"

此话一出，所有人都是一惊，孙家成急忙问道："组长，您难道不和我们一起过河吗？任务已经完成，您还留在这里做什么？"

左氏兄妹也疑惑地看着宁志恒，他们当然希望宁志恒能和他们一起撤离，离开这处险地。

宁志恒却摇了摇头，他自然有他的考虑。

宁志恒又何尝不想马上渡过苏州河，撤离到对面的安全地带，尤其是在时间越来越紧、战争的脚步日益逼近的情况下。

可是这段时间以来，他凭借着藤原智仁这个日本落魄贵族的身份，在日本占领区已经初步编织下了一张关系网，慢慢地融入其中，甚至在机缘巧合之下，结识了日本驻军情报部门的大头目上原纯平少将，到现在已经可以进行直接的接触。这对于中国谍报组织来说，绝不是一件简单的事情。要知道，中国谍报部门至今在日本间谍组织内部没有任何情报来源，更不要说能够接触到上原纯平这样的高层了。

现在宁志恒能够做到这一点，就是一个绝好的机会。最起码他要在撤离之前，想办法保留住这个身份，为以后的工作做一些准备。毕竟有了上原纯平这个大人物为自己背书，做起事情来也会顺利很多。

但是这些事情不能让别人知道，他也不会向别人解释。宁志恒看着众人，开口说道："我在这里还有一些工作没有完成，所以暂时还不能撤离。你们过河之后，老孙，你马上赶往上沪站，把此次行动的具体情况向边科长做详细汇报！另外，向边科长申请一部分资金，大概十万法币，交给季宏义，让他带过来给我。"

"是！"孙家成立正回答道。

宁志恒又看向左氏兄妹，开口吩咐道："你们回到原来的住址等我。我撤离以后，会第一时间去找你们，这个时间不会长。"

宁志恒需要一段时间去做准备工作，将自己的这个身份保留下来，同时也需要兑现他对季宏义的承诺，以安抚他和他手下的兄弟们，不要在这关键的时刻出现问题。

把所有的事情安排下去，宁志恒就带着他们来到卫生间的窗户前，指着眼前寂静的苏州河面说道："日本人的巡逻艇经过之后，你们就马上过河。河对岸有青帮的人给你们做接应，一切都要小心。"

"是！"

十多分钟之后，一艘日本巡逻艇从河面上驶了过去，宁志恒这才开口命令道："过河！"

所有人早就做好了准备，开始翻过窗户，靠近河边下水。

左柔却是留到最后，她看了一眼宁志恒，正要翻窗而过，却被宁志恒一把拉住。左柔眼睛一亮，看向宁志恒。

宁志恒伸手用力，将她里面衣服上缝得有些发鼓的衣领撕了下来，轻声说道："做事情要细心，这么危险的东西除了行动的时候，是不能留在身上的。"

左柔听到这话，嫣然一笑，点头说道："你也要早点撤离，这里太危险！"

宁志恒看着她翻过窗户，然后在众人的帮助下潜入水中，直到消失在视线中。

宁志恒这才转身离去，他还有很多事情要做。他来到书馆的门外，从外到里仔细检查，又回到书馆里面清理，直到所有痕迹都清理干净，这才放下心来。

看了看手表，时间已经到了八点半。他不知道日本人何时才能发现不对，但估计今天晚上一定会有一次大搜查。

而就在这个时候，特高课情报组长今井优志却接到了来自安全屋的电话。

"什么？八嘎！这些混蛋！"今井优志不由得发出一声咆哮，原来留守在安全屋的几名特工，直到八点也没有等到渡部大治等人回来。

出于职业的敏感，他们马上就觉出不对，往常这个时候所有人员都应该回来了，一定是哪里出了问题。

他们很快来到木风园酒馆，看到酒馆门口挂着的暂停营业的招牌，就发觉不对劲儿了。等他们撞开店门一看，顿时被里面的场景惊呆了。

整个酒馆大厅里如同一个血腥的修罗场，大量的鲜血流淌得到处都是，血泊中全是尸体。他们很快就认出了这些尸体都是他们的同伴，其中还包括他们负责保护的两名目标。出了这么大的事情，自然要马上上报。

今井优志听到这个消息，顿时勃然大怒。他没想到中国特工的胆子会这么大，手段会这么狠，竟然刺杀了这么多日本特工！不，这不能算是刺杀，这是屠杀！

不好！今井优志脑海里闪过一个念头。他马上拿起电话，给博立医院打了过去，可是良久无人接听。他的心中生出一丝不祥的预感，难道那里的人员也被中国特工袭杀了？

等到他带着一众手下赶到博立医院的时候，已经提前接到他通知的医院保卫人员将外科治疗室围了起来，两名值班的女护士也被发现并救醒过来。

十六号病房的现场也被保护起来，等着特高课来人勘查现场。

今井优志迈步进入，看着病房里的场景，嘴角微微抽动，眼中射出凶恶的目光。

很快，一道在占领区之内进行全面搜查的命令下达，特高课和军方还有警察署联合对占领区进行了全面搜查。

寂静的夜晚顿时变得沸腾起来，四处灯光闪烁，街面上变得嘈杂起来，高亢的呵斥声、车辆的马达声越来越近。

宁志恒静静地坐在自己的办公室里，看着时间已经到了晚上九点钟。看来日本人动作还是很快的，除去反应的时间，估计在中方行动完成的一个小时内，他们就发现了这一次的刺杀事件。

幸好自己把手下的人员都送过了苏州河。至于季宏义的手下，他倒不是很担心。青帮在上沪的潜势力之大，是普通人所无法想象的。

苏北帮作为青帮中的一个重要分支，在苏州河以北地区经营了多年，势力雄厚，盘根错节。能够在日本人的强势统治下坚持到现在，自然有它自己的倚仗和底蕴。如果连一次搜查都躲不过去的话，它早就被日本人清除掉了。

时间又过去二十分钟，书馆外面响起敲门声。宁志恒起身往大门口走去，就看见门外有很多的车辆，还有不少身穿军服和警服的人员，书馆附近的几栋建筑也亮起灯光，敲门声和喧闹声交织。看来这是地毯式搜查，所有的地方他们都要搜一遍。

宁志恒来到大门口，镇定地问道："请问，是有什么事情吗？"

为首的是一名军官，他高声呵斥道："这是要搜查破坏分子，你马上把门打开！"

宁志恒眉头一皱，只好点了点头，上前把门打开，军官带着一众手下走了进来。

军官挥手示意，手下的军士们开始进入书馆。军官看向宁志恒，冷声问道："报你的姓名，在这里是做什么的？"

"藤原智仁，是南屋书馆的员工，今天是我在这里值夜班。"宁志恒看着军士们直接进入书馆，并没有专业的特工带领，也没有人检查可疑的痕迹，不觉心中大定。这说明日本人对南屋书馆的搜查只是一次简单的搜查，并没有把南屋书馆当作重点的搜查目标。对付这些没有经过专业训练的军人，宁志恒还是有把握的。

"这里是南屋书馆，是黑木岳一先生的产业，里面都只是一些书籍，搜查的时候请不要损坏。"宁志恒看着这位中尉，语气缓慢地说道。要知道他的掩饰身份是一名贵族，对普通平民和军人的态度可以是谦逊的，但绝不是谦卑的，所以他必须表示出自己略有不满的态度。

这名中尉军官看了看宁志恒，若有所思。他能听得出来对面这个青年人并没有显示出普通平民对军人的畏惧。至于黑木岳一，他倒是没有什么印象，毕竟黑木岳一只是一名学者，知名度没有那么高。

不过军官还是有了些顾忌，他只是个中尉，真要是为此得罪了一些难缠的人物，也是得不偿失的。于是他点头答应道："放心，军士们会小心的。我们只是搜查破坏分子，不会对国民的财物进行恶意损坏，毕竟我们都是日本国民。"

第二十章
身份交易

宁志恒听到军官的保证，这才放心地点了点头。

中尉迈步进入了书馆。书馆一楼的大厅十分宽敞，书籍和其他物品摆放得非常整齐，一眼望去就能看个一清二楚。

很明显，这处大厅是藏不了人的，军士们开始搜查旁边的杂物间和宿舍，当然也是一无所获。

他们开始对二楼的房间进行搜索，黑木岳一和宁志恒的办公室都在二楼。

宁志恒这时赶紧也跟着上了二楼。军士们很快发现了黑木岳一的办公室是紧锁的，马上向中尉做了汇报。

"这处房间是做什么的？"中尉向宁志恒问道。

宁志恒回答道："这是我们的馆长黑木岳一先生的办公室，里面有很多私人物品，他不在的时候一般都是锁着的，钥匙只有他自己拿着。"

"砸开！"中尉开口命令道。

"等一下！"宁志恒高声喝止，他可不能这么轻易地就让人搜查黑木岳一的办公室，于是用极为不满的语气说道，"中尉，我再强调一遍，这里是黑木岳一先生的办公室。你可能不太了解，黑木岳一先生是国内著名的学者，在国内有很高的地位，驻军司令部的上原纯平将军就是他的好友。你们这样硬闯进去，我很难向黑木先生交代，你们只怕也很难向上原纯平将军交代。"

宁志恒的话语中，已经很清楚地表明了不满的态度，干脆搬出上原纯平，对军官施以压力。其实他并不在乎他们搜查黑木岳一的办公室，只是以黑木岳一的身份，自己如果这么轻易地让日本军官进行搜查，反而会引起有心人的怀疑。

宁志恒的话显然让中尉军官有些犹豫，不过他的责任心还是让他有些不甘，最终咬了咬牙，开口坚持说道："对不起，藤原君，我们职责所在，真是得罪了。"

宁志恒看到他的态度坚决，也就没有再阻拦。军士上前把门锁砸开，中尉伸手制止他们进入，而是自己亲自对房间进行了搜查。

黑木岳一的办公室虽然不小，但是陈设简单，没有可以藏身的地方。中尉很快便走出来，略有些尴尬地向宁志恒说道："得罪了！"

宁志恒无奈地摇了摇头，搜查接着进行。当中尉搜查到宁志恒的办公室时，很快就发现在书桌后面的墙体上醒目的位置悬挂着一张字画。字画上写着："尝遍人间甘辛味，言外冷暖我自知。"落款处写着："昭和十二年于上沪，馈送小友藤原智仁。上原纯平。"

看到这里，中尉这才知道，就连眼前这位青年的身份也绝不是那么简单！接下来的搜查自然是草草结束，中尉微微施礼，和声说道："藤原君，今天真是太失礼了。我们这就离开，打扰了！"

宁志恒虽然面带不悦之色，但仍然礼貌地顿首回礼，看着这些军人匆匆离开南屋书馆，这一次的搜查才终于应对过去了。

第二天上午，在特高课本部课长佐川太郎的办公室里，佐川太郎看着手中的讯问笔录，开口问道："博立医院的护士只看到了自己科室的医生小川彰仁，然后就被打晕了。这个小川彰仁抓到了吗？"

"已经抓到了，就在他的家中，可他拒不承认，声称自己下了班就根本没有再去过医院，甚至他的邻居和家人都可以为他作证。我们确认，应该是有乔装改扮的高手冒充他混进了医院，将两个护士都打昏过去，然后进入病房对俞立下的手。"今井优志回答道。他一晚上没有休息，连夜对案情进行了调查，这才匆匆向课长佐川太郎回报。

佐川太郎接着问道："看来中国特工们早就进入了我们的占领区。这些人的手段很激进，不像是上沪军事情报站的作风，应该是南京总部的清除人员。我们在上沪情报站的内线没有传回来消息吗？"

今井优志摇了摇头，解释道："这些天上沪军事情报站进行了秘密的甄别和内审，我的内线已经被严密监视，完全不能行动。"

"那就不要轻易动用他们。你辛苦了一晚上，还有别的收获吗？"佐川太郎问道。

今井优志赶紧回答道："虽然我们的内线没有传回来消息，但是从另外一个方面可以印证您的判断。从医院病房里的现场勘查情况来看，行凶的应该是两个人，其中一个人的攻击力量非常强，应该是在短时间里徒手击杀了三个身体健壮的特工。特工的颈骨和肋骨，还有下颚，只要是受攻击的部位，骨头都已经被强力折断。这是一位极为罕见的搏斗高手，据我们所了解的情况，在上沪军事情报站肯定没有这样一个人！另外一个人是用短刀的好手，出刀后从右下腹部斜插，直刺心脏要害，干脆利落。四个经过训练的特工没有半点反抗之力，甚至连掏枪示警的机会都没有。"顿了顿，他接着又说道，"而木风园酒馆的现场，从脚印来看有二十至三十人参与了搏杀。而我们的人，每一个人的伤口最少有六七处，最多的甚至有十二处，这说明他们这一次潜入的力量是很强大的。上一次的潜入他们损失重大，这一次却是志在必得，还真让他们得了手。"

"昨天晚上的搜查怎么样？"佐川追问道。

今井优志无奈地回答道："没有收获，所有能够隐藏这么多人的地方都搜了一遍。他们任务完成，不会冒险逗留在这里。再说案发时间是昨天晚上七点半，我们发现并实施搜索的时间是九点。这么长的时间，足够他们撤离了。我怀疑他们是直接从苏州河方向进入公共租界的，毕竟苏州河的河面并不宽，趁夜晚过去我们很难发现他们，这一次让他们跑了。"

佐川太郎把手中的讯问笔录往桌上一扔，叹了口气说道："那就算了吧！不过真是可惜了，别人倒还算了，可俞立可是我们手中最有价值的策反人员。我虽然知道他早晚有一天会被中国特工给清除掉，但是没想到会这么快。中国谍报部门的实力进步非常大，已经让我们难以招架了！"佐川太郎知道这一次不会再有什么收获了，他想了想，接着说道，"今井君，还有一件事，我要通知你！"

今井优志赶紧挺身立正，等候佐川太郎的命令。

佐川太郎郑重地说道："在之前一段时间里，北平的特高课得到了军部的命令，对中国军队的防区进行了详尽的侦察，并加强了情报活动，这项工作已经告一段落。现在又通告我们，让我们加强对中国南京政府的情报收集，密切关注他们的一切动向。也就是说我们在南京的情报小组必须重启了。"

"重启？"今井优志脸色一变，赶紧上前一步，"南京失利的原因到现在还没有找到，距离上一次的抓捕小组失败才刚刚过去二十天，现在强行重启会不会造成重大的损失？我们在南京的情报组织可能会损失殆尽，还望课长您慎重考虑。"

佐川太郎摆了摆手，尽管知道这样做是完全违背特工工作原则的，可还是压低了声音一脸无奈地说道："一切迹象表明，军部已经开始有所动作，而且幅度会很大，时间就在这几天，地点就在北平附近。一旦事件发生，就会引起轩然大波，中日两国的局势或许将会发生重大的转变，所以军部和内务省都已经下达严令，不惜一切代价，抓紧对南京政府的情报搜集工作。我们是无法拒绝的，只能执行。"

今井优志听到这里，马上明白了这一次行动的严重性。特高课是专门为军部提供情报的特务部门，必须无条件服从军部的意志。看来无论以任何理由都不能够拒绝，他必须马上着手进行重启工作。

"嗨依！我明白了！"今井优志立正顿首道。

这个时候正在南屋书馆工作的宁志恒，正在和刚刚归来的黑木岳一诉说昨天晚上的情况。

"黑木先生，这一次是我的失职，没有能够阻止这些军人进入您的办公室，真是非常抱歉！"宁志恒低头说道。

黑木岳一摆了摆手，沉声说道："这怎么能够怪你？现在国内军人愈发强势和壮大，我们这些文人是很难抗衡的。"说到这里，他很明显不愿再谈及这类问题，转而问道，"藤原君，这段时间整理上原将军书稿的进度怎么样？"

宁志恒赶紧说道："很快就可以完成。现在已经着手进行誊抄，再用两至三天就能完成。"

　　黑木岳一满意地点了点头。宁志恒的进度已经远超他之前的预计，可以想象宁志恒这段时间有多么勤奋。他笑着说道："很好，誊抄完之后我们一起送过去，正好我有一些事情要和上原将军商量，请尽快完成工作。"

　　"嗨依！"宁志恒急忙点头答应道。

　　而这个时候，在上沪军事情报站的一间办公室里，孙家成正在向边泽仔细汇报锄奸行动的具体情况。

　　当边泽听到宁志恒竟然在这么困难的情况下顺利完成了刺杀任务，而且没有损失一名队员时，不禁拍案赞叹道："干得漂亮！深入虎穴，在敌人的眼皮子底下刺杀三名叛徒、十多名日本特工，自身不损一人，志恒不愧是我们军情处最优秀的行动高手。"

　　边泽越发觉得自己这次专门要求把宁志恒派到上沪，真是一件再正确不过的事情了。

　　就在抵达上沪的第一天，用了不到两个小时，宁志恒就从一堆看似无用的讯问记录里找出破绽，直接抓到了潜伏的内奸。

　　之后，他更是只身潜入日本占领区，半个月的时间就主持完成了这一难度极高的锄奸任务，己方竟然无一人伤亡，真可谓是有勇有谋的孤胆英雄。

　　"组长说，在被俘人员中，龚平牺牲，齐经武诈降，冒死刺杀俞立，最后重伤了俞立，自己当场自绝，还请边科长妥善处置。"孙家成恭敬地说道。

　　边泽感慨地点了点头，说道："其情可勉，忠勇可嘉！我会把他们两个人和那十六名牺牲队员的名单归为一档上报给南京总部。另外，为什么志恒没有和你们一起撤离？"

　　孙家成回答道："组长吩咐，他有一些事情没有完成，所以暂时不撤。组长还要申请一笔资金，他需要十万法币，让我马上带回去交给季宏义。"

　　"还有事情？"边泽疑惑地说道，不过他并没有追问。宁志恒虽说职位低于他，可说到底并不是他的属下，两个人分工不同，宁志恒负责锄奸，他负责整肃。而且对于宁志恒行动中的任何需求，他都必须尽量满足，为宁志恒做好后勤工作。

　　"我马上让财务准备好，你走的时候就可以带走。"边泽爽快地回答道。这件事情圆满完成，必须给处座一个结果。

当天晚上在惠民粮店后堂，宁志恒和季宏义相对而坐。宁志恒满意地对季宏义说道："宏义兄，这一次锄奸任务，你厥功至伟。没有你，我根本无法完成此项任务。"

季宏义笑呵呵地说道："组长太谦虚了。老实说你能够孤身进入博立医院刺杀俞立，这份胆气我是佩服至极。军事情报调查处里如果都是你这样的好汉，那我就算是跟对人了。"

季宏义的确是从心里佩服宁志恒的胆色。这个青年不仅足智多谋，就连勇气也非常人可及。在这一次的行动中，他表现出来的能力着实让季宏义敬佩，心服口服。季宏义愿意从此追随宁志恒，为他效力！

宁志恒能够看得出来，季宏义说的是真心话，不禁暗自点头。这个人可以为自己所用，用好了就是一员干将。他接着问道："昨天晚上的大搜查，你手下那些兄弟没有出纰漏吧？"

"放心吧，组长，行动之前都已经做好了周密的安排，准备非常充分，都应付过去了。"季宏义点头说道。

宁志恒满意地点了点头，接着说道："这一次的行动能够成功，其实还有一部分原因，是得益于你给我搞的这个日本人身份，所以我想把这个身份继续保留下来，以后也许还用得着。"

"保留身份？"季宏义犹豫地问道，他没有明白宁志恒的意思，但是很快就想到一些事情，"组长的意思，是要把这个身份坐实，可是需要我怎么做？"

宁志恒的身子向后一仰，手指轻轻敲击着桌面，仔细地问道："知道我这个身份底细的，除了你我，还有谁？"

季宏义恍然大悟，他马上回答道："只有日本移民户籍管理所的办事员田渊和幸。这个人做档案的水平很高，只是要价太高，除非不得已，否则我不去找他，您的意思是……"

说到这里，他单掌往下一砍。宁志恒这是要杀人灭口了，这样一来，最起码在中国境内，就没有人能够知道藤原智仁的真实身份竟然是一名中国特工了。

"我现在就安排动手！"季宏义点头说道。

可是宁志恒却摇了摇头，他想了想还是有些不妥，说道："我要亲自见这个人，你给安排一下，越快越好，你跟他说我有大生意找他。"

听到宁志恒的话，季宏义不禁一愣，但是他很快回答道："这没有问题。这个日本人就认钱，其他的什么也不管。"

"认钱好哇，只要钱能够办得到的问题，就都不是问题。"宁志恒拍案一笑，"说到钱，你明天早上回南岸一趟，孙家成会把一笔钱交给你，其中一半就是我承诺给你手下兄弟们的安家费，剩下的你带过来，我要留下备用。"

季宏义赶紧点头答应，宁志恒再次说道："拿到钱，尽快安排你的兄弟们进入公共租界。现在这些钱还能够安一个家，再过段时间，可就不够了。"

"不够？怎么会！"季宏义有些疑惑地说道。

他并不知道，很快大量的上沪市民就会进入公共租界和法租界躲避战火，仅仅是法租界就会蜂拥挤入十多万上沪市民，整个租界一时寸土寸金。

可是宁志恒自然不会跟他解释，他接着吩咐道："这件事情很重要，你要抓紧。我留在这里的时间不多，走之前一定要办完！"

"是，我这就去安排！"季宏义点头答应。

季宏义的动作很快，第二天晚上见面的时候就把这件事情安排妥当了。

他把一个皮包放到宁志恒面前，说道："老孙带过来总共十万法币，我留了一半，这是五万。"

宁志恒点了点头，接着问道："那个日本人答应见面了吗？"

"答应了，有钱赚他一向是不会拒绝的。他和我们打交道的时候很小心，见面地点是由他选定的，都是在虹口区的一家点心店，我们现在就过去。"

两个人出了惠民粮店，向虹口区的中心地带赶去。

虹口地区是日本侨民最密集的地区，区境内形成一片以吴淞路和北四川路为经、两路的分支马路为纬的日本化街区，繁华地段曾有"小东京"之称。

日本移民户籍管理所就开设在这里，周围居民全是日本人，不过宁志恒和季宏义都是一副日本人的打扮，所以倒也不显眼。

田渊和幸是个很谨慎的人，他知道季宏义是青帮的头目，每一次打交道都选择在日本人的中心位置见面。

宁志恒两个人来到一家点心店里。季宏义推开一个包间的房门，宁志恒随后而入，就看见包间里一个三十多岁的男子在等候。他身材不高，体形肥胖，圆圆的像一只气球，这时手拿一块糕点一下子全塞进口中，吃得正香甜。

看着两个人进来，田渊和幸并没有起身。对于中国人他向来都是不屑一顾的，如果不是因为钱，不是因为只有中国人才对他手中的户籍档案感兴趣，他是绝不会去打交道的。

"季桑，这就是你的大老板，看着很年轻啊！"田渊和幸懒懒地，用生硬的汉语说道，同时上下打量着宁志恒。

宁志恒却是居高临下冷冷地看了他一眼，冰冷的目光顿时让田渊和幸打了一个激灵，本来斜坐着的身子一下子就挺直了。

宁志恒慢慢走到他的对面盘膝而坐，微眯的目光中寒意愈盛，一股慑人的压力让田渊和幸有些喘不过来气。

田渊和幸赶紧微微点头顿首，脸上露出紧张之色。他天天和各种人物打交道，自然能够分辨得出，眼前这个人能够让他生出一种无力之感。这是可以决定自己的命运的人，才散发出来的一种强大自信。

宁志恒抬手制止住了季宏义的介绍，用日语缓声说道："你的汉语说得太差了，田渊君，我今天来是想和你做一桩大买卖。"说完，他将手中的皮包放在田渊和幸面前。

听到这标准流利的关西腔，田渊和幸眼神一紧，好半天才反应过来。对面这个人的样子他见过，半个多月以前，自己正是用他的照片伪造了一份户籍档案，不过此刻真人给他的压迫感太强，让他一时间没有认出来。

"洗耳恭听！"他赶紧回答道。

"我想知道，你给我安排的这份户籍资料能不能确保安全性，也就是说，在中国国内有没有可能让别人查出来，如果田渊君可以保证……"宁志恒拍了拍身前的皮包，接着缓声道，"我想再要几个身份！"

田渊和幸眼中的贪婪之色一闪而过，他身子靠前，压低声音说道："您可以放心，只要是在中国境内，我绝对可以保证，您的这个身份是没有人可以查得出问题来的。不止如此，就算是去日本国内查，只要不是查得太细，也是不会有问题的。"

听到田渊和幸的话，宁志恒顿时眉头挑起，问道："什么意思？田渊君，可以说得清楚一些吗？"

田渊和幸本来不愿意把事情说得太透，不过他知道对面这个人是大客户，为了做成这笔交易，就干脆透露一些情况。

他想了想，终于开口说道："国内自上个世纪就开始向上沪移民，到如今聚居区的人口最少也有五万之多。这么多人口的管理也是非常烦琐的，当然也不是我这一个小职员能够管理得过来的，总共需要四位职员分工合作。所有移民存档的国内档案，也是有负责核对国内档案信息的一环，这并不是我所能控制的。"

听到这里，宁志恒才明白，日本人并非没有做核对工作，只是这个田渊和幸一定有手段瞒过去。

"田渊君是怎么做到的？"宁志恒沉声问道，态度比之前缓和了许多，这让田渊和幸一下子感觉轻松了不少。

田渊和幸随手又将一块点心放进嘴里，不无得意地说道："我的办法很简单，就是所有存档的档案都是真的！"

"都是真的，这怎么可能？"宁志皱着眉头问道。

田渊和幸接着说道："日本国内每年进入中国的移民越来越多，这么多人怎么可能一点问题都没有。很多人漂洋过海的时候在船上生了病，一下船就出了问题，每一次移民下船都或多或少有人住进医院，这就不可避免地出现死亡的情况，需要移民管理所来进行确认，而我就是专门负责处理这类情况的。我会在其中选择一些人，把他们死亡的信息隐瞒下来，尸体直接送到焚化场，而他的国内档案就由我保存，移民存档的工作也由我来办理，毕竟在这方面我还是有职务便利的。我只需要将照片替换一下，其他同事都不会查得很严。而且他们向国内确认是否有其人的时候，除非特殊情况，否则只会核对纸面资料，根本不会仔细对比相片。这样他们就会存入档案室保存，所有的档案根本不怕查，而在中国境内调查户籍的话，最多也就只能查到这里，根本不会有人可以查明你的真实身份。"

原来是这样！宁志恒心中不禁暗喜。这个田渊和幸真是心思细密，做这种事情滴水不漏，倒是一个做特工的材料。

"也就是说，这个藤原智仁在日本确有其人，只是来到中国之后不久就死亡，于是你留下了他的国内户籍档案？"宁志恒再次确认道。

"的确如此。只要你们出得起价钱，给我一张照片，我保证两天之内为你们存档，并转换成移民户籍。所以你放心，身份绝对是经得起查的！"田渊和幸笑着说道。看来今天可是有一笔大买卖，一定要打起十二分的精神来小心应对。

"现在你手上还有多少这样的户籍，我想再要几个身份。"宁志恒说道。

田渊和幸大喜过望，他连声说道："我手上有三个户籍，只需要你的照片，两天的时间就可以办完所有手续。"

"怎么只有三个？不应该这么少吧？"宁志恒皱眉问道。按照田渊和幸的说法，这种事情并不难做，他应该不止这些存货。

田渊和幸苦笑道："我隐藏户籍也是要经过挑选的，死去的老人和孩子，还有一般的贫民身份也没人要，所以存手的不多，再说……"他看了看一旁一直听不懂他们谈话的季宏义，才接着说道，"之前他们做局骗新来的日本移民找到了我，我这才开始留意这些事情。可是后来他们不敢再做这些事了，就几乎没有人再要这些移民户籍了，我就没有多找，只留下了三个户籍。早知道你要，我之前应该多准备一些。"

宁志恒听完他的话，终于知道了原因。这是因为苏北帮逐渐退出苏州河北岸，所以找田渊和幸的人就越来越少，搞得他也断了这条财路。

"这三个户籍，我全要了，总共需要多少钱？"宁志恒马上拍案决定。他现在知道了经田渊和幸之手的这几个日本身份确实经得住调查，自然不能放过这样的好机会。

做谍报工作，有时候一个可靠、经得起调查的隐藏身份极为可贵。尤其是之后的谍报工作，主要是和日本人打交道，他必须未雨绸缪，早早地准备一些后手。再说，这个田渊和幸是不能留了，因为他知道自己的掩饰身份，以后这种机会不会再有了，必须榨干他的最后价值。

"爽快！一口价，一个身份一万日元，照片拿来，两天之内给你全部办完！"田渊和幸兴奋得心花怒放，赶紧说道。

"一万日元？你是不是疯了？"宁志恒眼睛里闪过阴狠的目芒。这个浑蛋把自己当什么了，之前季宏义从他这里买藤原智仁身份时价格就已经很离谱了，足足要了七千日元，没想到，现在直接要到了一万日元！

看到宁志恒目中的凶光射来，田渊和幸一阵心悸，不过他的本性极为贪婪，最后还是硬着头皮说道："这三个身份可是我精挑细选出来的，都是有些地位的身份。你们拿到之后，绝对会有大用处。况且我不会追问你们买身份做什么，我也不想知道。现在我只知道，除了我，你们根本无法找到这样可靠的身份了，不是吗？"

看着他那贪婪的嘴脸，宁志恒越发感到厌恶，心中不禁怒火中烧：我宁某人的钱也是好拿的吗？也罢，就算是给他买口棺材。说到底，宁志恒对几万日元并不在乎，在他的眼中，那些日本移民身份才是最有价值的。

宁志恒的眼神看得田渊和幸心头乱跳，但是他知道，这里是日本人聚居区，这些帮派分子是不敢乱来的。

"好，"宁志恒大手一拍桌案，"那就这样吧！不过时间要快，明天晚上我就要。我就不出面了，还是你和我的助手联系，还是在这里。你们是老关系了，你应该信得过他！"

"这么急？时间上只怕有些紧张。"田渊和幸不觉一愣。

宁志恒将这两天特意准备好的照片放到桌案上，又将皮包里的钞票取出一摞推到田渊和幸的面前，以不容拒绝的口吻说道："我知道你有办法。我要得很急，你抓紧办，这是订金！"

这个时期法币虽然有些贬值，但是兑换价值也高于日元，所以用法币交易，田渊和幸可以接受，不过就是多费点手脚罢了。

至于宁志恒为什么这么着急，很简单，因为时间不等人，明天就是历史上至为关键的一天！

日军在明天就会炮轰宛平城，发动震惊中外的七七事变，又称卢沟桥事变。这是以后的近代历史上日本全面侵华战争的开始，也是中华民族进行全面抗战的开始。用不了几天，上沪的日本占领区就会涌入大批的日本移民和军队，到那个时候，办理移民手续的人就会挤满移民户籍管理所，管理手续也许就会有变化。为保险起见，必须尽快办理好这件事，免得夜长梦多，多生事端。

看着眼前的钞票，田渊和幸不再多说了，他伸手一把抓过钞票。对面的这个人绝对是大客户，自己翻了倍地要价，对方竟然一口就答应了，这次自己可是赚大了。

宁志恒不再逗留，站起身来推门而去，季宏义紧随其后。

"组长，这个家伙怎么处理？要不要明天交易的时候就动手，还能省不少钱呢！"季宏义低声问道。他多少懂一些日语，宁志恒和田渊和幸的谈话也能听个大概，尤其是这个家伙竟然狮子大开口，索要这么高的价钱，季宏义听懂了。

宁志恒摇了摇头，没有同意。他把装钱的皮包交给季宏义，语气平淡地说道："把钱给他。这个人虽然贪婪，可是心思细密，交易的时候他会非常戒备的。重要的是那三个户籍身份，拿到手之后马上给我送来。至于他嘛，你也尽快动手，最好做成自然死亡，有问题吗？"

宁志恒知道以青帮弟子的能力，做杀人灭口的事情没有问题，只是怕他们处理得太过粗糙，会引起日本人的疑心。

季宏义自信地说道："如果只是对付这些普通人，我们还是有办法的。组长放心，一定不会出问题。"

宁志恒点了点头。要不说做事情还是要用这些地头蛇，尤其是季宏义做事能力出众，完全不用自己多操心。

事情进展得很顺利，第二天，也就是七月七号的晚上，季宏义就将三份日本移民的户籍资料带回来，交到宁志恒的手里。宁志恒小心收好，并督促他尽快对田渊和幸灭口。

这一次的中日冲突并没有对普通平民直接造成什么影响。在这个时代，信息传递的速度是很慢的，尤其在日本占领区，报纸上根本没有什么报道，一切都是风平浪静。

又过了两天，在七月十号上午，宁志恒将整理完的书稿放在黑木岳一的书桌上，微笑着说道："先生，整理书稿的工作终于完成。这是我誊抄的最终成稿，还请您过目审阅，多给一些意见！"

黑木岳一看着眼前的书稿，顿时来了兴致。他马上拿起厚厚的书稿仔细地翻阅起来。

整体的效果一如他想象的那么好。整部书稿段落清晰，主线分明，情节引人入胜，文笔流畅，平淡中显示出不凡的文学功底。最重要的就是这一手出色的书法，整齐端正，遒劲有力，去尘脱俗，让人无法释卷。

"太好了！"黑木岳一放下书稿，不禁拍手称赞，"藤原君，上原将军一定会非常满意。我这就通知他，相信他也很着急看到这份书稿。"

说完，黑木岳一拿起电话拨打出去。在得到肯定的答复之后，两个人马上出门，直接奔向驻军司令部。

　　半个小时之后，经过重重关卡进入司令部的大厅，宁志恒就发现司令部里面的情景和之前的两次大不一样。走廊和大厅里来往的军官多了很多，每一个都是来去匆匆，脚步也加快了许多，整个司令部的气氛明显紧张起来。

　　黑木岳一也很敏感地觉察到了这一点，不禁低声说道："这个现象不正常啊，难道是有什么事情发生？"

　　宁志恒自然知道是因为什么，这一定是卢沟桥事变引起的一系列连锁反应，很快中日之间的战争就要转移到这里了。

　　他们很快来到了上原纯平的办公室。这一次见到上原纯平，他的神色比以往严肃了很多。

　　见到两个人进来，上原纯平脸上露出了难得的笑意。他放下手中的电话，起身将两个人让到了一旁的茶座上，开口说道："接到黑木君的电话，我真没有想到，藤原君已经完成了书稿的整理，我以为最少还要半个月的时间。藤原君，真是辛苦了！"

　　"您太客气了，将军阁下！这是您的原始书稿。"宁志恒躬身示礼道。

　　黑木岳一将整理后的书稿放到他的面前，笑着说道："上原君，你看一看吧。我可以保证，你一定会非常满意的。"

　　上原纯平听到这句话，眼睛一亮，赶紧将书稿打开翻阅，第一眼就被这一手漂亮至极的行楷给吸引住了。接下来的内容当然也没有让他失望，只觉得自己的原稿经过这一番修改，真正说出了自己没能表达出来的心声，不觉满意至极。

　　他看了良久，这才放下书稿，看着宁志恒诚心地说道："藤原君，多谢了！"
　　宁志恒赶紧躬身说道："您太客气了！"

　　就在上原纯平再想说些什么的时候，办公桌上的电话响起。他紧走几步，来到办公桌前拿起电话，很快他皱起眉头，不多时又放下了电话。他沉思片刻，这才回到茶桌前，看着宁志恒说道："藤原君，黑木君，这段时间你们最好还是暂时离开上沪。尤其是现在，时局动荡不安，正值风口浪尖，等过段时间看看情况再回来。"

　　黑木岳一听到这话，心头一紧。他和上原纯平是多年的朋友，非常了解上原纯平的为人，能够说出让他们暂时离开上沪，一定是安全上出现了一些问题。

宁志恒也是暗自点头。这位上原将军算是有心人了，能够做到这一点，的确是把黑木岳一和自己当作心腹好友了，竟然提前透露出一丝端倪。

黑木岳一犹豫地说道："上原君，上沪的局势会有什么变化吗？"

上原纯平点了点头，压低声音说道："其实这件事情也瞒不了人，很快你们就会知道，三天前我们和中国人在北方发生了重大的冲突，双方之间的战争一触即发。作为最接近中国政府心脏的战场，中国人不会坐视我们聚集力量，所以上沪马上就要卷入一场战争，我们也开始做积极的准备工作。为了应对，我们已经准备把所有的适龄青壮年都组织起来作为预备队，黑木君还好说，可是藤原君一定会被安排进入预备队，这项工作很快就会进行，所以……"说到这里，他轻轻叹道，"也许就是一颗子弹，一枚弹片……藤原君，你还如此年轻，将来一定会有大好的前途，我不想这样一个才华横溢的青年被推上战场，毫无价值地牺牲掉！"

上原纯平对宁志恒的文学才华极为欣赏，尤其是宁志恒帮他完成了多年的夙愿，因此他绝不想宁志恒冒如此的风险，才透露了一点内情。

黑木岳一和宁志恒的脸上同时露出惊讶之色，不同的是，黑木岳一是真的震惊于时局已经严重到了这种程度，而宁志恒却是早有预料。

宁志恒心里还是略有失望的，本来还想凭借这份书稿，再多接触一下上原纯平，看看有没有机会从他这里探取到一些有价值的信息。可是现在，自己必须离开日本占领区了，不然被日本人征召推上战场成了炮灰，那可就太冤枉了。看来自己在上沪的使命暂时完成了，好在藤原智仁这个身份完好地保留下来，等日后再次回来，还是可以有所作为的。

这次与上原纯平见面时间不长，众多的事务让上原纯平马上忙碌起来，黑木岳一和宁志恒见状也起身告辞。

回去的路上，黑木岳一没有多说一句话，表情非常沉重。宁志恒知道他心情不好，又不知道该如何劝慰，也就没有多言。

回到南屋书馆，黑木岳一将宁志恒叫到自己的办公室。

"藤原君，虽然我早就猜测这一天会到来，但没有想到事情的发展会这样快，真是非常遗憾！我需要马上处理书馆的后续事宜，这需要一些时间，而预备队征召工作马上就要进行了，你必须在这两日离开上沪。"说到这里，黑木岳一从抽屉里取出一沓子厚厚的钞票，放在宁志恒的面前，郑重地说道："我们相聚时间太短，这一次离别不知道能不能再相见，我也不知道我们还能不能再回上沪。战火之下，也许就连这座书馆都会成为一座废墟。藤原君，请多多保重！"

宁志恒心中也生出一丝伤感。黑木岳一是个真正的学者，他对军人和战争是厌恶的，而对宁志恒，也的确是真心把他当作晚辈对待，而这一次的分别也许就是最后一次相见了。

宁志恒接过钞票，深鞠一躬，伤感地说道："我会尽快离开上沪。多谢您这段时间的关照，也请您多多保重，我期待和您重逢的一天。"

两个人互道珍重握手告别。宁志恒回到自己办公室，环顾了一下，将墙上悬挂的那张上原纯平赠送给他的字画摘下来，小心地收好。

他下了楼，和几位同事一一道别，只说是家中有急事，需要马上回国。职员们也是纷纷不舍，躬身而别。

紧接着他又赶到船运公司买了一张当晚回日本的船票，做这一切，都是为了保险起见，他必须留下离开上沪的痕迹。

回来的路上就看见前面街道上一群人正在围观着什么，宁志恒不想多事，准备转身绕路而行。

"藤原君，你怎么在这里？"一声呼唤传来。

宁志恒听到有人呼喊他，转过头一看，原来是一身警服的吉村正和。

"吉村君？"宁志恒赶紧走上前打招呼，"你是在执勤吗？"

吉村正和耸了耸肩，无奈地说道："不是执勤，是出现场。刚出了一场意外，路边商铺的门牌架子倒了，正好砸倒了一位行人，当场就没命了，我们过来处理一下。"

宁志恒这才知道刚才那些人在围观什么，沉声说道："真是太不幸了，知道是什么人吗？"

"是户籍管理所的一个职员。这种事情也是没有办法的，走在路边也能发生这样的事情，这个小子的运气真不好！"吉村正和感慨地说道。

户籍管理所职员？宁志恒的心头一动，不出意外应该是季宏义动手了。交易之后这么快就解决了目标，季宏义办起事情来果然干脆利落，真是一把好手。

　　这个时候，吉村正和突然看到宁志恒手中拿着船票，不觉一愣，有些吃惊地问道："藤原君，这是要去哪里？"

　　宁志恒只好解释道："我家中有些事情，让我马上回国，刚刚才去买的船票。"

　　"你要回国？这么快！"吉村正和不禁有些着急。自己一家人还想着把妹妹嫁给这位藤原智仁，可是毕竟相处的时间太短，再加上藤原智仁贵族的身份，一直都有所顾虑，可好事还没有开始，这人就要回国了。

　　"是呀，我也是刚刚决定的，这才去买了船票。"宁志恒说道。

　　吉村正和也不知道说什么好，他失望地说道："中午回家吃饭，我们给你送行吧！这……这真是太意外了！"

　　中午，宁志恒赶回了住所，和吉村一家人吃了一顿送行饭。酒席之间久美子一直没有说话，只是低头不语。大家也知道原因，都不说破，毕竟本来身份悬殊，平民和贵族通婚在中国还有可能撮合，可是回到日本，那可就千难万难了。

　　晚上，一家人把宁志恒送上了船，这才恋恋不舍地离去。可是没有人注意到，就在即将开船时，一个船员打扮的男子混入人群中匆匆下了船，快步来到路边，钻进一辆轿车里。

　　"组长！"

　　"马上安排我过河！"

　　"是！"

第二十一章
追查电波

第二天早上，回到法租界的宁志恒和边泽进行了秘密会面。

看到宁志恒完好无损地站在自己面前，边泽的心终于放了下来。他上前伸出大手重重地拍了拍宁志恒的双肩，笑吟吟地说道："这段时间以来，你孤身进入占领区，我这心里就一直为你担心。好在你机智过人，随机应变，顺利完成了此次任务，平安返回。你知不知道，当时我给处座通报的时候，处座开口第一句话就是问你的安危，知道你还滞留在日本占领区，还颇为恼火呢！"

宁志恒笑着说道："都是我自作主张，让处座和您担心了。"说到这里，他探了探身子，轻声郑重地说道，"不过这一次在日本占领区也不是一无所获。我在日本驻军司令部探听到，他们已经向上沪占领区输送兵员，并组织适龄的青壮年组成预备队，做好战争前的准备工作。"

"你说什么？日本人的反应这么迅速？"边泽不禁吃了一惊。他现在暂时主持上沪站的工作，除了进行甄别整顿的工作以外，对情报工作也是完全掌握的。

"有什么问题吗？"宁志恒问道。

同是军事情报调查处的主要骨干，有些情况边泽是不会瞒着宁志恒的。

他跺了跺脚，大手一拍桌案，开口说道："就在四天前，日本人在北平向宛平城的驻军发动了进攻，展开了军事行动。在国防会议上，治中将军就提议将敌人引入上沪战场，避重击虚，争取先解决日本人在上沪的陆地部队，以解决近在国都附近的心腹之患，领袖已经同意了这一方案。于是处座命令我们上沪站抓紧搜集日本驻上沪军队的情况和动向，可是我这边还没有着手进行，日本人就已经得到消息了。"他不由得有所怀疑，看着宁志恒说道，"这是日本人早有预料，还是南京国防会议的内容泄密？会不会日本间谍又开始行动了？"

宁志恒一听，摇头说道："我看您也是多虑了。日本军方能够在北平对我方悍然发动攻击，之前不可能没有任何准备，自然也会考虑到预备方案，在上沪加强防御也不足为奇。"

边泽点了点头，突然他想起宁志恒刚才的话，再次开口问道："志恒，你是怎么知道日本军方已经做出应对措施的？对了，你刚才说你是在日本驻军司令部得到的消息，你是怎么进入日本人的心脏部门的？"

这一连串的问题，让宁志恒一时难以回答，只好说道："这件事情说起来很巧合。"

边泽作为军事情报调查处的高层、处座的绝对心腹，现在又是上沪情报专区的最高指挥官，对于宁志恒此次行动的具体情况，他是有知情权的。

宁志恒就把自己这二十天来在上沪占领区的具体情况做了详细介绍，而后取出一卷胶卷递到边泽面前，对他说道："这里面有两张照片，分别是特高课课长佐川太郎和他的助手的画像，其中方脸浓眉的就是佐川太郎，另一个应该是他的助手。科长您赶紧冲洗出来存档，这对上沪站今后的工作应该有帮助。"

"你亲眼看到了佐川太郎？"边泽赶紧伸手取过胶卷。这可是一份非常重要的调查资料。对佐川太郎这个神秘的对手，军事情报调查处一直在调查他的情况，可是毫无进展，没想到宁志恒却有所收获。

"对，也是在日本驻军司令部见到的。当时他和他的助手正在求见上原纯平，我们在办公室外面遇见，然后我画出了他们的肖像。"宁志恒回答道。

边泽知道宁志恒有这一手绝技。可以说，只要被他看见的人，几乎就等于被拍了照。这对于一名特工来说，可想而知有多么重要。

"对了，科长，上沪站甄别整顿的情况怎么样了？"宁志恒问道。时间过去这么久，想来也应该有一些收获了。

边泽摇了摇头，失望地说道："甄别工作进展得不太顺利。我们进行了大量的调查，最后把目标锁定在五个人身上，对他们进行了多次试探，甚至投放假情报，可是却一无所获。不知道是哪里出了错，还是他们已经察觉到我们在甄别，于是就停止了任何行动。我们只能再继续监控。"

对于这种情况，宁志恒也无能为力，毕竟这不是他的任务。自己的任务已经完成，必须马上回南京向处座复命。

两个人交流完，各自分开。宁志恒马上购买了当天回南京的火车票，带着所有队员，包括左氏兄妹和季宏义，一起赶回南京向处座复命。

边泽赶回了上沪军事情报站自己的办公室，马上打电话找来情报处处长侯伟兆。

"科长，您有事找我？"侯伟兆恭敬地问道。

边泽拿出胶卷对侯伟兆说道："伟兆，马上把这个胶卷洗出来。对了，那五个人到现在还在监控吗？"

侯伟兆赶紧接过胶卷，回答道："仍然在监控之中，但表现一切正常。"

尽管早知道是这个结果，边泽还是有些气馁地说道："这一次我和志恒一起来上沪，我们各有分工。他的锄奸任务是最为艰巨的，也是最危险的，可是短短的半个月时间，他没要上沪站的任何帮助，孤身深入虎穴，仅凭着他手下那几名队员，在敌人心腹之地清除三名叛徒，击杀日本特工十余人，己方不损一人，全身而退，成功完成锄奸任务。可是我呢，二十天过去了，工作毫无进展，唯一一个挖出来的内奸竟然还是志恒的功劳。你说，如果我回到南京，该如何向处座汇报？"

听到边泽的话，侯伟兆一时不敢多言，只好低头不语，任凭他发完怨气。

边泽今天见到宁志恒，一时升起感慨之念，说完之后也觉得不妥，便转换话题，开口问道："我之前让你暗中调查这五个目标的身体上有没有近期的伤痕，你调查得怎么样了？"

听到边泽的问话，侯伟兆赶紧回答道："我们已经通过各种手段和借口对这五个人进行了身体查验，可是他们身体上都没有发现近期的伤痕，而且……"

"怎么了？"边泽追问道。

侯伟兆面带犹豫之色，说道："我估计我们的举动已经惊动了目标，之后的甄别就更困难。"

边泽不禁头痛，这五个人也都是上沪站的情报人员，反应之敏锐都不是普通人可比的，估计都看出了一些不对。

"科长，我建议，既然短时间内查不出来，干脆把他们调离工作岗位，先软禁起来再说。"侯伟兆建议道。

"好吧，先软禁吧！现在我们有更重要的任务需要完成，不能把精力都放在他们身上。"边泽吩咐道。毕竟接下来的主要工作是对上沪日本驻军进行侦察，这事情关系重大，绝不允许有丝毫怠慢。

一个小时之后，边泽和上沪站站长郑宏伯正在办公室里商量对日本驻军进行侦察的事情，房门推开，侯伟兆快步走了进来，手里拿着冲洗好的两张照片，语气有些急促地报告道："科长，胶卷已经冲洗出来了，只是……"

"只是什么？"边泽问道。

侯伟兆指着其中一张照片说道："只是其中一个人，我曾经见过。"

侯伟兆的话让边泽大吃一惊，因为他很清楚，这两张照片分别是日本特高课课长佐川太郎和他助手的照片，侯伟兆却说看见过其中一个，难道说日本谍报部门的高层竟然深入到了自己的地盘？

"你说什么？你见过其中一个？"边泽急声问道。

"就是这个人！"侯伟兆将一张照片递到边泽的面前，他开始仔细地回忆道，"八天前，我确定了最后一个甄别目标——总务处的干事庞英才，当时我刚刚布置了监控任务。那天中午庞英才在饭店吃饭，我带着几个人就在他对面的茶庄监视，半途中有一个男子没有座位，就被安排在我的对面，我们当时还闲聊了几句。"

"科长，能告诉我们这两张照片到底是谁吗？"一旁的郑宏伯听出了事情的原委，他拿起了另一张照片，向边泽问道。

"当然可以！"边泽点点头，指着郑宏伯手中的照片，"这个宽脸浓眉的男子，就是我们一直要调查的首要目标——日本上沪特高课课长佐川太郎。"

边泽的话让郑宏伯和侯伟兆大吃一惊。军事情报调查处最大的对手，就是这个日本谍报部门的大头目佐川太郎，为此处座曾经责令上沪站对佐川太郎进行详细的调查。可是因为中国谍报部门在日本人那里没有情报来源，而佐川太郎平时极为神秘，根本就不在公开场合露面，所以到现在为止，甚至连一张他的照片都没有获取到，没想到现在边泽手中竟然就有一张。

"他就是佐川太郎？"郑宏伯赶紧将照片凑到眼前仔细地端详，片刻之后，不禁有些困惑地说道，"这张照片拍的应该是一幅画像，只是绘画的是一位极为了得的丹青高手，他画得极为传神，让人一眼看上去还以为是一张真人照片。"

"你看得没有错，这的确就是用一张画像拍的。不过你们放心，这幅画像和真人绝对一模一样，不会有什么出入。"边泽笑着说道。

"我们军情处还有这样的人才？是总部派来的？"郑宏伯问道。

"这些以后你们自然会知道，我们现在不谈这些。"边泽显然不愿再提及这些事情。宁志恒有这样的手段，在军事情报调查处的高层并不是什么秘密，以郑宏伯的级别，日后难免会知道的。

边泽又拿起另外一张照片，说道："这个人的身份我们不得而知，但是可以确定他是佐川太郎的助手，应该也是上沪特高课的特务头目，看来……"他看向侯伟兆，一字一顿地说道："他曾经潜入我们的防区，还大摇大摆地出现在你的面前。如果我没有猜错的话，当时他也准备和庞英才接头，正在做接头前的侦察。"

侯伟兆不禁脸色微红。这样一个关键的人物竟然就在自己眼前溜走，真是太可惜了。如果能早些天看到这张照片，那该有多好！

"当时他有什么表现？"郑宏伯开口问道。

侯伟兆说道："当时我的注意力都在庞英才身上，对这个人只是应付地闲聊了几句，没有太多留意。后来庞英才离开，我也就赶紧跟上去了。坏了，当时我还带着两个人，都布置在附近，也跟我一起离开的。他一定发现我们在监视庞英才，怪不得我们之后的几次试探，庞英才不为所动，这个家伙！"

现在终于搞清楚了前因后果，原来自己的甄别行动早就被人识破了，怪不得这么长时间以来徒劳无功，一无所获。

边泽见侯伟兆在自责不已，便摆手说道："好了，亡羊补牢，犹未晚矣！你先说一说当时确定庞英才为怀疑目标的原因。"

侯伟兆这才收拾心情，说道："我怀疑庞英才，是因为此人是俞立的老部下，熟知俞立的喜好和行动习惯。而且骆兴朝每次探亲的时候都是开车回家，上次就是向庞英才申请领取五十升汽油，庞英才借故拖了一天才给骆兴朝补充了汽油，让他的行程推迟了一天，这样庞英才就有可能通知日本人做好中途拦截抓捕的工作，所以我把他列入了五个怀疑目标之中。现在看来，已经可以确定他的身份，我马上抓捕他，严刑拷打，不怕他不说实话。"

"不，先不要惊动他！"边泽摆手制止了侯伟兆的行动，仔细思虑了片刻，"这个庞英才的身份肯定不一般，他和骆兴朝不同。其一，据你的调查，他身上没有半点近期的伤痕，这说明他没有受过日本人的严刑拷打。其二，骆兴朝投敌之后，日本人为他安排了联络人，情报的传递需要转换，可是庞英才为什么可以和特高课头目直接接头？这说明他得到了日本人更高程度的信任，我怀疑庞英才不是策反，而是真正的日本间谍。"

这一番分析让郑宏伯和侯伟兆连连点头，郑宏伯开口问道："科长，那您的意思？"

"这种日本间谍就是抓起来也没有多少意义。就算是他投降，我们也不能够相信他能成为双面间谍为我们服务，不过是多了一个阶下囚而已。我的想法就是以其人之道，还治其人之身！以他为饵，钓出他身后的那位日本间谍头目，生擒活捉。这个人的胆子不小，敢潜入一次，那么他就会潜入两次、三次！总有一天会落在我们手里。要知道，抓捕这样级别的日本间谍头目，这在我们军事情报调查处的历史上还没有过，其中的价值和意义极为重大！"

这番话让屋子里的所有人都兴奋得难以自抑。他说得一点都没错，若能如愿达成目标，抓捕到今井优志这样重量级的间谍头目，这绝对是谍报战线的一次重大胜利。

郑宏伯和侯伟兆难掩兴奋之色，郑宏伯赶紧说道："还是科长高瞻远瞩，深谋远虑！我马上着手安排，首先我们在其他四名嫌疑人中间挑选一位，然后当众抓捕，就说他是日本人派来的奸细，然后马上送往南京总部，并宣称结束这一次的甄别行动，这样就能够麻痹日本人，促使庞英才和他身后的日本间谍头目接头，引他进入我们的防区，并当场抓捕。"

边泽点头说道："想法很好，那就这样安排了，但愿心想事成，抓住这条大鱼。"

宁志恒带着一行人赶回了南京，下了火车直接回到军事情报调查处，并直接赶到处座的办公室，求见处座。

"是宁组长，你什么时候回来的？这两天处座一直在惦记你的安危。快，我马上为你通报。"刘秘书一见是宁志恒，不由得面带喜色，赶紧为他通报，很快将宁志恒引了进去。

一进入办公室，就看见处座和科长赵子良正坐在座位上谈话。看见宁志恒进来，两个人都站了起来。

"报告处座，志恒完成锄奸任务，特来向您复命！"宁志恒当即立正敬礼，向处座复命。

赵子良几步上前，一把握住了宁志恒的手，激动地说："志恒，干得漂亮，可谓孤胆英雄！又一次深入敌巢，杀得痛快！"

赵子良这一次在杭城主持抓捕行动，之前布置周密，最终得以全功，收获巨大，在他的特工生涯中写下了重重的一笔。他心里对把功劳让给自己的宁志恒非常感激，准备回到南京好好地重谢宁志恒。可是等他赶回南京，才知道宁志恒再一次奔赴上沪执行锄奸任务。直到前两天才得到边泽的报告，知道宁志恒再一次在敌人腹地搞出了大动作，不仅顺利清除目标，而且击杀众多日本特工，不由得为宁志恒拍手称快。今天终于看到宁志恒安全返回，心中自然欢喜至极。

处座也在一旁点头微笑："志恒，你的事情边泽都已经汇报了，做得非常好，没有辜负我的重托。"说完，伸手示意，让宁志恒坐下来谈话。

宁志恒在一旁坐下，笑着回答道："这次行动一切都很顺利，总算没有辜负处座的信任。"

当下处座和赵子良又听取了宁志恒的亲口汇报，他们这才知道宁志恒在日本占领区的详细情况。

当宁志恒说到已经接触到了日本军方情报部门的主官上原纯平时，两人不禁都是惊讶不已。

处座经验丰富，当时就意识到藤原智仁这个身份的重要性，说道："这个身份必须保留下来，这是我们军情处最接近敌人首脑的一次，也许在日后有大用途。"

宁志恒也点头称是，并把后续的处理都向处座和赵子良做了汇报。两个人都是满意地点头，称赞宁志恒心思缜密，处理得当。

宁志恒也借此机会向处座汇报道："处座，这一次锄奸任务能够得以顺利完成，除了手下队员得力之外，更重要的，还有几个人出力颇多，他们都愿意继续为党国效力。我打算将他们吸收进我们军事情报调查处，希望处座能够批准。"

这个时期的军事情报调查处，还保持着极为严谨的工作风格，对加入人员身份的审查是非常严格的，要么要求是军队中的精英，要么要求是黄埔军校毕业的天子门生。

除此之外的人员，都是作为外围人员使用。比如宁志恒之前招揽的一些力量，都不能正式进入军事情报调查处。所以宁志恒这一次要把左氏兄妹和季宏义正式调入军事情报调查处，必须向处座请示，征得他的同意才可以。

处座笑着点头说道："当然可以。你只管写行动报告上来，将你的意见附在其后，我签字同意就是了。"

宁志恒没有想到，事情会如此顺利。几乎没有半点犹豫，处座就如此爽快地答应了。他赶紧再次感谢道："多谢处座的信任！这几个人也都是江湖中难得的人才，绝不会辜负您的信任。"

处座摆了摆手，接着说道："其实这一次不单单是因为他们在锄奸任务中出了大力，更重要的是，我们军情处马上又要迎来新一轮的扩招。"

"又要扩招？"宁志恒诧异地问道，距离上一次扩招才刚刚过去没有几个月，宁志恒就是其中最大的获益者，直接成为行动组的主官，没想到军事情报调查处又要再一次扩大规模。

"对，老实说，这里面你宁志恒厥功至伟。这半年多来，我们军事情报调查处做出来的成绩有目共睹，将南京和杭城地区的日本谍报力量彻底清剿，挖出了许多潜伏多年、危害巨大的日本间谍。你知道吗？仅仅在杭城地区，就有四名日本间谍已经能够接触到我们的政府和军队高层，这次被我们一扫而空，让我们军情处声势大涨。我借机提议再次扩招，领袖马上就同意了。"处座笑呵呵地说道。

宁志恒不禁一愣，没想到这里面竟然还有自己的一部分原因。

处座兴致很高，接着说道："这一次的扩招不再仅限于军队，我打算在各处招收有文化的学生和社会精英加入，时间就定在两个月后。因为一些编制问题还要上交军部审核，毕竟我们是军事单位，手续还是要走的。至于尔的这几位手下，也不过是提前两个月加入罢了，以后这样的情况会很多。如果你还有合适的人选，也可以酌情安排。我们以后的力量会越来越大，哈哈！"

宁志恒这才彻底明白过来，原来军事情报调查处在这个时候已经开始了迅速扩张，自己正好遇到这个好机会，看来也是时候充实自己的羽翼了。

这个时候处座再次说道："这一次的北平事变，志恒你知道了吧？你有什么想法？"

宁志恒心中一凛，赶紧郑重地回答道："这是日本人终于开始对中国开战了。我回来的时候，上沪日本驻军已经开始积极备战，他们已经做好了战争的准备。"

处座点头说道："的确如此。这是一场国战，我们都必须全力以赴。过几天我会去往上沪直接处理相关事宜，你们在南京也不要怠慢。"说到这里，处座从办公桌上拿过一份文件交到赵子良手里，接着说道，"你来之前，我正在和子良商量这件事情。据电信科报告，就在两天前，南京城里的电台突然多了四个电波信号。这四个信号都是三个月前我们大力清扫南京日本间谍组织时消失不见的电波，现在突然间同时出现，据我们分析应该是残余的日本间谍又开始了情报活动。现在这个任务就交给你们行动科了，你们有权力调用军情处的任何资源，情报科也随时配合。前方将士浴血拼杀，我们情报部门就要看好自己的家，不要让日本人有可乘之机。"

"是！"赵子良和宁志恒齐声回答道。

过了一会儿，两个人起身告辞，退出处座的办公室。

"志恒，走，到我的办公室坐一坐，我们好好说一说。"赵子良笑着说道。

宁志恒赶紧答应着，来到赵子良的办公室。两个人在沙发上相对而坐。

赵子良微笑着说："这一次杭城之行收获巨大，杭城站的柳同方让我转达他对你的谢意。这一次他将功赎罪，不但没有被追究责任，反而得到了处座在电话中的褒奖。你等一下！"

说完，赵子良起身来到自己的保险柜旁，取出一个厚厚的皮包，然后将保险柜关好，来到宁志恒面前，将皮包放在桌子上。

"这是这次抓捕行动的一些好处，柳同方戴罪之身，没有敢贪墨一分，都交了上来。其他人的好处都已经安排完了，这是你的那一份，还有柳同方请我给你捎带的一份心意，都在这里了！"

宁志恒心头一喜，自己现在所有的身家除了交给地下党的十一万美元，其他都全部交给自己的家人带到了重庆，以为安身之用。自己住宅里面的保险箱内只留下了一小部分备用资金，可以说正是两手空空的时候，没想到赵子良给自己又送来了一笔，正好补贴自己的亏空。

他不禁哈哈一笑，说道："同方兄这一次也算是因祸得福，我就不客气了！"

赵子良笑着说道："这一次上上下下都非常高兴。这三十六名间谍里面，有七个人的掩饰身份是本地的富商和士绅，家产极为丰厚，全部查抄过来了。大家都很满意，都是沾了你的光。"

宁志恒一听不禁莞尔一笑，点头称是。

两个人又交谈了一会儿，宁志恒便退出来，回到自己的办公室。

这个时候，第四行动组的军官们听到宁志恒回来的消息，纷纷前来拜见。

宁志恒和大家交谈了一番，让其他人出去，单独留下了王树成。王树成汇报了这段时间的工作，其中说到霍越泽已经在十天前调离，并将自己的两名副手也带走了，第二行动队的工作暂时由副队长沈翔负责。

这件事情霍越泽之前也是和宁志恒通过气的，毕竟那两名副队长都是霍越泽用熟了的人，就像当时宁志恒组建第四行动组时，也从师兄卫良弼的手中带出了王树成等人一样。不过这样正好，可以为左氏兄弟和季宏义腾出位置，以便于宁志恒更好地掌握手下这支力量。

等大家都出了办公室，宁志恒这才有时间将赵子良转来的这笔钱仔细清点了一下。柳同方把这些钱都换成了汇率最高的英镑，足足有两万五千英镑！在杭城这样富庶的大城市，就连一个富商的全部身家也不过如此。毕竟上上下下还有不少人分润，宁志恒能够拿这么多，已经是看在他厥功至伟的分上。这里面还有柳同方的孝敬，真是一笔巨款了。

宁志恒将钱收好，这才出门来到黄贤正的办公室。这才是他真正的靠山，他必须随时将情况上报给他，以获得黄贤正的信任。

一切都如他所料，黄贤正也对他这一次的表现非常满意，再三告诫他以后不要亲身犯险。两个人交谈多时，宁志恒这才告辞离开。

上沪行动的结案报告，宁志恒很快就提交上去。处座在第一时间作了批复，一切按照宁志恒附上的意见办理。

由此，孙家成因功提升为第二行动队队长；左刚、左强征召入伍，因功破格提升为少尉，为第二行动队副队长；季宏义征召入伍，因功破格提升为少尉，为第一行动队副队长；左柔征召入伍，因功破格提升为少尉，加入电信科，学习电信技能。

总之，这一次的上沪之行圆满收官。

第二天，左氏兄妹身穿笔挺的军官服，来到宁志恒的办公室，三个人相互看了看，不觉恍然如梦。

这时左柔开口说道："少爷！"

宁志恒不由得好笑道："以后这个称呼不能用了。以前是为了掩人耳目，做事方便，现在你们要叫我组长，明白吗？"

可左柔还是坚持说道："叫习惯了，我不想改！"

宁志恒看到她坚持己见，也觉得这三个人作为自己绝对的心腹，太过正式了反而显得生分，于是开口说道："你们从现在起都是国家正规军官了，这毕竟是在军中，以后当着外人还是要叫组长，我们自己相处的时候还可以叫我少爷。"他接着又对左柔说道："你先去电信科，尽快学习并掌握发报的技能，以后我们行动的时候，一定会用得上。等过段时间，我自然会把你调到身边来。"然后觉得有些过于直接，又加了一句，"让你们兄妹在一起，好随时照应！"

左柔大喜，不停地点头称是。

之后几天的时间过去，宁志恒将自己手中的事务都处理清楚，这时候棘手的工作找上门来了。

赵子良打电话把宁志恒叫到自己的办公室，将手中的文件放在他的面前。

"前方局势越来越紧张，双方正在调兵遣将，战争一触即发。昨天处座已经前往上沪主持情报工作，他临走前特意嘱咐，让我们加快侦破日本间谍的工作。可是这几天来，我对案件还是没有头绪，看来搞反谍工作还是要你来做，我就不硬撑了。"

这也早在宁志恒的意料之中，他没有半点客套和推辞，接过文件笑着说道："这些小事还用得着科长您劳神，我一定在短时间里将日谍抓捕归案！"

赵子良哈哈大笑，指着宁志恒打趣道："整个军情处也就你敢说这种话，不过也确实如此！"

赵子良知道自己这位爱将对于搞侦破有着旁人难及的本领，这也是他如今能够在军事情报调查处地位攀升的倚仗。他接着说道："如今处座不在，军情处的工作由黄副处长主持。他是你的靠山，你自然不用多担心，再说他平时也是个不管事的，具体工作就由我来做。现在情报科也是再难风光，也是给我们打下手的角色了，你要是想调用，就直接开口，不用给他们面子。"

言语之间，傲气自生，显然他此时的心态已经大为转变，远远不是一年前的模样了。

宁志恒回到自己的办公室，将文件打开，仔细地翻阅。

距离大战开始没有多长时间，宁志恒虽然不想参与进去，但作为一名情报人员，自己能够做到的、该尽的职责，他都要做到最好，最大限度地打击日本谍报力量，争取在撤离南京之前将这些隐患都清除掉，以尽自己的一份心力。

仔细研究完手中的文件，宁志恒这才靠在座椅上闭目沉思。

这份文件，是电信科提供的监听记录。军事情报调查处的电信科，是目前为止中国最先进的电信部门，它能够在南京城的所有城区监听各种电台的电波和信号，并随时记录资料，以留作参考。而南京城作为中华民国的首都，部门众多，商家云集，军用电台、商用电台，多得数不过来，管理起来非常麻烦，光是监听电波就是一件困难的工作。

不过这种情况随着军事情报调查处的再次扩招而得到了缓解。处座对于电信部门是最为关注的，早在几年前就征召优秀的数学家和电信人才组成破译小组，几个月前的扩招更是购置了大批先进的电信器材，电信科也扩充了一倍，所以对南京城内的电台控制力大增。之后的几年里，随着持续的投入，军事情报调查处电信部门的水平迅速发展，在抗日战争后期屡立奇功。

这份记录清楚地表明，在南京城区的四个地域突然放出电波的四个电台，从其发报的频率和手法来看，正是消失了三个月的老电台。从时间上来分析，的确是最可疑的目标。

可是电信科能够做到的也就这些了，他们无法确定其具体位置，而且这些电波发报的时间太短，且监听的时间太短，还无法探知其规律。再加上南京城百万人口，这让侦破工作的难度大幅度提高。在短时间里，赵子良也是束手无策，干脆扔给宁志恒了事。

宁志恒睁开眼睛，拿起电话给情报科的于诚打了过去。

"老于，现在有空吗？好，到我这里来一下！"

不多时，于诚就来到了宁志恒的办公室。

"志恒，你这是有事情找我？"于诚开口问道，进门就是一脸满满的笑意。

宁志恒起身请他到沙发上坐下，然后将手中的文件递到他的面前。

于诚赶紧将文件打开仔细地翻阅了一下，然后问宁志恒道："这是电台电波的监听记录，你想知道什么，我知无不言！"

宁志恒便开口问道："电信科在文件里提到，其中一个电波的频率和手法非常熟悉，跟你们情报科经手的一件案子有关。你们所追查的对象，用的正是这个电波频率。当时是在城南的中华门附近，只是后来不了了之。这个电波消失了一段时间后又再次出现，地点是在北城区的黑廊街区一带，三个月前再次消失，现在又突然出现，地点变成了颜料坊附近。"说到这里，宁志恒看着于诚，语气淡淡地问道，"记录上注明，这个案子就是老于你负责的，能把案情跟我说一说吗？"

于诚这才知道宁志恒为什么要把自己找来，原来是要问这件事情，他不由得苦笑一声，将事情一五一十地说了出来。

原来就在去年四月，情报科发现了一个可疑人员，他们本着放长线钓大鱼的想法，想继续监视一段时间。就在一次对方准备去死信箱放置情报的时候，跟踪人员一直跟到了中华门附近，可是关键时刻有人露了行踪，对方发觉后突然逃跑。在我方追击之下，可疑人员被击毙，线索就此而断。

不过情报科也不是吃素的，经过分析，认为对方上线应该也隐藏在中华门附近。可是中华门的区域实在太大了，人口密集，一时无法确定目标。他们判断这个上线很有可能是一名信鸽，也就是掌握电台的情报小组组长，于是调来了电信科守在中华门区域日夜监听。

因为那时军事情报调查处对日本间谍束手无策，难得这一次找到条线索，谷正奇下了死命令，必须全力侦破此案，所以于诚带着大批人手和电信科人员整整蹲守了两个月，花了极大的代价，终于掌握了这个电波的规律，找到了比较具体的位置，把目标范围缩小到了中华门区域的响铃巷附近。

当天晚上，他们准备趁对方再次发报的时候对响铃巷进行大搜捕，电波信号却突然消失了。于诚只好按照计划继续执行大搜查，将整个响铃巷五十八户人家搜查了个底朝天，最终却一无所获。

前后用时两个月、耗费了大量人力物力的行动最终失败，这令情报科大为失望。作为执行此项任务的于诚，自然也是灰头土脸。

宁志恒听到这个情况，想了想问道："也就是说，这个信鸽应该是响铃巷的住户，只是在发报的当天突然放弃了发报，那会不会是他察觉到了你们的侦查行动？"

于诚双手一摊，表情无奈地说道："这就不知道了，也许是发现了我们的行动。按照之前监听的电波规律，当天晚上一定会有一次发报。我们判断是日本间谍小组的安全信号发报，十天发一次，每次都是在夜里十一点左右。这个时间进行抓捕，能够确保日本间谍当时正在发报的位置，也就是说当时他肯定在响铃巷里。可是当天没有发报，我们就无法确定目标当时有没有在响铃巷里。事实上，搜查结果也是这样，一无所获。"

宁志恒再次问道："之后没有对响铃巷里的人员进行排查？"

"排查了，可是什么依据都没有，也没有筛查的条件。整个响铃巷五十八户人家，二百多人口，我哪有那么多的精力去调查跟踪？这根本不可能做到。"

"搜查时，响铃巷里的所有人口都在吗？当天晚上有没有人员离开的情况？"宁志恒问道。

"所有人员都在。我们带着户籍警挨家挨户地搜查，当时是深夜，所有人员都在自己家中休息。"于诚回答道。

宁志恒仔细地想了想，仍然觉得对方应该是响铃巷里的住户，只是提前察觉到了情报科的行动，当天就放弃了发报，同时将电台转移，做好一切应对搜查的准备，躲过了这一次的危机。

宁志恒再次问道："看来对方后来是离开了响铃巷，又来到了黑廊街区附近，你们有没有想着从这方面入手去查一查？比如去调查一下响铃巷的二百多名人员中，后来有没有搬家去黑廊街区居住的人员？"

于诚苦笑道："志恒，南京城是国都，流动人口太多了，很多人都是没有南京户籍的，只是暂时登记人员，之后就不知去向了。他们只要伪造一个证明，换一个身份，就可以暂时租住房屋，这对日本间谍来说不是难事。我们要想找一个人，无异于大海捞针，实在是太难了！"

宁志恒听到于诚的话，不禁眉头一皱，他最不愿意听到的就是这种畏难的抱怨，于是就对于诚说道："老于，你马上把这件案子的结案报告给我，我要仔细看一看。"

于诚急忙点头答应，他马上拿起电话，给情报科打了过去。不多时，一名情报官把结案报告送了过来。

宁志恒马上开始认真审阅，将具体情况了解了一下，一切确如于诚所说。

"这以后你们就没有再过问这件案子了？要知道，这些人里面很可能隐藏着一名日本间谍小组的主要成员。"宁志恒再次问道。

"当然有过调查，但是一直没有查出问题，主要是没有头绪，最后因为牵扯的精力太多，我们就放弃了！"于诚连声解释。

宁志恒突然想到了一件事，他眼睛一睁，语气疑惑地问道："这么大的案子，那个日本间谍严宜春参与了吗？"

严宜春是日本间谍，是打入军事情报调查处情报科的少校情报官。他在情报科的地位不低，有很大的知情权限，像这样的调查应该瞒不住他。

听到宁志恒提起严宜春，于诚的脸上露出一丝不自然的神色。他和严宜春的交情很深。严宜春在一次行动中为他挡过一枪，救过他的性命。可就是这样一位战友，真正的身份竟然是日本间谍，在最关键的时候，破坏了军事情报调查处的绝密计划，让整个行动功败垂成，直接导致了情报科地位直线下降，被行动科压制下来。

对严宜春，于诚一向讳言甚深，只是今天宁志恒直面相问，他只好如实相告："这件案子耗费两个多月时间，尤其是到了最后阶段调动的人手和资源甚多。作为情报科的老人、少校情报官，严宜春应该是知情的，毕竟在我们内部，他很容易就可以接触到这些情况。"

他明白宁志恒的意思，这是怀疑严宜春泄露了此次行动，这个可能性非常大。之前严宜春就是这样发出警报给特高课本部，再通过高野谅太这个预置的警报人员通知永安银行的耿博明撤离，放弃了永安银行这个重要的资金渠道。这次他也一样可以通过相同的方式给信鸽发出警报，又一次救下一个重要同伙，挽救一个谍报小组，让搜捕行动失败。真是内奸难防，多少事情都坏在这些内奸身上了！

宁志恒暗自腹诽，但他毕竟不是于诚的直属上司，也不好说太多伤脸面，于是开口说道："好吧，老于，你事情多，我就不留你了，以后只怕还要麻烦你！"

"自然，自然！哈哈，志恒老弟你一声招呼，一定随叫随到！"于诚笑眯眯地告辞出了宁志恒的办公室，一转脸笑容收敛，难掩尴尬之色。现在宁志恒的威势日盛，于诚和他相处时都不免有些紧张。

宁志恒看着于诚出门，这才转身回到沙发上，再次翻阅手中的报告和记录，试图从中找到一些线索。

过了良久，宁志恒的脑子在不停盘算着，从严宜春想到了高野谅太，他的目光骤然一缩，赶紧来到办公室墙壁上悬挂的南京市区地图前，仔细搜索一番，果然如他所料，在响铃巷的西面正是八角井大街。

一切都对上了，没有想到，山重水复疑无路，柳暗花明又一村。本来是一桩无头之案，现在竟然都联系起来了。

他马上拿起手中的材料，快步向刑讯科走去，不多时进了值班办公室。

值班的刑讯科军官正叼着香烟，手拿一份报纸熬时间，看到是宁志恒进来，顿时吓得一哆嗦，马上站起身来，把手中的香烟扔到地上踩灭，躬身说道："宁组长，您有事情？"

宁志恒直接说道："马上把日本间谍高野谅太和川田美沙给我提到审讯室，我要提审！"

"是！"值班军官赶紧应声回答，但听到这两个名字之后，很快脸色一垮，面带犹豫之色，"宁组长，高野谅太还可以，但是川田美沙……"

"怎么，我不能提审吗？"宁志恒冷冷地说道。

"不，不，是这样的。"值班军官被宁志恒的眼神吓得身子一颤，赶紧解释，"这个川田美沙被您审讯后没几天就因为伤势过重死在牢房里了，只有高野谅太挺过来了，现在正在关押中，我马上去给您提来。"

"那就高野谅太，马上！"宁志恒点头吩咐道。

"是！"

宁志恒很快就在审讯室里见到了骨瘦如柴的高野谅太。他身上刚刚愈合的伤痕还清晰可见，脸上的浮肿已经消去，脚上还戴着镣铐，走起路来一瘸一拐。

看清是宁志恒，高野谅太身子一顿，这才慢慢地走到审讯室中间，静静地等着宁志恒的问话。

"高野谅太，你之前交代，你在这几年里接受特高课本部的指令，发出过三次警报任务，其中最近的一次就是在去年的六月份，在城南的一个柏树上刻了一个三角形记号，具体的位置是在八角井街道的东侧，对吗？"

"是的！"高野谅太老老实实地回答道。

"现在如果让你去找，你还能找到那棵柏树吗？"宁志恒问道。

高野谅太看着宁志恒深沉如潭的眼睛，不敢隐瞒，点头说道："找得到。"这是特高课本部特意指定的位置，时间才过去一年多，他当然不会忘记。

宁志恒站起身来走出审讯室，随后孙家成带着几个行动队员走进来，将高野谅太架起来拖出审讯室，推进一辆轿车里，几辆轿车一路飞驰来到八角井大街。

到达目的地之后，宁志恒等人下了车，高野谅太被带到他的面前。

宁志恒看着他说道："你把那棵柏树找出来，标记的位置也给我指出来。"说完，目光阴狠地威胁道，"别给我耍花招，不然就让你和川田美沙一个下场。"

听到川田美沙的名字，高野谅太心头顿时一紧。他没有多说话，低着头向前一瘸一拐地走去。旁边不少路人看到这情景，不禁投来好奇的目光，却被一旁的行动队员远远地驱散。

不多时，高野谅太来到了路边一棵高大的柏树前。柏树很粗大，应该有些年头了。

宁志恒跟着来到柏树前，问道："就是这棵吗？"

高野谅太默默地点点头，然后走到柏树的另一面，指了指树干。

宁志恒走过去，果然在树上依稀看到一个比较大的三角形的刻痕，当初应该刻得非常深。只是时间已经过去一年多，已经看不清楚了。

宁志恒直接抬腿，从腿部抽出短刃，按照原来的痕迹清晰地刻出一个三角形，然后转头问道："是这个样子吗？"

高野谅太点了点头，不明白宁志恒要干什么。

宁志恒接着问道："这个位置是特意要求的吗？"

高野谅太再次回答道："这个位置的确是特意要求的，必须在树干的东侧，也就是道路这一侧的背面。"

宁志恒没有再多问什么，只是挥了挥手，几名队员马上上前将高野谅太带了下去。

宁志恒站在柏树旁边向东侧望去，果然有几栋房屋映入眼帘，这应该就是响铃巷了。

第二十二章
一条大鱼

现在这个位置的西边是八角井大街，可东侧是一片荒土堆，再相隔三十米，就是于诚所说的响铃巷。

宁志恒推断，当时在情报科进行大搜捕之前，严宜春知道了信鸽即将被捕，于是迅速将消息通知了特高课本部，让日本人知道了这次行动，紧急启动了警报人员，也就是高野谅太夫妇。

高野谅太以最快的时间来到这里，按照要求在这棵柏树的东侧一面刻下了一个清晰的三角形，这是之前早就约定好的预警信号。

信鸽看到这个信号顿时警觉，意识到自己已经快要暴露，于是及时转移了电台，做好了应对搜捕的准备，以至于情报科搜捕时一无所获，让信鸽侥幸摆脱了这一次的危机。

之前宁志恒在审讯高野谅太的时候，并没有注意到这个信号位置的特殊，只是单纯以为这个记号是给目标经过大街的时候看的。可是现在他明白了，对方根本不用出屋，只需要在响铃巷的住所里用一架望远镜就可以清楚地看到这个记号，甚至眼力好的话，不用望远镜就可以看到。

现在就可以根据这个位置去响铃巷看一看，从哪一间房屋可以清楚地看到宁志恒身边这棵柏树，那么其住户就有可能是信鸽。因为电波信号已经转移，那再查一查这些房屋的住户有没有搬走的，这样就可以将怀疑的目标从五十八户人家大幅度地缩减到几户甚至更少，这样再调查就事半功倍了！

宁志恒带着队员们赶到响铃巷口，不多时，接到通知的警察局的一名警长带着治安警也匆匆忙忙赶了过来。离老远就看见宁志恒一行人，他们快步跑了过来。

跑到身前，警长赶紧立正敬礼，气喘吁吁地说道："长官，我们奉命前来配合你们的调查工作，一切听从您的指示！"

宁志恒点了点头，吩咐道："你只需要带我们去响铃巷几家住户家里检查一下，明白了吗？"

"是，卑职明白！"

警长赶紧在前面带路，把宁志恒一行人带入响铃巷。这是一条狭长的巷道，两边密布着众多的住户。

宁志恒指着西侧的住户说道："只检查西侧，马上挨家挨户检查！"因为只有西侧的住户才可以看到那棵柏树。

宁志恒命令一下，警察们赶紧按照顺序将西侧的住户一家一家敲开门，让宁志恒他们进入检查。这些住户看到是一群军人和警察上门，顿时吓得不敢多言，纷纷躲得远远的。

宁志恒进了房间之后，只管来到西侧的窗户前，检查能不能清楚地看到柏树的位置。很快他就发现，柏树前那一片荒土堆挡住了视线，一层的住户或者看不见柏树的位置，或者只能看见部分树干，根本看不到自己新刻的那个三角形。

他马上把身后的警长喊了过来，问道："这个荒土堆在那里堆放多长时间了？"

警长摸了摸脑袋，不明所以，如实回答道："有好些年了，也没有人管过。"

也就是说，去年六月份的时候，这个荒土堆就存在了，那么一层的住户是看不到警报信号的。

于是宁志恒专门找二层的房屋，果然，地势高的房屋都能够清楚地看到柏树上的三角形信号。这样的房屋并不多，只有四户人家，很快这些住户都被带到宁志恒的面前。

宁志恒尽量放缓语气，和颜悦色地问道："大家不要担心，我们只是一般的调查，不会伤害你们。你们都是什么时候住进来的，把具体的时间告诉我。"

看到宁志恒说话客气，这些住户紧张的情绪才松弛下来。这年头人们最怕这些穿制服的，一旦惹祸上身，对这些平民来说就是天大的麻烦。

询问的结果，这四户人家里有三户是老住户，只有一户人家是去年八月份刚刚搬进来的。

应该就是这处房屋了！宁志恒心中暗自思索着，信鸽躲过了那一次搜查，知道响铃巷已经非常不安全了，肯定会安排脱身撤离，搬到黑廊街附近，现在又在颜料坊出现。他不停地转移藏身之所，给侦破此案带来了一定的困难，不过在宁志恒的眼中却难掩行踪，露出了蛛丝马迹。

他接着问道："知道这处房屋之前的住户是谁吗？把他的房东和邻居给我带过来。"

不一会儿，一个干瘦的老者被带到了宁志恒面前，他颤颤巍巍地说道："这处房屋之前的租客姓黄，叫黄忠信，三十多岁，在我这里租了两年的房子，去年七月底搬走了，八月份才住进了新住户。"

"知道黄忠信搬去哪里了吗？"宁志恒问道。他知道希望不大，但还是要确认一下。

结果不出所料，老房东摇头回答道："这我就不知道了。他和我也不熟悉，除了交房租的时候说几句，平时见面也就是点点头，不会和我多说什么的。"

又问了几位邻居，回答都差不多：平时相交不深，只知道他好像是一位公司的职员，薪水不错，把二层最大的屋子租了下来。就在那一次深夜大搜查之后的一个月，黄忠信搬走了，此后再也没有人见过他。

宁志恒按照老办法，把所有见过黄忠信的邻居们聚拢在一起，他拿出纸笔，根据他们的描述，开始勾画黄忠信的画像。描述的人越多，画像的准确度就越高。这样足足花了近两个小时，黄忠信的画像终于完成。

经过两个小时短暂的接触，周围的邻居们已经消除了戒备之心，看着这幅画像纷纷点头，一致认为它和真人几乎没有什么两样。

看来这一次的画像很成功，依据它，宁志恒可以初步掌握最直接的线索，大大地省去许多不必要的环节，找到黄忠信也不过就是时间的问题了。

宁志恒收队回到自己的办公室，马上拿起电话打给电信科。

电信科接到宁志恒的电话，很快就有人赶了过来，推门而入的是电信科的少校组长卞德寿。

短短几个月不见，卞德寿的脸色红润了许多。现在电信科在军事情报调查处的地位大幅度提高，卞德寿如今的日子越来越好过了。不过听到是宁志恒的电话，他还是第一时间赶了过来。

"卞组长，真是不好意思，还要麻烦你来一趟。"宁志恒起身相迎，将卞德寿请到沙发上坐下，然后把监听记录放在他的面前。

"哪里的话，宁组长的吩咐就是再忙也要过来。怎么，是监听记录的事情吗？"卞德寿笑着说道。

宁志恒点头说道："是有一些疑问。你也知道，我对这方面不太懂行，还请卞组长来解惑呀！"

卞德寿连声答应道："一定知无不言，言无不尽！"

宁志恒指着监听记录说道："其中有一个电波信号我们之前曾经接触过，情报科差一点就抓到了人，可是功亏一篑，让他给跑了。现在监听记录上显示，七天前它再次出现在颜料坊附近。我想知道，我们能不能在它下一次出现的时候找到更具体的位置？"

卞德寿把监听记录拿过来，发现上面的内容正是他负责监听的，所以对情况很清楚。听到宁志恒的话，不由得苦笑了一声，对宁志恒说道："宁组长，您所说的我们真的难以做到。"他坐直了身子，仔细给宁志恒解释道，"我们的技术能力虽然有了很大的提高，可还是无法将电波信号具体到精确的位置。而且南京城里的电台实在是太多了，电波繁杂，我们的设备做不到对某一个信号快速地搜索和定位，除非我们知道它即将出现的大致地点和时间，将设备搬到近距离的位置等候它的出现，这个距离还不能太远，否则很难确定。去年四月份的时候，情报科的于组长就是这样做的。我们花费了很大的气力把设备调过去，又用了两个月的时间逐步排除其他电波干扰，才终于锁定了它，并搞清楚了它的发报规律。"

宁志恒一听，知道自己的要求有些过分，又问道："这个电波之前在黑廊街出现过，有没有它的监听记录？它发报的频率还是十天一次吗？"

卞德寿双手一摊，无奈地说道："在黑廊街出现之后，它的发报频率有很大的变化，而且它发报的时间太短，我们并没有掌握它的发报规律，也不能保证没有漏听的可能，毕竟我们需要监听的电台太多。您大概不知道，光是操作一套监听设备，就需要十几名到二十名电信人员。我们的工作已经很繁重了，人手和设备的限制都让我们做不到那么精密。"

卞德寿的话让宁志恒非常失望，是他把事情想简单了。通过电信手段，短时间里是没有找到电台具体位置的可能性了。他可不想像于诚那样大动干戈，他没有那个耐心，也没有那个时间。

"好吧，那就不麻烦卞组长了，以后有事情再向你讨教。"宁志恒客气地送走了卞德寿，回到办公桌旁，拿起手中的画像思索起来。他原来打算双管齐下，从电波信号和画像两方面入手，这样可以减少甄别调查的范围，加快进度，可是现在设想落空了。

看来还是要从画像着手，只能采取按图查人这个办法了。只是"颜料坊附近"这个概念太笼统模糊，这附近的街区加在一起足足有近两万人口，这个工作量实在太大了，看来又是一个大工程。而且花费的时间一定不少，保密性也很难保证，在调查中很容易惊动目标。如果对手有足够的警惕，其结果不容乐观。

不过现在也没有什么好方法，只能这样动手了。他拿起电话通知所有行动队军官开会，开始布置具体的搜捕任务。

军令如山，很快第四行动组的十二名军官悉数到位，在会议室等候宁志恒的安排。

宁志恒最后赶到会议室，他在主座上坐下来，看着手下的军官们，开始解说此次任务的来龙去脉以及具体情况。

最后，他总结道："我们这一次的任务非常艰巨，就是要在茫茫人海中尽快地把这只'信鸽'找出来。"说到这里，他将黄忠信的画像取出来展示给大家，接着说道，"这个人就是黄忠信，现年三十六岁，公司职员。当然这份资料肯定是假的，他现在的掩饰身份一定会有所改变，但是形象不会有大的变化。据他的邻居叙述，他的身高一米七左右，体形偏瘦，平时喜欢穿西服，说话是北平口音，走路有些外八字，有轻微的气喘疾病。

"最近一次电波出现在颜料坊附近，这说明他现在的藏身之地在这里。可是这个地区人口比较密集，周围有一两万人口，我们就是要在这个地区进行搜捕，所以颇有些难度。

"首先我会用老办法，通知当地的警察分局调集足够的警力配合，对外宣称进行一次人口核查，对这里的每个住户进行地毯式搜查。

"我们的队员将会分成十二个小组，每个军官带一个小组，军服全部换成警服，隐藏在警察中间，分头进行检查，防止惊动了这个目标。要知道，他是经过训练的日本间谍，比起普通人可要机敏很多。只要我们发现符合条件的，就全部抓起来，最后综合进行甄别。

"我手中这张画像会被拍成照片，所有的队员人手一份，必须牢牢记住他的样子。这一次又是大搜捕，所有人员要恪尽职守，提高警觉，不得怠慢，否则严惩不贷！"

"是！"众人齐声回答道。

第二天一大早，后勤部门送来了警服，行动组全部换装完毕。

宁志恒带队来到颜料坊当地的警察局，早就得到了协报通知的警察局长恭恭敬敬地等候着。

所有的准备工作已经做好，宁志恒没有多说，一声令下，警察局全体出动，行动队员们混入其中，兵分几路，对颜料坊附近的四个街区开始了调查。

时间过去得很快，调查行动持续了整整一天，一直到了下午四点，还没有发现目标黄忠信的身影。

而这个时候，在一处公寓中的西原贵之正焦急地看着窗外。他是久经磨炼的老特工，感觉敏锐，如此大动静的人口核查自然早就惊动了他。

他之前在中华门附近的响铃巷隐藏了两年之久，可是没有想到，竟然在不知不觉中被中国特工摸到了身边。如果不是特高课本部反应快速，及时通知了他，自己早就在那次大搜查中被中国特工抓捕了。

之后他转移到了黑廊街附近藏身，继续主持黑冰谍报小组的工作，可是时间没有过去几个月，南京的局势就发生了极大的变化。

其他谍报小组纷纷被破坏，潜伏多年的间谍一个接一个地落入中国谍报部门的手中，损失殆尽，整个谍报战线的局势急转直下。三个月前，自己也接到本部的指令，停止一切活动。

西原贵之接到命令后，马上停止了一切情报活动，更是小心谨慎地更换了藏身之地，住到人口更为密集的颜料坊附近的一家公寓里。

就这样平安过去了三个月，七天前，终于接到了上沪特高课本部的命令，让他重新启动黑冰谍报小组，开始收集关于中国南京政府的一切情报。

看来危机已经过去，他这才发送了第一份确定安全启动的电报，并开始投入情报工作中。

可是今天的情况让他有些疑惑，在公寓的二楼透过窗户向下观察，可以看到外面街道上忙忙碌碌的警察们敲开每一户人家的大门，开始登记每个人的信息。

这种情况，他在颜料坊居住的这三个月里还从来没有过。人口核查并不是问题，南京城人口众多，毕竟是民国国都，人口管理比较严格，进行人口核查也时有发生。可是这一次的调查人员似乎多了些，其中有一些警察的举止明显和其他警察不同，个个身体健壮，目光警惕，街头和街角也都有警察来回巡守。

这可不是一个好现象！作为久经考验的日本特工，他的嗅觉极为灵敏，总觉得这一次突然来临的人口核查有些不太寻常。

小心驶得万年船，必须有所准备！想到这里，他马上来到自己的卧室，从窗底下的暗格里取出一部精巧的电台，还有一本加密密码本。

看着手中的密码本，他犹豫了片刻。这可是他手头最有价值的物品，而他现在还不能完全确定是中国特工找上门来了。如果毁掉密码本，短时间里就失去了和本部联系的能力；可是如果不销毁，万一真是中国特工进行大搜查，被他们找出来，那损失就不可估量了。还是不能心存侥幸！

想到这里，他马上掏出打火机将加密密码本点燃，看着它燃烧殆尽，然后将灰烬清扫干净。之后他跑上阁楼，找来梯子爬上天窗，打开天窗后将电台放到屋顶的瓦片上固定好，然后关上天窗，将梯子收好恢复原样。这样无论中国特工在屋子里怎么搜查，也不会有什么收获。他们绝不会想到电台已经放到房顶之上了。

西原贵之镇定心神，静静地等待警察上门调查，但愿这次也能够平安过关。

初次领队的少尉左强带着手下十名队员冒充成治安警，跟在户籍警的身后挨家挨户地搜查，已经忙碌了一天，迟迟没有找到目标，心情不免有些烦躁。

眼看这条街区也快要搜查完了，这个时候他们来到了一处公寓门口。

户籍警上前敲门，过了一会儿才有人打开房门。左强看到这个人的时候眼睛猛然一亮。

虽然画像中的侧背头换成了平头，身上的西服也换成了短衫，可是身高和容貌却是改变不了的，这个人和画像上的人太像了！不出意外的话，这应该就是目标黄忠信了。没想到自己第一次出任务就可以捞到一条大鱼，左强心里不禁大喜。

他可不是愣头小子。兄妹三人在江湖中混迹，经历的风浪多了，倒在他们手里的人不知凡几，自然不是易与之辈。

户籍警照常登记，问道："我们要进行人口核查，你叫什么名字？是户主吗？"

西原贵之脸色如常，神态自然地说道："我叫李春风，只是这里的租客。"

"有户籍证明吗？拿来我看一看，屋子里还有别人吗？没有，那你在这里签个字。"户籍警开始记录信息，提出常规性的问题。

西原贵之应对自如地回答着户籍警的提问。户籍证明自然早有准备，绝对和真的一模一样，除非去专门核查，否则是检查不出来问题的。

他也同时暗中观察户籍警身旁的几名警察。这些警察锐利的目光在他的身上来回扫视，让他感觉极不舒服。

左强背在身后的右手轻轻做了一个手势，其他队员心领神会地上前多走了几步，悄悄堵住了西原贵之的退路。

一直观察警察举动的西原贵之此时再也没有了半点侥幸之心。这些警察就是冲着自己来的，他不知道一向小心翼翼的自己到底哪里出了问题。

他嘴里说着话，一只手自然滑向腰间，可是察觉到异常的左强也断然出手了。一击快如闪电的重拳向西原贵之的脸庞打来，迫使他侧头抬手去应对，却没有躲过接下来的一记重脚。

左氏兄弟自幼习武，又是在江湖上拼杀出来的高手，在行动组里，除了宁志恒和孙家成，还没有人是他们兄弟的对手。

左强出手没有半点花架子，一脚重重地踢中西原贵之的小腹，巨大的力道让他发出一声闷哼，整个人向后仰去。

就在同时，其他几名队员也扑了上来。他们训练有素，一靠身就控制住了西原贵之的双手。

就在西原贵之绝望之下摆头向衣领咬去之时，一只有力的弯臂从后面将他的脖颈死死地勒住，同时将他按在地上动弹不得。

"马上向组长汇报，彻底搜查这个住所，看看有没有电台和密码本！"左强命令道。

等宁志恒赶到的时候，队员们正在对这处住房进行彻底搜查。

宁志恒看着眼前被严密控制起来的西原贵之，问一旁的左强道："搜查得怎么样了？"

左强赶紧回答道："少爷，不，组长，他身上有一支短枪，衣领藏有毒药，肯定是黄忠信没有错。可是在屋子里我们什么也没有发现，弟兄们还在继续搜查。"

嘴里被塞住了布团，无法发出一点声音的西原贵之，听到左强口中"黄忠信"三个字，顿时心头一震，马上知道这些人是顺着响铃巷这条线追查到这里的，因为这是自己藏身响铃巷时使用的化名。一年多的时间过去了，中国特工们竟然还没有放弃，终于找到了自己。

西原贵之这个时候万分庆幸，自己的小心谨慎并没有错，幸好已经提前将加密密码本焚烧，避免了落入敌人的手里。至于电台，自己现在已经落入敌手，身份已经被证明，对方搜不搜到已经没有意义了。

之后对屋子里面的搜查当然是没有收获的。宁志恒听到这个结果，不禁皱了皱眉，他迈步走进公寓，决定亲自搜查。

这个时候，整座公寓的屋子里已经被翻得底朝天，所有的家具都被挪动，墙壁上被敲得坑坑洼洼，也没有发现暗格。可以说这些行动队员已经搜查得很彻底了。

"组长，所有地方都搜过了，除了发现一些财物，就是在卧室的床下面看到一个暗格，可是里面什么都没有。"一名队员上前汇报道。

有暗格？那里面一定曾经藏过东西。宁志恒来到卧室里，见卧床已经被移动到了一边，一块地板被撬开，露出一个暗格。

宁志恒蹲下身子看了看，然后伸手摸了摸暗格里面，看有没有灰尘。里面很干净，这说明暗格之前一直在使用，只是现在物品已经被取走了。他又用手丈量了一下暗格的大小，估计放下一个日本间谍专用的电台是足够了。

"组长，垃圾桶里有焚烧过的残留物。"又一名队员在卧室门口向宁志恒报告道。

听到报告，宁志恒起身出了卧室，来到队员所指的垃圾桶旁边，果然里面有一小堆燃烧过的灰烬，燃烧得很彻底，应该是纸张之类的易燃物。

到底还是惊动了对方，宁志恒心中不无遗憾。这样大范围的搜查，是无法保证隐蔽性和突然性的，只要目标足够谨慎和果断，完全有时间销毁一切证据。

不过军事情报调查处需要证据吗？当然不需要！只要人抓到了，撬开他的口，就什么证据都有了，不管藏的什么东西，都会老老实实交代出来。

宁志恒不想再浪费时间，安排左强带着几名手下蹲守并继续搜查，自己带着人撤回，很快回到了军事情报调查处。

西原贵之被带到了审讯室，宁志恒马上开始对他审问。

对于宁志恒的风格，审讯人员是知道的。他们马上准备好了刑具，等候宁志恒的吩咐。

宁志恒挥了挥手，审讯人员马上将西原贵之嘴里的布团取出来，顿时让他胸口的闷郁一舒，喘了好几口粗气。

宁志恒来到西原贵之面前，按照惯例，开始了第一次提问。

"黄忠信！不对，现在改名字了，李春风！"宁志恒淡淡地看着西原贵之的眼睛，"你这一年多来东躲西藏的，很辛苦吧？"

西原贵之摇了摇头，回答道："我不知道你在说什么。"

他知道自己的身份已经完全暴露，对方知道自己之前的化名，自己身上还有短枪，衣领中藏着毒品，这一切他都无法解释和抵赖，接下来就看自己能不能够熬过严刑拷打这一关了。

宁志恒冷冷一笑。他已经有段时间没有亲手主持审讯工作了，现在军事情报调查处上上下下对他的审讯手段都颇有微词，尤其是他在审讯中亲手击杀了日本间谍池田康介之后，一般的审讯工作都尽量不让他出手，以免再有类似的情况发生。

"李春风，你的身份已经无可抵赖，你早一点说出来，免受皮肉之苦，大家都省事，不然最后像你的那些同伴一样搞得生不如死，到时后悔都晚了！"宁志恒开口说道。

说完，看着西原贵之闭上嘴巴不再回答，宁志恒也就懒得再说教了。看来到最后还是要用些手段的，以这些真正的日本间谍的意志力，不动手是不行的。他挥了挥手，自己转身回到椅子上坐下，静静地看着审讯人员动手。

一切都是老程序，审讯人员根本不用宁志恒交代，直接把所有的重刑刑具都搬了出来。

审讯室里面的空气顿时变得紧张起来，开始西原贵之还紧咬着牙关不出声音，但是很快就忍耐不住，发出一声又一声凄厉的惨叫。

尖锐的铁签和火红的烙铁轮番使用在血肉躯体上。在人犯昏厥之后，一盆盆泡着粗盐的凉水泼洒上去，把人犯浇醒，再进行新一轮的折磨。

宁志恒坐在椅子上冷眼旁观，静静地等待着西原贵之开口。

而审讯人员没有得到他的命令，也不敢停下来。空气中的血腥味越发浓重，审讯变得越来越残酷。

就在这个时候，审讯室的大门推开，宁志恒抬眼一看，正是自己的顶头上司——行动科科长赵子良。他赶紧起身，走了两步迎上去。

"科长，您怎么来了！"宁志恒说道。

"今天你的行动组全体出动，这么大的动静，我能不知道吗？我来看看你这里到底有什么收获。"赵子良笑着说道。

今天一大早，宁志恒就带着第四行动组全体出发，赵子良知道这是一个大行动，以宁志恒的风格，今天必然是有收获的。所以赵子良一直就在军事情报调查处等着，等到宁志恒真的把人犯带了回来，着实让赵子良吃了一惊。

虽然早就知道自己这位手下极为妖孽，行动能力超强，可是任务刚刚布置下去，时隔一天，就把人犯带回来了，这还是让赵子良难以相信。实在忍耐不住心中的好奇，他决定亲自来看一看宁志恒到底有什么收获。

宁志恒笑着回答道："这点小事情还用得着您操心？很快就会审讯出口供，我自然第一时间向您报告。"

赵子良点了点头，转身看向正在用刑的人犯，不由得瞳孔微微一缩。这个人犯几乎已经看不出人形，完全变成了一团模糊的血肉。他心中不禁有些后悔，自己早就知道这个手下抓人是最拿手的，可是性情狠辣，尤其对审讯这一套，手艺粗糙得很。

真应该早一点过来看看。他不觉哑吧了一下嘴，无奈地看着宁志恒，再次说道："手还是有些重了！"

不过看着宁志恒不以为然的样子，赵子良不由得摇了摇头。以前他不是没有提醒过，可是宁志恒依然我行我素，所以他现在也就不愿再提了。他话锋一转，问道："到底是什么身份？能够确定吗？"

宁志恒点头说道："已经确定了，是真正的日本间谍无疑！抓捕的时候搜出了短枪和氰化钾毒品。"

就在这个时候，审讯人员开口说道："宁组长，人犯又昏过去了。"

"那就浇醒他，接着动手，就是一块顽铁我也要把它熬成汁！"宁志恒恶狠狠地说道。

宁志恒的话让屋子里所有人都是一凛，赵子良挥手说道："还是让他缓一缓，你先给我把案情说一下。"

赵子良发了话，宁志恒自然不敢违拗。他示意其他人都离开审讯室，自己将整件事情的前因后果都详细地向赵子良做了汇报。

"这么说，这个人犯就是去年从情报科手里漏网的那个信鸽？"赵子良忍不住出声问道。

"已经可以确定了。只是在抓捕过程中到底是惊动了他，加密密码本可能已经毁掉了，电台还在继续寻找，不过只要他开了口，这些都不是问题。"宁志恒回答道。

"好，太好了！这个人可是关键，只要他一开口，又会有一个成建制的间谍小组落网，对日本人在南京的残余力量又将是一个沉重的打击。"赵子良一拍桌案高兴地说道。

"这只是开始，我怀疑这同时出现的四个电波，有可能是日本人在大战前夕加强情报活动的信号，这些残余的谍报小组又被重新启动了！"说到这里，宁志恒的脸色沉重，"大战已经越来越近了！"

时间一点一点地过去。晚上八点，经过了长达四个小时的严刑拷打之后，已经被折磨得奄奄一息的西原贵之终于开口了。

宁志恒看着眼前的西原贵之，冷冷地说道："何必呢，最后还不是要开口？

姓名？"

"西原贵之。"西原贵之微微嚅动着干裂的嘴唇，轻轻发出沙哑的声音。

"身份？"

"日本特高课特工。"

"我是问你潜伏的身份还有代号。"

"黑冰谍报小组组长，代号黑茶。"

"其他小组的成员和他们的掩饰身份？"

随着宁志恒提问的逐渐深入，西原贵之最终向宁志恒交代了所有的事情，并且把他的小组成员都一一交代出来。

审讯到最后，就连宁志恒也不禁越来越震惊。黑冰谍报小组的成员一共有六名，除了西原贵之以外，每一个的掩饰身份都不是普通人。

别的成员也还罢了，对他们的抓捕，宁志恒可一言而决，可其中一名竟然是南京行政院的一名高官——行政院内政处三科科长房良骥。

真没有想到，日本人竟然如此处心积虑，早在多年前就安排房良骥投靠了一个军政大佬做靠山，在日本人的倾力帮助之下，他竟然混入行政院，成了要害部门内政处的一名官员。

而黑冰小组的成员基本上就是以房良骥为中心，以配合他的一切间谍行动为原则而特意成立的一个谍报小组，在这一点上它和其他间谍小组的性质完全不同。

在南京城里，只有西原贵之这个黑冰谍报小组组长才知道房良骥的身份。

这样级别的人物，就不是宁志恒所能够决定是否抓捕的了，他必须向赵子良请示。

拿着审讯记录，宁志恒快步出了审讯室，很快就来到赵子良的办公室。赵子良也一直没有回家，等着宁志恒的审讯结果。

敲门而入，看着端坐正中的赵子良，宁志恒上前几步，将审讯记录递交过去，急声说道："科长，审讯结果出来了！"

赵子良看了一眼宁志恒的表情，觉得有些意外。以这位手下的城府，很少看见有这样的神情，难道是抓住大鱼了？

他赶紧接过审讯记录，示意宁志恒坐下，然后仔细审阅，很快就被里面的内容震惊到了。将审讯记录看完，他抬头看着宁志恒问道："这个西原贵之现在怎么样了？"

宁志恒一愣，赶紧回答道："现在还好，不过他的伤势太重，感染的那一关估计熬不过去。"

"糊涂！"赵子良用手点了点宁志恒，有些恨铁不成钢地说道，"这个人很重要。既然他能够交代出房良骥这么高级别的间谍，那这个黑冰谍报小组的分量就大不一样了，这是一场天大的功劳！再说，抓捕这样级别的高官，可不是一件小事情，难道就靠你我这一句话、这一张纸？那是行政院！我们必须人证物证齐全，西原贵之必须马上安排进入军部医院紧急治疗，绝不能有任何闪失！"

"是！"宁志恒这时也反应过来，自己只是关注口供，急切之间竟然忽视了这一点。他马上转身往外走，赶去刑讯科安排西原贵之就医。

赵子良心中不禁有些激动，这次又是一场大功劳，尤其是处座不在，自己主持具体事务的时候，这样的成绩足以证明自己的能力，必须马上向处座汇报。按照口供上交代的材料，房良骥身后是有一位军政大佬的，这位大佬的实力就连处座也是要小心应对的，自己可不能随意造次。

想到这里，他马上起身赶往电信科，那里有一条可以接通上沪军事情报站的专线，保密度极高，可以直接向处座请示机宜。

宁志恒这时也安排好了押送西原贵之去军部医院救治，调王树成带领手下专门看护监视。

安排完所有的事宜，宁志恒回到自己的办公室，等待科长赵子良的命令。

对他们而言，黑冰谍报小组的其他人都是次要的，主要是对房良骥的处置不能鲁莽。

不多时，赵子良推门而入，对宁志恒说道："处座命令，马上对黑冰谍报小组进行抓捕，你去安排抓捕其他成员，我亲自秘密抓捕房良骥，一切都要低调处置，不要太声张！"说到这里，他又看了看宁志恒，特意嘱咐道，"黑冰谍报小组的审讯都由我亲自主持，你不要插手。你的手太重，容易坏事！"

"是！"听到这话，宁志恒只好领命称是。

接下来宁志恒的抓捕工作进行得很顺利，其他四名间谍全部落网，藏在西原贵之公寓房顶上的电台也被左强给带了回来。

如此重要的人犯和电台都是左强捕获的，在结案报告上面，宁志恒自然要大书特书，为左强记上大大的一功，以便于下一次为他升迁。

接下来宁志恒也把案情向黄贤正做了详尽的汇报。黄贤正虽然只是挂名负责，但是他很明白自己的手不能伸长了，所以一切工作还是赵子良在做。听了宁志恒的汇报，黄贤正也是大为吃惊，对于宁志恒的能力又高看了一眼。他郑重地告诫道："我们保定系里，只有你的能力让处座极为看重，但这是一柄双刃剑。处座这个人太强势了，你之后的表现不能太过于突出，还是要藏一些拙！"

宁志恒点头答应道："您教诲得是，我以后一定注意。"他话锋一转，说道，"还有一件事情，我想安排一些手下调往重庆，不过我不想做得太过于明显，您可不可以暗中操作一下，让他们尽快安排？"

宁志恒知道大战将起，自己的那些外围留在南京已经没有太多作用了，真不如现在就去重庆，还能占据一些好职位，以便自己将来可以更好地利用。

听到宁志恒的话，黄贤正不觉有些意外，不过他们之间并不避讳，之前就曾经交流过。他们都认为中日之间的战争，中国是处于劣势的，尤其是在战争的初期，南京确实是险地。宁志恒有此安排也不足为奇。

黄贤正知道宁志恒手里有一些力量，不外乎就是在警察部门有一些人手，说到底还是宁志恒的根基太弱，手中的力量有限，这点力量都不在黄贤正的眼中。

黄贤正点头答应道："我在警察厅里也安排了些棋子，你把名单给我，我尽快安排。"

宁志恒和黄贤正又交谈了一会儿，这才告辞离去。他也要通知刘大同做好撤离准备，毕竟时间越来越紧张了。

侦破黑冰谍报小组的事情，很快就让军事情报调查处的其他高层知道了，尤其是情报科科长谷正奇。情报科的耳目众多，在各大部门都有内线，在军事情报调查处内部也是消息灵通。

第二天上午，谷正奇就找到赵子良了解情况。当谷正奇知道抓捕的这个黑冰谍报小组组长西原贵之正是情报科一年前抓捕失败的漏网之鱼时，后悔得直跺脚。

他回到办公室，马上把于诚叫来，指着于诚的鼻子没好气地骂道："我早就告诫过你，只要是宁志恒办案，你就要多留意一下，最好能够参与进去。你倒好，人家找上门了解情况了你都没反应，结果又是一件大案子，竟然在行政院里挖出了日本潜伏多年的高级间谍，赵子良的尾巴都快翘到天上去了。最可气的是，我们花费了多少代价都没有抓到的目标，竟然被宁志恒两天就抓了回来，这可是我们的漏网之鱼哇！唉，当初就差一步！"

于诚被谷正奇骂得狗血淋头，低着头哑口无言，他也颇为头痛。宁志恒找他了解情况的时候，他只是认为时隔一年之后那个信鸽早就不知道跑到什么地方去了，再想找到岂是那么容易的事。

"科长，我其实也是想借机参与进去的，可是他的动作太快了。前天刚问过我情况，昨天下午就把人抓回来了，晚上又把黑冰谍报小组的成员全部抓获，我实在是没有机会呀！"于诚无奈地辩解道。

谷正奇一挥手，打断了他的话，断然说道："这一次就算了，可是接下来我们不能再坐视不理。还有三个电波信号没有查清，也就是说最少还有三个日本谍报小组在活动，这件事情我们必须参与进去，不然到最后别人真把我们当使唤丫头了。"

"您是说……"于诚犹豫地问道。

"我们也要抓紧出手。我马上给处座联系，要求参与进去，不然用不了多久，宁志恒就会把剩下的三个谍报小组一扫而空的！"

于诚马上立正回答道："是，卑职一定全力以赴，不会再让行动科太过嚣张的！"

谷正奇的想法正好合了宁志恒的意思，黄贤正指示宁志恒不要表现得太过出色，宁志恒也是同意这一点的。情报科参与进来，自然可以分担一些工作，宁志恒肩上的担子也减轻了几分。

谷正奇从处座那里得到了指示，赵子良也颇为大度地同意了，结果谷正奇从宁志恒手里拿走了两个电波的侦破任务。

转过天来，宁志恒打电话把刘大同约到红韵茶楼，准备把事情交代一下。

两个人闲聊了几句，宁志恒就问道："我之前让你拟定的调往重庆的人员名单，你带来了吗？"

"带来了，组长，这是我挑选的一些用得着的手下，都是些骨干人员，也愿意跟我去重庆发展。"刘大同赶紧取出一份名单，交给宁志恒。

宁志恒仔细看了看，有二十多个。其中有刘大同的老兄弟，也有一些陌生的名字，看来刘大同这几个月来着实也揽了一些人手。这些人都愿意离开南京这个大都市，跟他去往边城重庆发展，可想而知，都是刘大同的心腹。

宁志恒把名单收下，又问道："除了你在警察部门里面的手下，刘永他们怎么说的？"

刘大同在市井街面上还有不少跟他吃饭的小弟，他们都成了车行的老板，在街面上打探消息，为宁志恒也做过不少事。

刘大同赶紧说道："刘永当然是愿意跟我走，还有几个兄弟也愿意，剩下的就舍不得离开了，这里毕竟是乡土。"

宁志恒点头说道："你记着，只要是愿意跟你走的就全部带上，甚至是那些用得顺手的黄包车夫，而且最好是连家带口一起带走，到了重庆也可以帮你做些事情。"

"这么多？是，是！"刘大同惊讶地问道，可是看到宁志恒盯过来的眼神，赶紧连连点头答应。

"我们将来在重庆肯定要用不少人手，用生不如用熟，又花不了几个路费。"宁志恒再次解释道，他又接着问，"陈延庆和温兴安他们呢？都说清楚了吗？"

"都说清楚了。有您的话，他们都同意和我们一起走。对了，还有一件事情，"刘大同低头小声说道，"熊鸿达向我汇报，他负责监视林慕成的内线传出来消息，林慕成所在的部队要开拔，林慕成也要离开南京，问我们接下来该怎么办？"

林慕成？宁志恒恍惚了一下，赶紧问道："怎么回事？和我具体说一说。"

林慕成是宁志恒刚刚加入军事情报调查处后破获的第一个日本间谍小组暗影小组的成员。

当时抓捕的日本间谍黄显胜并没有把林慕成交代出来，可还是让宁志恒读取了脑海中的记忆，经过排查找到了林慕成。

这个时候林慕成已经是第四师的师部机要秘书，后来宁志恒忌惮他的父亲是保定系大佬林震，所以没有马上抓捕，而是布置跟踪，最后顺着这条线索抓到了暗影小组的新任组长谢自明，最终将整个暗影小组成员全部抓获。

可是对于林慕成，宁志恒始终不敢下手，反而把他当作一个诱饵，准备从他的身上再有所收获，于是安排熊鸿达专门监视林慕成的行踪。

说起来这件事情已经过去近一年的时间了，可是因为暗影小组的组长付诚和黄显胜被捕，林慕成又知道黄显胜的身份，自然成了残存成员里是最值得怀疑的目标，为此特高课的高级特工雪狼专门对林慕成进行了长时间的跟踪甄别。可是很快整个暗影小组就全军覆没，只剩下了林慕成一个人幸存。最后日本特高课本部也不敢确定林慕成的身份，干脆就任他这样潜伏下去，一直没有启动的意思，以至于宁志恒都险些忘了这件事。

可是刘大同和熊鸿达对宁志恒交代的任务又怎么敢怠慢，他们一直没有放松对林慕成的监视。最后干脆做了手脚，制造了一场事故，让林慕成家中的老用人受伤辞工，刘大同特意挑选了一个合适的人想办法混进去，顶替了林慕成家的用人。得知林慕成所在的第四师就要开拔奔赴上沪前线，这个内线无法继续跟踪了，于是马上向刘大同请示。

宁志恒听到这些话，想了想再次问道："这个内线很可靠吗？"

刘大同点头说道："是我之前的一个前辈，无儿无女的一个老巡警。人很精明，只是后来受了伤干不了巡警，就给辞退了。我一直比较照顾他，那次正好需要一个可靠的人监视林慕成，我就安排了他。"

第二十三章
奔赴前线

第四师是国军的主力师，这次淞沪会战一定会参与进去，林慕成当然也要奔赴前线。

从对林慕成监视的情况来看，日本特高课对他的态度很矛盾，既舍不得放弃又不敢相信，就这么让他处于闲置状态静观其变。

其实宁志恒对林慕成又何尝不是如此？他把林慕成当成一个诱饵，吸引日本人上钩，可是现在日本人一直不出现，这个诱饵就没有了价值，但是他又忌惮林慕成的背景不敢抓捕，看来也只能这样闲置下去了。

"让你的人不要动，就在林慕成的家中守着，我们暂且观望一段时间。这条线还是要守下去的，也许以后还有收获。"宁志恒吩咐道。

两个人又闲聊了几句，这才知道陈延庆已经和郭如雪成亲，本来想请宁志恒也参加，可是宁志恒前往上沪执行锄奸任务，刘大同也联系不到，便只能作罢。

一切安排妥当，宁志恒便专心地处理手头上的案子，准备在这段时间里再接再厉，对日本间谍的残余小组进行清剿。

可是不知道为什么，时间一天天过去，剩余的三个电波信号竟然再也没有动静，就如同流星般一晃闪过。

这个奇怪的现象让宁志恒和情报科大为诧异，到最后他们甚至每天都去电信科亲自蹲守，督促电信人员不得放过一丝痕迹，可是再也没有一点收获。

按照西原贵之的口供，日本间谍小组应该已经结束潜伏状态，开始间谍行动了，可为什么又马上陷入沉默了呢？宁志恒百思不得其解。

情报科更是失望至极，好不容易争取下来的任务，可是自从接手后就再也没有了动静，也就没有了侦破方向，只能一天天空耗下去。

终于到了八月十三号，上沪军事情报站传来消息，战争正式打响，中国军队集结重兵向日本占领区发起了进攻。

军事情报调查处里的所有人都把目光转向了上沪。电信科从上沪站接收的电报内容，都在第一时间放到了赵子良和宁志恒的桌案上。

和历史上一样，战争初期中国军队占据着主动和优势，情况还算不错，军事情报调查处不少人都保持着乐观态度。

可是这种乐观情绪很快就被沉重的现实惊醒了。这一天，宁志恒正在办公室里处理公务，突然听到外面警铃之声大作。

这是防空警报！南京城多年以来，第一次拉响了防空警报，所有人都冲出了办公室。就在大家准备进入防空洞时，消息传来，日本轰炸机袭击了南部郊区的雨花台驻军，人员和设施损失惨重。

整个南京城里也是一片慌乱，市民们终于清楚地认识到战争真真切切地来到了他们身边，正在威胁着他们的生命安全。

第二天晚上，刘大同第一次邀请宁志恒到自己家中吃饭，他这一次调任重庆地区的警察局长，临行前请宁志恒来聚，也算是告别宴。

傍晚时分，宁志恒来到刘大同家中，所有的人都已经等着他到来。

全是刘大同身边的老兄弟，有陈延庆、刘永、侯成、宫季安、熊鸿达、温兴生等人，他们都是宁志恒的外围重要成员，这一次全部跟随刘大同前往重庆，临走时自然要聆听宁志恒的吩咐。

宁志恒只是简单地交代了一些注意事项，并告诉刘大同，到了重庆尽快建立自己的力量，扩充实力，有事情就去请示自己的师兄卫良弼，等候自己前往重庆会合。

这一顿临行的酒席吃到很晚，宁志恒一一和大家举杯告别，这才起身离去。其他人也纷纷告辞离开，准备第二天启程的事情。

第二天，宁志恒办公室的电话铃声响起，原来是通知军事情报调查处中层以上军官去会议室开会。

接到这个消息，宁志恒就知道这是处座赶回来了。在军事情报调查处，这种大型会议很少召开，这一定是有大事情发生了。

来到会议室大厅，里面已经坐满了校级以上军官。大家按照部门和职位坐好，等候处座的到来。

行动科作为第一科室，自然是排在最前面，而宁志恒虽然只是少校，但是他的职位很高，是军事主官，又是行动科的重要人物，也当仁不让坐在了科长赵子良和副科长向彦的身边。

不多时，会议室大门打开，处座率先走进会议室，身后是黄贤正副处长。

让大家意外的是，黄贤正身后又走进来一位少将，然后处座坐在正座上，黄贤正和那名少将坐在两边。

这时会议室内不少人面面相觑，他们都是军事情报调查处的老人，自然认出来，这名少将正是一直没有露面的副处长沈勋。

沈勋作为军事情报调查处的副处长，近两年却几乎没有在军情处里露过面。原因就是他不甘心处座的强势，想着在这军事情报调查处里开出一方局面，仗着自己身后的背景，开始和处座有了利益冲突。但是很快，深受领袖信任的处座占据了上风，并手段强硬地抽调走了沈勋手下几名主要干将，将他彻底架空，最后沈勋只好以失败结束了这场权力斗争。不过他的背景深厚，处座也没有能力穷追猛打，最终沈勋还是保留了副处长的职位，只是不再轻易露面。

宁志恒这是第一次见到这位副处长。他耳目灵敏，从周围军官的低声议论中很快知道了这位沈副处长的身份，不由得暗自诧异，不知道发生了什么大事，竟然让这个许久未曾露面的大人物也出现在了会议室中。

军事会议一向都是简洁明了，直奔主题，处座很快将会议的主题告知大家。原来这次上沪爆发大战，领袖举全国军力，发誓要将日本地面力量清除，以拔掉这个插在自己心腹之地的大患。为此，不仅从全国调来了最精锐的德械师，即黄埔嫡系部队，而且有各大派系的精锐部队，甚至还指示，军事情报调查处作为负责军事情报的最高部门，也要组织军事力量对上沪地区进行侦察、破坏等特种任务，来辅助正面部队作战。

所谓战起军兴，处座长久以来，早就想掌握一支属于军事情报调查处自己的部队，这一次终于得偿所愿。处座和上沪青帮大头目岳生一拍即合，青帮愿意出人出力，处座支援武器和军官骨干力量，并负责从军中调来一部分人员，紧急组建一支人数多达两万的部队，成为军事情报调查处专属部队。

这是一支以军情处特工为主导的军事力量。这支部队的成立标志着军事情报调查处从一个单纯的情报部门转变成一个拥有自己武装的强大军事集团。

对于军事情报调查处来说这自然是天大的事情，处座这次回来就是要动员所有的军官、士兵，调往上沪组建这支部队。

面对这样难得的扩充力量的机会，作为保定系代表的黄贤正和东山系代表的沈勋都是闻风而动参与进来。

而这也是得到了领袖同意的分配方式。因为处座权柄甚重，主管全国的军事情报，辖制军警宪三大部门，如果再把这样一支军事力量放在处座一个人的手中，是极不妥当的。

会议很快就结束了，各个科室回去后马上把会议精神传达到每一个人，一时间军事情报调查处上上下下都涌动起来。

军事情报调查处里全都是军人，不是军中抽调的精英就是军校毕业的学生，他们之中有很多人并不是真心愿意当特务，都是出于各种各样的原因才进入了军事情报调查处。毕竟作为军人，有很多人还是愿意在军队中发展。

还有一部分人员，因为得不到重用，不像宁志恒这样手握实权，当然不愿意在办公室的琐事中蹉跎岁月，也觉得这一次是重回军旅的好机会。

此外，有很多人在其身后势力的命令下也都准备加入。

其中就有以黄贤正副处长为首的保定系。其实保定系一直以来都是国民党军队中的中坚力量，就连领袖本人也是保定军官学校毕业、老牌的保定系成员，只不过后来自己创建黄埔系，所以对保定系还是颇为信任的，尤其对黄埔系中的保定系并没有隔阂，反而认为这是以自己的黄埔系替代保定系的好事情。

所以只要是保定系新生代，在军中都很受重用，因此军事情报调查处里面的很多保定系青年军官都找到了黄贤正副处长，愿意报名参加，去组建这支军队。黄贤正自然也是乐见其成，这也是他插手军事力量的最佳时机。

而处座更不用说，他更是调集了很多嫡系人员，甚至从各个分站抽调了很多人手参与组建队伍。

这个时候沈勖副处长也从自己的势力里面调派一些人员加入其中。组建工作必须在两天之内完成，一切都在紧锣密鼓的筹备中。

作为黄贤正最得力的手下和保定系最具实力的军官，宁志恒自然没有参与其中，黄贤正也不会允许宁志恒这么做。

可是就在宁志恒静观其变的时候，他的嫡系心腹、最得力的助手王树成却找到了他。

"你是不是昏了头？"宁志恒看着眼前这个青年军官，他有着挺拔的身形，浓黑的剑眉，淳厚却不乏清澈的目光。他是宁志恒最信任的部下，却要报名参加这一支军官部队，加入组建军队的行列中。

"那是要上战场的，岂是儿戏？你手下的兵士不再是训练有素的军中精英，而仅仅是一些青帮的帮众、学生，甚至是平民商贩和难民，他们没有经过任何军事训练。你知道带领这样一支部队上战场意味着什么？意味着这是一场灾难！"宁志恒指着王树成的鼻子训斥着。他不明白王树成怎么会有这样的念头，自己的这名手下刚刚毕业一年就成为上尉军事主官，而且在自己的帮助下，用不了两年就能晋升为校级军官，成为保定系里的骨干力量，可以说前途远大，却为什么一定要去带兵打仗，奔赴战场？

王树成没有想到宁志恒的反应会这么大，他刚一开口，就被断然拒绝了。他辩解道："组长，你是知道我的，其实我从一开始就不喜欢当特务……特工。"看到宁志恒射来的恼怒的目光，王树成赶紧改口道，"我报考军校的初衷，就是驰骋沙场，报效国家，可老师还是选中我加入了军情处。从一开始我就不习惯这里的一切。我没有你这样的头脑，更没有你出众的身手，心也不够狠，做事情总没有决断，……总之我从心底不喜欢这样，我还是想带兵打仗。我是学步兵的，我可以把那些人训练成合格的战士，我可以带着他们建立功勋，报效国家……"

"好了，我们搞谍报的一样也是报效国家，甚至做的贡献比当一名普通的军官要大得多。你还是不要痴心妄想了，调职报告我是不会签字的，就连处座也要给我这个面子。"宁志恒挥手打断了他的话，不容置疑地拒绝了王树成的申请。

军中职位的调动，必须经过自己的直属主官签字同意。宁志恒绝不会让自己最信任的心腹走上淞沪战场。

军事情报调查处组建的这支部队被称作苏浙别动队，建立的初衷是辅助正面作战部队，配合正规军对日军进行突袭、狙杀、侦察、破坏等游击作战，可实际上随着战局的迅速逆转，最后被迫与日军正面作战，面临十分凶险的局面。

可是王树成并没有死心，他知道自己是保定系的背景，就直接找到了黄贤正那里，再三请求加入这支部队，黄贤正干脆给宁志恒打了电话。

经过多方相劝，最后宁志恒看王树成决心已定，再难挽回，只好同意了他的调职申请。

"树成，你我是同窗，又是同事，还是兄弟，我真心不愿意你离开。可是你执意如此，我也再难挽留，只能愿你在战场上多加小心，安全归来！"宁志恒双手拍了拍王树成的肩头，轻声说道。

王树成看着宁志恒不觉有些陌生。这个同窗兼上司一直以来给他的印象都是沉稳刚毅，意志坚定，可是今天却显得有些踌躇犹豫，让他一时之间无法适应。

看着宁志恒过于沉重的表情，王树成笑了起来，轻声说道："组长，何必如此伤感，你我都是军人，本来就该上疆场拼杀，纵然牺牲也是无怨！我不是独子，你给我的财物我都寄回了家中，足够一家人的生计，身无牵挂还有什么怕的？再说这一次去上沪对我来说也是一个机会，等大战结束，我们再聚！"

宁志恒只是点点头，不再多说。

楼下广场上集结哨声响起，王树成微微一笑，挺身立正，向宁志恒郑重地敬了一个军礼，转身快步离开宁志恒的办公室。

宁志恒来到窗口推开窗户，注视着此次派往前线的二百名军官。他们随着哨声迅速集合上车，浩浩荡荡地出发，奔赴上沪战场。

看着他们离去的背影，宁志恒久久不语！

此后的一段时间里，弥漫在空中的战争气氛越来越浓，前线的厮杀随着日本军队增援的到来，也越来越激烈。

军事情报调查处的所有人都在紧张地关注着前线的实况变化。上沪军事情报站回报的消息已经逐渐滞后，有时候对战况只能以"大概""可能"这样模糊的词语来描述，最后甚至有几天还断绝了通信，可以想见此时战况之激烈。以军事情报调查处的能力竟然无法进入战场一线，几乎丧失了情报侦察能力。

至于军事情报调查处组建的别动队，他们根本没有训练的时间，几乎从组建的那一刻起就投入了战斗，在战场上袭扰敌军，救助难民和伤员，突袭仓库抢运物资，甚至直接与日本正规军作战，战况之严峻远超众人的预料，折损颇众。

至于南京城里已经是风声鹤唳，不时响起防空警报声。日本飞机的轰炸越来越频繁，城区里面多处人员伤亡，建筑物被炸毁，已经开始有市民离开南京城，拖家带口地向后方城市迁移。

直到九月底的一天，赵子良打来电话。

"志恒，带队和我一起去东城门接应车队。"赵子良的声音显得极为沉重。

宁志恒接到电话便是心头一紧，赵子良的声音里明显带有哀伤之意，这一定是个坏消息。他赶紧命令第一行动队集合出发，此时第一行动队队长已经由赵江担任。

宁志恒上了赵子良的轿车，率先驶出了军事情报调查处的大门。

"科长，这是去做什么？"宁志恒沉声问道。

赵子良看了看宁志恒，开口说道："这一次从前线带回来的阵亡将士遗书和遗物，其中有我们军情处的人员，通知我们去领。"

听到这话，宁志恒心中一顿，他的眼中马上闪过一丝忧色，半晌沉默不语。他不知道王树成在不在阵亡名单里面，但愿吉人天相。

淞沪会战中中国军队死伤惨重，每天都有成千上万的将士牺牲，最惨烈的时候一天就有一个师的伤亡。更有成建制的部队全军覆没，消失在战争序列里，根本无法进行伤亡统计。

参战没有多久，别动队的指挥权就交由统战部管辖了。对于别动队的现状，军事情报调查处总部也没有具体掌握，宁志恒心中不由得忐忑不安。

来到东门广场上，已经有好多辆军车将物品卸了下来，各个部队的接收人员开始整理遗物。

赵江也带着人上前清理，很快清理完毕，一张阵亡名单递到了宁志恒的面前。

宁志恒缓缓地接过名单，屏住呼吸，仔细地核对上面的名字。满满的一张纸上，写的都是一个多月前奔赴前线的青年军官的名字。

最终，"王树成"三个字还是出现在他的眼帘中！

宁志恒的脑袋嗡的一声，大脑瞬间一片空白，身形不觉一晃，只觉得口中的唾液犹如苦涩的胆汁，沁入心脾，感觉身体突然空了一般。

王树成那淳厚的笑容、真诚的目光在眼前不停地闪现，如同幻影一般。宁志恒难过得肝肠寸断，不能自抑！

他到底还是没有躲过这一关！

回去的路上，宁志恒坐在轿车里一直看着窗外，一言不发。

赵子良也是心情沉重，他有两名亲信也在这次的阵亡名单之中。这一次的伤亡如此惨重，完全出乎了他们的预料。

据消息说，别动队的伤亡更大，许多人还没有来得及穿上配发的军装就已经牺牲了。日本的飞机大炮、坦克机枪，形成了立体式的战场打击。他们装备的精良程度优于国军数倍，国军完全是用将士们的血肉在抵挡对方倾泻的炮火。

王树成的牺牲是突然的，他带领手下部队在苏州河北岸的防御阵地上防守，被日本飞机的机枪扫射击中，当场牺牲。他没有留下遗言，后勤人员只好收敛了他在驻地留下的平时穿戴的一套军装和几件随身物品送回来，这些都要送交到他的家人手中。

回到军事情报调查处自己的办公室，宁志恒锁紧房门，坐在座椅上发呆。

王树成是第一个离开他的兄弟和战友，宁志恒的感受尤其深刻。王树成为人善良，极有同情心，当初为了不相干的梁实安一家人不惜多次向宁志恒求情。最后在他的努力下，终于救下了梁实安，保全了他的一家老小。王树成品行端正，对军事情报调查处的一些作风一直有抵触情绪，向往着真正的军人生涯，可是没有想到他第一次上战场就杀身成仁，英年早逝！

脑海里浮现着王树成过往的点点滴滴，宁志恒不禁伤怀惆怅，静坐良久。

这个时候电话铃声响起，宁志恒回过神来，他拿起电话，是黄贤正打来的。

"志恒，到我这里来！"

"是！"

宁志恒站起身来，稳定了一下心神，整理身上的军装，这才快步出了办公室。

刚来到黄贤正的办公室门口，就听到身后传来急促的脚步声，宁志恒回头一看，竟然是霍越泽。看来他也是黄贤正召唤来的，两个人相视一眼点了点头。

宁志恒敲门，余秘书打开门，小声对宁志恒说道："处长的心情不太好。"

宁志恒点点头，跟随余秘书进入黄贤正的办公室。

黄贤正一脸怒色，正在办公室里焦躁地走来走去，看见宁志恒和霍越泽进来，直接开口说道："他这是要翻脸了！竟然要我们保定系再次出人去上沪，还指名你们两个人去，尤其是志恒！"

宁志恒和霍越泽顿时一震，黄贤正口中的"他"一定指的是处座。

黄贤正这才把事情给他们两个人叙述清楚。原来前线战事紧张，别动队的军官损失过多，为了补充前线军官干部的空缺，处座决定召集第二批军官紧急调往上沪前线。

可是现在大家都知道战事出人意料地惨烈，伤亡太过惨重，黄贤正和沈勋都不愿意再把自己的手下投入这个无底洞中。结果三个人直接在办公室里争吵起来，最后还是处座铁腕独断，直接下令调动，否则就以违抗军令论处。这一下再也没有了缓解的余地。处座直言若不能同舟共济，那么就撕破脸皮。到底人家是军事主官，黄贤正和沈勋最后还是屈服了。

尤其是处座点名，保定系的主要骨干宁志恒必须参加，以作为其他军官的表率。这一次处座也会带领大批亲信手下亲自督战。

可以说，处座已经把所有能够调动的力量都投入进去了，全力以赴，可以想见这一次他下的决心有多大。以他强势的性格，是绝不允许有任何人违逆他的决定的。

宁志恒听了黄贤正的叙述，心中竟然出奇地平静，没有半点的畏惧。一直以来他都尽量想办法躲避这一场大战，常存逃避之心，甚至在上沪执行锄奸任务时还仔细算计，患得患失。可是事到临头，他反而没有感到恐惧之意。既然军令如山，不可违抗，不能逃避，那挺身面对就是了。说到底他也不是贪生怕死之人，只是心中牵挂太多，才不免瞻前顾后。如今退无可退，他的心情倒也轻松下来。

几天前二百名军官整装出发奔赴前线的情景，还清楚地浮现在他的脑海里。他们既然可以慷慨赴死，自己又何惜此身！此时王树成离开时的话语还在耳边响起："你我都是军人，本来就该上疆场拼杀，纵然牺牲也是无怨！"

宁志恒自己不是独子，之前也已经把家人送往重庆，又为他们留下了足够的财物保障生活。现在师兄卫良弼也在重庆任职，以他的能力自然能替自己照顾好家人。再说还有自己的老师贺峰，他虽然没有实权，可是在保定系中人脉广阔，战友故交甚多，随便打一声招呼，保护自己家人的平安并不是难事。

正如王树成所说，身无牵挂，还怕什么呢？男儿热血洒在疆场就是了！

宁志恒微微一笑，淡然说道："您也不用着急，既然军令已下，我们没有任何选择，必须执行。再说上了战场也未必有事，国军几十万精锐，还是有一争之力的！"

看到宁志恒面无惧色，淡然处之，霍越泽也是有胆气的，他也点头答应道："我们也是黄埔军校生，难道还怕打仗？处座您放心，绝不会给您丢脸！"

"好！"黄贤正拍案大声说道。他看着这两个年轻的手下慨然面对，皆无半点惧色，不禁心中欣喜。保存实力固然重要，可军人忠心卫国更是精神可嘉，令人动容。

"这一次，我跟处座据理力争，他终于同意，让你们两个人都进入别动队的特务大队。这个特务大队大多是我们军情处的底子，都是精锐，但是在这个月防守苏州河北岸的时候折损颇多，王树成就是在这次防守战中牺牲的。现在剩余力量撤回了南市休整，暂时配合张正魁将军防守浦东。

"处座也舍不得这些精锐消耗在正面战场，所以安排在防守阵地上，这样生存的概率要大很多，但即使这样，你们去了之后也要多留一个心眼，看见事情不对就不要硬撑。我们毕竟只是特工，不要太逞英雄！"

黄贤正还是习惯性地多说了一句。这两个人都是自己保定系的骨干，尤其是宁志恒，是自己的心腹爱将，如果平白折损在战场上，实在是舍不得。

"是，您放心！"宁志恒和霍越泽齐声答道。

宁志恒和霍越泽退出了黄贤正的办公室，赶紧各自回去准备。黄贤正给他们通了风，那么正式的调令马上就会下达。

果然，一个小时之后赵子良把宁志恒叫到办公室里正式通知，第二批军官里面以行动科人员为主，其中第二行动组组长叶志武、第四行动组组长宁志恒奉命调往上沪。他们两个人可以从自己的下属里各挑一支行动队随行。

这一次行动科可是伤筋动骨了，这让赵子良也心痛不已。自己刚刚损失了两名亲信军官，现在又要把手下的两个行动组长送上前线。这里面宁志恒是自己最得力的手下，而叶志武是自己最亲近的心腹，他们双双被处座点名调往上沪，赵子良从心底是不愿意的。可是处座这一次下了死命令，并且亲自赴上沪督战，赵子良即使再不情愿也只能认了。

宁志恒接下来的事情就是挑选一支行动队随行，他犹豫再三，还是挑选了孙家成的第二行动队。

在这支行动队里，有孙家成、左刚、左强和沈翎四名军官。他们都是极有能力的助手，其中孙家成和左氏兄弟都是自己的绝对心腹。在战场上能够有一支绝对听从指挥的力量，生存下来的可能性就大大增加了。

他召集手下军官，把命令通报下去，同时让第一行动队队长赵江暂且代理队务，第二行动队全体整备，随时听候命令出发。

这个突如其来的命令，让大家一时之间都没有反应过来。

宁志恒说道："别动队伤亡惨重，折损过半。前第一行动队队长王树成，已经于四天前战死在苏州河北岸。我们这一次去，牺牲的可能性也很大。大家尽早安排好各自的事情，随时准备出发！"

所有人心头一颤，尤其是王树成阵亡的消息，更是让他们既痛心战友的牺牲，又清楚地感受到了死亡的威胁。

会议解散时，第一行动队副队长季宏义站了起来，开口说道："组长，我要求参加这一次的行动。"

此言一出，周围的军官都是身形一顿，目光集中在了季宏义身上。这个同事刚刚加入第四行动组，除了孙家成之外，大家对他都还不是很熟悉。

宁志恒一愣，他看了看季宏义，开口说道："宏义，这一次的战事太过凶险，你就暂时不要参加了。"

可是季宏义上前一步，坚持说道："组长，我就是上沪人。这一次保卫上沪，保卫我自己的家乡，我自然应该出一份力，还请组长成全。"

季宏义真心想回乡作战，毕竟那里有他的亲人，还有多年的师长和兄弟。从战争打响那一刻起，他就一直在担心他们的安危。

宁志恒想了想，季宏义是上沪青帮弟子，不仅熟悉地形，而且别动队的队员很多都是青帮帮众，带着季宏义，做起事情来也许更方便一些。

"好吧，你也做好准备，随时准备出发！"宁志恒点头说道。

"是！"季宏义马上行一个标准的军礼。这段时间以来，他对自己的身份适应得很快，行动举止都认真学习身边的同事，已经颇有些军人作风。

会议解散，宁志恒看了看手表，已经是中午时分，就赶紧出了军事情报调查处，直接驱车来到老师贺峰的家。这么重大的事情，他必须向老师汇报一下，以做好万全的准备。

看到宁志恒突然到来，贺峰一家人不禁有些意外。因为宁志恒每一次来家中吃饭，都会提前打电话通知的。老师贺峰看到宁志恒竟然穿一身军装，也有些吃惊。宁志恒平时来吃饭都是穿普通的中山装，从来没有这么正式过。

贺峰向妻子李兰示意，让她去多准备几个菜，自己则挥手让宁志恒跟自己来到书房。贺峰在座椅上坐下，看着宁志恒开口问道："是不是有什么事情？"

宁志恒点了点头，低声回答道："我刚刚接到了命令，即将奔赴上沪战场，补充进别动队，直接与日军作战。"

"什么？"贺峰不禁一惊。他没有想到，宁志恒竟然也要去上沪战场。

他们这些黄埔军校教官的消息也是很灵通的，当然知道如今上沪前线国军将士的战损有多高。可宁志恒并不是正规军主官，他是搞情报、搞暗杀的情报官，没想到也要奔赴前线战场。

"也罢，我之前不愿意让你去战场上当炮灰，是因为那是打内战，自己人打自己人，战死沙场毫无价值。可现在打的是国战，和日本人作战，保家卫国，中华儿女皆责无旁贷！"沉默良久，贺峰缓缓地说道，"要不是我现在当了教书匠，我也想去前线拼杀，为国效力！"

宁志恒知道老师贺峰说的是真心话。他前半生戎马倥偬，可最后却被发配到黄埔军校当了教官，闲置多年，自然难忍胸中抑郁，总想着能够重新带兵驰骋疆场，一展心中抱负。

宁志恒微微点头，笑着说道："老师的心情我能够理解，也许真有一天可以得偿所愿。"他接着说道，"我很快就会启程，特意前来向老师道别。"

贺峰点了点头。他在黄埔军校担任教官多年，可收为弟子门生的并不多，其中以宁志恒最合他的心思，他一向待之如同子侄。而宁志恒对他也是从不隐瞒，事之如父。可突然之间，知道宁志恒真的要去上沪那个血肉磨盘般的战场，贺峰心中的担忧还是难以释怀。

宁志恒再次说道："学生还有一事相求！"

"你说！"

宁志恒深吸一口气，缓声说道："此去上沪，前途未卜，我别无牵挂，唯有父母兄妹在重庆安身，家中富庶，不愁生计，只是乱世之中恐遭人觊觎。志恒若有不测，还望老师照拂一二！"

贺峰听到此言，心中黯然。这是宁志恒在提前为身后之事做安排了，可想而知他已经做好了牺牲的准备。

他起身来到宁志恒面前，大手重重地拍在学生的肩头，郑重地点头说道："这个你自然放心，以我的力量，护佑你的家人并不是难事，你不要多挂念。只是战场之上，还是要多加小心，争取平安归来！"

师生二人叙谈多时，这才出了书房，与家人们共进午餐。席间宁志恒和往常一样谈笑自若，没有半点异常之态。

但是师母李兰却敏锐地感觉到了一丝特别的气氛，直到宁志恒告辞离去，这才来到贺峰身边低声问道："志恒是不是要去前线？"

贺峰眼眉一动，看着妻子说道："你看出来了？"

李兰轻叹一声："他和你一样，每次上战场都是装作没事的样子，可我能感觉到他离开时的那一分不舍。"

下午，宁志恒把手头上的事情和赵江做了交接，嘱咐了一些工作要点，晚上下班和左氏兄妹一起回到自己家中。

几个人在屋子里坐下，左柔迫不及待地问道："少爷，这一次你们都去上沪，我也要和你们一起去，我不想和你们分开！"

今天左柔听说宁志恒和哥哥弟弟都要奔赴上沪前线，顿时失魂落魄。她在这个世界上最重要的亲人就是这三个人，这是她生活下去的支柱，自然不肯和他们分开。

可是宁志恒和左氏兄弟又如何愿意让左柔这个女子上战场？左刚和左强劝说了几句，可不管怎么说，左柔都是倔强地坚持一起去。最后宁志恒听得不耐烦，皱着眉头说道："你现在是军人，自然知道军令如山的道理，岂能够儿戏！再说几十万大军在侧，我们去上沪也没有想象中那么危险，等大战过后，自然就能团圆！"

看到宁志恒面露不悦之色，左柔顿时不敢再多言，最后咬了咬嘴唇，说道："今天组长说，电信设备要马上准备转移，运到武汉重新安装，要有一批人员提前撤离南京，我们是不是守不住了？这里可是南京城啊！"

听到左柔的话，宁志恒心头一松，看来处座并不是不知道国军已经难以挽回战局，已经开始安排撤离的工作了。

这是一条好消息，说明处座心里有清醒的认识，没有盲目地做拼死的挣扎，把所有力量都压上去。这样他们在上沪的作战风格可以更加灵活，只要不是硬拼，还是有很大的可能生还的！

安抚好左柔，送左氏兄妹出了门，宁志恒这才静下心来整理了一下思路。这次去上沪也并不是没有生还之机，国军最后几十万大军都逃回来了，自己只要小心谨慎，也是可以安全撤离的。想来以处座的性格和眼光，也不会把这一支得之不易的武装全部消耗在淞沪战场上。对于自己来说，最重要的就是坚持到最后，坚持到撤离的那一刻。

临行之前自己还有一些事情要处理，首先就是自己保险柜里的一笔巨款要处理。

宁志恒打开自己的保险箱，把里面所有的物品都取了出来。其中有两张画像，都是他从黄显胜的脑海记忆中读取到的人物画像，一张是他的日本教官，另一张是黄显胜用来威胁和策反林慕成的女子。剩下的就是这一次赵子良从杭城给他带回来的两万五千英镑。对于这一笔巨款的用途，他也有自己的打算。

他取过一只小皮箱，将两张画像和上原纯平的字画，以及一万英镑放了进去。这些物品可以交给左柔带走。如果在上沪战场上自己和左氏兄弟出了意外，这些钱再加上左氏兄妹自己的积蓄，也足以让左柔以后的生活无忧。

至于剩下的一万五千英镑，都要交给农夫以作为地下党的活动经费使用。而自己，就只需要带上这两把随身的勃朗宁手枪了。

还是和以前一样，宁志恒静静地等着时间过去，一直到了深夜十二点，他这才起身，将皮箱提在手里，悄无声息地出了门。

深夜中的南京城如今显得越发黑沉。因为多处电力公司已经被日本飞机炸毁，路边的路灯早就成了摆设，街道上黑黢黢地瘆人，街道两边的房屋里也是没有一线灯光，大街上空无一人。

宁志恒快步而行，很快就来到了青石茶庄。这里已经和几个月前大不一样，青石茶庄对面的建筑倒塌了一大片，街道上到处都是碎砖瓦砾，破败不堪。青石茶庄的招牌已经不见了，但是整体建筑还是没有损坏。宁志恒不由得心头一紧，难道农夫已经撤离了？这样他和地下党的联系就完全断绝了，他总不能直接找到方博逸的家里去吧？

宁志恒看了看前门上没有挂门锁，判断门应该是从里面销死的，然后他还是和往常一样转到了茶庄的后门，看了看门上也没有挂锁，这才把心放了下来。这说明屋子里面还有人居住，农夫没有离开。

此时的夏德言正在卧室里，根本没有入睡。这段时间以来，他唯一的工作就是等待影子的出现，为了他的安全，方博逸已经不再给他安排任何其他的任务。

青石茶庄彻底成了影子专属的联络站，因为影子的每一次音讯都是决定生死的重要情报，所以这么做绝不过分。

可是不知道为什么，自从上一次传递出来市委机关暴露的消息之后，影子已经有三个月没有传递情报了。夏德言不由得为影子担心，是不是因为行动失败，中央党务调查处内部进行了严密的甄别行动，影子为此出了意外，被捕或者牺牲了？自己又不知道影子的真实身份，根本无从打探，只能在这里苦等。

南京城里的变化夏德言都瞧在眼中，时局每况愈下，日本飞机的轰炸越来越频繁，死伤的人也越来越多。身边的平民百姓陆续离开南京，同时不少难民又出现在街头。这个小小的青石茶庄早就经营不下去了，他也只能坚持着不撤离。

夏德言心中也极为着急，据他估计，难民潮很快就会形成，在其裹挟之下，自己也不一定能够坚持到最后。到那个时候，和影子的唯一联系就断了，这样一个活动在敌人心脏部门的同志就会成为断线的风筝，再也找不回来了。

夏德言这些日子就没有睡过一个安稳觉，就在他脑海中思绪万千的时候，耳边又响起了那熟悉的敲门声，他一下子就坐起身来。

"哒，哒哒哒，哒，哒哒哒！"夏德言确定自己没有听错，敲门声是从后门传来的，很有节奏，这是影子的敲门习惯。

夏德言心头顿时一阵狂喜：影子的再一次传信，说明他在这一段时间里没有出现意外，躲过了内部的甄别，只是不知道这次又会有什么情况发生。

夏德言的脑海中闪过各种念头，可是身体却一点都没有耽搁，他在听到敲门声的同时就快速起身下床，以最快的速度来到了后门口。

和往常一样，打开房门口，门外还是出现了一只小箱子。他俯身拿起箱子，走出门外望向黑暗的四周。这一次夏德言迫切地想要和影子交流，因为他不能够保证在影子下一次联系的时候，这个青石茶庄还能不能保留下来。

可是情况还是同以前一样，漆黑的夜色中，他找不到任何踪迹。半晌后，他只好无奈地回到房屋中，关好房门。

家中早就已经停电了，他取过煤油灯，擦亮了火柴，点燃灯芯，将玻璃灯罩放好，屋里顿时明亮起来。他把小箱子放到桌子上轻轻地打开，发现和之前几次一样，箱子里面放满了崭新的钞票，是汇率最高的英镑，这么多钱绝对不是小数目。

可是夏德言没有管这些，而是把目光放到了最上面的那张白纸上，他赶紧拿起白纸在煤油灯的灯光下仔细观看。

农夫同志，这是我在南京最后一次和你联系。战局不容乐观，时局将迅速恶化，你和组织早做安排，尽快撤离南京，以后我会在需要的时候主动联系你。无须担心失联，期待着继续和你一起并肩战斗。

落款还是那个大大的行云流水般的"影"字！

夏德言看着这段话，不由得一阵诧异。影子这一次的信息传递没有任何情报，但是字里行间的意思很清楚，他一定是出于某种原因离开了南京，以至于无法再和自己联络。影子是中央党务调查处的特工，估计是因为他要执行任务或者是所在部门提前撤离，总之自己在南京的任务已经结束。

可是他所说的"无须担心失联"是什么意思呢？难道他有信心能够随时找到自己？要知道就连夏德言自己也无法确定自己将来的行踪，可是影子又何来的信心？。

这一切都是一个谜，就像影子本身就是一个谜一样！

宁志恒在黑暗之中看着夏德言将箱子取走，这才转身离去。以后能不能再次联系他也不能确定，但愿还能有相见的一天！

因为战局紧张，组织的第二批人员次日就必须出发。宁志恒将手中的皮箱交给左柔，仔细叮嘱道："替我保管好这只箱子。如果我不能回来，就把里面的字画都烧了，钱财你自己留下来度日！"

左柔看着眼前的青年，再也抑制不住眼中的泪水，一下子扑进宁志恒的怀中，像个无助的孩子一样默默地抽泣着。

宁志恒伸了伸手，手掌放在她的肩头时犹豫了一下，但最终将她拥在怀里，静静地不发一言。前途渺茫，生死难测，他不知道该如何去劝说，也不能给她任何承诺，良久之后两个人才分开。

校场上的集结哨声响起，宁志恒拍了拍左柔的肩膀，轻声说道："照顾好自己！"这才推开房门走了出去，房门外的手下都在等着他。宁志恒当先一步，所有的军官都在他的身后紧随。

大校场上，军官和士兵们排列整齐。处座等人没有训话，只是挥了挥手，便带着几名亲信走向轿车。

这一次的补充人员里，以宁志恒的职位最高。他转身看着眼前一张张熟悉的面孔，高声命令道："出发！"

所有人员整齐有序地登上军车。宁志恒抬头看了看自己的办公室窗户，左柔的身形映入眼帘。两个人再次相视一眼，宁志恒毅然转身迈上了军车。

此前一向自恃能够掌控他人生死、掌握自己命运的宁志恒，也不禁对前途一片茫然，不知道前方等待他的是荆棘泥泞的道路，还是悬崖绝壁，抑或是一片光明的坦途？

叶志武和他坐在一辆军车里，看着宁志恒轻声安慰道："志恒，这是你第一次上战场。战场上的事情谁也说不清，别想得太多，就看老天爷赏不赏这碗饭吃。"

叶志武进入军事情报调查处之前就是军队里的厮杀汉，只是跟随了赵子良这才进了军情处做了特工，所以对战场并不陌生，也没有畏惧感。

宁志恒微微笑了笑，只是看着窗外没有回答。叶志武明白这些初上战场的新人难免心绪波动，也就不再多说。

军队行进的速度很快，一路上不断遇到其他部队，只是大家都是步行。其中一支部队，士兵身上的军服破烂单薄，脚上竟然穿的是草鞋，身后背着单被和草席，还有一些人头上戴着斗笠，有些人连军帽都没有。行进的队列也早就不成样子。有不少骡马大车拉着军需物资，甚至还有炊事员做饭的大锅，上面坐着几个年纪大些的士兵，他们黝黑的脸颊上都落满厚厚的灰土，刻着深深的皱纹。

整支部队稀稀拉拉地绵延数公里，倒像是一群要饭的叫花子，身上或背或挂的长枪随意地夯拉着，就像一根根要饭的棍子！

"这是哪一支部队？"军官们在军车上看着这些士兵，不禁开口议论起来。

"还用问？这是川军！不是一三四师，就是二十六师。这是最先头的部队了，从四川走到这里，也不知道走了多长时间。就这个样子，上去就给日本人打散了！"

"这都是什么装备？有中正，有汉阳造。这是什么枪？怎么这么杂？"

"没见过世面的样子！这叫七九步枪，都是自己造的土枪，就只能打一发，一般都是土匪用的枪，现在也就川军在用！"

"这样的军队能打仗吗？"

大家不禁议论纷纷。这个时候，宁志恒发出一声冷哼，周围的军官们顿时都安静地坐下来，不敢再出声。

宁志恒用冷冷的眼神看着这些军官，低声训斥道："拿着这样简陋的武器上战场，就是在拿自己血肉去挡，拿自己的性命去拼，难道不值得尊敬吗？都把嘴闭上，上了战场你们还不一定能比得过他们！"

所有人都心头一凛，知道这些川军将士的前途将更为凶险。

宁志恒看着军车两旁行进的川军将士，不觉生出由衷的敬意。

自抗战开始，在国难当头的危急时刻，远离战火的川军却主动请缨出川抗战。这些装备训练低下的杂牌军，却在抗日战争的烽火中，用自己对民族的忠诚，用自己的热血和生命，向国人展现了四川人的铮铮铁骨，实现了作为军人真正的价值！

在整个抗战史上，川军这支地方军队有过溃败，有过逃亡，却唯独没有投降。其作战之顽强、牺牲之惨烈，足以彪炳史册。在之后长达八年的全面抗日战争中，他们几乎负担起全国将近一半的兵源，征兵总数超过三百五十多万，这几乎就是当地征召青壮年的极限了。

到了全面抗战中期以后，几乎每四个士兵里就有一个是四川兵，"无川不成军"的说法也就由此而产生。当然，川军牺牲之惨烈，也是居于全国之冠的，深知这一切的宁志恒自然是肃然起敬！

图书在版编目（CIP）数据

谍影风云 . 3 / 寻青藤著 . —— 北京 : 东方出版社 , 2020.11
ISBN 978–7–5207–1531–7

Ⅰ . ①谍… Ⅱ . ①寻… Ⅲ . ①长篇小说—中国—当代 Ⅳ . ① I247.5

中国版本图书馆 CIP 数据核字（2020）第 083626 号

谍影风云 3
〔DIEYING FENGYUN 3〕

作　　者：寻青藤
责任编辑：朱　然
特约编辑：石相杰
策　　划：上海触漫网络科技有限公司
出　　版：东方出版社
发　　行：人民东方出版传媒有限公司
地　　址：北京市西城区北三环中路 6 号
邮　　编：100120
印　　刷：天津盛辉印刷有限公司
版　　次：2020 年 11 月第 1 版
印　　次：2020 年 11 月第 1 次印刷
开　　本：787 毫米 ×1092 毫米　1/16
印　　张：27
字　　数：442 千字
书　　号：ISBN 978–7–5207–1531–7
定　　价：49.80 元
发行电话：010-85924663　85924644　85924641